JEA

Jean-Louis Fetjaine est né en 1956. Diplômé de philosophie et d'histoire médiévale, journaliste puis éditeur depuis 1985, il est aussi l'auteur de nombreux ouvrages d'humour cosignés avec Pierre Antilogus, dont plusieurs ont été des best-sellers, notamment *Le guide du jeune père* (1988), traduit en dix langues et adapté en BD et au théâtre, *Le guide de survie à l'usage des parents* (1991), *L'homme expliqué aux femmes* (1995), *Le guide de survie au bureau* (1996) et *L'école expliquée aux parents* (1997). Tous ont parus aux éditions Hors Collection.

L'immense succès de la *Trilogie des elfes* (éditions Belfond, puis éditions Pocket) marque un tournant dans la carrière d'écrivain de Jean-Louis Fetjaine : il est désormais un nom incontournable pour les lecteurs de fantasy et plus généralement pour tous les amoureux des littératures de l'imaginaire. *Le Pas de Merlin* confirme sa popularité et a obtenu le prix Imaginales 2003. Après un détour par le roman historique avec la série *Les reines pourpres*, il revient à l'univers des elfes au Fleuve Noir avec *Les chroniques des Elfes*. Il est également l'auteur, avec les photographe et infographiste Sandrine et Jean-Baptiste Rabouan, de livres illustrés de fantasy, destinés aux enfants, *La petite fée paresseuse*, *Le lutin qui volait les chaussettes*, *L'elfe du Père Noël* (Éditions Fetjaine), ainsi que d'albums, *Le petit peuple* (Le Pré aux Clercs) et *Le pays des fées* (Éditions Fetjaine).

LA TRILOGIE DES ELFES

L'INTÉGRALE

DU MÊME AUTEUR
CHEZ POCKET

DANS LA COLLECTION LITTÉRATURE

LES REINES POURPRES

1. LES VOILES DE FREDEGONDE
2. LES LARMES DE BRUNEHILDE

DANS LA COLLECTION FANTASY

LES CHRONIQUES DES ELFES

1. LLIANE
2. L'ELFE DES TERRES NOIRES

LA TRILOGIE DES ELFES
(EXISTE AUSSI EN 1 VOLUME)

1. LE CREPUSCULE DES ELFES
2. LA NUIT DES ELFES
3. L'HEURE DES ELFES

LE PAS DE MERLIN

1. LE PAS DE MERLIN
2. BROCELIANDE

SCIENCE-FICTION

Collection dirigée par Bénédicte Lombardo

JEAN-LOUIS FETJAINE

LA TRILOGIE DES ELFES L'INTÉGRALE

BELFOND

Le papier de cet ouvrage est composé de fibres naturelles, renouvelables, recyclables et fabriquées à partir de bois provenant de forêts plantées et cultivées durablement pour la fabrication du papier.

ISBN : 978-2-266-18376-5

LE CRÉPUSCULE DES ELFES

LES PERSONNAGES
par ordre alphabétique

ANTOR : garde du roi, anobli par la reine Ygraine.

ARTHUR : fils d'Ygraine et d'Uter.

ASSAN : elfe lige de Rassul.

BALDWIN : roi des nains sous la Montagne rouge.

BEDWIN : évêque de Logres.

BLADE DE LOTH : maître voleur de la Guilde.

BLAISE : moine confesseur de la reine Ygraine.

BLODEUWEZ : guérisseuse elfe, amie de Lliane.

BLORIAN et DORIAN : frères de la reine Lliane.

BRAN : frère cadet de Rogor, régent sous la Montagne noire.

CYSTENNIN : baron, père d'Uter, tué par Llandon.

DORIAN : frère de la reine Lliane.

ELAD : chapelain du bourg de Cystennin.

FREÏHR : guerrier barbare, chef du village de Seuil-des-Roches.

GAEL : elfe gris, suzerain d'une communauté d'elfes des marais, meurtrier présumé de Troïn.

GALAAD : jeune barbare, fils adoptif de Freïhr.

GORLOIS : sénéchal de Pellehun, maire du palais et duc de Tintagel, puis régent du royaume de Logres et époux d'Ygraine.

GUERRI LE FOL : assassin, membre de la Guilde.

GWYDION : grand druide des elfes de Brocéliande.

HAMLIN : ménestrel elfe.

ILLTUD : saint homme du royaume de Logres, ancien chevalier sous le nom d'Illtud de Brennock, abbé.

LÉO DE GRAND : duc de Carmelide, frère d'Ygraine et connétable du roi.

LLANDON : roi des hauts-elfes, rendu aveugle par le Pendragon.

LLAW LLEW GYFFES : *Lion à la main sûre*, apprenti druide elfe.

LLIANE : reine des hauts-elfes, épouse de Llandon.

MAHAULT : receleuse des bas quartiers de Kab-Bag, membre de la Guilde.

MAHELOAS : prince de Gorre. Les hommes le nomment Méléagant, les elfes Maelwas.

MERLIN : homme-enfant, mi-elfe, mi-homme. Son nom elfique est Myrddin.

MIOLNIR : chevalier banneret nain au service du roi Baldwin.

MORGANE : fille d'Uter et de Lliane. Son nom elfique est Rhiannon (la Royale).

MORGAUSE : fille d'Ygraine et de Gorlois.

MYRDDIN : homme-enfant, mi-elfe, mi-homme. Son nom humain est Merlin.

OISIN : passeur gnome.

ONAR : guerrier nain de la suite de Bran.

PELLEHUN : roi des hommes et maître du Grand Conseil.

RASSUL : seigneur des elfes gris.

RODÉRIC : l'un des douze preux, gardiens du Grand Conseil.

ROGOR : héritier du trône de Troïn.

SUDRI : sorcier nain de la suite de Bran.

TAROT : shérif gnome de Kab-Bag.

THANE DE LOGRES : maître assassin de la Guilde.

TILL : pisteur, elfe vert.

TROÏN : roi sous la Montagne noire.

TSIMMI : maître maçon nain.

ULFIN : l'un des douze preux, gardiens du Grand Conseil, ami d'Uter.

UTER : roi de Logres, époux de la reine Ygraine et amant de la reine Lliane. Père d'Arthur et de Morgane Rhiannon.

YGRAINE : reine de Logres, épouse d'Uter, seconde femme du roi Pellehun.

Ne demande pas à sortir de ce bois. Tu resteras ici, que tu le veuilles ou non. Je suis un esprit d'un ordre peu commun. Apprends-le, l'été lui-même, là où je m'arrête, reste immobile. Et je t'aime. Viens avec moi ; je te donnerai des fées pour te servir ; et elles t'iront chercher des joyaux au fond de l'abîme, et elles chanteront, tandis que tu dormiras sur les fleurs pressées. Et je te purgerai si bien de ta grossièreté mortelle que tu iras comme un esprit aérien.

William Shakespeare,
Le Songe d'une nuit d'été

À Florence

PROLOGUE

De nos jours, il n'y a plus d'elfes. Presque plus. Les hommes se sont habitués à être les seuls maîtres de la Terre, et se battent tellement entre eux, depuis tant d'années, qu'ils ont perdu le souvenir de l'époque lointaine où d'autres races vivaient à leur côté.

Le peuple des elfes a disparu brutalement, et ceux qui survécurent se sont effacés derrière le paravent des légendes. Oh, il y a toujours des rencontres étranges, des frissons dans le dos et des mauvais rêves, mais nul ne songerait à les attribuer aux elfes. Pendant un temps, les hommes leur inventèrent d'autres noms, korrigans, lutins ou farfadets, puis ils cessèrent même de croire aux contes de fées.

Je vous parle d'un âge où les hommes n'étaient que l'une des quatre tribus de la déesse Dana, les Tuatha Dê Danann, elfes, nains, monstres et hommes. Et à chaque peuple la déesse avait confié un talisman, symbole de chaque race et garant de sa survie. Les hommes reçurent le Fal Lia, la Pierre de Fal, principe même de la souveraineté, qui gémissait dès qu'un roi légitime s'en approchait. Peut-être est-ce pour cela qu'ils crurent pouvoir dominer le monde… Aux elfes échut le Chaudron du Dagda, le Graal de la connaissance divine. Aux monstres la lance de Lug, le dieu que les moines appelèrent Lucifer, arme terrible qui ne pouvait étancher sa furie meurtrière qu'en étant plongée dans un chaudron empli de sang. Et les nains reçurent l'Épée de Nudd, qu'ils nommaient Caledfwch dans leur langue rocailleuse et qui devint, dans la bouche des hommes, Excalibur.

Le monde, alors, était fait de cinq éléments : l'air, la terre, le feu, l'eau et le brouillard, qui appartenait aux Dieux.

Les elfes, la tribu de l'air, étaient un peuple puissant et redouté des hommes. Un peuple sans ville, dispersé dans les bois, sur les rivages ou dans les marais, puisant dans les forces magiques de la nature la force physique qui leur manquait. Grands et minces comme des adolescents, la peau d'un bleu très pâle, le mouvement lent, la voix calme, ils allaient à peine vêtus et semblaient indifférents au froid, à la pluie ou au vent, pareils à des arbres ou à des bêtes. Les hommes, que la nature effrayait et qui ignoraient la magie, craignaient les elfes mais s'acharnaient à copier leur grâce, à imiter leurs fins bijoux d'argent, à reproduire les chants de leurs ménestrels. Longtemps, l'image des elfes est restée le modèle même de la beauté dans le cœur des hommes. Et pourtant, ce sont eux qui ont provoqué leur disparition…

Il n'y a plus guère de nains, non plus, aujourd'hui, ou alors ils sont considérés comme des handicapés, des anomalies.

Les nains étaient le peuple de la terre. On disait que leur petite taille résultait d'une adaptation à la vie souterraine, au tréfonds des montagnes qu'ils aimaient tant, creusant le roc en d'interminables galeries à la recherche de l'or, des pierres précieuses, du métal. Les nains avaient le cœur aussi dur que la pierre qu'ils fracassaient toujours, et leur force était supérieure à celle de bien des hommes. Quand ils quittaient leurs montagnes pour la chasse ou la guerre, la terre elle-même tremblait.

Des trois peuples, le clan de la mer, celui des hommes, paraissait le plus faible. Et pourtant, peu à peu, courbés sur la terre, de faibles outils en main, ils quittèrent leurs rivages et firent reculer les immenses forêts de chênes et de hêtres qui recouvraient le monde. Il y eut bientôt des plaines parsemées de villes fortifiées, de plus en plus grandes, de plus en plus nombreuses.

C'était une époque où la vie n'avait aucun prix.

Chacun luttait pour survivre, les uns par la magie, les autres par la hargne.

La mort était partout : des elfes isolés étaient pris par des raids de chasseurs nains, qui s'amusaient à les jeter vifs sur des lits de braises, des troupes d'hommes en armes pénétraient au centre des montagnes naines afin d'en voler l'or, des voyageurs perdus dans les bois étaient retrouvés hâves, comme vidés de leur sang, après avoir croisé le chemin d'un elfe, et les gnomes, petit peuple sans grâce des villes enterrées, s'armaient de bric et de broc pour échapper aux rapines.

Mais le principal danger était ailleurs.

Au-delà des marais habités par les elfes gris – ainsi nommés parce que leur peau avait perdu ses reflets bleutés dans la boue des marécages – s'étendaient les Terres noires hantées par les monstres, la tribu maudite des Tuatha Dê Danann, le peuple du feu. Des créatures repoussantes, gigantesques, que les hommes appelaient gobelins et qui servaient avec une ferveur de bête Celui-qui-ne-pouvait-être-nommé.

Le jour où les armées gobelines avaient jailli des marais, les Peuples libres, ainsi que décidèrent de se désigner eux-mêmes hommes, elfes et nains, s'allièrent pour leur livrer la plus terrible des guerres.

Elle dura dix années et s'acheva par la déroute du Seigneur noir et de ses légions immondes, au prix d'un effroyable carnage.

Depuis, les Peuples libres vivaient dans une paix relative, sous l'autorité d'un Conseil qui réunissait les rois et seigneurs de chaque peuple autour de la Pierre de Fal et siégeait à Loth, la plus grande ville des hommes au sein du royaume de Logres. Le Conseil arbitrait les différends et imposait une loi commune, jusqu'au moment où tout bascula.

Cette histoire est le récit de ces temps lointains et de ces peuples oubliés par l'Histoire. Mais, bien sûr, ce sont les hommes qui ont écrit l'Histoire...

I

La venue de Baldwin

Trempé jusqu'aux os, le chasseur de grenouilles était blotti dans les roseaux, retenant son souffle. Serrant son sac contre lui, grelottant de froid, il ne bougeait pas, incapable de s'arracher au spectacle qu'il venait de découvrir à travers la bruine.

Sur la berge était couchée une elfe, ses longs cheveux noirs étalés sur l'herbe. Les yeux fermés, parfaitement nue, elle laissait la pluie glacée mouiller sa peau fine et bleutée sans paraître souffrir du froid, ni montrer de hâte à se sécher après sa baignade dans le lac, ou à se recouvrir de chauds vêtements de fourrure, comme une femme l'aurait fait.

Le chasseur sourit en contemplant les courbes du corps que la pluie faisait briller d'un éclat d'argent. Elle était d'une minceur extrême, mais sans maigreur aucune. Ses cuisses, ses bras semblaient interminables. Entre ses seins aux aréoles d'un bleu sombre, la pluie formait une rigole qui coulait le long de son ventre jusqu'au renflement lisse de son sexe. Elle paraissait endormie, n'était le lent balancement de son pied effleurant l'eau du lac. L'homme aurait voulu s'approcher encore, la toucher des doigts, mais il vivait depuis assez longtemps à Loth, la ville du Grand Conseil, pour avoir reconnu une elfe de l'antique race d'Eirin, ceux que les autres peuples appelaient les hauts-elfes. Et on racontait des choses inquiétantes sur les hauts-elfes, malgré leur irréelle beauté…

Lentement, elle se redressa, chassant de ses longs doigts les brins d'herbe collés à sa peau bleue. Elle enfila une tunique d'une couleur indéfinissable, puis elle jeta sa tête en arrière, rassembla derrière sa nuque ses cheveux noirs en un geste impudique qui fit saillir sa souple poitrine, et ramena au-dessus de son épaule une interminable natte qu'elle entreprit de dénouer.

L'homme déglutit, fasciné par ces cheveux noirs luisants d'où ruisselait un filet d'eau courant jusqu'entre les cuisses de l'apparition. Toujours accroupi, il s'arracha péniblement à la boue pour s'avancer encore, mais l'une de ses bottes resta collée dans la vase : il chuta de tout son long parmi les roseaux.

Lorsqu'il releva la tête, l'elfe avait disparu.

Elle était là, pourtant, toute proche, immobile dans les herbes, fixant de ses yeux verts, presque jaunes, le chasseur de grenouilles qui barbotait piteusement en tentant de récupérer sa botte. L'homme y parvint enfin et sortit de l'eau, si près d'elle qu'elle aurait pu le toucher. Mais il ne la vit pas.

La bruine glaciale n'avait cessé de tomber depuis la matinée, mêlant le lac, le ciel et les berges en une même couleur gris-bleu dans laquelle les elfes se fondaient aisément. Leurs vêtements légers étaient faits d'un tissu fin aux tons changeants, que les hommes nommaient moire, sans en comprendre la fabrication, et qui les dissimulaient aisément à leurs regards. Parfois rouges comme les feuilles d'automne, parfois verts comme les prairies, parfois gris comme la pierre, les vêtements elfiques leur semblaient tout simplement d'origine magique…

L'homme éternua bruyamment et jura.

— Saleté ! Catin ! Montre-toi, si tu l'oses !

L'elfe sourit, mais ses yeux se durcirent.

Le chasseur jura encore, vida sa botte gorgée d'eau et retira sa musette de grenouilles.

— Sorcière ! Brindille ! grommela-t-il. Pour qui ça se prend ?

Il ôta sa chemise de lin trempée, la tordit et essuya sommairement son torse.

— T'as de la chance ! cria-t-il. Je t'aurais montré, moi ! Cache-toi, va ! Ça vaut mieux !

— Qui se cache ?

L'homme sursauta, laissant tomber dans l'herbe sa chemise.

L'elfe s'était dressée, juste à côté de lui, enveloppée dans sa tunique de moire, le dominant d'une demi-tête mais paraissant plus frêle qu'une enfant.

— Sacrebleu, tu m'as fait peur ! dit le chasseur de grenouilles en retrouvant sa contenance. Alors, tu étais là ?

— Oui, répondit l'elfe, avec le même sourire froid. Et toi tu étais là-bas, dans les roseaux, n'est-ce pas ?

L'homme ricana gauchement. La tunique n'était pas fermée, et le corps irréel de l'elfe était là, tout près, il n'y avait qu'à tendre la main… Elle ne réagit pas lorsque la paume rugueuse du chasseur se plaqua sur sa peau bleutée et glissa jusqu'à ses seins.

— Seigneur Dieu, murmura le chasseur de grenouilles pour lui-même. On dit que vous vous y entendez… On dit même que vous préférez les hommes, hein ?

— Tu as froid, dit-elle. Tu as froid et tu trembles… Et pourtant ton ventre est en feu…

— Ouais ! marmonna-t-il avec un autre ricanement obscène. Tu vas voir !

Elle commença à secouer tout doucement la tête sans le quitter des yeux.

— En feu… En feu…

L'homme la saisit par les hanches, arrachant la fragile tunique de moire, et la fit chuter dans l'herbe.

— *Byrnan nith.*

— Quoi ? Qu'est-ce que tu dis ?

La chaleur entre ses reins était trop forte. Insupportable. Il défit son ceinturon, laissa choir ses braies, puis s'agenouilla entre les jambes écartées de l'elfe. C'était trop beau. Nul encore n'avait…

— *BYRNAN NITH !*

À l'instant où l'elfe cria, une atroce douleur naquit dans les entrailles du chasseur de grenouilles. Il se releva en haletant, les yeux écarquillés de stupeur, le souffle coupé par la souffrance. Son ventre, ses intestins, son sexe avaient pris feu de l'intérieur. Il ouvrit la bouche pour hurler, mais ses cordes vocales avaient brûlé. Seule une flamme bleue, avide et ondulante tel un serpent en jaillit, léchant son visage, carbonisant ses dents, sa langue et son palais. L'homme roula à terre avec un mugissement suraigu, battant l'herbe frénétiquement, son ventre déjà noir grésillant comme de la graisse sur le feu. La dernière chose qu'il vit avant que ses yeux ne fondent fut le regard clair de l'elfe posé sur lui, et son calme sourire…

L'elfe se releva avec un soupir, arrangea sa tunique de moire et s'assit sur une souche d'arbre pour lisser ses longs cheveux trempés par sa baignade.

Presque aussitôt, elle s'interrompit et tendit l'oreille. Le lac était silencieux, hormis le coassement régulier des grenouilles, le sifflement du vent dans les roseaux et le cri des corbeaux, au loin, sous les murailles de Loth. Le lac était silencieux, et pourtant différent… L'elfe se retourna d'un bloc et sursauta.

Un homme était là, immobile, à quelques toises, vêtu d'une robe d'un bleu sombre qui tranchait sur son visage souriant, pâle comme l'aube du jour. Il s'inclina en un salut un peu ironique, sans se départir de ce sourire amusé qui semblait être son expression naturelle, puis resta là sans rien dire, sans bouger. Rien, dans son attitude, n'était menaçant, et pourtant l'elfe se sentait oppressée, mal à l'aise. Quelqu'un cria un nom au loin, et l'écho rebondit sur le lac.

Elle n'avait détourné les yeux que l'espace d'une seconde, mais, quand elle revint sur l'homme, celui-ci lui parut plus proche, toujours aussi calme, la regardant en souriant comme s'il attendait quelque chose. De près, il avait l'air plus jeune, malgré ses courts cheveux blancs. Et ses traits, sa longue silhouette, son éternel sourire lui semblèrent familiers.

— Le souffle du dragon, dit-il.

— Quoi ?

L'homme-enfant hocha la tête, et son sourire s'accentua.

À nouveau, l'appel retentit, beaucoup plus proche.

— Lliane !

— Je suis là ! cria-t-elle.

L'homme avait disparu. Cette pensée s'imposa à l'esprit de l'elfe avant que ses yeux ne le constatent. Elle le chercha du regard sans grande conviction, étonnée de sentir son cœur battre plus fort, étonnée de son soulagement…

Un elfe déboucha d'un bosquet, chevauchant à cru un alezan à la longue crinière fauve. Le cavalier était équipé pour la guerre, avec un haubert de cuir qui lui couvrait le torse, les avant-bras et les jambes, et portait en bandoulière un arc long. Il n'eut qu'un bref regard pour le cadavre fumant du chasseur de grenouilles.

— Ma reine, le roi Llandon vous demande au plus vite.

Lliane hocha la tête en silence et sauta en croupe.

— Que se passe-t-il ?

— Baldwin, dit simplement l'elfe. Il arrive…

— Refermez la porte ! commanda le sergent à ses hommes d'armes. La nuit va bientôt tomber !

Sans attendre l'exécution de son ordre, le vieux soldat se retourna pour suivre des yeux la petite troupe qui s'éloignait déjà dans les ruelles de la ville.

Il ramena sur ses épaules un pan de son manteau et sourit, malgré la froideur du crépuscule. L'homme n'avait pas eu besoin de déchiffrer les runes tracées sur la longue bannière que portait fièrement le premier cavalier du convoi pour reconnaître l'emblème de Baldwin, roi des nains de la Montagne rouge.

Une brusque quinte de toux lui fit plisser les yeux et courber le dos. Il se sentit vieux et las. L'humidité glaciale de cette journée d'hiver avait ravivé d'anciennes douleurs.

— La barbe du vieux Baldwin s'est encore allongée, murmura-t-il pour lui-même.

Le roi ne l'avait pas reconnu en franchissant la poterne. Il ne lui avait pas même accordé l'aumône d'un regard, les yeux fixés sur le dos du chevalier qui le précédait, avec l'expression de morgue et d'ennui propre aux seigneurs nains. D'ailleurs, comment Baldwin aurait-il pu le reconnaître ? Au temps des grandes batailles, bien des années auparavant, il était déjà suzerain des nains de la Montagne rouge depuis plus de deux cents ans, alors que lui n'était qu'un simple gent d'armes, jeune et plein d'illusions. Ils avaient pourtant combattu ensemble, le jour de la bataille du marais.

Le vieil homme caressa distraitement la longue cicatrice de son bras, souvenir de la mauvaise morsure d'un fer de lance gobelin. Ç'avait été une triste journée, aussi grise et pluvieuse que celle qui s'achevait. Les gobelins avaient réussi à attirer les armées des Peuples libres dans leurs immondes marécages et s'étaient livrés sur les troupes enlisées à un carnage sans précédent. Rares furent ceux qui, comme le vieux sergent ou le seigneur Baldwin, avaient pu échapper aux marais, aux lames noires des épées gobelines ou aux crocs acérés de leurs loups. Et puis, plus tard, le sort des armes avait tourné… Un bruit de pas sur le chemin de ronde tira le sergent de sa rêverie. Les lourds battants de chêne de la grand-porte avaient été refermés, et un jeune archer vint le rejoindre sur les remparts.

— Pour qui ils se prennent, ceux-là ? fit-il en s'approchant de son chef.

Le vieux soldat se crispa aussitôt.

— Tiens ta langue. Ce nain-là pourrait bien te la couper si tu lui manquais de respect.

— Je n'ai pas peur des nains ! répliqua le jeune homme en crachant dans leur direction. Fussent-ils des seigneurs !

— Tu es tombé juste... C'est Baldwin.

L'archer blêmit, et une lueur de panique traversa son regard. Il baissa les yeux, cherchant vainement une phrase qui lui permettrait de mettre fin à la discussion sans perdre la face, mais le vieux sergent haussa les épaules.

— Va relever Gauvain à la tour de guet, dit-il en se détournant.

Les pas du jeune homme s'éloignèrent et le garde se laissa de nouveau envahir par ses souvenirs de guerre.

Baldwin était un nain fort vieux, en vérité. Seigneur des Montagnes rouges depuis déjà deux cent trente ans, il ne quittait plus que rarement son palais souterrain, et ce voyage lui était pénible. Chevauchant dans les rues boueuses et déjà désertées de la ville des hommes du lac, livrées pour la nuit aux chiens, aux cochons et à la volaille, il songeait lui aussi aux temps passés. Depuis l'époque lointaine de leur première rencontre, le prince Pellehun était devenu roi de Logres et maître du Grand Conseil des Peuples libres. Pellehun et lui avaient été des amis, aux heures des grandes batailles. Quand le Seigneur noir avait été finalement repoussé au-delà des marais et des monts désolés, après tant de batailles, de morts et de sang, il lui avait même proposé de rester avec lui à Loth et de siéger au Grand Conseil. Le nain avait refusé : vivre à l'air libre, loin de ses chères montagnes, aurait été un trop grand sacrifice.

Un volet qui claquait le fit sursauter. Une femme, à sa fenêtre, dévisagea avec étonnement ce vieux nain à la longue barbe grise et aux vêtements rouge sang, monté sur un robuste poney et paré de bijoux d'or aux formes étranges. Le nain la fixa durement, comme s'il attendait quelque chose, alors elle cligna les yeux et recula d'un pas.

— Seigneur… Que la paix soit avec toi, bredouilla-t-elle, comprenant enfin à qui elle avait affaire.

Le nain sourit, encore que la taille de sa barbe ne permît pas de s'en rendre compte, et donna un petit coup de talon à sa monture. Devant la fenêtre béante de la maison humaine, l'escorte et les bagages de Baldwin défilèrent lentement, jetant des éclats d'or et d'acier dans la ruelle déjà sombre.

Une pluie fine se mit à tomber, mouillant les barbes et les armures de cuir, au moment où les nains parvenaient à la grande porte de bronze du palais. Miolnir, le chevalier banneret du roi des nains, poussa son poney en avant et galopa jusqu'au poste de garde. Un homme d'armes aux traits fatigués saisit l'enseigne des mains du chevalier et cogna à trois reprises sur un heurtoir de métal, tandis que les gardes s'alignaient sous le crachin, selon l'usage lorsqu'un prince se présentait au Conseil. Les grandes portes s'ouvrirent presque à l'instant où la petite troupe arrivait. Tous mirent pied à terre, à l'exception de Baldwin, auquel revenait le privilège de pouvoir entrer à cheval dans le palais.

Sans un regard pour la garde d'honneur, le visage fermé, il poussa son poney en avant jusqu'au milieu de la grande salle, laissant à son passage des empreintes boueuses de sabots sur les dalles de pierre. Les guerriers nains d'escorte étaient restés au-dehors, et les domestiques s'affairaient déjà à décharger les montures de bât. Trois chevaliers entrés à la suite de leur seigneur marchaient autour de sa monture, la main sur la poignée de leurs lourdes haches de chêne et de fer. Un quatrième nain les suivait, un peu en retrait. Vêtu de rouge et portant les runes de Baldwin, il allait tête baissée, dans une attitude d'humilité qui contrastait avec la morgue agressive de ses compagnons. Armé simplement d'une courte dague, arme peu commune chez les nains, qui préfèrent fracasser plutôt que trancher, il était d'une taille étonnante pour sa race, dominant les autres de la tête et des épaules. Sa longue barbe rousse était glissée dans sa ceinture et des bracelets d'argent étaient passés à ses poignets. Ses yeux étaient presque invisibles, sous ses sourcils broussailleux, mais quiconque aurait alors pu croiser son regard en aurait frémi. Les nains n'ont que rarement l'air doux et aimable, et froncer les sourcils est chez eux une expression naturelle, mais celui-là avait un visage d'une dureté véritablement effrayante.

Baldwin arrêta son poney et bâilla ostensiblement alors que les pas empressés du héraut du roi Pellehun résonnaient à l'autre bout de la salle.

— Je te salue, seigneur, dit-il en s'agenouillant devant le roi sous la Montagne rouge, assez bas pour lui présenter sa nuque (ce qui exigeait en l'occurrence une certaine souplesse de l'échine).

Le héraut se releva et recula à distance, ainsi que le voulait l'étiquette. La susceptibilité des nains était proverbiale, et ils détestaient par-dessus tout qu'on les regarde de haut. Comme les plus grands d'entre eux mesuraient tout juste quatre pieds et que les hommes – fussent-ils de basse extraction – pouvaient atteindre six pieds et plus, il était essentiel d'éviter d'approcher un dignitaire nain de trop près et de donner l'impression qu'on se complaisait à le dominer.

— J'ai prévenu le roi Pellehun de ta visite, seigneur, reprit l'homme. Et il te prie de venir partager son repas. Un bœuf a été mis à griller. Il y aura beignets, gaufres et oublies, avec du vin clairet. Ou bien une soupe, pour te réchauffer ?

— Tout ça, mais dans ma chambre, grogna Baldwin. Tu viendras me chercher quand le Conseil se réunira.

— Hélas, seigneur, je crains que ce ne soit avant demain. Nous n'avons été avertis de ta venue que cet après-midi, et le roi Llandon est absent.

Un grognement hostile parcourut le groupe des chevaliers. Tous connaissaient Llandon, roi des hauts-elfes et seigneur sous la forêt d'Éliandre, dont l'autorité s'étendait, peu ou prou, à toutes les communautés elfiques.

Le héraut ne put s'empêcher de ciller. Les nains et les elfes ne s'aimaient pas, c'était même proverbial, mais ce grondement de colère était de mauvais augure.

— C'est bien, fit Baldwin en descendant de sa monture. Nous attendrons Llandon… Il est d'ailleurs nécessaire qu'il entende mon message. Allons !

Le vieux roi fit un geste de la main pour autoriser l'homme à ouvrir la marche, et derrière lui la troupe se mit en branle, dans un vacarme insensé qui dut assourdir tous les occupants du palais sur leur passage. « Braillard comme un nain » était un adage chez les hommes du lac, et les guerriers de Baldwin semblaient prendre plaisir à se rendre plus bruyants encore en multipliant les grognements, les chocs de métal et les crissements d'armures, à chacun de leurs pas.

Ils cheminèrent ainsi jusqu'à l'aile qui leur était réservée, puis le héraut s'effaça, laissant le seigneur pénétrer dans ses appartements. Les trois chevaliers se postèrent devant sa porte, appuyés sur leurs longues haches, mais le quatrième, à la grande surprise de l'homme, suivit le seigneur des Montagnes rouges et ferma derrière lui.

« Ce doit être son page », songea-t-il en s'éloignant, peu désireux de prolonger son entrevue avec ces trois guerriers luisants de pluie et aussi mornes qu'un mois de famine.

Le palais commençait à s'animer pour le soir. Une véritable armée de domestiques de toutes races et de toutes tailles envahissait peu à peu les couloirs, disposant les torches pour la nuit, apportant le dîner des nobles résidant au palais et qui n'avaient pas été conviés à la table du roi, époussetant les habits de cérémonie de ceux qui avaient eu cet honneur…

Au détour d'un couloir, le héraut, gagné par la mauvaise humeur des nains, faillit buter contre le page du sénéchal Gorlois.

— Que la paix soit avec vous, chevalier, fit l'enfant en reculant respectueusement.

— Tu pourrais regarder où tu vas au lieu de courir comme un écervelé ! répondit l'autre d'un ton rogue. Le sénéchal est-il prévenu ?

L'enfant hocha la tête.

— Il est déjà chez le roi.

Le héraut congédia son interlocuteur d'un signe et reprit sa route. Il s'arrêta quelques secondes devant l'embrasure d'une fenêtre, contemplant la ville qui s'étendait au pied du palais. Il s'adossa aux gros moellons du mur et se redressa aussitôt avec une grimace. La pierre était humide et glacée… Dans le couloir, un gnome éternua. Sur son plateau, le dîner de son maître vacilla et une cruche de vin faillit chuter à terre.

Du coup, le héraut recouvra un peu de bonne humeur. Ces heures d'agitation l'amusaient toujours. À aucun autre moment de la journée la diversité des races réunies dans le palais n'était aussi manifeste. Ce gnome enrhumé, presque aussi large que haut, le visage ridé et rouge comme une vieille pomme, croisait le serviteur d'un seigneur elfe, à la peau bleutée et diaphane, alors qu'un jeune nain d'une soixantaine d'années martelait de ses larges pieds le dallage du couloir, portant un plateau de victuailles que deux hommes auraient eu peine à soulever, débordant de cruches de vin, de saucisses et de choux… Le héraut se secoua et repartit. Il fallait encore préparer la salle du Grand Conseil pour le lendemain.

Au-dehors, les nains avaient conduit les chevaux à l'écurie, et leurs pages s'affairaient déjà à monter dans les appartements du roi Baldwin tout ce qui était nécessaire à son séjour en ville (et comme le vieux Baldwin, avec les ans, aimait ses aises, ce nécessaire était considérable). Indifférent à leur agitation, un membre de son escorte, assis sur les premières marches du grand escalier de pierre menant au palais, son sac et ses armes posés devant lui, caressait rêveusement sa barbe brune en fumant une longue pipe de terre blanche.

— Maître Tsimmi !

Le nain parut se réveiller et dévisagea le page (un nanillon d'à peine cinquante ans !) qui se penchait vers lui.

— Quoi ?

— Voulez-vous que je prenne vos bagages ?

— Bien, oui, merci...

Il souleva la courte jambe qu'il avait posée en travers de ses paquets et de son marteau de guerre. Le page ramassa prestement ses affaires, puis fila derrière les autres. Tsimmi resta seul, immobile sous la bruine, jusqu'à ce que sa pipe s'éteigne. Contrairement aux autres nains, il était vêtu sans ostentation, malgré son rang, et ne portait aucun bijou. Un long haubert de cuir repoussé tombant jusqu'aux chevilles recouvrait une simple tunique verte, et à sa ceinture pendaient plusieurs bourses et sacoches, ainsi que les lanières de cuir d'une fronde, une arme réservée en principe aux enfants. Mais nul, chez les nains de la Montagne rouge, n'aurait songé à en rire. Tsimmi était ce que les nains nomment un maître maçon, et les hommes, un sorcier. Il existait entre lui et la terre, les pierres et le roc un lien étroit, puissant, qui dépassait de loin l'entendement des plus sages. Depuis des temps immémoriaux, des maîtres maçons semblables à Tsimmi avaient découvert d'innombrables secrets, au plus profond de leurs forges. Les hommes, éblouis par les richesses qu'ils extirpaient de leurs mines profondes, allaient jusqu'à dire que leurs sorciers connaissaient le Grand Secret, la mutation des métaux communs en or le plus pur. Seuls les maîtres maçons auraient pu répondre sur ce point.

Tsimmi ramena sur ses courts cheveux bruns ébouriffés le capuchon vert de sa tunique et se leva en grognant. Du bout du pied, il fouilla la poussière, puis posa la main sur les moellons colossaux composant la muraille du palais. Les maîtres maçons avaient le pouvoir de lire dans la pierre, témoin muet des jours qui passent. Il ne put rien en tirer, mais un sentiment diffus et déplaisant s'était emparé de lui dès l'instant où les hautes tours de Loth avaient été en vue.

— Debout, pour le roi !

L'échanson frappa les dalles du sol du bout de sa canne pommelée, insigne de sa fonction. Aussitôt, le vacarme des lourdes chaises de chêne repoussées par les convives envahit l'immense salle des banquets. C'était un dîner ordinaire, sans apparat. Il n'y avait là qu'une trentaine d'invités, pour la plupart d'obscurs feudataires ou des quémandeurs de tout poil venus quérir à Loth un poste pour leur progéniture ou gémir contre les taxes royales. Deux elfes des Havres, de ceux qui allaient sur l'eau, étaient sans doute venus vendre quelque étoffe lointaine. Un baron nain, à l'autre bout de la table, entouré de sa femme et de deux petits nanillons d'à peine une trentaine d'années, côtoyait un couple de gnomes grotesquement parés et surchargés de bijoux, et semblait fort incommodé par cette promiscuité. De part et d'autre des tables disposées en U et éclairées de chandelles de suif, deux cheminées hautes comme un homme et si larges qu'on pouvait y rôtir un bœuf faisaient suer à grosses gouttes les dîneurs qui leur tournaient le dos. Partout sur les murs, la pierre avait été dissimulée par des tentures, des fourrures et des tapisseries. Des fenêtres, masquées par des rideaux de toile cirée, ne filtrait plus le moindre souffle d'air frais, et la pièce était aussi chaude qu'une étuve.

À la table centrale, les trois sièges réservés à la droite du fauteuil royal pour Baldwin et sa suite étaient restés vides.

Le roi Pellehun ne pouvait manquer de remarquer l'absence des nains, mais il n'en laissa rien paraître. Il remercia d'un signe de tête son officier de bouche, se débarrassa de son manteau de fourrure d'écureuil petit-gris, puis fit signe à tous de prendre place. Le sénéchal Gorlois s'assit à sa gauche, sans un coup d'œil à l'assistance qui pourtant, tout entière, ne cesserait durant tout le repas de guetter son regard afin d'obtenir la faveur de s'approcher du roi et de présenter sa requête. Les deux hommes, malgré le respect qu'ils inspiraient, avaient une allure si semblable qu'elle en devenait presque comique. On aurait dit des frères tant ils avaient fini par se ressembler, façonnés ensemble par les heures sombres et les heures d'or de la cité des hommes du lac. L'un et l'autre étaient vieux aujourd'hui, selon le compte des hommes (quoiqu'un nain eût considéré leur âge comme celui de l'adolescence), de taille modeste mais d'une force supérieure à la moyenne humaine. Tous les deux étaient glabres, avec des cheveux gris tressés en plusieurs nattes, nouées de fils d'or pour l'un et de lacets de cuir rouge pour l'autre. La similitude s'arrêtait là.

Pellehun avait la beauté de la majesté, et Gorlois était laid. Son visage restait marqué d'une terrible balafre, et l'orbite de son œil droit était vide. Cette horrible blessure lui avait été portée par un cimeterre gobelin, alors qu'il arrachait le prince Pellehun des griffes de ces terribles guerriers. Blessés de toutes parts, les deux hommes étaient devenus frères d'armes et leur sang s'était mêlé dans la boue du champ de bataille en une seule et même flaque.

À la mort du roi Ker, Pellehun avait fait de lui son sénéchal, et, quand les rois des Peuples libres qui avaient survécu à la guerre le choisirent pour présider le Grand Conseil, il lui confia la charge de maire du palais et l'honora du titre de duc de Tintagel.

— Où est la reine ? grommela-t-il à l'adresse de ce dernier.

Gorlois leva les sourcils en signe d'ignorance, puis claqua des doigts. Aussitôt, l'échanson se pencha vers lui, hocha la tête en recevant ses instructions et détala prestement jusqu'au groupe de chevaliers en armes qui, en tous lieux, suivaient le roi.

— La reine, dit-il. Elle est en retard. Il faut aller la chercher.

Ulfin, le preux auquel il avait parlé, toisa l'échanson avec un mépris de caste non dissimulé, et désigna du menton Uter, le plus jeune de leur groupe. Celui-ci partit d'un trait, avec un empressement qui fit sourire ses pairs. On chuchotait au palais que la jeune reine Ygraine n'était pas insensible aux charmes du chevalier... L'inverse était peut-être vrai...

Quand la reine Brunehaud était morte en couches, emportant avec elle son unique enfant mort-né, le roi Pellehun avait gardé le deuil de longues années. Le souci d'assurer une descendance au trône avait été le seul motif de son second mariage, et la jeune Ygraine ne voyait guère son royal époux, d'autant qu'elle n'avait pas encore su lui donner un héritier. Le temps passant, et l'âge venant, Pellehun partageait de moins en moins souvent sa couche. La reine vivait tristement en marge du palais, avec ses servantes et ses interminables tapisseries, chaque jour semblable au précédent, sans amour, sans espoir, sans avenir.

Uter, essoufflé et le teint rougi par sa course, la rencontra dans l'escalier menant à ses quartiers.

— Ma dame, le roi vous demande à sa table…

— J'y allais, dit-elle. Votre bras, chevalier.

Uter s'efforça de maîtriser les battements de ses tempes et de retrouver son souffle. La reine, à son bras, paraissait si petite, menue comme une enfant. Il n'osa la regarder durant le trajet, mais, quand elle s'assit à côté de Pellehun, il lui sembla que ses doigts avaient caressé intentionnellement sa main.

Il avait eu l'impression d'être parvenu à masquer son trouble, et pourtant, à l'instant où il se retirait, l'œil aigu du sénéchal Gorlois se fixa sur lui avec une intensité qui lui donna froid dans le dos.

Tandis que la ronde des pucelles s'affairait, disposant devant les convives du miel, des épices et du vin de grenache épais et sombre dans des cruches d'étain, l'échanson annonça la première assiette :

— Mouelle de bœuf, pâtés de pinparneaux, boudins, saucisse, pipefarce et pâtés norrois de quibus !

Pour un dîner de char – un dîner de viandes comme on en donnait en hiver dans la maison du roi –, le service comprenait vingt-quatre plats dressés en six assiettes, jusqu'aux nèfles, flans sucrés, lait lardé et poires cuites du dessert.

L'échanson vérifia d'un coup d'œil l'ordonnancement de la table royale, puis vint glisser quelques mots à l'oreille du sénéchal.

Gorlois hocha la tête, le congédia et, à son tour, se pencha vers le roi.

— Le seigneur Baldwin vous fait dire qu'il est fatigué, sire, et qu'il vous verra demain.

Pellehun acquiesça, s'essuya la bouche du revers de la main et but une gorgée de vin. Quand il reposa son hanap, il souriait.

— Eh bien, dit-il en se tournant vers le vieux Gorlois. Ça commence !

II

Le Grand Conseil

Le jour se levait à peine, sans soleil, dans la grisaille du lac. À la lisière de la forêt, le campement des elfes se distinguait à peine des fourrés environnants. Ce n'étaient que des huttes de branchages, tout juste des abris pour la nuit, dressés en quelques minutes au fil de leur errance. Car les elfes n'avaient pas de ville, tout juste quelques villages, qui d'ailleurs changeaient de site au fil du temps. Ils ne possédaient rien, pas même de véritables familles, au sens où les hommes l'entendaient, et n'entassaient guère de richesses, quel que soit leur rang. Leurs vêtements étaient les mêmes, du serviteur au prince, et leur seul luxe consistait en de fins bijoux en argent – le métal de la lune qu'ils vénéraient. Le travail de l'argent était d'ailleurs l'unique industrie connue des elfes. C'était un peuple sans besoins, et par de nombreux points plus proche des bêtes sauvages que des hommes.

Lliane s'était éveillée seule. Elle avait tressé ses longs cheveux noirs à l'aide d'un lacet de cuir rehaussé de petites plumes de cygne d'une blancheur immaculée et passé une robe de moire largement fendue qui laissait libres ses bras et ses jambes. Elle enfila ses colliers et bracelets d'argent, puis chaussa de fines bottes de daim qui montaient jusqu'au-dessus du genou. Enfin, après une hésitation, elle ceignit sa longue dague, Orcomhiela, ce qui, dans la langue des elfes, signifie « Pourfendeuse de gobelins ».

Épouse de Llandon et reine des elfes, Lliane n'était pas une guerrière, mais elle appartenait à la lignée de Morigan, la « Grande reine », l'ancêtre mythique des elfes à laquelle se rattachaient aujourd'hui encore tous les clans elfiques, déesse de la Guerre et de l'Amour.

Les hommes du lac et les gardes du palais l'appelaient parfois « l'Illusionniste », et ce nom lui plaisait. Mais les hommes ne connaissaient de la reine que les tours de bateleur qu'elle leur livrait lors des soirées de fête.

Lliane était bien plus que ça, quoiqu'elle n'aimât guère en parler. Ceux qui connaissaient ses pouvoirs la traitaient avec respect ; ceux qui les ignoraient ne faisaient pas partie de son monde. Sur les berges du lac, le corps carbonisé du chasseur de grenouilles pouvait en témoigner…

Elle se courba pour sortir de sa hutte. Dehors, l'herbe était gorgée d'eau. Sans doute avait-il plu toute la nuit. L'elfe s'agenouilla, passa sa main dans l'herbe et se mouilla le visage avec volupté, puis elle leva les yeux vers le ciel. C'était l'une de ces journées de novembre au temps incertain. Un pâle soleil irradiait par-delà les nuages. Peut-être ferait-il beau. Peut-être pleuvrait-il encore. Les elfes n'accordaient pas au climat la dévotion des hommes courbés sur leurs cultures. Semblables aux arbres, aux pierres ou aux écureuils qui nichent dans les bois, ils n'auraient pas songé à modifier le cours de la nature. Et c'est pour ça qu'ils disparaissaient.

Un mouvement, à la lisière du bois, attira son attention.

Llandon, roi des hauts-elfes, était déjà à cheval. Un soldat tendit à Lliane les rênes d'une monture et celle-ci sauta sur son dos d'un bond. Les elfes montaient toujours à cru et n'avaient pas besoin de selle, d'éperons ou de cravache. Ils savaient le langage des animaux domestiques et, pour certains d'entre eux, celui des bêtes fauves. Llandon se pencha sur sa monture, un immense étalon blanc dont la crinière, touchant presque le sol, n'avait jamais été coupée.

— Emmène-nous à Loth, dit-il à l'oreille du cheval.

Dix elfes et neuf chevaux le suivirent. Il y avait là, outre le couple royal, Blorian et Dorian, les frères jumeaux de la reine, Kevin l'archer, Rassul, seigneur des elfes gris des marais qui jamais ne le quittait et ami de Llandon, Assan, son elfe lige, Hamlin le ménestrel et Lilian le jongleur – mais il faut toujours se méfier des elfes qui se font passer pour des baladins – et enfin Till le pisteur qui allait à pied, courant avec son chien et survolé par son faucon.

Les elfes chevauchèrent en silence, laissant leurs montures adopter l'allure de Lame, l'étalon blanc qui était leur chef. Puis Hamlin saisit sa viole et se mit à chanter de sa voix grave la chanson de la Grande Horde, que les chevaux aimaient tant. Le chant résonnait à leurs oreilles comme la promesse d'une chaude écurie. Le « dit de la Grande Horde » parlait des Temps anciens, et de la verte prairie sans fin où les destriers, palefrois, haquenées, roussins, rosses et haridelles paissaient l'herbe des dieux…

Till le pisteur avait envoyé son faucon reconnaître le chemin. Après une heure de chevauchée, le cri de l'oiseau les arracha tous à la mélancolie du chant : les tours de Loth étaient en vue.

Parvenus aux portes de la ville, les êtres bleus mirent pied à terre et renvoyèrent leurs montures à leur liberté, non sans leur avoir retiré leurs rênes. Les hommes aimaient bien trop les chevaux pour que Lame et sa harde puissent circuler en sécurité dans les ruelles de Loth.

— Seigneur Llandon ! Que la paix soit avec vous !

Peinant à accorder son pas à leurs longues foulées aisées, courant presque, le héraut leur confirma la présence du roi Baldwin et la tenue du Grand Conseil.

— Ainsi Baldwin s'est vraiment déplacé en personne ? fit Llandon pensivement. Il n'est pas nain à quitter volontiers sa montagne. Que veut-il ?

— Je ne sais, seigneur, répondit le héraut en baissant la voix. Mais il avait l'air renfrogné !

— Et alors ? s'exclama joyeusement Rassul en tapant sur l'épaule de Llandon. Les nains ont toujours l'air renfrogné !

La troupe elfique éclata d'un rire insouciant et disparut dans l'aile qui leur était réservée, et que l'architecte du palais avait fort judicieusement située à l'opposé des quartiers des nains…

Le héraut hocha la tête, décidément inquiet de la tournure des choses, et alla prévenir le roi Pellehun. Perdu dans ses pensées, il ne remarqua pas l'énorme masse d'un guerrier barbare, tapi dans une zone d'ombre. Le barbare laissa l'homme le dépasser, s'avança lentement dans la lumière et le suivit des yeux.

Revêtus de leurs armures de fer et d'une cotte d'armes aux larges rayures bleues et blanches, couleurs du roi, les douze preux réunis dans la salle du Conseil constituaient la garde des rois qui devaient prendre place autour de la table. C'étaient tous des hommes de noble extraction, issus de familles ayant reçu dans les Temps anciens les titres d'Amis des elfes et de Compagnons, titre équivalent chez les guerriers nains.

Certains parlaient à voix basse, d'autres jouaient aux dés, mais Uter et Rodéric, les deux plus jeunes, regardaient au-dehors par l'unique fenêtre de la pièce, gagnés au fond d'eux-mêmes par la tristesse de la journée.

Plusieurs heures s'étaient écoulées depuis l'arrivée des elfes et la cloche de midi ne tarderait pas à sonner. Uter frissonna. Son armure de métal poli brillait sous le crachin qui s'était remis à tomber. Rodéric murmura quelque chose que son compagnon ne comprit pas, mais celui-ci ne chercha pas à le faire répéter et laissa ses yeux dériver rêveusement sur les toits de la ville, les ruelles étroites du quartier du port et les premières brasses du lac immense s'étendant à perte de vue.

Uter sursauta lorsqu'un long gémissement se mit à sourdre depuis le centre de la table. C'était la Pierre de Fal, le talisman des hommes et le symbole de la souveraineté, qui manifestait la venue d'un roi légitime. Presque aussitôt, il y eut un bruit de pas dans le couloir. Ulfin, le plus ancien d'entre eux, lança un ordre bref. Ceux qui étaient assis se relevèrent d'un bond, ceux qui jouaient écartèrent dés et gobelets, et tous observèrent la porte qui allait s'ouvrir.

Le héraut entra, vérifia d'un coup d'œil que tout était normal et s'effaça devant le souverain en frappant le sol de son bâton ferré.

— Pellehun, fils de Ker, roi des hommes du lac et des alentours, maître du Grand Conseil ! annonça-t-il.

Les chevaliers se raidirent et serrèrent un peu plus fort le pommeau de leur épée.

Pellehun, escorté du sénéchal, fit le tour de la grande table de bronze qui occupait la majeure partie de la pièce et s'assit face à la porte, sur le trône de bois de cèdre taillé dans les Temps anciens au cœur même de l'arbre par un de ses ancêtres.

Gorlois, lui, resta debout devant sa place, car il ne convenait pas qu'un chevalier, fût-il prince, sénéchal et maire du palais, siégeât avant le roi des nains ou celui des elfes.

Il y eut au-dehors un cliquetis d'armures, un autre gémissement de la pierre sacrée, et la porte se rouvrit.

— Llandon, roi des hauts-elfes, seigneur sous la forêt d'Éliandre ! annonça le héraut.

L'elfe sourit et s'agenouilla devant Pellehun, selon l'usage.

— Que la paix soit avec toi, Llandon, dit ce dernier en se levant.

— Que le ciel te garde, Pellehun, répliqua l'elfe. Pourquoi le Conseil est-il réuni ?

— Je n'en sais guère plus que toi... Baldwin est à Loth. Mais je suppose que tu en es déjà informé...

Llandon répondit d'un hochement de tête et gagna sa place, près du roi des hommes ; le héraut fit de nouveau résonner le fer de son bâton sur les dalles.

— Rassul, roi des elfes gris, seigneur des marais au-delà des montagnes !... Lliane, reine des hauts-elfes !

— Toujours plus belle, fit Pellehun en rendant son salut à la reine.

— Je suis ta servante, murmura-t-elle sans baisser les yeux.

Son regard s'arrêta un bref instant sur le sénéchal, et elle inclina poliment la tête. Malgré son âge, le vieux Gorlois se sentit troublé et il se racla la gorge pour se donner une contenance. Difficile d'échapper au charme de ces yeux verts...

La suite de Llandon vint se poster autour de la table de bronze, le silence retomba dans la pièce.

Les douze preux, regards fixes et mains croisées sur le pommeau de leur longue épée, paraissaient semblables à des statues.

Uter, placé derrière les elfes, fixait, lui, la nuque de la reine Lliane. Les femmes elfiques étaient d'une telle beauté que les hommes qui n'avaient pas l'habitude de traverser leurs contrées les prenaient pour des fées. Hormis leur peau bleue, les elfes ressemblaient aux hommes, mais le plus bel homme ou la plus pure jeune femme avaient l'air lourdauds et empotés face à leur légèreté aérienne. Et, parmi eux, les hauts-elfes, ceux qui vivaient dans les plaines et couraient au vent, étaient les plus déliés.

Lliane dut percevoir sur sa nuque la chaleur du regard du jeune chevalier : elle se retourna à demi et lui sourit.

Uter sentit son cœur bondir sous son armure. L'elfe avait des yeux d'un vert prairie presque jaune, qui tranchait admirablement sur les reflets bleutés de sa peau.

Il sourit à son tour, perdant un peu de la rigidité qu'exigeait sa fonction, mais à cet instant la pierre gémit pour la troisième fois, et le bâton du héraut claqua, comme pour le rappeler à l'ordre. Les formules protocolaires en usage chez les nains étaient bien plus compliquées que celles des elfes, des hommes, ou même des gnomes qui aimaient tant les titres. Ce n'était pas la moindre des tâches que de connaître toutes les formules, tous les usages et toutes les langues des Peuples libres, car il était des circonstances, au palais, où l'usage du langage commun, entendu de tous – y compris bon nombre de races monstrueuses des Terres noires –, aurait semblé inconvenant.

— Baldwin, fils de Twor, fils d'Urs Barbe-Bleue, roi et fils de rois ! clama le héraut. Baldwin, maître de la pierre et des métaux. Baldwin Longue-Hache, Longue-Barbe, vaste trésor ! Baldwin, suzerain des nains sous la Montagne rouge ! Que sa barbe soit toujours plus drue !

Le vieux nain fit une entrée bruyante, comme à son habitude. Usé par les années, il se dispensa de s'agenouiller devant Pellehun. Passé l'âge de trois cents ans, on peut se permettre quelques entorses au protocole…

Un coin de sa longue moustache poivre et sel passée à la cire se souleva, ce qui pouvait indiquer qu'il avait souri au roi des hommes ; il courba la tête en guise de salut.

— Que la paix soit avec toi, Pellehun, fit-il de sa grosse voix éraillée.

— Que le ciel te garde, maître des pierres. Assieds-toi à ma droite.

Baldwin contourna la table de bronze, suivi de ses conseillers et d'un nain modestement paré et non armé.

Les preux alignés derrière le groupe des nains essayèrent d'étudier le visage de ce dernier, mais ils convinrent entre eux à l'issue de la réunion qu'ils n'avaient encore jamais vu ce barbu à l'air rêveur (ce qui n'était guère courant chez les nains). Baldwin gagna enfin sa place et tourna ostensiblement la tête vers ses suivants. Llandon, décontenancé, hésita un instant. L'étiquette exigeait qu'il salue en premier son aîné, le roi des nains, mais celui-ci ne lui avait pas encore accordé le moindre regard.

— Que la paix soit avec toi, roi, lâcha-t-il finalement, avec un sourire de diplomate. Voilà longtemps que nous ne nous sommes vus…

Baldwin ne répondit pas, et un grondement indigné parcourut aussitôt le groupe des elfes. Gorlois, le héraut qui déjà sortait et refermait la lourde porte derrière lui, et le roi Pellehun lui-même ne purent s'empêcher de sourciller devant l'attitude du roi sous la Montagne rouge. Uter, déconcerté, chercha du regard Ulfin et perçut chez son aîné le même changement d'attitude. Raidissement, inquiétude, expectative…

— Le seigneur Llandon vous souhaite la bienvenue ! répéta Pellehun en posant la main sur le bras du vieux nain.

— Hein ? fit Baldwin en se retournant enfin. Ah oui, les elfes ! Les elfes, bien sûr… Excusez-moi… Je n'avais pas entendu. L'âge, sans doute…

Il inclina la tête et fit un geste vers les êtres bleus pour les inviter à s'asseoir.

— Que le ciel te garde, Llandon… Et toi aussi, reine des elfes. Bienvenue enfin, roi Rassul !

Les elfes s'entre-regardèrent et s'assirent avec humeur.

Gorlois se cala au fond de son fauteuil, jouant distraitement avec l'une de ses nattes tressées de rouge, et réprima un sourire. Le Conseil commençait bien…

Pellehun se leva, arborant un air conciliant.

— Mes amis, nous sommes réunis à la demande du roi Baldwin, seigneur des nains sous la Montagne rouge. Écoutons ce qu'il est venu nous dire et délibérons ensemble de la conduite à tenir !

De l'autre côté de la porte, le héraut tendait si fort l'oreille qu'il se laissa surprendre par l'apparition à l'autre bout du couloir d'un gigantesque guerrier aux cheveux blonds et à la barbe hirsute, vêtu de fourrures et armé d'une épée fort impressionnante.

— Qui es-tu ? cria-t-il en courant vers le barbare. Comment as-tu pu arriver jusqu'ici ?

— Je suis Freïhr, chef des hommes libres de Seuil-des-Roches. Laisse-moi passer.

Le héraut ne le comprit pas tout de suite. Freïhr parlait le langage commun avec le terrible accent des hommes du Nord. Il ne s'écarta pas.

— Quel est ton nom ? s'enquit-il à nouveau.

— Place ! gronda le géant.

Simultanément, il le repoussa contre le mur, mais avec une brusquerie telle que celui-ci s'y assomma et glissa lentement à terre avec un râle.

Le barbare fronça les sourcils, regarda vivement autour de lui et, ayant constaté avec soulagement que la scène n'avait pas eu de témoin, il s'avança vers la porte du Conseil.

Baldwin parlait avec tant de force et de colère que le barbare percevait chacune de ses paroles à travers les massives planches de chêne.

— Je suis venu réclamer justice au Conseil ! criait-il. Si elle ne m'est pas rendue, je ferai appel au Courroux des nains, et notre vengeance sera plus terrible que l'orage dans les montagnes !

— Nous te rendrons justice, Baldwin, dit calmement Pellehun.

Le nain se tut quelques instants, coupé dans son élan. Sous ses sourcils en broussaille, ses yeux cherchèrent ceux de son conseiller, le nain à barbe brune d'allure modeste.

Celui-ci se leva de sa chaise avec un air embêté. Lliane eut même l'impression qu'il avait lancé aux elfes un regard de sympathie (mais elle n'en aurait pas juré).

— Mon nom est Tsimmi, dit-il d'une voix posée. Le seigneur Baldwin m'a chargé de vous faire part des terribles événements qui se sont produits sous la Montagne et qui ont provoqué sa venue au Conseil. Il est des choses trop indignes pour être prononcées par la bouche d'un roi…

À son tour, il marqua une pause et sollicita l'assentiment du vieux Baldwin. Mais celui-ci gardait la tête baissée, fixant durement ses poings serrés posés sur la table de bronze.

— L'elfe Gael a tué Troïn, lâcha-t-il enfin.

Le nain Tsimmi se rassit avec un gémissement, tandis qu'éclatait un concert de cris d'indignation, de surprise ou d'incrédulité. Llandon et Rassul s'étaient brusquement levés, renversant leurs sièges sur les dalles de marbre de la salle, et la reine Lliane le dévisageait comme s'il était devenu fou.

— Par la déesse, retire ces mots, barbu ! hurla Rassul, l'elfe gris qui perdait toujours patience le premier.

Gael était le seigneur d'une petite communauté d'elfes des marais, dans les Marches, et donc en théorie l'un de ses vassaux. Mais, plus que tout autre clan de la nation elfique, les elfes gris échappaient en réalité à tout contrôle.

Ils n'avaient pas toujours vécu dans les marais. On les nommait dans les Temps anciens « elfes des collines », et ils en avaient été chassés par les nains lorsque ceux-ci y avaient trouvé de l'or. Les nains avaient commencé par brûler leurs villages de huttes, tuant indifféremment les guerriers, les femmes et les enfants. Puis, quand les survivants ne furent plus qu'une poignée, ils s'amusèrent à organiser des chasses à courre et à les tirer à la fronde, comme des lapins. Des siècles plus tard, les descendants de leurs victimes leur en gardaient une terrible rancœur. Les elfes étaient devenus un peuple sauvage, imprévisible et cruel. Malgré l'alliance, aucun nain, même le plus téméraire, même le plus fort, ne se serait aventuré dans les marais…

Llandon calma Rassul d'un geste et le força à se réinstaller sur le siège que l'un des douze preux avait déjà redressé. De l'autre côté de la table, les nains s'étaient également levés, la main sur la poignée de leur hache. Seuls Baldwin et Tsimmi n'avaient pas bougé.

— Je vous en prie, insista Pellehun en faisant signe à chacun de s'asseoir. Continuez votre récit, maître Tsimmi.

— Troïn, roi sous la Montagne noire et prince de la cité souterraine de Ghâzar-Run, est mort, reprit le nain à barbe brune tout en s'efforçant d'éviter le regard des elfes. Gael était venu le voir pour lui acheter une cotte de mailles d'argent, forgée par les maîtres artisans de la cité. Vous savez tous la valeur de ce qui a été forgé à Ghâzar-Run…

Chacun approuva, et les nains plus particulièrement. Ces armures d'argent étaient aussi légères que le cuir et plus résistantes que l'acier. Llandon lui-même passa machinalement la main sur son pourpoint de moire, en dessous duquel il portait lui aussi l'une de ces cottes de mailles.

— Au moment de payer, poursuivit Tsimmi, Gael tua le roi Troïn d'un coup de dague dans le dos et s'enfuit de Ghâzar-Run en emportant son bien, avant que son crime ne soit découvert… Le roi Baldwin, mon maître, est venu demander justice en son nom, et en celui du peuple sous la Montagne noire !

Un silence de mort régna dans la salle pendant de longues secondes. Les nains serraient les dents et regardaient fixement la table, le roi humain et son conseiller trituraient nerveusement leur tresse et les elfes, encore plus pâles qu'à l'ordinaire, baissaient les yeux, le cœur battant, pétrifiés.

— Qu'est devenu le seigneur Gael, Rassul ? demanda Pellehun d'une voix aussi calme que possible.

L'elfe gris baissa la tête et ferma les yeux. Il se sentait humilié devant les nains, incapable d'affirmer que leur histoire était un mensonge. Bien sûr, plus que quiconque, Gael aurait eu besoin d'une armure naine, lui qui s'accrochait aux frontières des Terres noires, à portée des raids gobelins. Mais les elfes des marais étaient pauvres, désespérément pauvres, même selon les critères des autres peuples elfiques. Avec quoi aurait-il pu payer un haubert d'argent ?

Llandon baissait lui aussi la tête. Gael était un elfe gris, et non un haut-elfe, et il ne se souvenait pas de lui. Peut-être que Till, le pisteur, le connaissait. Il avait combattu autrefois avec les elfes gris dans les marais, menant en territoire ennemi une guerre de lutins contre les patrouilles gobelines… Llandon s'en voulut l'espace d'un instant de ne pouvoir mettre un visage sur ce nom, mais, après tout, qui connaissait vraiment les elfes gris ? Pas même leur roi, Rassul, qui ne régnait que sur un peuple évanescent, disséminé par petits clans sur le plus inhospitalier des royaumes, aux Marches des Terres noires. Les elfes gris, en dehors de Rassul et de quelques communautés qui vivaient encore à l'ancienne, s'étaient peu à peu isolés, ne se mêlant aux elfes verts, aux elfes des dunes ou aux hauts-elfes qu'en de rares occasions. D'ailleurs, il en allait de même de presque tous les elfes… Llandon aurait eu du mal à se souvenir d'un rassemblement dépassant une centaine de ses congénères.

— Je ne sais pas, finit par murmurer Rassul, livide. Je ne sais pas où il est.

Llandon croisa le regard vert clair de la reine Lliane, et secoua la tête en signe de dénégation.

— Messire, l'honneur des elfes et l'avenir de la paix entre les Peuples libres nous commandent de retrouver Gael, dit Lliane. Nous remercions le seigneur Baldwin… et maître…

Elle chercha le nom du nain à barbe brune.

— … Tsimmi, souffla celui-ci d'une voix gênée qui fit sourire tous les nobles assistants.

— Maître Tsimmi, oui, reprit la reine. Pardon… Nous vous remercions d'avoir porté cette affaire à l'attention du Conseil. Si le seigneur Pellehun nous le permet, nous ramènerons Gael à Loth pour qu'il s'explique.

— Ouais ! grommela Baldwin dans sa barbe. Des jolis mots ! Et dans deux semaines vous nous direz qu'il a disparu !

À nouveau, Rassul bondit.

— Tu nous insultes encore, maudit bouffeur de pierres !

L'elfe gris s'était dressé, la main sur la poignée de sa longue dague. De l'autre côté de la table, Baldwin et ses conseillers brandirent leurs haches, mais aussitôt les douze preux se rapprochèrent des membres du Conseil, prêts à les ceinturer avant que le sang coule.

— Assez ! hurla Pellehun en se levant.

Son cri ramena un peu de calme.

— Seigneur Rassul, vos paroles ont dépassé votre pensée, mais je suis persuadé que le roi Baldwin ne vous en tiendra pas rigueur. Nous sommes tous las et à bout de nerfs… Rasseyons-nous, messires. Je vous en prie…

Une nouvelle fois, elfes et nains prirent place autour de la table de bronze, non sans un long concert de grognements divers.

— La reine Lliane a raison, continua Pellehun. C'est aux elfes qu'il revient de faire justice. Mais nous comprenons tous la colère du seigneur Baldwin et… sa méfiance.

À côté de lui, le sénéchal Gorlois toussota.

— Peut-être… Puisqu'il s'agit d'un crime de sang royal…

— Eh bien ?

— Peut-être que la reine pourrait se charger elle-même des recherches ?

L'espace d'un instant, le regard du roi des hommes brilla, et une ébauche de sourire plissa son visage ridé.

— Quelle idée !

Gorlois ferma modestement son œil unique et inclina la tête.

— Qu'en pensez-vous, compagnons ?

Immobile devant la lourde porte de la salle du Conseil, le barbare se dandinait d'un pied sur l'autre, incapable de prendre une décision. La route avait été longue jusqu'à Loth, et Freïhr avait cent fois retourné dans sa tête le discours qu'il servirait au roi Pellehun. Mais là, au cœur de cette forteresse, il ne savait plus que faire.

Tout à coup, la pointe d'une lance vint lui piquer le dos.

— Pas un geste, barbare ! C'est toi qui as tué le héraut ?

Pour toute réponse, l'immense guerrier blond se retourna avec un hurlement terrifiant, et son poing fermé frappa la hampe de la lance, l'arrachant des mains du soldat qui le menaçait. Le barbare fit face, dégainant une lourde épée à deux mains dont le tranchant ébréché montrait assez qu'il avait coutume de s'en servir. Devant lui, le garde désarmé battit précipitamment en retraite, tandis que deux autres soldats pointaient leur lance.

La porte du Conseil s'ouvrit d'un coup sec et Gorlois embrassa toute la scène de son œil, encadré par deux chevaliers, l'épée haute, prêts à trancher en deux le géant s'il faisait mine de l'attaquer.

— Qu'est-ce qui s'est passé ? dit-il en désignant le héraut toujours inanimé. Il est mort ?

Le barbare se retourna et abaissa son épée.

— Non, non, pas mort. Juste assommé…

— Qui es-tu ?

— Je suis Freïhr, chef des hommes libres de Seuil-des-Roches, dit le barbare en souriant, le visage à nouveau serein.

— Que faisais-tu derrière cette porte ? demanda le sénéchal. Tu nous espionnais ?

— Freïhr n'espionne pas ! Je veux parler au roi.

— Plus tard ! fit le sénéchal en repoussant le guerrier à demi nu sous ses fourrures. Le roi ne peut te voir maintenant !

— Attends ! cria une voix forte.

Tous les regards se tournèrent vers Pellehun. Le maître du Grand Conseil s'était redressé brusquement.

— Fais entrer le seigneur Freïhr, ordonna-t-il d'un ton qui contrastait avec le calme dont il avait fait preuve depuis le début du Conseil.

Les elfes et les nains, intrigués, se turent, dévisageant tour à tour le roi et le barbare. Pourquoi Pellehun interrompait-il ainsi le Conseil ?

— Quel village as-tu dit ? demanda le roi après que le guerrier fut entré dans la salle.

— Seuil-des-Roches…

— Cela ne te rappelle rien, Gorlois ? lança le roi, goguenard et triomphant.

— Je ne comprends pas…

— Seuil-des-Roches est un village fortifié, au cœur même des Marches noires… À vol d'oiseau, il ne doit pas être distant de plus de cinq lieues[1] des premières huttes des elfes gris de Gael.

Tous les visages se tournèrent vers le géant avec un nouvel intérêt.

— Messires, poursuivit le roi en levant haut la main pour saisir le barbare par l'épaule, Freïhr est l'un de ces rares hommes libres qui ont réussi à se maintenir dans les Marches. Je suis surpris et heureux de ta venue à Loth, Freïhr. Pourquoi voulais-tu me voir ?

— Seuil-des-Roches a été détruit. Aide-moi à me venger, et Freïhr sera ton esclave… Je n'ai plus rien.

Pellehun ne répondit pas. Face au géant, le roi des hommes semblait petit comme un nain ; Uter se sentit soulagé de ne pas avoir eu à s'opposer à lui. Le visage grave, Pellehun tapota encore l'épaule du barbare, puis s'avança en silence jusqu'à l'unique fenêtre de la pièce. Au-dehors, la pluie avait cessé de tomber. La fumée sortant des cheminées charriait jusqu'au palais des odeurs de cuisine, et le roi se dit qu'il avait faim.

— De qui veux-tu te venger ? poursuivit-il.

— De Celui-qui-ne-peut-être-nommé. C'est lui qui a fait détruire Seuil-des-Roches.

— Le Seigneur noir…, murmurèrent en même temps Llandon et bien d'autres autour de la table de bronze.

La plupart d'entre eux l'avaient combattu lors des dernières batailles de la guerre des Dix Années, et le seul souvenir de cette époque horrible les faisait frissonner. Nul n'avait jamais vu le Seigneur noir, mais la croyance populaire – tant chez les hommes du lac que chez les elfes des dunes ou les nains sous la Montagne – lui accordait des pouvoirs infinis. Tous, jusqu'aux rois

1. Environ vingt kilomètres.

siégeant au Grand Conseil, étaient persuadés qu'on ne pouvait le nommer sans risquer d'attirer sur soi le mauvais œil. Avec le temps, rares étaient ceux qui connaissaient encore son nom…

Au terme de la guerre, l'Innommable avait été vaincu et il s'était retiré au-delà des Marches, dans une lande désolée telle que les aiment les monstres. On disait qu'il y avait édifié une forteresse, et qu'il y reconstituait son armée de loups et de gobelins. Quoi qu'il en soit, les Marches constituaient la frontière floue entre le royaume de Logres et le pays de Gorre, le domaine de l'Innommable, que les hommes appelaient Terre gaste [1], Terres noires ou Terres foraines [2].

— Ouais, le Seigneur noir ! s'exclama Baldwin. Et bon, quel rapport tout cela a-t-il avec le meurtre de Troïn ?

— Connais-tu l'elfe Gael ? demanda la reine Lliane au barbare, sans prêter attention au roi des nains.

— Oui.

— Quand l'as-tu vu pour la dernière fois ?

— Il y a cinq jours. Après que Seuil-des-Roches a été détruit.

Llandon bondit de son siège et s'approcha du géant. Baldwin frissonna et se tassa sur son trône en mordillant sa barbe grise. Comme tous les elfes, Llandon était grand, plus qu'un homme normal, mais le barbare le dominait encore et semblait trois fois plus large. Il devait mesurer au moins huit pieds de haut. Grand comme trois nains…

1. Dévastée.
2. Lointaines.

— Seigneur Baldwin ! s'exclama le roi des hauts-elfes d'une voix où perçait l'espoir. Quand Troïn a-t-il été tué ?

— Il y a une semaine.

— Alors, si ce que nous dit ce brave géant est vrai, Gael n'est pas coupable ! Il y a plus de cinquante lieues [1] entre la cité souterraine de Ghâzar-Run, où Troïn a été tué, et les Marches ! Qui pourrait chevaucher aussi vite ? Impossible !

— Mais cela reste faisable avec un cheval libre, corrigea Pellehun.

— Je n'ai pas vu Gael aux Marches, dit lentement le géant. Il était à Kab-Bag.

Rares étaient ceux dans l'assistance qui connaissaient l'endroit. L'ignorance se lisait si manifestement sur les visages de la plupart des elfes et des nains que Gorlois intervint, pas mécontent de racheter ainsi son oubli précédent.

— Kab-Bag est la cité marchande des gnomes. Ce n'est en fait pas vraiment une cité, mais plutôt un vaste trou, dans lequel sont creusées des maisons troglodytes. Certaines sont même de véritables palais, à ce qu'on raconte. Mais vous connaissez les gnomes… Aussi voleurs que menteurs !

— Où est cette cité ? grommela Baldwin.

— À mi-chemin entre les Marches et notre bonne ville de Loth… Je dirais environ quarante ou cinquante lieues, vers le nord. C'est assez difficile à trouver, je suppose, car peu de gens peuvent se vanter de l'avoir visitée… Hormis les voleurs de la Guilde et les gnomes eux-mêmes, bien sûr.

1. Environ deux cents kilomètres.

— Que faisait Gael à Kab-Bag ? demanda Pellehun au barbare, en interrompant le discours satisfait de son sénéchal.

— Je ne sais pas. Gael ne m'a pas salué. Peut-être qu'il ne m'a pas vu…

Le roi réprima un sourire. Ne pas voir le géant parmi une foule de gnomes guère plus hauts qu'une épée…

— Mais il faut m'aider à me venger, hein ?

— Oui, oui… Ça va !

Gorlois interrogea du regard le roi Pellehun, puis raccompagna le barbare hors de la salle.

Tout le temps où il fut sorti, le silence régna dans la pièce. On entendait au-dehors les échos d'une chanson d'ivrognes et le rire grasseyant d'une catin.

— Que décidons-nous, messires ? s'enquit Pellehun en reposant son gobelet d'étain.

Le Conseil se prolongeant, Gorlois avait fait servir un solide repas. Des servantes avaient apporté du vin et de la bière pour les hommes et les nains, de l'eau fraîche pour les elfes, et de vastes plateaux de charcuterie. Quand un serviteur disposa au centre de la table de bronze de grands candélabres, tous se rendirent alors compte qu'ils parlaient depuis longtemps dans une semi-obscurité, tandis que none, la neuvième heure du jour, venait à peine de sonner.

— Il semble que nous n'ayons pas le choix, fit Llandon. Si Gael est à Kab-Bag, c'est là qu'il faut aller. J'enverrai dès demain trois elfes avec ma reine pour le retrouver.

— Le shérif des gnomes de Bag-Mor est au palais, sire ! lança Gorlois. Faut-il le faire convoquer au Conseil ?

— Non, c'est inutile. Bag-Mor est à des lieues de Kab-Bag et il est fort improbable que le shérif de cette bourgade ait quoi que ce soit à nous apprendre au sujet de Gael... De plus, il faut éviter d'ébruiter l'affaire.

Tous les assistants hochèrent la tête. De nombreux peuples vivaient sous la protection des armées du Grand Conseil, mais seuls les hommes, les elfes et les nains en faisaient partie. Il y avait différentes raisons à cela. Certains peuples n'avaient jamais constitué de vastes groupements, ne formant que de petites tribus d'une dizaine d'individus. D'autres, malgré leur importance, n'étaient pas vraiment sûrs... Et c'était le cas des gnomes.

En principe alliés du Grand Conseil, ils n'avaient que très rarement pris part à un combat contre les armées du Seigneur noir (ce dont nul ne se plaignait réellement, leur incapacité militaire étant proverbiale). En outre, il était pratiquement établi que leurs centres de commerce – dont Kab-Bag – entretenaient des relations avec les monstres des Marches. On avait trop souvent relevé parmi les monnaies d'or versées en impôt au Grand Conseil des pièces gobelines pour croire encore à la parfaite soumission des gnomes.

Une nouvelle fois, le silence était retombé dans la pièce. Les nains s'agitaient sur leurs sièges en mastiquant bruyamment. Les plateaux placés devant eux étaient presque vides.

— Je crois que l'idée du seigneur Llandon est la bonne, dit Pellehun. Il faut en effet envoyer une troupe à

Kab-Bag avec la reine Lliane, afin de retrouver Gael et de nous le ramener…

— Ouais, ou l'aider à s'échapper, grommela Baldwin.

— … mais il me semble qu'il serait plus sage de désigner deux représentants de chacun de nos peuples, continua Pellehun en s'inclinant vers lui. J'enverrai deux chevaliers de la garde du Conseil, ainsi que le seigneur Freïhr, le dernier homme à avoir vu Gael et le seul sans doute qui connaît les gnomes.

— D'accord ! fit Lliane.

Tous les regards se tournèrent vers la reine des hauts-elfes. Posément, elle se leva, dominant la table de toute sa taille, et abaissa son regard vert clair sur le roi des hommes. Malgré son âge et son rang, Pellehun se sentit rougir, et cela l'irrita. L'image de la reine Ygraine lui passa fugacement devant les yeux. Depuis combien de temps ne l'avait-il plus honorée ?

— Le roi Pellehun a raison, poursuivit Lliane. Organisons une expédition, et allons-y dès demain ! D'ailleurs, si Gael est à Kab-Bag, ce ne sera qu'une formalité. J'irai, si mon roi me le permet.

Llandon ferma les paupières en signe d'assentiment.

— Deux elfes escorteront la reine, murmura-t-il.

Baldwin émit un petit ricanement étouffé.

— Un ! corrigea-t-il.

— La reine des hauts-elfes ne peut être comptée parmi les guerriers de cette expédition !

Baldwin sourit de l'indignation de Llandon.

— Le seigneur Llandon croit-il que les peuples sous la Montagne ignorent ce qui se passe dans la plaine… ou dans les forêts ?

— Chez nous, murmura Tsimmi de sa voix inhabituellement calme pour un nain, on raconte aux nanillons pour leur faire peur l'histoire de l'elfe Lliane et de sa longue dague tueuse de gobelins.

Tsimmi avait appuyé ses derniers mots d'un petit sourire, et Lliane rougit (ce qui chez les elfes rend les joues bleu foncé).

— J'ai entendu parler de cette histoire, intervint Gorlois. Je me suis toujours demandé s'il s'agissait d'une légende ou si elle était vraie… Les ménestrels ont un chant sur la reine des elfes, attaquée par Chaw le gobelin, dans la forêt d'Éliandre. Des bûcherons découvrent Chaw cloué à un arbre par un coup de dague. L'arbre est desséché et noirci… Je ne savais pas que c'était de vous qu'il s'agissait, ma dame.

— Les légendes ont toujours un fond de vérité, fit Lliane à voix basse tandis que ses doigts, sous la table, glissaient sur le fourreau d'Orcomhiela, sa longue dague argentée. Un elfe seulement m'accompagnera.

Tandis que la reine se rasseyait à côté de son époux renfrogné, les conseillers du roi des nains entrèrent dans un bruyant conciliabule.

— Nous vous ferons savoir demain lesquels d'entre nous partiront à la recherche de l'elfe, dit finalement Baldwin, coupant court à la discussion.

Pellehun hocha la tête, frappa la table de bronze de ses deux paumes et se leva pour mettre fin aux débats.

— Eh bien, je pense que nous pouvons maintenant déclarer ce Conseil clos… Je vous propose d'assister avec moi à la messe, et de partager ma table, ce soir, puisque nous sommes tombés d'accord !

— C'est un honneur que tu nous fais, roi Pellehun, dit Llandon. Mais il me faut préparer le départ de la reine, et je dois également choisir celui qui l'accompagnera.

Les elfes se levèrent, s'inclinèrent très bas devant Pellehun et son sénéchal, puis sortirent de leur pas silencieux, sans un regard pour Baldwin et ses conseillers.

— Excuse-moi, dit le roi des nains, je suis fatigué. Je n'ai plus l'âge de festoyer, tu le sais. Quant à ta messe… Permets-moi de me retirer.

Les nains se levèrent d'un seul bloc, saluèrent et s'en allèrent aussi bruyamment qu'ils étaient entrés.

Pellehun était resté assis. Les yeux fixés sur la lourde porte de chêne qui venait de se refermer derrière les douze preux, il garda le silence un long moment.

— Eh bien, Gorlois, qu'en dis-tu ? Ça ne s'est pas trop mal passé, non ?

Le sénéchal hocha la tête et leur servit à tous deux un verre de grenache, un vin noir, épais, que le roi aimait par-dessus tout.

— Mieux que nous ne l'espérions, messire… Vous avez vu ça ? Ils étaient prêts à s'étriper dans cette pièce même !

— Oui…

Pellehun sourit et but une longue gorgée de vin.

— C'est presque trop facile.

III

Une nuit de veille

Les elfes quittèrent Loth la nuit même. Les rois avaient rejoint leur suite dans leurs appartements, et les maigres bagages qu'ils avaient emportés furent vite bouclés. Till, le pisteur, fut envoyé en avant pour retrouver Lame et les chevaux libres et leur demander de prendre part au Conseil que voulait tenir le roi Llandon, car ils seraient eux-mêmes concernés par l'expédition.

Les êtres bleus traversèrent les ruelles endormies de la ville en glissant silencieusement sur les pavés humides. Ils ne réveillèrent même pas les chiens dormant au pied du lit de leurs maîtres, dans les chaudes maisons cloîtrées des hommes.

Till, Lame et les chevaux étaient là quand ils parvinrent aux portes de Loth. Sans un mot, les elfes enfourchèrent leurs montures et disparurent dans les ténèbres. À mi-nuit, ils avaient regagné leur campement, de l'autre côté du lac.

Aucune parole n'avait été échangée pendant la chevauchée, et la viole d'Hamlin le ménestrel était restée silencieuse. Lame avait bien poussé quelques hennissements interrogateurs, mais Llandon ne lui avait pas répondu, perdu dans ses pensées, sombres et moroses. L'étalon blanc avait secoué sa longue crinière et hoché la tête, comprenant qu'il se passait quelque chose de grave.

Llandon ne laissa pas aux elfes le temps de regagner leurs huttes, ni de saluer leurs familles. Mettant pied à terre devant sa cabane de bois et de feuilles, il dit quelques mots à voix basse à Lame, puis invita d'un geste les seigneurs elfes à le suivre.

Sa hutte était basse et humide, dépourvue de tout signe de richesse et bien différente des splendides demeures que les nobles, du rang de Llandon, humains ou nains, se faisaient construire.

Les elfes ignoraient le confort, sauf peut-être les elfes des dunes qui aimaient tant le soleil. Les hauts-elfes eux-mêmes, l'antique race de Morigan, en dépit de la noblesse de leurs origines, buvaient de l'eau de pluie et couchaient sur de la mousse.

Dans la forêt d'Éliandre, les elfes vivaient sur des plates-formes aménagées entre les branches des arbres et se déplaçaient sur de minces ponts de corde, si fins que les rares bûcherons humains qui se risquaient parfois aux abords de la forêt croyaient que les elfes savaient voler dans les airs.

Chaque voyage à Loth déprimait fort Llandon, tant la ville lui semblait opposée à tout ce que chérissaient les elfes. Les êtres bleus n'aimaient pas les pierres, ni le feu, l'or, les métaux ou les riches tissus, tout ce qui paraissait représenter l'essence même du bonheur aux yeux des citadins. Sur ce point, les hommes étaient plus proches des nains que de l'etheré peuple des arbres, même si les barbus ne s'accommodaient vraiment que de leurs sombres souterrains qui terrifiaient tant les humains.

Llandon s'ébroua et contempla ses elfes liges, assis en tailleur tout autour de lui. Fatigué, triste, il chercha Lliane des yeux et sentit la main de sa reine posée sur son bras. Elle s'était agenouillée derrière lui, calme et souriante, comme si rien ne s'était produit, comme si elle n'allait pas partir… Llandon laissa ses épaules s'affaisser, gagné par une irrésistible vague de mélancolie (un trait de caractère propre aux elfes). Lliane allait le quitter, et il resterait seul, près de la ville des hommes et si loin de la forêt d'Éliandre…

À nouveau, il dut faire un effort sur lui-même pour se ressaisir.

— Les nains accusent l'un des nôtres d'avoir tué Troïn, leur roi sous la Montagne noire, expliqua-t-il. Le Conseil a chargé la reine de le rechercher, à la tête d'une troupe composée de guerriers de chaque race, et de le ramener à Loth pour y être jugé de son crime.

— Qui est-ce ? demanda Hamlin.

Le roi marqua une pause, croisa le regard de Rassul, assis à l'écart auprès d'Assan.

— Son nom est Gael, dit-il enfin. Un elfe gris, seigneur d'un clan des marais…

Il se tut, observant la réaction des elfes de son Conseil. Tous commentaient avec passion l'incroyable nouvelle, sauf Till. Silencieux, à son habitude, le pisteur ne put cependant empêcher son regard de briller furieusement. Llandon comprit alors qu'il ne s'était pas trompé : Till devait connaître le sire Gael.

— Il me faut maintenant choisir celui d'entre vous qui accompagnera la reine et la protégera tout au long de ce voyage.

— Moi ! fit Rassul en se levant.

Llandon sourit à son ami.

— Tu ne le peux, Rassul. Ni moi… Nous sommes rois et nous devons rester au Grand Conseil, tant que cette affaire ne sera pas éclaircie.

Tous les autres elfes, hormis Assan, qui ne pouvait quitter Rassul, se proposèrent. Blorian et Dorian, puisqu'ils étaient les frères de Lliane, Hamlin, le ménestrel, parce qu'il parlait toutes les langues et que son chant avait le pouvoir d'affaiblir les ennemis, Kevin, car il était le meilleur archer elfique, Lilian, le jongleur, parce que sa souplesse et son agilité permettraient toujours d'arracher la reine à un mauvais combat, Till, enfin, parce qu'il possédait sur la nature et les bêtes des pouvoirs inconnus de l'ennemi, mais aussi des hommes et des nains avec qui ils devraient faire route.

Llandon remercia longuement chacun d'eux.

— Je te sais gré, Blorian, et toi Dorian, frères valeureux. Mais vous ne serez pas choisis. Le désir de protéger votre sœur vous rendrait aveugles aux pièges de ce voyage… Et ils seront multiples.

Une terrible déception se lut sur le visage des deux princes.

— De plus, reprit le roi, comment choisir l'un de vous sans vexer l'autre ?

Rassul éclata d'un rire sonore comme un ruisseau de montagne au printemps, et tous se laissèrent gagner par le rire communicatif du roi des elfes gris. Blorian et Dorian eux-mêmes finirent par glousser en se poussant du coude.

— Je te remercie, Hamlin, poursuivit Llandon, mais ce ne sera pas toi, non plus.

— Mais… Pourquoi ? demanda le ménestrel.

— Souviens-toi, cher Hamlin, de tout ce que tu m'as appris, intervint Lliane. Grâce à toi, je parle la langue des gnomes, celle des nains et celle des gobelins. Tu m'as appris ton chant. Je suis ta servante, noble Hamlin, et ton élève, et nombre de tes chants me sont encore inconnus, mais après tout il ne s'agit que d'aller chez les gnomes, et non dans les Terres noires !

Le ménestrel hocha la tête et sourit à la reine, d'un drôle de sourire où se mêlaient l'admiration et le regret.

— Il en va de même pour toi, Kevin l'archer, reprit-elle. Toi qui donnas tellement de ton temps pour m'apprendre le langage de la corde, du bois et de la flèche…

À son tour, Kevin hocha la tête et détourna les yeux. Puis, posément, il se débarrassa de son carquois et le tendit à Lliane.

— Tiens, ma reine. Accepte alors au moins ces flèches.

Lliane hésita, puis reçut le présent de l'archer. Tous, dans la hutte, avaient reconnu les légendaires flèches d'argent de Kevin, forgées dans les Temps anciens par Gwydyn-le-vieux, mais dont nul ne connaissait réellement tous les pouvoirs… Une seule chose était sûre : ceux qu'elles touchaient n'y survivaient pas, et jamais elles ne manquaient leur cible.

Kevin baissa modestement les yeux pour couper court au témoignage de gratitude de son élève. Au fond de sa gorge, il sentit une boule se nouer et il renifla. Il était difficile aux autres de comprendre tout ce qui reliait l'archer à ses flèches.

— Je te remercie, Lilian, reprit Llandon, mais je ne crois pas que la troupe aura besoin des services d'un jongleur. Il ne s'agit pas d'attaquer silencieusement une place forte, ni d'escalader des remparts ou de surprendre des sentinelles, comme tu sais si bien le faire. Et puis, tu vaux à toi tout seul une armée entière, ce serait tromperie que de te joindre à la troupe !

Lilian sourit sous le compliment et s'inclina.

— C'est donc moi qui accompagnerai la reine, dit Till sans élever la voix. Je connais Gael. C'est mon ami. Je ne crois pas qu'il ait tué le barbu, mais, s'il l'a tué, c'est qu'il avait une bonne raison de le faire. Je saurai le retrouver, et il me parlera.

Llandon hocha la tête et consulta du regard Lliane et Rassul, qui acquiescèrent eux aussi.

— Avec toi, mon ami, la reine est en sécurité, conclut le roi. Reposons-nous, maintenant. Dès demain, vous devrez rejoindre la ville des hommes... Il me faut encore parler à Lame et lui demander un cheval pour la reine.

Les elfes sortirent de la hutte royale, laissant le couple en tête à tête, et le silence de la nuit, tout juste troublé par le hululement lugubre d'une chouette effraie, s'installa entre eux. La gorge serrée, Llandon regardait son épouse sans trouver ses mots. Dans la nuit noire et l'obscurité de la hutte, un humain n'aurait rien pu distinguer, mais les elfes amis de la lune avaient des yeux de chat. Le roi dévisageait Lliane comme un noyé, éperdument.

— Il ne s'agit que d'aller chercher Gael à Kab-Bag, murmura la reine. Rien de grave...

Llandon sourit tristement.

— Tu crois ? Je ne sais pas... Bien sûr, oui. Et pourtant, pendant toute notre chevauchée depuis Loth, j'ai senti mon cœur oppressé, comme si nous ne devions plus nous revoir...

Lliane vint se pelotonner contre l'épaule du roi. Les visions de Llandon étaient connues et respectées par tous les clans, et les elfes accordaient bien trop d'importance à la magie et aux rêves pour prendre à la légère tout ce qui pouvait ressembler à un pressentiment.

— Et puis, je doute que Gael soit encore à Kab-Bag, reprit le roi. Qu'est-ce qu'il y ferait ?... Je dois absolument voir Till. Je ne connais pas ce Gael, je ne sais pas de quoi il est capable. Les elfes des marais sont...

Il laissa sa phrase en suspens, refusant de formuler les réserves ou le malaise que la plupart des elfes ressentaient lors de leurs rares contacts avec leurs sauvages cousins. Le roi Rassul lui-même était parfois si imprévisible...

— Il y a quelque chose qui ne va pas... Les nains l'accusent d'avoir tué Troïn, ce qui est possible, après tout. Les elfes gris détestent les nains, et surtout ceux de la montagne. S'ils avaient parlé d'une embuscade, d'une rixe, je les aurais crus sans peine, mais cette histoire de vol, franchement ! Tuer le roi sous la Montagne noire pour lui voler une cotte de mailles, fût-elle en argent... C'est trop dérisoire. Ce serait une telle folie !

— À quoi penses-tu ? demanda Lliane.

Llandon la regarda longuement, puis lui caressa la joue, se déridant le temps d'un sourire.

— On ne sait jamais, avec les nains. Peut-être n'est-ce qu'un avatar de leurs maudites guerres de succession, et qui sait si l'un de leurs princes bouffis d'ambition n'a pas arrangé le meurtre de Troïn, avec l'aide de Gael ou en se servant de lui... Peut-être aussi est-ce plus grave. Si vraiment Gael a réussi à pénétrer dans Ghâzar-Run, si vraiment il a tué Troïn et si vraiment il l'a volé, c'est certainement d'un trésor beaucoup plus important qu'il s'agit… Il te faudra songer à tout cela… et te méfier des nains.

Lliane acquiesça d'un mouvement de paupières, et son sourire rassurant n'eut aucun effet apaisant sur le roi.

— Il y a autre chose, dit-il avec une grimace de réticence. Tu devras aussi te méfier de Till, je le crains… Je sais qu'il ne ramènera pas Gael au Conseil, dût-il pour cela tuer tous les hommes et tous les nains de l'expédition. Mais il t'obéira, à toi… Il t'obéira, comme nous tous.

Il se rapprocha de la reine, saisit doucement son visage entre ses mains et la regarda intensément. Elle sourit et lui embrassa les mains, l'une après l'autre.

— Je sais tout cela, mon roi. Mais ne crains rien. Je serai sur mes gardes…

Llandon baissa la tête. Cette boule dans sa gorge, ce nœud dans son cœur… Était-il resté trop longtemps au contact des hommes pour éprouver ce sentiment inconnu des elfes et qu'ils appelaient l'amour ? Il contempla Lliane qui commençait à se dévêtir, avec ce sourire dans les yeux qui lui plaisait tant. Se pouvait-il qu'il l'aime, ou souffrait-il seulement de la perspective de son absence ?

La longue robe de moire de la reine glissa à terre. Elle était nue, parée seulement de ses bracelets d'argent, ondulant lentement comme un roseau au vent, et le désir de Llandon chassa sa mélancolie.

Réveillé au petit matin par un page du roi Baldwin, le chevalier Miolnir avait quitté ses riches vêtements de velours et endossé une tenue de route plus grossière, couverte d'un haubert de mailles ternies descendant jusqu'aux genoux. Le nain était nu-tête, mais son casque pendait à sa ceinture, bringuebalant contre sa hache au large fer.

Le page n'avait guère été loquace, se bornant à transmettre l'ordre du roi : s'équiper pour un voyage et le rejoindre au plus vite. Les bruits allaient vite, chez les nains, et Miolnir était déjà au courant de l'expédition qui se préparait. Il appartenait depuis cinquante ans à la garde du vieux roi et se considérait comme l'un de ses meilleurs chevaliers. Rien d'étonnant à ce qu'il ait été choisi ! (Normal, même. Et qui d'autre ? Ha !) Avec le temps, il avait appris à obéir sans poser de question, même si un nain n'abandonne jamais ses habits de velours et son oreiller de plumes sans un pincement au cœur, fût-il un guerrier.

En passant devant l'embrasure d'une fenêtre, Miolnir jeta un bref regard aux premières lueurs de l'aube. Le ciel était gris et chargé. Encore une froide journée de pluie en perspective…

Les couloirs du château étaient plongés dans une semi-obscurité, mal éclairés de loin en loin par des flambeaux fixés à des torchères, et le nain se sentit réconforté par ces ténèbres qui lui rappelaient ses chers tunnels sous la montagne.

Au détour d'un couloir, il parvint en vue des appartements du roi, où deux gardes nains armés de lances bondirent sur leurs pieds en le voyant s'avancer.

— Halte-là ! cria l'un d'eux. Qui va là ?

— Miolnir, répondit le chevalier. Annonce-moi, le roi m'attend.

Le garde frappa trois coups à la petite porte de chêne qu'il défendait. L'architecte du palais, par souci de diplomatie, avait prévu des portes basses dans les quartiers qu'il leur avait réservés. Un détail qui contribuait à tranquilliser les nains : jamais un guerrier elfe ou humain malintentionné ne pourrait pénétrer dans les appartements royaux sans se courber dangereusement, offrant ainsi sa nuque à la hache des défenseurs du roi.

Un autre garde, à l'intérieur de l'appartement, fit signe au chevalier nain d'entrer.

Assis dans un grand fauteuil, près de la cheminée, le roi Baldwin-le-vieux semblait à demi endormi, les yeux perdus dans la contemplation des flammes. Le nain Tsimmi était là également, et Miolnir le salua d'un bref sourire. Le maître maçon avait-il été choisi, lui aussi ? Lorsque le garde referma derrière lui en sortant de la chambre du roi, le grincement de la porte et le claquement sonore des ferrures résonnèrent dans la vaste salle de pierre, nue et sombre comme une grotte, sans que le vieux roi sourcille.

— Me voilà, roi Baldwin, dit le chevalier après un moment, désireux de réveiller le souverain.

— Je sais, je t'ai entendu, répondit celui-ci en s'ébrouant (et Miolnir eut quand même l'impression qu'il l'avait réveillé). Bien… J'imagine que tu sais pourquoi tu es là ?

— J'ai cru comprendre qu'une expédition…

— Et voilà ! grogna Baldwin. On dirait que les nains sont incapables de garder un secret. Incapables !

Il eut un geste fataliste de la main. C'est vrai que le goût immodéré des nains pour les palabres leur avait plus d'une fois joué de mauvais tours…

— Si je t'ai demandé de venir, ainsi que Tsimmi, de si bon matin, c'est parce qu'il y a des choses que vous devez connaître, tous les deux, avant de partir.

Le chevalier contourna le trône massif du roi et vint s'accroupir près du feu. Il ne remarqua qu'alors la présence d'un nain de forte taille vêtu tel un page, et son mouvement de surprise indignée n'échappa guère au roi Baldwin.

— Paix, chevalier. Ce nain n'est pas un page et son sang vaut bien le tien. Il n'y a pas déshonneur à être assis à son côté, comme vous allez tous deux le comprendre... Mais il me faut d'abord vous révéler ce que je n'ai pas dit au Grand Conseil.

Baldwin, les paupières presque closes, avait de nouveau l'air de dormir ou d'être plongé dans une profonde méditation.

— L'elfe Gael n'a pas seulement volé une cote de mailles en argent, grommela-t-il soudain de sa voix monocorde et rocailleuse. Je ne crois pas d'ailleurs qu'il aurait été assez fou pour entrer sous la montagne simplement pour acheter un haubert d'argent. Le vieux Troïn, paix à ses cendres, l'aurait proprement fait expédier pour moins que ça !... Non, son crime est plus grave. Gael a volé l'Épée de Nudd.

Le guerrier frémit. L'Épée, selon l'une des plus antiques légendes des peuples sous la Montagne, avait été confiée par la déesse à Dwalin, le plus ancien roi des nains dont le nom ait été conservé par la tradition, et elle faisait office de sceptre et de symbole de la royauté sous la Montagne noire.

C'était plus que cela encore. Comme le Chaudron des elfes ou la Pierre de Fal, Caledfwch, « Dure entaille », l'Épée sacrée des nains, était le talisman de leur peuple tout entier, et le garant de sa survie. Voler l'Épée de Nudd, c'était voler l'âme des nains et condamner leur race à l'oubli.

Selon les légendes, Caledfwch était autrefois une simple épée en or emmanchée sur un pommeau fait de chêne, l'arbre de la puissance. Le fils de Dwalin et, après lui, tous ses descendants devenus rois sous la Montagne avaient orné sa lame de la plus belle pierre précieuse de leur règne et avaient confié le travail à leurs meilleurs artisans. Avec les siècles, et au fil des histoires merveilleuses racontées à la veillée durant des générations, l'Épée de Nudd était devenue sans doute l'un des trésors les plus inestimables de tout le royaume de Logres.

Rares étaient ceux qui avaient pu un jour la contempler. Miolnir ne la connaissait que de réputation, et Baldwin lui-même, pourtant de sang royal et cousin de Troïn, n'avait jamais pu la prendre en main. Les descendants de la lignée de Dwalin étaient parmi les plus honorables des nains, et la perte du talisman était une tache insupportable sur l'honneur de leur famille.

Baldwin reprit la parole, sans rouvrir les yeux.

— Tu comprends, Tsimmi, pourquoi je n'ai pas parlé de ce vol au Conseil. Si cette nouvelle se répandait, la lignée de Dwalin et des rois sous la Montagne serait déshonorée à jamais. Et puis…

Baldwin secoua lentement la tête, et ses yeux s'ouvrirent enfin sur un regard vide, perdu dans les brumes de ses pensées terrifiantes.

— Tout cela est si vieux… Au fond de moi, je crois que j'ai cessé de croire à Dana et à ses talismans. Et d'ailleurs qui y croit encore, en dehors des elfes ? Les hommes s'inventent un dieu unique, et quant aux monstres… Mais si c'était vrai, hein ? Si c'était plus qu'une épée d'or ? Si c'était vraiment le talisman des nains ?

Le roi se mit à fixer Tsimmi comme pour le convaincre lui plus que tout autre dans la pièce.

— Tu crois que c'est un simple vol ? L'Épée de Nudd est sans doute l'un des plus précieux trésors des Peuples libres, mais ce serait…

Baldwin ricana douloureusement.

— … ce serait presque trop beau. Un simple vol. Un voleur à châtier, et tout rentre dans l'ordre… Ou bien ce n'est pas si simple. On dit que la déesse Dana s'est enfouie sous terre en laissant ses talismans aux quatre tribus. C'est une légende, bien sûr, mais cela signifie que le principe divin était contenu dans les talismans, et que chacun de nos peuples en détient une parcelle. Qu'adviendra-t-il si un seul peuple rassemble en sa main les quatre trésors des Tuatha Dê Danann ? Qu'adviendra-t-il de nous si les elfes nous ont volé Caledfwch pour la réunir à leur Chaudron ? Combien de temps les nains pourront-ils survivre sans talisman ?

Le grand nain vêtu de rouge – aux couleurs de Baldwin – gémit sourdement et se tortilla sur son coussin.

Une nouvelle fois, Miolnir l'observa des pieds à la tête. Sa taille était tout bonnement prodigieuse pour un nain, presque semblable à celle du roi Pellehun ou de son sénéchal. Sa barbe rousse, d'une longueur admirable, était passée sous sa ceinture, à laquelle était fixée une dague, arme peu répandue chez les nains. Le chevalier réprima une moue méprisante puis, tournant la tête, croisa le regard de Tsimmi et lui adressa une interrogation muette. Mais celui-ci se contenta de secouer la tête avec son calme habituel, en fumant son éternelle pipe de terre blanche.

— La lignée de Dwalin n'est cependant pas encore éteinte, poursuivit le roi. J'ai été prévenu du meurtre de Troïn par un membre de la famille du défunt.

— Ainsi, il y a un nouveau roi sous la Montagne noire ! s'écria Miolnir.

— Pas encore, répondit Baldwin. Selon la tradition de Ghâzar-Run, un nain de la famille de Dwalin ne peut prétendre au trône que s'il est en possession de l'Épée de Nudd. Et c'est là votre véritable mission, nains. Retrouvez l'Épée, où qu'elle soit, et rapportez-la-moi. Les hommes et les elfes qui vous accompagneront ne doivent pas, si possible, apprendre ce qui s'est passé.

— Mais… Et Gael ? fit Miolnir.

— Ne te préoccupe pas de l'elfe. L'héritier du trône de Troïn vengera lui-même son roi.

— Qui est-il, cet héritier ? s'exclamèrent en même temps Tsimmi et le guerrier.

— C'est moi.

Les deux nains sursautèrent et se tournèrent vers le page vêtu de rouge.

— Je suis Rogor, neveu de Troïn, héritier du trône sous la Montagne noire, dit-il d'une voix puissante et caverneuse qui résonna dans la grande pièce nue. Je retrouverai Caledfwch et je tuerai Gael. J'en fais serment.

Le nain s'était levé pour se présenter, et Miolnir frémit en pensant qu'il lui avait manqué de respect quelques minutes plus tôt. D'un geste lent, le nain écarta sa tunique rouge frappée des runes de Baldwin et découvrit une armure marquée d'un écu noir à épée d'or, le blason de la lignée de Dwalin. Sous sa tunique, il portait en outre le fer d'une hache de grande taille, prêt à être emmanché pour devenir une arme autrement plus redoutable que la simple dague qu'il avait au côté.

Rogor referma sa tunique et passa à nouveau sa longue barbe rousse dans sa ceinture.

— Je te demande pardon, seigneur, dit le chevalier avec tout le respect dont il était capable. Je n'ai pas voulu t'offenser tout à l'heure.

— Il n'y a pas eu d'offense, Miolnir. Seul l'elfe Gael m'a offensé. Mais, grâce à vous et à la bonté du roi Baldwin, cette tache sera bientôt lavée. S'il sied alors au roi de me confier la garde de l'Épée, je régnerai sous la Montagne et je ferai de toi et du seigneur Tsimmi mes pairs…

— Tu régneras, tu régneras, grommela Baldwin. Tsimmi et mon chevalier t'aideront de tous leurs pouvoirs, mais ils rechercheront avant tout l'Épée d'or. La mort de Gael est secondaire.

— … mais elle est nécessaire, roi, intervint Rogor.

Le vieux nain secoua la tête pensivement. Pendant quelques secondes, seuls le crépitement du feu et le souffle du vent, au-dehors, se firent entendre.

— Il est juste que tu châties Gael, s'il est coupable de la mort de ton oncle Troïn, reprit-il. Mais prends garde… Prenez tous garde, mes enfants. Nous ne voulons pas d'une nouvelle guerre contre les elfes, n'est-ce pas ?

Le roi se tourna vers Tsimmi et le guerrier, qui hochèrent la tête. Rogor, lui, regarda ailleurs.

— C'est une affaire grave, mais ce n'est pas la guerre, insista le vieux roi… Ne l'oubliez pas. Toi, Miolnir, tu es de taille à maîtriser n'importe lequel de ces freluquets bleus s'ils se mettent en travers de votre chemin. Et toi, Tsimmi…

Baldwin marqua un temps d'arrêt. Ses yeux, derrière de broussailleux sourcils, pétillaient de plaisir et ses épaules s'agitaient par saccades, tandis qu'une sorte de toux sourde s'échappait de sa barbe grise. Miolnir se demanda s'il était possible qu'il s'agisse d'un rire…

— Toi, continua le roi, conserve donc tes pouvoirs secrets le plus longtemps possible. Qu'ils ne voient en toi qu'un simple conseiller de palais.

Tsimmi posa sa pipe et s'inclina jusqu'à terre.

— Je t'obéirai, maître des pierres.

— Ce titre t'appartient, tu le sais, répondit Baldwin. Tu possèdes l'art de parler aux roches, et tu peux faire lever la montagne devant tes ennemis. Cela, les elfes et les hommes l'ignorent. Ils considèrent les anciens exploits des maîtres maçons nains comme de belles légendes et ne croient pas en ces pouvoirs. Tu leur réserveras une sacrée surprise… Mais, jusqu'au moment fatal, n'utilise que ton marteau d'armes et ta fronde, rien d'autre !

— Je t'obéirai, répéta Tsimmi.

Baldwin se mit à rire franchement, en renversant la tête sur son dossier.

— De plus, grâce à notre ruse, vous serez trois, et non deux ! Le seigneur Rogor conservera sa livrée de page pendant toute l'expédition. Il ne sera apparemment armé que d'une dague et ne portera aucune armure visible. Mauvaise surprise pour les elfes quand il se dévoilera !

Les nains se mirent à rire les uns après les autres, contemplant les bras musclés de Rogor et conscients de la puissance de Tsimmi. Mauvaise surprise pour les elfes, en vérité…

Le jour s'était enfin levé. Un pâle filet de lumière filtrait des étroites barbacanes pratiquées autour de la salle, où les flambeaux de la nuit brûlaient toujours. C'était la pièce la plus haute du palais, au dernier étage de la plus haute tour, dont seul le sénéchal et maire du palais gardait la clé. Une pièce ronde, presque vide hormis les deux vastes fauteuils où ils s'étaient assoupis, et un coffre, de taille considérable, scellé dans le mur.

Le roi Pellehun ouvrit un œil et s'étira. Tout son corps était endolori, et il avait froid, malgré ses fourrures. Il se redressa avec une grimace, puis réveilla Gorlois d'un coup de pied.

— Debout !

Le sénéchal sursauta. Son œil unique papillota le temps qu'il recouvre ses esprits.

— Je… je crois que je me suis endormi ! bredouilla-t-il.

— C'est pour ça que tu n'es que duc et que c'est moi le roi ! fit Pellehun en réprimant un bâillement. Quelle heure est-il ?

Gorlois se leva à son tour et s'avança jusqu'à l'une des meurtrières pour jeter un coup d'œil au-dehors.

— Entre matines et laudes… Plus près de laudes.

— Il faut redescendre, dit Pellehun. Est-ce que… Est-ce que nous avons pensé à tout ?

Gorlois ramassa lui aussi ses fourrures et s'emmitoufla avant de répondre.

— Je le crois, sire. À Kab-Bag, tout est prêt, on n'attend plus que leur venue pour jouer la pièce. Et puis, là-bas, tout peut arriver ! On ne sait jamais, avec ces gnomes !

Pellehun le regarda en silence, et eut une moue dubitative.

— Oh, les gnomes…

Il se retourna vers le vieux sénéchal et secoua la tête négativement.

— Ce n'est pas assez. Trouve-moi un homme, quelqu'un d'extérieur, qui ne puisse pas remonter jusqu'à nous. Un voleur, un assassin de la Guilde, peu importe, débrouille-toi… Qu'il les suive et qu'il fasse le nécessaire. Tu m'as compris ?

Le sénéchal ferma son œil unique en signe d'assentiment.

— Nous ne pouvons pas nous permettre d'échouer, Gorlois. Ce serait…

Il s'interrompit et passa une main sur ses yeux fatigués et sur ses joues piquetées de barbe. Il lui fallait une étuve, et le barbier, et puis il avait faim… Le chapelain pourrait attendre, pour sa première messe. Quelle idée, aussi, de dire la messe avant de manger !

Le roi contempla son coffre avec une moue presque dégoûtée. Il se tourna vers Gorlois, qui attendait en silence, et hocha la tête, reprenant le cours de ses pensées.

— Si nous échouions, mon ami, ce serait terrible.

IV

Le départ

Il ne pleuvait pas quand la compagnie se mit en route pour Kab-Bag, la cité marchande des gnomes. Le roi Pellehun avait ordonné que le départ des légats du Grand Conseil ne soit entouré d'aucune pompe, mais la population de Loth s'était malgré tout massée sur le chemin de ronde, tant le spectacle d'une compagnie aussi disparate était inhabituel.

Loin devant, Till le pisteur et son chien échappaient à la curiosité de la foule. Les vêtements verdâtres de l'elfe se confondaient déjà avec la teinte des herbes aux abords de la ville, dans la grisaille matinale d'une journée d'hiver. Till voyageait toujours à pied, au côté de son chien et survolé par son faucon. Il ne parlait presque qu'à eux et prenait toujours ses repas un peu en dehors du cercle. Armé seulement d'un grand arc et d'une dague elfique longue et effilée, il ne semblait pas digne d'intérêt, ni différent des voyageurs ou des commerçants elfes qui circulaient quotidiennement à Loth ; la populace n'avait donc pas commenté son passage.

Les premiers cavaliers du groupe avaient l'air autrement plus admirables. Uter le Brun allait en tête, droit comme un i sur sa monture noire, et les damoiselles de Loth se poussèrent du coude en pouffant au passage de l'homme aux cheveux bruns, si jeune et si martial, dont les tresses tranchaient sur l'éclat mat de son armure.

La reine Lliane chevauchait derrière lui. Cette fois, ce furent les hommes qui tendirent le cou pour l'admirer. La reine allait tête nue, les cheveux nattés comme à son habitude, portant une longue cape de moire, accrochée autour de son cou par une agrafe double en argent et qui s'étendait jusque sur la croupe de sa monture. Ilra, sa jument à la robe d'un alezan clair, presque roux, et dont le chanfrein était marqué d'une étoile blanche, était l'une des épouses de Lame, le cheval libre ami du roi Llandon. La reine avait gardé sa robe de moire fendue, sous laquelle on devinait une brigandine, courte cotte de mailles en argent tissée par les nains, identique à celle que Gael avait volée sous la Montagne. La lumière bleutée de ses cuisses tranchait sur ses longues bottes de daim relevées jusqu'au-dessus du genou, et ses bras étaient nus, simplement parés de hauts bracelets d'argent protégeant ses poignets tels les gantelets d'une armure. Orcomhiela, la dague légendaire, pendait à son côté et un carquois contenant un grand arc et les flèches de Kevin l'archer était fixé à la selle de sa monture. Des vivats jaillirent dans la foule, auxquels la reine des hauts-elfes répondit par un sourire à briser le cœur. Des vivats mais aussi des signes de croix, chez les commères et les dévots qui redoutaient les elfes païens adorateurs de la lune, sûrement sorciers et maléfiques.

Maussades et renfrognés, leur capuchon ramené sur le front, les deux nains Tsimmi et Miolnir chevauchaient derrière elle, et l'acclamation qui avait salué la reine ne fit que les assombrir un peu plus. Dans la brume de la matinée, juchés sur leurs robustes poneys, ils étaient pareils à des cubes, aussi larges que hauts, d'où dépassait, dans le cas de Miolnir, tout un attirail de guerre aux reflets inquiétants. Rodéric et Freïhr le barbare fermaient la marche en devisant gaiement, ravis de cette popularité imprévue.

Les pieds du guerrier blond touchaient presque terre et sa monture semblait plier sous son poids, ce qui amusa les citadins (d'autant plus qu'ils se sentaient bien à l'abri derrière les remparts de la ville et ne risquaient rien à lui lancer quelques quolibets), mais Freïhr ne les entendait pas. Depuis qu'il avait quitté son village, c'était la première fois qu'il pouvait parler à quelqu'un, fût-ce dans ce langage commun qu'il connaissait mal, et il saoulait déjà Rodéric de ses interminables histoires.

Derrière eux, trois pages montant des mulets précédaient un équipage réduit de montures chargées de bagages, d'armes et de vivres. Le page nain, bien visible dans sa tunique rouge, paraissait aussi grand que celui des hommes, mais tous se dirent que ce devait être une illusion d'optique.

Depuis la matinée, à Loth, les récits les plus fous avaient circulé au sujet de cette expédition inhabituelle. Certains estimaient que la réunion des trois peuples libres en une seule compagnie ne pouvait signifier qu'une chose : le réveil de la guerre contre Celui-qui-ne-pouvait-être-nommé. D'ailleurs, le barbare qui chevauchait avec eux était la preuve qu'ils allaient jusqu'aux Marches, non ? D'autres parlaient d'une chasse au dragon (mais qui croyait encore aux dragons, à Loth, en dehors des enfants ?) et d'un cadavre calciné retrouvé près du lac, à l'ouest de la ville. Enfin, c'était assez pour que les citadins se pressent aux remparts…

Lorsque le dernier mulet franchit les portes de la ville, une ovation s'éleva des créneaux pour saluer le départ de la compagnie, et les citadins se dispersèrent, dans le brouhaha de leurs commentaires contradictoires. D'autres encore, manouvriers venus louer le travail de leurs bras, bélîtres et mendiants refoulés à la barrière d'octroi, marchands et voyageurs payant le tonlieu, les dévisagèrent dans les faubourgs de la ville. Puis ce furent les paysans, serfs et brassiers des villages alentour et jusqu'aux humbles bergers quittant leur maison de torchis ou de pisé pour regarder bouche bée le défilé de l'étrange compagnie. Ils croisèrent aussi des elfes qui s'inclinaient gravement devant la reine, des gnomes congestionnés et fébriles, trottinant sur la route, chargés de monceaux de marchandises, des familles naines voyageant en chariot, avec lenteur et componction. Et puis, peu à peu, les rencontres se firent plus rares.

La brume du matin avait laissé place à une pluie fine, tout juste une bruine, mais qui avait suffi à détremper le chemin creux dans lequel ils s'étaient engagés, et à le rendre glissant sous le pas des chevaux.

La reine mit pied à terre et caressa tendrement la longue crinière de sa jument. Soudain, son visage se crispa. Elle s'arrêta, porta la main à sa gorge, saisie par une inexplicable angoisse.

Puis elle le vit.

L'homme-enfant à la robe bleue était là, assis en haut du talus près d'un groupe de bouleaux à l'écorce pelée, souriant comme toujours, silencieux comme toujours. Et il la regardait.

— Cœur de dragon, je t'attendrai.

Lliane recula, et vint buter contre son cheval.

— Tu le vois ? dit-elle en tendant le doigt vers l'apparition.

Ilra, l'alezane, tourna la tête, les oreilles en alerte, s'ébroua et se remit en route.

— Il n'y a rien…

Lliane lâcha les rênes de la jument, escalada en quelques enjambées le talus boueux et surgit au pied des bouleaux. Personne.

— Qu'est-ce qui s'est passé ?

Rien qu'un bosquet d'arbres et de bruyères, et au-delà la plaine, des villages, les contours déjà lointains de Loth.

— Qu'est-ce qu'il y a ? répéta Rodéric en se hissant péniblement à son côté, l'épée à la main.

Lliane le regarda comme une somnambule, peinant à reprendre le contrôle d'elle-même.

— Ce n'est rien… J'avais cru voir quelqu'un.

Les rues étaient pleines du bourdonnement des conversations. C'était une habitude des hommes de la ville que de parler autant, et pour si peu dire, chacun s'arrogeant le droit de faire part de son opinion, fort et clair, sans écouter celle des autres, bien sûr, ce qui donnait aux discussions un ton enfiévré.

Un homme au moins, parmi la foule qui descendait des remparts, restait coi. Son visage souriait comme ceux des badauds auprès desquels il se pressait, mais il n'écoutait pas leur babillage. Armé d'un poinçon aussi aiguisé qu'un rasoir, il tranchait avec dextérité les bourses des citadins, en les bousculant légèrement au moment où la lame sectionnait le cuir afin qu'ils ne remarquent rien. Ils ne remarquaient jamais rien. Blade était un des meilleurs voleurs du pays.

Les moins habiles se faisaient prendre la main dans le sac après quelques mois, ne tardant pas à se balancer aux potences de la ville. Les meilleurs survivaient deux ou trois années, puis finissaient au fond d'une sombre ruelle, la gorge tranchée par un autre voleur. Blade avait eu lui aussi la gorge tranchée. Mais son agresseur ne l'avait pas achevé, trop pressé sans doute de profiter de la bourse de sa victime. Trois mois après, Blade le retrouvait dans une taverne de Tintagel, la ville de la mer, et l'homme fut découvert le lendemain par les gens d'armes de la ville, cloué à la porte de la capitainerie.

Blade avait gardé de cette rencontre une horrible cicatrice en travers de la gorge, et l'habitude de ne se fier à personne. Depuis, il était devenu le meilleur.

S'écartant prudemment de la foule qui commençait à se disperser, il s'enfonça dans la ville basse et pénétra dans une auberge pour compter ses gains de la journée.

— Une bière ! cria-t-il en s'asseyant.

Les bourses étaient maigres. Une vingtaine de monnaies de cuivre, deux pièces d'argent. Tout de même de quoi tenir une semaine, mais pas de quoi risquer sa vie…

— Qu'ont-ils été faire, tous ces elfes, ces nains et ces chevaliers ? demanda quelqu'un près de lui.

— J'ai entendu dire qu'ils allaient tuer un dragon, dans les Terres du Nord, répondit un buveur.

— Les seuls dragons des Terres du Nord, ce sont les gobelins ! intervint un troisième larron en haussant les épaules. Non, ce qu'ils ont été chercher, c'est un trésor ! Je le sais, moi, je le tiens de l'un des nains de l'escorte de Baldwin !

— Et pourquoi pas de Baldwin lui-même ! s'esclaffèrent ses interlocuteurs.

— Puisque je vous dis que…

— Laisse-les rire, fit Blade en se tournant vers le conteur. Viens à ma table. Je t'offre une bière, mais seulement si ton conte en vaut la peine.

L'homme, plus tout jeune et ventripotent, sourit largement, découvrant une rangée assez incomplète de chicots noirâtres.

— Amène la bière, compagnon, et ouvre tes oreilles, dit-il en s'asseyant en face du voleur. Mon histoire, je la dois à l'un des gardes de Baldwin, Tillion Maison-Bleue, un des nains de la Montagne !

— Sers donc une ale à mon ami ! cria Blade à l'aubergiste.

Le gros homme, prudent, attendit que la bière ait été posée devant lui pour commencer.

— Tillion m'a dit qu'un elfe a tué le roi sous la Montagne, et qu'il lui a volé un trésor, commença-t-il après une longue gorgée. Alors selon moi, ils sont partis pour le venger et récupérer le trésor !

— Un trésor, dis-tu…

— Assurément ! Il paraît que c'est une armure en pierres précieuses, au moins !

L'homme finit sa bière goulûment et s'empressa de se lever de table avant que Blade change d'avis et la lui fasse payer. Mais le voleur était resté immobile. Le menton dans la main, il jouait distraitement avec une pièce d'argent, l'esprit ailleurs. C'était peut-être l'occasion qu'il attendait depuis si longtemps… Réaliser un beau coup, puis disparaître, acheter une terre et devenir seigneur, quelque part où les gens ne posaient pas trop de questions… Dans les Marches, par exemple. Il saurait bien se défendre contre les raids gobelins, et personne ne viendrait lui contester sa seigneurie.

Blade sursauta : un autre homme vint s'asseoir en face de lui, un pichet de vin à la main.

— Il ne faut pas croire ce que cet ivrogne raconte, messire. Il est saoul du matin au soir !

— Vous avez raison, dit le voleur. Mais je ne pensais pas à cela. Son récit m'a amusé, il valait bien une bière, après tout.

— Par dieu, c'est vrai ! dit l'homme en éclatant d'un rire sec. Pourtant…

Blade se sentit tout à coup mal à l'aise. L'inconnu, à demi dissimulé par un manteau sans forme, ne ressemblait pas aux autres buveurs. Une cicatrice impressionnante lui balafrait la joue jusqu'à l'orbite vide de son œil droit, et ses avant-bras musculeux lui parurent prompts à casser un troll en deux, malgré sa taille modeste et son âge.

L'inconnu dévisageait Blade avec intensité.

— Pourtant, il y a quelque chose de vrai dans cette histoire, poursuivit-il.

— Vraiment ? dit le voleur en se levant. Eh bien, j'en suis très heureux. Maintenant, il faut que…

La main du borgne s'abattit sur le bras de Blade et l'enserra avec puissance, le forçant à se rasseoir.

— Bois avec moi !

Il leur servit à tous deux un gobelet de vin, trinqua, et vida son verre d'un trait. Blade hésita, puis but à son tour. Après la bière, le vin avait un goût désagréable…

— Regarde, dit l'homme en lui lâchant le bras. Tu reconnais cette bague ?

Le voleur baissa les yeux. C'était une bague en or, sertie d'une pierre rouge de belle taille. Un bijou de prince, qu'il était imprudent d'arborer dans la ville basse… L'homme fit jouer un mécanisme et écarta la pierre rouge, révélant en dessous un dessin étrange. Le cœur de Blade fit aussitôt un bond dans sa poitrine. La bague était frappée de la rune de Beorn, un arbre à trois branches, désignant en langage commun un homme riche ou noble, mais qui était, pour un petit nombre d'initiés, le signe de la confrérie la plus secrète du royaume – la Guilde.

Blade ne put s'empêcher de porter le regard sur son propre doigt, qu'ornait une bague similaire, mais en cuivre.

— Dehors, murmura l'homme, il y a des soldats du roi. Ils ont ordre d'arrêter Blade le voleur dès qu'il mettra le nez dehors. Cheveux bruns, courts, ni barbe ni moustache, pas de vêtement voyant, pas de bijou, pas de signe particulier… Ah si, la cicatrice… Cela dit, avec ton col on ne la voit pas. Je me demande s'ils te reconnaîtront…

Le maître voleur tressaillit, mais l'homme souriait paisiblement. Il rabattit la capuche de son manteau, et Blade eut un mouvement de recul en découvrant le visage du maire du palais, le sénéchal Gorlois en personne… Autour d'eux, les tables se vidèrent en l'espace de quelques secondes. Blade n'était pas le seul à avoir reconnu le duc.

Indifférent, Gorlois but à même son pichet et regarda à nouveau le voleur. Il lui sembla que son œil riait, à présent.

— Que voulez-vous ?

Le sénéchal se mit à jouer avec l'une de ses nattes tressées de rouge, en un geste familier.

— Je crois que tu es l'homme qu'il me faut, Blade… D'ailleurs, il me semble que tu n'as pas le choix.

Pendant deux jours, la compagnie chevaucha vers le nord à bonne allure, couvrant quinze lieues par journée dans un temps froid, mais sec. Le troisième jour, vers midi, une bruine glaciale et pénétrante commença de tisser entre ciel et terre un voile d'humidité et de grisaille. Hommes, elfes, nains, poneys, chevaux et chevaux libres rentrèrent la tête dans les épaules en avançant silencieusement. La compagnie avait laissé depuis longtemps derrière elle les dernières fermes du royaume de Logres et marchait dans les paysages lugubres et plats des grandes plaines humaines désertées en hiver. Il ne neigeait que rarement dans le royaume de Pellehun, tout juste quelques semaines par an, mais la terre et l'herbe prenaient durant la mauvaise saison des teintes grises, sombres et sales qui rendaient le paysage désespérant.

Les rudes hommes du pays, courtauds aux mains calleuses, gagnaient pourtant chaque année du terrain sur l'hiver, reculant chaque fois un peu plus les limites des terres incultes. Bientôt viendrait un temps où ces hommes au cœur plus dur que la terre qu'ils piochaient parviendraient à vaincre les saisons et à se rendre maîtres de la terre, des roches et des arbres…

Lassa, le cheval libre confié à Llewelin, le page des elfes, poussa un long hennissement.

— J'ai peur de la pluie, du vent, de l'hiver et de ces tristes pâtures ! jeta-t-il dans le crachin.

Llewelin ne le comprit pas. Il ignorait la langue des animaux, mais savait tout de même, comme tous les elfes, ressentir leurs états d'âme. Il se pencha sur l'encolure de Lassa et lui chantonna doucement une petite mélodie à l'oreille.

Devant lui, la monture noire d'Uter s'ébroua.

— Je croyais les chevaux de Lame plus résistants, dit le cheval domestiqué.

— Personne n'aime la pluie ou l'hiver, hennit Lassa. Mais que connais-tu du froid et de la faim, toi qui dors dans une écurie et vas où on te l'ordonne ?

Le cheval d'Uter se cabra brusquement, ce qui surprit fort son cavalier. Lliane, qui chevauchait devant lui, se retourna et, pour ajouter encore à la confusion du chevalier, poussa un doux hennissement.

Comme s'il lui obéissait, le cheval domestiqué trotta jusqu'à elle, entraînant malgré lui son cavalier au côté de la reine.

— Vous parlez aux chevaux ? demanda Uter, sans même concevoir l'énormité de ce qu'il venait de dire.

— Aux chevaux, aux chiens, aux loups ou aux oiseaux, dit Lliane sans paraître étonnée. Mais tout juste quelques phrases. Till le pisteur, lui, sait vraiment le langage des bêtes.

Uter rougit, ce qui l'énerva au plus haut point. À cet instant, il aurait souhaité ne pas avoir quitté son heaume, pour que sa confusion reste secrète.

Lliane émit quelques notes d'un rire insouciant. La pluie avait plaqué sur son visage ses longs cheveux noirs et les faisait briller comme un casque. Couverte de cette bruine givrante, elle semblait plus que jamais faite d'argent, irréelle et presque impalpable, tant sa peau et ses vêtements de moire se fondaient dans la grisaille ambiante. Et ses yeux vert doré n'en jetaient que davantage d'éclat.

— Uter ?

Le jeune chevalier se secoua et rougit de nouveau, en se rendant compte qu'il fixait silencieusement la reine des hauts-elfes depuis près d'une minute. Lliane rit encore, plus franchement, à la vue de son trouble.

— Je crois que votre cheval est calmé, maintenant, cher chevalier. Peut-être devriez-vous galoper en avant jusqu'à Till et lui demander de faire halte pour le repas ?

Uter le Brun acquiesça d'un hochement de tête et lança sa monture d'un coup d'éperons. Le page Llewelin s'avança alors vers la reine et prit sa place.

— La beauté de ma reine ne laisse pas tous les hommes indifférents, constata-t-il avec un sourire.

— On le dirait, admit Lliane en lui rendant son sourire.

— Tant mieux. Peut-être prendra-t-il plus facilement notre parti si les choses tournent mal.

La reine des hauts-elfes fronça les sourcils.

— Uter le Brun est l'un des douze preux du Grand Conseil. C'est un Ami des elfes, mais aussi un Compagnon des nains. Et c'est très bien ainsi. Je ne voudrais rien faire pour qu'il en soit autrement.

— Pardonnez-moi, ma reine, murmura Llewelin.

Le page retint sa monture et se laissa distancer. Il savait pourtant qu'il avait raison. Rares étaient les hommes qui pouvaient résister à la beauté d'une elfe, au point que la plupart des élégantes du royaume de Pellehun s'efforçaient depuis longtemps, pour plaire à leur époux, de copier la pâleur, la grâce et le calme indolent de celles que leurs légendes incertaines appelaient parfois fées, parfois sylphides, ondines, dames blanches ou esprits des bois. C'est ainsi qu'était venue au royaume la mode des guimpes de batiste, une toile de lin d'une finesse extrême qui enserrait le visage et le cou, les faisant paraître plus minces, ainsi que les longues manches recouvrant la main et fixées au doigt, ou les coiffes pointues chargées de voiles. Bref, tout ce qui pouvait rendre plus grande et plus pâle. Les damoiselles se poudraient le visage et ne mangeaient plus, au risque de tomber en pâmoison, emprisonnées en outre dans des robes tellement ajustées qu'elles ne pouvaient respirer librement. Tout cela pour ressembler aux elfes…

Llewelin haussa les épaules. La reine avait beau lui faire la leçon, il n'empêche qu'un jeune homme ne pouvait que tomber amoureux d'une elfe. À moins qu'il n'en prenne peur… Ce qui arrivait, souvent.

Des cris, en tête du convoi, arrachèrent Llewelin à ses pensées. Uter et le pisteur avaient trouvé un abri pour le repas.

Ce n'était qu'une modeste cabane de berger abandonnée pendant l'hiver, faite d'un grossier entassement de pierres qui n'arrêtait que fort peu le vent et la pluie, mais qui, le temps de leur halte, donna à la compagnie l'illusion du confort. La cabane étant petite, les elfes, nullement incommodés par la pluie, restèrent au-dehors avec les chevaux.

À l'intérieur, Guirre, le page des hommes, réussit à allumer un feu, véritable prodige compte tenu de l'humidité ambiante, ce qui fut salué par une ovation. Le chevalier Miolnir, déjà trempé, en profita pour changer de braies, bougonnant jusqu'à ce que le grand page nain à la livrée rouge mette en perce le premier tonnelet de vin de leurs provisions.

Des rires et des éclats de voix ne tardèrent pas à s'échapper de la cabane de pierre, tout comme la fumée de leur maigre feu de camp. Une fumée mêlée à celle de la pipe de terre de Tsimmi, qui répandait une douce odeur de miel, agréable à tous, et qui apaisait les âmes. Assis à la porte de la cabane, les elfes mangeaient en plaisantant, avec un évident souci de faire bonne figure aux nains ; la reine Lliane éclata même de rire à la chute d'une histoire drôle racontée par le maître maçon, ce qui contribua grandement à dérider le reste de l'assistance.

Riant toujours, elle posa sa longue main sur le bras cuirassé de Rodéric, assis à côté d'elle près de l'entrée.

— Chevalier, donnez-moi un denier…

Rodéric la regarda avec surprise, tout comme les autres membres de l'expédition, mais la reine souriait toujours (elle avait, en souriant, une fossette au coin des lèvres que le jeune homme trouva adorable), et elle tendit la main, en insistant.

— S'il vous plaît, messire.

— Oui, oui, dit Rodéric, rougissant et empêtré.

Il se mit à farfouiller dans ses affaires à la recherche de sa bourse, mais Uter le Brun le poussa d'une bourrade et tendit à l'elfe une monnaie d'argent.

— Voici, ma dame…

Lliane le remercia d'un gracieux mouvement de tête, cueillit la pièce du bout des doigts et la montra à toute l'assistance.

— Voyez, messeigneurs, noble assistance ! Une pièce d'argent ! Un beau denier tout neuf !

Elle prit Freïhr à témoin, et le barbare gloussant d'aise vérifia qu'elle n'était pas truquée, poussant le zèle jusqu'à la tordre entre ses dents, comme il l'avait vu faire.

— Je vous remercie, maître Freïhr, dit Lliane, reprenant la pièce dans sa main droite. C'est bien un denier ? Un vrai denier du roi ?

— Oui, oui !

La reine sourit, adressa un clin d'œil à Uter, puis leva la main gauche et claqua des doigts. Quand les regards se reportèrent sur sa main droite, Lliane fit une moue désolée…

— Oh, quel malheur, messire Uter ! Votre denier… Votre beau denier d'argent !

Elle ouvrit la main. Au creux de sa paume, le denier s'était transformé en une misérable monnaie de cuivre.

— Eh ben ! hoqueta Freïhr. Vous avez vu ? Vous avez vu ?

Lliane lui sourit, et fronça les sourcils, comme pour le gronder.

— Maître Freïhr ! Pourquoi avoir pris la pièce de messire Uter ?

— Moi ?

L'elfe contourna le maigre feu de camp, s'approcha du gigantesque barbare et fourragea dans son épaisse chevelure.

— Le voilà ! fit-elle, brandissant à nouveau le denier d'argent.

Freïhr la regarda, interloqué, puis partit d'un rire énorme qui gagna bientôt tous ses compagnons.

Tsimmi rit avec les autres, du bout des lèvres, trop décontenancé pour participer à l'hilarité générale. C'était un tour facile, sans doute, une illusion de bateleur tout juste bonne à amuser les enfants, et pourtant il ne parvenait pas à comprendre comment elle s'y était prise. Il emboucha sa pipe, le front soucieux, et réfléchit au problème, indifférent au vacarme des rires et des éclats de voix.

Au-dehors, Till non plus ne riait pas.

Silencieusement, il s'était levé, humant l'air à la manière de son chien de quête, scrutant l'horizon estompé comme son faucon.

Il y avait quelqu'un.

Depuis hier, déjà, il avait flairé une présence. Un être qui se tenait suffisamment à distance pour ne pas sortir de la brume, mais qui était là, silencieux et obstiné, sur leurs traces.

Le pisteur revint vers la cabane de pierre et effleura discrètement l'épaule de la reine.

— Nous sommes suivis, dit-il. Un humain, je crois. Seul, et à cheval.

— En es-tu sûr ?

Le pisteur sourit et Lliane regretta sa question. Till ne se trompait jamais.

— Dois-je le tuer ? demanda-t-il.

— Pourquoi ? Peut-être ne s'agit-il que d'une coïncidence, un voyageur qui emprunte le même chemin que nous... Et, puisqu'il s'agit d'un humain, c'est aux hommes de la compagnie de disposer de son sort... et de nous prouver qu'ils n'ont pas cherché à nous duper de quelque manière. Messires !

La reine s'était retournée vers l'assistance pelotonnée dans la maigre chaleur du refuge, et les sourires se figèrent devant sa mine grave.

— Il semble qu'un homme à cheval soit sur nos traces, en prenant bien garde à ne pas se faire voir.

Uter et Rodéric se regardèrent. La phrase de la reine avait brisé net tous les éclats de rire et flottait lourdement sur eux, comme un nuage de suspicion.

Miolnir leva un doigt avec un sourire forcé.

— Vous êtes déjà trois guerriers, dit-il en regardant Rodéric. N'est-ce pas suffisant ?

— Si réellement un homme nous suit il n'a rien à voir avec nous, fit le chevalier en se levant.

Le jeune homme ne put retenir un frisson. Dans le mouvement, les pièces de son armure avaient joué en grinçant légèrement, et une rigole d'eau de pluie s'était déversée le long de son dos.

— Je vais aller convier cet homme à se joindre à nous et à partager notre repas, avant de passer son chemin.

— Veux-tu que Freïhr vienne avec toi ? lança le barbare, qui n'avait pas compris grand-chose à la situation, plus préoccupé par le contenu de son écuelle que par les tensions internes de la compagnie, mais qui, ayant chevauché depuis deux jours au côté du chevalier, trouvait naturel de l'accompagner où qu'il aille.

— Je te remercie, Freïhr, répondit Rodéric en souriant. Mais je crois que je ne cours pas grand risque à aller inviter un voyageur.

Le barbare haussa les épaules et grogna au page des hommes de lui resservir à boire, imité par les trois nains qui tendirent leurs gobelets en un seul et même mouvement.

Rodéric sortit de la cabane et s'éloigna dans la bruine, tandis qu'Uter le Brun venait s'asseoir à côté de la reine des hauts-elfes, au-dehors.

— Je ne voudrais surtout pas que vous pensiez que…

— Je ne pense rien, cher chevalier, le coupa-t-elle. Mais Till ne se trompe jamais. Un homme est derrière nous et se cache… Savez-vous pourquoi, chevalier ?

Uter esquissa une ébauche de sourire, se leva et fit quelques pas dans la direction où son ami Rodéric venait de disparaître, avalé par la grisaille d'un rideau de crachin. Il secoua la tête, faisant voltiger ses nattes comme un chien qui se sèche. Autour de lui, la lande était déserte et, hormis la cabane de berger, nul arbre, colline ou habitation n'était visible aux alentours. La pluie n'avait cessé de tomber depuis de longues heures, une pluie fine, lente et glacée qui pénétrait tout et rongeait comme de la rouille les cœurs les plus gais. Il entendit dans la cabane la grosse voix de Freïhr et il se retourna. Les elfes étaient adossés à la grossière façade de pierre, pâles et immobiles dans leurs vêtements moirés aux couleurs changeantes. Il lui sembla que la reine le regardait, cependant elle était trop loin pour qu'il puisse le jurer.

— Uter ! À moi !

Le chevalier se retourna d'un bond et se mit aussitôt à courir. Il avait reconnu la voix de Rodéric, mais son cri, étrangement, était à la fois faible et déchirant, gargouillant et retenu.

Malgré les plaques de fer de son armure, il courut assez vite pour entendre le galop d'un cheval qui s'échappait, au moment où il rejoignait son ami.

Tournant le dos à Uter, Rodéric vacillait. Il gardait la tête baissée, tenant sa gorge d'une main.

— Rodéric ! cria le chevalier.

Le preux tenta de se retourner vers son compagnon, mais il chancela, lâcha son épée et s'effondra sur le sol, dans le fracas métallique de son armure. Uter se laissa choir près de lui, et ne vit qu'alors l'horrible blessure. Un poignard de lancer était enfoncé jusqu'à la garde dans son cou, et la lame s'était fichée de l'autre côté dans les mailles de son gorgerin, rougi de son sang.

Rodéric ouvrit les yeux et voulut parler : un flot écarlate jaillit de sa bouche en un atroce gargouillis, étouffant ses paroles. Une brutale secousse raidit son corps une fraction de seconde, puis il retomba, inerte, entre les mains d'Uter.

Pétrifié, Uter contempla la longue rigole de sang qui s'échappait des mailles et glissait sur l'armure, tranchant cruellement sur l'éclat mat du métal. La gorge nouée, le souffle coupé, il leva les yeux vers le ciel, incapable de parler, d'appeler au secours, de faire quoi que ce soit. Le vent changea, et le crachin les gifla, délavant le sang sur l'armure, le noyant dans les tons pastel de la terre et de l'herbe. Alors il baissa la tête, offrant sa nuque à la douche glacée.

C'était la première fois qu'il voyait mourir un homme. Un ami. Rodéric et lui venaient de deux baronnies voisines, proches du Pays des dunes, et ils avaient fait leurs classes ensemble. Leur force, leur naissance ou leur habileté aux armes, les trois peut-être, leur avaient valu l'honneur de servir parmi les douze preux, chevaliers de la garde du Conseil, mais ils étaient nés trop tard pour batailler durant la guerre des Dix Années, et depuis le royaume de Pellehun vivait en paix… L'habileté de Rodéric à l'entraînement ne lui avait servi à rien.

Sans se relever, Uter allongea le bras, ramassa l'épée de son compagnon et la déposa entre ses mains croisées. Fallait-il dire une prière ? Les moines priaient toujours en enterrant les morts. Mais Uter n'en connaissait aucune, et il n'était pas certain que Rodéric ait cru dans la nouvelle religion…

Il empoigna le manche du poignard et le retira du cou de son ami. La lame en était fine et longue, comme celle d'un poinçon. C'était une arme légère, efficace, sans aucun ciselage ni la moindre trace de luxe. Une arme de tueur, non de parade, destinée à être dissimulée dans la tige d'une botte ou les plis d'une cape plutôt qu'à être portée à la ceinture… Il la planta d'un geste brusque dans la terre et reposa précautionneusement la tête du chevalier sur le sol.

En se relevant, il s'aperçut que la compagnie s'était rassemblée autour d'eux. Surplombant tout le monde de la tête et des épaules, Freïhr gardait les yeux rivés sur le corps de Rodéric, avec une expression horrifiée où se mêlaient la tristesse et le remords.

Le chevalier écarta les nains qui s'étaient glissés au premier rang, puis s'éloigna vers la cabane, les épaules affaissées.

— Uter, murmura Lliane quand il la dépassa.

L'homme ne lui accorda pas même un regard.

— Uter, je voulais…

Till retint la reine par le bras. Le preux ne s'était pas arrêté, et les paroles de Lliane étaient inutiles.

Il lui désigna le corps de Rodéric, et la bourse qu'il avait sortie pour le tour de la reine et qui pendait toujours à sa ceinture.

— Vois, dit-il. On ne l'a pas tué pour le voler… J'avais raison, ma reine. Cet homme nous suit. Veux-tu que je le retrouve ?

Lliane ne put répondre, bousculée par Freïhr qui ramassa le corps du chevalier et le chargea seul sur son épaule, malgré le poids de l'armure. Puis le barbare partit sur les traces d'Uter.

La compagnie était repartie, laissant en arrière Uter et Guirre, son page. Le corps de Rodéric avait été lié sur un mulet débarrassé de son chargement. Il fallait le ramener à Loth.

La main posée sur l'acier froid de l'armure de son compagnon, le preux semblait plongé dans ses pensées, et Guirre n'osait l'interrompre. Son cheval s'ébroua et racla le sol du sabot. Les elfes auraient sans doute pu comprendre son message, mais le page des chevaliers l'interpréta à sa façon : la nuit tomberait dans quelques heures – elle tombait vite, en hiver, dans la province de Loth – et il devrait rentrer seul, sans autre arme qu'un arc et un poignard, escortant deux jours durant le cadavre d'un chevalier égorgé, par ce temps de chien, avec en plus l'assassin du malheureux Rodéric qui devait rôder là, quelque part, attendant la nuit pour venir le dépouiller !

— N'aie crainte, dit Uter tout à coup, comme s'il avait lu dans ses pensées. Celui qui a tué Rodéric n'en voulait pas à son or… C'est nous qu'il veut. Quelqu'un nous suit… Mais pourquoi ?…

Le chevalier regarda son page avec un sourire forcé.

— Allez, va… Dès que tu seras à Loth, va voir le sénéchal Gorlois, et explique-lui ce qui s'est passé.

Uter empoigna les rênes de son cheval et se hissa en selle.

— Ce soir, nous serons à Kab-Bag, dit-il pour lui-même.

Puis il piqua des deux et disparut au petit galop vers le nord.

V

Kab-Bag

La piste de terre était devenue depuis quelques lieues une route pavée de larges dalles plates parfaitement ajustées entre elles. Aux intersections, et elles étaient nombreuses, des panneaux de bois striés d'encoches verticales, horizontales ou obliques – l'écriture des gnomes – indiquaient la direction de Kab-Bag.

Du haut de leurs chevaux, les voyageurs n'apercevaient, jusqu'aux sombres collines annonçant au loin la région des Marches, qu'une plaine déserte inculte. Kab-Bag n'était pas une ville qu'on pouvait voir de loin. Les gnomes, citadins troglodytes, avaient creusé leur capitale dans les profondeurs du sol, afin d'échapper au vent glacé de l'hiver et à la chaleur du soleil d'été.

— Nous ne devons plus être loin, dit Lliane, qui marchait en tête à côté de Till, en montrant la grotesque silhouette d'un gnome ridé et sombre comme un pruneau, minuscule sous le poids énorme des marchandises qu'il allait troquer en ville.

Il faisait presque nuit, le soleil se couchait sans s'être montré de la journée, et la troupe des hommes, elfes et nains se sentait harassée de fatigue.

La mort de Rodéric avait pesé sur eux pendant toute la durée du voyage, tassant leurs épaules, desséchant leurs paroles au fond de leur gorge. La reine, en outre, sentait sur elle le reproche muet d'Uter et du barbare, comme si elle était responsable de la mort de ce jeune chevalier. Une impression désagréable.

Les deux elfes aperçurent bientôt un monticule de terre au milieu de la route pavée. Haut d'un mètre à peine, surgissant du sol telle une pustule, il semblait interdire le passage…

En s'approchant, ils virent que le monticule était percé d'une porte et d'une fenêtre. À quelques mètres au-delà, une immense fosse abrupte s'ouvrait dans le sol, sur plusieurs lieues de circonférence, cernée par une large piste dallée descendant en colimaçon jusques aux profondeurs du trou. C'était Kab-Bag.

Les elfes étaient demeurés silencieux, et ce fut seulement à l'instant où le reste de la compagnie s'approcha du monticule que les gnomes qui l'habitaient s'aperçurent de leur présence. La porte de la cabane de terre s'ouvrit brusquement, dans un branle-bas approximatif, sur une troupe agitée, grotesque et d'aspect remarquablement peu efficace.

— Qui êtes-vous ? cria le premier gnome, dont le visage terreux ressemblait à une pomme de terre. Pourquoi ne vous êtes-vous pas annoncés ? Cherchiez-vous à nous surprendre, pour venir ainsi rôder sans bruit ?

— Ne craignez rien, sergent, dit Lliane, qui avait reconnu le grade de la petite créature en colère. Nous venons en paix…

Une poignée d'autres gnomes, tenant des lances trop grandes pour eux, sortirent encore du monticule.

— Nous ne craignons rien ! piailla le sergent. Donnez-moi vos noms et dites-moi ce que vous venez faire à Kab-Bag !

Freïhr s'avança vers lui de son pas lent et pesant, écartant de son chemin hommes, elfes et nains. Les mains crispées sur le manche de sa masse d'armes, le gnome cligna les yeux et baissa la tête en voyant le barbare s'approcher de lui jusqu'à le toucher.

— Je suis Freïhr, chef des hommes libres de Seuil-des-Roches, grogna-t-il d'une voix sourde.

Le gnome s'inclina et battit prudemment en retraite, s'effaçant comme pour ouvrir au gigantesque barbare la route de la cité.

— Excusez-moi, seigneur, je ne vous avais pas reconnu. Excusez-moi… Bienvenue, seigneur.

Freïhr grommela quelque chose d'incompréhensible et marcha droit devant lui, tenant à la main les rênes de son cheval, vers la corniche étroite qui longeait le bord de la falaise et menait aux profondeurs de la cité marchande.

Un instant figée par l'intervention du barbare, la petite troupe se mit aussitôt en branle, saluée par les sourires obséquieux des gnomes du poste de garde.

Uter le Brun traîna un peu en arrière, contemplant plus longuement l'étrange attirail guerrier des soldats gnomes qui les avaient accueillis. En dehors de curieux petits casques de fer posés comme des calottes sur leurs grosses têtes ridées, leur fourbi de guerre semblait incroyablement hétéroclite, et particulièrement inadapté à leur constitution. Au contraire des nains, qui forgeaient dans les entrailles de la terre des armes d'un acier capable de trancher la pierre, ou des hommes, dont les artisans ne cessaient d'inventer de nouveaux moyens de tuer, les gnomes n'étaient pas un peuple créateur. Les elfes non plus ne créaient rien, et ne travaillaient pas le métal, à l'exception de l'argent, dont ils tiraient leurs bijoux et toutes leurs armes ; mais s'ils ne créaient rien, c'était parce qu'ils ne souhaitaient rien posséder. Les gnomes, eux, étaient des marchands, vivant en parasites dans les faubourgs des grandes cités, dans les royaumes des hommes et aussi sans doute par-delà les Marches, jusqu'aux Terres foraines.

Les gnomes étaient peu sensibles à la beauté. L'or et les bijoux n'étaient pour eux que des valeurs d'échange. Ils n'amassaient pas mais achetaient, vendaient, volaient si nécessaire, dans un frénétique et perpétuel esprit de troc qu'aucun autre peuple ne comprenait vraiment, tant il paraissait confus et inutile.

Les soldats gnomes du poste de garde étaient vêtus de robes de velours couvrant leurs jambes torsadées comme des pieds de vigne. Des bandes de cuir cloutées en guise d'armures enserraient leur torse massif et les faisaient un peu ressembler aux massues dont ils étaient armés. Le regard d'Uter était davantage attiré par un épieu au fer sombre doté de crocs d'acier dentelés. Au cœur du fer, une longue veinure à poison était creusée, et de grossières ciselures décoraient la hampe de l'arme, jusqu'à sa garde faite de chanvre tressé, bien trop longue pour la main pataude du soldat gnome qui l'exhibait fièrement. Les yeux d'Uter croisèrent le regard du sergent et s'y fixèrent jusqu'à ce que l'autre baisse la tête. L'épieu du garde comme la dague trop grande pour lui qu'il portait à la ceinture étaient des armes gobelines…

Kab-Bag était incroyablement encombrée d'échoppes, de passants, d'animaux et de bruit. Il montait des ruelles une odeur d'épices à laquelle se mêlait celle des lampes à huile allumées pour la nuit.

On ne pouvait monter à cheval dans les ruelles de la cité troglodyte. Le passage en était rendu difficile par les cordes à linge où séchaient des étoffes tout juste teintées et par un embrouillamini de perches et de filins d'où pendait une multitude de marchandises, toutes à vendre. Et c'était ainsi jusqu'au fond de la ville, le quartier bas dans lequel s'élevaient des maisons semblables à celles des hommes, mais faites de torchis, et parfois hautes de plusieurs étages. Dans les rues et le long de l'allée circulaire qui descendait dans leur cité, les gnomes avaient tendu des ponts de singe bien au-dessus de leurs têtes, à une hauteur d'un peu moins de deux mètres, ce qui était considérable pour eux, et qui obligeait la compagnie à aller à pied, forçant même parfois Freïhr et les elfes à se courber.

— Surveillez vos bourses et les sacs fixés sur vos selles, avertit Lliane. Nul n'est en sécurité à Kab-Bag…

Les chevaux libres piaffaient à chaque arrêt, oppressés par la foule, sous le regard cupide des marchands qu'ils croisaient. Car tout était à vendre à Kab-Bag, marchandises, chevaux, hommes ou femmes. Et tout pouvait y être volé. La loi n'y était assurée que par la milice des gnomes, qui avait assez conscience de ses limites pour ne pas chercher noise à trop forte partie… La ville troglodyte était donc devenue, malgré son exiguïté, le rendez-vous de tout ce que le royaume comptait de coupe-jarrets, d'escrocs et de réprouvés de toutes races.

La nuit était tombée, mais la ville ne semblait pas vouloir s'endormir, au contraire. Plus que jamais, l'activité y était intense et la progression difficile, éprouvante. D'autant que, plus ils s'enfonçaient, plus il leur fallait s'habituer à la violence de l'odeur. Les elfes, en particulier, tenaient contre leur nez un pli de leur manteau, incapables de supporter l'invraisemblable arôme de la cité, fait de mille parfums contradictoires. À la puanteur des vases de nuit déversés dans ces ruelles et que la pluie chassait vers le fond, dans la ville basse, se mêlaient l'écœurante odeur des tanneries, les parfums de benjoin, cardamome, coriandre ou patchouli des gnomesses apprêtées qu'ils croisaient, les senteurs de cuisine et les bouffées de graillon qui, aux abords des auberges, faisaient parfois suffoquer les passants. Ajoutez à cela la confusion, le bruit et l'absence d'horizon, et le tableau de la cité des gnomes sera presque complet.

C'était comme si tous les peuples du royaume s'étaient donné rendez-vous à Kab-Bag. Les nains, à peine plus grands que les gnomes mais deux fois plus larges, jouaient les terreurs et parlaient fort. Des elfes sans clan vinrent furtivement baiser la main de la reine Lliane, et Till le pisteur s'éloignait chaque fois avec eux pour échanger quelques mots. Aucun n'avait vu Gael. Ni à Kab-Bag, ni aux Marches. Des elfes gris, pâles et mornes dans leur long manteau, affectèrent de ne pas les voir, et s'écartèrent. Attablés à la terrasse d'une taverne, deux elfes des Havres, riant fort et jouant avec leurs longues nattes grises, les saluèrent d'un signe de tête nonchalant. Comme tous ceux qui allaient sur la mer, les elfes des Havres ne se montraient jamais surpris…

Mais des trois Peuples libres, les hommes étaient de loin les plus nombreux.

Quelques marchands, déambulant tranquillement dans les ruelles bondées, suivis pas à pas de leur garde du corps, leur adressèrent des sourires prudents, un peu inquiets de rencontrer au cœur du pays gnome un chevalier en armure portant la cotte d'armes rayée bleu et blanc aux couleurs du roi. Les autres hommes, bien plus souvent, baissaient les yeux ou ramenaient sur leur visage le capuchon de leur manteau.

— La Guilde des voleurs, dit la reine Lliane en désignant un groupe qui disparaissait dans le trou béant servant de porte à une habitation creusée dans la falaise. Kab-Bag est aussi un peu leur capitale…

Instinctivement, les nains se regroupèrent autour de leurs poneys, et Miolnir dégaina sa hache.

Du fait de l'étroitesse des rues et du monde qui y circulait, la compagnie fut bientôt étirée sur une centaine de mètres, sans même s'en rendre compte. Devant, les elfes semblaient glisser à travers la foule, guidés par le faucon de Till. Freïhr et Uter marchaient plus lentement, gênés l'un par sa taille, l'autre par son armure. Mais la foule s'écartait sur leur passage, prudemment. Les deux nains, eux, paraissaient perdus dans le flot de populace. À peine plus hauts que les gnomes, ils ne pouvaient voir devant eux et craignaient de se perdre dans le dédale des ruelles, ce qui ne faisait que les rendre plus prudents encore, et plus lents. Ils ne risquaient pourtant rien. Personne, fût-il membre de la Guilde des voleurs et des assassins, ne se serait attaqué à un chevalier nain bardé de fer, ni même à Tsimmi qui, en dépit de son air moins belliqueux, tenait dans son poing noueux un marteau d'armes de bonne taille.

Mais, derrière eux, une proie semblait plus facile… Au moins en apparence.

À la queue du convoi, les pages accompagnant les chevaux de bât avaient été nettement distancés. Ils s'étaient épuisés à tirer les chevaux terrifiés par la foule, piaffant à chaque pas, sans cesse bousculés ou bloqués par les attroupements.

Accroupi sous un porche de terre, c'est eux que Thane de Logres attendait. Thane était un assassin.

Il avait eu la main droite tranchée par un seigneur nain des Hautes Collines qui l'avait surpris au pied du lit de son fils, le poignard à la main, prêt à frapper, et son moignon avait été brûlé au fer rouge. Thane de Logres était resté cinq ans dans les cachots des Hautes Collines. Ses bras et ses jambes avaient été brisés plusieurs fois par les bourreaux nains, mais il n'avait pas parlé. Les assassins de la Guilde n'avaient qu'un honneur : tuer et ne jamais rien dire. Ainsi, nul ne sut jamais qui avait commandité la mort du jeune prince des Hautes Collines.

Lorsqu'il s'évada, Thane tua le prince, remplissant ainsi son contrat, et disparut. Un an plus tard, le frère cadet du seigneur nain fut lui aussi retrouvé assassiné, sans que personne pût jamais affirmer qu'il avait été la victime de sa vengeance.

Dès lors, Thane le manchot n'avait plus été repris. Il était devenu l'un des chefs de la Guilde et portait à l'annulaire de sa main unique une bague en cuivre frappée de la rune de Beorn. Servi par une armée de coupe-jarrets, d'espions et de voleurs, il s'était fixé à Kab-Bag, la dernière ville avant les Marches, assez riche en plaisirs de toutes sortes, et assez lointaine de Loth pour ne pas craindre les archers du roi. Quoiqu'un maître assassin n'eût pas grand-chose à craindre du roi… Tant que la loi de la Guilde était respectée et que les ordres de ses chefs étaient obéis à la lettre et sans délais – quels qu'ils soient et quel qu'en soit le coût –, les porteurs de la bague jouissaient d'une relative immunité en ce qui concernait leurs menus larcins.

Dans la ville des gnomes dont il était l'un des maîtres occultes, peu de chose aurait pu échapper à Thane. Et sûrement pas une compagnie de chevaliers, d'elfes et de nains…

Marchant devant les deux chevaux de bât en les tenant par la bride, Llewelin, le page des elfes, faisait de temps à autre des petits bonds pour tenter de repérer par-dessus la foule le reste de la compagnie. Quand il passa devant l'assassin, celui-ci vit qu'il avait peur, qu'il craignait de se laisser distancer. Une proie facile, vraiment…

Thane de Logres se redressa et s'écarta du porche, puis leva la main, donnant l'ordre. Il ne tint pas compte de la silhouette massive du nain qui suivait les chevaux, drapé d'un manteau poussiéreux. Il eut tort.

Llewelin sentit quelqu'un le bousculer rudement. L'elfe se retourna, furieux, mais ses paroles se bloquèrent au fond de sa gorge. D'un coup sec, un poinçon avait traversé sa broigne de cuir et percé son ventre. Il croisa le regard froid d'un homme d'une saleté repoussante et comprit tout juste que cet homme était en train de le tuer. D'un coup de reins, le page s'arracha à la lame et tomba à terre, dans la gadoue et les immondices de la ruelle. Le sang clair des elfes ruisselait entre ses doigts crispés contre son ventre. Les yeux agrandis par la terreur, il dégaina sa longue dague elfique et se releva en chancelant pour faire face au tueur.

Aussitôt, la ruelle se remplit d'êtres en armes. Il y avait là surtout des hommes, mais le groupe des assassins comprenait également un elfe gris, qui souriait dangereusement en pointant vers lui un poignard acéré à la lame noire. Les gnomes s'éparpillaient en tous sens en piaillant, et les buveurs, dans les tavernes, se massaient déjà aux fenêtres pour jouir du spectacle. Les voleurs étaient cinq, armés de poignards ou de courtes épées aux larges rebords tranchants et à la pointe presque arrondie. L'elfe blessé tremblait, courbé sur sa blessure mortelle. Il tournait sur lui-même par petits bonds, effectuant de pauvres moulinets avec sa dague pour maintenir les assassins à distance. Ce n'était pas un guerrier.

Thane de Logres s'adossa au porche et sourit. Comment des étrangers pouvaient-ils être aussi insouciants à Kab-Bag ? Laisser deux chevaux de bât sous la seule garde d'un misérable elfe, voyons... Déjà, dans les tavernes, des rires gras et des gloussements excités attendaient la mise à mort. C'est alors que l'un des tueurs poussa un cri strident qui fit sursauter le manchot et ramena le silence dans la ruelle. L'espace de quelques secondes, l'homme battit l'air de ses bras, tentant d'arracher quelque chose de son dos, puis ses yeux se voilèrent et il roula sur le sol, révélant celui qui venait de le tuer.

C'était un nain, vêtu de rouge, d'une taille surprenante et dont la longue barbe rousse était glissée dans la ceinture. Thane et ses tueurs se sentirent blêmir. Presque aussi grand qu'un homme, le nain serrait dans ses mains puissantes une longue hache au fer ensanglanté. L'assassin crispa nerveusement sa main sur le pommeau de son épée et lança d'un geste ses hommes à l'attaque.

— Dwaaalin ! hurla Rogor en fonçant vers eux.

Le premier voleur fendit l'air d'un coup d'épée, forçant le nain à reculer. Il poussa aussitôt un cri horrible : la hache de Rogor avait vrombi à quelques centimètres du sol et, au terme de sa courbe mortelle, lui avait tranché la jambe au-dessous du genou. L'homme s'écroula, gênant deux des tueurs qui perdirent ainsi plusieurs secondes. Le troisième, l'elfe gris, s'était retrouvé seul face à Rogor au moment où, comme un balancier, la lourde hache revenait vers lui. Le fer fit exploser les mailles d'acier de son haubert et lui broya le flanc avec une puissance telle que la moitié de la hache s'y enfonça. En tombant, l'elfe arracha l'arme des mains du nain, qui dégaina son poignard et défia ses deux derniers adversaires. L'un d'eux n'hésita qu'un court instant, et s'enfuit à toutes jambes. L'autre resta, mais il suait de peur. Il s'élança vers le nain dans un assaut désespéré que Rogor put facilement éviter. La main puissante de l'héritier de Troïn se referma sur le bras du voleur et le tordit, projetant l'homme à terre. Avant même qu'il puisse se relever, Rogor l'avait cloué au sol de son poignard.

Sous le porche de terre, il n'y avait plus personne : Thane de Logres avait disparu.

Le nain à la livrée rouge acheva les mourants, les dépouilla de leurs armes et de leur or, puis récupéra sa hache, fichée dans le corps de l'elfe gris, sans prononcer la moindre parole ni se soucier des vivats de la foule enthousiaste. D'un coup de pied, il désemboîta le fer de sa hache puis l'essuya soigneusement au manteau du cadavre avant de la glisser à nouveau sous sa tunique

marquée aux runes de Baldwin. Il récupéra aussi les deux chevaux, hissa le page des elfes blessé comme un paquet en travers des bagages, saisit les rênes et les entraîna dans les ruelles, loin des corps ensanglantés.

— Attends ! gémit Llewelin en essayant de se redresser. Je perds mon sang, je dois être soigné... Comment as-tu fait pour les tuer tous ? Tu n'es pas un guerrier, pourtant... Ou bien...

Rogor leva sur le jeune elfe des yeux fatigués.

— Je vais te le dire, murmura-t-il. Mais pas ici. Pas en pleine rue...

Ils laissèrent les chevaux à la borne d'une taverne sous la surveillance des gardiens que chaque établissement mettait au service de ses clients, puis Rogor prit l'elfe sur son épaule et ils s'enfoncèrent dans une des nombreuses grottes de la cité.

Mal éclairée par quelques flambeaux, la caverne bourdonnait de monde, au point que les visages en devenaient anonymes. Rogor posa l'elfe au sol, contre la paroi de pierre, et se redressa, rabattant sur sa tunique rouge le pan de son long manteau. Llewelin, abruti de douleur, ne pouvait détacher les yeux de ce nain qu'il avait cru être un page et qui paraissait plus expert dans l'art de la mort que le meilleur des maîtres d'armes.

— Je suis Rogor, neveu de Troïn, héritier du trône sous la Montagne noire, dit celui-ci en posant sa lourde main sur l'épaule du blessé.

À la lueur des flambeaux, sa barbe rousse semblait être en feu. Sous ses épais sourcils broussailleux, le page croisa l'éclair sombre de son regard et sut que le nain allait le tuer.

— Non !

Le geste de Rogor fut tellement vif que le page ne se vit pas mourir. La gorge tranchée, il glissa lentement à terre, tandis que le nain essuyait son poignard sur sa tunique de moire. Il saisit à bras-le-corps le cadavre du page et se releva sans effort. Puis il sortit sans presser le pas ni regarder personne.

Au-dehors, Rogor ferma les yeux et respira plusieurs fois, longuement. Quand ses mains ne tremblèrent plus, il jeta aux gardiens une pièce de bronze, hissa de nouveau le corps de Llewelin sur une monture et se fraya un chemin dans la foule à la recherche de la compagnie.

Sortant à demi de l'ombre d'une arcade, Thane de Logres, la dague à la main, fit un pas vers le nain. Il ne s'agissait plus de voler les chevaux, juste de venger les morts, d'achever ce qui avait été entrepris, selon le code d'honneur particulier à la Guilde. Une main ferme l'arrêta dans son élan et le ramena brutalement dans l'ombre. Le manchot se retourna, prêt à frapper, mais il retint son geste.

— Blade !

— Il est trop tôt pour assouvir ta vengeance, ami, dit le voleur de Loth. Allons boire quelque chose, et parlons…

Thane de Logres ne répondit pas tout de suite, laissant ses tempes et son pouls retrouver un rythme normal. Blade le voleur était presque une légende parmi les membres de la Guilde, et l'un des seuls à porter une bague en cuivre semblable à la sienne, preuve de la considération dont ils jouissaient dans la hiérarchie occulte des maîtres voleurs. Rares étaient ceux qui, à l'instar de Blade, osaient pratiquer l'art mortellement dangereux du vol et de l'assassinat au sein même de la cité du Grand Conseil. Thane se força à sourire et rengaina sa dague.

— Je te suis, Blade…

La compagnie s'était rassemblée au milieu d'une place grouillante de monde et suffisamment éclairée par des dizaines de lampes à huile et de flambeaux accrochés sur les murs ou sur l'armature de bois des échoppes. Au moindre souffle de vent, les flammes viendraient lécher les tentures de velours masquant les fenêtres des habitations, les bottes de paille empilées un peu partout à l'intention des animaux, ou l'étal des innombrables marchands d'étoffe de la cité, et rien ne pourrait arrêter l'incendie. Fort heureusement, il n'y avait pas de vent dans les profondeurs des bas quartiers. La ville avait néanmoins flambé plusieurs fois, mais les gnomes n'étaient pas un peuple à tirer des leçons de ce genre d'expérience. C'était la marque du destin, voilà tout. Il était plus simple de dresser çà et là des autels votifs, aux côtés des centaines de temples, de chapelles ou de niches consacrés à tout ce que le monde comptait de divinités – y compris les grandes croix de la religion des hommes ou les sombres et démoniaques idoles des gobelins des Terres gastes. Et puis les gnomes subissaient les pires calamités avec une sorte de résignation satisfaite, tirant même une certaine jouissance de leurs malheurs, s'acharnant alors à rebâtir ce qui avait été détruit avec une frénésie de fourmis qui fascinait tous les autres peuples.

Au cœur de la cité, la foule était encore plus bigarrée, encore plus dense, encore plus interlope. S'écartant furtivement à la vue de la reine des hauts-elfes, et de l'armure luisante d'Uter le Brun, les silhouettes courbées de quelques hommes-chiens se mêlaient à la foule. L'un de ces êtres grotesques et monstrueux vint percuter de plein fouet la hanche de Freïhr. Perdu dans les noires pensées de son esprit brumeux, l'homme-chien ne comprit pas tout de suite son erreur. Sa première réaction fut de retrousser ses babines pelées, découvrant les crocs de sa puissante mâchoire, dans ce rictus d'une affreuse bestialité qui faisait ressembler ceux de sa race aux hyènes ou aux chiens sauvages. Puis il releva la tête et ses yeux croisèrent le regard du géant barbare.

— Bouh ! hurla brusquement Freïhr, l'air mauvais.

L'homme-chien glapit et s'enfuit en gémissant, bousculant tout sur son passage.

Le rire de Freïhr domina quelques instants le vacarme de la foule.

— Pourquoi ne l'as-tu pas tué ? s'écria Miolnir en serrant nerveusement sa hache. C'était un maître chien, ceux que les gobelins nomment kobolds et qui nourrissent leurs loups de guerre !

— Kobolds pas dangereux, dit simplement le barbare avec un sourire. Ils vivent avec les chiens, mangent comme des chiens, sont peureux comme des chiens... Même pas dignes d'un coup d'épée...

Les deux nains se regardèrent sombrement. Dans les montagnes, les hommes-chiens menaient des hyènes et des loups jusqu'aux abords des villages nains, et dévoraient parfois des enfants.

Till le pisteur avait lui aussi frémi. Un regard de la reine l'avait retenu, il s'était accroupi pour murmurer à l'oreille de son chien les mots qui calment une fureur instinctive. Les maîtres chiens des Terres noires représentaient la face sombre de l'union des êtres qui marchent debout et des animaux. Si pour les nains tuer un homme-chien était un devoir vis-à-vis des nanillons vivant dans les villages isolés des montagnes, c'était pour les chiens elfiques et les elfes verts une sorte de mission sacrée, l'instinctif combat du bien contre le mal…

— Les voilà ! cria Uter, montrant du doigt les deux chevaux de bât qui les rejoignaient enfin, se frayant un chemin dans la foule.

Ce fut seulement lorsque les montures s'arrêtèrent devant eux que les envoyés du Grand Conseil découvrirent le corps de Llewelin, jeté en travers des bagages.

— Que s'est-il passé ? demanda Uter d'une voix blanche.

Rogor hocha la tête et se tordit les mains en signe de désespoir.

— Des bandits nous ont attaqués, messire. Trois ont péri et les survivants ont fui, mais mon compagnon a versé son sang…

Les elfes s'étaient rapprochés de leur page. Il portait la trace d'un coup de poignard à l'abdomen, et il avait eu la gorge tranchée d'une oreille à l'autre : ce n'était pas le genre de blessure qu'on pouvait récolter en combattant.

Rogor vit leurs regards emplis de surprise et se tourna vers eux, geignant toujours et se tordant les mains.

— Il s'est battu comme un lion, reine Lliane. Ils ont dû se mettre à deux pour le tuer… Un lui a tranché la gorge, et un autre lui a donné un coup d'épée…

— Et tu ne l'as pas aidé ?

— Je n'ai pas pu, dit Rogor en baissant la tête, comme s'il cachait sa honte. Je ne suis pas un guerrier...

Les elfes hochèrent la tête, et Lliane tapota l'épaule du page nain en signe de compassion.

— Tu as fait preuve d'un grand courage en escortant seul les chevaux jusqu'ici. Si notre page est mort, c'est notre faute. Nous n'aurions pas dû vous perdre de vue dans cette foule.

Till saisit les rênes des montures de bât et s'avança vers une auberge, suivi par les chevaux libres de la reine et du page, qu'on n'avait nul besoin de guider. La nuit était tombée, une petite pluie fine faisait grésiller les flambeaux, sans que la foule des gnomes et des étrangers se disperse pour autant. À Kab-Bag, on dormait, mangeait, on menait à bien des affaires à n'importe quelle heure du jour ou de la nuit. Libre à chacun de régler sa journée comme il l'entendait.

Uter et Freïhr escortèrent la reine vers l'auberge, et se baissèrent pour franchir le porche d'entrée s'ouvrant sur une petite cour carrée. Les nains furent les derniers à s'ébranler. Tsimmi marmonna dans sa barbe quelques mots à l'adresse de Miolnir, qui partit seul s'occuper des chevaux, laissant le page en arrière.

Accablés de fatigue, minés par la mort de Rodéric et de Llewelin en ce premier jour d'expédition, les hommes et les elfes ne remarquèrent pas que le chevalier nain menait lui-même les chevaux à l'écurie.

Au-dehors, Tsimmi attendit que tous aient disparu pour interroger Rogor.

— Que s'est-il passé, seigneur ?

— Nous avons véritablement été attaqués par des voleurs, maître Tsimmi. J'ai dû lutter afin de sauver ma vie, mais l'elfe m'a vu. Je ne pouvais le laisser raconter à sa reine et au pisteur qu'il m'avait vu combattre.

— Ainsi, c'est vous qui l'avez tué…

Les yeux de Rogor flamboyèrent de colère.

— Et que pouvais-je faire d'autre ? Oubliez-vous que mon identité doit rester secrète ?

Tsimmi hocha la tête calmement et lissa de sa main calleuse sa longue barbe brune.

— N'oubliez pas non plus, seigneur, que nous ne cherchons pas à rallumer la guerre entre les elfes et les nains, n'est-ce pas ?

Rogor ne répondit pas.

— N'est-ce pas ?

Le guerrier roux voulut dire quelque chose, mais ses yeux croisèrent le regard gris du maître maçon et il referma la bouche. On disait tant de choses sur les maîtres maçons. Tant de choses insoupçonnées et terrifiantes qui pouvaient se cacher derrière le regard gris de ce nain de petite taille, à l'aspect doux et inoffensif, uniquement armé d'un marteau de guerre et d'une fronde.

— Je suis votre serviteur, maître Tsimmi, dit Rogor en frissonnant sous la pluie.

— Je ne vous en demande pas tant.

Les deux nains se regardèrent encore quelques instants en silence, puis le maître maçon saisit affectueusement Rogor par le bras.

— Vous serez un grand roi, seigneur Rogor. Allons manger…

VI

Le gobelin

L'auberge était presque aussi encombrée que les rues de Kab-Bag. Il y régnait une écœurante odeur de friture, mêlée à celle de la sueur de dizaines et de dizaines de voyageurs. Surplombant la salle, une petite estrade dressée dans un coin proposait à l'assistance un spectacle ininterrompu de bateleurs des plus divers, et deux jeunes gnomesses totalement nues s'y trémoussaient au rythme des flûtes et des tambourins avec autant de grâce que des poissons sortis de l'eau.

L'arrivée des envoyés du Grand Conseil avait provoqué un brusque silence, ainsi que la fuite discrète de quelques dîneurs à la conscience aussi noire que le ciel de la cité. Puis, progressivement, les conversations avaient repris, jusqu'à retrouver l'assourdissant brouhaha habituel à ces lieux.

Les voyageurs n'étaient plus que quatre. Miolnir, plus bougon que jamais, était allé se coucher. Le page Rogor s'était retiré dans l'écurie pour garder un œil sur les chevaux durant la nuit. Quant à Till le pisteur, il avait disparu silencieusement après avoir glissé quelques mots à l'oreille de la reine. Entraînant à sa suite un cheval chargé du cadavre de Llewelin, il avait fui l'oppressante atmosphère de la cité pour rendre le corps du page à la nature et s'installer avec son chien et son faucon à l'abri d'un bosquet, à l'extérieur de Kab-Bag.

Malgré sa fatigue, Uter le Brun se forçait à prêter attention à l'interminable histoire que Tsimmi racontait en suçotant sa pipe de terre blanche. C'était un récit fort apprécié sous la Montagne, et Tsimmi était un bon conteur, mais il était presque impossible à suivre pour un homme, tant les digressions y étaient nombreuses, ainsi que les allusions aux grandes maisons naines, parées de tous leurs titres. Uter depuis longtemps avait perdu le fil. Le jeune chevalier jetait de temps à autre un bref coup d'œil à la reine des hauts-elfes, qui regardait le nain avec un sourire indéfinissable, en se tenant parfaitement droite. Cela ne voulait rien dire… Lliane pouvait aussi bien être en train de somnoler tout en gardant les yeux bien ouverts.

Freïhr, lui, ne s'embarrassait pas de convenances. Tournant franchement le dos à la table, il riait grassement ou applaudissait avec ravissement aux divers numéros, et d'après ce qu'Uter avait pu en voir il avait absorbé une quantité de vin tout à fait prodigieuse.

Cent fois, Uter crut pouvoir profiter de ce que le nain s'humectait la langue d'une gorgée de vin pour s'excuser et se lever de table. Hélas, chaque fois le maître maçon était le plus rapide, alors, comme par un fait exprès, il prenait le chevalier à témoin ou lui posait la main sur le bras pour forcer son attention.

Uter n'avait pas retiré son armure depuis trois jours, et il était presque continuellement secoué de frissons. À cet instant, il aurait même donné son épée contre un bon lit de plumes…

Soudain, le brouhaha de l'auberge se transforma en un murmure de surprise et de frayeur. Un nouveau bateleur venait de monter sur scène. Un homme âgé mais robuste, au crâne dégarni et au visage zébré de cicatrices, avec en travers de la ceinture un fouet plombé et une large dague à un seul tranchant qui ressemblait fort à un couteau de boucher. D'un geste un peu théâtral, il avait dévoilé une cage de fer jusque-là masquée par un drap noir, et l'assemblée frémit en en découvrant le contenu.

— Et voici le clou de mon attraction ! cria-t-il d'une grosse voix éraillée. Un gobelin des Terres noires, que j'ai moi-même capturé au péril de ma vie !

Uter se retourna d'un bond. Jamais encore il n'avait vu de gobelin, ces guerriers repoussants d'une force sans égale et d'une cruauté terrifiante au combat, qui n'adoraient que des dieux sanguinaires et n'obéissaient qu'à leur maître, Celui-qui-ne-pouvait-être-nommé...

Le monstre, accroupi dans la petite cage, portait sur le corps plusieurs bandages sommaires, preuve de ses nombreuses blessures. Sans doute était-il évanoui quand le montreur d'animaux l'avait découvert. Jamais, sans cela, malgré son fouet plombé et son couteau de boucher, il ne serait parvenu à le capturer vivant... Freïhr s'était levé, saisi d'une rage d'ivrogne à la vue de l'un de ces monstres qui avaient détruit son village. Avant qu'Uter ait pu le retenir, il s'était précipité sur l'estrade et, l'épée à la main, il tentait de frapper à travers les barreaux de la cage le gobelin prisonnier.

— Es-tu devenu fou, barbare ? hurla le montreur d'animaux en le saisissant par le bras.

Freïhr ne répondit pas, mais son poing gauche se détendit brusquement, frappant l'homme juste sous le nez avec une puissance telle que le coup projeta ce dernier hors de l'estrade. Dans sa cage, le gobelin glapissait comme un chien et rugissait comme un lion, hurlant des injures dans la terrible langue des Terres noires, secouant les barreaux de sa prison avec une puissance effrayante.

Les tables les plus proches de l'estrade s'étaient déjà vidées, et plus d'un buveur refluait vers la sortie tant l'affrontement de ces deux géants était terrifiant.

— Freïhr ! hurla Uter en le rejoignant. Il ne peut se défendre ! Tu ne peux pas tuer un ennemi entravé !

— Laisse-moi ! rugit le barbare en lui décochant un coup de coude qui bossela son armure.

Uter tint bon et parvint à agripper le bras droit du guerrier.

— Laisse-moi ! Laisse-moi !

Lliane avait elle aussi bondi sur l'estrade. Elle était sans arme, mais sa main gauche était tendue, paume ouverte, à quelques centimètres du visage de Freïhr. Aussitôt, sans comprendre pourquoi, il ne put détacher son regard de cette main qui ondulait doucement.

— Calme-toi, murmura l'illusionniste d'une voix si douce qu'elle était presque imperceptible. *Anmod eorl hael hlystan stylle... Anmod eorl hael hlystan stylle...*

Les mots résonnèrent pourtant avec une puissance infinie dans le cerveau du barbare, au point qu'il crut que sa tête allait éclater. On racontait que les ordres magiques de certains hauts-elfes, lorsqu'ils étaient hurlés, pouvaient définitivement faire perdre la raison.

Lliane baissa la main, Freïhr sentit la douleur s'atténuer, puis une immense fatigue l'envahit. Il chancela. Le bras armé qu'Uter retenait jusqu'alors à grand-peine devint flasque et lourd.

— Vous pouvez le ramener, messire, dit la reine sans se départir de son énigmatique sourire.

Freïhr secouait la tête comme s'il avait été assommé, et il se laissa docilement guider par Uter. Les trois envoyés du Grand Conseil retraversèrent la salle dans un silence où se mêlaient le respect et la frayeur. Du coup, une dizaine d'autres personnes quittèrent encore l'auberge.

Juché sur une table, Tsimmi n'avait rien perdu du spectacle. Il ralluma sa pipe en contemplant la longue silhouette de la reine qui revenait, indifférente aux regards lubriques ou inquiets qui glissaient sur son corps. L'un et l'autre usaient de magie, mais le nain avait maintenant un avantage sur l'illusionniste : lui ne s'était pas encore dévoilé.

Tsimmi s'apprêtait à lui tourner un compliment subtil lorsqu'un mouvement imprévu sur l'estrade attira son regard. Une gigantesque forme sombre venait de surgir de la cage…

— Attention !

Uter pivota brusquement et ne put s'empêcher d'avoir un haut-le-corps en découvrant la monstrueuse silhouette du gobelin tenant à la main le large couteau du montreur d'animaux, avec lequel il avait pu forcer la porte de sa cage.

Haut de plus de deux mètres, il était vêtu de haillons qui révélaient par endroits une peau sombre et poilue d'un gris olivâtre sous laquelle roulaient des muscles longs. Ses mains elles-mêmes ressemblaient à des armes, avec leurs ongles noirs pareils à des griffes. Le monstre hurla et se rua à l'assaut, droit vers le groupe des envoyés du Grand Conseil. Un peu de bave glaireuse perlait au coin de sa mâchoire carrée d'où émergeaient des dents ébréchées aussi acérées que des crocs de loup.

Les piaillements de terreur des gnomes qui s'enfuyaient sur son passage couvrirent un instant les cris du gobelin. Le désordre était tel que les gnomes paniqués interdisaient au monstre d'avancer, mais également aux hommes, à l'elfe ou au nain de se porter vers lui pour le combattre.

— Ne pouvez-vous les calmer, eux aussi ? hurla Uter à l'intention de la reine.

— Je ne peux rien sur une foule pareille !

Il y eut un hurlement encore plus aigu que les autres, et le corps trapu d'un gnome vola vers le plafond, laissant une traînée de sang dans les airs. Tout autour du gobelin déchaîné, des êtres de toutes races perdaient la vie en hurlant, déchiquetés par ses furieux coups de couteau, mais le monstre n'avait que faire de ces morts-là. Le carnage n'avait d'autre but que de rejoindre le barbare qui l'avait lardé de coups d'épée dans sa cage, et de lui faire payer le « wergeld », le prix du sang… Une table fut projetée vers un coin de la pièce, et le monstre perdit une fraction de seconde à la voir s'écraser contre le mur. Quand son regard revint vers son agresseur, il découvrit devant lui un jeune chevalier aux cheveux bruns tressés, vêtu d'une armure de métal poli. L'homme avait peur, comme l'indiquaient les fines gouttelettes de sueur qui parsemaient son visage, mais ses yeux brillaient de détermination. Aucun gnome ni aucune table ne le séparant de lui, le gobelin poussa un grognement affreux et se rua à l'attaque, l'arme haute.

Uter ne bougea qu'à l'ultime instant, ainsi qu'on le lui avait enseigné. Sa longue épée, tenue à deux mains, reposait à terre sur son côté gauche, de sorte que le chevalier semblait dévoiler son flanc à son agresseur. Alors que le gobelin se penchait pour frapper, Uter pivota d'une brusque détente. Emporté par son élan, le monstre buta contre sa jambe droite et tomba en avant : l'épée d'Uter fendit l'air en vrombissant, de toute la force de ses bras. Le coup était si puissant que l'épée trancha net l'horrible tête du gobelin et l'envoya rouler à plusieurs mètres, alors que son corps décapité continuait sa course et allait s'écraser à terre aux pieds de Tsimmi.

Pendant un long moment, on n'entendit plus que le crépitement des flambeaux et de la graisse des pièces de viande en train de cuire. Un sang noir et épais s'échappait en gargouillant de la tête tranchée du gobelin, formant sur le plancher une horrible mare gluante dont Uter, fasciné, ne pouvait détacher le regard.

Cette tête affreuse, cette tête de démon, c'était exactement celle des gargouilles que les moines sculptaient au fronton de leurs églises… Quelqu'un lui tapa affectueusement l'épaule et il s'arracha à sa torpeur. C'était Freïhr.

— Joli coup, dit le barbare avec un grand sourire. Je veux bien l'apprendre.

Uter hocha la tête et se força à sourire.

Autour d'eux, les gnomes et les voyageurs reprenaient place dans l'auberge, commentant les événements avec un soulagement qui ne les rendait que plus bruyants encore.

— Un bien beau coup en vérité ! renchérit Tsimmi en se rasseyant à leur table. Voilà qui mérite qu'on mette un tonnelet en perce !

Uter s'assit un peu gauchement, ses mains tremblaient.

— C'est dans la bataille qu'on peut juger de la valeur d'un guerrier, fit doucement la reine avec ce petit sourire indéfinissable qui ne la quittait jamais.

Uter hocha la tête et vida un gobelet de vin, le temps de comprendre ce qu'elle avait voulu dire.

— Eh bien, je vous souhaite une bonne nuit, messires, poursuivit Lliane. C'est assez d'émotions pour la journée.

Les trois compagnons se levèrent, y compris Tsimmi qui, debout, dépassait à peine le niveau de la table.

— Voulez-vous…

Uter hésita.

— Voulez-vous que je vous escorte jusqu'à votre chambre, ma dame ?

— Je vous remercie, chevalier. Je crois que nous ne risquons plus rien…

Uter hocha la tête et se sentit une fois de plus rougir sous le regard vert de la reine, qui tourna les talons et se fraya un chemin entre les tables. Le cœur encore battant de la fièvre du combat, il resta debout à la contempler jusqu'à ce qu'elle ait disparu dans le couloir menant aux chambres. Quand il se rassit, une bourrade de Freïhr le fit presque chuter de sa chaise.

— Ho, ho ! « Ma dame »… Elle te plaît, la jolie reine ?

— Ferme-la ! grommela le chevalier.

Freïhr frappa la table du plat de la main, secoué par un gros rire.

— Il est amoureux ! T'as vu ça, le nain ? Il est amoureux !

Uter ne jeta qu'un bref regard à Tsimmi, mais il lui sembla que les yeux du maître maçon pétillaient.

— Tu sais, moi aussi j'étais amoureux, fit le barbare d'un ton soudainement moins gai. Et même, on devait se marier…

Uter ferma les yeux. Il ne manquait plus qu'un barbare au vin triste…

Tsimmi perçut lui aussi la dérive nostalgique de leur compagnon.

— Je disais donc, avant qu'on nous interrompe…

Il était déjà reparti dans une de ses interminables histoires de bataille lorsqu'un gnome bardé d'armes diverses et de pièces d'armures hétéroclites s'approcha de leur table.

— Est-ce vous qui avez tué le gobelin ? demanda-t-il d'un ton aussi martial que possible.

— Pourquoi ? dit Uter.

Le gnome prit la question du chevalier pour une affirmation et fit signe aux gardes qui l'accompagnaient d'emmener le corps et la tête du monstre.

— Nous en serions aisément venus à bout, expliqua le gnome, cependant vous avez droit à notre gratitude pour nous avoir épargné cette peine.

Freïhr eut un petit sourire amusé et ouvrit la bouche pour dire quelque chose, mais un coup de pied de Tsimmi, sous la table, lui cloua le bec.

— Notre shérif, le seigneur Tarot, m'a chargé de vous convier à venir lui raconter vous-même la bataille.

— Les nouvelles vont vite à Kab-Bag, murmura Uter.

Tsimmi se leva prestement et contourna la table.

— C'est un grand honneur, dit-il en s'inclinant devant le gnome à peine plus petit que lui. Fais savoir au seigneur Tarot que nous acceptons avec joie et que nous serons chez lui dans l'heure.

— Mais…

Le gnome s'interrompit lui-même, ne sachant que dire. Innocemment, mais d'une main ferme, le nain le repoussait vers la porte de l'auberge tout en le tenant amicalement par l'épaule. Après tout, l'essentiel était que les étrangers se présentent devant le shérif, non ? Il aurait sans doute été préférable qu'ils l'accompagnent sur-le-champ, mais il ne s'était somme toute pas trop mal acquitté de sa mission…

Tsimmi referma la porte de l'auberge derrière lui et rejoignit rapidement ses compagnons.

— Que faisons-nous ? lança-t-il en se resservant un verre.

— Je ne sais, répondit Uter. C'est peut-être un piège… Le Grand Conseil nous a dit de nous méfier des gnomes. S'ils font véritablement du commerce avec les gobelins des Terres gastes, ils peuvent vouloir nous livrer au Seigneur noir en réparation de la mort du monstre…

— C'est une possibilité, concéda Tsimmi. Mais nous ne risquons pas grand-chose. Nous sommes trois, bien armés, et notre grand ami ici présent devrait pouvoir convaincre les esprits échauffés de renoncer à leurs mauvaises idées !

Tout en parlant, il donna une bourrade amicale au barbare, qui partit d'un grand rire et lui administra en retour une bonne claque sur l'épaule.

— Ça, c'est vrai ! dit-il en riant toujours. Ce ne sont pas quelques gnomes qui pourraient faire peur à Freïhr !

Tsimmi sourit et se massa l'épaule. Cette brute avait manqué lui démettre le bras.

— Vous avez sans doute raison, admit Uter. Et puis, c'est une occasion inespérée d'interroger directement le shérif à propos de Gael. S'il est toujours à Kab-Bag, j'imagine qu'il pourra nous révéler où il se cache.

— Il faudra cependant se méfier de ce qu'il nous proposera de boire ou de manger, conclut Tsimmi. Les peuples faibles raffolent toujours des poisons qui tuent sans qu'il leur soit nécessaire de combattre... Prévenons-nous les autres ?

— Au moins la reine, dit Uter. Elle connaît le shérif Tarot. Et c'est elle qui dirige notre compagnie...

Il y eut un silence pendant lequel tous se demandèrent s'il était raisonnable ou non d'entraîner la reine dans ce qui pouvait être un piège.

À la surprise des deux autres, ce fut Freïhr qui parla en premier.

— On la préviendra demain. Moi aussi, je connais Tarot. Si c'est un piège, pourquoi mettre la jolie elfe en danger ?

À nouveau, il fit entendre son gros rire.

— Hein, Uter ?

Le chevalier lui jeta un regard furieux, mais le barbare blond était trop content d'avoir trouvé une blague pour se laisser intimider.

— Je suis d'avis de ne pas faire attendre notre ami le shérif, dit enfin Tsimmi.

VII

La nuit des gnomes

La demeure du seigneur Tarot s'élevait à mi-hauteur de Kab-Bag comme un petit castel, sur une plate-forme qui dominait la ville basse. Elle semblait aussi fragile et aussi grossière qu'une pièce montée de pâtisserie, tant on y avait accumulé tours, échauguettes, gargouilles, préaux et cours intérieures, le tout ajouté au fur et à mesure au long des siècles par des architectes déments sur une grosse bâtisse qui, initialement, n'avait rien d'un château. Les envoyés du Grand Conseil, à l'exception de Tsimmi, s'y sentirent aussitôt oppressés et à l'étroit, mais, après tout, la demeure n'avait pas été conçue pour des êtres de leur taille.

Un garde les avait introduits dans une salle jonchée de coussins et de poufs, entièrement tendue de tentures de velours sombre, violet, bleu ou vert (un assortiment de couleurs assez choquant à l'œil) et uniquement éclairée de lanternes à huile. Tarot se faisait attendre pour se donner de l'importance.

— Si cet avorton ne se montre pas dans la minute, j'irai le chercher moi-même ! grommela brusquement le barbare.

Uter ne releva pas.

Était-il acceptable qu'un shérif gnome traite ainsi des envoyés du Grand Conseil ? Le visage calme et inexpressif du nain Tsimmi ne pouvait l'aider à résoudre cette question de protocole et d'amour-propre. Pour sa part, Uter sentait lui aussi des picotements du côté de son épée…

Il y eut enfin un flottement derrière une tenture, et une cohorte de gardes pénétra dans la pièce, précédant le shérif des gnomes en personne.

— Daignez m'excuser, nobles seigneurs ! fit celui-ci en les saluant avec un habile mélange de respect et d'ironie. Ces imbéciles ne m'ont prévenu qu'à l'instant de votre présence dans mon château ! Je suis accouru aussitôt, bien évidemment.

— Bien évidemment, répéta Tsimmi en toisant le gnome avec un regard froid.

Tarot hésita quelques secondes, puis il se ressaisit.

— La reine Lliane n'est pas avec vous ?

— La reine vous prie de l'excuser, shérif, dit Uter. La route a été longue. Elle vous verra demain, si vous le souhaitez.

— Bien sûr, bien sûr, acquiesça Tarot. Demain, très bien…

Il sourit, plissant un peu plus son visage de vieux fruit, mais Uter perçut sa contrariété. Plus qu'une contrariété, même…

— J'ai demandé qu'on apporte à boire et à manger, poursuivit Tarot. Installez-vous confortablement, nobles seigneurs ! C'est un honneur pour ma maison que d'y recevoir à la fois deux envoyés du Grand Conseil… Et aussi le seigneur Freïhr, chef des hommes libres de Seuil-des-Roches.

— Ouais ! grommela le barbare.

Chacun s'assit, dans un bruissement d'étoffes mêlé de cliquetis d'armes. Tarot avait déjà repris la parole, exigeant des détails sur la mort du gobelin, s'extasiant à chaque épisode, poussant à tout propos de petits gloussements admiratifs.

Laissant Tsimmi se charger de la relation du combat, Uter regardait nerveusement autour de lui, impatient d'en finir avec cette histoire pour pouvoir enfin interroger le gnome au sujet de Gael. Une bourrade de Freïhr le tira de ses songeries.

— Tu as vu ? murmura le barbare. Les gardes nous encerclent, maintenant…

— J'ai vu, répondit le chevalier.

À cet instant, une gnomesse entra dans la salle, portant sur un plateau une splendide carafe de cristal emplie d'un vin sombre et quatre gobelets de métal gravé. Curieusement, les gobelets étaient déjà remplis.

Le shérif fit lui-même le service, offrant à chacun des légats son verre, dans une véritable gymnastique de courbettes, de sourires et d'encouragements à boire.

Tsimmi fut le premier fourni. Le geste qu'il esquissa au-dessus du breuvage ne fut perceptible que pour Uter, assis à côté de lui et qui guettait sa réaction. Le nain fit tourner le liquide dans son verre, puis éclata de rire.

— Qu'y a-t-il ? fit le shérif d'un ton inquiet.

— Rien, rien, dit Tsimmi, toujours hilare. Alors… nous buvons ?

— Oui, un toast ! Longue vie au Grand Conseil et aux Peuples libres !

Tarot levait déjà le bras pour porter le gobelet à ses lèvres quand Tsimmi arrêta son geste.

— Bois le mien, gnome.

Les yeux du shérif brillèrent. Son visage ridé parut s'empourprer encore davantage et ses lèvres se réduisirent en un simple trait. Comment ce nain osait-il lui parler de la sorte ? Il aurait voulu réagir, appeler la garde et faire bouter ce rustre hors de son palais, mais il y avait aussi le chevalier en armure, et le seigneur Freïhr, avec sa longue épée... Malgré lui, ses doigts se crispèrent sur le verre qu'il s'était attribué.

— Faut-il être idiot ! fit Tsimmi d'un air désolé. Tu vois, gnome, tu n'as pas de chance... Tu croyais que la reine serait là, et elle n'est pas venue.

Il commença à bouger ses doigts au-dessus du gobelet.

— Tu la connais bien, la reine Lliane. Et tu connais ses pouvoirs... Même toi, tu n'es pas assez stupide pour chercher à empoisonner une elfe avec un poison végétal, pas vrai ?

Le gnome suait maintenant à grosses gouttes. Freïhr s'était redressé tout doucement et se tenait accroupi, intrigué, indécis, ne comprenant pas vraiment ce qui se passait. Il chercha des yeux le regard d'Uter, mais celui-ci était captivé par le gobelet de Tsimmi, au-dessus duquel les doigts courtauds du nain s'agitaient toujours. Il lui sembla que des bulles d'argent perçaient la surface du vin.

— Alors tu as eu une idée... Un poison, oui, mais un poison qu'aucun illusionniste elfe ne pourrait détecter. Un poison minéral...

Le nain renversa d'un coup son verre sur sa paume ouverte. Le vin éclaboussa les dalles à leurs pieds, des gouttelettes argentées restèrent prisonnières de ses doigts caleux.

— Du mercure...

Tsimmi secoua la tête.

— C'est pas bien, ça, seigneur Tarot.

Autour d'eux, sans savoir que faire, les gardes se dandinaient d'un pied sur l'autre, les mains serrées sur leur arme, guettant la moindre réaction de leur shérif.

Celui-ci mit plusieurs secondes à se remettre de l'emprise du maître maçon.

— Comment pouviez-vous imaginer nous tromper aussi grossièrement ! gronda Uter. Du poison ! Quelle stupidité, shérif Tarot ! Et pourquoi ? Qui vous a commandé notre mort ?

Le gnome redressa la tête, hoquetant comme un poisson sorti de l'eau, regardant autour de lui sans paraître savoir où il était. Son regard se posa enfin sur l'alignement grotesque de ses troupes.

— Emparez-vous d'eux !

Les gardes sursautèrent, effrayés par cet ordre quelque peu téméraire. Mais, après tout, les étrangers n'étaient que trois, dont un nain, et ils étaient, eux, une bonne vingtaine, mieux armés et mieux cuirassés que n'importe qui dans cette ville !

Le sergent de garde poussa un cri rauque, et ils se lancèrent à l'assaut.

— Tuez-en le moins possible ! hurla Uter en giflant de son gantelet de fer le premier gnome qui se présentait à lui.

Tsimmi eut un grognement menaçant qui fit hésiter les gardes, ce qui lui laissa le temps de saisir son manteau de guerre et de reculer prestement jusqu'à un angle du mur, pour éviter que l'un d'eux ne l'atteigne dans le dos.

Freïhr fut plus lent à réagir, et un garde particulièrement audacieux réussit à le toucher à l'épaule de sa masse d'armes. Ce fut comme si on avait libéré un ouragan. Freïhr se releva d'un bond en hurlant tel un ours en furie et assena à l'imprudent un coup de poing sous le nez qui le tua net, brisant os et cartilages et faisant jaillir des esquilles jusque dans son cerveau. La charge d'un deuxième gnome fut stoppée par un coup de pied qui l'envoya s'écraser contre le mur dans un bruit de ferraille, refroidissant aussitôt l'ardeur de ses congénères. Uter, bien protégé par son armure, esquivait tranquillement les coups de massue, de lance ou de dague de ses adversaires, balayant les gardes du plat de son épée ou de son gantelet de fer. Il semblait presque s'amuser.

Seul Tsimmi luttait véritablement pour sa vie. Les pouvoirs d'un maître maçon de son niveau auraient pu lui permettre cent fois de se débarrasser de ses assaillants, mais il répugnait à se dévoiler aux yeux des autres pour si peu et s'acharnait à lutter de son seul marteau de guerre. Le corps d'un gnome gisant à ses pieds, le crâne défoncé malgré son casque, prouvait ses talents de combattant ; pourtant, il commençait à ployer sous le nombre. Du sang coulait déjà de son flanc, déchiré par le fer barbelé d'une lance.

— Freïhr, à moi ! cria Uter en se jetant au secours du nain.

Deux gardes armés de courts épieux voulurent lui barrer le passage, mais cette fois le chevalier ne se servit pas du plat de son épée. Sans même ralentir sa course, il déblaya le terrain d'un revers de lame qui trancha net les deux mains de celui qui le menaçait et qui cueillit le second à la base du casque, fendant son oreille et broyant son crâne épais jusqu'à l'arête du nez.

Le combat fut bref et sanglant. La pointe d'une masse cloutée déchira la cotte de mailles d'Uter à la pliure du bras, lui lacérant la peau, Freïhr, lui, se coupa la main en saisissant la lame d'un cimeterre qu'un garde pointait dangereusement vers lui. En revanche, Tsimmi le nain était davantage touché. Du sang perlait de ses multiples blessures et il chancelait, atteint aux jambes par plusieurs coups de masse.

Quant aux gnomes, dix d'entre eux avaient péri, étaient blessés ou simplement assommés, et les survivants avaient reflué avec prudence à l'autre bout de la pièce, abandonnant leurs armes sur le sol, levant les bras en signe de soumission.

Le shérif Tarot, lui, avait disparu. Uter, l'épée haute, scruta quelques instants le groupe des gardes tremblants massés dans un coin d'ombre, puis se tourna vers le barbare.

— Freïhr ! lança-t-il d'une voix forte pour bien se faire entendre. Achève ces misérables ! N'épargne que celui qui acceptera de nous conduire chez le shérif !

Le géant barbare obéit sans discuter et avança vers les gnomes. Il y eut un concert de cris terrifiés et plusieurs gardes se jetèrent à genoux, criant qu'ils étaient prêts à faire ce que l'on voudrait, pourvu qu'on leur laisse la vie sauve.

Uter sourit. Il n'en voulait pas davantage.

Ce fut un peu plus long d'expliquer à Freïhr qu'il devait épargner les gnomes et de lui rappeler qu'ils étaient venus chez le shérif pour lui soutirer des informations…

Le bruit incessant des rires et des conversations empêchait la reine de dormir. Comme son époux, le roi Llandon, et la plupart des elfes, Lliane n'avait pas l'habitude de ces vastes rassemblements de vie qu'étaient les villes, et encore moins du grouillement abrutissant des cités gnomes. Sous la forêt d'Éliandre, les choses étaient si différentes… Tout avait une autre dimension, y compris le temps et l'espace, tout y était beaucoup plus simple. Hélas, la forêt était trop proche des Terres noires, et bien des elfes avaient déjà perdu le goût de cette vie sauvage.

Gael était de ceux-là…

Le Seigneur des Marches avait-il tué le nain Troïn ?… C'était possible. Tout était devenu possible. Le monde ne retrouverait sans doute jamais son équilibre, puisque rien ne pouvait, semble-t-il, empêcher les elfes de disparaître, tôt ou tard.

Laissant les nains s'enfoncer toujours plus avant dans leurs maudites montagnes à la recherche de ces minerais qu'ils aimaient tant, les hommes se répandaient déjà sur toute la surface des terres encore libres, clamant haut et fort qu'eux seuls pourraient vaincre les armées des Terres noires et rejeter l'Innommable dans les ténèbres qui l'avaient engendré… Pis encore, sans doute étaient-ils de bonne foi.

La reine Lliane repensa à Uter et au regard troublé du chevalier quand ses yeux se posaient sur elle. Puis elle songea à ses frères, Dorian et Blorian, et à Llandon, son mari…

Un brusque grincement, juste devant sa porte, la tira de sa rêverie. Malgré le sourd bourdonnement des discussions dans la grande salle de l'auberge, elle perçut un bref échange de mots murmurés et un cliquetis d'acier.

Sans se soucier de se vêtir, la reine glissa silencieusement hors de son lit, cueillant au passage son arc et l'une des flèches d'argent que lui avait offerts Kevin l'archer, sous la hutte de Llandon. Elle longea l'étroite fenêtre de sa chambre, tandis qu'un rayon de lune jouait brièvement avec les courbes bleutées de son corps nu, puis elle atteignit une zone d'ombre où elle se blottit, parfaitement immobile. Comme tous les elfes, Lliane discernait les choses dans l'obscurité bien plus nettement que les hommes, que les moindres ténèbres aveuglaient, et même mieux que certains nains pourtant habitués à la pénombre des souterrains. Elle vit ainsi clairement la poignée de la porte s'abaisser, centimètre par centimètre…

Enveloppé dans un manteau gris qui lui descendait jusqu'aux chevilles, Thane de Logres leva son unique main. À l'autre bout du couloir, deux de ses hommes se tenaient devant la porte de la chambre des nains. Celle du chevalier et du barbare était vide… Blade devrait se contenter de ceux qu'ils avaient trouvés au logis.

Thane fit un signe à l'un de ses tueurs et frappa doucement sur l'épaule de l'homme qui l'accompagnait.

— Vas-y…

Sans le moindre bruit, la porte s'ouvrit et Lliane distingua les contours d'une silhouette encapuchonnée s'avançant dans la pièce.

L'intrus s'immobilisa quelques instants, le temps de laisser ses yeux s'habituer à l'obscurité, puis il courut jusqu'au lit, un couteau à la main. Par la porte ouverte, la reine vit une autre silhouette tapie dans le couloir, celle d'un manchot drapé dans un long manteau, qui tenait de sa main valide une épée courbe.

— Elle n'est pas là ! cria l'homme au couteau. Nous avons été dupés !

— Mais si, murmura Lliane en s'avançant dans le rayon de lune. Je suis ici, regarde…

L'homme releva les yeux et fut saisi de stupeur. Une elfe d'une beauté magique, entièrement nue, avait surgi du fond de la pièce, fondue dans la couleur de la nuit. Il ne vit que ses seins, son ventre et son sexe lisse, ses longues jambes qui se dépliaient lentement à un pas feutré de fauve, mais il ne vit pas l'arc qu'elle tenait à la main ni la flèche étincelante. Il poussa un grognement obscène et sourit, avançant d'un pas vers l'apparition. Puis une deuxième elfe, identique à la première, émergea des ténèbres et se pencha vers une chaise pour en tirer une longue dague elfique. L'homme recula. Il ferma les yeux une seconde et secoua la tête : quand il les rouvrit, les elfes étaient trois. Une vague de panique s'empara de lui, il se rua vers la plus proche dans un hurlement de rage. Il frappa, mais son épée ne rencontra que le vide.

Lorsque l'assassin fit face à la deuxième silhouette, la longue dague elfique de la reine fendit l'air dans un sifflement et il s'écroula, le cœur traversé de part en part.

Lliane pivota vers l'homme resté dans le couloir. Au même instant, la porte de Miolnir vola en éclats, et le cri de guerre des nains du roi Baldwin explosa comme un coup de tonnerre. Un second cri – d'agonie celui-là – résonna dans le couloir, en même temps que le cognement affreux d'une hache fracassant les os et tranchant les chairs. La silhouette tourna les talons et s'enfuit vers l'escalier menant à la grande salle, poursuivie par l'ombre furtive du guerrier nain qui brandissait sa redoutable cognée.

Lliane se détendit et inspira profondément l'air de la nuit. L'illusion l'avait épuisée. Un simple assassin ne méritait pas qu'elle utilise l'une de ses flèches d'argent, et sans magie elle n'aurait pas eu le temps de se saisir de sa dague. L'arme légendaire était fichée dans le corps de l'homme qui gémissait sourdement en se tordant sur le plancher. Elle posa son pied nu sur sa poitrine, empoigna le pommeau arrondi de sa dague et tira d'un coup sec, inondant aussitôt le sol du sang de l'assassin. La dernière chose qu'il vit sur cette terre fut la pénombre où se rejoignaient les longues cuisses de la reine, et il mourut avec une ébauche de sourire. Alors seulement Lliane réalisa qu'elle était nue.

Le shérif avait perdu toute sa morgue. Ce n'était plus qu'un vieux gnome tout ridé et tremblant, l'air plus malheureux qu'une pierre et plus effondré qu'un château de sable après la marée. Il n'avait guère été difficile à retrouver, caché au fond de sa chambre comme un chien battu.

— Pourquoi avez-vous cherché à nous empoisonner ? demanda Tsimmi d'un ton las.

Il s'était assis, tant ses jambes étaient douloureuses. Un coup de masse l'avait atteint au genou et il avait du mal à se tenir debout. D'ailleurs, tout son corps lui faisait mal ; il sentait dans sa bouche le goût du sang. Heureusement, il avait dans ses bagages de quoi se soigner, ainsi qu'une herbe à fumer qui atténuerait ses douleurs. Mais les bagages étaient à l'auberge et il fallait d'abord savoir…

Uter, à l'écart, avait dénoué les lacets de cuir retenant cubitière, canon et gantelet, les pièces d'armure qui protégeaient son bras. La pointe qui avait percé sa cotte de mailles au défaut de la cuirasse n'avait heureusement fait que l'entailler légèrement, mais son bras était engourdi. Freïhr, lui, s'était contenté d'entourer sa main blessée d'un morceau de velours violet découpé dans les rideaux du shérif.

— Alors ? reprit Tsimmi.

Tarot hésita, puis sembla d'un coup renoncer à lutter.

— Vous avez tué un gobelin, gémit-il. Jamais le Seigneur noir ne me pardonnera la mort de l'un de ses gardes dans ma ville…

Uter et le barbare ne purent s'empêcher d'avoir un hoquet de surprise. Tsimmi, lui, resta parfaitement inexpressif.

— Ainsi vous connaissez Celui-qui-ne-peut-être-nommé ?

— Non ! Heureusement non !

Le gnome eut une expression affolée, suivie d'un sourire triste.

— Mais Loth est bien loin d'ici, messire. Bien plus loin que les Marches. Comment croyez-vous qu'une ville comme la nôtre ait pu survivre, si près des Terres noires ?

Il eut un geste vers Freïhr.

— Demandez-lui ce qui arrive aux villages des Marches ! Seuil-des-Roches a été détruit, malgré toute la force des barbares… Comment nous, pauvres gnomes, pourrions-nous résister ?

— Mais ce gobelin était prisonnier ! Un homme le montrait dans une cage !

— Un homme, oui, messire. Un homme, et non un gnome. J'avais ordonné qu'on l'arrête et qu'on raccompagne discrètement le gobelin hors de Kab-Bag, avec nos excuses. C'est alors qu'on m'a rapporté que vous l'aviez tué.

À ces mots, le gnome se prit la tête à deux mains, avec des gémissements si outrageusement déchirants qu'Uter eut aussitôt envie de le gifler.

— Seigneur Tarot, dit Tsimmi d'une voix douce. Que savez-vous de Gael, l'elfe gris ?

Tarot répondit sans réfléchir ni marquer de surprise devant cette question.

— Il était là… Je l'ai même reçu au palais.

— Où ? demanda Freïhr d'un air goguenard. Tsimmi fronça les sourcils pour le faire taire : inutile de froisser davantage ce qu'il restait d'honneur au shérif de Kab-Bag.

— Ici, au palais, répéta Tarot sans relever l'ironie du barbare (et d'ailleurs que pouvait-il savoir des palais, lui qui logeait dans des huttes tout juste bonnes pour les chiens !). C'est la coutume, à Kab-Bag. Tout hôte de marque doit venir me voir.

— Et qu'est-ce qu'il vous a dit ?

— Rien, rien… Mais, euh…

Il s'interrompit comme s'il répugnait à poursuivre, mais encore une fois de façon si outrée qu'Uter dut faire un effort considérable pour ne pas hurler au gnome d'arrêter ses pitreries.

— Eh bien ? insista Tsimmi.

— C'est-à-dire que mes espions m'ont laissé entendre…

— Vas-y, vas-y !

— Bon… Je crois qu'il voulait rencontrer des membres de la Guilde. Je lui ai dit, bien sûr, que c'était impossible, que nous faisions tout pour arrêter ces criminels et qu'en conséquence il m'était impossible de l'aider, comme vous vous en doutez !

— Ça suffit ! cria Uter.

Il saisit le shérif par le col et le plaqua contre le mur.

— Si tu mens encore, je te tue. C'est clair ?

Tarot papillota des yeux, trop effrayé pour pouvoir articuler un son.

— Je crois que nous nous sommes compris… Nous savons que Gael est venu à Kab-Bag, alors réponds simplement à une question : est-ce qu'il a vraiment voulu entrer en contact avec la Guilde ?

Le gnome ouvrit la bouche mais Uter leva le doigt afin de le mettre en garde.

— Réfléchis.

— Je le jure, chevalier ! Il était là pour la Guilde, c'est tout !

Les envoyés du Grand Conseil se regardèrent sombrement. Le fait que Tarot mente comme un arracheur de dents ou récite une leçon bien apprise n'avait aucune importance. Si le seigneur des elfes des marais avait rencontré des voleurs de la ville basse, c'est qu'il avait quelque chose à vendre. Quelque chose de grande valeur…

— La cotte de mailles en argent, murmura Uter.

Tsimmi pensait si fort à l'Épée de Nudd qu'il faillit se trahir et contredire le chevalier.

— Oui, approuva-t-il en se reprenant. Oui, la cotte de mailles…

— Quelle cotte de mailles ? demanda le shérif d'un air tellement innocent qu'il serait presque parvenu à tromper un enfant.

Le maître maçon le remercia d'un tapotement sur l'épaule, se releva avec une grimace de douleur et s'écarta sans un mot. Ainsi, Rogor avait dit vrai… Gael avait bel et bien volé l'Épée, ou du moins la cotte de mailles en argent, puis avait cherché à la vendre à l'un des innombrables receleurs de la Guilde. Peut-être était-elle déjà vendue. Peut-être avait-elle même déjà changé plusieurs fois de mains. Dès lors, pour la retrouver…

Tsimmi se retourna et dévisagea pensivement le gnome.

Lâche, menteur et en plus mauvais comédien… Mais qui lui avait fait jouer ce rôle ?

VIII

Blade

Après avoir dévalé quatre à quatre l'escalier menant aux chambres, le manchot surgit dans la grande salle de l'auberge et se mêla aussitôt à la foule des buveurs.

Miolnir apparut presque derrière lui, vêtu uniquement de ses braies et sa hache à la main, les yeux clignant dans la lueur de la salle. Il reposa bientôt son arme sur le sol avec découragement. Comment identifier, dans une telle foule, qui avait tenté de les assassiner l'homme, lui et la reine des hauts-elfes ?

Le tueur s'était assis à une table toute proche et il s'était défait prestement de son grand manteau gris pour ne pas être reconnu. Quand le nain tourna les talons et remonta vers sa chambre, accompagné de quelques rires moqueurs devant son air furibond qui contrastait si comiquement avec sa tenue de nuit, le manchot se détendit et commanda une bière.

Il ne l'avait pas encore terminée lorsque la porte de l'auberge s'ouvrit à nouveau pour laisser passage à Freïhr, Uter et Tsimmi. Les deux hommes et le nain, épuisés et mal en point, traversèrent la salle sans un mot et se quittèrent au bas de l'escalier, à quelques pas de la table occupée par le manchot.

— Faut-il prévenir la reine ? demanda Uter.

— À cette heure ? fit Tsimmi avec un sourire las. Elle doit dormir, nous ferions bien de l'imiter. La nuit est déjà bien avancée et une rude journée nous attend…

Uter envisagea pour la première fois cette question. Durant le trajet de retour, il n'avait songé à rien d'autre qu'à son lit, ou à l'égratignure de son bras qui l'élançait, trop harassé de fatigue pour mettre ses idées en ordre (mais il est vrai que Freïhr avait porté Tsimmi sur son dos, à cause de son genou douloureux… le nain avait eu davantage le loisir de penser au lendemain).

— Demain, expliqua le nain en grimpant quelques marches pour se mettre au niveau des deux hommes, il faudra entrer en contact avec la Guilde des voleurs. Si Tarot a dit vrai, c'est notre seule piste, non ?

Il se tourna vers le barbare et lui posa la main sur l'épaule, pas mécontent de le dominer, pour une fois.

— Toi qui connais cette ville, tu crois que tu peux nous trouver un receleur assez riche pour acheter une cotte de mailles en argent ?

— Oui, oui ! dit Freïhr avec un grand sourire. La meilleure, c'est dame Mahault !

— Une femme ? s'étonna Uter.

— La meilleure ! La meilleure ! J'ai souvent fait appel à elle !

Tsimmi gloussa dans sa barbe, salua ses deux amis et se hissa jusqu'à l'étage en boitillant.

— Tu fais souvent appel à des receleurs, Freïhr ? demanda Uter en lui emboîtant le pas.

— Euh… des fois, pas souvent… Tu vois, parfois, dans des batailles, on récupère…

— J'aime mieux que tu ne me dises rien, Freïhr. Vraiment.

Sur le palier, Freïhr s'immobilisa et Uter, malgré la pénombre, frémit en distinguant un corps allongé en travers du couloir qui menait aux chambres. L'homme s'était vidé de son sang, dont une longue traînée sombre, déjà absorbée par le plancher, conduisait jusqu'à une porte. La porte de la reine Lliane. À l'autre bout du couloir, Tsimmi était en grande conversation avec Miolnir. Il se retourna vers le chevalier et lança de sa voix forte : « Ils ont été attaqués ! »

Uter ouvrit à la volée la porte de la reine. Il s'arrêta un instant sur le seuil, le cœur battant, le temps que ses yeux s'habituent à l'obscurité. Le sombre sillage de sang s'étendait jusqu'au centre de la pièce, où une flaque encore humide luisait sous les rayons de la lune.

— Uter ?

La reine s'était redressée sur un coude. Comme le tueur avant lui, le chevalier ne devina d'elle que le mince contour bleuté de son épaule et de son bras.

— Ma reine ! Vous n'avez rien ?

Sans même s'en rendre compte, il s'était jeté au pied du lit et tenait la main froide de l'elfe.

— Vous n'avez rien ?

— Mais non, dit Lliane, et Uter vit qu'elle souriait. Des hommes nous ont attaqués, mais nous les avons bien reçus. C'est fini.

Uter eut un coup d'œil vers la flaque de sang et revit le cadavre, dehors, dans le couloir.

— C'est vous qui l'avez…

Il s'interrompit.

— Si c'est moi qui l'ai tué ? reprit Lliane. Bien sûr… Et c'est moi qui l'ai traîné dehors. Je n'avais pas envie de passer la nuit avec lui.

Elle sourit encore, mais Uter se sentit glacé. Le drap de lin avait glissé sur la poitrine de Lliane, et la lueur de la lune dessinait à présent les courbes de ses seins. La respiration calme de la reine les berçait d'une douce ondulation, amenant parfois le rai de lumière jusqu'à leur sombre aréole. Il n'y avait plus que leurs souffles retenus, et l'écho assourdi de la rue et de la taverne. Uter n'osait bouger les yeux, ni ôter sa main, ni esquisser le moindre geste. Son bras lui faisait mal, son front était en sueur, il se sentait sale et puant. La reine, elle, avait une odeur d'herbe coupée. Une odeur de rosée, au petit matin.

Elle se dégagea doucement de la main du chevalier et s'allongea sous ses draps de lin.

— Je ne risque rien, maintenant, dit-elle. Il faut dormir, chevalier.

Uter hocha la tête et se releva d'un bloc, dans un assourdissant bruit de ferraille. Il battit en retraite, referma la porte derrière lui sans se retourner, et s'adossa au mur, à côté du cadavre.

Elle l'avait tué, puis, tranquillement, l'avait traîné dehors et était retournée se coucher… L'avait-il vue nue ? Uter poussa du pied le corps qui s'affaissa sur le plancher.

Le manchot avait attendu qu'ils aient disparu pour quitter l'auberge. Un autre homme le guettait dans la cour.

— Alors ?

— Ton plan a échoué, Blade. L'elfe et les nains nous guettaient, ou alors leurs oreilles sont plus fines que celles d'un chat.

Blade toisa son interlocuteur avec mépris.

— … ou alors tes hommes sont plus bruyants qu'un troupeau de porcs, Thane de Logres.

L'assassin blêmit de fureur.

— Nul ne m'a jamais parlé ainsi ! Par le sang, je n'ai pas de leçons à recevoir, fût-ce de toi, Blade de Loth. Deux de mes hommes sont morts, et nous n'avons pu récupérer la moindre pièce de bronze ! Paie-moi mon dû, plus dix pièces d'argent pour chaque homme tué ! C'est la Loi de la Guilde.

— Tu seras payé, Thane… Mais tout est à refaire. Il faudra une nouvelle occasion… Et ils sont sur leurs gardes, désormais.

— Elle viendra peut-être plus vite que tu ne penses !

Blade entraîna le maître assassin hors de la cour, à l'abri de la nuit.

— Explique-toi.

Thane de Logres sourit et, pour toute réponse, tendit sa paume. Blade eut un instant d'hésitation, puis sourit à son tour.

— D'accord…

Il passa une main dans son dos, sous son manteau, effleurant au passage une rangée de dagues, et cueillit une bourse accrochée à sa ceinture, qu'il jeta à l'assassin.

— Ils seront demain chez Mahault, la receleuse, dit-il en soupesant la bourse. Elle habite en plein cœur de Scâth, le quartier des femmes, des plaisirs et des voleurs. Chez moi, quoi…

— Oui, je la connais, murmura Blade pensivement.

— Je peux y réunir autant d'hommes que je veux, poursuivit l'assassin. Ou des elfes, si tu préfères. Ou même des kobolds ! Tout est une question de prix.

— Tes hommes, dit Blade en croisant ses mains dans son dos, sous son manteau, ne sont que des chiens et tu ne vaux pas mieux qu'eux. Tu n'auras rien… Même pas mon argent.

Thane de Logres ouvrit des yeux ronds, tardant à comprendre. Puis il lâcha la bourse pour dégainer son épée courte. Trop tard. Avant même qu'il ait pu sortir l'arme de son fourreau il était mort, un poignard fiché jusqu'à la garde dans son cou…

Le manchot gigota encore quelques instants à terre, baignant dans son sang, puis il se raidit, la main gauche toujours crispée sur la poignée de son épée.

Blade resta immobile, les tempes battantes, guettant le moindre bruit suspect. Enfin, il s'agenouilla, ramassa sa bourse et ôta prestement de la main du cadavre la bague de la Guilde. Il ne fallait pas qu'on puisse l'identifier, sinon la Guilde n'aurait de cesse de retrouver son meurtrier et de faire justice. Telle était la Loi. Ôter la bague n'était pas suffisant. Il fallait le rendre méconnaissable.

Qui reconnaîtrait un cadavre défiguré, le nez coupé, le visage lacéré, les vêtements en lambeaux ? Tant d'hommes perdaient la vie, la nuit, à Kab-Bag. Un de plus, un de moins… Blade ramassa l'épée courte et en posa la lame tranchante contre la joue de sa victime.

— Désolé, Thane, murmura-t-il.

À l'instant où l'épée entama la chair du visage, un faucon gerfaut poussa son cri, en planant au-dessus de lui.

— Au diable !

Comme s'il obéissait, le rapace prit son essor en deux coups d'ailes et s'évanouit dans la nuit. Il s'éleva haut, bien au-dessus du cratère de Kab-Bag, jusqu'à ce que toutes les lueurs de la ville clignotent et disparaissent dans l'obscurité. L'oiseau de proie traversa les nuages glacés, vira sur l'aile et se laissa retomber comme une pierre, s'enivrant de sa propre vitesse. À quelques mètres du sol, il se mit à cercler, humant l'air, puis cingla vers un bosquet de genévriers.

Till dormait là, avec son chien, enveloppé dans son manteau de moire aussi sombre que la nuit. Ses yeux s'ouvrirent lorsque le gerfaut s'immobilisa sur une branche, au-dessus de lui.

Le pisteur des elfes bâilla, s'étira et s'assit. Il saisit du bout des doigts une pincée de baies noires de genièvre qu'il lança en l'air et que le rapace happa au vol. Ses lèvres s'allongèrent, émettant un long sifflement modulé, aigu.

— Alors ? demandait-il.

— Je l'ai vu, dit le faucon. Et il a encore tué.

Le nouveau jour s'était levé sur Loth avec un pâle soleil d'hiver. Mais au moins il ne pleuvait pas. De bonne humeur, le sénéchal Gorlois arpentait les remparts, saluant les gardes transis par leur veille de la nuit, se penchant de temps à autre aux créneaux pour examiner, au pied des murailles, les lices d'entraînement installées dans les fossés. Chaque matin, les maîtres d'armes, munis de lourds bâtons plombés, y enseignaient rudement l'art de la guerre à toute la jeunesse du royaume. Il y avait là des archers, équipés d'arcs d'if hauts de cinq pieds et parfois aussi grands que les novices qui les manipulaient péniblement. Avec de telles armes, l'exercice n'avait rien d'une partie de plaisir. Ces arcs étaient capables de tirer jusqu'à cent toises [1] plusieurs flèches à la minute avec une force assez grande pour percer une armure, et les meilleurs archers étaient assurés de trouver dans l'armée du roi un emploi bien payé et peu fatigant, tant que leur bras ne faiblirait pas.

Plus loin, des piquiers s'entraînaient inlassablement à former leurs rangs, genou en terre et lance fichée au sol, pour constituer une muraille double ou triple de pointes acérées, de taille à briser la charge de chevaliers lourdement montés ; d'innombrables piétons au torse ceint d'un corselet de cuir clouté qu'on appelait sayon, et sur lequel ils passaient une tunique rayée bleu et blanc, aux armes du roi Pellehun, s'exerçaient qui à la hache, qui à la masse ou à l'épée courte ; puis il y avait les nobles, écuyers, chevaliers ou bannerets qui, eux, s'entraînaient à l'écart, loin du bas peuple, dans un champ clos entouré d'un hourd de trois tribunes, dont celle, tendue d'un dais rouge, réservée au roi et à la cour.

Toute une armée, et qui se préparait à la guerre…

Pellehun était là, vêtu d'une broigne de cuir épais, s'escrimant au bâton contre l'un des preux, que Gorlois ne reconnut pas à cause de la distance. Il quitta les remparts et descendit prestement.

Quand il pénétra dans l'arène, le roi avait cessé de se battre et se désaltérait, adossé à la lice de bois entourant le champ clos, tandis qu'on installait une quintaine pour l'entraînement à la lance. Gorlois sourit en voyant qu'on avait affublé le gros mannequin d'un casque et d'un

1. Environ deux cents mètres.

large bouclier gobelins, souvenirs des guerres anciennes. Tandis qu'un chevalier montait déjà en selle, impatient de prouver sa valeur au roi, deux valets d'armes fichèrent le mannequin sur un pieu planté au milieu de la lice, et vérifièrent qu'il pivotait bien autour de son axe. Le bras droit du mannequin était équipé d'un fléau d'armes sans piques, simple boule d'acier pendant au bout d'une chaîne, mais d'une taille à assommer proprement les maladroits.

Le sénéchal s'avança jusqu'au roi et le salua d'une inclination de tête.

— Attends, dit Pellehun.

D'un geste, il fit signe au chevalier. Celui-ci piqua des deux, son épieu serré contre le corps, et lança son cheval au galop contre le mannequin, visant le cœur du bouclier. Il frappa à faux et la quintaine pivota brutalement, lui envoyant dans le dos un coup de masse qui lui arracha un cri de douleur et faillit le jeter à bas de sa monture.

Pellehun éclata de rire.

— Maladroit !... Tu veux lui montrer, Gorlois ?

— Une autre fois, dit le sénéchal. Il faut que je vous parle.

Le roi reposa son gobelet en équilibre sur la lice et emmena son vieil ami sous le dais. Ils s'assirent au premier rang des tribunes, surveillant d'un œil le deuxième essai du chevalier. Chacun avait le droit de tenter cinq fois sa chance contre la quintaine, d'où le nom donné au mannequin.

— Alors ?

— Ce matin, un page a ramené le corps de Rodéric.

Pellehun se retourna vers le sénéchal.

— Mort ? Déjà ?

Gorlois confirma d'un battement de paupière de son œil valide.

— Et Uter ?

— Il vous fait dire qu'il continue vers Kab-Bag.

— Évidemment… Qui l'a tué ?

Gorlois ne répondit pas. Dans la lice, le chevalier venait de frapper correctement la quintaine, arrachant le mannequin de son pieu, dans un fracas de tous les diables.

— Il n'est pas si mal, murmura-t-il en caressant du pouce la longue cicatrice qui lui barrait le visage. Vous devriez le regarder.

— Qui a tué Rodéric, Gorlois ? répéta le roi. C'est ton homme ?

— Qu'est-ce que j'en sais ? C'est possible… Ou bien des brigands, une bande en vadrouille.

Pellehun frappa du plat de la main la rambarde de bois.

— Je n'aime pas ça ! Pas du tout !

— Moi non plus. Pourtant, ça pouvait arriver… C'est pour ça que nous avons choisi deux novices.

Il désigna d'un geste négligent le groupe des preux qui, tête nue, plaisantaient ou encourageaient le chevalier en selle.

— Sinon, il fallait envoyer Ulfin, ou Rodomond… Mais eux, ils auraient bien été capables de réussir et de nous ramener l'elfe. Vous imaginez ça ?

— Ouais…

— D'ailleurs, insista le sénéchal, je vous rappelle que c'est vous qui m'avez demandé de désigner Rodéric et Uter… Particulièrement Uter, à cause de la reine Ygraine et de ce que…

— Oui, bon !

Nerveusement, le roi se releva et quitta le hourd.

— J'ai froid et je pue la sueur. J'ai besoin d'un bain… Retrouve-moi aux étuves.

Deux preux en armure se précipitèrent pour lui ouvrir la porte de la lice et l'escorter, épée à la main, mais il se retourna, revint en arrière et se pencha à l'oreille du sénéchal.

— Je veux des nouvelles de ton homme. Et vite !

— Il nous en donnera, dès que possible. Il sait ce qu'il risque s'il faillit.

Pellehun respira fortement et se redressa. Il sourit et salua d'un geste le chevalier qui revenait s'aligner pour son troisième assaut.

— C'est bien ! cria-t-il d'une voix rude. Frappe fort, et au cœur !

L'homme chargea comme un taureau furieux. Trop vite. Sans contrôler son cheval, qui fit un écart, affolé par le mannequin. Il voulut frapper quand même, et l'épieu se ficha sous le bouclier gobelin, se brisant net. Cette fois, la boule d'acier vrombit et le toucha à la tête. Il s'écroula à terre comme un sac de linge sale, inanimé.

— Tu vois, j'avais raison, fit Pellehun en secouant la tête, il ne vaut rien. Renvoie-le dans la piétaille. Qu'il commande une escouade, ça suffira bien…

Le vieux roi soupira de nouveau et resta un long moment silencieux, appuyé à la rambarde.

— Et le page ? Celui qui est revenu avec le corps de Rodéric ? dit-il enfin, sans regarder Gorlois. Il ne faut pas qu'il parle…

Le sénéchal hocha la tête avec un sourire sans joie.

— Je l'ai fait étrangler.

IX

Mahault de Scâth

Au tréfonds des entrailles de Kab-Bag, Scâth – le Pays de l'ombre – semblait plongé jour et nuit dans le même clair-obscur, tant le ciel pur était lointain, et tant la lueur des lumignons, chandelles de suif, torches et lampes à huile l'emportait sur celle du soleil. En hiver, Scâth exhalait une touffeur d'orage, moite, lourde, et en été les bas quartiers devenaient proprement une fournaise. Ce n'étaient que quelques rues (si on peut appeler ainsi cet alignement indécis de bicoques de torchis, de planches ou de toiles qui surgissaient ou s'évanouissaient d'un jour à l'autre), mais les limites du quartier étaient connues et respectées par tous les habitants de Kab-Bag, et surtout par la milice gnome.

Scâth était le territoire réservé de la Guilde, un sanctuaire gardé par cent assassins invisibles, une armée entière de coupe-jarrets prompts à trancher la gorge de l'intrus assez fou pour venir s'égarer sans escorte dans ce dédale. La plupart des villes du royaume possédaient de pareilles cours des miracles, mais le Pays de l'ombre, du fait de la licence qui régnait dans la ville gnome, ne connaissait pas d'égal. Et c'est là que les brigands, pirates et malandrins des quatre vents venaient cacher leur or, protégés par la loi de la Guilde, dans ces masures misérables, branlantes sur leurs fondations et décorées comme des palais, débordantes de velours et de fourrure de vair, d'armes précieuses, de coffres de perles.

Il y avait là à profusion du vin, de la bière et les mets les plus riches, ainsi que toutes les putains du monde, pourvu qu'on en paie le prix : de longues elfes des Havres qui nouaient leurs jambes nues au cou de leurs amants, de lascives filles du Sud aux cheveux noirs, des blondes à la peau diaphane et aux hanches larges, des naines aux seins durs comme du bois, des gnomesses peinturlurées et ridicules... Des courtisanes dignes d'un prince s'abandonnaient dans des palais de soie, enivrant leurs amants fortunés de parfums rares et de vins coûteux, de vieilles mendiantes s'allongeaient à même le sol pour un verre d'hydromel, des eunuques maquillés massaient longuement des bourgeois enfiévrés et honteux dans les arrière-salles des étuves, à l'abri de longues tentures de lin... Nulle part ailleurs on ne trouvait une telle gamme de plaisirs.

Ici, les porteurs de l'anneau frappé de la rune de Beorn ne risquaient rien. Car la Guilde punissait de la mort la plus atroce le vol ou le meurtre d'un membre de la confrérie. Et, en fait, tous s'en trouvaient bien. Malgré sa puanteur, malgré la chaleur humide qui s'exhalait de ce trou de terre, boueux pendant les pluies, noyé de poussière durant l'été, malgré la foule qui s'y pressait sans cesse, les assassins aux mains rougies, les voleurs chargés de leurs rapines venaient chercher là le plus riche des trésors : la paix d'une nuit sans rêves.

Les envoyés du Grand Conseil s'étaient arrêtés à l'entrée du quartier, ou du moins ce que Freïhr leur avait désigné comme telle : une simple poutre plantée en terre et ornée de motifs damasquinés formant un arbre à trois branches, la rune de Beorn, emblème de la Guilde. Il était parti seul, à la recherche d'un guide qui les mènerait jusqu'à Mahault la receleuse. La troupe avait quitté tôt l'auberge et tous n'avaient que très peu dormi (sauf Rogor qui, à l'écurie, était resté en dehors de tous les drames de la nuit et avait ronflé comme un sonneur). Déjà, la rumeur circulait que la milice gnome les recherchait pour les expulser, et ils n'avaient aucune envie de vérifier si l'information était exacte…

Ils avaient caché les chevaux sous un auvent et s'étaient retirés à l'écart de la ruelle, en dehors du passage et de la foule. Tsimmi, les jambes toujours douloureuses, s'était assis par terre et fumait avec des grimaces de dégoût une mixture qui répandait autour de lui une odeur méphitique, mais qui, selon lui, avait le pouvoir de guérir les douleurs osseuses. Même Rogor et Miolnir, qui, à l'écart, commentaient les événements de la nuit et gardaient un œil sur les chevaux, en étaient incommodés.

La reine Lliane avait fermé les yeux et semblait dormir, droite comme un i, enveloppée dans sa cape de moire. Uter, bien sûr, la contemplait. Elle avait défait sa natte et ses cheveux noirs encadraient librement son visage, accentuant la pâleur de sa peau bleutée. Son calme, son immobilité, cette pâleur lui donnaient l'air d'une morte, et le chevalier luttait pour ne pas la secouer.

— Elle te plaît, la jolie reine ?

Uter sursauta et, de saisissement, se cogna le front contre la charpente basse d'une boutique.

— Freïhr ! Tu sais, tu es vraiment…

Il n'acheva pas sa phrase, un peu pour ne pas blesser le barbare qui pouffait de son rire bête, ravi de sa plaisanterie, aussi parce que la reine avait ouvert les yeux et le regardait, avec ce petit sourire agaçant qu'il n'arrivait toujours pas à définir.

— Alors ? dit-il rudement. On t'attend depuis des heures ! Tu l'as vue, ta Mahault ?

Freïhr hocha la tête, souriant fièrement à la compagnie qui se regroupait autour de lui.

— Elle veut bien vous voir, mais un seul, dit le barbare.

— Quoi, un seul ? fit Tsimmi. Elle ne veut voir qu'un seul d'entre nous, c'est ça ?

— Plus moi, bien sûr ! dit Freïhr en souriant toujours.

— Pourquoi ? reprit Uter. Elle se méfie de nous ?

Freïhr éclata d'un rire énorme.

— Bien sûr qu'elle se méfie de vous ! C'est une receleuse !

Uter sentit naître des sourires sur les visages de ses compagnons. Pourquoi fallait-il toujours qu'il parle trop ?

— Bon, fit-il. Qui y va ?

— Vous.

Le chevalier dévisagea la reine. Elle lui adressa un bref sourire, puis se tourna vers les nains.

— N'est-ce pas ?

Miolnir et Rogor cherchèrent l'accord de Tsimmi, qui hocha la tête sans les consulter. Uter le Brun était le seul en qui l'elfe et les nains pouvaient avoir confiance. Il cligna de l'œil en direction du chevalier, puis retourna s'asseoir, la pipe à la bouche. Miolnir haussa les épaules et croisa ses bras noueux au-dessus de la hache fixée à sa ceinture. Attendre, on ne faisait que ça au service du roi Baldwin. Alors, il avait l'habitude.

Lliane vint s'asseoir à côté de Tsimmi, qui vida sa pipe et en racla le fourneau avec l'ongle de son pouce avant de la ranger précautionneusement au fond de l'une de ses nombreuses besaces.

— Puis-je vous demander quelque chose, reine Lliane ? dit le nain d'une voix timide, sans la regarder.

— Bien sûr…

Le nain hésita encore, et lissa pensivement sa longue barbe brune.

— Ce tour, avec la pièce… Vous pouvez me le refaire ?

Lliane, surprise, lui sourit. Devant son air si sérieux, elle adopta une expression grave et lui tendit sa main ouverte.

— Donnez-moi un denier d'argent…

À quelques mètres de là, Rogor secoua la tête rageusement. Parfois, le vieux Tsimmi ne semblait pas avoir plus de cervelle qu'un nanillon… Il s'écarta avec un soupir dégoûté et reporta son attention sur les deux hommes qui s'enfonçaient dans les ruelles de Scâth, indifférents aux catins demi-nues qui s'accrochaient à eux ou les interpellaient du haut de leurs balcons de bois sculptés de figures obscènes. Il s'arrêta tout contre le poteau qui en marquait la limite, se hissant sur la pointe des pieds pour mieux les suivre des yeux.

— Bientôt, murmura-t-il en touchant sous sa tunique le fer de sa hache. Bientôt…

Très jeune, Mahault devait déjà être laide, et avec l'âge elle ne s'était pas arrangée. La chaleur et l'humidité des bas quartiers, alliées au manque de soleil, d'exercice, d'eau pure ou de légumes frais, lui avaient donné l'apparence d'un batracien. Bouffie, globuleuse, flasque et pâle, enrobée dans une superbe parure de soie rayée ornée, au col et aux manches, de revers de martre zibeline luisants et noirs comme la nuit, elle masquait sa calvitie sous un bonnet de laine d'où pendaient quelques mèches filasse.

La receleuse tendit à Uter une main lourde de bagues et de bracelets, et le chevalier s'inclina en louchant sur la plus grosse émeraude qu'il ait jamais vue, sans remarquer qu'elle portait à l'annulaire l'anneau gravé de la Guilde.

Mahault habitait une tour, l'une des rares constructions de pierre de Scâth, qui dominait d'un étage les échafaudages branlants de la cité des voleurs. L'atmosphère de son repaire n'en était pas pour autant plus respirable. La vieille femme avait tout le temps froid, et maintenait à l'année autour d'elle des braseros où elle jetait de l'encens. La chaleur et le parfum étaient si lourds que les murs suintaient et que leurs tentures étaient tachées de larges auréoles de moisissure.

Uter se redressa et recula respectueusement d'un pas. Il était en nage et sentait des rigoles de sueur couler dans son dos, sous sa maudite armure de plaques.

— Merci de nous recevoir, ma dame.

— Une dame ?

Mahault pouffa, d'un rire sifflant d'asthmatique. Quel âge pouvait-elle avoir ? Sa graisse la rajeunissait, lissant ses rides, mais elle semblait pourtant si vieille !

— Je ne suis pas une dame, mon mignon, dit-elle en secouant devant elle sa main baguée, comme pour écarter cette pensée grotesque.

Uter jeta un coup d'œil en biais vers Freïhr. Le torse luisant à la lueur des braises, le barbare s'était planté derrière lui, avec l'impassibilité d'une statue, immense et rassurant. Puis il balaya du regard le reste de l'assemblée. Il y avait là une dizaine d'hommes et de femmes, sans compter un groupe d'enfants presque nus assis au pied du trône de Mahault, malingres, les yeux baissés, indifférents, résignés. Des esclaves.

— Freïhr m'a dit ce que tu voulais, et j'ai décidé de t'aider, dit-elle. Oui, oui…

Elle eut de nouveau ce geste fataliste de la main.

— Je n'ai jamais aimé les elfes, de toute façon… Trop maigres. Et puis (elle frissonna) ils me font peur.

L'image de la reine passa fugacement devant les yeux d'Uter.

— Gael est venu me voir, c'est vrai, reprit Mahault. C'était pas la première fois, d'ailleurs…

— Il avait quelque chose à te vendre ? demanda Uter.

— Bien sûr ! Tous ceux qui viennent me voir ont quelque chose à vendre… À vendre ou à acheter. C'est pareil… De l'or, des bijoux, des trésors, à en vomir. Et alors, attention ! Je vais voir ce que je vais voir ! Le plus beau ceci, le plus fabuleux cela… Qu'est-ce qu'ils croient, tous ces jeunots ? J'en ai vu, tu sais, j'en ai vu. Et, chaque fois, ça vaut au moins ceci, ça vaut le double, c'est une pièce unique, et j'ai failli y laisser ma peau ! Et qu'est-ce que ça peut me faire, hein ?

Elle s'agita sur son trône et tendit la main derrière elle. Un jeune homme nu jusqu'à la ceinture, la taille ceinte d'une écharpe de toile, glissa sous les doigts de la vieille receleuse un large plateau de dragées, avec un sourire et des mines parfaitement écœurants. Elle en cueillit une poignée qu'elle posa dans les replis de sa robe de soie, entre ses cuisses, et fit soigneusement son choix avant de se décider pour une dragée dorée, qu'elle entreprit de suçoter avec un air d'extase.

— Hein, qu'est-ce que ça peut me faire ?

Uter hocha la tête, un peu perdu. Le sang lui battait aux tempes, il était étourdi par les vapeurs d'encens et avait perdu le fil.

— Une cotte de mailles, dit-elle.

— Quoi ?

— Mais attention, une cotte en argent. Une broigne tissée par les nains sous la Montagne. Tu en as déjà vu une, mon joli ?

Uter secoua la tête.

— Attends. Tu vas voir…

Elle se tourna de l'autre côté et claqua des doigts. Un homme vêtu de gris, le regard sombre et brillant, s'avança vers Uter et lui présenta un mouchoir de soie rouge qu'il déplia soigneusement, comme les pétales d'une fleur, jusqu'à ce qu'il révèle, en son cœur, un fragment scintillant de ce qui pouvait passer pour de la simple toile. Uter en éprouva la consistance du bout des doigts. L'argent tressé était aussi léger que de la laine, mais semblait dur comme de l'acier.

— On n'en voit pas tous les jours, tu sais, dit Mahault avec un regard gourmand. Même moi… Pourtant, on a vu de tout ici ! De tout, de tout, de tout…. Alors, bon, j'ai dit d'accord !

Uter se concentra à nouveau sur la vieille. Il avait mal à la tête, ses yeux lui brûlaient, son visage était luisant et il se sentait cuire, comme si son armure tout entière était rougie au feu. Elle jacassait toujours, d'une voix de gorge grasseyante qui passait tour à tour d'une sinistre caricature des accents huppés de la cour à des borborygmes proprement répugnants, et elle s'enivrait de ses paroles.

Uter comprit qu'elle était devenue folle, sans doute depuis longtemps déjà, pitoyable reine prisonnière régnant sur les quelques toises de sa tour surchauffée, assise sur tout l'or du monde, avec ses esclaves, ses mignons, ses dragées et son encens. Triste à mourir.

— Vous avez acheté à Gael la broigne en argent ? s'enquit-il.

— Noooon… Trop cher ! Ce maudit bâtard ne m'a laissé que ce misérable morceau, pour me faire envie ! Mais maintenant, c'est différent, hein, mon mignon ?

— Oui… Non… Je ne sais pas. Pourquoi ?

La vieille éclata de son rire assourdi et sifflant.

— Parce que c'est toi qui vas me l'acheter !

L'homme aux vêtements gris reprit le fragment des mains d'Uter et le replia avec précaution dans le carré de soie. Le chevalier le regarda avec hostilité. Le cheveu brun et court – contrairement à la mode du palais de Loth –, le teint grisâtre et la silhouette ramassée, c'était un être fait pour se fondre dans la masse, passer inaperçu. Seuls ses yeux noirs brillants et l'horrible cicatrice qui lui barrait la gorge révélaient sa vraie nature : l'homme était un voleur, ou un assassin. Mais à quoi d'autre fallait-il s'attendre, à Scâth ?

— Lui, c'est Blade, dit Mahault. Un voleur, bien sûr. Un chenapan. Mais il faut lui faire confiance, si, si, si… Il va t'expliquer, mon joli !

Uter lut une brève lueur de joie mauvaise dans les yeux du voleur, bientôt remplacée par une mimique obséquieuse.

— Je sais où se trouve Gael, dit-il. Et je peux te conduire à lui. Alors, ce que Mahault te propose…

Il s'interrompit pour saluer cérémonieusement la vieille receleuse qui lui fit signe de continuer, les yeux pétillant d'avidité.

— … c'est de lui offrir la cotte de mailles, en échange de notre aide, reprit Blade.

Uter le regarda de telle façon que le voleur comprit qu'il lui fallait être plus explicite.

— Je t'amène jusqu'à Gael, sous le prétexte de lui acheter la broigne. Je lui dis que Mahault a dégoté un acheteur, et je lui donne l'argent… Ton argent. Tu me laisses acheter la cotte de mailles et tu me laisses partir. Après, tu fais ce que tu veux de lui.

— Mais… Je n'ai pas d'or ! dit Uter.

— Oh, pas d'or, coassa Mahault du haut de son trône. Pas d'or, pas d'or, pauvre petit chevalier. Pas d'or, la belle reine Lliane, pas d'or, les petits nains, pas d'or, dans les chevaux de bât, pas de bijoux, pas de colliers, rien, rien ! Pas d'or, au Grand Conseil ! Pauvre roi Pellehun…

Elle s'interrompit brusquement et changea de ton.

— Tu vois, on te connaît, Uter le Brun.

Le chevalier frémit. D'un seul coup, le regard et la voix de la vieille Mahault avaient perdu tout accent de folie.

— Ce que tu veux à Gael, je m'en fous. Mais pour le retrouver, tu n'as pas le choix : tu marches avec la vieille Mahault… Et moi, ce qu'il me faut, c'est la broigne.

Payée par l'or du roi. Ça me ferait plaisir… Tu veux bien, joli puceau ?

— Je ne suis pas…

— Et puis bast ! dit Blade à côté de lui. Tu pourras toujours récupérer ton or après coup, puisque tu vas arrêter Gael. Pas vrai, messire ?

— Ha ! C'est vrai ! pouffa Mahault. Voilà un beau marché de dupes ! Oui, oui ! En fait, ça ne te coûtera rien, beau sire ! À toi l'elfe, et à Mahault la broigne ! La broigne des nains sous la Montagne !

D'autres rires firent écho à son pénible gloussement. Uter tenta de réfléchir froidement. Mais quelle autre solution pour retrouver l'elfe gris ? Freïhr, toujours immobile, ne lui fut d'aucun secours.

— D'accord, dit-il. J'accepte.

Il s'inclina devant Mahault et se tourna vers Blade, qui le regardait avec un sourire servile.

— Soyez dans deux heures à la sortie de la ville, dit le voleur. Prenez des montures et des vivres. Il faudra chevaucher vers le nord, jusqu'aux marais, jusqu'aux Marches… Jusqu'aux Terres gastes.

Blade guetta sa réaction avec un sourire supérieur, comme s'il s'attendait qu'Uter manifeste la terreur commune aux hommes du lac à l'évocation même des Terres noires. Il en fut pour ses frais.

Uter se contenta d'acquiescer d'un hochement de tête et sortit de la pièce, Freïhr sur ses talons.

Au-dehors, l'air tiède et douceâtre de la rue le revigora comme une douche glacée.

Il avait neigé pendant la nuit, et le froid saisit les envoyés du Grand Conseil quand ils quittèrent

Kab-Bag. Ils s'étaient assis en cercle autour d'un feu de brindilles, absorbés par leurs pensées. Uter et le barbare avaient confirmé le récit du roi Baldwin. Ainsi, Gael avait bien volé la broigne d'argent. Plus personne, pas même la reine Lliane ni Till le pisteur, ne doutait qu'il ait également tué le roi Troïn. Le moins stupéfait de tous était sans doute Rogor, qui avait déjà son opinion depuis longtemps et qui n'avait nul besoin qu'on lui prouve la culpabilité de l'elfe gris. Tout au plus ne ressentait-il que l'agacement, en ce quatrième jour de route, de devoir jouer son rôle de serviteur et de se taire, encore et toujours, durant les palabres de la compagnie.

Pour l'heure, chacun mangeait en silence du pain et du jambon tranché sur l'os, et ce morne repas n'améliorait pas leur moral. Les trois nains, frigorifiés, se tenaient serrés les uns contre les autres, avec cet air renfrogné qui leur était naturel. Tsimmi, dont on ne voyait que la barbe brune sous le capuchon vert du manteau qu'il serrait autour de lui, se sentait triste. La nuit à Kab-Bag n'avait rien eu de drôle, et ses jambes le faisaient encore souffrir des horions reçus dans la demeure du shérif. Il s'était lié d'amitié avec Uter et même avec ce bougre de Freïhr, et il avait l'impression de les trahir en se taisant. Pour un peu, il aurait préféré que Rogor se dévoile, qu'il laisse éclater sa hargne ; pourtant, l'héritier du trône de Troïn était resté maître de lui.

— Quel est votre avis, maître Tsimmi ? interrogea la reine Lliane, le tirant abruptement de ses sombres pensées.

Le maître maçon s'ébroua, bredouilla quelques mots, n'ayant pas la moindre idée de ce qu'on lui demandait…

Il fut heureusement bientôt sauvé par un éclat de Miolnir.

— Et à quoi bon parler encore ! grogna le chevalier nain en se redressant, rejetant d'un coup d'épaule sa cape derrière lui. Nous sommes venus chercher Gael ? Eh bien, nous savons où le trouver, à présent ! Il est retourné chez lui, dans ces foutus marais écœurants ! C'était prévisible, après tout ! Qui le retrouverait, là-bas ?... Et alors, qu'est-ce qu'il y a ? Vous avez peur ?

Il ôta son casque, ébouriffa ses cheveux, puis défia l'assemblée en s'arrêtant sur la reine des hauts-elfes, avec un regard mauvais.

— ... ou peut-être que vous n'avez plus autant envie d'aller jusqu'au bout et de faire justice ?

— Personne n'a peur, intervint Tsimmi, conciliant. Mais on ne sait même pas si Gael est dans les marais. Ce Blade a parlé des Marches, et des Terres noires...

Il avait relevé la tête vers Uter, sollicitant son appui.

— C'est vrai, dit ce dernier en reposant son écuelle. C'est comme si...

Il s'interrompit, gêné par la présence de la reine et de Till le pisteur, qui d'un seul regard comprit ce que celui-ci avait en tête.

— C'est comme si le seigneur Gael était au service de Celui-qui-ne-peut-être-nommé, c'est ça ? Eh bien, dis-le !

Le ton cinglant de Till fouetta Uter.

— Et pourquoi pas ? rétorqua-t-il sèchement. Ton « seigneur », comme tu dis, a tué le roi Troïn et volé une broigne précieuse qu'il est allé proposer chez ses amis les receleurs de Kab-Bag ! Tu n'as pas compris ? C'est un voleur ! Un voleur et un assassin ! Alors oui, pourquoi pas, je dis qu'il peut être au service des Terres noires !

Uter s'était levé, dominant de toute sa taille le mince pisteur elfe dont les yeux brillaient d'un éclat mauvais.

— Gael et moi avons combattu l'Innommable côte à côte dans les marais alors que tu n'étais qu'un morveux mouillant ses couches, homme ! souffla l'elfe d'une voix blanche. Qui es-tu pour oser parler des Terres noires ?

— Ça suffit, Till…

La reine s'était dressée, encore plus pâle qu'à l'ordinaire. Le vent glacé de l'hiver faisait voler sa cape de moire et ses longs cheveux noirs. Sa tunique elle-même claqua au vent, révélant au-dessus de ses hautes bottes de daim la peau bleutée de ses cuisses. Uter, qui après l'étuve de Scâth gelait dans son armure, constata qu'elle était à peine vêtue et qu'elle semblait ne souffrir aucunement du froid.

— Le Mal, chevalier, ne réside pas seulement dans les Terres noires. Il est en nous, dans chacun de nos peuples, comme si la guerre nous avait tous contaminés… Vous savez qu'il y a des hommes voleurs, meurtriers et violeurs, et vous ne vous en étonnez pas. Or c'est pareil, chez nous. Les elfes ne sont ni des êtres parfaits ni des monstres assoiffés de sang, ainsi qu'on le lit dans vos contes pour enfants. Les elfes sont un peuple, avec ses bonnes et ses mauvaises gens, comme chez vous. Et comme chez les nains, n'est-ce pas ?

Miolnir haussa les épaules, mais Tsimmi approuva la reine d'un hochement de tête.

— Alors, oui, Gael a tué, il a volé… Ça ne veut pas dire que tous les elfes sont des voleurs et des meurtriers. Et puis, nous ne savons pas ce qui s'est passé. Aucun d'entre nous… Peut-être a-t-il agi pour son seul compte, peut-être pour l'appât du gain, peut-être pour se défendre, peut-être même sur ordre de l'Innommable… Nous ne le saurons qu'en le retrouvant, et en le laissant s'expliquer.

— Ouais ! grogna Miolnir. Je serai content d'entendre ça !

— Pour autant, seigneur Miolnir, le Mal n'est pas la règle commune, ni chez les elfes, ni chez les nains, ni chez aucun des Peuples libres !

Elle avait parlé d'une voix forte, résonnante, qui les obligea tous à se taire et à la regarder. Tsimmi se demanda si elle avait usé d'un sortilège, ou si cette voix inconnue lui était naturelle.

— Nous irons dans les marais, reprit-elle en s'asseyant et en refermant autour d'elle son manteau. Nous retrouverons Gael, quel qu'en soit le prix. Et nous ne le ferons ni pour l'honneur des elfes ni pour la mémoire du roi sous la Montagne noire…

Rogor serra les dents en l'entendant prononcer ces paroles.

— Nous le ferons pour rendre justice et pour préserver la paix… Et, s'il le faut, nous irons jusqu'au pays de Gorre, jusqu'aux Terres noires.

Tsimmi secoua la tête. Pénétrer dans les marais était déjà pour un nain une folie suicidaire. Les elfes gris leur vouaient une haine absolue (et sans doute justifiée), depuis l'époque où les guerriers nains, avant la guerre des Dix Années, s'amusaient à les chasser à travers les collines et jusque dans leurs marécages. Mais s'il fallait véritablement franchir les Marches et s'aventurer dans les Terres noires… Le nain balaya du regard leur maigre compagnie. Ils n'étaient qu'une poignée. Que pèseraient-ils face aux légions gobelines ?

— C'est une folie, marmonna-t-il dans sa barbe. Peu d'entre nous en reviendront… Folie, folie…

Hochant la tête pour souligner ses paroles, il quitta le cercle, les mains croisées dans le dos, et marcha jusqu'à une petite butte d'où l'on pouvait voir le gigantesque trou que formait la cité de Kab-Bag.

La neige n'avait tenu qu'en de rares endroits, et la campagne présentait uniformément un aspect sale et triste, désert et plat comme la main.

Un lourd silence était retombé sur la compagnie. Le nain avait raison. C'était une folie, et certains d'entre eux la paieraient peut-être de leur vie. Mais la reine aussi avait raison. Renoncer à poursuivre Gael, revenir bredouille à Loth serait plus grave encore. Personne ne pourrait jamais prouver l'innocence de l'elfe des marais, ni sa culpabilité, et le meurtre du roi Troïn resterait inexpliqué et impuni. Jusqu'à ce que les nains sous la Montagne décident de se faire justice eux-mêmes. Et on savait ce que ça voulait dire.

— Hé !

Tous se retournèrent vers Tsimmi, qui agitait la main en direction de la ville.

— Le voilà ! Je crois que c'est notre homme !

Après le départ d'Uter et du barbare, Mahault avait congédié sa cour pour étudier en tête à tête avec Blade les détails de son expédition. Le maître voleur, de son propre aveu, n'avait jamais mis les pieds dans les marais, et il ne lui serait pas aisé de guider les envoyés du Grand Conseil jusqu'à la cachette de Gael. D'autant que Blade, enfiévré par son plan, écoutait à peine les explications et les avertissements de la vieille femme.

— Maître Blade, je vous en prie, écoutez-moi ! répéta-t-elle pour la dixième fois.

Le voleur hocha la tête distraitement, debout devant l'une des rares fenêtres de la pièce, que les petits carreaux de mauvais verre jaune éclairaient d'une lumière glauque. Perdu dans ses pensées, il laissa à nouveau son regard dériver sur l'agitation grouillante de la rue, qu'il ne percevait pas nettement à travers les carreaux translucides. Puis Blade leva les yeux vers le ciel, ou du moins le vague rectangle de lumière qui en faisait office. Le jour était déjà bien entamé. Ils n'auraient que quelques heures de chevauchée avant la nuit, mais demain, à midi, ils auraient atteint les Marches.

Jusqu'ici, Blade n'avait fait qu'obéir aveuglément au sénéchal porteur de la bague d'or de la Guilde, tout comme lui obéissait à la vieille Mahault, sans délai ni poser de questions. D'ailleurs, il n'avait pas eu d'autre choix que d'obéir aux ordres : se joindre à la compagnie, d'une façon ou d'une autre, et utiliser tout le pouvoir de la Guilde pour retrouver Gael avant eux. Et le tuer.

Mais rien ne l'empêchait de réaliser en même temps un beau coup... Qu'est-ce que ça pouvait lui faire, du moment que la mission était remplie ?

Blade sourit en repensant au prix exorbitant que l'elfe gris avait exigé pour la cotte de mailles tissée à Ghâzar-Run : cent pièces d'or. Une fortune. De quoi refaire sa vie dans un autre royaume, loin de tout, et vivre comme un seigneur. Et puis, s'il se débrouillait bien, là-bas, dans les marais, pourquoi ne parviendrait-il pas à faire coup double, garder l'or et emporter la broigne ?

Il éclata d'un rire sec qui fit sursauter Mahault. Elle le dévisagea avec un mélange de suspicion et de crainte. Faudrait-il partager avec elle ? Sans doute. C'était la loi de la Guilde. Mais ne venait-il pas d'enfreindre la plus sacrée de ses Lois en prenant la vie de Thane de Logres ?

— Est-ce que tout est prêt ? demanda-t-il, un sourire aussi franc que possible sur ses lèvres.

— J'ai donné des ordres, rappela la vieille. Tu auras bientôt ton cheval, tes vivres et tes armes. On viendra nous prévenir.

— C'est bien. Alors rends-moi encore un dernier service. Tu sais écrire ?

Mahault haussa les épaules. Pour qui la prenait-il, ce jeunot ? Bien sûr qu'elle savait écrire, c'était indispensable, dans son métier. Et elle parlait dix langues, dont le caquetage des gnomes et le grondement immonde de la langue gobeline.

— Alors tu feras parvenir un message à notre maître, avec le sceau de Beorn.

— Où ça ?

— Tu n'as pas besoin de le savoir. Il y a dans mes bagages trois pigeons voyageurs. Utilise-les, ils sauront le retrouver. N'omets aucun détail. Dis-lui que je serai de retour dans une semaine, dix jours au plus, et que ses ordres auront été exécutés.

Il essaya à nouveau d'afficher un sourire confiant.

— Je repasserai ici en revenant, comme convenu. Nous ferons part à deux. C'est la Loi.

— C'est la Loi, dit Mahault.

X

Le marais

Il était midi passé, mais les brumes montant du marais obscurcissaient à tel point le paysage que les envoyés du Grand Conseil ne voyaient qu'à quelques mètres devant eux. Tous se sentaient las, transis jusqu'aux os (hormis les elfes, sur lesquels le froid n'avait que peu de prise) et de mauvaise humeur. Ils avaient quitté Loth cinq jours auparavant pour ce qui apparaissait comme une simple chevauchée, et sur chacun d'eux pesait le sentiment pénible de leur situation : ils étaient si peu préparés à s'aventurer dans le marais, sous la conduite d'un guide de sac et de corde qui pouvait tout aussi bien les attirer dans quelque coupe-gorge. Blade chevauchait en tête, regrettant déjà de ne pas avoir prêté davantage attention aux indications de la vieille Mahault. Fort heureusement pour lui, l'unique chemin pierreux de la région menait tout droit à l'embarcadère et à la maison du passeur.

Autour du chemin, l'herbe était rare, et presque tous les arbres étaient morts, à demi enfouis sous un inextricable maquis de buissons épineux. Chacun des membres de la compagnie était à la fois maussade et tendu. Le pays lui-même semblait leur donner un avertissement de ce qui les attendait de l'autre côté des marais, dans les Terres noires. Quelqu'un éternua bruyamment, un nain, sans doute, vu l'importance de l'éclat, et Uter émit un rire un peu forcé. Puis le silence retomba sur la compagnie, troué de loin en loin par le cri rauque d'un corbeau ou le hennissement d'un cheval.

— Halte ! ordonna Freïhr à voix basse, qui marchait juste derrière le voleur, tenant sa monture par la bride.

À plusieurs toises de là, une masure délabrée venait de surgir brusquement du brouillard.

— C'est la cabane du passeur ? demanda Lliane en s'approchant de Blade.

Le voleur hocha la tête en guise de réponse.

— Restez là, dit-il. C'est mieux que j'aille lui parler seul. Trop de monde l'effraierait…

Sans plus attendre, il mit pied à terre et se dirigea de son pas agile vers la cabane. La brume l'engloutit bientôt, et on ne vit plus que sa vague silhouette. Les coups qu'il frappa à la porte de la cabane résonnèrent dans le silence angoissant des abords du marais. Un aboiement de chien lui répondit, puis on entendit une voix criarde qui fit taire l'animal.

— Qui va là ? demanda la voix d'un gnome.

— C'est Mahault qui m'envoie ! Mahault de Kab-Bag ! Ouvrez, maître Oisin ! Nous voulons passer les marais. Nous payons en or…

Le gnome se tut mais, après quelques secondes, sa porte s'ouvrit en grinçant. De nouveau, le chien aboya.

— La paix ! cria le passeur.

— Je te salue, Oisin.

Le gnome dévisageait l'homme aux courts cheveux bruns et aux vêtements gris qui se tenait devant sa porte.

Oisin, comme tous les gnomes, avait un visage ridé et le teint rougeaud, mais, à la différence de ses congénères, il était vêtu de hardes et de fourrures qui n'obéissaient qu'au seul souci de confort et ne s'accordaient pas à leur conception si particulière de l'élégance.

— Vous avez déjà franchi les marais ? demanda-t-il enfin.

Blade secoua la tête en silence, affichant un sourire bienveillant. Puis il se tourna vers les autres et leur fit signe d'avancer.

— Je ne suis pas seul, maître Oisin, dit-il doucement.

Le gnome plissa les yeux et pencha la tête au-dehors pour tenter d'identifier les formes qui émergeaient peu à peu du brouillard.

— Des elfes…, murmura-t-il en frémissant.

Blade le saisit amicalement par l'épaule.

— Nous allons… (il dut lire le parchemin de Mahault pour déchiffrer le nom et peina à le prononcer)… Nous allons à Gwragedd Annwh, la cité des marais. Fais ton prix !

— La cité des marais, hein ? s'exclama le passeur avec un rictus hilare. Elle est bien bonne, celle-là !

Il reporta son attention sur l'étrange compagnie qui s'était alignée devant sa demeure. Un chevalier du Grand Conseil en armure au côté d'un barbare des Marches… Des guerriers nains côtoyant des elfes accompagnés d'un chien et d'un faucon… Et tout ça parlant de Gwragedd Annwh comme si c'était une ville !

— Vous êtes si nombreux, messeigneurs. Il faudra au moins trois radeaux… Et puis, chargés comme vous l'êtes, avec tous ces chevaux, la traversée sera longue !

Ilra, la jument alezane, hennit doucement, et la reine Lliane hocha la tête.

— Nous ne gardons que les chevaux de bât, dit-elle. Les autres s'en vont. Ton prix, passeur !

Tsimmi donna un coup de coude à la jambe cuirassée d'Uter le Brun.

— C'est de la folie ! souffla-t-il. Comment ferons-nous sans montures dans les Terres noires ?

Uter ne répondit pas tout de suite. Oisin venait de fixer son prix : une pièce d'or par radeau. Une somme exorbitante, comme on pouvait s'y attendre.

Du coup, les nains ne songèrent plus aux chevaux. Rouges d'indignation, Tsimmi et Miolnir se lancèrent dans un âpre marchandage, se faisant tour à tour menaçants, implorants, amicaux ou complices, mais en vain.

Uter, lui, s'était rapproché de la reine.

— Pourquoi renvoyer les chevaux, ma dame ? demanda-t-il à voix basse.

Lliane lui sourit et plongea un court instant ses yeux d'un vert insondable dans ceux du chevalier. Malgré elle, la reine se sentit heureuse qu'il lui parle de nouveau et l'appelle encore sa dame…

— On ne peut forcer un cheval libre à aller là où il ne le veut pas, gentil chevalier. Quant à vos montures, elles risqueraient de rendre notre progression bien trop bruyante. Là où nous allons, marcher est déjà imprudent. Dans les marais, on ne peut avancer qu'à pied. Et galoper à travers les Terres noires ne servirait qu'à nous faire repérer un peu plus vite !

Uter hocha la tête, cherchant ses mots, mais la grosse voix traînante de Freïhr interrompit le cours de ses pensées.

— Venez. Ils sont tombés d'accord.

L'elfe laissa le chevalier retrouver le reste de la compagnie sur les rives du marais, puis rejoignit Till, qui se tenait près d'Ilra et lui caressait doucement l'encolure.

— À bientôt, dit l'alezane en s'ébrouant. Nous reviendrons près de cette berge vous attendre chaque jour !

— À bientôt, Ilra, murmura Lliane. Mais ne nous attends pas. Rentre chez nous… Et si tu revois le roi Llandon et les nôtres… dis-leur que… Dis-leur que nous reviendrons vite.

Till lui jeta un coup d'œil en biais, et respecta son silence jusqu'au départ des grands chevaux.

La reine se sentait triste, et des larmes lui vinrent aux yeux en les voyant s'éloigner. Ils galopaient vers Llandon, vers ses frères, loin de ce marécage glacé et hostile dans lequel, pourtant, vivaient des elfes.

— Allez, dit-elle avec un pauvre sourire. Il faut les aider à charger les radeaux…

— Ma reine ? demanda Till en la retenant. Pour ce Blade, que faisons-nous ?

Dès l'instant où le maître voleur avait rejoint la compagnie, le pisteur l'avait reconnu. C'était lui dont il avait flairé la trace depuis leur départ de Loth, lui qui avait tué Rodéric, lui que son faucon avait suivi jusqu'au cœur de Kab-Bag, lui qui avait tué à nouveau, au tréfonds de la ville basse. Till ignorait ses raisons, mais il savait que le voleur ne les avait pas rejoints par le hasard d'une rencontre. Il avait averti immédiatement la reine ; Lliane avait pourtant décidé de ne rien dire aux autres.

— Rien n'est changé, dit-elle de sa voix chantante aux accents elfiques. Cet homme nous attire peut-être dans un piège, mais en ce cas pourquoi se donner tant de mal ? Il pouvait nous tuer cent fois, à Kab-Bag… Je crois qu'il sait vraiment où se trouve Gael, et qu'il peut nous mener à lui. Il n'y a que ça qui compte. Pour l'instant.

Un silence de plomb régnait sur le marécage, à peine troublé par le clapotis des gaffes s'arrachant de la vase. La compagnie s'était répartie en trois grands radeaux. Sur le premier étaient montés les nains, dont la petite taille rassurait un peu le passeur, et Freïhr, qui avait autrefois déjà traversé les marais, au temps où les hommes osaient porter la guerre dans les Terres noires. Sur le deuxième avaient pris place la reine, Uter et le voleur, tandis que les chevaux de bât, sous la garde du page des nains et de Till le pisteur, s'étaient massés sur le dernier radeau.

En quelques encablures, la brume devint si épaisse qu'il fallut allumer des torches pour s'apercevoir d'une embarcation à l'autre. La progression était d'une lenteur extrême, et tous se protégeaient avec des couvertures ou des fourrures, tant la brume était glaciale. Même les elfes semblaient avoir froid.

— Pas assez d'eau pour ramer, trop de vase pour pousser ! grogna Freïhr, arc-bouté sur sa perche.

Déjà en nage, il jetait des regards furibonds vers Oisin qui, malgré sa petite taille, maniait la sienne de l'autre côté du radeau avec une déconcertante facilité.

Sur le radeau suivant, Uter et Blade ruisselaient également sous l'effort. À chaque poussée, les perches s'enfonçaient si profondément dans la vase qu'il fallait les en arracher au prix d'une douloureuse traction qui leur déchirait les muscles et les éclaboussait d'une boue noirâtre et puante, grouillante de vers blancs minuscules.

— Je n'en peux plus ! s'exclama brusquement Uter dans un souffle en se tournant vers la reine. J'étouffe sous mon armure, il faut que je l'enlève !

Perçant la brume, la voix d'Oisin lui parvint.

— N'en faites rien, seigneur ! Dans moins d'une heure nous entrerons dans le marais des moustiques !

— Quoi ? cria Uter, mais le gnome ne répondit pas.

Le chevalier se tourna vers ses compagnons et ne rencontra dans leurs regards que l'expression d'abandon et de lassitude qui devait être la sienne. La corde les reliant au premier radeau se tendit brusquement, et la voix de Freïhr s'éleva à son tour.

— Poussez ! Vous nous retenez !

Uter sursauta malgré lui et se remit à la tâche, imité par Blade. Ils étaient partis depuis plus de deux heures et ils avaient imaginé se trouver maintenant près du but. Quel était donc ce marais des moustiques dont parlait le gnome ? Combien de temps la traversée allait-elle encore durer ?

La reine Lliane se leva, saisit une perche et rejoignit le preux. Ses longs cheveux noirs étaient plaqués sur son front par l'humidité, et sa tunique de moire, trempée et constellée d'éclaboussures de boue, collait aux mailles de sa broigne d'argent, soulignant ses formes graciles. Elle avait déposé au centre du radeau son arc et les flèches de Kevin, et défait la ceinture qui soutenait sa longue dague. Campée sur ses longues jambes découvertes par sa tunique fendue jusqu'en haut des cuisses, luisante comme eux tous sous le brouillard, elle semblait faite d'argent…

Uter aperçut dans le regard de Blade un désir obscène qui le révolta.

— Rame ! aboya-t-il.

Le voleur eut une moue étonnée, puis poussa sur sa perche en riant tout bas, ce qui eut le don d'agacer prodigieusement le chevalier.

— Oisin ! cria-t-il en allant à l'avant du radeau. Combien de temps encore allons-nous nous traîner sur ce maudit marais ?

— Des années, si vous ne poussez pas ! beugla Freïhr, qui avait l'impression d'être le seul à tirer les trois radeaux.

— ... Et pas moins de trois jours, messeigneurs ! compléta le passeur avec un petit gloussement de joie.

Tous, hommes, elfes et nains, levèrent les yeux, abasourdis, anéantis par la nouvelle. Blade lui-même, qui s'employait depuis leur départ à ne s'étonner de rien, comme s'il avait déjà effectué par le passé cette traversée, ne put s'empêcher de grimacer.

Trois jours dans ce marais puant. Trois jours dans cette brume humide et glaciale. Trois jours à suer sang et eau pour faire avancer ces radeaux de quelques pieds à chaque poussée. Trois jours à se serrer les uns contre les autres, couchés sur des rondins de bois trempés de vase, pour tenter de trouver un peu de chaleur...

Il se tourna vers la reine et détailla sans vergogne ses longues jambes, dénudées jusqu'à la courbure de sa taille. En tout cas, il saurait où la trouver, la chaleur...

Oisin sourit à ses compagnons de radeau.

— Le marais est comme un monde. Un monde sans soleil, sans terre ferme, sans vie. Juste de la vase, des vers et des moustiques...

Il ferma le poing et le fit danser quelques instants devant ses yeux. Ni Tsimmi ni Miolnir ne lui demandèrent s'il cherchait par ce geste à mimer la grosseur des insectes, mais cette pensée horrible les fit frémir de dégoût.

— J'ai déjà traversé les marais, murmura le géant derrière eux. Deux fois… Les Terres noires paraissent presque belles lorsqu'on en sort. Les moustiques qui rendent fou, les choses, sous l'eau, le froid…

Personne ne répondit, et les paroles de Freïhr se perdirent dans un silence pesant.

— Quelles choses sous l'eau ? interrogea Miolnir, bien plus tard, d'un ton qui se voulait dégagé.

— Nul ne le sait, messire, répliqua le gnome. Mais rares sont ceux qui tombent à l'eau et survivent.

Le nain hocha la tête et échangea un long regard avec Tsimmi.

— Ce ne sont que les Marches, Miolnir, murmura le maître maçon dans sa barbe. Les Terres gastes nous réservent sans doute bien d'autres désagréments… Tiens, remplace-moi.

Il tendit sa perche au chevalier nain, qui s'était coiffé de son casque à l'évocation des « choses sous l'eau ». Tsimmi se tint les reins et s'étira en gémissant, puis il gagna l'arrière et, les mains en porte-voix, apostropha la reine et ses compagnons.

— Si nous devons rester trois jours sur ces radeaux, il va nous falloir des vivres et de l'eau ! cria-t-il. Faites passer !

— Oui, c'est juste, dit Uter en regardant Lliane. Vous pouvez vous en occuper ?

— Les nains pensent à tout dès qu'il s'agit de manger, constata-t-elle en souriant.

À son tour, elle appela le radeau de Till, et le pisteur commença à transférer les provisions chargées sur l'un des chevaux de bât.

À l'avant, Tsimmi poussa un soupir fataliste en contemplant le pénible paysage aquatique qui les entourait, et dans lequel un nain ne pouvait que se sentir angoissé (c'est une chose connue que les nains nagent en général comme des pierres). Il entreprit de fouiller son sac, jusqu'à ce qu'il ait retrouvé sa longue pipe de terre et son tabac de maïs, puis, assis au milieu du radeau, le dos calé contre leurs maigres bagages, le fourneau de sa pipe réchauffant les paumes de ses mains calleuses, le nain ne tarda pas à somnoler.

Tout à coup, un brusque hennissement le réveilla en sursaut.

Malgré la brume qui estompait tous les sons, on perçut distinctement un bruit de sabots frappant les rondins de bois du dernier radeau. Le page des nains jura bruyamment, puis on entendit une étrange succession de hennissements modulés.

— Que se passe-t-il ? cria la reine, d'une voix haute et claire.

— Les chevaux ont senti quelque chose ! répondit Till. Je leur ai dit de se calmer, mais je doute qu'ils se maîtrisent bien longtemps !

À l'arrière du grand radeau, un autre cheval se mit à son tour à piaffer et à s'agiter dangereusement, au point que Rogor dut se jeter à genoux pour ne pas être renversé par le brusque tangage de l'embarcation.

— Aidez-moi à leur recouvrir les yeux et les oreilles ! hurla le pisteur.

Le silence retomba, à peine troublé par des raclements de sabots et des bribes de phrases échangées entre l'elfe et le nain.

Sur les deux radeaux de tête, tous retenaient leur souffle.

— Qu'ont-ils bien pu sentir ? murmura Uter, qui s'était rapproché de la reine.

— Attendez ! chuchota-t-elle en suspendant sa perche, tous les sens aux aguets.

Elle souleva ses cheveux pour mieux écouter, et Uter eut un mouvement de surprise en apercevant ses oreilles, fines et pointues à leur extrémité. À la stupeur du chevalier (qui en réalité ne connaissait pas grand-chose aux elfes), la reine pouvait les orienter, comme un chat ou un chien, dans la direction du bruit qu'elle guettait… Le chevalier plissa les yeux et tenta de percer le brouillard. Pendant plusieurs secondes, il n'entendit ni ne vit rien. Puis, soudainement, il prit conscience d'une sorte de bourdonnement, d'un frémissement diffus semblable au bruit du vent dans des hautes herbes.

— Nous y sommes ! avertit Oisin le passeur. Le marais des moustiques ! Couvrez-vous le visage et les mains, et ne laissez surtout pas vos torches s'éteindre !

Saisis d'une brusque frénésie, les envoyés du Grand Conseil perdirent en quelques instants toute dignité dans leur hâte de se protéger du brouillard de moustiques. À l'arrière, les bêtes s'affolèrent à nouveau, et leur radeau recommença à tanguer dangereusement.

— Calmez-vous ! souffla Till dans les naseaux des chevaux terrorisés. Nous les écarterons avec nos torches. Vous n'avez rien à craindre…

— Mais ne les entends-tu pas ? répondirent les montures. Rien ne pourra les empêcher de nous piquer le ventre, les oreilles, les naseaux. As-tu jamais été piqué dans les naseaux, Till ?

— Si vous ne vous taisez pas, je vous mordrai les pattes ! jappa brusquement le chien de Till. Et je vous précipiterai dans le marais, où vous serez engloutis à jamais !

Les chevaux frémirent d'horreur et se calmèrent un peu, jetant des regards apeurés vers les crocs du chien. Till, lui, ne cessait d'aller et venir entre eux en brandissant deux torches.

— Le feu les écartera, hennit-il. Le feu est notre ami.

Rogor, cramponné à sa perche, secoua sa barbe d'un geste nerveux. Ce marais immonde et la menace des moustiques étaient déjà difficiles à supporter, sans qu'en plus un elfe vienne hennir dans la bouche des chevaux, à son nez et à sa barbe !

— Par le sang, elfe, que se passe-t-il ? hurla-t-il brusquement.

— Ne crie pas, nain. Cela ne servirait qu'à les effrayer davantage.

— Ainsi tu parles aux chevaux ?

— Aux chevaux, aux plantes, et à tous les êtres vivants !

Till s'interrompit soudain. Il venait de se rendre compte qu'il avait dû forcer sa voix tant le bourdonnement des moustiques était devenu assourdissant. Tout à l'avant du radeau, son faucon secoua nerveusement ses plumes et enfouit sa tête sous son aile.

— C'est pas possible, murmura Rogor entre ses dents.

Le voile gris de la brume laissait entrevoir d'innombrables scintillements ; le bourdonnement diffus se précisait rapidement, dans toutes ses nuances. Rogor crut même entendre le bruit distinct de milliers d'ailes s'entrechoquant.

Sur le premier radeau, Oisin avait commencé à dresser un mât au centre de l'embarcation.

— Inutile de pousser ! rugit-il. Il y a désormais un peu de courant jusqu'aux Marches. Protégez-vous, et bonne chance !

Sitôt dit, il recouvrit entièrement son radeau d'une grande toile huilée noire, semblable à la couleur de l'eau.

Uter hésita un instant. Autour de lui, Blade et la reine déployaient fébrilement une bâche. Malgré l'angoisse qui le faisait trembler, il lui parut indigne d'un chevalier du Grand Conseil de se terrer durant des jours sous une tente de fortune, en se laissant dériver au fil de l'eau, tout cela à cause de vulgaires moustiques.

Il regarda derrière lui et aperçut la tache brillante des torches de Till. Il ne se protégeait pas, lui, semblait-il... Quelque chose fourragea dans ses cheveux et il s'ébroua instinctivement, faisant claquer ses nattes contre son armure luisante d'humidité. Presque aussitôt, une vive douleur lui cingla la joue, puis une autre le front. Il se passa vivement la main sur le visage et se retourna vers l'avant. L'air était rempli de formes furtives et scintillantes, et des points noirs ne cessaient de passer devant ses yeux. À nouveau, quelque chose le piqua, cette fois à la main droite. Il baissa les yeux vers les formes pelotonnées de ses compagnons et réprima un frisson d'horreur. Leur bâche était littéralement recouverte d'une masse luisante d'insectes qui semblaient s'acharner à les dévorer. Deux autres piqûres lui arrachèrent un gémissement de douleur. Il se secoua et regarda sa propre armure. Elle aussi était jonchée d'une multitude de points noirs ou scintillants, grouillant comme une cotte de mailles animée d'une vie propre.

Saisi de panique, Uter hurla et se débattit frénétiquement, dispersant sur le radeau le contenu de son sac pour en extirper une longue cape sous laquelle il se jeta, emportant avec lui plusieurs centaines de moustiques... Son corps entier était en feu. Des insectes s'étaient glissés sous son armure et lui dévoraient les bras, le dos ou le cou, l'obligeant à se contorsionner sous son frêle abri de tissu, engoncé et maladroit, dans de dérisoires gestes de défense, inutiles contre un aussi implacable ennemi.

Soudain, il sentit quelque chose le bousculer, et sa cape fut arrachée. En un éclair, il vit une toile de tente tendue au-dessus de lui, et les visages crispés de la reine Lliane et de Blade. Uter voulut dire quelque chose, mais la flamme d'une torche vint lui brûler la face : il poussa un hurlement de douleur. Le traitement cessa aussi brusquement qu'il avait commencé. Haletant, le visage et le corps douloureux, il lui semblait avoir été plongé dans une marmite d'huile bouillante. Uter ne se débattit plus et retomba sur les rondins du radeau. Ses yeux rencontrèrent le regard de la reine, ses lèvres tentèrent de formuler une question.

— Ne dites rien, chevalier, fit Lliane en lui posant doucement la main sur la bouche. Nous avons brûlé la plupart des moustiques qui vous recouvraient. Mieux vaudrait retirer votre armure pour que nous terminions la besogne... Laissez-vous faire.

Uter hocha faiblement la tête. Sans discontinuer, des piqûres semblables à des coups d'aiguille lui cinglaient le corps, mais la douleur ne parvenait plus à son cerveau que comme une impression bizarre et étrangère. Il sentit qu'on le soulevait et qu'on le débarrassait de ses épaulières et de ses gantelets de fer. Avec peine il discerna Blade, le front ruisselant de sueur, penché sur lui, le visage éclairé par les flammes de sa torche. Son corps se contracta malgré lui sous le coup d'une douleur fulgurante.

Il lui fallut quelques secondes pour s'apercevoir que son bras et son flanc étaient nus, et que le voleur le débarrassait d'une nuée de moustiques en promenant la flamme sur sa peau. Alors, seulement, il s'évanouit.

Le front écrasé contre les rondins grossiers du radeau, les cheveux baignant dans l'eau vaseuse qui en emplissait les interstices, la reine Lliane s'était abîmée dans un profond sommeil, malgré l'assourdissant bourdonnement des moustiques du marais, malgré le manque d'air et la chaleur irritante régnant sous la tente de fortune qu'ils avaient installée. Elle avait veillé Uter toute la nuit et une grande partie de la journée, jusqu'à la limite de ses forces, chantant à son oreille la monodie de l'Apaisement de l'Âme.

Anmod deore haeleth
Sar colian
Feothan
Feothan
Breost frofur
Hael Hlystan.

Et la tête du chevalier reposait encore sur sa poitrine.

Blade, le corps en sueur et douloureux, ne dormait que par à-coups. Un remous du radeau dérivant le réveilla, et il connut un instant de terreur, le visage englué dans la bâche trempée, assourdi par le crissement de milliers d'ailes et le martèlement de moustiques tombant comme de la pluie, encore et encore... Puis il parvint à reprendre ses esprits.

Il donna un coup de poing rageur dans la toile, et au-dehors le bourdonnement métallique redoubla. La gaffe qui avait fait office de mât central à leur tente de fortune avait glissé sous l'action du clapotis, et la bâche les recouvrait comme un linceul. À tâtons, le voleur retrouva la perche et la redressa, donnant aussitôt un peu d'air frais, ainsi qu'une infime lumière, filtrant de mille trous minuscules. Était-ce le deuxième ou le troisième jour ? Combien de temps encore devraient-ils vivre ce cauchemar ? Blade s'assit, jambes tendues devant lui, et se massa la nuque.

De l'autre côté du radeau, Uter gisait, les sourcils à demi brûlés, le visage boursouflé, suant et d'une teinte affreuse, gris-vert (l'éclairage indigent n'arrangeait rien). Blade se demanda s'il était mort, mais, à bien l'observer, il lui sembla que la tunique rayée de bleu et de blanc – couleurs du roi Pellehun – qui lui couvrait le torse se soulevait encore faiblement au rythme de sa respiration.

Puis il reporta son attention sur la reine.

Ses cheveux noirs, glissant comme des algues entre les rondins, cachaient son visage. Comment pouvait-elle dormir ainsi, à même les troncs d'arbres à peine dégrossis du radeau, tout le corps trempé par cette eau visqueuse, dégoûtante, qui suintait de partout ? Sa longue tunique de moire collait à ses formes, et Blade contempla encore, longuement, les interminables cuisses de l'elfe.

Il se redressa, avança à croupetons vers la silhouette endormie, s'arrêta, se pencha sur elle. Ses yeux s'étaient habitués à la pénombre plombée, et il la voyait mieux, à présent. Sous la masse de ses cheveux, on distinguait le bleuté de sa joue, et celui, plus sombre, de ses lèvres entrouvertes. Une mèche sinueuse telle une rigole de pluie avait glissé jusqu'à sa bouche, et Blade tendit les doigts pour l'ôter délicatement. Les yeux fermés, les traits apaisés, elle était d'une beauté qui émut le maître voleur. Il avait déjà connu des elfes, mais ce n'étaient que des catins des Havres, une expérience exotique dans les bordeaux des quartiers réservés, trop maigres et trop longues, d'ailleurs, d'une froideur qui n'attirait guère le client… Celle-là était différente.

Accroupi à côté d'elle, il laissa son regard – son regard seulement – caresser le corps endormi de Lliane, de l'arrondi de ses épaules nues aux bottes de daim, au-dessus de ses genoux. Il remarqua que le lacet cousu en croix qui serrait sa tunique, en haut de ses cuisses, était défait, révélant encore quelques centimètres de peau, presque jusqu'à la hanche, et, comme il esquissait un geste pour la recouvrir, il fit grincer l'un des rondins.

Lliane, des tréfonds de son sommeil, entendit la plainte du bois. Les arbres qui avaient servi à construire l'embarcation étaient morts depuis longtemps, et ils ne parlaient plus guère, même aux oreilles d'une elfe initiée au langage de la Nature. Pourtant, Lliane perçut une mise en garde, l'imminence d'un danger. Elle s'éveilla en sursaut, le cœur battant. Voyant le visage de Blade penché sur elle, elle poussa un cri de frayeur.

— Non, non, dit Blade, tout aussi surpris par son brusque réveil. Je voulais seulement…

L'elfe tendit vers lui sa paume ouverte.

— *Bregean ! Bregean hael hlystan !*

Le maître voleur écarquilla les yeux, le cœur empli d'effroi. L'elfe lui parut tout à coup affreuse, laide à faire peur, hideuse comme les vampires de la légende, créatures de la nuit qui dévorent les enfants au berceau. Il retira prestement sa main comme s'il avait peur de la toucher et battit en retraite, détournant les yeux pour ne pas la voir, grimaçant de dégoût.

Lliane se redressa et, la paume toujours tendue vers lui, murmura quelques mots dans sa langue étrange, si faiblement que le voleur les entendit à peine. Mais ce fut suffisant. Le sommeil s'abattit sur lui d'un seul coup, et il s'endormit, comme une masse.

XI

Le poison

Une étrange impression tira la reine Lliane de son sommeil. C'était comme un cri perçant, à la fois rauque et pur, menaçant et pourtant familier. Elle se releva, repoussant du dos de la main la bâche qui les recouvrait. Son visage se crispa de douleur. Il lui semblait que chacun de ses os, chacun de ses muscles était endolori, glacé, brisé. La reine reposa un instant son front sur les rugueux rondins de bois du radeau, puis elle s'accroupit. Autour d'elle, les deux hommes dormaient, affalés telles des brutes, à même la vase qui baignait le plancher du radeau. Uter tremblait de fièvre et gémissait faiblement, le visage constellé de gouttelettes de sueur.

Au-dehors, le cri résonna à nouveau. Un faucon… Sans doute le gerfaut de Till. Mais ce qui frappa surtout Lliane, c'était le silence que l'appel venait de déchirer.

On n'entendait plus de bourdonnement…

La reine des hauts-elfes resta de longues secondes aux aguets. Il n'y avait pas de doute… l'incessant bourdonnement du marais des moustiques s'était tu.

Elle sentit son cœur s'accélérer, ivre d'espoir. Un nouvel appel du faucon la décida, et elle souleva la bâche d'un large geste.

L'air était froid et vif, et sa première inspiration lui brûla les poumons. Vacillant sur ses jambes engourdies, elle regarda autour d'elle avec ravissement. Le marais, comme apaisé, n'était plus voilé que par de minces filets de brume. Les radeaux dérivaient doucement dans une mer de roseaux et de plantes marécageuses. Elle acheva de découvrir les formes étendues de ses compagnons, en arrachant d'un seul coup la bâche constellée d'insectes morts et en la jetant à l'eau.

Aussitôt, Blade se réveilla, clignant les yeux et claquant des dents, mais avec un sourire d'enfant devant la fin de l'épreuve. Lorsque son regard se posa sur Lliane, ce sourire se figea et une impression désagréable s'empara de lui. Pour une raison étrange, sa seule vue lui était devenue pénible…

Dans le ciel presque dégagé, le faucon blanc de Till planait toujours en décrivant des cercles autour des radeaux, jetant de temps à autre son cri perçant.

— Holà ! cria la reine. L'air est libre ! Sortez de là-dessous !

La bâche huilée du premier radeau s'anima sur l'instant, et la gigantesque silhouette de Freïhr en jaillit. Le guerrier observa quelques instants le nouveau décor dans lequel ils dérivaient, humant l'air glacé avec délices, puis il éclata d'un rire vainqueur, énorme, qui gagna peu à peu tous les membres de la compagnie.

Mais le rire se tarit aussi brusquement qu'il avait commencé. Sur le deuxième radeau, Uter le Brun restait étendu, secoué de tremblements incoercibles. Son visage était d'une pâleur effrayante et son corps recouvert de petites boursouflures, là où des centaines d'insectes l'avaient piqué.

— Que sont devenus les chevaux ? s'écria Blade en désignant le troisième radeau.

Tous se tournèrent vers l'embarcation de Till et du page nain, où l'on ne voyait plus, sous la bâche luisante, qu'une forme basse, imprécise et immobile.

— Till ! appela la reine des hauts-elfes.

Nulle réponse. Pas le moindre mouvement.

— Tirons-les jusqu'à nous, dit Blade en empoignant la corde qui les reliait au dernier radeau.

Lliane vint le rejoindre et, brasse après brasse, l'embarcation se rapprocha, écartant le rideau de roseaux qui s'était reformé dans le sillage des deux premiers radeaux. Sur l'esquif de tête, les deux nains, dressés sur la pointe des pieds, tendaient le cou en vain. Il leur aurait fallu escalader Freïhr pour dominer les hautes tiges de la roselière…

— Sacredieu ! jura brusquement Blade. Regardez ça ! Quelle horreur !

— Que se passe-t-il ? demanda Tsimmi à Freïhr qui surplombait aisément la forêt aquatique.

Le barbare resta coi, et l'expression de dégoût qui déformait sa bouche et arrondissait ses yeux n'avait rien pour rassurer ses compagnons.

— Mais que se passe-t-il donc ? explosa Miolnir. Freïhr !

Le géant répondit sans détourner les yeux.

— Blade a retrouvé deux chevaux. Ou ce qu'il en reste…

— Comment ça ? dit le nain en se hissant désespérément sur la pointe des pieds.

— Les chevaux ont été dévorés.

— Les monstres, sous l'eau ! gémit Oisin en se prenant la tête dans les mains.

À l'arrière, Blade et la reine avaient sauté sur le dernier radeau. Arrachant d'un coup sec la couverture, Lliane poussa un soupir de soulagement devant les silhouettes recroquevillées de Till, de son chien et du page des nains. Elle les secoua pour les réveiller, mais seuls le nain et le chien retrouvèrent leurs esprits.

Till portait lui aussi au visage et aux bras d'innombrables traces de piqûres et, tout comme Uter, il était recouvert d'une pellicule de sueur glacée. En outre, il semblait avoir reçu au front un terrible coup qui l'avait sans doute assommé et lui avait ouvert la peau sur une longueur de plusieurs pouces. Le côté droit de son visage était maculé de sang séché, et des ailes de moustiques s'agitaient encore faiblement dans les replis de sa blessure.

Lliane vacilla. Blade venait de trancher d'un coup de poignard les longes qui retenaient les deux chevaux à demi dévorés, et leurs cadavres s'enfoncèrent aussitôt dans les abîmes du marais avec un bref bouillonnement.

— Ainsi, nous nous en sommes sortis, murmura Rogor dans sa barbe en s'asseyant.

Blade l'empoigna sans ménagement par les épaules et le força à se redresser.

— Que s'est-il passé ? cria-t-il.

Le nain se débattit et, l'espace d'une seconde, ses yeux brillèrent d'une lueur dangereuse. La reine frémit malgré elle, frappée par l'aspect soudainement terrifiant du grand nain. La longue barbe rousse qu'il passait d'habitude dans sa ceinture s'était embroussaillée et révélait, sous sa tunique rouge marquée des runes du roi Baldwin, l'éclat d'une armure.

Rogor vit le regard de la reine et se rajusta prestement.

— Dites-nous ce qui est arrivé, insista-t-elle.

— Ces jours ont été terribles, majesté, dit Rogor en baissant les yeux, s'efforçant de retrouver son calme. Le seigneur Till voulait sauver les chevaux, mais c'était une tâche impossible. Ils étaient devenus fous, à cause des moustiques. Un premier cheval est tombé à l'eau, avec toute sa charge, et on a bien failli chavirer. Malheureusement, il était toujours retenu au radeau par sa longe, et il s'agitait tellement dans l'eau qu'il a fait glisser les autres.

Le nain se tourna vers ses compagnons et montra ses vêtements maculés de vase.

— J'y suis moi-même tombé, vous voyez ? En fait, la boue m'a protégé des moustiques, je crois bien…

— Et alors ? trancha Blade, impatiemment.

Rogor lui jeta un regard où la colère et l'exaspération n'étaient qu'à peine dissimulées, ce que la reine remarqua.

— Alors, l'elfe Till s'acharnait à sauver ces maudits bourrins ! poursuivit Rogor d'un ton plus vif. Ils s'empêtraient dans le marais en hennissant comme des damnés, on voyait des espèces de serpents ou de poissons, j'en sais rien, des bestioles énormes, écailleuses, qui faisaient un remous terrible et qui les dévoraient à petits coups de dents, pendant des heures ! Et lui, il tirait, un vrai fou, il criait, il pleurait, il poussait des hennissements comme s'il était lui-même un cheval, son chien hurlait à la mort et on était couverts de moustiques. Qu'est-ce qu'il fallait faire, d'après vous ?

— Calmez-vous ! ordonna une voix autoritaire, derrière eux.

C'était Tsimmi. Freïhr avait halé à la force des bras les deux derniers radeaux jusqu'au leur, et le nain à la longue barbe brune était accouru sur les lieux de l'altercation.

— Vous oubliez que vous parlez en présence de la reine des hauts-elfes ! cria-t-il en foudroyant Rogor du regard.

Les yeux de l'héritier de la lignée de Dwalin flamboyèrent de colère contenue, mais, une fois encore, il se retint et baissa humblement la tête.

— Excusez-moi, majesté, dit-il à Lliane d'un ton misérable. Mais ces heures furent tellement dures…

— Elles le furent pour nous tous, admit-elle doucement. Mais sans doute plus encore pour vous, page. Poursuivez votre récit…

Rogor salua la reine en signe de remerciement.

— Le seigneur Till semblait… excusez-moi, il semblait avoir perdu la raison, reprit-il plus calmement. Vous comprenez, il s'acharnait à hisser ces pauvres bêtes, au risque de nous faire définitivement chavirer, alors qu'elles étaient fichues, on voyait leurs entrailles flotter autour d'elles et du sang gicler jusque sur le radeau… J'avoue que j'ai craint pour ma vie, et la sienne. Et… et je l'ai assommé.

— Ha ! fit Blade. Elle est bonne, celle-là !

— C'était assurément la seule chose à faire, intervint la reine. Nous connaissons tous l'amour que Till, l'elfe vert, porte aux animaux. Mais cet amour l'a aveuglé… Sa vie et celle du page nain nous étaient plus précieuses que celle de nos chevaux de bât.

Elle jeta un coup d'œil sur ce qui leur restait de bagages. La plupart des vêtements, des vivres et des armes avaient été engloutis.

— Nous vous devons des remerciements, page. Sans vous, il est probable que Till aurait été dévoré, lui aussi.

Rogor s'inclina à nouveau, et entreprit de se laver sommairement, à genoux au bord du radeau, tandis que la reine et Tsimmi rejoignaient leur embarcation. Il fut convenu que Blade demeurerait en arrière avec le page des nains, tandis que la reine et le maître maçon, sur le radeau du milieu, prodigueraient leurs soins à Uter et à Till.

Lorsqu'ils furent partis et que les cordes se retendirent entre les embarcations, recreusant leur écart, le voleur émit un rire discret :

— Ainsi tu as assommé cet elfe ? murmura-t-il de façon que seul Rogor puisse l'entendre. Tu as bien fait, mais à ta place je me méfierais de son réveil.

— Sans doute, seigneur, répondit Rogor en s'emparant de la perche.

Sa première poussée fut si vigoureuse que Blade manqua perdre l'équilibre.

Au milieu de l'après-midi du troisième jour, on aperçut enfin la ligne sombre d'un îlot de terre ferme. À la suite de la chaleur malsaine qui avait régné sous les bâches, tous se sentaient transis de froid, trempés jusqu'aux os et bien peu enclins à se lancer dans un périlleux voyage. Seule la perspective de retraverser le marais aux moustiques empêcha la plupart des envoyés du Grand Conseil de faire immédiatement demi-tour.

Quelques minutes plus tard, Oisin le passeur accosta auprès d'un rudimentaire ponton de bois, et tous débarquèrent de mauvaise grâce.

— Seigneur Freïhr, dit Lliane en désignant Uter et Till toujours inconscients, aidez-moi. Il faut les mettre à l'abri…

Elle sourit en le voyant ramasser le corps du chevalier et le porter dans ses bras comme s'il s'était agi d'un enfant. Le barbare montra d'un mouvement de menton interrogatif son armure réduite en un tas de ferraille, sur le radeau.

— Il n'en aura pas besoin, ici, constata la reine. Son haubert de mailles suffit bien.

Lliane dégaina sa longue dague et, suivie du barbare, s'enfonça dans un bosquet, se frayant à coups de lame un passage dans l'enchevêtrement d'arbustes d'osier, de ronces et de broussailles qui en interdisait l'accès. Elle parvint bientôt au pied d'un grand saule, dont les branches basses s'étendaient comme un voile sur le sol tourbeux recouvert d'un matelas de sphaigne.

Freïhr y déposa précautionneusement le chevalier, puis repartit sans un mot chercher le pisteur.

Lorsqu'il arriva au ponton, les nains et le voleur avaient fini de décharger les radeaux. Le chien de Till s'était couché à côté de son maître inanimé, et son faucon tournoyait lentement au-dessus d'eux, comme une menace.

Freïhr ne put croiser le regard de personne. Blade était resté sur le ponton, avec Oisin, et les trois nains lui tournaient le dos, affairés autour de leurs maigres bagages. Sans pouvoir vraiment se l'expliquer, le barbare éprouva une impression de gêne.

Il ramassa le corps gracile de l'elfe et, suivi par ses animaux, disparut à nouveau dans le bosquet.

Blade considéra les alentours avec un profond dégoût. Des joncs, des arbres mangés par la moisissure et les ronces, mais nulle trace de civilisation, hormis ces quelques planches sur lesquelles ils avaient débarqué.

— Qu'est-ce que c'est que ce trou ? grommela-t-il. Où est-ce que tu nous as conduits ?

— Là où vous vouliez aller ! dit le gnome avec un sourire assez peu réussi. Gwragedd Annwh ! La cité des marais, comme vous dites !

Il eut un ricanement de crécelle plutôt désagréable.

— Et où elle est, ta cité ? tonna le voleur.

À nouveau, Oisin fit entendre son pénible ricanement.

— Mais c'est vous, seigneur, qui avez parlé d'une cité ! C'est vous ! Gwragedd Annwh est juste le nom de cette île, la plus grosse du pays des elfes gris… Je pense que vous en trouverez bien quelques-uns, par là…

Il marqua une pause, et jeta un coup d'œil malicieux vers les trois nains qui parlementaient à voix basse.

— … à moins que ce ne soit eux qui vous trouvent !

Le gnome haussa les épaules. Des nains au pays des elfes gris… Fallait-il qu'ils soient fous !

— Eh bien, adieu, messires ! Et bonne chance, quelle que soit votre quête !

— Un moment ! cria Blade alors que l'autre était déjà arc-bouté sur sa perche. Comment rentrerons-nous, si tu repars avec les trois radeaux ?

— C'est juste, messire, dit Oisin avec un sourire goguenard. Mais vous n'avez payé que pour un seul passage.

— Comment ? s'écrièrent presque ensemble Tsimmi et Miolnir, sur la berge.

— Aurais-tu l'audace d'exiger une nouvelle somme pour ces radeaux ? renchérit le maître maçon, ulcéré.

Blade sauta prestement sur l'embarcation du passeur et le prit amicalement par les épaules.

— Laissez-moi m'occuper de ce détail, dit-il en se tournant vers la compagnie. Partez rejoindre la reine, je vous retrouverai !

Les trois nains, un instant interdits, ne savaient que faire, peu enclins à laisser le voleur sans surveillance.

— D'ailleurs, reprit Blade, je me demande où elle est passée… C'est vrai, elle est partie avec le barbare, l'autre elfe et le chevalier. Il n'y a plus que nous !

Miolnir et Rogor sursautèrent, échangèrent un bref regard et partirent au petit trot sur les traces de Freïhr sans attendre Tsimmi, toujours plus lent à se décider.

— Allez-y ! lança Blade depuis le radeau. Pour ma part, je suis sûr de trouver un arrangement avec maître Oisin.

Tsimmi hésita encore, mais la perspective de rester seul avec ce malandrin issu des bas-fonds de Scâth dans des marécages hantés par les elfes gris ne lui parut guère attirante : il disparut à son tour dans les fourrés de l'inhospitalière Gwragedd Annwh.

— Bien, fit Blade en sortant de sa besace une flasque protégée par un tissage de raphia. Nous voilà seuls. Alors, combien veux-tu pour le passage du retour ?

Le gnome eut un sourire commerçant et s'avança jusqu'au milieu de son radeau pour y saisir une boîte recouverte d'une large pièce d'étoffe.

— Lorsque vous voudrez rentrer, lâchez cette colombe, dit-il en soulevant le tissu, ce qui dévoila l'animal enfermé dans une petite cage. Où qu'elle soit, elle me rejoindra et, trois jours après, au plus tard, je vous attendrai ici avec mes trois radeaux.

Blade but une longue rasade, poussa un soupir de contentement et, tout naturellement, tendit la flasque au gnome.

— C'est du marc. Ça réchauffe…

Oisin hésita, dévisageant le voleur avec méfiance.

— Bien sûr, c'est un peu fort, ajouta Blade en faisant la moue. Une boisson d'homme…

Le passeur, piqué au vif, saisit la flasque et but à même le goulot.

— Trois jours, tu dis ? s'étonna Blade en lui souriant. C'est beaucoup, surtout pour quelqu'un de pressé… Non, le mieux serait que tu restes là à nous attendre. Il n'y en aura pas pour longtemps…

Le gnome fit la grimace (et il n'avait vraiment pas besoin de ça !).

— Attendre ici, seigneur, c'est dangereux… Ce sera cher !

Blade pouffa de rire, en connaisseur. Décidément, on trouvait toujours plus voleur que soi, sur terre…

— Allons, gnome, fais ton prix.

— Deux pièces d'or par radeau. Six pièces d'or, donc, s'il vous faut les trois.

Le maître voleur eut une petite moue amusée.

— Le double de l'aller, hein ?

Le passeur prit une expression désolée et balaya du bras l'étendue du marais, derrière lui.

— Seigneur, vous avez pu juger des dangers que je cours à chaque passage. Et si je dois attendre ici, tout seul, songez à ce que je risque ! Il y a les elfes (à ce mot, il cracha dans l'eau) mais aussi les monstres, dans le marécage, et que sais-je encore ! D'ailleurs, seigneur, peut-être n'aurez-vous plus besoin au retour d'autant de radeaux ? Vous savez, les elfes gris n'aiment pas trop les nains… Non, pas trop…

Le gnome laissa planer son sous-entendu, ponctuant sa phrase d'un sourire veule qui exaspéra le voleur. Son marchandage lui ayant donné soif, il but à nouveau une longue lampée. Le marc de Blade n'était pas si fort, après tout, mais il avait un drôle de goût. Pas désagréable, au demeurant, plutôt inhabituel. Blade sourit, lui cueillit la flasque des mains et la reboucha.

— C'est le poison qui lui donne ce goût, dit-il en la rangeant dans sa besace.

— Quoi ?

Blade brandit une petite fiole en terre, saisit la main du gnome stupéfait et la lui déposa au creux de la paume.

— Voilà un antidote. Prends-en quelques gouttes par jour, juste de quoi te tremper les lèvres. Tu auras peut-être des vertiges et des suées, mais rien de grave.

Il sourit et tapota l'épaule du passeur.

— Avec ça, tu as de quoi tenir un jour ou deux. C'est largement suffisant… Je serai de retour demain, ou après-demain au plus tard, et je t'en donnerai encore. Quand nous aurons franchi les marais au retour, tu viendras avec moi à Kab-Bag, je te donnerai un remède définitif.

Oisin, les yeux écarquillés, regardait la fiole sans oser comprendre. Puis une brusque douleur, comme une longue déchirure de ses entrailles, le plia en deux. Il déboucha fébrilement la petite bouteille et commença de boire.

— Holà ! fit Blade en riant. Pas trop d'un coup, maître Oisin ! Sinon, il ne vous restera bientôt plus rien !

Le gnome, agenouillé dans la vase baignant son radeau, leva les yeux vers le voleur.

— Mais… Vous en avez bu avant moi ! Je vous ai vu !

— Oui, hein ? Mais, tu sais, il faut du temps pour s'y faire… Si je te disais qu'il y a quelques années j'ai failli en crever ! Si, si… Un idiot de marchand de soie, à Mag Mor, la cité de la plaine. J'ai dû boire trois fois avant qu'il soit rassuré.

Il adressa un clin d'œil au gnome.

— Toi, il t'a suffi d'une gorgée pour être convaincu, pas vrai ? Sacredieu, quel cauchemar, ce marchand ! Si tu savais ! J'ai vomi toute la nuit et j'ai souffert la malemort ! Mais au matin ce gros porc était raide comme une planche et son chargement de soie était à moi ! Que veux-tu… Il faut parfois payer de sa personne, dans mon métier.

Blade jeta un regard rapide aux alentours, puis empoigna le passeur par sa cotte et le releva de force.

— Tu avais raison, gnome. Nous n'aurons pas besoin de trois radeaux. En fait, je pense même qu'un seul radeau suffira. Un seul, et pour moi seul… Les autres ne viendront pas !

Oisin hocha la tête, les tripes en feu et le visage plus rouge que jamais.

— … Mais ils ne doivent rien savoir, tu me suis ? Ce sera notre petit secret.

L'autre acquiesça à nouveau.

— Bien, dit Blade. Donne-moi la colombe.

Le gnome s'exécuta à contrecœur. Blade ouvrit la petite porte de la cage et y plongea la main.

— Bien belle colombe. Comme c'est dommage…

Sans laisser au gnome le temps de réagir, il tordit le cou de l'oiseau et le jeta sur la rive.

— Qu'avez-vous fait ! cria Oisin, au désespoir.

Sans répondre, Blade sauta lestement sur le deuxième radeau, qu'il détacha du ponton. Il en fit autant avec le troisième avant de bondir sur la berge. Il les regarda quelques instants dériver au fil de l'eau et disparaître dans les nappes de brume. Alors seulement il se tourna vers le gnome. Son ton n'avait plus rien d'amical.

— Va te cacher avec le radeau, et sois ici chaque soir, à la tombée de la nuit, jusqu'à ce que je revienne. Souviens-toi, gnome : avec la fiole, tu n'en as que pour quelques jours. Je suis ta seule chance de vivre. Alors sois au rendez-vous…

Restée seule avec Uter après le départ de Freïhr, la reine Lliane s'était collée au tronc du grand saule. L'oreille et la joue contre l'écorce, elle parla au cœur de l'arbre, mêlant à ses incantations magiques ce qu'elle savait du langage des plantes : bruissement de feuilles, grincement des branches, craquement du bois…

Bientôt, le vieux saule endormi frémit, depuis ses racines jusqu'au bout de ses longues tiges feuillues. Lentement, imperceptiblement, celles-ci balayèrent le sol de tourbe. Les branches se redressaient, le tronc se tordait, les feuilles se nouaient entre elles. Il se forma autour du chevalier et de la reine un inviolable rideau, une chambre secrète, à l'abri des regards.

Quand Freïhr revint, chargé du corps inanimé de Till, Lliane l'attendait à l'orée du bosquet. Elle le guida jusqu'au saule et, tandis qu'il déposait le corps de Till sous l'abri de feuillages, elle entraîna ses bêtes à l'écart.

Elle caressa la tête du chien qui gémissait doucement, inquiet de l'état de son maître, et tendit le poing au gerfaut, pour qu'il s'y pose.

— Noble oiseau, toi qui voles plus haut et qui vois plus loin que n'importe quel être vivant, hormis les grands aigles des montagnes de Moiran, déploie tes ailes et cherche les herbes et les plantes de guérison. *Oll-iach*, le gui qui guérit tout, samole et morgeline, jusquiame, trèfle et bétoine… Va !

Elle jeta le poing en l'air, et le grand faucon blanc s'envola d'un trait, au-delà de la cime du saule.

À côté d'elle, le chien gémit encore.

— Nous les guérirons, dit-elle en passant à nouveau ses doigts dans sa fourrure. Ne t'en fais pas…

Uter s'éveilla en sursaut, avec un cri de terreur. Puis il sentit sur son front des mains d'une infinie douceur, chassant comme par magie la fièvre qui le brûlait. Quelqu'un lui releva la tête et porta une gourde à ses lèvres.

— Buvez, dit la reine. C'est de l'eau de chêne… Du gui, et diverses autres choses. Ça va vous guérir…

Uter avala une gorgée et laissa retomber sa tête en arrière. Il aperçut Till, près de lui, accroupi contre le tronc du saule. L'elfe vert hocha la tête dans sa direction, avec un plissement des yeux qui pouvait passer pour un sourire amical. Puis tout redevint noir.

Le faucon planait dans le ciel sombre, alourdi par la pluie qui avait trempé ses ailes d'un blanc tacheté de gris. À perte de vue s'étendait un dédale végétal d'étangs, de tourbières et de buissons touffus, sans aucune trace de vie. Il aperçut non loin les hautes collines qui marquaient le début des Marches noires et il frémit malgré lui. Virant sur son aile droite, il survola un bosquet où Freïhr le barbare, parti éclairer le terrain, progressait à grands pas, courbé sous ses fourrures, les bras et les jambes recouverts de boue pour mieux se camoufler. L'oiseau poussa un bref gloussement amusé. Il fallait être un homme pour se croire invisible des habitants des cieux !

Près de l'embarcadère du marais, une petite tache blanche attira son attention et le gerfaut piqua brusquement vers elle.

C'était une colombe. Le cou brisé, elle tressautait dans les derniers sursauts de l'agonie, battant désespérément des ailes pour échapper à la mort.

L'oiseau de proie se posa doucement près d'elle et la contempla d'un air triste.

— Inutile de te débattre, dit-il enfin, et sa voix fit bondir la colombe qui ne l'avait pas vu. Ton cou est brisé. Je vais t'achever, ce ne sera pas douloureux.

— Non ! s'écria la colombe. Laisse-moi repartir, gerfaut ! Laisse-moi rentrer chez moi, de l'autre côté de ces marais !

— Ainsi tu n'es pas d'ici ?... Je m'étonnais aussi de trouver une colombe dans un endroit pareil.

— C'est mon maître, Oisin le passeur, qui m'a emmenée jusqu'ici. Laisse-moi repartir, gerfaut !

Le faucon hocha la tête doucement.

— Tu n'y arriveras pas, colombe. Ta chute était mortelle...

— Je ne suis pas tombée ! piailla faiblement l'oiseau blessé. C'est un homme qui m'a brisé le cou. Et mon maître est parti !

Le gerfaut poussa un long cri sourd.

— Je ne te tuerai pas, colombe. Ne crains rien, tu vivras et tu retrouveras ton maître bientôt.

La colombe cessa de se débattre et se détendit. Déployant ses ailes, le gerfaut prit son envol après l'avoir saluée une dernière fois. Il plana au-dessus d'elle durant quelques secondes, hors de vue, puis fondit brusquement sur l'oiseau au cou brisé, toutes serres en avant. Ses griffes s'enfoncèrent dans le cœur et la nuque de la colombe, la tuant net. Il la redéposa sur le sol et alla rejoindre Till le pisteur. La colombe avait cessé de souffrir.

XII

Gwragedd Annwh

Il faisait glacial dans le pigeonnier, une haute tour circulaire aux murs de brique grise délavés par de longues traînées de fiente, percés de centaines d'alvéoles ouverts aux quatre vents. En pénétrant à l'intérieur, le sénéchal et maire du palais Gorlois dut se couvrir les oreilles. Entre les roucoulements sourds et les incessants battements d'ailes, le vacarme des volatiles était assourdissant. Il ne se passait pas une seconde sans que l'un ou l'autre des pigeons enchaînés tente de prendre son envol et ne s'abatte piteusement sur son perchoir, que deux mâles se battent à coups d'ailes et de serres, ou sans que retentisse le claquement d'un bec sur les dalles de pierre jonchées de graines de maïs, de millet et de fientes. Gorlois fronça le nez. L'odeur qui régnait dans la tour était proprement écœurante.

— Comment pouvez-vous supporter un tel bruit ! cria-t-il aux deux hommes qui vivaient là, avec pour seul abri une petite cabane de planches elle aussi constellée de fientes.

Les prisonniers de la tour ouvrirent des yeux ronds, s'entre-regardèrent et revinrent vers le sénéchal en secouant la tête, un sourire imbécile aux lèvres.

— Ah oui, c'est vrai, vous êtes sourds, grommela le vieux guerrier.

Sourds et muets. L'un de naissance, l'autre parce qu'on lui avait coupé la langue et crevé les tympans. Une idée du roi, pour adoucir sa condition. D'ailleurs, qui d'autre qu'un sourd aurait pu survivre dans un tel boucan ? Et puis, bien sûr, le fait qu'ils soient muets garantissait que les messages confiés à ses pigeons voyageurs resteraient confidentiels.

Les deux hommes étaient des condamnés de droit commun, qui avaient échappé au cul-de-basse-fosse ou à l'estrapade du bourreau pour cet enfer puant dont ils ne sortiraient jamais. Mais de quoi pouvaient-ils se plaindre ? En ces temps anciens, un condamné était soit racheté soit pendu au gibet. La prison était un luxe dont bien peu profitaient. Tout ce qu'ils avaient à faire, c'était de nourrir les pigeons grâce aux provisions de graines qu'on leur glissait sous la porte, et qui avaient fini par constituer leur propre ordinaire. Lorsqu'un oiseau arrivait, les gardiens de la tour sonnaient la cloche. Une fois, deux fois ou trois, selon l'importance du message, qu'ils mesuraient à la couleur de la bague fixée à la patte de l'oiseau. Bague rouge : message réservé au roi ou au sénéchal. Trois coups de cloche. Importance extrême. C'était le cas, aujourd'hui.

Gorlois n'avait été prévenu qu'une heure plus tard, et quand il pénétra dans le pigeonnier les deux sourds-muets étaient surexcités. Depuis des mois ils attendaient l'occasion de le voir pour lui transmettre leurs doléances, et le moment était enfin arrivé.

— Alors, dit Gorlois. Ce message ?

Le plus grand des deux hommes (enfin, le moins bancal) tendit le ruban de cuir rouge qu'il avait détaché de la patte du pigeon voyageur, et à l'intérieur duquel était fixée une longue lanière de parchemin. Gorlois s'en saisit, commença à le dérouler et vit que le message portant la rune de Beorn provenait de Mahault, la vieille folle de Scâth… Il enfouit le parchemin dans une poche et repartit vers la porte, mais le prisonnier poussa des ahanements gutturaux pour attirer son attention.

— Qu'est-ce qu'il y a ?

L'homme eut un mouvement de recul, cligna plusieurs fois les yeux et se fendit d'un sourire édenté et stupide.

Haussant les épaules, Gorlois frappa du poing contre les lourdes planches de chêne. Un cliquetis de clés lui répondit aussitôt, de l'autre côté de l'huis. Au moment où il allait sortir, il se sentit tiré en arrière par sa cape et manqua de perdre l'équilibre. L'agrafe en argent qui retenait son manteau se brisa sous la traction et tomba sur le sol, baigné d'un infâme mélange de paille, de graines et d'une boue formée par des années et des années de fientes.

— Qu'est-ce qui vous prend, croquants ? hurla Gorlois en leur arrachant son manteau des mains.

Les deux bougres reculèrent à nouveau, frappés de terreur par l'expression furieuse du sénéchal borgne. Le plus grand s'enhardit jusqu'à lui tendre le message qu'il avait péniblement rédigé au dos d'un débris de parchemin, et sur lequel ils fondaient tant d'espérance.

— Quoi, encore !

Gorlois saisit le chiffon de papier d'un geste agacé et entreprit de déchiffrer les lettres malhabiles.

— « Pri… Prison fini… » C'est pas croyable d'écrire aussi mal, tout de même ! Remarquez, c'est déjà bien de savoir écrire, surtout pour deux croquants comme vous… C'est en lisant les parchemins que vous avez appris ?

Le plus grand secoua la tête, les yeux brillant d'espoir, et lissa ses cheveux immondes comme pour se faire reconnaître.

— C'est vrai, tu étais au service du roi, autrefois… Bailli ou chambellan, c'est ça ? Qui s'en souvient encore, hein ? Faudra que j'en parle au roi, ça va l'amuser.

Il se remit à lire, un sourire aux lèvres, plissant son œil unique et retournant le parchemin en tous sens pour tenter d'en déchiffrer les gribouillages.

— « Nou… veu… So… Sortir » ? C'est ça, « sortir » ? Vous voulez sortir d'ici, c'est ça ?

Gorlois montra la porte ouverte derrière lui, et fit signe au garde de s'écarter. Il haussa les sourcils et sourit, pour mieux appuyer ses paroles.

— Vous voulez partir d'ici ?

Les malheureux comprirent enfin et se mirent à hocher la tête frénétiquement, avec des sortes de hoquets de gorge assez peu ragoûtants en guise de rire.

Le sénéchal se tourna vers le garde.

— Depuis combien de temps sont-ils ici ?

— Euh… Je ne sais pas, messire. Je ne suis en poste que depuis dix ans, et ils étaient déjà là bien avant…

— Ouais…

Tout en jouant pensivement avec le parchemin crasseux, il baissa les yeux vers les visages abrutis et repoussants des deux condamnés, et leur sourire niais cessa de l'égayer. D'ailleurs, le vacarme du pigeonnier était proprement insupportable, et puis il faisait trop froid.

— Non ! dit-il en secouant la tête pour qu'ils comprennent.

Et il tendit le doigt vers son agrafe brisée, à terre.

— Vous avez cassé un bijou de valeur, c'est mal !

Il agitait le doigt comme pour les gronder, prenant le garde à témoin.

— N'est-ce pas ?

Le soldat eut un sourire hésitant, ne sachant pas trop ce qu'il devait répondre.

— N'est-ce pas ? insista Gorlois.

— Oui, messire.

— Voilà ! ajouta le vieil homme. Je vous condamne à dix ans de plus pour bris de bijou !... Et pour avoir appris à lire sans la permission du roi. Il ne faut pas lire le courrier des gens, on ne vous l'a pas dit ?

Il froissa leur torchon de papier, le jeta à terre et sortit sans se retourner. Derrière lui, le soldat repoussa lentement la lourde porte de bois et frémit devant l'expression d'horreur et de désespoir des deux prisonniers. Il donna deux tours de clé, accrocha le trousseau à un anneau scellé au mur et redescendit pesamment l'escalier de pierre qui menait à la salle de garde. Il contempla avec dégoût le couloir par lequel Gorlois avait déjà disparu dans les entrailles du palais et cracha sur les traces du sénéchal.

Le jour tombait lorsque Till put se mettre debout. Il avait repris conscience rapidement, mais la reine l'avait forcé à rester immobile et lui avait enjoint de respirer amplement l'épaisse et odorante fumée qui s'échappait d'un minuscule feu de brindilles et de tourbe allumé au centre de l'abri. Till avait reconnu la plupart des plantes médicinales disposées autour du foyer, et les gestes lents que traçait la reine dans la colonne de fumée lui rappelaient des souvenirs anciens. Quand sa vue cessa d'être trouble, il découvrit Uter, allongé sur un matelas de sphaigne. Toujours inconscient, le chevalier avait été dévêtu de son haubert de mailles et de sa cotte d'armes, ne conservant que ses braies et ses chausses. Dans un coin, son épée et son armure luisaient faiblement à la lumière vacillante des flammes. Son torse, ses bras et son visage, toujours aussi gris mais moins boursouflés, étaient recouverts de runes dessinées à la cendre par la reine. Sur ses propres doigts et sur l'arête de sa main, elle avait tracé les runes maîtresses de la guérison, *os, ear, ac, tir*, formant ce dessin cent fois répété :

La reine, penchée sur Uter, se balançait comme un serpent, et psalmodiait le vieux poème des runes :

Byth ordfruma aelcre spraece,
Wisdomes wrathu ond witena frofur,
and eorla gehwam eadnys ond tohiht.

Byth egle eorla gehwylcun,
Thonne faestlice flaesc onginneth,
Hraw colian, hrusan ceosan
Blac to gebeddan ; bleda gedreosath,
Wynna gewitath, wera geswicath.

Byth on eorthan elda bearnum,
Flaesces fodor, fereth gelome
Ofer ganotes baeth ; garsecg fandath
Hwaether ac haebbe aethele treowe.

Byth tacna sum, healdeth trywa wel
With aethelingas, a bith on faerylde,
Ofer nihta genipu, naefre swiceth.

Ce qui, en langage commun, pourrait se traduire ainsi :

La bouche est l'origine de toute parole,
Siège de sagesse, consolation du sage,
Repos et espoir du noble.

Les cendres effraient le noble,
Quand soudain la chair se glace
Et que le corps doit choisir la terre comme morne compagnon.
Les beaux fruits pourrissent, la joie s'en va, l'alliance échoue.

Le chêne sur cette terre est utile aux hommes,
Comme le fourrage aux cochons, de même il le nourrit.
La mer aux vagues pointues comme l'épieu
Éprouve la noblesse du bois de chêne.

Tir est une rune spéciale.
Aux princes elle conserve la foi,
Toujours victorieuse sur l'obscurité de la nuit, elle ne fait jamais défaut.

Sous le couvert végétal, dans le silence de la nuit et le crépitement du feu, le chant monotone plongeait Till dans une léthargie hypnotique, peuplée de rêves étranges. Parfois, il émergeait du brouillard profond dans lequel il s'abîmait, puits sans fond sombre et glacial, pour de courtes phases de lucidité durant lesquelles il parvenait même à parler avec son chien et son faucon. Jappements, piaillements, grognements… Même la reine n'y comprenait rien.

Quand enfin il put se relever, ce fut pour se rapprocher de Lliane. Il lui prit les deux mains et inclina la tête.

— Ma reine, merci…

L'elfe releva la tête et lui sourit. Dans la nuit noire, la maigre lumière dispensée par le feu de brindilles et d'herbes médicinales était si faible qu'un homme n'aurait rien distingué d'autre, sous leur hutte végétale, que ces flammes minuscules. Mais les elfes étaient des créatures de la nuit, adorateurs de la lune, et leurs yeux perçaient les ténèbres comme ceux des bêtes sauvages. Agenouillée à côté d'Uter, Lliane avait l'air épuisée ; Till comprit qu'elle avait usé de magie pour les arracher tous deux au poison des moustiques et à la mort, jusqu'au bout de ses propres forces.

— Comment va-t-il ?

La reine considéra le chevalier.

— Je ne sais pas… Les hommes ne sont pas comme nous, Till. Ils ont l'air si forts… pourtant leur âme est si fragile…

Elle poussa un soupir de découragement.

— Et puis je n'arrive pas à parler à son esprit. Ses oreilles sont closes, ses yeux sont clos, son cœur est clos. Je ne sais pas où il est… Il n'a ouvert les yeux qu'une seule fois depuis qu'on vous a amenés ici. Freïhr est venu apporter des baies de genièvre et des oiseaux rôtis, mais nous n'avons pas réussi à le faire manger. Heureusement, il a bu…

Lliane se ressaisit et esquissa un sourire.

— Et toi, cher Till, mon ami, tu vas bien ?

L'elfe vert sourit et se massa le crâne.

— Ça me brûle de partout… Et en plus, j'ai une sacrée bosse sur la tête. J'ai dû me cogner en tombant, sur le radeau.

La reine lui jeta un regard en coin. Jouait-il la comédie, ou avait-il vraiment perdu le souvenir de sa lutte contre le nain Rogor ?

Il ne lui laissa pas le temps de s'interroger davantage.

— Ma reine, il faut tenir conseil, dit-il d'un ton redevenu grave. Mon faucon m'a appris que l'homme Blade a tué une colombe utilisée par le passeur pour rester en contact avec nous. Je ne sais pas ce que cela signifie, mais tu te souviens que c'est sans doute cet homme qui a également tué le chevalier Rodéric…

— Oui. Et, si c'est le cas, ça veut dire que ce n'est pas par hasard qu'il s'est joint à notre groupe… Cet homme nous suit depuis le début, dans un but bien précis. Comment a-t-il fait pour se trouver sur notre route ? Comment pouvait-il savoir que nous irions voir cette femme, à Scâth ? Nous-mêmes ne le savions pas la veille !

— Je l'ignore…

La reine des elfes se redressa, effleurant la voûte de feuilles formée par le saule. Elle aussi s'était débarrassée de ses armes et de ses équipements de route, ne conservant que sa longue tunique de moire fendue. Elle avait défait sa natte, et ses longs cheveux flottaient librement jusqu'au bas de ses reins. Pieds nus sur le doux matelas des sphaignes gonflées d'eau, elle étira ses membres engourdis, croisa dans son dos ses mains couvertes de runes et s'appuya contre le tronc de l'arbre.

— C'est un espion, dit-elle enfin. Il sait où se trouve Gael, et il nous manipule pour nous conduire jusqu'à lui. Pourquoi ?

— Parce qu'il a besoin de nous pour l'approcher, estima Till. Les elfes des marais n'aiment pas les étrangers. Si Gael est sous leur protection, seuls des elfes pourront parvenir jusqu'à lui.

Lliane regarda pensivement le pisteur et acquiesça d'un signe de tête.

— Tu as sans doute raison. Mais cela ne répond pas à la question… Pourquoi veut-il tant approcher Gael ? Pour cette simple cotte de mailles d'argent ?

Elle désigna d'un geste presque méprisant son propre haubert de mailles tressées, posé négligemment contre les racines du saule, avec le reste de son équipement.

— Elles ont une grande valeur, bien sûr. Et je ne doute pas que lui ou ses semblables aillent jusqu'à tuer pour s'en emparer. Mais, dans ce cas, qu'est-ce qui l'empêchait de m'attaquer, sur le marais, pour voler la mienne ? Il aurait pu couper les liens qui nous retenaient aux autres radeaux et se débarrasser aisément du pauvre Uter, dans son état… Or il n'a rien tenté.

La reine s'interrompit. Ce n'était pas vrai. Blade avait bien tenté quelque chose durant le voyage… Mais sa convoitise était d'une nature différente, elle en était certaine.

— Il y a quelque chose que nous ne savons pas, poursuivit-elle. Quelque chose qu'on nous cache depuis le début.

Till, qui caressait silencieusement son chien couché tout contre lui, regardait le corps inerte d'Uter, étendu à côté du feu.

— Beaucoup trop d'hommes, murmura-t-il.

— Quoi ?

Le pisteur se tourna vers la reine des hauts-elfes.

— Je me disais que c'est une histoire entre les nains et nous, mais que ce sont des hommes qui nous ont envoyés sur la piste de Gael, que c'est un homme qui manœuvre dans l'ombre et qu'après tout ce sont deux hommes, Uter et ce grand barbare, qui sont allés parler à cette receleuse de Scâth… Nous ne savons pas, en fait, ce qu'ils ont pu se raconter. Et ce sont eux, en fin de compte, qui sont revenus avec ce Blade. Au mieux, un voleur… Au pire, un assassin. Et si tous ces hommes étaient liés ?

— Tu oublies que Blade a tué le chevalier Rodéric, dit la reine. Nul doute que, si Uter et Freïhr le savaient, ils lui feraient payer le prix du sang… Non, ils ne marchent pas ensemble. Ce n'est pas possible…

Till recommença à caresser son chien, qui en soupira d'aise et s'étira langoureusement.

— Mais, ainsi que tu l'as dit, ma reine, les hommes ne sont pas comme nous.

Il faisait froid dans la chapelle, plus encore que dans n'importe quelle autre pièce du palais. Les moines n'y avaient prévu aucune cheminée, et aucune tenture ne venait réchauffer les pierres nues de l'édifice, hormis un dais aux couleurs royales, blanc, symbole de pureté et de droiture, et azur, la couleur du ciel. Agenouillé sur un prie-Dieu tapissé de velours à côté de la reine Ygraine, face au chœur, Pellehun laissait son regard dériver sur la voûte peinte et les hauts piliers de la nef. Comme chaque fois, il sourit en s'attardant sur leurs chapiteaux, ornés de monstres griffus, cornus, tirant la langue, tout un bestiaire de gargouilles et de démons inspirés des guerriers gobelins des Terres gastes, ce que seuls les anciens de la guerre des Dix Années pouvaient deviner. Pour le reste, la chapelle était d'un ennui…

— Sire, vous n'écoutez pas, souffla Ygraine.

— Mais si, grommela Pellehun en ramenant son attention sur le catéchiste.

Désespéré par l'inattention du roi, le moine s'était tu et le regardait avec une expression tellement découragée que cela en devenait presque amusant.

— Alors ! Vous nous parliez des péchés, c'est ça ?

— Oui, sire, dit le chapelain avec un soupir résigné. Les sept péchés capitaux : orgueil, envie, ire, paresse, avarice, luxure et gloutenie.

— Eh bien, fit Pellehun en souriant à la jeune reine, je crois que je les ai tous ! Qu'est-ce que j'ai gagné ?

— Chacun de ces péchés est une branche du même arbre, et cet arbre est le Mal, continua le prêcheur. Et chaque branche se divise elle-même en brindilles. Ainsi, l'orgueil enfante déloyauté, dépit, présomption, ambition, vaine gloire, hypocrisie, vergogne ! Et de chaque brindille partent encore de nouveaux rameaux. De la déloyauté, par exemple, naissent les ingrats, forcenés et renégats. Le moindre péché remonte alors jusqu'au Mal lui-même !

Pellehun ne souriait plus. Il se leva lentement, et le raclement du fourreau de son épée sur les dalles résonna longuement dans la chapelle.

— Pourquoi parles-tu de déloyauté ? dit-il d'une voix blanche. Forcené, hein ? Renégat ? Tu te prends pour quoi, moine ?

Le chapelain bafouilla, chercha des yeux l'appui de la jeune reine, qui tenta d'agripper son époux par la manche.

— Ce n'était qu'un exemple, sire…

— Laissez-moi, madame ! grogna Pellehun en se dégageant. Et puis sortez ! C'est assez de moineries pour le jour !

Le vieux roi se rapprocha dangereusement du catéchiste, qui reculait pas à pas dans le chœur, jusqu'à l'autel. Il perçut derrière lui le claquement saccadé des pas d'Ygraine et le grincement de la porte lorsqu'elle quitta la chapelle.

— Je viendrai dans votre chambre, ce soir ! cria-t-il. Il ne faut pas oublier le péché de luxure !

Puis, tout bas, à la face du moine :

— Pas vrai, l'abbé ?

Une voix forte résonna dans son dos.

— Messire !

Pellehun se retourna lentement, avec un dernier rictus méprisant. C'était le duc Gorlois, qui remontait la nef à grandes enjambées.

— Un message ! dit-il en brandissant le parchemin noué d'un ruban rouge. Des nouvelles de notre homme !

Pellehun l'arrêta d'un geste.

— Qu'est-ce qui te prend ? Tu entres dans une église comme un soudard, tu parles haut, tu vas, tu marches, tu ne te signes même pas devant la Sainte Croix ? Mais tu n'as donc aucune religion ?

— Oui, bon, d'accord, fit le sénéchal, s'agenouillant et se signant d'un geste rapide.

— C'est mieux comme ça, dit Pellehun, qui se tourna vers le moine avec un sourire réjoui. Pas vrai, l'abbé ?

Au cœur de la nuit, Uter commença à délirer.

Ses gémissements, puis ses cris, réveillèrent la reine des hauts-elfes, qui revint à son chevet. Elle ajouta de la samole et de la morgeline dans le feu de brindilles, selon les rites de la magie des plantes : n'utiliser que sa main gauche et prendre soin de ne pas regarder en arrière pour ne pas attirer les mauvais esprits.

— C'est inutile, fit Till dans son dos. Les fumigations ont guéri ses yeux et son corps, mais c'est son âme qui s'en va…

— Tais-toi !

Till n'insista pas. Lliane poussa un long soupir et baissa la tête. Il avait raison, bien sûr… Les cloques et les boursouflures qui parsemaient le corps du chevalier s'étaient résorbées, mais il était en train de glisser vers l'oubli, il renonçait à lutter.

— Ce n'est pas fini ! dit la reine.

Elle ramassa un bouquet de jusquiame aux fleurs jaunes rayées de pourpre, rapporté par le faucon de Till, et entreprit de le piler contre un galet. Ses longs cheveux collant à ses joues et son cou, les lèvres serrées, elle broya la plante jusqu'à en obtenir une pâte qu'elle mêla à un peu d'eau.

— Aide-moi ! ordonna-t-elle au pisteur.

Till saisit fermement la tête du chevalier et ouvrit ses mâchoires en forçant, tandis que Lliane versait dans sa gorge l'épaisse bouillie.

— Ça va le calmer, murmura-t-elle. Ça va le guérir…

Till hocha la tête sans rien dire. Il savait que la jusquiame n'était pas seulement un calmant. Depuis toujours, les mages et les devins de toutes les communautés elfiques connaissaient ses propriétés vaticinatoires et l'utilisaient avec parcimonie pour provoquer leurs visions. Il savait également – comme Lliane – que la jusquiame, à trop forte dose, était un poison.

Il tint la tête du chevalier jusqu'à ce qu'il déglutisse et avale la mixture. Puis il battit en retraite et observa en silence l'effet de la médecine.

Uter ouvrit les yeux. Lliane était là, sous la voûte de feuilles. Son étrange regard en amande d'un vert presque jaune le caressait, et ses lèvres formaient des mots qu'il ne connaissait pas. Il n'avait plus mal. Les mille aiguillons qui le mettaient au martyre avaient disparu. La fièvre était retombée, et il baignait dans une torpeur infiniment agréable.

La reine posa sur son front un linge humecté d'eau de chêne, puis l'essuya de ses mains. Uter sourit, parvint à lever le bras pour lui saisir l'épaule et la rapprocher doucement de lui.

— Ma reine, murmura-t-il.

Mais elle lui posa un doigt sur les lèvres.

— Tu reviens, dit-elle. Tu reviens pour moi…

Uter l'attira encore et leurs corps se touchèrent. Peau contre peau.

Lliane était nue, comme lui, étendue de tout son long sur le corps massif du chevalier, aussi légère qu'un souffle d'air frais. Il la caressa en fermant les yeux, de peur de briser le charme, ne les rouvrant que lorsqu'il sentit les cheveux de l'elfe effleurer ses joues. Lliane lui souriait toujours, et ce fut elle qui se pencha pour l'embrasser. Sa peau, sur son ventre, était aussi douce que du velours.

Till sourit et jeta un coup d'œil vers la reine, accroupie à côté de lui contre le tronc du saule, les genoux serrés entre ses bras.

— Je crois que je sais à quoi il rêve, ma reine, murmura l'elfe vert.

Lliane ne répondit pas. À la lueur du feu de brindilles, ses yeux brillaient comme de l'or dans le bleu argenté de son visage. Et son regard était fixé sur Uter.

Le seigneur Rassul était parti droit devant lui, sans réfléchir, de ses longues enjambées aussi vives que le galop d'un cheval, si prestement que seul Assan, son elfe lige, put remarquer son départ.

Lame et les chevaux libres étaient revenus la tête basse au campement de Llandon, le pas lourd, chargés du poids des mauvaises nouvelles. Honteux et inquiet, l'étalon blanc aimé du roi peina à leur avouer la mort du page Llewelin, l'échec de la compagnie à Kab-Bag et leur embarquement vers les marais, sur de mauvais radeaux, accompagnés seulement de chevaux de bât sans âme et sans courage…

Nul n'avait posé de question. Les seules paroles de Llandon avaient été pour réconforter Lame et ses compagnons, mais Rassul avait senti peser sur lui le poids de ce silence. Si la reine Lliane avait poursuivi son chemin vers les marais et au-delà, c'est qu'elle était sur la piste de Gael, assez convaincue de sa culpabilité pour s'aventurer dans une aussi dangereuse traversée... Llandon n'avait rien dit, mais le déshonneur de Gael pesait sur tous les elfes gris, et plus particulièrement sur lui, leur roi. Pauvre roi sans royaume et sans pouvoir, risée de ces nains ridicules, pleins de morgue et de mépris, qui réclamaient justice et agitaient leurs haches de bourreaux, encore dégoulinantes du sang de son peuple ! Et s'ils retrouvaient Gael, faudrait-il le livrer en implorant leur pardon ? Et s'ils ne le retrouvaient pas ? Et si Lliane était tuée ?

Rassul courait toujours, indifférent aux branches qui giflaient son visage, sous les premiers flocons de neige de l'hiver. Il courait en pleurant, de honte et de rage, et les larmes gelaient sur son visage glacé. Il courut jusqu'aux berges du lac, jusqu'à ce que l'eau sombre et les roseaux brisent son élan. Et alors il s'abattit comme une masse dans l'eau glaciale, cédant à ce désespoir absolu qui souvent broyait les elfes jusqu'à l'anéantissement.

Quand enfin Assan le rejoignit, le roi des elfes gris rampait dans la vase des berges, suffoqué par ses pleurs, poussant de longues plaintes qui lui brisèrent le cœur. Il pataugea jusqu'à lui, le saisit sous les épaules et le traîna doucement à la rive, où Rassul se terra dans ses bras jusqu'à ce que ses sanglots se tarissent.

La nuit tomba ainsi sur les deux elfes enlacés, mouchetés de neige et luisants de givre, pareils à un rocher baigné des eaux du lac.

XIII

Un jour de brume

La plainte sonore des engoulevents, ces prédateurs nocturnes de la longueur de la main dont les plumes ressemblent à de l'écorce, se tarit avec l'aube, et Tsimmi réalisa qu'il avait à peine dormi. C'était l'heure grise du petit jour, les marais étaient parfaitement silencieux. Immobiles. Figés entre ciel et eau dans la même brume terne et fade.

Le nain contempla les corps de ses compagnons, enroulés dans des couvertures. Freïhr n'était pas là. Il jeta un coup d'œil vers le saule aux branches étrangement tordues qui formaient une cabane naturelle. La reine des elfes, décidément, avait d'étranges pouvoirs…

Du bout de la botte, il cogna Miolnir qui se réveilla avec un grognement.

— Par ma barbe ! fit-il en se redressant sur son séant, promenant autour de lui un regard morne. Je rêvais que j'étais chez moi, dans les montagnes, sur mon lit de fourrures !… Quel pays !

Tsimmi approuva d'un hochement de tête. Les marais représentaient tout ce qu'un nain pouvait détester : le froid, l'humidité, la nature sauvage et presque pas de terre ferme pour y poser le pied. Un pays haïssable en tout point.

Il se leva sur ses courtes jambes, se massa longuement le dos et entreprit de peigner sa barbe à l'aide d'une brindille (on insiste rarement sur ce sujet, mais les nains sont assez soucieux de leur apparence). Puis il se frotta les dents avec la même brindille, se rinça la bouche d'une gorgée d'eau et fouilla dans son sac à la recherche de quelque chose à manger.

— Il va falloir songer à chasser, dit-il. On n'aura bientôt plus que des biscuits d'avoine…

Rogor et Blade s'étaient également réveillés, tout aussi maussades.

— Le bon jour, mes doux sires ! lança-t-il avec une révérence assez pataude. Quelle belle journée ! Un vrai temps d'elfe, les pieds mouillés et la pluie sur la tête !

Blade leva les yeux vers le ciel et haussa les épaules.

— Tu dis n'importe quoi, le nain. Il ne pleut pas…

— Et alors ? Ça va venir ! Depuis qu'on est partis, il pleut, il neige et on est trempés. Pourquoi ferait-il beau ?

— Ah, tais-toi… Tiens, je préfère aller pisser.

Le voleur repoussa ses couvertures, se redressa souplement et s'éloigna dans les fourrés.

Au même moment, le rideau de feuilles formé par le saule frémit, et la reine Lliane en sortit, suivie de Till et de son chien.

— Regardez qui voilà ! dit Miolnir. Un revenant !

Le pisteur lui jeta un regard sombre, mais Tsimmi s'avança au-devant de la reine avec un sourire jovial.

— Vous l'avez sauvé ? s'exclama-t-il, admiratif et incrédule en examinant le pisteur d'un œil de spécialiste. J'aimerais bien que vous m'appreniez comment… Et Uter ?

— Ça va !

Tsimmi fit un pas de côté et découvrit derrière la reine la haute stature d'Uter le Brun, encore vacillant, mais en vie.

— Ça va, répéta le preux. Ça va aller…

— Mon ami ! murmura le nain en trottinant vers Uter pour lui prendre les mains. Je suis bien content !

Le chevalier lui rendit son sourire, mais son teint grisâtre et son air défait ne plurent guère au maître maçon.

— Attends, dit-il en ramassant l'une de ses précieuses besaces. J'ai là un remède qui te rendra des forces…

Il redressa la tête et lança un clin d'œil complice au chevalier.

— C'est-à-dire… Si la reine veut bien !

Lliane laissa échapper quelques notes d'un rire argentin.

— Maître Tsimmi, si vous avez de quoi nous redonner des forces, je serai votre première cliente !

Tsimmi se rengorgea, tout content, mais un cri étouffé l'immobilisa net.

— Paix ! souffla Blade, accroupi dans les broussailles. Quelqu'un vient !

D'un seul mouvement, tous saisirent leurs armes et se jetèrent à l'abri, qui d'un tronc d'arbre pourri, qui d'un buisson ou d'une butte de terre. Tapi derrière un gros rocher, sa fronde à la main, Tsimmi se rongea les lèvres, tous les sens aux aguets. Soudain, le craquement d'une branche, tout proche, le fit sursauter et il se retrouva nez à nez avec le gros visage de Freïhr, effrayant sous sa carapace de boue séchée.

— Bouh ! cria le barbare en roulant de gros yeux.

— Par le sang, seigneur Freïhr, ce n'est pas drôle ! protesta Tsimmi en portant la main à son cœur.

Le guerrier sourit et s'avança jusqu'au milieu du bosquet, satisfait de sa plaisanterie, mais aussi de la démonstration qu'il venait de faire de son habileté à progresser en terrain broussailleux.

Voyant Uter adossé à un arbre, occupé à se laver le visage à l'eau claire, le barbare sourit encore un peu plus.

— Tu n'es plus malade, dit-il en lui donnant dans le dos une claque qui faillit le projeter à terre. Freïhr est bien content.

— Merci, mon ami, dit Uter avec un sourire las. La reine Lliane a bien des talents…

L'elfe remercia Uter d'un bref sourire, puis se détourna pour achever de s'équiper. Le regard du chevalier restait accroché à elle, sans qu'il parvienne à s'en détacher. Le souvenir de la nuit enfiévrait encore son esprit, mais l'attitude distante de Lliane l'emplissait de doute. Se pouvait-il qu'il ait rêvé ? Non, c'était beaucoup plus précis qu'un rêve. Il se souvenait encore du goût de ses lèvres, de la chaleur de sa peau ; les rêves ne donnent jamais de telles sensations.

— Tu as vu quelque chose ? demanda Blade.

Le barbare s'accroupit, l'épée entre les jambes. D'un seul coup, son front était redevenu grave. Tous les regards convergèrent vers lui, y compris ceux des trois nains postés un peu à l'écart, en sentinelle.

— Il y a des huttes, plus loin, à une heure de marche, révéla-t-il en tendant le bras vers le nord. J'ai vu quelques elfes, ce matin, mais uniquement des femmes et des enfants. Les autres doivent se cacher…

— Oui, ou nous préparer une embuscade, fit Tsimmi.

— À vous, peut-être, mais pas à moi ! lança Blade d'un ton confiant. Il me suffit d'y aller et de leur demander de nous mener à Gael, voilà tout !

— Voilà tout, oui, grogna Miolnir. Et on tombera tous dans leurs sales pattes, comme du gibier !

Till réagit à l'insulte proférée contre les elfes gris, mais la main de la reine se posa aussitôt sur son bras.

— Il est vrai, reconnut-elle, que nos amis nains ne sont pas les bienvenus à Gwragedd Annwh. Et comme je pense que vous ne serez pas d'avis de nous laisser chercher Gael, je ne crois pas que nous ayons le choix…

— Vos paroles sont la sagesse même, approuva Blade en s'inclinant vers l'elfe avec une déférence de circonstance. Pourquoi les elfes gris me feraient-ils du mal, alors que j'apporte à leur seigneur la prospérité ?

Le voleur se tut, laissant à chacun le temps de la réflexion.

— Bien, c'est dit ! Si messire Freïhr accepte de me guider, nous retrouverons Gael et je mènerai ma transaction, comme prévu. Après, je vous le laisse…

Freïhr renifla et se dandina d'un pied sur l'autre. Il chercha du regard Uter, qui s'avança lentement jusqu'à eux. Il avait abandonné son armure, trop lourde et trop bruyante pour les marais, et n'avait conservé que son camail de fer tressé, couvrant son cou et ses épaules. Ses bras et ses jambes n'étaient plus protégés que par une simple cotte de mailles. Une longue cotte d'armes de drap teinté de grosses rayures horizontales bleues et blanches recouvrait le tout, des épaules jusqu'aux chevilles, et se balançait au rythme de ses pas. Uter prit le temps de boucler le baudrier qui retenait à son flanc sa lourde épée avant de lever les yeux vers Blade le voleur.

Les deux hommes se dévisagèrent en silence durant de longues secondes. Uter était encore pâle, le visage recouvert d'une mauvaise sueur froide, les traits tirés, les sourcils roussis par les flammes et les joues mangées par une barbe de trois jours. En y regardant bien, les runes que la reine Lliane avait tracées à la cendre sur son front et ses pommettes étaient toujours visibles. Le fier chevalier qui avait quitté Loth sous les acclamations de la foule n'était plus que l'ombre de lui-même, hormis l'éclat sombre de ses yeux. Le corps ramassé et le regard en dessous, Blade cessa rapidement de sourire, ne comprenant pas ce qui lui valait un tel examen. Puis, brusquement, la main du chevalier s'abattit sur son épaule et le fit tournoyer sur lui-même, avant de le saisir par le col pour le jeter à terre, sur les genoux.

Avant que quiconque ait pu réagir, Blade s'arracha à la poigne défaillante du chevalier et se redressa, la main déjà armée de l'une des nombreuses dagues de jet qu'il cachait dans son dos. Il comprit aussitôt son erreur.

Au réveil, il avait négligé d'enfiler son long manteau gris. Le chevalier avait eu le regard attiré par cette sombre rangée de dagues passées à la ceinture du maître voleur, et son sang s'était glacé en reconnaissant la facture des armes.

Blade jeta un rapide coup d'œil à la ronde, son poinçon toujours tendu devant lui. Le chevalier n'avait pas tiré son épée. Les elfes n'avaient pas bougé et l'observaient en silence, mais les nains tenaient toujours leurs chères haches en main. Freïhr se rapprochait dangereusement.

— Qu'est-ce qui te prend ? cria le voleur d'un ton moins assuré qu'il ne l'aurait voulu.

— Mon frère d'armes a eu la gorge percée, il y a moins d'une semaine, par une dague semblable aux tiennes, dit Uter.

— Et alors ! Tout le monde en a, des dagues !

— Oui, mais il en manque une à ta ceinture…

Blade commit une seconde erreur, celle de vérifier.

— C'est toi qui as tué Rodéric, n'est-ce pas ?

Le voleur n'eut pas le loisir de répondre. Un hurlement bestial le fit sursauter, et il eut juste le temps de se jeter de côté pour échapper à la charge furieuse de Freïhr. Blade roula à terre et se redressa dans le même mouvement, avec une souplesse inouïe. Avant même que le colosse se soit retourné, il projeta sa dague droit sur lui et fonça à corps perdu dans les buissons. Pendant quelques secondes, il perçut les cris du groupe et les hurlements de Freïhr. Puis il n'entendit plus que le vacarme d'un poursuivant, derrière lui, si bruyant que ce ne pouvait être qu'un nain. Blade força encore l'allure, et il n'y eut bientôt que le bruit de sa propre course. Alors seulement il osa regarder en arrière. Il était seul.

Hors d'haleine, les tempes en feu, il se laissa tomber à terre, l'esprit vide. Les cris de Freïhr montraient assez bien qu'il avait raté sa cible. Une maladresse inconcevable pour un maître voleur habitué à dominer ses nerfs… Quand il eut repris son souffle, il se releva et inspecta les alentours. Rien que des buissons d'ajoncs, quelques aulnes rabougris, des touffes de fougères. Pas de ciel, pas de vue… La brume s'était maintenue, et le froid commençait à le saisir. Il n'avait ni vivres, ni manteau, pas d'autres armes que ces maudites dagues qui l'avaient trahi.

— Qu'ils crèvent, grogna-t-il. Qu'ils crèvent tous comme des chiens !

Blade réprima une quinte de toux, les poumons en feu tant il avait couru. C'était fini. Il fallait quitter ce pays maudit, retrouver le marais et attendre jusqu'au soir, en espérant qu'Oisin le passeur serait au rendez-vous.

— Sacredieu !

Il venait de s'apercevoir qu'il n'avait plus sa besace : il n'avait donc rien sur lui qui puisse passer aux yeux du gnome pour un contre-poison. Tant pis, qu'il crève, lui aussi.

Blade se mit en marche vers le tronc blanc d'un peuplier émergeant d'un rideau de fougères et d'ajoncs chargés de fleurs jaunes. En y grimpant, peut-être pourrait-il se repérer et revenir jusqu'au ponton...

Il dégaina l'une de ses dagues et se fraya un chemin dans les longues tiges des fougères, pataugeant à nouveau dans la fange tourbeuse du marais. La dague était une arme d'estoc et non de taille, et sa lame n'avait d'autre effet que d'écarter le rideau végétal sans l'entamer, mais les grands coups rageurs que donnait le maître voleur apaisaient sa hargne.

Soudain, un piaillement aigu le fit sursauter. Ramassé sur lui-même, retenant son souffle, il scruta le ciel, guettant le gerfaut de Till. Le brouillard était trop épais, mais peut-être était-il là, à tournoyer au-dessus de lui... Une fois encore, le cri aigu retentit, tout près cette fois, à ras de terre. Blade pointa sa dague vers l'insondable rideau des fougères et recula, le souffle court, jetant de vifs coups d'œil autour de lui.

Au moment où il s'élançait pour fuir à nouveau à toutes jambes, une main empoigna son bras et le projeta dans la vase. Blade hurla, rampa dans la boue noire et parvint à se retourner vers son agresseur.

Ils étaient dix, peut-être plus, maigres à faire peur et le visage gris.

— Alors ? demanda Tsimmi en voyant revenir Miolnir.

Dès qu'il croisa le regard furieux et honteux de son ami, il sut que sa question était inutile. Les nains étaient de redoutables guerriers en combat rapproché, les terribles moulinets de leurs lourdes haches faisant des ravages à hauteur des hanches de la plupart de leurs adversaires, mais ils ne donnaient rien de bon quand il fallait courir, ainsi que tout le monde le savait bien. Non seulement Miolnir s'était rapidement fait distancer, mais de plus il s'était perdu dans ces marais écœurants envahis d'ajoncs et de bosquets d'osier qui, vu sa taille, formaient un véritable écran tout autour de lui. Il s'était perdu et il avait eu peur (sentiment désagréable pour un chevalier nain d'une telle réputation).

— Aussi, pourquoi n'a-t-il rien fait, lui ? cria-t-il en désignant Till. Jamais là quand il y a du danger ! Tu parles d'un pisteur !

Till pâlit sous l'insulte et, ramassant son arc, saisit une flèche dans le carquois fixé à sa ceinture. Déjà, son chien s'avançait en grognant vers le chevalier nain, le poil hérissé tout le long de son échine. Le gerfaut prit aussitôt son envol, prêt à fondre sur leur adversaire pour l'aveugler à coups de bec et de serres.

— Nous avons tous été surpris par la réaction de Blade, intervint doucement la reine Lliane sans faire un geste pour s'interposer entre l'elfe vert et le nain.

Till et le chevalier nain sentirent leur rage mortelle s'estomper. Il y avait quelque chose dans la voix de l'elfe qui apaisait l'âme et vous forçait à l'écouter.

— Vous avez été le seul, seigneur Miolnir, à être assez prompt pour lui donner la chasse, poursuivit la reine.

— Ha !

Le guerrier nain se rengorgea et releva fièrement son menton (c'est-à-dire que sa barbe eut une sorte de frémissement d'orgueil). Il toisa le pisteur et son chien avec une moue méprisante, leva un œil négligent vers les cieux où planait le gerfaut, leur tourna le dos en ricanant et rejoignit Rogor.

Le silence retomba sur la compagnie. Un silence de brume, épais et ouaté, lourd de paroles non prononcées et de questions sans réponses. Ce fut Miolnir, à nouveau, qui céda le premier.

— Alors, par le sang, qu'est-ce qu'on fait ?

— Eh bien, voilà la question, murmura Tsimmi, qui essayait vainement de battre son briquet pour allumer son habituelle pipe de terre blanche.

Il y renonça, et rangea pipe et briquet dans sa besace avant de réaliser que tous avaient les yeux fixés sur lui, comme si sa simple phrase en faisait le porte-parole des noires pensées du groupe tout entier. Regards fuyants, fronts soucieux, lèvres closes.

— Bon, dit le maître maçon en se levant. Voici où nous en sommes : si les soupçons de messire Uter sont fondés – et la fuite même de Blade en est, il me semble, une preuve suffisante –, l'homme qui devait nous conduire jusqu'à Gael nous suivait en fait probablement depuis notre départ de Loth. Il a tué le seigneur Rodéric, il a bien failli réserver le même sort à messire Freïhr (et là il souligna son propos en hochant la tête vers le barbare, qui pressait encore contre sa joue profondément balafrée par la lame du maître voleur une compresse de sphaigne), et s'il savait vraiment où se trouve le seigneur Gael il ne nous le dira plus, maintenant… Donc…

— Donc il nous faut aller au village que Freïhr a repéré, et demander l'aide des elfes gris, conclut la reine Lliane. J'irai leur parler. Ils m'écouteront…

— Pardon, fit Tsimmi, je poursuis. Donc, disais-je, la question qui se pose est : Pourquoi cet homme nous suivait-il et pourquoi…

— Donc il est clair que ces pitreries ont assez duré !

La voix puissante du seigneur Rogor les pétrifia. Dressé de toute sa taille (et elle était considérable pour un nain), les jambes solidement plantées sur le sol, il se défit de sa tunique de page rouge, marquée des runes du roi Baldwin et souillée de la vase du marais, et la jeta à terre. Puis il dégagea de sa ceinture un fer de hache de dimensions redoutables et le fixa sur le solide manche de cognée que Miolnir, respectueusement placé deux pas en arrière, lui tendait.

— Oh, non, murmura Tsimmi, coupé net dans son discours.

Malgré lui, il chercha des yeux Uter, puis la reine. Le chevalier semblait fasciné par chacun des gestes de Rogor, mais Lliane le regardait, lui, Tsimmi, avec un air de reproche, de douleur et de lassitude qui déchira le cœur du maître maçon.

— Je suis Rogor, neveu du roi Troïn, et héritier du trône sous la Montagne noire ! dit le grand nain de sa voix terrible en assujettissant la lourde hache à deux mains. L'elfe Gael a tué mon oncle, et je le vengerai !

Il écarta sa longue barbe rousse et révéla son armure ornée d'un blason noir frappé d'une épée dorée.

— Dwalin ! Dwaaalin !

— Longue vie, longue barbe, terreur de ses ennemis ! lança Miolnir derrière lui d'une voix un peu exaltée, à la stupeur de Tsimmi.

Uter, abasourdi et dépassé par les événements, chercha des yeux l'aide de ses compagnons. Il frémit en découvrant que Till tenait son arc prêt, une flèche encochée. La reine elle-même semblait sur le point de dégainer sa longue dague elfique, mais son visage, surtout, et l'expression de défiance sauvage qu'elle affichait à cet instant stupéfièrent le chevalier.

— Messire Uter !

Le jeune preux se rapprocha du prince Rogor.

— Sur ma foi, c'est à moi qu'on a fait du tort ! dit le nain. Toi, compagnon, tu as été dépêché par le Grand Conseil dans un seul but : châtier l'elfe meurtrier. Aussi tu dois m'aider, et toi aussi, seigneur Freïhr… Car, si nous ne vengeons pas les mânes de mon oncle, je n'aurai pas d'autre choix que de lancer sur le peuple de l'assassin le Courroux des nains !

Comme Freïhr le regardait de son air habituel (c'est-à-dire qu'il semblait ne rien comprendre à la diatribe du nain), Rogor frappa le sol de sa hache formidable.

— La guerre !

Derrière lui, Miolnir dressa fièrement sa propre cognée, les yeux brillants d'excitation.

— La guerre ! La guerre !

— L'elfe Gael doit être châtié, et c'est ce qui sera fait, avec ou sans vous ! Le sang lavera l'injure ! Ce n'est que justice ! C'était la décision du Conseil ! Il faut marcher droit sur le village de ces chiens et les forcer à nous le livrer !

L'injure noua les tripes de Tsimmi, qui se tourna à nouveau vers la reine pour tenter d'atténuer les propos de Rogor, mais le visage de l'elfe le terrifia. Le souvenir fulgurant des légendes effrayantes et merveilleuses qu'on lui racontait autrefois à la veillée lui traversa l'esprit. Les fées-dragons aux yeux qui brûlent, vampires livides, mirages froids, sortilèges mortels, flèches d'argent. La reine, à cet instant, semblait tout droit sortie de l'un de ces horribles contes. L'elfe de la nuit, serpent glacé qui vient dévorer les pauvres nanillons encore au berceau, ou qui vous agrippe de ses doigts bleus et vous broie le cœur si vous vous risquez seul dans la forêt…

Comme deux fauves, fixant de leurs yeux jaunes le groupe des nains, Lliane et le pisteur s'avançaient vers eux d'un pas glissant, imperceptible, le visage déformé par un rictus bestial, les lèvres retroussées sur leurs dents tels les vampires de la légende, dont la beauté féerique se transforme d'un seul coup en une hideur mortelle.

Uter et Freïhr leur tournaient le dos, essayant désespérément de parlementer avec Rogor. Leurs paroles étaient couvertes par Miolnir, inconscient et fanfaron, qui chantait à pleine gorge le vieux péan des nains sous la Montagne noire :

Om, Om, Ghâzar-Run,
Or et fer,
Tambour tonne
Roule le vent
Mort et guerre

Tambour tonne
Ghâzar-Run

Vacarme ridicule.

Tsimmi, terrifié, recula précipitamment et chuta sur le sol tourbeux. La reine était tout près de lui, avançant sans lui jeter un regard, comme s'il n'existait pas, les yeux fixés sur le groupe des guerriers. Dans la brume rampante et les hautes herbes qui masquaient ses pieds, elle avait l'air de flotter au-dessus du sol, blême et silencieuse. Un fantôme… Les yeux du nain furent attirés irrésistiblement par la lame d'argent d'Orcomhiela, la longue dague à double tranchant que l'elfe pointait devant elle, à ras de terre. Il chercha à tâtons une arme à sa ceinture : son marteau de guerre était hors de portée, posé sur ses bagages. Puis Miolnir hurla, le doigt tendu vers les elfes, et tous se retournèrent d'un bloc, à l'instant où Till décochait sa flèche. Tsimmi eut le temps de voir Uter et Freïhr se jeter en avant vers le pisteur. Il perçut encore le cri de Miolnir à l'instant où la flèche lui traversait la main, puis la reine s'élança à l'attaque et le maître maçon se jeta dans ses pieds pour la faire chuter.

Lliane tomba à plat ventre, perdit sa dague et se retourna telle une furie, dardant sur lui ses yeux jaunes de bête fauve. Tsimmi était déjà debout, la dominant de sa petite taille, une simple poignée de terre à la main. Il la lança sur elle et frappa violemment du pied sur le sol. Lliane ferma les yeux quand la pluie de terre lui gifla le visage. Dès qu'elle les rouvrit, elle croisa son regard et vit le nain secouer la tête avec une expression désolée. L'instant suivant, une levée de terre noire et boueuse jaillit jusqu'à la cime des arbres dans un grondement assourdissant, puis s'abattit sur la reine et l'engloutit.

XIV

Les elfes gris

Dans la plaine, la neige n'avait cessé de tomber depuis deux jours. À perte de vue, tout était blanc, et le lac lui-même se couvrait de plaques de glace. Seuls les remparts de Loth et, au-delà, les tours du palais, visibles à des lieues, tranchaient sur le paysage immaculé. Le sénéchal-duc Gorlois, emmitouflé dans une cape de fourrure et chaussé de brodequins épais en cuir clouté, se laissait bercer sur sa selle, savourant le silence opaque de la première neige, la résonance ouatée des pas de son cheval, le cliquetis à peine perceptible des armes de son escorte. La tête ceinte d'un chaperon de velours rouge rehaussé d'un liripipion, longue bande de tissu qui s'entortillait autour de la coiffe pour redescendre autour de son cou à la façon d'une écharpe, les mains protégées par de hauts gants de cuir doublés de fourrure, il ne ressentait du froid qu'un agréable engourdissement du visage, vivifiant, piquant, au contraire de ses gens d'armes qui grelottaient dans leurs hauberts aux mailles gelées.

Gorlois se sentait bien.

À perte de vue, c'était la terre des hommes. Dans sa jeunesse, la forêt s'étendait encore jusques aux portes de Loth, alors simple bourgade fortifiée, mais les paysans libres et les serfs avaient brûlé les bois, défriché, labouré les champs et bâti des villages. Le royaume de Logres était devenu immense, plus puissant que Pellehun et lui ne l'auraient jamais rêvé.

— Messire ! Les voilà…

L'apostrophe du cavalier qui ouvrait la marche tira le sénéchal de ses pensées. Il piqua des deux et son cheval prit le petit trot, dépassant son escorte pour se porter au-devant du seigneur Rassul, roi des elfes gris des marais, qui l'attendait au bord du lac. Gorlois leva la main droite en signe de salut, puis mit pied à terre avec moins de prestance qu'il ne l'aurait souhaité. Les années commençaient à peser…

Rassul, ainsi que le sénéchal le lui avait recommandé, était venu seul au rendez-vous, accompagné uniquement de son elfe lige, Assan, lequel ne semblait armé que d'une longue perche démunie de fer, pas même taillée en épieu.

Les deux elfes, immobiles sur les berges du lac, pâles et minces, étaient seulement vêtus, à leur habitude, de leurs longues robes de moire, et Gorlois eut froid pour eux.

Il jeta un coup d'œil en arrière, vérifiant que ses gardes restaient à distance, puis ôta son gant et tendit la main au roi.

— Merci, seigneur, d'avoir répondu à mon message, dit-il en inclinant la tête avec humilité.

— Eh bien ?

Gorlois s'avança encore et prit familièrement l'elfe par le bras. Seigneur Dieu, il n'était même pas armé ! Pas même une dague !

L'espace d'un instant, le vieux guerrier joua avec l'idée de lancer son escorte sur les deux elfes et de les tuer, là, sur les berges. Ce serait facile. Il suffirait de jeter leurs corps dans le lac. La glace ne les rendrait qu'au dégel, et les elfes gris n'auraient plus de roi…

— Alors ? insista Rassul.

Gorlois lui sourit et l'entraîna à l'écart.

— Seigneur, j'ai reçu des nouvelles de notre délégation. Par pigeon voyageur, en provenance de Kab-Bag.

— Oui, eh bien ?

— Le roi Pellehun et moi-même avons pensé que vous deviez être informé avant que le Grand Conseil tienne séance. Car il devra se réunir à nouveau, avant même que la reine Lliane et nos légats reviennent à Loth… Ce sont de mauvaises nouvelles, je le crains.

Rassul s'arrêta et arracha son bras de l'emprise de Gorlois.

— Ils ont retrouvé Gael ?

— Non, pas encore… Mais ils ont la preuve de sa culpabilité. J'ai bien peur que les nains n'aient dit vrai, seigneur. Gael est sûrement le meurtrier du roi Troïn.

— Par le sang !

L'elfe gris donna un coup de pied rageur dans un buisson chargé de neige, projetant un nuage blanc dans les airs, et jura longuement dans sa langue, un dialecte elfique des marais que Gorlois ne connaissait pas. Il jeta un coup d'œil en arrière vers Assan, qui piaffait comme un étalon dans une stalle, inquiet de la fureur de son maître. Gorlois réprima un sourire, se demandant quelle était la nature exacte des liens qui unissaient Rassul à son elfe lige. On disait que chez les elfes les sexes étaient parfois mal définis… Puis il reprit un air de circonstance et reporta son attention sur le seigneur des marais.

— J'entends déjà Baldwin et sa cour ! pesta Rassul. Personne ne croira que Gael ait agi de son propre fait, ou pour le compte de qui que ce soit d'autre. Non, on dira que c'est moi, le responsable ! Moi, le commanditaire du meurtre de Troïn ! Encore et toujours, tout est la faute des elfes gris !

Gris, Rassul l'était totalement. Ses longs cheveux non tressés lui dessinaient une crinière argentée qui coulait dans son dos comme une cascade gelée et qu'on distinguait mal de sa peau d'un bleu exsangue. Voûté, le corps étroit, les membres longs, Rassul avait un visage dur, aigu, aux arcades et aux pommettes saillantes. Il pouvait sembler beau, comme tous les elfes, mais à cet instant sa maigreur et sa rage le rendaient plutôt effrayant.

— Seigneur, nous tenons avant tout à éviter un conflit, reprit Gorlois avec onctuosité. Et nous redoutons que votre présence, au Grand Conseil, ne déclenche l'hostilité des nains.

Il s'interrompit un moment, comme pour chercher ses mots.

— Voilà pourquoi, seigneur, je vous conseille de fuir…

— Quoi ?

Les yeux écarquillés, les lèvres blanches, Rassul le regardait, près de suffoquer.

— Fuir devant des nains…

— Vous avez vu le vieux Baldwin, la dernière fois… On aurait dit qu'il était décidé à déclencher une guerre.

— Qu'il le fasse ! hurla Rassul. Bouffeur de pierres ! Nabot ridicule ! Cette fois, nous ne nous laisserons pas faire ! C'en est fini du temps où les elfes se traînaient dans la vase, terrifiés par leurs galopades !

— Seigneur, je vous en conjure, laissez le Conseil se charger…

— Non ! C'est fini ! Toute cette histoire pue le complot. Les nains sont comme ça, toujours à dresser des plans, toujours à s'entre-tuer pour leurs maudites montagnes. Eh bien, ça suffit ! Ils ne se serviront pas de nous !

— Mais, seigneur, les elfes gris ne pourraient jamais résister au Courroux des nains ! Ce serait votre perte !

— Ah, tu crois ?

Rassul empoigna le vieux sénéchal par sa cape de velours et l'attira à lui, dans un geste d'une telle violence que Gorlois se sentit décoller du sol et faillit perdre l'équilibre.

— Pour ma part, siffla l'elfe avec un regard insane et meurtrier, j'aimerais voir ça…

Près des chevaux, les gardes de l'escorte réagirent aussitôt. Certains avaient déjà dégainé leur épée, prêts à se ruer à l'assaut, mais le grand elfe lâcha Gorlois et, criant quelque chose à son comparse dans leur langue impossible, ils s'enfuirent à longues enjambées, aussi rapides que le galop d'un cheval.

Le capitaine des gardes se précipita vers le sénéchal, à genoux, prostré dans la neige. Il tendait les mains pour l'aider à se relever lorsqu'il s'immobilisa, décontenancé.

Plié en deux dans la neige, le corps secoué de spasmes, Gorlois riait.

Quand Tsimmi reprit concience, l'air était encore chargé d'escarbilles, obscurci et irrespirable. À demi enseveli par l'effroyable levée de terre qu'il avait déclenchée, le nain eut du mal à se dégager. Il toussa, cracha, rejeta son capuchon vert en arrière pour ébouriffer ses courts cheveux bruns, puis il épousseta tant bien que mal de ses mains pataudes son haubert maculé de tourbe. Ses doigts glissèrent sur l'une des nombreuses besaces qu'il portait à la ceinture, et il en sortit avec un gémissement désolé sa chère pipe de terre cuite, qui n'avait pas résisté au séisme. Il jeta au sol le tuyau brisé, conservant tout de même le fourneau, et, d'un pas mal assuré, s'écarta du nuage de poussière. Ses jambes le faisaient encore souffrir depuis les coups reçus à Kab-Bag, le sortilège l'avait vidé de ses forces, aspirant jusqu'au tréfonds de son être ses moindres parcelles d'énergie vitale.

Parvenu près d'un gros rocher, à quelques toises du magma terreux, il s'assit avec un soupir plaintif et contempla son œuvre.

Il ne restait rien de la clairière dans laquelle ils avaient passé la nuit. Le saule à moitié arraché laissait voir ses racines, et le sol haché, retourné comme par le soc d'une charrue formidable, avait enseveli la reine sous un amoncellement titanesque de tourbe, d'herbe et de roches. À cette pensée, le nain se remit sur ses pieds et se plongea à nouveau dans le nuage terreux qui obscurcissait encore toute la scène. Pendant un moment, il ne vit rien, et son cœur se serra à l'idée qu'il les avait peut-être tous tués, les hommes, les nains et les elfes, qu'il restait seul, sans vivres et sans armes, trop épuisé pour pouvoir user de magie avant de longues heures et incapable de s'orienter dans cet immonde pays de marécages.

Puis il perçut l'éclat mat d'une armure.

À genoux, se servant de sa cuirasse comme d'une pelle, Uter fouillait la terre frénétiquement, le visage noir de poussière et zébré de rigoles de sueur. À son côté, Freïhr creusait, lui aussi, avec des « han » de bûcheron, arrachant d'énormes mottes qu'il rejetait derrière lui à une cadence prodigieuse. La joue en sang, ses cheveux blonds maculés par la boue, ses fourrures en bataille, le barbare ressemblait ainsi à un ogre ou à un géant. Tsimmi s'arrêta à quelque distance, n'osant s'approcher davantage.

Mais le barbare l'aperçut.

— Tsimmi ! Nain stupide ! C'est toi qui as fait ça ?

Uter tourna la tête et, le voyant, il bondit sur ses pieds et le crocheta au collet.

— C'est toi qui as fait ça ? dit-il à son tour.

Tsimmi, presque étranglé, gargouilla une vague réponse que le chevalier ne prit pas la peine d'écouter.

— Sors-la de là !

Il précipita le nain à terre et Tsimmi, piqué au vif, se redressa aussitôt, dans un sursaut d'orgueil, le visage mauvais et les poings serrés.

— Je ne peux pas ! cria-t-il. Qu'est-ce que tu crois ? Que je peux faire et défaire le monde à l'envi ? Eh ben, non ! Je ne peux pas !

À nouveau, Uter l'attrapa et le jeta à terre sans ménagement.

— Alors, creuse !

Sans un mot, les trois compagnons se mirent au travail, déblayant le chaos de terre et de pierres avec sauvagerie, épuisant leur rage en un combat silencieux et acharné.

— Là, regarde ! cria tout à coup Freïhr.

Tsimmi se releva trop brusquement, et des points lumineux dansèrent devant ses yeux. Il chancela, papillotant des paupières, saisi d'un vertige affreux alors qu'il s'efforçait de distinguer ce que le barbare désignait. Une main. C'était cela. Une main bleue, féminine, et dont les longs doigts bougeaient faiblement.

Tsimmi se laissa basculer en arrière, roula sur le sol et appuya son front sur la terre, reprenant son souffle dans l'attente que le vertige se dissipe. Lliane était vivante... Les yeux fermés, les tempes battantes et le cœur au bord des lèvres, incapable d'ordonner ses pensées, le nain se sentait assailli d'un flot de questions. Pourquoi la violence de son sortilège l'avait-elle lui-même surpris, au risque peut-être de lui coûter la vie ? Pourquoi était-il fatigué à ce point ? Avait-il vraiment voulu tuer la reine, mais alors pourquoi se sentait-il si heureux de la découvrir en vie ? Et puis où étaient Rogor, et Miolnir, et Till le pisteur ? Étaient-ils tous enfouis là ?

Lentement, avec des précautions de convalescent, il se releva et, le corps à demi fléchi, les mains en appui sur ses cuisses, il regarda les deux hommes creuser à mains nues pour dégager la reine. Il entendait Uter lui parler de façon ininterrompue, il le vit la serrer dans ses bras, l'arracher du tumulus et l'emporter, comme une enfant, hors de ce chaos minéral.

D'un pas hésitant, Tsimmi les rejoignit jusqu'à un bosquet de bouleaux et s'accroupit à l'écart, la gorge nouée par une émotion incontrôlable. Uter trempait dans une flaque un coin de son manteau pour nettoyer le visage meurtri de la reine des hauts-elfes. Adossée au tronc blanc d'un bouleau, les vêtements déchirés et les cheveux pleins de terre, saignant de mille coupures sur le visage et sur le corps, Lliane se laissait faire, sans quitter des yeux le chevalier, avec une telle insistance qu'Uter en devenait maladroit.

— J'ai eu... J'ai eu peur, ma reine, lâcha-t-il enfin.

Lliane ne répondit pas, mais ses doigts se posèrent sur les lèvres du chevalier, caressant leurs contours avant d'effleurer sa joue, faisant crisser sa barbe de deux jours. Puis les doigts glissèrent sur son cou, étreignirent sa nuque et l'attirèrent vers elle, lentement, jusqu'à ce que leurs lèvres se touchent. Uter gardait les yeux baissés, le souffle court, hors du temps. Elle caressa les lèvres du jeune homme du bout de la langue, sourit devant sa surprise (les hommes, alors, n'embrassaient pas ainsi), et s'abandonna en un baiser retenu, prolongé, infini, d'où ils émergèrent tous deux comme des somnambules, ravis, gênés, incrédules.

Freïhr lui-même, debout à quelques mètres, n'osait respirer de peur de rompre le charme, et quand ils se séparèrent, avec des sourires fuyants de jouvenceaux, le barbare se dandina d'un pied sur l'autre, hochant la tête et pouffant de plaisir. Il alla relever Tsimmi et lui administra sur les épaules une claque joviale à assommer le nain pour le compte.

— Hein ! Qu'est-ce que tu en dis ?

Tsimmi resta silencieux, trop bouleversé pour pouvoir parler. Ses yeux brillaient et sa gorge était encore nouée (une sensation peu commune pour un nain). La reine le vit enfin, et elle tendit le bras vers lui, avec un sourire.

— La folie et la mort ont failli nous emporter tous, dit-elle. Je vous demande pardon, messire Tsimmi.

Le maître maçon en hoqueta de surprise.

— Mais non, c'est moi ! C'est moi qui vous demande pardon ! J'ai bien cru…

Il ne put achever sa phrase. Le soulagement, la fatigue, l'émotion, le bonheur eurent raison de lui. Et, pour la première fois depuis des années, Tsimmi pleura à chaudes larmes.

Ils restèrent là, hébétés et heureux, jusqu'à ce que le nuage de terre se soit totalement dissipé et que leur fièvre retombe, dans l'air glacé et humide du marais. Puis, quand le froid les saisit, ils se levèrent tous d'un même mouvement et revinrent fouiller la clairière dévastée à la recherche des restes de leurs bagages ou de leurs armes.

Lliane retrouva l'arc et les flèches de Kevin, ainsi que sa dague, Orcomhiela, intacte, pas même souillée par la terre. Ils récupérèrent le casque bosselé de Miolnir, la tunique rouge que Rogor avait jetée à terre, mais aucune trace des deux nains. Ce fut Freïhr qui fit la plus macabre découverte. Le chien de Till, l'échine brisée et la langue pendante, gisait sans vie sous les décombres. Quant au pisteur et à son faucon, ils avaient disparu.

Les quatre survivants s'équipèrent en silence, évitant de s'entre-regarder, mais pour des raisons tellement diverses…

— Il faut atteindre Gael avant eux, dit Uter, puis il se tourna vers la reine : Pouvez-vous nous guider ?

Lliane eut un geste d'impuissance.

— Je ne connais pas ces régions, et j'ignore même où chercher… Mais je sais que les elfes gris m'écouteront, si nous en croisons.

— En tout cas, intervint Freïhr de sa voix puissante et calme, la piste des nains est facile à suivre… Ils vont vers les huttes que j'ai aperçues ce matin.

Tous regardèrent dans la direction qu'il indiquait, et des herbes piétinées comme par une harde de cerfs montraient assez bien le chemin des deux lourdauds.

— Ils n'ont aucune chance, murmura la reine.

— Sauf si on les rattrape à temps, dit Uter. Allons-y. Freïhr, pars en avant, éclaire notre route. Toi, Tsimmi, reste avec la reine. Je fermerai la marche.

Le barbare s'élança aussitôt, l'épée à la main, et disparut dans les broussailles. Tsimmi profita des quelques secondes de répit pour ramasser des pierres, qu'il glissa dans l'une de ses besaces. Puis il sortit sa fronde et ajusta soigneusement un caillou bien rond dans la lanière de cuir avant de se mettre en mouvement. Derrière lui, la reine avait encoché l'une des flèches de Kevin sur son arc. Elle adressa un bref sourire à Uter, puis s'accorda au pas du nain, aussi silencieuse qu'il était bruyant. Uter jeta un dernier regard sur la clairière dévastée, sourit et se mit en marche.

La compagnie progressait sans un mot, chacun étant attentif au moindre bruit, les doigts crispés sur la garde de son arme. Autour d'eux, les bosquets et les hautes herbes des marais devenaient de plus en plus denses, au point que Freïhr devait parfois tailler leur route à coups d'épée. Malgré ses talents de pisteur, il crut cent fois avoir perdu la trace des nains, mais cent fois il repéra une empreinte de botte, lourdement imprimée dans la boue gluante du marécage.

Uter, à l'arrière, sentait des bouffées de chaleur lui monter au visage et des rigoles de sueur lui couler dans le dos. La fièvre lui enserrait encore la tête et l'affaiblissait au point qu'il avait du mal à tenir droite sa longue épée. Maudit orgueil qui l'avait poussé à demeurer debout dans la nuée de moustiques et qui avait fait de lui cette ombre de combattant, à peine capable de se déplacer sans aide ! Il secoua la tête pour tenter de recouvrer ses esprits. La compagnie s'apprêtait à livrer bataille, et il fallait qu'il se montre digne de la confiance du Grand Conseil…

Soudain, il s'aperçut que Lliane et Tsimmi s'étaient immobilisés. La reine lui fit signe de se dissimuler dans les fourrés, posa un doigt sur ses lèvres, puis s'avança, courbée en deux, l'arc à la main. Elle disparut rapidement dans les hautes herbes, sans un bruit.

Uter dressa l'oreille, mais les marais étaient plongés dans un silence insupportable, sans même un cri d'oiseau, sans même un bourdonnement de moustique, comme si la nature tout entière retenait son souffle. Tsimmi se retourna vers lui avec un haussement de sourcils interrogateur, et le chevalier s'avança à croupetons jusqu'au nain. La reine était partie depuis maintenant une minute, une durée considérable dans l'imminence du danger.

— Qu'est-ce qu'on fait ? souffla Tsimmi.

Uter tendit le cou en se relevant à demi pour tenter d'apercevoir quelque chose au-dessus du rideau d'herbes, lorsque la voix traînante de Freïhr résonna à proche distance.

— Venez…

Tsimmi et le jeune chevalier s'avancèrent à travers les ajoncs. Freïhr et la reine leur tournaient le dos, immobiles devant une mare de boue. Uter fut le premier à les rejoindre, et il frémit d'horreur. Puis Tsimmi les écarta et lui aussi il vit.

— Par le sang !

C'était Miolnir. Étalé à plat dos dans une vase épaisse et noirâtre et déjà à demi embourbé, le torse et les jambes percés de flèches malgré son haubert de cuir, il s'enfonçait inexorablement, aspiré par l'immonde margouillis. Ses yeux restés ouverts, fixés avec une expression de stupeur sur le ciel blafard de sa dernière journée, ne laissaient transparaître aucune souffrance. Les flèches avaient dû l'atteindre toutes ensemble, en une seule volée, et aucun des légats du Grand Conseil ne doutait de la nature des archers. Sous leur regard las et écœuré, la fange se mêla bientôt aux poils de sa barbe brune, s'immisça entre ses lèvres, dans ses narines, dans ses orbites, puis son visage disparut lentement dans le bourbier. Pendant un temps, détail atroce, seul l'empennage des flèches qui l'avaient tué resta à la surface de la mare, puis elles-mêmes furent englouties et il ne subsista plus rien de Miolnir, chevalier banneret du roi Baldwin venu trouver une mort sans gloire si loin de ses chères montagnes... Tsimmi secoua la tête tristement.

— Je le connaissais depuis au moins cinquante ans, dit-il. Et en même temps nous ne nous étions jamais vraiment parlé avant de partir pour cette aventure... C'était un guerrier, quoi. Ils ne parlent pas beaucoup, de toute façon...

Uter considéra gravement le maître maçon. La mort de Miolnir lui rappelait celle de Rodéric, si récente et pourtant déjà si lointaine dans son esprit. Ils avaient fait leurs classes ensemble et se côtoyaient depuis toujours. Enfin, au moins dix ans... Mais qu'est-ce que cela pouvait représenter aux yeux de ces nains bicentenaires, pour qui le temps est sans fin ?

— Tu as quel âge, Tsimmi ? demanda-t-il tout à coup, et l'incongruité de sa question fit sourciller Lliane et le barbare.

— J'ai cent trente-deux ans, répondit le maître maçon. Plus près de cent trente-trois, en fait. La force de l'âge…

— Comment pouvez-vous vivre aussi longtemps sans dégoût ?

Tsimmi hocha à nouveau la tête et sourit, comme s'il comprenait l'état d'âme du jeune homme, et l'étrange cheminement de sa pensée.

— La vie est un cycle, Uter. Et le cycle des nains est plus long que celui des hommes. Le dégoût, la fatigue de vivre, la perte de la foi ou de l'enthousiasme ne nous viennent qu'après de longues années. Il vous vient plus vite, mais votre vie est plus courte. La nature est bien faite… Malgré tout, en ce qui te concerne, tu me parais un peu jeune pour te poser de telles questions !

— C'est la nature humaine, dit Lliane en se rapprochant d'eux.

Elle prit le visage d'Uter entre ses longues mains et le regarda avec tendresse. Non… Pas seulement de la tendresse. Quelque chose d'autre, aussi : de la curiosité, de l'incompréhension, de l'envie ?

— Les hommes n'aiment pas la vie et pourtant ils ont peur de la mort, poursuivit-elle en continuant à le fixer, son corps tout contre le sien. Et c'est pour ça qu'ils traînent cette amertume, cette violence, ce besoin de construire, de se perpétuer, d'imprimer leur marque sur cette terre. Pauvres hommes qui n'existent pas s'ils ne gravent pas leur nom sur l'écorce d'un arbre…

— Mais non ! dit Uter en s'écartant de la reine, mécontent de ses paroles. Les hommes…

Il chercha ses mots, troublé par le regard clair de l'elfe et celui, aigu et broussailleux, du nain. Agacé, il détourna les yeux et contempla la mare de vase qui servait de tombeau à Miolnir.

Et puis, tout à coup, un piaillement déchirant, semblable à un cri d'oiseau, les fit sursauter, et ils dressèrent leurs armes.

— Ce sont eux ! souffla la reine. Ce sont les elfes !

Tsimmi se tassa sur lui-même, contractant son corps dans l'attente d'une volée de flèches, serrant nerveusement son lourd marteau de guerre devant lui.

Il y avait tout autour d'eux des frémissements dans les hautes herbes, de longs hululements, des ombres furtives entre les bouleaux à l'écorce blanche. Les elfes gris se rapprochaient, indécis, forcément indécis, à cause de la présence d'une représentante de l'antique race de Morigan, l'une de ces hauts-elfes à la peau bleutée et au port altier qu'on ne voyait que fort rarement dans les marécages de Gwragedd Annwh.

Lliane s'était avancée vers eux. Redressée de toute sa taille et les épaules tirées en arrière, immobile et hiératique, elle contemplait sans frémir la progression sinueuse et agile des elfes des marais. Puis, quand ils furent à moins de cinquante mètres, elle commença à parler, dans leur dialecte chuintant qui ressemblait au bruit de l'eau coulant en torrent, sans élever la voix et sans cesser de s'adresser à eux, comme un charmeur de serpents ou un montreur d'ours, les deux mains levées et les paumes grandes ouvertes pour bien montrer qu'ils venaient en paix. Une flèche se ficha dans le sol tourbeux, presque entre ses jambes. Elle ne s'interrompit pas. Il y eut encore d'autres flèches, s'abattant parcimonieusement autour d'eux comme pour les tester, comme pour les inciter à fuir ou les forcer à attaquer, mais ils ne bougèrent pas.

Il s'écoula encore de longues minutes avant que le frémissement des herbes se rapproche et que les silhouettes hâves des elfes gris se dessinent entre les ajoncs. Uter et Freïhr, dressés dos à dos, protégeant Tsimmi de toute leur taille, échangèrent un regard nerveux. Les mains moites sur la garde de leur épée, ils n'étaient pas loin de se ruer droit devant eux dans les hautes herbes, à l'assaut de ces archers fantômes. Tout, plutôt que d'attendre encore la volée de flèches, silencieuse et invisible, qui les frapperait sans qu'ils aient pu se battre.

— *Heh alyhia eho !*

Une voix, derrière eux, les fit se retourner d'un même mouvement. Épées fendant l'air, corps ramassés, regards brillants, dents serrées.

— *Hialiya kio dà dinyia !*

L'elfe avait l'air d'un vieux mendiant. La peau vraiment grise, maigre comme un jour sans pain, le cheveu rare et long, il n'était pas vêtu de moire, mais d'une tunique, de braies et de hautes bottes de sauvagine, un cuir encore garni de fourrure d'un fauve pâle, de la couleur des roseaux. Il les tenait en joue de son arc court, si différent de celui de la reine, et parlait d'un ton brusque, haché.

La reine s'avança vers lui, adressant au passage un clin d'œil à Tsimmi.

— *Hi Hyala Ellessa Hyeh kolotialo...*

L'elfe gris hocha la tête aux paroles de Lliane, mais n'eut pas l'air de se radoucir. Désignant le nain, il lâcha une longue diatribe qui, aux oreilles d'Uter, semblait souvent déraper dans les aigus. Soudain, celui-ci sentit quelque chose le bousculer au niveau des cuisses. C'était Tsimmi, qui reculait à leur abri. Uter jeta un coup d'œil par-dessus son épaule. Les elfes s'étaient approchés et les avaient maintenant complètement encerclés, se tenant prudemment à une dizaine de mètres de leur petit groupe, hors de portée de leurs épées mais prêts à les larder de flèches au moindre mouvement.

— *Dech'yhio o Rassul iad Gael edehya.*

Uter tendit l'oreille en croyant reconnaître des noms dans les paroles de la reine, mais la réaction du vieil elfe gris le prit de court. Il poussa un cri modulé (à moins qu'il n'ait voulu dire quelque chose, mais, décidément, sa langue était incompréhensible aux humains), fit demi-tour et disparut dans les ajoncs.

Le jeune chevalier se retourna et n'eut que le temps de voir les autres archers s'enfuir, vifs comme des fantômes, sans un bruit. Puis le silence du marais retomba sur eux, avec le sentiment de renaître à la vie. Tsimmi lâcha son marteau de guerre et s'assit par terre en soufflant de soulagement. Uter remit son épée au fourreau, inspirant avec reconnaissance l'air glacé des marécages. Il souriait quand la reine prit la parole.

— Il a refusé de nous conduire jusqu'à Gael, mais il ne nous empêchera pas de le voir, dit-elle. En tout cas, c'est ce que j'ai compris. Dès que j'ai parlé de lui, ça l'a… C'est étrange…

— Quoi donc ? interrogea Uter.

— Je ne sais pas. Il avait l'air… Il avait l'air de ne pas beaucoup le porter dans son cœur, non ?

Uter haussa les sourcils et réprima un rire sans joie.

— Ça, on peut pas dire qu'il avait l'air ravi…

La reine se tut, pensive.

— Bon, allons-y…

Il claqua l'épaule de Freïhr et lui fit signe d'ouvrir le chemin.

— Amène-nous jusqu'aux huttes que tu as vues ce matin, dit-il.

Les quatre compagnons se mirent en route en file indienne, la reine et Tsimmi fermant la marche.

— Pourquoi il est parti si vite ? demanda le nain. Ils sont toujours comme ça, les elfes des marais ?

Lliane évita son regard. Des cris, au loin, répondirent à sa place.

— Je crains qu'ils ne soient en chasse, maître Tsimmi.

XV

Gael

Comme à son habitude, Llandon allait à pied. Le matin même, il avait laissé les chevaux libres aux portes de Loth, pour se rendre une fois de plus à la convocation du Grand Conseil, avec dans le cœur l'espoir d'y obtenir des nouvelles de Lliane. Depuis le retour de Lame, son étalon blanc à la longue crinière, le roi des hauts-elfes ignorait ce qu'elle était devenue. Il ignorait même ce qu'elle était allée faire dans les marais…

Le Conseil n'avait duré que quelques minutes.

À son arrivée, le vieux Baldwin, roi des nains sous la Montagne rouge, était déjà là, ainsi que Pellehun et le sénéchal Gorlois. Et tous arboraient des mines de dix pieds de long.

Llandon était le seul représentant des elfes. Au dernier Conseil – il paraissait déjà si loin ! –, la reine Lliane et son ami Rassul étaient à son côté. Mais Lliane était partie pour une quête plus lourde de conséquences et plus dangereuse qu'ils ne l'avaient tous cru, et Rassul… Par tous les génies de la forêt, était-il vraiment possible que Rassul se soit enfui ?

Escorté par Blorian et Dorian, les frères de la reine, ainsi que par Hamlin le ménestrel et Kevin l'archer – tous les proches de son propre Conseil –, le roi des hauts-elfes marchait à grands pas à travers les ruelles crasseuses de la cité des hommes du lac, pressé de retrouver l'air frais de la campagne et de se libérer de cette population bruyante.

Sur son passage, il croisa des regards obliques qui l'étonnèrent, parfois même des attitudes de défi chez certains jeunes hommes bombant le torse, la main sur leur poignard. Il y avait dans le dédale de la ville basse une quantité considérable d'hommes d'armes portant la livrée rayée de bleu et de blanc de Pellehun, donnant à la cité l'allure surprenante d'une ville de garnison. Toute la population de Loth semblait être dehors, grouillante d'activité, bourdonnante de conversations enfiévrées qui s'interrompaient à leur approche, fébrile, excitée.

Comme ils sortaient du quartier des tanneurs, Llandon dut se frayer rudement un chemin parmi un groupe de soldats qui traînaient devant le porche menant aux faubourgs et aux enceintes. Ils s'écartèrent de mauvaise grâce, toujours avec ces regards hostiles et fuyants que les elfes ne comprenaient pas.

Blorian et Dorian, inquiets, peinaient à suivre les grandes enjambées de leur beau-frère. Llandon n'avait rien dit à sa sortie du Grand Conseil, mais les nouvelles n'étaient assurément pas bonnes. Les deux elfes craignaient pour la vie de leur sœur, même si le roi des hauts-elfes semblait plus furieux que triste.

Furieux, Llandon l'était de plus en plus devant l'inconcevable attitude des citadins de Loth. Furieux, incrédule et humilié par ce qu'il avait entendu lors de la réunion des rois. Le vieux Baldwin n'était resté que le temps de lancer un ultimatum, exigeant que le seigneur Rassul dépose immédiatement les armes, sous peine d'une attaque préventive des nains sous la Montagne.

Llandon était tombé des nues.

Il ignorait que Rassul avait abandonné les abords de Loth et ne pouvait même imaginer que le seigneur des elfes gris ait pu prendre les armes sans lui en parler. Baldwin et sa suite avaient quitté le Conseil avec des regards de mépris pour ses bredouillements confus et maladroits ; ce fut comme s'ils lui avaient craché au visage.

Après leur départ, le roi Pellehun lui avait enfin fourni quelques explications. Des messages provenant de la compagnie avaient, semble-t-il, confirmé la culpabilité de Gael, et la fuite inexplicable du roi Rassul faisait peser de graves soupçons sur le peuple des elfes gris tout entier… S'étaient ensuivies des protestations d'amitié et de sympathie plus diplomatiques que sincères formulées par le sénéchal Gorlois, auxquelles Llandon avait coupé court en demandant la permission de se retirer.

Parvenu sur le glacis séparant les dernières habitations du mur d'enceinte, Llandon s'arrêta brusquement.

Une masse compacte d'humains des deux sexes et de tous les âges se pressait autour d'un bûcher de fagots, près duquel vociférait un moine vêtu d'une robe de bure, agrippé à une gigantesque croix. Ni le roi ni aucun des elfes de sa suite ne parvenaient à comprendre les invectives enfiévrées du moine, tant la foule hurlait autour de lui.

— Qu'est-ce qui se passe ? demanda Blorian en se rapprochant de lui.

— Je ne sais pas…

Instinctivement, les elfes s'étaient regroupés, la main sur la garde de leur arme. Kevin avait lentement glissé une flèche hors de son carquois et se tenait prêt à l'encocher, surveillant leurs arrières. Hamlin, dont le visage n'avait plus rien de doux, contourna le roi pour se placer devant lui et lui faire un rempart de son corps. Puis les elfes se remirent en marche, surveillant la foule qui s'écartait devant eux, progressant lentement jusqu'à la poterne gardée qui menait hors de la ville.

Soudain, les cris redoublèrent en un tonitruant concert d'acclamations et de huées, de sifflets, de rires et de haros. Il y eut aussi le piaillement aigu d'un appel à l'aide terrifié, qui glaça le sang des elfes.

Car c'était l'un des leurs qui criait.

Llandon, pétrifié d'horreur, vit deux brutes encagoulées hisser sur le bûcher un elfe des marais, entravé et pitoyable dans ses vêtements en loques, qui se débattait comme un pauvre diable sous leur poigne robuste. Les bourreaux le lièrent à un poteau planté dans les fagots, puis saluèrent joyeusement la foule avant de sauter à terre. Le moine prêchait toujours en hurlant, les veines saillantes sous l'effort, agitant sa gigantesque croix à la façon d'un étendard. Il y eut de la fumée noire et un jaillissement de flammes qui fit reculer la foule. L'elfe poussa un hurlement déchirant lorsque ses vêtements prirent feu, mais ses cris atroces furent bientôt étouffés par les rires et les quolibets de la foule en liesse qui prenait plaisir à ce spectacle hideux.

Llandon, un instant frappé d'une stupeur horrifiée, se ressaisit et se tourna vers Kevin avec un regard de fou.

— Tire ! cria-t-il. Tue-le !

L'archer elfique banda son arc et sa flèche frappa le supplicié en plein front, coupant net ses hurlements terrifiants et, du même coup, les acclamations obscènes du peuple de Loth.

Il y eut sur la place un silence absolu, au point qu'on entendait craquer le bois en flammes. Puis un grondement sourd, une rumeur haineuse qui drossait la masse humaine vers le groupe des elfes comme des vagues contre un bateau.

Llandon et les elfes dégainèrent, et leurs longues dagues brillant d'un éclat d'argent firent reculer les premiers rangs. Mais la poussée était trop forte, et le rideau de populace se reforma presque aussitôt, à les toucher.

Llandon alors se redressa de toute sa taille. Les yeux blancs, révulsés, il lança un ordre impérieux, d'une voix qui résonna jusque dans le cœur des hommes, provoquant leur effroi.

— *Bregean ! Bregean earm firas ! Hael hlystan !*

Tous ceux qui étaient assez proches de lui pour voir son visage poussèrent un cri d'horreur et reculèrent, frappés de terreur. Les elfes en profitèrent pour se jeter en avant et franchir à toute vitesse les derniers mètres les séparant de la poterne, où les gardes portant la livrée de Pellehun n'avaient pas bougé.

— Qui vous commande ?

Les gardes hésitèrent, jusqu'à ce qu'un sergent les bouscule et se présente devant le roi des hauts-elfes.

— Seigneur, je…

— Tu sais qui je suis ? dit Llandon.

— Bien sûr, seigneur.

— Alors comment se fait-il qu'un roi elfe soit menacé dans la cité du Grand Conseil ?

Il désigna d'un geste brusque le bûcher encore embrasé.

— Et ça ? Qu'est-ce que ça veut dire ?

— Je n'ai rien pu faire, seigneur, bredouilla le sergent. Je n'ai que quelques hommes d'armes, ici... Mais j'ai envoyé un garde chercher du renfort !

— Trop tard !

Le soldat baissa la tête sans répondre. D'ailleurs, qu'aurait-il pu dire ? Llandon le bouscula et s'engouffra sous la poterne, suivi par le groupe des elfes.

Quand ils furent dehors, la populace sortit de sa léthargie, chacun commentant les événements dans un brouhaha assourdissant. Le moine en robe de bure se signa frénétiquement et lança un cri nouveau, bientôt repris par toute la foule :

— Sorciers ! Sorciers !

Le village des elfes ressemblait à un fouillis de broussailles au pied d'une haute futaie d'ormes et de peupliers. Nulle fumée ne s'échappait des dômes de branchages qui s'élevaient çà et là, sans ordre apparent, à l'abri des grands arbres, et on n'y voyait ni enclos ni barrière, ni quoi que ce soit qui puisse évoquer les cités des hommes ou les forteresses des nains. Mais il y régnait une agitation extrême, peu commune au discret peuple des elfes, et Tsimmi les trouva même... bruyants. Ils s'avancèrent jusqu'à l'attroupement des êtres gris, massés devant l'une de leurs pauvres huttes, et fendirent la foule derrière Lliane. Il n'y avait là que des vieillards et des enfants, comme si tout ce que le village comptait d'elfes des deux sexes en âge de porter les armes l'avait déserté. Sur leur passage, tous changeaient d'expression : étonnement ravi en découvrant la reine des hauts-elfes, mouvement de défiance puis soulagement en reconnaissant le gigantesque Freïhr, dont le village, à vol d'oiseau, n'était distant que de quelques lieues, et stupeur devant le jeune chevalier humain, grave et mal à l'aise. Lorsque enfin ils posaient les yeux sur Tsimmi – un nain, barbu et renfrogné, comme dans les contes ! –, les plus jeunes s'enfuyaient en piaillant de terreur, et les vieux qui, dans les Temps anciens, avaient connu les raids sanguinaires des nains des montagnes serraient les poings et tremblaient de rage. Bientôt, le cercle des elfes gris se fit plus compact, plus hostile, et la reine elle-même ne put plus avancer.

Une nouvelle fois, elle se redressa, dominant légèrement de sa haute taille les êtres gris longiformes mais voûtés.

— *Geswican, deor bearn !*

Et les enfants qui n'avaient pas fui à la vue du nain se retirèrent sans un mot.

— *Geswican, dyre leod !*

Et tous les elfes gris, maigres vieillards des deux sexes, frémirent et s'écartèrent.

— *Eal hael hlystan !*

Et les derniers elfes des marais courbèrent la tête, vaincus, craintifs, n'osant même plus la regarder.

— N'ayez pas peur ! dit Uter assez stupidement, et Freïhr lui jeta un regard aigu pour le faire taire.

La reine se relâcha. Il leur sembla qu'elle vacillait, épuisée par l'effort, mais sa faiblesse ne dura qu'un instant. Quand les derniers elfes s'écartèrent, Uter aperçut devant eux l'une de ces huttes de broussailles, avec une ouverture qui devait servir de porte, haute de quelques pieds. Il se mit à quatre pattes et se faufila sous les branchages.

Au début, il ne vit rien qu'un entrelacs de végétation et quelques claies d'osier à même la terre battue. On aurait cru un terrier de blaireau, tout aussi sombre et à peine mieux aménagé, mais d'une taille considérable, s'enfonçant sous terre, par paliers. En avançant sur ces larges marches, le plafond fut bientôt assez haut pour pouvoir se redresser, mais il ne voyait maintenant plus rien. Tout à coup, la lumière vacillante d'une flamme éclaira le décor : c'était Tsimmi qui venait de battre son briquet.

Uter le remercia d'un hochement de tête, aperçut derrière Freïhr (qui devait tout de même se tenir courbé) et la reine Lliane ; il se mordit la lèvre et reprit sa progression, une main sur la garde de son épée, prêt à dégainer.

Plus ils s'enfonçaient, plus l'humble hutte de broussailles se révélait spacieuse, enfouie profondément sous terre, les paliers se transformant peu à peu en restanques retenues par les murets de pierre, séparées par des volées de marches. Il croisa le regard de plusieurs elfes, silencieux et graves, qui s'écartaient devant eux en se tassant contre les murs de terre. Il faisait sombre dedans, trop sombre pour un humain, mais des puits de lumière grimpant jusqu'en surface dispensaient malgré tout un semblant de clarté. Les dernières salles étaient décorées à la manière elfique. Des rideaux d'ajoncs tressés masquaient les parois, des racines de bouleau dégagées de la terre servaient d'étagères ou de bancs, et des guirlandes de feuilles découpées avec art tombaient en pluie du plafond. Tout cela avait une odeur d'herbe coupée et d'humus. Sur la droite, un râtelier, inattendu dans ce décor végétal, contenait une profusion d'armes de toutes sortes, y compris des haches naines et des piques barbelées gobelines. Un véritable étal d'armurier...

— Regardez ! dit Tsimmi.

Uter plissa les yeux (le nain, habitué à ses sombres souterrains, y voyait mieux que lui dans l'obscurité). Au fond de la demeure, adossé à la paroi ornée d'ajoncs et entouré de vieilles agenouillées et muettes, se tenait un elfe habillé de vêtements humains. Velours, broderies, une courte épée au côté, une dague de belle facture à la ceinture. La tête penchée en avant, ses longs cheveux noirs en rideau devant lui, les bras ballants, affalé et inerte, sa présence paraissait incongrue dans ce terrier.

Uter adressa un regard interrogatif à la reine, qui hocha la tête.

C'était Gael.

Lliane s'avança lentement, adressa quelques mots aux vieilles elfes agenouillées à ses côtés puis, doucement, elle releva le visage de celui qu'ils traquaient depuis des jours. Aussitôt, elle eut un mouvement de recul et montra à ses compagnons sa main souillée de sang.

— Seigneur ! murmura Uter.

De la base du cou jusqu'au milieu du torse, un coup de hache d'une rare puissance avait à demi décapité l'elfe gris. Le velours avait bu le sang, et son visage était resté intact, figé dans un rictus d'épouvante, les yeux vitreux et les lèvres retroussées. Près de sa main, un gobelet roulé à terre avait formé une flaque sombre, déjà bue par le sol de terre battue.

— Rogor, murmura Tsimmi d'un ton désespéré.

Il releva les yeux vers ses compagnons, mais Uter évita son regard. Bien sûr, Rogor... Qui d'autre que le prince héritier du trône sous la Montagne noire pouvait avoir assouvi sa vengeance avec une telle violence ?

Freïhr, lui, ne détourna pas les yeux, mais à son expression Tsimmi sut qu'il n'avait pas non plus le moindre doute sur l'identité du meurtrier.

— Un coup de hache, dit le barbare en réponse à la supplication muette du maître maçon. Ce sont les nains qui se servent de haches…

Le silence retomba dans la loge souterraine où Gael avait trouvé la mort. Puis une voix s'éleva, grêle et hésitante, utilisant avec peine le langage commun.

— Pas un nain…

La reine et ses compagnons, d'un même mouvement, dévisagèrent la vieille elfe qui venait de parler. Tapie contre la paroi ornée de claies d'osier tressé, elle secoua la tête, le regard farouche.

— Pas tué par un nain…

Les joues griffées par les ronces, la barbe emplie des brindilles qui s'y étaient accrochées, le prince Rogor courait droit devant lui, soufflant comme un bœuf, tenant des deux mains sa hache formidable, dont le fer était éclaboussé de sang. Du sang d'elfe, de tous ceux qui s'étaient dressés devant lui. Une flèche lui avait traversé les reins, mais sa rage était plus forte que sa douleur. L'elfe pâle qui l'avait décochée gisait à présent dans la boue, le crâne ouvert et la cervelle répandue. D'autres archers avaient tiré sur le seigneur nain, et ils auraient juré l'avoir atteint : leurs flèches n'avaient pas réussi à entamer l'armure de Rogor, les plongeant dans l'effroi devant l'apparente invulnérabilité de leur ennemi séculaire, le nain aux yeux fous, poilu comme une bête fauve, et sa hache terrifiante.

Hors d'haleine, Rogor s'abattit contre un orme, les poumons en feu, puis s'adossa au tronc de l'arbre, brandissant sa hache devant lui, plus comme un rempart que comme une arme. À cet instant, le nain était au bout de ses forces, prêt à accepter la mort. D'ailleurs, que pouvait-il souhaiter d'autre ? Il avait échoué. Il n'avait pas tué Gael. Il n'avait pas même réussi à l'approcher. Jamais il ne retrouverait l'Épée de Nudd. Miolnir était mort par sa faute, en vain, lardé de flèches dans leur immonde bourbier, et il avait dû fuir, lâchement, lui, l'héritier de Troïn ! Quelle honte… Quel gâchis !

D'un coup puissant, il ficha sa hache dans le tronc de l'arbre et se dressa de toute sa taille, face au rideau mouvant des roseaux agités par le vent d'où viendrait la flèche salutaire qui mettrait un terme à sa lamentable existence. Il arracha de sa longue barbe rousse les débris végétaux qui l'encombraient, la lissa et la passa dans sa ceinture. Puis il attendit, les yeux levés vers le ciel déjà assombri comme un présage de mort, en chantant de sa voix grave une monodie funèbre des nains sous la Montagne noire.

Didostait, bugale
Ar serr-noz hag ar goulou deiz,
Didostait, didostait…

Approchez, les enfants
Du crépuscule et de l'aurore,
Approchez, approchez…

Mais seul le silence du marécage fit écho à son chant. Les elfes étaient partis. La mort ne voulait pas de lui.

Rogor demeura immobile de longues minutes encore, jusqu'à ce que son souffle redevienne normal et que la sueur sèche sur son front. Puis il arracha sa hache, regarda autour de lui pour s'orienter et se mit en route vers le ponton.

XVI

Magie !

La tanière de Gael était maintenant vide. Les vieux elfes gris avaient emporté ses armes et tous ses biens, jusqu'aux étoffes et aux claies d'osier qui paraient les murs et le sol de la pièce creusée dans la terre. Il ne restait plus que Freïhr, Uter et Tsimmi, assis à même le sol, à la lueur d'un flambeau de fortune que le nain avait allumé grâce à son briquet, non loin d'un catafalque de terre sur lequel gisait le corps de l'elfe gris, les bras croisés sur la poitrine.

La reine était partie depuis plus d'une heure avec les anciens du village pour préparer les funérailles de Gael. Elle leur avait juste glissé quelques mots avant de les quitter, leur recommandant de ne pas bouger de là jusqu'à son retour. Ils avaient obéi, mais cette longue attente en compagnie d'un cadavre commençait à leur peser.

— Comment crois-tu qu'ils font, pour les morts ? demanda Tsimmi en bourrant d'un coup de coude la cuisse d'Uter, assis près de lui.

Il avait parlé d'une voix assourdie, pour ne pas réveiller Freïhr qui ronflait comme un bienheureux.

— On dit qu'ils mangent leurs morts… insista-t-il. Tu crois que c'est vrai ?

— Mais comment veux-tu que je le sache !

— Oh, bien, dit Tsimmi. Je croyais qu'en tant qu'Ami des elfes tu connaissais au moins leurs coutumes, c'est tout…

Uter soupira. Il se releva, coupa une bande de tissu dans sa cotte d'armes, l'entortilla autour de la torche dont la flamme faiblissait, et revint s'asseoir à côté de son compagnon. À la lumière vacillante du flambeau, l'ombre du cadavre surélevé ondulait sinistrement sur les parois de terre en une danse macabre. Il croisa le regard de Tsimmi et trouva le nain peu vaillant. Son bonnet vert enfoncé jusqu'aux oreilles, la barbe en bataille, il se tenait les genoux entre les bras, recroquevillé sur lui-même, bougonnant et inquiet. Le nain vit le regard du chevalier sur lui, fouilla dans l'une de ses innombrables poches et en sortit une pièce d'argent qu'il brandit sous le nez d'Uter avec un grand sourire.

— Un denier ! dit-il d'un ton de bateleur. Un vrai denier du roi !

Le jeune homme sourit et se prêta au jeu.

— Oui, dit-il après avoir examiné la pièce avec attention. C'est bien un denier…

Tsimmi le récupéra de la main droite, cligna de l'œil et leva brusquement la main gauche pour claquer des doigts.

— Oh, pas de chance, messire, le denier a disparu !

Il montra sa main droite, effectivement vide.

— Ça commence à venir, admit Uter. Mais la reine arrivait à changer l'argent en cuivre…

— Oui, bon…

Tsimmi leva le doigt, observa l'oreille du chevalier, puis lui frôla le lobe en exhibant fièrement la monnaie d'argent disparue.

— Magie !

— Oui, dit Uter. Magie…

Il regarda avec sympathie le nain ranger sa pièce, tout content d'avoir maîtrisé ce tour. Se pouvait-il que ce fût le même qui, quelques heures auparavant, avait déchaîné des forces occultes capables de ravager la terre et d'engloutir une armée ?

Il se cala contre la paroi humide et inconfortable et se perdit dans ses pensées, qui dérivèrent bientôt vers la reine et, par association d'idées, sur les cérémonies mortuaires des elfes.

— Tout ce que je sais, dit-il, reprenant le fil de la conversation, c'est qu'ils ne mettent pas leurs morts en terre.

— Ça, c'est sûr ! fit Tsimmi en gloussant dans sa barbe. Il n'y a que vous, les hommes, pour avoir envie d'être grignotés par les vers. Pouah ! Quelle idée écœurante !

Le nain ricanait encore en bourrant sa pipe, ou ce qu'il en restait après son sortilège dans la clairière, mais son rire s'étrangla dans sa gorge. Il venait d'avoir la même idée qu'Uter.

Tsimmi se tourna vivement vers le corps de Gael, son regard balaya la salle vide et, au-delà, la volée de restanques menant jusqu'à l'air libre.

— Tu crois qu'ils nous auraient enterrés avec lui ?

— Ben… J'y ai pensé, fit Uter sans le regarder. Mais la reine ne le permettrait pas. Enfin, je crois…

Tsimmi eut une moue alarmée, puis son visage se détendit.

— Bah ! L'elfe qui arrivera à enterrer un maître maçon n'est pas encore né, crois-en ce que je te dis !

Le nain battit à nouveau son briquet et enflamma les herbes sèches dans le fourneau. Amputée de la majeure partie de son tuyau, sa pipe était réduite à un brûle-gueule qui dépassait à peine des touffes de sa barbe, et Uter sentit quand il l'alluma une odeur de poils grillés.

— Il y a des elfes qui brûlent leurs morts sur des bûchers, comme vous, dit-il au nain. Il paraît que c'est pour ça qu'ils détestent le feu. Ça leur fait penser à la mort…

— Moi, je n'ai pu enterrer aucun des miens…

La voix de Freïhr avait résonné lugubrement, leur causant une surprise d'autant plus vive qu'ils le croyaient endormi.

— J'ai dû fuir tandis que mon village brûlait… Ils doivent être encore là, ou ce qu'il en reste. Je suppose que les loups ont fait bombance, ce soir-là.

Ni Uter ni Tsimmi ne surent quoi répondre, et un silence sinistre s'installa entre eux.

Uter croisa les bras sur son ventre et ferma les yeux pour tenter de dormir un peu. Il y était presque parvenu quand le nain le secoua d'un nouveau coup de coude.

— Je crois qu'on vient !

Un groupe d'enfants portant des plateaux chargés de vivres déboucha bientôt dans la pièce de terre battue, suivis de la reine Lliane. Elle les remercia dans leur langue étrange et vint s'asseoir en tailleur devant ses compagnons après qu'ils furent repartis.

— Messeigneurs, le dîner est servi ! fit-elle d'une voix qui se voulait enjouée.

— On mange pas à l'air libre ? grommela Freïhr sur un ton qui montrait assez le déplaisir qu'il avait d'être confiné à côté d'un cadavre dans ce qui lui semblait à peine plus grand qu'un terrier.

— Encore un peu de patience, répondit Lliane avec un sourire apaisant. Les elfes gris préparent la cérémonie mortuaire. Quand ils viendront chercher le corps, nous pourrons sortir.

— Qu'est-ce qu'ils t'ont dit ? demanda Uter.

Et Tsimmi leva les sourcils d'un air amusé parce qu'il avait employé le tutoiement.

— Tiens, goûte ça, c'est bon, dit la reine en lui tendant une sorte de pâté serré entre deux feuilles d'un vert tendre.

— Qu'est-ce que c'est ?

Lliane sourit.

— Je ne crois pas que tu aies vraiment envie de le savoir…

Uter jeta un coup d'œil vers Tsimmi. Le nain leva les sourcils, et sa bouche forma un message muet qu'Uter ne comprit que trop bien : « Ils mangent leurs morts ! » Mais, devant l'insistance de la reine, le chevalier grignota prudemment un bout de pâté. Ça ressemblait à du poisson, un peu fort et croquant sous la dent. Il ignorait quel goût pouvait avoir un elfe des marais, mais sans doute ne devait-il pas avoir une saveur de poisson. Du coup, il adressa un clin d'œil rassurant au nain et finit le pâté. Freïhr, lui, ne faisait pas tant de manières et engloutissait les petits pâtés comme on gobe des raisins (mais avec plus de bruit).

— Quand même, dit le barbare avec un bon sourire. C'est quoi ?

La reine se pencha vers lui afin que les autres n'entendent pas.

— Les monstres, sous l'eau…

Dégoûté, Freïhr la dévisagea et faillit reposer son pâté. Mais il avait faim, et la reine riait de bon cœur, de sorte qu'il ne sut pas si c'était vrai.

— Un homme a été amené ici par les guerriers, ce matin, reprit la reine d'un ton plus grave. D'après la description qu'on m'en a faite, je crois que c'était Blade… On l'a conduit jusqu'à Gael, ils ont échangé quelques mots en langage humain. Gael a eu l'air ravi et il l'a invité dans sa hutte. L'homme en est sorti quelques minutes plus tard, un paquet sous le bras, et il a quitté tranquillement le village. Ce n'est qu'après son départ qu'ils ont découvert le meurtre.

— Alors c'est Blade qui l'a tué, et non Rogor, murmura Uter.

— En tout cas, ils n'ont pas vu de nain dans le village, assura Lliane. C'est-à-dire… Jusqu'à votre arrivée, maître Tsimmi.

— Mais pourquoi il l'a tué ? demanda Freïhr, la bouche pleine.

— Pour le voler, pardi !

Uter se sentait furieux contre lui-même. Tout cela était sa faute. C'était lui qui avait accepté que Blade se joigne à la compagnie. Un voleur, un assassin… Fallait-il qu'il soit fou pour avoir cru qu'il respecterait sa parole !

— Voilà ! grogna-t-il d'un ton hargneux. Ce vil, ce malfaisant, ce démon a tué Gael et lui a volé la cotte de mailles ! On ferait mieux de foncer à sa poursuite au lieu de perdre du temps. Il va forcément tenter de rejoindre les radeaux !

— On n'est pas certains qu'il ait volé le haubert, dit Lliane.

— Mais si ! Il portait un paquet sous le bras, non ?… Qu'est-ce que ça peut être d'autre ? Allons-y, par le sang !

— Non…

Tous les regards se portèrent sur Tsimmi.

— Non, répéta-t-il.

Il s'essuya soigneusement la barbe pour se débarrasser des restes de pâtés et joignit les doigts d'un air soucieux.

— Il y a quelque chose que vous ignorez, dit-il gravement. Gael… Gael a bien volé ce haubert d'argent, et je ne doute pas qu'il ait tué le roi Troïn, prince de la cité souterraine de Ghâzar-Run et roi sous la Montagne noire. Longue barbe, longue hache, maître de l'or et des métaux…

Uter faillit intervenir pour lui demander de couper court, mais un regard de Lliane le retint.

— Mais ? s'enquit-elle doucement.

Le nain hocha la tête.

— Mais il y a pire, bien pire, dit-il. L'elfe Gael a volé l'Épée de Nudd…

Tous retinrent leur souffle. Le talisman sacré des nains conservé sous la Montagne noire était connu de chacun des Peuples libres, et même des troupes immondes de Celui-qui-ne-pouvait-être-nommé, au-delà des Marches.

— Le prince Rogor, comme il l'a dit, est l'héritier du trône de Troïn. Mais il ne régnera que s'il retrouve l'Épée Caledfwch. C'est comme… (Il chercha ses mots.)… Comme la Pierre de Fal, le Fal Lia du roi Pellehun : le symbole même de la royauté. Si Rogor ne la rapporte pas sous la Montagne, l'honneur des nains de la lignée de Dwalin sera flétri à jamais, et ils n'auront d'autre choix que de semer la mort et la destruction, comme une horde de fauves, pour laver cette infamie.

Il tourna vers la reine un visage triste et défait.

— Ce sera la fin de la paix, à jamais… Le courroux des nains ravagera les plaines, les bois et les marais, jusqu'à ce que le dernier descendant de Dwalin ait péri, ou que le dernier elfe ait payé l'insulte.

Uter secoua la tête, effaré.

— Pourquoi a-t-il fait ça ? s'exclama-t-il, regardant Lliane comme s'il lui posait directement la question. Je veux dire : pourquoi Gael a-t-il volé l'Épée ? Pour déclencher la guerre ? C'est absurde ! Les elfes gris n'ont aucune chance contre les légions naines !

Lliane, si tant est que la question ait appelé une réponse, ne releva pas. Descendante de Morigan, fille de Dagda, le grand dieu des Tuatha Dê Danann, elle n'avait pas oublié l'ancienne religion et connaissait le pouvoir des quatre talismans de la déesse Dana. Elle dévisagea Tsimmi, mais le nain, malgré sa science – ou à cause d'elle – ne semblait pas comprendre que la perte de Caledfwch provoquerait la disparition de son peuple. Elle songeait à Rassul, son ami, seigneur des marais. Rassul si prompt à s'emporter, prince d'un peuple insaisissable et humilié, vivant dans des conditions tellement difficiles, même pour un elfe… Se pouvait-il que le seigneur des elfes gris ait commandité la mort du roi Troïn et le vol de l'Épée ? Pensait-il ainsi se venger du peuple sous la Montagne ? Insensé… Rassul était membre du Grand Conseil depuis la fin de la guerre des Dix Années. Il avait connu le vieux roi sous la Montagne noire, tout comme elle, du temps où Troïn y siégeait. Nul n'aurait pu dire que Rassul l'aimait, mais il le respectait, elle en était certaine. Et puis pourquoi subitement se lancer dans une aventure aussi folle ?

Lliane ne pouvait y croire.

Ce n'était pas lui. Le roi Rassul était vif, colérique même. Un plan aussi tortueux et aussi sacrilège ne lui ressemblait pas. Et les elfes gris avaient tout à y perdre… En fait, l'ensemble du peuple elfique avait tout à y perdre.

Une guerre entre deux des trois Peuples libres ne bénéficierait qu'au Seigneur noir. Elle regarda Freïhr et songea à ce qu'il avait dit au Grand Conseil. Son village avait été rasé par un parti de gobelins. La guerre et la destruction frémissaient aux marches du monde libre. S'agissait-il d'une simple razzia, comme les Marches en connaissaient depuis toujours (et les barbares eux-mêmes n'hésitaient pas à s'aventurer dans les Terres noires, pillant des avant-postes et des donjons gobelins), ou les deux événements étaient-ils liés ?

Était-il possible qu'un elfe se soit mis au service de Celui-qui-ne-pouvait-être-nommé dans le dessein de déclencher une guerre qui affaiblirait la coalition ?

Lliane écarta aussitôt cette hypothèse monstrueuse. Elle savait que certains elfes étaient aussi dévoyés que des nains ou des hommes, prêts à tout pour de l'or ou le pouvoir. Mais, si Gael avait trahi son peuple, pourquoi revenir se cacher parmi les siens ?

Il devait y avoir quelqu'un d'autre.

Un maître puissant, cruel et ambitieux, auquel une guerre entre elfes et nains profiterait. Quelqu'un d'assez croyant et d'assez instruit dans l'ancienne religion pour connaître le pouvoir terrifiant des talismans de Dana. Quelqu'un comme…

L'énormité de ce qu'elle entrevoyait interrompit le cours de ses réflexions. Malgré elle, la reine dévisagea Uter. Un homme. Un représentant de cette race humaine capable du pire et du meilleur, si faible et si dévorée d'ambition, capable des pires crimes pour s'imposer sur le monde. Prête à tout…

Lliane était horrifiée. Elle s'ébroua, chassant ces pensées éprouvantes, et vit que ses trois compagnons débattaient encore de la conduite à tenir. Uter s'évertuait à convaincre Tsimmi de se lancer à la poursuite de Blade, tandis que le nain insistait pour fouiller d'abord la tanière de Gael, à la recherche de l'Épée de Nudd.

Elle contempla le profil du cadavre, en haut de son catafalque de terre. À la lueur du flambeau, sa peau grise prenait des reflets rosâtres, presque humains.

— Il y a peut-être un moyen de savoir ce qui s'est passé, dit-elle en se relevant.

Tous firent silence. Freïhr lui-même interrompit sa bruyante mastication. La reine s'approcha du corps, posa ses longues mains sur ses tempes et ferma les yeux. Ses pouces caressèrent les contours du visage osseux de Gael, redessinant ses pommettes, l'arête de son nez, ses arcades sourcilières et ses orbites aux paupières closes. Doucement, elle les releva et plongea ses yeux dans le regard sans vie de l'elfe.

— Quand les yeux contemplent la lumière du soleil, ils en conservent le souvenir longtemps, même après que les paupières se sont refermées, dit-elle tout bas. Ils gardent aussi le souvenir de tout ce qu'on a vécu, et même de ce qu'on n'a pas vu. C'est pour ça qu'on rêve, et que les rêves sont plus beaux que la vie… Après la mort, il reste toujours un souffle d'âme au fond du corps, et la mémoire de ses derniers instants. Il reste ce qu'on a vu avant de mourir.

Maintenant, ses mains s'étaient écartées du visage de Gael, flottant à quelques pouces de sa chair glacée. Elle referma les yeux, renversa brusquement sa tête en arrière. Son corps se mit à onduler, d'abord tout doucement, puis de plus en plus fort, jusqu'à être secoué tout entier d'un tremblement violent et désordonné. Seules ses mains, qui effleuraient toujours le visage de Gael en un lent mouvement circulaire, semblaient échapper à ces spasmes brutaux. Uter frissonna. Brusquement, la grotte lui semblait glacée. Se pouvait-il que la température soit tombée d'un seul coup, comme si le royaume des morts venait de s'entrouvrir ?

À nouveau, Lliane lui parut effrayante. Comme dans la clairière, elle n'avait plus rien… d'humain. On aurait dit que des forces abominables modelaient et déformaient son visage si pur pour l'assécher, le tendre en un masque terrible. La pâleur de sa peau devenait glaciale, ses longues mains étaient pareilles à des serres, et ses yeux verts si lumineux brillaient d'un éclat animal. Effrayant. Soudain, elle poussa un cri suraigu et interminable, qui leur vrilla à tous les oreilles, et rejeta d'un mouvement de tête ses cheveux en avant, pluie noire qui lui masqua le visage.

Grimaçant de douleur, les mains pressées contre ses oreilles tant le cri était insupportable, Uter se mit à pousser des jappements rauques et, malgré lui, recula fébrilement vers la paroi, aussi terrifié que Freïhr ou Tsimmi.

Il les entendait hurler, mais leurs plaintes de forcenés ne parvenaient pas à couvrir les incantations stridentes de la reine. Il crut que la terre tremblait, que la voûte de la tanière s'effritait et menaçait de céder en les ensevelissant tous. Il y avait dans cette clameur insoutenable les vagissements de tous les démons de l'enfer, les hurlements des damnés et les pleurs des goules, le rugissement des flammes, le sifflement du vent, le fracas de la fin du monde… Puis il n'y eut plus rien. Rien que leurs oreilles qui sifflaient et leur souffle haletant.

Lliane ne bougeait plus. De tout son corps émanait un halo bleuté, qui s'étendait comme une nappe de brume sur le cadavre de Gael. Uter retint sa respiration et s'aperçut qu'il tremblait et claquait des dents, gelé jusqu'aux os, sans pouvoir se contrôler.

Les yeux écarquillés, il vit le halo se modeler, prendre forme humaine, dessiner peu à peu les contours de Gael et se détacher de son corps, tel un fantôme. Bientôt, il put reconnaître les traits de l'elfe, ses vêtements et ses membres. Bientôt, il put discerner le gobelet qu'il tenait à la main et voir son sourire quand il le porta à ses lèvres. Enfin, il distingua une deuxième forme humaine, celle de Blade, tel qu'il était apparu à l'elfe gris quelques instants avant sa mort.

Son ouïe martyrisée n'était pas capable de discerner ce qu'ils se disaient, et pourtant il comprenait leurs paroles, par bribes, comme si elles s'imprimaient directement dans son esprit.

Il vit Blade montrer sa bague, et Gael lui répondre de la même façon en tendant sa main, où brillait un anneau semblable. Il vit Gael fouiller un coffre et en sortir la cotte de mailles d'argent. Il le vit tourner le dos au voleur pour lui servir à boire, puis il vit Blade s'emparer d'une hache sur le râtelier, et frapper.

C'est tout ce qu'il vit.

Roulé en boule, emmitouflé dans une couverture, Oisin grelottait. Le poison lui causait parfois d'atroces élancements, lui tordait les entrailles à en hurler, puis la douleur s'estompait et le laissait pantois, haletant, terrifié par la souffrance ou l'expectative de la souffrance. Un jour seulement s'était écoulé depuis le départ de la compagnie, et il avait déjà bu la moitié de la fiole que lui avait donnée le voleur, lapant fébrilement l'antidote à chaque nouvelle attaque du venin.

Comme Blade le lui avait ordonné, il était revenu, à la tombée du jour, amarrer son radeau au ponton dans l'espoir de son retour. Il s'était même aventuré de quelques toises à l'intérieur de Gwragedd Annwh, l'île des elfes gris, jusqu'aux abords de la clairière dévastée par le sortilège de Tsimmi. Mais la vue de ce monstrueux chaos de terre et de roches l'avait horrifié, et il s'était enfui de toute la vitesse de ses courtes jambes, jusqu'au précaire abri de son radeau.

Oisin avait trop froid et trop peur pour dormir. Et puis son esprit enfiévré ne cessait d'échafauder des plans pour tuer Blade. Quelle que soit la façon dont il tournait et retournait la question, il achoppait toujours sur le même point vital : tant qu'il n'aurait pas le contrepoison, le voleur devait rester en vie ; mais, s'il lui faisait traverser les marais, comment pourrait-il l'obliger à tenir sa parole ?

Tout à coup, des craquements sur la berge lui firent dresser l'oreille. Quelqu'un venait. Quelqu'un qui marchait à grands pas, seul et sans chercher à être discret.

Le gnome se redressa vivement, le cœur battant, et scruta la rive, dans l'obscurité naissante. Une haute silhouette émergea enfin des broussailles. Oisin ne le reconnut que lorsque ses bottes résonnèrent sur le ponton de bois. Malgré sa haine et sa peur, il éprouva un sentiment de soulagement.

Les bras chargés d'un volumineux balluchon de fortune, tenant à la main une hache de guerre semblable à celle des chevaliers nains, Blade sauta à bord du radeau, et le brusque tangage manqua de faire perdre l'équilibre au passeur.

— Alors ! fit Blade d'un ton joyeux. Toujours en vie, maître Oisin ? J'en suis bien heureux !

Le gnome dut se faire violence pour ne pas lui sauter à la gorge, et même pour ravaler sa haine. Il bénit les dieux que l'obscurité tombante empêche le voleur de voir son visage.

— Eh bien, dit Blade. On y va ?

Oisin haussa les épaules.

— On ne traverse pas les marais la nuit. Les monstres, sous l'eau…

— Encore tes monstres, hein ?

Le voleur laissa tomber son balluchon d'étoffe, empoigna brutalement le passeur par le col et le rapprocha du tranchant de sa hache.

— Dis-toi que tes monstres sont une plaisanterie en regard de ce que je te ferai si on ne part pas tout de suite !

Oisin, fou de haine et à demi étranglé, ne put que bredouiller des mots incompréhensibles en rouant de coups désespérés les bras du voleur. Alors Blade le repoussa brutalement, en éclatant de rire.

— Allez, le gnome, sois gentil, on part ! Ç'a été une journée…

Il écarta les bras et sourit en inspirant avec délices l'air piquant du crépuscule.

— … une journée vraiment merveilleuse ! Je te raconterai…

Mais l'autre, pétrifié, ne l'écoutait plus. Les yeux écarquillés, il détaillait les vêtements du voleur. L'homme n'avait plus sa besace, ni quoi que ce soit qui puisse contenir le contrepoison. Frénétiquement, il bouscula Blade et se rua sur le balluchon.

— Lâche ça ! hurla le voleur dans son dos.

Il lui sauta dessus et tenta de lui arracher le sac de fortune, mais Oisin s'acharnait et parvint à défaire le nœud de tissu. Aussitôt, ce fut comme si une pluie d'argent s'écoulait sur le radeau, formant une flaque scintillante.

Blade réussit enfin à repousser le gnome, qui roula jusqu'à l'autre bout de l'embarcation. Il se retourna vers lui, reprit son souffle, et le menaça du poing.

— Ne fais plus jamais ça, tu entends ? Sinon je te jette à l'eau !

Oisin se releva d'un bond, rouge de colère.

— Eh bien, vas-y, et jamais tu ne sortiras de ces marais !

Blade considéra le petit être avec une moue amusée.

— C'est bon, dit-il en hochant la tête. Tu as raison… Nous avons tous les deux besoin l'un de l'autre. J'ai perdu mon calme, excuse-moi. Ça ne se reproduira plus.

Il revint vers le balluchon défait et brandit, à la lumière blafarde de la lune, la cotte de mailles d'argent volée sous la Montagne par Gael.

Oisin resta muet, émerveillé par la pure beauté du haubert. Blade s'approcha de lui et glissa sa paume sous le vêtement, comme un marchand de tissu.

— Vas-y, touche ! Jamais plus tu n'en auras l'occasion… C'est beau, non ? Qu'est-ce que tu en dis ? Tu sais, j'ai bien cru que ces maudits elfes allaient me couper en rondelles. Enfin, tu vois, je m'en suis sorti, une fois de plus… Écoute, voilà ce que je te propose : on part tout de suite et, à notre arrivée, je t'en donne un bout. Assez pour que tu te paies tes plus beaux rêves, à Kab-Bag ou ailleurs. Ça te dirait ?

Mais, à nouveau, Oisin n'écoutait plus. La cape de laine qui avait servi de balluchon s'était dénouée en entier, suffisamment étalée sur les rondins pour qu'il ne subsiste aucun doute : en dehors de cette maudite cotte de mailles, elle ne recelait rien d'autre.

— Et les fioles ? hurla-t-il au visage du voleur. Et le contrepoison ?

Blade eut une seconde de perplexité.

— Ah oui… Le contrepoison. Ce sont les elfes, tu vois…

Il chercha des yeux une arme, mais sa hache gisait à l'autre bout du radeau, derrière Oisin.

— … ils m'ont tout pris. J'ai dû fuir. Cela dit, ne t'inquiète pas, tu en as encore assez pour au moins deux jours. Raison de plus, d'ailleurs, pour partir tout de suite, non ?

— Mais la traversée dure trois jours ! couina le gnome d'une voix étranglée par le désespoir et la fureur.

Blade recula. Le gnome venait de sortir un poignard d'on ne savait où. Son visage grotesque embué de larmes et grimaçant de rage faisait peur à voir. Un instant, le voleur perdit son sang-froid. La précieuse cotte de mailles serrée contre lui, il reculait pas à pas devant le gnome jusqu'au bord du radeau. Il faillit tomber à la renverse dans l'eau noire, reprit son équilibre et s'écarta d'un bond. Oisin frappa dans le vide, se retourna et son nez éclata sous la botte du maître voleur.

Il lâcha son poignard qui se ficha entre deux rondins, fit face et reçut un coup du tranchant de la main qui lui écrasa la glotte.

Il lui fallut deux minutes pour mourir, asphyxié, se tortillant sur le bois rugueux de son radeau à la manière d'un poisson sorti de l'eau.

Blade le regarda crever en caressant la broigne d'argent, l'esprit vide, le visage crispé dans un rictus haineux. Quand ce fut fini, il empoigna le petit corps noueux et le jeta sur la berge comme un vulgaire paquet de linge sale.

Le jour était tombé sans que le soleil se montre. Il n'y avait pas eu de crépuscule, tout juste un affaiblissement progressif de la lumière jusqu'à ce que les ténèbres se répandent sur les marais. Il resta encore là un long moment sans réagir, dans le coassement des grenouilles et les bruits de la nuit, les yeux fixés dans le vague, sachant qu'il devait fuir avant que les elfes gris ne cherchent à venger la mort de Gael, mais il semblait paralysé par les dangers de la traversée qui l'attendait.

Puis une masse s'abattit brusquement sur le radeau et Blade roula à terre. Il n'eut pas le temps de se relever. La hache monstrueuse de Rogor fendit le ciel avec un vrombissement sinistre avant de lui fracasser l'épaule, brisant ses os et tranchant ses chairs, se fichant profondément dans les rondins éclaboussés de son sang. Le voleur hurla à s'en déchirer la gorge, mais l'héritier du trône sous la Montagne noire ne lui accorda pas même un regard. Au bout du bras tranché et encore agité de soubresauts, la main de Blade serrait toujours la précieuse cotte de mailles. Rogor se pencha avec déférence, ramassa le vêtement de métal et en arracha le bras ensanglanté, qu'il jeta à l'eau.

— Comment as-tu eu ça ? demanda-t-il en s'agenouillant près du corps mutilé.

Fou de douleur, baignant dans son sang, Blade parvint tout juste à lui cracher au visage.

— Tu vas mourir, dit Rogor sans même s'essuyer. Mais tu peux encore beaucoup souffrir... Parle, et tu mourras vite. Où as-tu pris cette cotte de mailles ?

Blade, haletant et trempé de sueur, contempla le visage épais du nain. Dans l'obscurité, il ressemblait davantage à un ours qu'à une créature humaine. Puis il ressentit une douleur encore plus atroce, au point qu'il en eut le souffle coupé et qu'il ne parvint même plus à hurler. Rogor avait planté sa dague dans les chairs sanguinolentes de son moignon d'épaule.

— Parle, et tout sera fini...

Blade pressa ses paupières noyées de larmes, en signe d'assentiment, et Rogor ôta sa dague. Le voleur laissa retomber sa tête sur les rondins, rassemblant ses dernières forces en un murmure :

— Gael... J'ai tué Gael.

Les épais sourcils du nain se relevèrent et son regard brilla.

— Alors justice est faite, murmura-t-il avec une ébauche de sourire. Le roi Troïn est vengé...

Vengé par la main d'un homme, d'un voleur, de surcroît, indigne et malfaisant, mais vengé tout de même... Ainsi, tout n'était pas perdu.

Rogor se tourna vers la cotte étalée sur les rondins boueux du radeau et sourit plus franchement. Il rapporterait le haubert, preuve du crime de Gael ainsi que de son châtiment... Mais une pensée lui traversa l'esprit et il se rembrunit.

— Et l'Épée ? rugit-il en empoignant à nouveau Blade par le col. Où est l'Épée de Nudd ?

Blade ne répondit pas. Vidé de son sang, il râlait, déjà emporté par la mort.

— Parle ! hurla le prince Rogor. Où est l'Épée ?

De sa poigne formidable il secoua frénétiquement le corps sans vie du voleur, dont la tête renversée en arrière ballottait en tous sens, offrant son cou barré par l'ancienne cicatrice. Rogor serra les dents avec un rictus sauvage. Il posa la lame effilée de sa dague sur le cou du cadavre et l'égorgea lentement, soigneusement, en suivant avec application la ligne violacée laissée par son prédécesseur.

Comme le sang lui éclaboussait les mains, Rogor le lâcha avec dégoût et resta là, longuement, agenouillé près du corps sans vie, l'esprit en feu. Caledfwch, l'Épée d'or de Nudd… Dire qu'elle était là, proche et inaccessible. Dire que ce Blade l'avait peut-être aperçue…

Rogor regarda la berge, à peine visible dans l'obscurité de la nuit, au-delà de laquelle s'étendait le territoire maudit des elfes des marais. Repartir seul dans ces marécages de cauchemar à la recherche de la Hache aurait été un suicide.

Il se tourna vers l'étendue brumeuse du marais. Trois jours de traversée, puis il atteindrait les Marches, et les avant-postes nains, dans les collines. En moins d'une semaine, il pouvait être de retour à la tête d'une armée, et ravager ces marécages jusqu'à ce que le talisman des nains lui soit rendue…

XVII

La fuite

Le gerfaut volait en silence dans les premières lueurs de l'aube. Sous ses ailes, tout le petit monde du marais saluait le soleil levant. Il aperçut sous l'eau boueuse un immense poisson-chat au dos noir, long de plus de deux mètres, qui achevait sa nuit de chasse en gobant une grenouille dans un brusque bouillonnement, avant de rejoindre sa tanière aquatique. Il vit des rats, des loirs et des lapins quitter l'abri des buissons ou des haies d'osier pour grignoter fébrilement les dernières pousses d'herbe, les oreilles aux aguets et les moustaches frémissantes, inconscients du danger qui planait au-dessus d'eux. Comme il aurait été facile de les attraper ! Mais le grand faucon redonna un coup d'ailes et poursuivit son vol jusqu'à l'intérieur des terres, où l'attendait son maître, Till.

L'elfe avait changé, sans que l'oiseau parvienne réellement à savoir pourquoi. Oui, bien sûr, le chien était mort, écrasé par cette avalanche de terre qui avait soudain jailli du sol, et l'oiseau ressentait une douleur chaque fois qu'il y pensait. Till lui-même avait été renversé, enseveli, roulé dans les cailloux et la terre en furie, submergé tant par la boue que par la peur, et il avait fui, abandonnant son arc brisé, abandonnant son chien, abandonnant la reine, trahissant la parole donnée au roi Llandon et flétrissant son honneur à jamais. Mais cela, le gerfaut ne pouvait pas le comprendre.

L'elfe était déjà réveillé (si tant est qu'il ait dormi de toute la nuit) et, dès qu'il aperçut son faucon, il leva le bras d'un geste impérieux pour qu'il s'y pose. Till avait le visage fatigué, la mine sombre. Il caressa le plumage blanc moucheté de gris d'un geste machinal et las. L'oiseau raconta ce qu'il avait vu, prenant bien garde à ne rien oublier. Quand il eut fini, le pisteur secoua la tête, mécontent et contrarié. Le gerfaut quitta son poignet et se percha sur une souche envahie de mousse, un peu inquiet de la colère de son maître. Comment aurait-il pu comprendre que le pisteur n'avait plus qu'une raison d'être, et que cette raison venait de lui échapper ?

Till retrouva enfin son calme et, les mains en porte-voix, lança dans l'air glacé du petit matin un trille modulé auquel, bientôt, répondirent de partout des sifflements identiques. Des elfes gris apparurent presque aussitôt, armés de leurs étranges arcs courts, de bâtons et de dagues.

— Le nain Rogor s'est enfui, annonça Till dans le langage des elfes des marais. Et le voleur avec lui… Ils n'ont laissé derrière eux que le corps du gnome Oisin.

— Alors le voleur marchait avec le nain, dit l'un des guerriers elfes.

— Sans doute… Et maintenant le mal est fait. Ils ont tué la reine Lliane, ils ont tué Gael, ils ont pris ce qu'ils étaient venus chercher et ils sont repartis sans être inquiétés.

Les elfes gris baissèrent la tête, de rage et de honte.
— Rentrons.

— Debout ! Debout !

Uter se crispa instinctivement, puis son sang se remit à circuler dans ses veines quand il reconnut Freïhr. Il s'ébroua, regarda autour de lui comme s'il avait eu une absence et se remit sur ses pieds, le cœur battant. Ses oreilles sifflaient toujours et il se sentait encore glacé jusqu'aux os, engourdi comme au sortir d'un mauvais rêve. Il vit enfin la reine, agenouillée près du catafalque, le visage entre les mains, et son premier mouvement fut de se précipiter vers elle pour l'aider à se relever, mais le masque terrifiant de l'elfe, quelques instants plus tôt (ou étaient-ce quelques heures ?), lui revint en mémoire, et il ne bougea pas. Tsimmi, à côté d'elle, se hissait sur ses courtes jambes afin d'atteindre le corps de Gael. Il farfouilla sans que Freïhr ni Uter puissent voir ce qu'il faisait, puis enfin il se tourna vers eux, un éclat triomphant dans le regard.

— Voilà ! dit-il en les rejoignant.

Au creux de sa main brillait la bague de Gael, frappée de la rune de Beorn.

— Qu'est-ce que c'est ? demanda Freïhr.

— La bague, voyons ! grogna le nain en haussant les épaules. Tu dormais, tout à l'heure, ou quoi ? Tu n'as pas vu qu'ils se montraient leur bague ?

Uter hocha la tête. L'image des fantômes de Blade et Gael était encore bien présente à son esprit, et chacun de leurs gestes resterait probablement gravé à jamais dans sa mémoire.

Il saisit l'anneau et l'examina. Il y avait une rune, en effet, semblable à un arbre à trois branches. Une rune qu'il connaissait et qu'il avait déjà vue… À Scâth, à l'entrée du quartier des voleurs, dans la ville basse de Kab-Bag. Et sur la bague de Blade. Et où encore ?

— C'est l'anneau de la Guilde, dit Freïhr de sa voix traînante, en regardant la bague par-dessus son épaule.

— Bien sûr ! grogna Tsimmi (il était toujours un peu agacé par la lenteur des déductions du barbare). Et, si Gael portait cette bague, c'est qu'il faisait lui aussi partie de la Guilde. C'est la Guilde qui l'employait, tu comprends ?

— Non…

— Autrement dit, poursuivit Uter, c'est la Guilde qui a commandité la mort du roi Troïn et le vol de l'Épée de Nudd !

Les yeux de Tsimmi brillaient d'excitation. Il reprit l'anneau des doigts du chevalier et le serra fermement dans son poing.

— Il faut rentrer au plus vite à Loth ! s'exclama-t-il. Avec ça, nous pourrons prouver que les elfes sont innocents et qu'il ne s'agit que d'un vol crapuleux ! Ce sera au roi Pellehun de faire justice et de mettre de l'ordre dans cette association de voleurs et d'assassins. La paix peut encore être sauvée !

À cet instant, Lliane poussa un gémissement, et les trois compagnons s'aperçurent qu'elle était tombée à terre, presque sans connaissance, épuisée.

Tsimmi donna un coup de coude à la cuisse de Uter.

— Tu devrais l'aider, quand même, suggéra-t-il d'un ton de reproche.

Le jeune homme ouvrit la bouche pour répliquer mais, comme souvent, il ne trouva rien à répondre et se contenta de hausser les épaules, tandis que le nain et le barbare ricanaient niaisement.

En deux pas, il fut auprès de Lliane et, s'agenouillant, il lui souleva doucement la tête. Il écarta les cheveux noirs collés par la sueur et contempla le visage apaisé de l'elfe, si belle et semblant aussi fragile que du verre. Comment pouvait-elle abriter une force aussi sauvage, aussi bestiale, si peu humaine ? Jusque-là, tous les elfes que le preux avait rencontrés étaient doux et pacifiques, calmes jusqu'à l'indolence, détachés de tout. Certes, de vieux soldats qui avaient connu la guerre des Dix Années parlaient de la cruauté des elfes et des prodiges accomplis par leurs magiciens, de l'atrocité de leurs maléfices et de leurs regards de vampires, mais jamais Uter ne les avait crus. Les vieux soldats en rajoutent toujours, c'est bien connu.

Maintenant lui aussi avait vu l'autre visage des elfes. Les ombres de la nuit, lutins, poulpiquets, farfadets et ces fantômes noirs du crépuscule que les nains appellent korrigans, tous ces personnages de contes que l'on inventait pour les enfants prenaient un sens nouveau, effrayant et fascinant. Lliane la magicienne était-elle tout cela à la fois, fée et monstre, terrifiante et adorable ? Les elfes étaient-ils tous ainsi ?

Lliane recouvra ses esprits, ses yeux verts si clairs se posèrent sur lui avec tendresse. Pauvre humain pris dans la ronde des fées, enchanté, l'âme ravie à tout jamais…

— Comme tu me regardes, murmura-t-elle.

Uter ne dit rien, mais son cœur battait fort. C'est vrai, il la contemplait éperdument, ravagé par des bouffées de sentiments diffus, en un écheveau embrouillé d'amour, de crainte, de désir, de malaise et de fascination qu'il était bien incapable de démêler.

Elle lui sourit.

— Ainsi tu m'aimes ? demanda-t-elle.

— Oui...

Elle pencha sa joue sur la main du chevalier et lui caressa le bras.

— Il faudra que tu m'apprennes...

Uter hocha la tête et la boule qui lui serrait la gorge se dénoua. La joue de Lliane, sur sa main, le corps de Lliane, étendu à son côté, les yeux de Lliane, ses lèvres, sa beauté, sa force... Ne venait-elle pas d'avouer qu'elle l'aimait ? Non, pas vraiment, mais quand même... On prétendait que les elfes ne connaissaient pas l'amour. Qu'ils étaient trop semblables aux bêtes pour éprouver de réels sentiments. Ne se pouvait-il qu'une elfe aime un humain, alors ? Que la reine des hauts-elfes aime un chevalier ? D'un seul coup, il se sentit fort, bouillonnant, prêt à l'action.

— Allez-y ! cria-t-il aux autres. Il ne faut plus perdre de temps !

Puis, tandis que ses compagnons s'élançaient vers les degrés de terre, il aida Lliane à se relever et lui parla de l'anneau de Gael en la soutenant pour ses premiers pas.

Tsimmi et le barbare éprouvaient le même débordement d'énergie. Ils grimpèrent les restanques presque en courant, jusqu'aux premières salles où Freïhr dut à nouveau se baisser, ce qui permit au nain de le doubler et de sortir le premier à l'air libre, de toute la vitesse de ses courtes jambes.

Il jaillit à la lumière du jour avec un sourire triomphant, qui se figea aussitôt.

Au centre de la clairière se tenait une petite troupe d'elfes gris en armes qui palabraient avec les vieux. L'un des anciens tendit le doigt dans sa direction, et tous se tournèrent vers lui avec un frémissement à la fois hostile et hésitant. Un elfe de plus haute taille les bouscula, fendit leur petit groupe et se rua vers lui, si vite qu'il eut à peine le temps de le reconnaître.

— Toi ! hurla Till, les yeux écarquillés par la haine, le visage grimaçant. Tu vas payer !

Tsimmi recula, tenta maladroitement de saisir le marteau de guerre fixé dans son dos et buta contre la tête courbée de Freïhr, qui sortait à cet instant de la hutte souterraine.

Dans la même fraction de seconde, Till frappa avec un cri de rage. La lame effilée de sa longue dague fendit le cuir épais de la broigne du nain, trancha les chairs et fit jaillir le sang.

Tsimmi poussa un cri de douleur. Le bras profondément entaillé, il roula à terre, juste sous les pieds du pisteur qui frappa à nouveau, comme un forcené. L'instant suivant, Freïhr le percutait de plein fouet, d'une ruée prodigieuse, la tête la première, l'envoyant bouler à plusieurs toises.

Le barbare jeta un coup d'œil au nain qui se blottissait contre la hutte, blessé mais vivant, et il dégaina sa formidable épée à deux mains, juste à temps pour contenir l'assaut des elfes gris qui accouraient au secours de Till.

Sous terre, Lliane et Uter avaient perçu le cri de Tsimmi. Ils restèrent un moment interdits, retenant leur souffle. Bientôt, ils reconnurent le bruit d'un combat. D'un même élan, ils se précipitèrent au-dehors.

Freïhr, dressé de toute sa taille, tenait en respect un groupe d'elfes par de larges moulinets de son épée, dont la lame vrombissait dangereusement devant eux, telle une faux. Tsimmi, adossé à la hutte, titubait comme un homme ivre, sans parvenir à brandir son marteau de guerre.

— Arrêtez !

La reine avait crié de sa voix de commandement, une intonation puissante qui s'imposait et vous forçait à l'entendre. Les elfes reculèrent et lui lancèrent des regards inquiets. Freïhr lui-même ne put s'empêcher de jeter un coup d'œil vers la reine, par-dessus son épaule. Lliane chancela. Sans le bras d'Uter, elle se serait écroulée. Lui qui la voyait de près devina le tremblement de ses membres et les rigoles de sueur qui encadraient son visage. Ce cri semblait l'avoir vidée de ses dernières forces.

Uter sentit, avant même de le voir, un elfe courir vers eux, et il pointa son épée pour lui barrer le chemin. Il lui fallut un temps pour reconnaître Till, tant le pisteur semblait hors de lui.

— Reine Lliane !

Il paraissait incapable d'en dire plus, dardant sur la reine des hauts-elfes un regard fiévreux, terrible.

Lliane le prit par le bras, abaissant du même coup sa dague rougie du sang de Tsimmi.

— Je suis contente de te revoir, Till, murmura-t-elle.

— Ma reine, j'étais sûr que vous aviez été tuée, ce matin. J'ai… Je ne…

L'elfe vert jeta un coup d'œil vers le maître maçon, toujours tapi contre la hutte de Gael, puis revint sur la reine, bouleversé et bafouillant.

— C'est fini, dit Lliane.

Elle remercia Uter d'un signe de tête et, s'appuyant à présent sur Till, s'avança au-devant des elfes gris comme s'il ne s'était rien passé. En croisant son regard, Uter eut la conviction qu'elle avait déjà repris des forces et qu'elle ne se tenait au bras du pisteur que pour le maîtriser.

— Nous avons tous été trompés, dit-elle d'une voix forte. *Yelessa eh anna kolotialo. D'hya ne etio lassaleo.* Le nain n'y est pour rien !

Uter, d'un mouvement du menton, signifia à Freïhr de surveiller les elfes tandis qu'il se portait au secours de Tsimmi. Adossé au mur de branchage de la hutte, le maître maçon comprimait sa plaie en grimaçant de douleur. Du sang coulait entre ses doigts. Il y en avait plein sa broigne de cuir, et ça ruisselait le long de son bras pour former une flaque noirâtre à ses pieds, vite bue par le sol de tourbe.

— Laisse-moi voir, dit le jeune homme.

Tsimmi obtempéra ; Uter fit la grimace.

L'os était visible, sous les chairs sanguinolentes que la lame effilée de Till avait tranchées comme du jambon. Le chevalier arracha d'un coup sec la manche de sa tunique verte. Il bourra le tissu dans la blessure, puis en noua les extrémités pour maintenir le bandage de fortune.

— Décidément, j'ai pas de chance, geignit Tsimmi dans sa barbe. D'abord les gnomes qui manquent de me briser les genoux, et maintenant cet imbécile qui me coupe le bras. Mais qu'est-ce que je lui ai fait ?

Uter s'abstint de lui dire qu'il l'avait juste enseveli sous des monceaux de terre, et que lui-même, la veille, n'avait pas été loin de le couper en rondelles. Les nains sont susceptibles.

Il y eut des cris, des interjections haineuses, dans l'étrange langue des marais à laquelle Uter et ses compagnons n'entendaient rien. Mais, lorsqu'un elfe gris désigna un objet brillant sur le sol de tourbe, le jeune chevalier se précipita pour le ramasser avant eux. C'était la bague de Gael. La bague frappée de la rune de Beorn, leur seule preuve…

— Donne-la-moi ! dit Tsimmi.

Uter obéit sans réfléchir, et la main noueuse du nain se referma sur la bague à l'instant où un elfe gris, bousculant Till et la reine, se plantait devant eux, les yeux révulsés, hurlant à leurs oreilles son charabia incompréhensible.

— Qu'est-ce qu'il veut ? lança Uter en s'interposant entre l'elfe et le maître maçon.

Question stupide. Il voulait la bague.

— Il nous accuse d'avoir dépouillé Gael ! traduisit la reine. Il faut lui rendre la bague, Tsimmi. Vraiment !

— Non, non, répondit le nain, avec un sourire crispé à l'adresse de l'elfe. Si on la lui rend, on n'aura plus aucune preuve de ce qui s'est passé…

Il souriait toujours, malgré son visage exsangue, malgré le sang qui avait noirci son bandage de fortune, le poing gauche serré sur la bague de Gael. L'elfe gris, se balançant d'un pied sur l'autre et secouant nerveusement sa dague, le regardait en se demandant visiblement quelle raison il pourrait bien avoir de ne pas le tuer tout de suite.

Avec une grimace de douleur, Tsimmi tenta de lever son bras blessé et fit claquer ses doigts. L'elfe jeta un coup d'œil étonné vers la main ensanglantée du nain et, quand son regard revint se poser sur lui, Tsimmi lui montra sa main gauche, vide à présent.

— Partie ! dit-il de son ton de bateleur. Envolée, la bague !

L'elfe marqua le coup et fronça les sourcils, ce qui eut le don de ravir Tsimmi.

— Magie ! dit-il, et il pouffa d'un rire goguenard.

L'elfe frémit sous l'insulte.

— *Hyalla eh n'eta lo !*

Il porta à Tsimmi un coup si fort que du sang macula son poing. Lliane et Uter se précipitèrent en même temps vers lui pour le maîtriser, mais il avait déjà levé sa dague et l'abattait avec un « han ! » de bûcheron, pour clouer le nain au sol.

La reine et le chevalier ripostèrent en même temps, et nul ne sut laquelle, de la dague elfique de Lliane ou de la lourde épée d'Uter, fut la première à tuer l'elfe gris.

Ce fut aussitôt une effroyable bousculade.

Les elfes des marais hurlèrent de rage et se ruèrent aveuglément à l'assaut, en une masse désordonnée et furieuse, assaillant de toutes parts le groupe dispersé des légats du Grand Conseil. Freïhr, déjà sur ses gardes, cueillit l'un d'eux d'un moulinet de son énorme épée, lui séparant la tête du corps. Dans le mouvement, son flanc se découvrit et un guerrier piqua droit sur lui, tenant sa dague à deux mains. Le barbare l'arrêta net d'un coup de pied dans le ventre puis, comme par un effet de balancier, l'épée monstrueuse vrombit et vint se ficher profondément dans le corps de l'elfe.

— Comme tu m'as montré ! cria Freïhr dans l'ivresse de la bataille avec un regard triomphal vers Uter.

Le chevalier ne l'entendit même pas. Lui et Lliane combattaient dos à dos, formant un rempart devant le corps inanimé de Tsimmi, submergés par la charge furieuse et désordonnée des elfes gris. L'un d'entre eux se jeta littéralement sur la reine, rugissant comme une bête, les yeux fous. Uter la protégea de son corps. Son épée se planta dans le front du forcené qui, en tombant, la lui arracha des mains. Il vacilla, atteint simultanément par une grêle de coups à la pommette, au bras, au corps. Une lame entailla son flanc. Un bâton le heurta durement à l'épaule, anesthésiant son bras. Des étoiles se mirent à danser devant ses yeux et il sentit le goût du sang dans sa bouche. Alors, il se mit à hurler et se dégagea en tapant dans le tas, comme un forcené. Ce n'était plus lui qui se battait mais un animal primitif luttant pour sa survie, oublieux des règles tant de fois apprises à l'entraînement, frappant du poing, du pied, mordant comme une bête, dans la mêlée furieuse d'un combat à mort, sans même savoir si Lliane, à côté de lui, était encore vivante. Les visages grimaçants des elfes le cernaient comme dans un cauchemar et il frappait, frappait à poings nus, avec une rage telle que les elfes reculèrent, saisis de cette crainte superstitieuse qui si souvent s'emparait d'eux. L'homme était devenu ce que les barbares du Nord appelaient un « berserker », un fou de guerre, ivre de sang, inconscient du danger, insensible aux assauts de ses ennemis. Bientôt, Uter ne rencontra plus que le vide, et il regarda autour de lui, titubant et hébété.

— Viens !

Il tourna la tête, le temps de voir Lliane l'entraîner à sa suite, et il se précipita derrière elle, sa rage se transformant en peur, en peur panique, un peu plus terrifié à chaque pas. Et ils coururent droit devant eux à travers les broussailles, les ajoncs et les fougères, pendant un temps infini, jusqu'à ce que la peur elle-même cède la place à la fatigue, puis la fatigue à la souffrance, puis la souffrance à l'abrutissement… Les jambes du chevalier se dérobèrent et il s'abattit face contre terre, incapable de faire un pas de plus. Freïhr buta contre lui et chuta à son tour, envoyant bouler le malheureux Tsimmi qu'il portait dans ses bras comme un enfant endormi.

La gorge convulsée et les poumons en feu, le corps baigné de sueur, Uter avait l'impression de n'être plus que plaies et horions. Il roula sur le dos, face au ciel, grimaçant et soufflant comme une forge, puis, quand il put à nouveau respirer à peu près normalement, il se redressa sur son séant et chercha des yeux la reine. Lliane était là, pantelante et le visage couvert d'ecchymoses, mais toujours debout et paraissant capable de courir encore indéfiniment. C'était comme si l'effort physique n'existait pas pour elle ; comme si ses propres enchantements étaient seuls capables de l'épuiser… Tous les sens aux aguets, l'une des flèches de Kevin déjà encochée à son grand arc, elle revint en arrière, s'assura qu'ils n'étaient pas suivis et disparut dans les fougères. Quelques instants plus tard, elle les rejoignit et rangea sa précieuse flèche dans son carquois.

— Il semble que nous ayons un répit, mais il ne faut pas traîner, dit-elle, adressant à peine un regard à Uter (et, à cet instant-là, il la trouva détestable).

Puis elle se pencha sur Tsimmi et l'examina en silence.

— Alors ? demanda Uter d'un ton brusque.

— Il vit. C'est tout ce qu'on peut dire. Je le soignerai plus tard.

— Plus tard !

Uter sentit la rage monter en lui.

— Sache que, s'il est blessé, c'est parce qu'il a risqué sa vie afin de récupérer la bague de Gael et d'innocenter ton peuple !

La reine posa sur lui ses yeux froids.

— Si je le soigne ici, les elfes gris nous retrouveront et nous mourrons tous. Tsimmi survivra bien encore une heure ou deux.

— Vous pouvez compter là-dessus ! fit le nain d'une voix pitoyable, en ébauchant un vague sourire à l'intention d'Uter.

Lliane enfila son arc dans son dos, plaçant la corde entre ses seins, avec un coup d'œil en biais vers le jeune chevalier, ce qui lui donna à penser qu'elle était consciente du fait que la corde plaquait sa tunique contre sa poitrine et en révélait les courbes de façon provocante. Elle passa pourtant devant lui comme s'il n'existait pas et alla même aider Freïhr à se relever. Freïhr ! On se demande un peu ! Uter se redressa en gémissant. Il se pencha, ramassa son épée tombée à terre et la rengaina avec une nouvelle grimace de douleur. Chaque geste, chaque pas était une souffrance. Du sang maculait sa cotte d'armes à son flanc, là où une dague elfique l'avait entaillé. En fait, il était constellé de sang. Il y en avait partout. Et parfois c'était le sien.

— Partons, dit la reine.

À la tombée de la nuit, ils étaient sortis de Gwragedd Annwh. Le sol était redevenu ferme, la végétation avait changé. Aux bosquets d'osier, aux roseaux, aux fougères et aux buissons d'ajoncs avaient succédé de sombres broussailles, jusqu'aux abords d'une forêt de hêtres tordus, aux formes ravagées par le vent, que les hommes appelaient des faux et qui leur faisaient peur, tant ces arbres noués, torturés, ressemblaient à une caricature sinistre de formes humaines. Le sol de tourbe, spongieux et souple, avait cédé la place à une terre de plus en plus rocailleuse, encombrée de racines et de lierre rampant qui les faisaient sans cesse trébucher, les obligeant à garder les yeux baissés pour voir où ils posaient les pieds. Chaque fois qu'il relevait la tête, Uter se sentait oppressé par la sombre forêt qui se dessinait peu à peu autour d'eux. Les arbres noirs aux troncs mangés de lierre, les rochers pourris d'un lichen verdâtre, les longues branches pareilles à des mains de sorcière, squelettiques et griffues, tout cela prenait des allures de cauchemar, et il préféra garder les yeux baissés pour échapper à ce décor funeste.

Trop de légendes avaient circulé parmi les Peuples libres à propos de cette lugubre forêt pour qu'aucun des quatre compagnons n'ignore où ils se trouvaient. La sombre hêtraie marquait la frontière des Terres noires. Au-delà s'élevaient les collines des Marches, puis le Pays de Gorre, l'empire de Celui-qui-ne-pouvait-être-nommé.

Ils continuèrent à avancer en silence (hormis les gémissements et les récriminations de Tsimmi, toujours juché sur le dos de Freïhr et qui n'avait repris conscience que pour se plaindre) jusqu'à ce que l'obscurité les empêche d'aller plus loin. Alors ils s'arrêtèrent, exténués et aussi sombres que la forêt, taciturnes et fermés, perdus dans de mornes pensées.

Uter défit sa ceinture, ôta la cotte d'armes maculée de sang qui recouvrait son haubert de mailles et la jeta au loin avec une moue écœurée. À quoi bon porter les couleurs du roi Pellehun, quand elles n'étaient plus guère visibles ! Le jeune homme se gratta convulsivement les joues, envahies par une barbe naissante qui le démangeait. Il se sentait sale, il avait faim, il en avait assez. Et puis il avait le sentiment déplaisant d'être le seul à ne pas savoir où ils allaient, depuis des heures dans cette forêt maudite qui ne menait nulle part. Comme la reine ne lui parlait pas, il gardait ses questions pour lui, ce qui ne faisait qu'attiser sa rancœur.

Sans doute auraient-ils été incapables de dire combien de temps ils restèrent là à ruminer chacun dans son coin, mais d'un seul coup ce fut comme si tous se réveillaient. Lliane et Tsimmi commencèrent à s'occuper des blessures du nain (et le maître maçon ne cessait de donner des conseils à la reine ou de piailler dès qu'elle lui faisait mal), et Uter entreprit de ramasser du bois mort pour faire du feu.

— Prends la garde, dit Freïhr, je vais chasser pour le dîner…

Le preux se releva et dégaina son épée à tout hasard. Il ne savait pas en réalité ce qu'il devait garder ni d'où pouvait survenir le danger, mais au moins étaient-ils tous sortis de leur torpeur morbide…

Il s'écarta un peu dans la direction prise par le barbare. On entendait encore le bruit de ses pas s'éloignant rapidement dans la nuit, sans qu'il fût possible de distinguer quoi que ce soit dans les sombres taillis et les troncs noueux des hêtres. Si la lune était levée, il devait y avoir trop de nuages pour que sa lumière atteigne le sous-bois. Uter le suivit un moment au jugé, en se demandant comment on pouvait bien chasser dans une telle obscurité, jusqu'à ce qu'il ne perçoive plus rien du barbare. Il balaya d'un coup d'épée des brindilles qui s'étaient accrochées à sa cotte de mailles et fit demi-tour, mais il s'immobilisa aussitôt. On ne voyait plus le feu qu'il avait allumé. On ne voyait rien. Le néant. Une obscurité totale et insondable. Seules les formes torturées et menaçantes des branches se découpaient dans le gris sombre du ciel.

Le jeune homme déglutit, se força au calme et s'avança à tâtons, tendant son épée devant lui comme un aveugle, trébuchant à chaque pas contre des racines ou des souches mortes, se heurtant aux arbres dont il ne parvenait à deviner la silhouette qu'au dernier instant. Il marcha quelques minutes dans la direction supposée de leur campement de fortune sans rien voir, ensuite dans le sens contraire, enfin à angle droit parce qu'il lui semblait avoir entendu une voix. À nouveau il dut s'arrêter pour maîtriser l'angoisse qui sourdait en lui.

L'oreille aux aguets, il tenta de repérer Tsimmi et la reine, mais il ne perçut que les bruits de la forêt : craquements, hululements des oiseaux de nuit, sifflement entêtant du vent dans les branches. Et un rire…

Il sursauta, raffermit sa poigne autour de la garde de son épée. Était-ce bien un rire ? On aurait dit le crissement du sable dans un tamis, un ricanement spasmodique et étouffé, tout près de lui.

— Qui va là ?

Encore ce rire sourd, et des trottinements légers dans les feuilles mortes… Uter retint son souffle, écarquilla les yeux à en pleurer sans distinguer personne. Soudain, il y eut le craquement net d'une branche, derrière lui, puis un autre à droite, et encore plus loin. Et ce ricanement insupportable…

— Montrez-vous, par le sang !

— Uter !

Le jeune homme tourna la tête. C'était la voix de Lliane, pourtant il ne vit que la haute silhouette de Freïhr, tenant une torche, au loin. Aussitôt, il se sentit frôlé, bousculé, environné de mille choses fuyantes qui disparurent en un éclair dans les taillis insondables de la forêt, sans qu'il ait pu les identifier.

— Uter ?

— Je suis là ! cria le jeune homme.

Il s'avança de quelques pas à peine vers la lueur de la torche et faillit buter sur la reine, qui n'avait nul besoin de lumière pour se frayer un chemin dans les sous-bois.

— Lliane ! Vous les voyez ? Vous les voyez ?

Il la saisit par le bras et désigna d'un geste vague les obscures broussailles et les troncs noueux de la hêtraie.

— Quoi donc ? demanda la reine en plissant les yeux. Il n'y a rien…

— Si, regardez bien, partout… Il y avait des bêtes, je ne sais pas quoi, mais j'avais l'impression qu'elles riaient…

— Ah, c'est des kobolds, intervint Freïhr en les rejoignant. C'est rien. Pas méchants. Tu sais, on en a vu à Kab-Bag.

Uter repensa avec dégoût aux hommes-chiens, répugnants mangeurs de charogne qui rôdaient aux abords des villes et des villages, et que les nains accusaient d'être des voleurs d'enfants… L'idée d'avoir été environné par une meute de kobolds sauvages au cœur de la forêt ne lui plut pas particulièrement.

— Qu'est-ce qu'il y a ? demanda Freïhr. Tu as eu peur ?

Il lui donna une claque sur l'épaule en éclatant de son gros rire stupide, puis l'entraîna à sa suite, vers leur campement de fortune.

— Bon, ça va, je n'ai pas eu peur ! dit Uter avec humeur, en glissant un regard en biais vers la reine (qui, lui sembla-t-il, réprimait un sourire). Et puis, si tu pouvais éviter de me démettre l'épaule sans arrêt, ce serait bien aimable de ta part, merci d'avance !

Lliane émit quelques notes de son rire argentin et le prit par la main.

— En tout cas, moi, j'ai eu peur, lui souffla-t-elle à l'oreille. J'ai eu peur que tu ne te sois perdu…

Le jeune homme la regarda avec stupeur et se laissa guider jusqu'au campement, où Tsimmi, adossé à une souche, alimentait son feu de brindilles et de mousse. Il y avait chez la reine quelque chose qu'Uter ne comprenait pas. Ni les jeunes filles qu'il avait connues, ni aucune femme de la cour ne se comportaient ainsi. Quand une femme s'offrait à un homme, elle devenait sa compagne, et tout le monde était content (l'amour des hommes, en ces temps lointains, était une chose simple, pour des cœurs simples), mais Lliane semblait prendre un malin plaisir à se refuser au moment où il avait besoin d'elle ou à le reprendre dans ses filets dès qu'il s'en détachait, comme si l'amour, pour l'elfe, était un jeu subtil et cruel, et non cette certitude grave qui s'était ancrée dans le cœur du jeune homme. Il y avait de quoi devenir fou…

— La forêt est trop dense pour la traverser, dit Freihr, repu, en se suçant les doigts. Trop de broussailles, trop d'épines. Il faudrait des jours… J'ai vu un chemin, mais il mène aux collines.

Uter avala avec une grimace de dégoût la bouchée qu'il mastiquait péniblement. La viande de loir rôti à la broche avait vraiment un goût infâme…

— Quelles collines ? interrogea-t-il. Tu veux parler des Marches ?

— Les Marches noires, murmura Tsimmi sombrement.

Uter sourit en voyant l'état dans lequel il s'était mis. Son bras blessé avait été fixé à sa poitrine et il se servait pour manger de sa main gauche, ce qui n'arrangeait pas les choses…

— N'y a-t-il aucun autre moyen de passer ? demanda la reine.

À nouveau, Uter eut la pénible sensation d'avoir raté une partie de l'histoire.

— Mais enfin, passer où ? lâcha-t-il brusquement. Et puis qu'est-ce qu'on fait, ici ?

— On rentre, bien sûr ! ricana Tsimmi.

— Après ce qui est arrivé à Gwragedd Annwh, expliqua Lliane, le seul moyen de revenir à Loth sans traverser les marais est de rejoindre le village de Freïhr, Seuil-des-Roches…

Elle marqua un temps.

— … mais c'est de l'autre côté.

Uter hocha la tête.

— Tu veux dire : de l'autre côté des Marches noires.

— Oui…

— Eh bien, moi, je préfère encore tenter ma chance avec les elfes gris.

— Uter…

— Quoi, Uter ? Mais vous êtes tous devenus fous, ou quoi ?

Il prit à partie Tsimmi, qui le regardait d'un air intéressé en rongeant une minuscule cuisse de loir.

— Toi, au moins, parle-leur ! À Kab-Bag, tu étais le premier à clamer que ce serait une folie d'aller dans les Terres noires ! Mais enfin, regardez-vous ! On a déjà perdu la moitié de la compagnie. D'abord Rodéric, puis les pages, puis le seigneur Rogor – Dieu sait ce qu'il est devenu, celui-là –, et Miolnir, et Till, et même le voleur ! On n'est plus que quatre ! Qu'est-ce qu'on fera si on tombe sur une patrouille gobeline ?

— Et qu'est-ce qu'on pourrait faire d'autre ?

La reine le fixa jusqu'à ce qu'il retrouve son calme.

— Il ne faut pas sous-estimer les elfes gris, reprit-elle enfin. Si nous retournons là-bas, nous serons tous tués avant d'atteindre les marais. Seuil-des-Roches n'est distant que de quelques lieues. On a peut-être une chance de passer sans être repérés…

— Et si on est repérés ?

— Alors nous mourrons. Mais au moins nous aurons mené notre mission jusqu'au bout, Uter. Au moins nous aurons tenté de préserver la paix… Je ne sais pas pourquoi Gael a tué le roi Troïn, ni ce qu'il faisait dans la Guilde, ni quel maître il servait. En revanche, je sais que la nation des elfes n'est pour rien dans ce meurtre ni dans le vol de l'Épée sacrée de Nudd. Et je veux en témoigner… Témoigner s'il en est encore temps, et éviter une guerre entre elfes et nains.

Elle s'interrompit. À la lueur du feu, ses yeux brillaient de larmes.

— Et si nous échouons, Uter, je crois que je préfère mourir que de voir ça…

Un lourd silence tomba sur la compagnie, jusqu'à ce que Tsimmi se racle la gorge pour attirer l'attention.

— Afin de répondre à votre question de tout à l'heure, dit-il du ton pédant qu'il prenait souvent lorsqu'il délivrait une information, il n'y a pas que les Marches. On peut traverser par les collines !

Il se tut, le temps de ménager son effet.

— Nous avons conservé dans les archives du royaume sous la Montagne la saga des nains d'Oonagh, reprit-il en fixant pensivement le feu de camp. Les nains d'Oonagh étaient une grande lignée, menés par Fenris Barbe-Bleue. Je vous parle de ça, c'était à une époque où je n'étais pas encore né, c'est dire… Fenris est parti de la Montagne rouge et a suivi à peu près le chemin que nous empruntons aujourd'hui. À la différence près qu'il était à la tête de la plus grande armée naine jamais rassemblée…

Tsimmi se tut un instant et ferma les yeux, savourant quelques secondes l'évocation de ce glorieux passé légendaire.

— Et alors ? fit un peu sèchement Uter.

Le nain cligna les paupières, comme s'il se réveillait d'un bref sommeil.

— Hein ? Ah oui, pardonnez-moi. La saga des nains d'Oonagh rapporte que les collines elles-mêmes n'appartiennent pas au Seigneur noir, mais au peuple libre des trolls.

— Les trolls ? dit Uter, qui ne connaissait pas ce nom.

— Vous les nommez ogres, je crois, précisa Tsimmi, et Uter approuva avec une mine dégoûtée. Et tu sais comment ils vous appellent, vous, les hommes ?… Des jambons ! Ha ! Parce que votre chair est rose et plus fine que le cuir des nains ! Miam, miam !

Freïhr éclata de rire (oubliant qu'il était lui aussi l'un de ces « jambons » dont les trolls ne feraient qu'une bouchée). Sa bonne humeur finit par avoir raison de l'agacement d'Uter.

— Eh bien, je n'ai nulle envie de servir de repas aux ogres des collines, dit-il en souriant.

— Certes, mon ami, approuva Tsimmi. Et c'est pour cela que l'Innommable leur a laissé ce territoire. Les trolls attaquent quiconque s'aventure dans leurs contrées. Je crois bien que même une armée ne passerait pas.

— Et comment ont fait Fenris et tes nains d'Oonagh ? demanda le chevalier.

Tsimmi eut un petit sourire rusé, visiblement, il attendait cette question.

— Ils sont passés *sous* les collines. La saga rapporte qu'il existe dans les Marches de nombreuses grottes qui communiquent à la fois avec les Terres noires et avec le monde libre. Des tunnels, de vrais tunnels…

— Jamais vu de troll, grommela le barbare. Mais vous savez ce qu'on dit des Marches ? On dit qu'elles sont gardées par le clan des loups noirs.

Le barbare secoua la tête.

— Un jour, ils ont attaqué Seuil-des-Roches, mon village…

Il tendit la main devant lui, et ses trois compagnons se tournèrent sans réfléchir dans la direction qu'il indiquait. Évidemment, ils ne virent rien d'autre que le sombre rideau des arbres éclairés par les flammes, et leurs propres ombres fantomatiques dansant au rythme de leur maigre feu de camp.

— Personne n'a jamais vu de troll, corrigea Tsimmi. On prétend que leur seul aspect glace de terreur le voyageur égaré dans leurs collines, et qu'ils le dépècent vivant pour le dévorer. J'aime autant ne pas savoir si c'est vrai… Les loups noirs sont de véritables monstres, et certains sont assez gros pour porter un gobelin en armure, comme les destriers du roi Pellehun… Mais ce ne sont que des loups. Au moins, on peut les tuer.

Il eut un ricanement sans joie qui s'acheva en grimace de douleur. Son bras le faisait souffrir…

De sa main gauche, il fouilla dans l'une de ses besaces à la recherche de son moignon de pipe et de l'une de ses herbes à fumer qui atténuaient la douleur.

Uter vint s'asseoir à côté de Lliane, qui baissa la tête pour masquer ses larmes silencieuses derrière le rideau de ses longs cheveux noirs. Il l'entendit renifler et la vit s'essuyer furtivement les yeux avant de lui accorder un sourire forcé.

— Ça va aller ?

Elle hocha la tête et lui sourit plus franchement. Un sourire de petite fille, qui formait au coin de ses lèvres deux fossettes touchantes.

— Ce n'est rien. Je pensais à Llandon… Mon mari.

Uter se mordit la lèvre. Sur la peau bleue de ses joues couvertes de poussière, on voyait le sillon clair de ses larmes. Les yeux dans le vague, Lliane tentait encore de sourire, mais des ondes de tristesse venaient plisser son menton, et il la sentait au bord des sanglots. Si humaine…

— Tu l'aimes ? demanda-t-il.

Elle hocha la tête sans le regarder.

— Il me manque… Souvent, je pense à lui. Je vois son visage quand je ferme les yeux. J'ai besoin de ses mains sur moi, de son regard sur moi… Est-ce que c'est ça, l'amour ?

Uter soupira.

— Bien sûr…

— Alors je t'aime aussi, dit-elle en levant sur lui des yeux de ce vert si clair, brillants de larmes à la lueur des flammes.

Elle caressa la joue piquée de barbe du jeune homme, et le contact de ses doigts glacés le fit frissonner.

— Je crois.

XVIII

Le passage

Durant la nuit, Hamlin le ménestrel joua de la flûte à travers toute la cité, depuis les remparts jusqu'aux douves du château en passant par les moindres ruelles de la ville basse. À l'aube, les elfes avaient quitté la ville de leur pas lent et silencieux. Tous les elfes : seigneurs et pages résidant au palais, mendiants ou bateleurs des bas quartiers, elfes des Havres, narquois et distants, commerçants ou quémandeurs de toute sorte, musiciens, danseurs et courtisanes, et au petit matin Loth s'éveilla avec la sensation d'un manque.

La haine tomba d'un coup, alors que les cendres du bûcher étaient à peine refroidies, puis après la stupeur vint la honte, et les hommes se mirent à craindre la vengeance des elfes. Les gens baissaient la tête, les regards fuyaient ; même les sombres nuages d'une nouvelle journée d'hiver pesaient comme un présage funeste sur la cité. Chacun éprouvait la sensation d'une souillure, d'un déshonneur. C'était comme si la magie et la grâce avaient quitté la ville. Les hommes – et ce n'était pas nouveau – se sentaient pataudes, vulgaires et laids (d'ailleurs, les nobles, qui depuis toujours singeaient les manières des elfes, appelaient le petit peuple les « vilains »), mais ce jour-là leur propre lourdeur leur pesait encore davantage. Et puis, oui, il y avait la peur de représailles, d'une vengeance aveugle, qui rayerait Loth et ses habitants du monde des vivants. Et les rues furent bientôt pleines de rumeurs terrifiantes. Ceux qui étaient près des remparts lorsque l'elfe gris avait été mis au bûcher parlaient du sort mortel lancé par le roi Llandon pour abréger les souffrances du supplicié, soit parce qu'ils n'avaient pas vu Kevin tirer sa flèche, soit parce qu'ils ne pouvaient concevoir qu'un arc puisse faire mouche à une telle distance. Ceux qui n'étaient pas là et qui n'avaient rien vu assurèrent que Llandon avait jeté un sort semblable à toute la cité, que le ciel allait vomir des flèches d'argent et que tous périraient. Puis ils montraient les gros nuages noirs qui s'amoncelaient dans le ciel de Loth et tremblaient de peur en faisant le signe de la croix.

Au palais, le sénéchal Gorlois en personne menait ses gardes dans le quartier des elfes, fouillant chaque chambre, chaque recoin, mais ils avaient bel et bien disparu jusqu'au dernier, au son de la flûte de Hamlin. Alors Gorlois alla voir le roi, et Pellehun lui-même se mit à trembler.

Quand le jour se leva sur la hêtraie, les quatre compagnons cheminaient déjà depuis plusieurs heures. La brume des marais avait cédé la place à un froid vif qui transperçait les os mais dégageait la vue, et les sombres collines formant les Marches noires les surplombaient de leur masse imposante.

Freïhr allait en tête, loin devant, éclairant leur route le long de l'unique chemin traversant la forêt. Parfois il s'arrêtait pour les attendre, et ils se reposaient en silence, grignotant pour tromper leur faim les fruits huileux des hêtres. À la cinquième heure, la neige se mit à tomber. C'était de la neige qui ne tenait pas, presque déjà fondue lorsqu'elle touchait terre, une sorte de pluie glacée. Tsimmi grelottait et se sentait brûlant de fièvre. Uter marchait comme un spectre. La reine elle-même ressentait le froid, la fatigue et la faim.

Tout à coup, elle aperçut la silhouette de Freïhr, tapi derrière un buisson d'aubépine chargé de baies rouges. Elle crut un instant que le barbare s'était accroupi pour en cueillir afin d'améliorer leur maigre ordinaire, mais, lorsque Freïhr se tourna vers elle, elle comprit à son regard qu'il n'en était rien.

D'un geste, elle indiqua à Uter et Tsimmi de se tenir sur leurs gardes, et les trois compagnons rejoignirent le barbare à pas feutrés.

— Il y a une caverne devant nous, expliqua Freïhr à voix basse. Je ne sais pas si elle est gardée…

Uter tendit le cou avec précaution. La neige gênait la visibilité. Tout ce qu'on voyait, c'est que la colline était là, à une centaine de toises, s'élevant apparemment jusqu'au ciel.

— Est-ce qu'il y a des loups ? souffla Tsimmi.

— Pas vu, répondit Freïhr.

Lliane hésita. Dans les Terres noires, le danger était partout, et la moindre imprudence leur serait fatale. Mais la neige pouvait les protéger et masquer leur approche… Elle réfléchissait encore sur la tactique à adopter lorsqu'un reflet brillant, sur sa droite, attira son regard. Elle tourna la tête et étouffa un cri de surprise. L'épée à la main, son haubert de mailles d'acier luisant sous la pluie de neige, Uter s'avançait au milieu du chemin. Elle fit mine de se relever, mais Tsimmi l'agrippa par le poignet et la força à rester à l'abri.

— Il sait ce qu'il fait, reine Lliane. Les loups ne se méfieront pas d'un homme seul…

L'elfe se dégagea d'un geste agacé et changea de position pour trouver un meilleur angle de tir. En voyant que la reine avait encoché une de ses flèches d'argent, Tsimmi et Freïhr échangèrent un regard amusé.

Quand Uter disparut de leur champ de vision, masqué par les arbres et la neige, ils progressèrent silencieusement, renouvelant l'opération d'abri en abri, jusqu'à atteindre la lisière de la hêtraie, et jusqu'à ce que l'ouverture béante d'une grotte se dessine sur les flancs de la colline.

Uter, à quelques toises devant eux, se tenait devant la caverne, le corps légèrement en retrait, son épée tendue le long de sa jambe, comme s'il masquait son coup.

D'abord, il ne distingua rien. Mais, à l'instant où il allait leur faire signe de le rejoindre, un mouvement dans la grotte le pétrifia sur place. C'était à peine perceptible… il y avait quelque chose. Uter sentit son cœur s'accélérer, avec l'impression de revivre son angoisse de la nuit précédente, quand il avait été cerné par la meute invisible des kobolds. Le clan des loups noirs était là, il en était sûr, l'épiant de leurs yeux jaunes, grondant dans l'obscurité de leur tanière.

— Les loups noirs craignent-ils la neige ? cria-t-il brusquement en se campant solidement au milieu du chemin.

Des profondeurs de la grotte, un sourd grognement lui répondit.

— Je sais que tu es là, vieille bête ! cria Uter. Viens te battre, je te défie !

Les loups mangeurs d'hommes avaient beau être au nombre des plus immondes et des plus cruelles bêtes qui rôdaient sur la terre, ils obéissaient à un très ancien code d'honneur. Le loup qui ne s'y soumettait pas, quel que soit son rang, se voyait bientôt banni des clans de guerre et vivait le reste de sa triste existence en ermite, sans louve ni espoir de louveteaux. Et, au-dessus de toutes les lois de ce code, le défi était sans aucun doute la tradition la plus ancienne et la plus sacrée.

Uter le savait. Et aussi qu'en défiant à l'aveuglette une meute c'était le chef du clan qu'il défiait. Le loup le plus gros, le plus fort, le plus cruel…

Un autre grognement résonna dans les profondeurs de la grotte, et les envoyés du Grand Conseil virent Uter reculer d'un pas avant de se ressaisir. Quand ils regardèrent à nouveau vers l'entrée de la caverne, ils connurent le même instant d'effroi. Un énorme loup noir venait d'en sortir, avançant lentement sur le sol rocailleux de son pas silencieux, fixant le chevalier de ses insondables yeux dorés où semblaient luire tous les feux de l'enfer. Son corps était long de près d'une toise, et haut de plus de trois coudées au garrot, aussi grand qu'un âne. Lorsqu'il retroussa les babines dans un rictus hargneux, ses longs crocs brillants de bave parurent, aussi pointus que des poignards. D'autres loups surgirent de la grotte, tête basse et queue pendante en signe de soumission, et vinrent l'un après l'autre lui lécher les babines et lui donner de petits coups de museau. Queue dressée et oreilles pointées, le maître de la meute se tenait immobile. Il semblait indifférent au chevalier qui l'avait défié, poussant parfois un grognement lorsqu'un de ses loups ne se soumettait pas assez ostensiblement, jusqu'à ce que l'inférieur se couche devant lui sur le dos, les pattes en l'air en gémissant comme un chien.

Sans oser quitter le grand loup des yeux, Uter perçut un bruit de piétinement sur sa gauche. Il affermit son épée dans sa main, plissa les yeux pour tenter d'en chasser les rigoles de neige fondue qui coulaient de son front et commença à se déplacer vers la droite. Ce faisant, le chef du clan des loups noirs se mit à son tour en mouvement, s'écartant enfin de sa meute et de la grotte.

La neige n'avait cessé de tomber depuis le début de la matinée. Trempé jusqu'aux os, grelottant à la fois de fièvre, de nervosité et de froid, Tsimmi tremblait de tous ses membres, recroquevillé derrière un buisson de ronces. Soudain, un énorme éternuement lui échappa, et ce fut comme le signal de la bataille…

La meute, jusque-là silencieuse, éclata brusquement en un vacarme de grognements et d'aboiements d'excitation. Uter détourna les yeux une seconde, quand son regard revint sur son adversaire, le grand loup noir galopait sur lui de son pas silencieux, le regard fixe, les babines retroussées sur ses crocs monstrueux. Le loup bondit, toutes griffes en avant, et Uter le cueillit d'un moulinet de son épée qu'il tenait à deux mains, frappant de toutes ses forces. La lame entailla le museau et fit gicler le sang, heurtant les dents du monstre sans les ébrécher. Le coup résonna dans les bras d'Uter, qui perdit l'équilibre et manqua tomber à terre alors que, déjà, la bête se retournait sur lui. De sa patte griffue, il entailla le haubert du chevalier et déchira les mailles d'acier ; Uter lui échappa en roulant contre le corps immense du fauve. À l'aveuglette, il porta encore un coup dans la masse de crin gris et de fourrure noire entaillant le cuir et faisant jaillir le sang tiède qui l'éclaboussa au visage. Uter recula, submergé par la peur, griffé et à demi assommé par la patte formidable du loup. Il chancela, reculant encore, fendant l'air devant lui pour maintenir le fauve à distance, alors que des cris parvenaient à ses oreilles sans qu'il les comprenne. Uter ne reconnut même pas la voix de Lliane qui lui criait de s'écarter pour la laisser tirer. Le loup ouvrit sa gueule monstrueuse, rendue plus horrible encore par les chairs sanguinolentes mêlées d'écume, et poussa un feulement surgi du plus profond de ses entrailles. Son haleine se répandit jusqu'au visage glacé du chevalier en une vague de chaleur, juste avant qu'il ne s'élance d'un bond prodigieux, les deux pattes en avant, le frappant aux épaules et le projetant à terre.

Uter ne ressentit que le poids de la bête, les crins rugueux de son ventre raidis par l'urine gelée qui s'écrasaient sur son visage, et la méphitique odeur asphyxiante. Il n'éprouvait pas de douleur, juste l'impression réconfortante que tout était fini, rien d'autre que la certitude de la mort.

Et puis une flaque chaude et gluante traversa son haubert et sa tunique, lui inondant le torse et le visage. Écœuré, la bouche et le nez envahis par le sang du fauve, Uter se démena furieusement et réussit à glisser son visage à l'air libre.

Le loup était mort.

Se pouvait-il qu'il l'ait tué ?

Il s'arracha du corps pesant de la bête et se traîna à quatre pattes vers un buisson chargé de neige, avec laquelle il se lava fébrilement le visage.

Alors, il regarda autour de lui.

La première chose qu'il vit fut son épée, tombée à terre lorsque le loup l'avait assailli, puis la flèche d'argent fichée dans l'échine du monstre. C'était la flèche qui l'avait achevé… Enfin, il aperçut Lliane et ses compagnons, debout à la lisière du bois, en armes, le corps tendu, prêts au combat, les yeux fixés sur la caverne. Il rampa jusqu'à son épée et se releva en grimaçant.

Les loups noirs quittaient leur tanière au flanc des Marches en une longue procession, marchant en file indienne, posant avec précision leurs pattes dans les mêmes empreintes, ne formant ainsi qu'une unique trace. Déjà menés par un nouveau chef, ils jetaient en quittant leur abri des regards obliques vers l'homme qui avait vaincu leur maître, et ce groupe de guerriers qui prendrait possession de leur antre.

Leur lent défilé se poursuivit en silence durant un temps infini. Uter compta cinquante loups, puis perdit le fil ; il rejoignit ses compagnons d'un pas prudent, sans quitter la meute des yeux.

Lliane lui jeta, le temps d'un éclair, un coup d'œil qui lui fit chaud au cœur, mêlé d'amour, de soulagement et même, peut-être, d'un peu d'admiration, mais son expression se mua aussitôt en une moue dégoûtée et elle détourna le regard.

— Uter, mon ami, tu fais peur à voir ! dit Tsimmi à voix basse, comme pour ne pas provoquer les loups.

Le chevalier hissa à hauteur de son visage la lame de son épée et se regarda dans l'acier. Il y vit la silhouette floue d'un homme des bois hirsute et couvert de sang.

— Et puis, tu pues ! grogna Freïhr, qui se mit à pouffer de rire.

— Taisez-vous ! souffla la reine.

Les derniers loups s'étaient arrêtés et les regardaient, hésitants, les oreilles en arrière et la queue à demi relevée, des signes que l'elfe savait reconnaître. Uter se tourna vers la meute, encore ruisselant du sang de leur maître, chargé de son odeur et les cheveux en bataille, d'un aspect à ce point inhumain que les loups reprirent leur attitude de soumission et s'en allèrent sur les traces de leur clan, abandonnant la grotte. Sans bouger, ils les suivirent des yeux jusqu'à ce qu'ils aient disparu dans les hautes collines, avalés par le rideau de neige qui tombait toujours.

— Tu crois qu'ils vont revenir ? demanda Tsimmi sans que l'on sache à qui il s'adressait.

Personne ne répondit, au grand étonnement d'Uter. Lliane, à côté de lui, semblait aux aguets, nullement détendue par le départ des loups. À nouveau, il la vit orienter ses oreilles au pavillon légèrement pointu, et ce phénomène lui causa une fois de plus une impression mitigée, à la fois amusée et réprobatrice. Pour dissiper sa gêne, il se tourna vers Freïhr. L'attitude du géant l'alarma : le nez en l'air, les narines écartées, Freïhr flairait les effluves de la grotte, reniflant, avec la même expression de défiance que la reine.

— Qu'est-ce qu'il y a ? questionna Uter.

Freïhr se tourna vers lui, pour une fois le visage grave.

— Kobolds.

Et il courut d'un trait vers la grotte, traînant sa longue épée derrière lui, avec un hurlement sauvage.

Aussitôt, de courtes silhouettes surgirent de la caverne et s'égaillèrent aux alentours. Le front bas et allongé, avec un museau en pointe et de larges oreilles arrondies, le poil ras et grisâtre, sauf le long de l'échine où il formait une sorte de panache, les kobolds ressemblaient à des hyènes. À leur différence, ils se tenaient debout et se paraient d'oripeaux humains, allant parfois jusqu'à s'équiper d'armes suffisamment petites pour leurs mains embryonnaires, des glaives ou des poignards. Freïhr, emporté par sa course, saisit l'un des hommes-chiens par ce qui lui servait de tunique et l'écrasa contre la paroi de pierre. Il se retourna d'un bloc, l'épée haute, mais aucun kobold n'avait été assez fou pour rester à portée du barbare.

— Tuez-les ! hurla Freïhr en pourchassant l'un d'eux. Tuez-les tous !

Lliane décocha l'une de ses précieuses flèches d'argent, presque sans viser, et Uter aurait juré que le trait décrivit une courbe, comme s'il suivait à la trace l'homme-chien glapissant qu'il traversa de part en part. Déjà, Tsimmi avait ramassé une pierre et fait tournoyer sa fronde, mais il ne pouvait utiliser que sa main gauche et il rata sa cible.

Uter essaya de se lancer à la poursuite d'un kobold. Hélas, son corps lui causait trop de douleurs et la petite créature était trop rapide. Il renonça au bout de quelques toises, ne comprenant pas l'acharnement de Freïhr à les exterminer. Il s'arrêta, hors d'haleine ; presque aussitôt, Lliane le bouscula pour bondir sur un rocher qui mettait l'homme-chien à la portée de son arc. Elle poussa un aboiement sonore qui, l'espace d'une seconde, fit hésiter l'immonde créature, et décocha aussitôt sa flèche. Ce n'était pas l'un des traits magiques de Kevin l'archer, cependant la reine n'avait nul besoin de magie pour toucher à vingt toises de distance un kobold affolé. La flèche le frappa au beau milieu du dos alors qu'il se retournait pour fuir. Il fit encore plusieurs pas, emporté par son élan, puis s'abattit comme une masse, mort avant d'avoir touché terre.

— Il en reste ? hurla Freïhr en courant vers eux.

— J'ai raté le mien ! cria Tsimmi, devant l'antre des loups.

— De toute façon, il y en a au moins deux ou trois qui ont filé, ajouta Uter. Qu'est-ce que ça peut faire ?

— Kobolds vont prévenir les gobelins, grogna le barbare. Il faut se dépêcher.

Il se précipita vers la grotte, bondissant d'un pas assuré sur les rochers couverts de givre et de neige, puis revint jusqu'à la lisière de la forêt afin de ramasser leur équipement.

Lliane et Uter redescendirent plus prudemment des contreforts de la colline et rejoignirent Tsimmi qui sortait de la caverne.

— C'est bien un passage, dit le nain. Si nos sagas ont tendance à embellir les histoires, le fond est toujours vrai… Les loups noirs gardaient un chemin sous les Marches.

Uter poussa un cri de joie et lui claqua l'épaule, prenant l'habitude du barbare. Mais il avait oublié la blessure de Tsimmi, le nain gémit de douleur.

— Oh, pardon…

— Par le sang, tu pourrais faire un peu attention ! cria le maître maçon.

Il se tut et Uter, gêné, se dandina d'un pied sur l'autre, rougissant, comme toujours quand il était pris en faute.

— Il faut fabriquer des torches, reprit le nain d'un ton bourru. Même moi, je n'y verrais rien, là-dedans. Et puis, il faut débiter le loup, on aura besoin de sa viande…

— J'y vais, dit Uter.

— Non, laisse, fit la reine. Ce serait peut-être mieux que tu profites de la neige pour te débarrasser de tout ce sang…

— Ouais, grogna Tsimmi.

Uter n'aurait pu rougir davantage, mais il s'efforça de conserver un semblant de dignité en s'écartant jusqu'à un bosquet couvert de neige. Il défit le ceinturon qui retenait son épée, puis ôta son camail et son lourd haubert de mailles en le glissant par-dessus sa tête. Grelottant dans sa tunique et ses braies, il étala le haubert sur le sol et comprit l'écœurement de ses compagnons. Du sang, des viscères, des poils et des excréments formaient une bouillie infâme qui recouvrait les anneaux d'acier et les liens de cuir de la cotte de mailles. Avait-il éventré le loup au cours de la bataille, ou était-ce l'œuvre de la flèche d'argent de Lliane ? Quoi qu'il en soit, Uter eut toutes les peines du monde à débarrasser son haubert de cette immondice. La cotte restait rouge de sang, et de nombreux rangs de mailles avaient sauté sous les coups de griffes et de dents de la bête, donnant au vêtement une allure piteuse. Néanmoins, il semblait à peu près propre et ne puait plus autant.

Résolu à ne plus subir de remarques blessantes, Uter s'efforça de se laver consciencieusement le visage, le torse et les bras avec de la neige, et de nettoyer un peu sa tunique. Quand il la renfila, il était transi de froid et claquait des dents de façon irrépressible. Malgré tout, il prit encore le temps de défaire ses nombreuses nattes et de les débarrasser de la bouillie sanguinolente qui les emmêlait avant de ceindre son épée et de rejoindre ses compagnons.

Uter avait trop froid pour vouloir plaisanter, mais, maintenant, c'était Freïhr qui, après avoir taillé au couteau les cuisses monstrueuses du loup, était couvert de sang et puait à cent lieues…

XIX

Sous la montagne

Le seigneur Bran ronflait comme un sourd, et le garde nain dut abdiquer toute forme de respect et le secouer à pleines mains pour parvenir à le réveiller.

— Quoi ! Qu'est-ce qu'il y a ?

Le soldat recula prestement de la couche princière et rectifia la position.

— Seigneur, il y a un nain à la poterne qui prétend être le prince Rogor.

Bran ouvrit les yeux et se redressa sur un coude.

— Mon frère ?

Le garde hocha la tête.

— Eh bien ! Tu connais le prince Rogor, non ? C'est lui ou c'est pas lui ?

— Seigneur, je ne sais pas… Il faudrait que vous veniez voir.

Bran se réveilla tout à fait, rejeta draps et fourrures et, en chemise, s'assit au bord du lit, découvrant du même coup une jeune naine parfaitement nue, pelotonnée contre lui. Le garde sourit, et son regard s'attarda un peu trop sur les formes généreuses. Mal lui en prit. D'un coup de pied, Bran l'envoya bouler sur le dallage de granit, dans un fracas de fin du monde qui réveilla la jeune beauté.

— Qu'est-ce qui se passe ?

— Dors, ma belle... Je reviens.

Le soldat se releva, penaud, sous le regard lourd du prince Bran. Frère cadet de Rogor, neveu du défunt roi Troïn, il avait été nommé régent de la cité de Ghâzar-Run et garant du trône de la Montagne noire, un rôle qu'il n'aimait pas et auquel il ne se sentait en aucune façon préparé, plus enclin au plaisir de la chair, de la chasse et de la guerre qu'aux responsabilités écrasantes d'une charge royale.

— Mes bottes, ma cape ! grogna-t-il.

Le garde se précipita et l'aida à revêtir son épais manteau de fourrure, puis il le précéda à travers les rues souterraines de la vaste cité sous la Montagne, jusqu'à la poterne du septentrion, une arcade majestueuse taillée dans la falaise à l'aplomb d'un gouffre sans fond, enjambé par un pont de pierre hérissé d'échauguettes et lui-même protégé par une barbacane fort avancée qui en interdisait l'accès.

C'est là que le seigneur Bran retrouva Rogor, assis sur un bat-flanc sous la garde de deux soldats indécis, ne sachant trop comment se comporter avec lui.

À vrai dire, l'héritier du trône de Troïn était méconnaissable. Sa tunique rouge était maculée de boue, déchirée de partout, pitoyable. Il se tenait le côté, là où une flèche elfique l'avait atteint, dans les marais, et du sang noir avait séché sur ses doigts et raidi le tissu. Sa barbe rousse était dans un état effrayant, pleine de nœuds et de brindilles (un laisser-aller que seule une fatigue extrême pouvait excuser). Rogor avait davantage l'air d'un mendiant que d'un prince de sang royal. L'indécision des gardes avait quelque excuse…

Bran reconnut cependant tout de suite son frère aîné, et les deux princes se tombèrent dans les bras, ce qui provoqua aussitôt un changement d'attitude radical chez les gardes. Quand ils cessèrent leurs embrassades, les soldats de la poterne s'étaient alignés en une file impeccable et rendaient les honneurs.

— La ville est à toi ! dit Bran. Ordonne et je t'obéirai. Tu as faim ? Tu as soif ?

Rogor se détacha de son frère et se redressa, de sa taille imposante. Au-delà du pont de pierre, les portes grandes ouvertes révélaient le décor familier du quartier du septentrion aux vastes demeures éclairées pour la nuit, paisibles, opulentes avec leurs tentures damassées accrochées aux fenêtres, leurs façades sculptées de bas-reliefs et le parfait dallage des ruelles.

Rogor s'arracha brusquement à ses pensées, saisit la hache d'un garde et traversa le pont à grandes enjambées, sans un mot.

Il s'arrêta sous l'arcade monumentale, leva les yeux jusqu'en haut des lourdes portes de chêne qui la défendaient et cogna de toutes ses forces, plantant le fer profondément au cœur du bois.

— Je suis Rogor, neveu de Troïn, et j'ai tué Gael ! hurla-t-il à pleins poumons, et l'écho de son cri résonna longuement dans la ville endormie. Je suis Rogor, roi sous la Montagne noire, et j'en appelle au Courroux des nains ! Vengeance ! Vengeance !

Tsimmi marchait en tête et parlait sans cesse, requinqué par l'atmosphère de la caverne pourtant si pénible à ses compagnons, commentant la qualité du roc ou la longueur des galeries comme s'il faisait le tour du propriétaire, indifférent aux grognements de Freïhr qui, de toute façon, ne l'écoutait pas, davantage préoccupé par les nombreuses aspérités de la voûte humide du tunnel, auxquelles il ne cessait de se cogner. On sentait tellement que le nain était avide de prendre sa revanche sur ces longues journées passées dans les marais que c'en était touchant, mais son babillage incessant, entrecoupé de refrains tonitruants tirés des chants de guerre des nains d'Oonagh ou d'interminables extraits de la saga de Fenris Barbe-Bleue, avait fini par lasser tout le monde.

De plus, la galerie, au départ éclairée de loin en loin par la lumière du jour qui filtrait des goulets ou des avens effondrés, s'était peu à peu enfoncée dans l'obscurité la plus profonde, assombrissant du même coup l'humeur de la petite troupe. Leurs torches, confectionnées à la hâte à la lisière de la hêtraie, éclairaient autour d'eux un décor immuable de roches suintantes couleur de boue, de draperies minérales tombant de la voûte comme des tapisseries, d'aiguilles calcaires, de stalactites trempées, de roches fondues comme des cierges et de colonnes tordues qui donnaient à l'ensemble des allures de temple en ruine. Presque toujours, ils marchaient dans l'eau, côtoyant de temps à autre de véritables torrents souterrains qui s'engouffraient en grondant dans d'étroits siphons. Parfois ils ne pouvaient marcher qu'en colonne tant les parois étaient resserrées, et parfois ils débouchaient dans des salles immenses, si hautes que leurs torches n'en révélaient pas la fin.

C'est dans l'une de ces salles, gigantesque et à peu près sèche, qu'ils firent halte pour se reposer et rôtir sur les flambeaux la viande du loup. Uter avait perdu la notion du temps. Depuis quand marchaient-ils ? Deux heures ? Dix heures ? Il n'en avait plus la moindre idée… Et Tsimmi qui ne cessait de parler, encore et encore, comme s'il n'avait rien vu de plus beau que ce misérable tunnel sans fin, dégoulinant d'humidité et fleurant la pourriture et le salpêtre, menant Dieu sait où !

Peu après leur départ, Uter avait réalisé que le passage sous les collines serait sans doute aussi long que leur traversée des marais, et qu'ils marcheraient peut-être ainsi durant des jours sans revoir la lumière du soleil.

Lliane, silencieuse depuis qu'ils s'étaient engouffrés dans la caverne des loups, lui prenait la main par moments sans le regarder, peut-être juste pour se rassurer. De même que les nains, habitués à l'obscurité des souterrains, les elfes voyaient la nuit, et ce n'étaient pas les ténèbres de la grotte qui l'effrayaient, mais l'absence totale de végétation ajoutée à cette sensation d'enfermement que les elfes supportaient si mal.

Le sentiment d'être utile à la reine ou au moins de lui apporter quelque réconfort aida le chevalier lors de cette plongée oppressante dans les entrailles de la terre, mais, au fil des heures, la présence de Lliane se dissipa dans les brumes de ses pensées. Tsimmi lui-même avait fini par se taire, et ils marchaient comme des mules, juste attentifs à ne pas trébucher sur les mille pièges du chemin.

Soudainement, Uter sortit de sa torpeur en s'apercevant que Lliane, devant lui, s'était arrêtée, et il manqua de la heurter.

La reine s'était retournée et regardait en arrière sans lui prêter attention, comme si elle voyait à travers lui. Instinctivement, Uter fit demi-tour et tendit sa torche pour sonder l'obscurité du tunnel, mais, au-delà d'un halo de lumière mourant au bout de quelques toises, il ne vit que le gouffre insondable de la galerie, pareil à un puits ou à la gueule béante d'un monstre informe, prête à vous engloutir.

— Tu as entendu quelque chose ? chuchota-t-il en se rapprochant de Lliane.

— Écoute…

Uter prêta l'oreille et ne perçut tout d'abord rien d'autre que le grésillement de sa torche, le souffle rauque de Freïhr, les reniflements de Tsimmi et le clapotis aigu d'une goutte tombant dans une flaque, au loin.

Puis il entendit.

Porté par l'écho, le bourdonnement d'une cavalcade, lourd et irrégulier, d'une troupe qui ne montrait aucun souci de discrétion. Et puis des grognements de bêtes, des cliquetis d'armes, tout un grondement confus déferlant sur eux comme une vague.

— Les gobelins ! souffla la reine.

Elle se dépêtra fébrilement de son arc, fouilla son carquois et leva vers Uter un visage glacé d'effroi. Le carquois était vide. Les flèches avaient dû tomber alors qu'ils franchissaient un passage difficile. Uter, qui fermait la marche, n'avait rien remarqué.

— Qu'est-ce qu'il y a ? fit Tsimmi, derrière eux. Pourquoi vous êtes-vous arrêtés ?

— Tais-toi ! murmura Uter.

Tsimmi, sans comprendre, le regarda dégainer lentement son épée pour ne pas faire crisser le métal, bientôt imité par la reine qui se débarrassa de son arc inutile et brandit Orcomhiela, « pourfendeuse de gobelins », sa longue dague elfique... Et lui aussi entendit (les nains n'ont pas une ouïe très fine, c'est bien connu, mais les gobelins se rapprochaient vite, et le grondement de leur course résonnait dans la grotte tel un orage).

— Laissez-moi faire ! souffla-t-il, en essayant de les écarter de son chemin.

Mais Freïhr le saisit par le col de sa capuche verte et le tira en arrière.

— Tsimmi blessé, dit-il avec un clin d'œil. Reste à l'abri.

— Mais non, bougre d'idiot ! Je vais m'en occuper !

Le géant blond ricana d'une façon que Tsimmi aurait jugée désobligeante en d'autres occasions. Il empoigna sa large épée à deux mains et se glissa aux côtés de Lliane et Uter, barrant ainsi l'étroite galerie souterraine. Le chevalier avait coincé sa torche entre deux pierres, à quelques pas de distance, afin d'éclairer leurs assaillants tandis qu'eux-mêmes restaient dans la pénombre. Il eut le temps de se demander si les gobelins voyaient dans le noir ou s'ils devaient, eux aussi, s'éclairer dans ces obscurs boyaux. Il eut le temps de se tourner vers Lliane et de contempler son profil altier, encadré par la longue masse de ses cheveux noirs. Il eut le temps de croiser son regard et de le voir s'adoucir et lui sourire.

Puis ils distinguèrent une lueur vacillante, et bientôt les ombres déformées et gigantesques d'une troupe courant à l'assaut. Un amas confus de silhouettes en armes, piques, cimeterres, casques et boucliers, projetées sur les parois par la lumière ocre des flambeaux, plus immenses et plus effrayantes encore que lorsqu'ils débouchèrent enfin, à une portée de jet de pierre.

Uter recula lorsqu'il les aperçut.

Les gobelins étaient une demi-douzaine, encombrés de kobolds qui jappaient à leurs pieds et flairaient leur piste, surexcités, brouillons comme des chiots. Aucun être humain ne pouvait contempler sans frémir d'épouvante les hideuses créatures de Celui-qui-ne-pouvait-être-nommé. Le gobelin de l'auberge, à Kab-Bag, blessé, humilié et en haillons, lui avait déjà paru abominable, mais ceux-là dépassaient en horreur tout ce qu'il aurait pu imaginer. La peau grise et velue, les membres d'une longueur simiesque, vêtus d'armures sombres et de hauberts de cuir, ils portaient des armes à lame noire qui semblaient d'un poids formidable et ils ne paraissaient nullement essoufflés par leur course.

Les monstres sourirent devant le maigre barrage formé par la reine et ses compagnons, découvrant des crocs semblables à ceux de leurs loups. Pétrifié de terreur, Uter les regarda s'approcher de leur pas chaloupé. Bien plus grands et plus musclés que Freïhr lui-même, pareils à des tours en mouvement, ils frôlaient presque de la tête la voûte de la galerie.

Ils jetèrent leurs torches autour d'eux pour mieux saisir leurs armes, et se poussèrent du coude avec d'immondes grognements à l'idée d'affronter l'elfe, le barbare et ce chevalier à demi mort de peur tout juste capable de tenir son épée…

Et puis ils se ruèrent à l'assaut.

— *Felafrecen haerdingas, beon maegenheard ! Feothan ! Bregean !*

Le cri aigu de la reine surprit les monstres qui marquèrent un temps d'arrêt et perdirent un peu de leur arrogance. Mais le sort ne leur était pas destiné. Ni Uter, ni le barbare, ni Tsimmi, malgré son savoir, n'avaient compris l'incantation de la reine des hauts-elfes. Pourtant, la magie des runes, violente, dévastatrice, insupportable, vibra dans leur cerveau et tétanisa leur corps. Uter tomba à genoux, tant la voix cognait dans son crâne, et il hurla pour en dissiper les miasmes.

Freïhr lui aussi titubait, et secouait la tête comme un chien sortant de l'eau, son épée abaissée traînant sur le sol, en tournant le dos au gobelin qui se ruait vers lui en faisant tournoyer une masse cloutée. Quant à Tsimmi, tombé à terre, il pédalait dans le vide, peinant à se relever de son seul bras valide et clignant les yeux comme un ébloui.

— Qu'est-ce que tu as fait ! gémit Uter en se tournant vers la reine.

Les gobelins n'étaient plus qu'à quelques toises, leurs armes déjà levées pour la mise à mort, et ils étaient là, faibles comme des nouveau-nés, à peine capables de tenir leurs épées, le corps ravagé par un bouillonnement intérieur qui les laissait pantois, hors d'état de se défendre.

— *Feothan ! Hael Hlystan !*

Le cri de la reine les ranima à l'instant même du combat.

Uter se releva d'un bond, avec une force et une souplesse qu'il n'avait encore jamais ressenties. Devant lui, un gobelin aux yeux rouges, bavant d'excitation, rugissait, la gueule béante, tenant à deux mains son cimeterre au-dessus de sa tête comme pour le trancher en deux, mais avec tant de lenteur qu'Uter éclata de rire en se fendant, l'épée tendue à bout de bras, visant la bouche grande ouverte du monstre. L'épée fracassa les dents, traversa les chairs et, dans une gerbe de sang noir qui gifla le chevalier, rompit la nuque de son adversaire avant que celui-ci ait pu abattre son cimeterre.

Lliane et Freïhr avaient frappé avant lui, et il n'eut que le temps de distinguer le corps sans tête d'un gobelin armé d'une masse s'écroulant sur le sol dans un vacarme de chêne abattu, et l'éclair d'argent d'une dague elfique traçant un sillon fulgurant, depuis le crâne jusqu'au ventre, dans la masse sombre du dernier monstre. Puis il vit ses deux compagnons tituber à nouveau, se plier en gémissant, et l'instant suivant il ressentit lui aussi l'atroce faiblesse qui s'était emparée d'eux.

Le sort avait décuplé leurs sens, concentré toutes leurs forces en une seule passe d'armes formidable, mais les laissait épuisés, vidés de toute énergie, aveugles, sourds et presque incapables de se tenir debout.

Les monstres, qui, glacés d'effroi par la mort instantanée des trois premiers assaillants, avaient reflué en désordre, perçurent aussitôt la défaillance de leurs ennemis. Ils se rapprochaient déjà, non plus avec cette frénésie meurtrière du premier assaut, mais comme des loups encerclant leurs proies, abrités derrière leurs boucliers, serrés les uns contre les autres en un atroce magma hérissé d'armes hideuses.

Lliane voulut faire face, mais elle tomba elle aussi à genoux, sans force, s'écorchant aux aspérités tranchantes du sol de la grotte.

C'était fini.

Pleurant malgré elle d'épuisement, l'elfe ne pouvait que lever les yeux vers ces monstres immondes qui se rapprochaient, pas à pas, et contempler l'instant de sa mort.

— Lliane !

Uter se traînait vers elle, avec le regard d'un homme qui se noie, épuisant ses dernières forces afin de la rejoindre. Elle tendit la main vers le chevalier, mais il était trop loin, trop faible pour parvenir jusqu'à elle.

Quelque chose la bouscula rudement, lui arrachant un cri de douleur.

Tout d'abord, elle ne reconnut pas Tsimmi, tant le nain lui semblait imposant, vu à ras de terre. Et Tsimmi riait, les yeux brillant d'énergie, gonflé de cette sensation d'invincibilité qui leur avait permis de défaire leurs assaillants, et qu'il n'avait pas encore brûlée au combat. Seul face à la phalange de gobelins, il traça de la pointe de son pied un sillon dans la poussière autour de la reine et de ses compagnons, puis se redressa de toute sa taille, lança des cailloux contre les murs et frappa le sol d'un coup de talon, dans une pantomime frénétique qu'elle trouva grotesque, mais qui évoqua en elle un souvenir confus et inquiétant. Aussitôt, un grondement sourd lui répondit depuis les tréfonds de la grotte. Le sol se mit à trembler, et des coulées de terre s'abattirent du plafond en pluie fine. Les gobelins, interdits, regardaient autour d'eux comme des bêtes prises au piège. L'instant d'après, la voûte céda brusquement dans un fracas de fin du monde. Lliane eut la vision fugace du geste de victoire triomphant de Tsimmi, et le souvenir de la levée de terre qui l'avait engloutie bien des jours auparavant dans le marais de Gwragedd Annwh. Puis le maître maçon, sorcier des pierres et de la terre, disparut sous les décombres.

Les torches avaient été écrasées par l'effondrement de la grotte, ensevelies sous des monceaux de gravats, asphyxiées par la poussière. Lliane, recroquevillée sur elle-même, hurlait de terreur, mais aucune pierre ne l'avait touchée. Pas même un caillou. À l'intérieur du sillon tracé par Tsimmi, le sol de la caverne était intact. La voûte qui le surplombait n'avait pas bronché, alors que tout autour il ne restait rien qu'un amas rocailleux noyé de poussière. Les gobelins avaient disparu sous des tombereaux de roches pilées. La grotte était plongée dans une obscurité totale, si intense que Lliane elle-même devait écarquiller les yeux pour y voir à deux coudées.

— Lliane !

Elle reconnut la voix d'Uter et en perçut toute l'angoisse. Aussitôt, il y eut un cri de Freïhr, terrifié lui aussi, qui appelait le chevalier. Sans doute n'avaient-ils pas vu Tsimmi lancer son sortilège. L'effondrement de la caverne les avait pris par surprise et les laissait seuls dans le noir, incapables d'imaginer comment ils s'en étaient sortis, condamnés à se chercher à tâtons, sans savoir qui avait survécu. Les elfes n'avaient jamais partagé l'angoisse des hommes à l'approche de la nuit, leur terreur des ténèbres et leur acharnement à s'en protéger en allumant dès le crépuscule des flambeaux et des lanternes, au risque de faire brûler leurs maisons de bois, mais Lliane comprit l'effroi de ses compagnons.

De nouveau, Uter l'appela, et Lliane s'élança vers lui, émue par le ton déchirant de son cri.

— Je suis là, dit-elle en s'agenouillant à côté de lui et en lui posant la main sur la joue.

Uter sursauta, la regarda comme un aveugle, palpant son visage, ses bras, et la serrant avec fièvre.

— Tu es vivante ! Lliane, parle-moi, je ne te vois pas…

— Je suis là, répéta-t-elle. Je n'ai rien, et Freïhr non plus. C'est Tsimmi qui nous a sauvés en faisant écrouler la grotte autour de nous… Tous les gobelins sont morts ou, s'ils vivent encore, ils sont de l'autre côté.

— Bien joué, maître Tsimmi ! cria Uter.

Mais nul ne répondit.

— Tsimmi ?

L'elfe sentit son cœur se serrer. C'est vrai, elle ne l'avait vu nulle part…

— Tsimmi ?… Lliane, est-ce que tu le vois ?

Elle plissa les yeux, tentant de percer l'insondable obscurité de la caverne. Il n'y avait de toutes parts que des éboulis, les encerclant comme dans un puits et s'élevant jusqu'à perte de vue, comme si toute la grotte s'était effondrée autour d'eux. Elle devina à terre la forme défoncée du torse et du crâne d'un gobelin gisant dans une flaque de sang noirâtre, broyé par les rochers ; près de lui rougeoyaient encore les braises mourantes de sa torche brisée. S'arrachant à l'étreinte d'Uter, elle se précipita vers le tison et l'entoura de ses mains.

— Comment ranime-t-on un feu ? cria-t-elle.

— Quoi, tu as trouvé une torche ?

— Je ne sais pas faire du feu ! Dis-moi !

— Eh bien, euh… Surtout, il ne faut pas le laisser mourir…

Freïhr poussa un grognement méprisant et se traîna vers la reine, se guidant au son de sa voix jusqu'à ce qu'il aperçoive lui aussi le faible rougeoiement des braises.

— Je m'en occupe, dit-il en la rejoignant.

Le barbare s'accroupit devant les braises comme un prêtre devant un autel, déchira un morceau d'étoffe sur le cadavre du monstre et en posa un coin minuscule sur le tison en soufflant doucement dessus. Bientôt, le tissu se mit à fumer, puis s'embrasa. Freïhr arracha des décombres le reste de la torche gobeline, un faisceau de baguettes de coudrier, et l'entoura précautionneusement du morceau d'étoffe. La maigre flamme s'étendit peu à peu au bois sec, apportant enfin un peu de lumière.

Les deux hommes découvrirent alors leur prison de gravats, éboulis monumentaux s'élevant presque à la voûte de la grotte, et qu'il leur faudrait escalader pour quitter ce piège, au risque de provoquer un nouvel effondrement.

— On dirait que maître Tsimmi n'a une fois de plus pas mesuré sa force, murmura Uter.

Freïhr leva haut sa torche, illuminant le cercle de terre et les murailles de décombres. Nulle trace du nain.

Nulle trace.

Les trois compagnons demeurèrent un long moment silencieux, interdits, comme hébétés par la disparition de Tsimmi, incapables de croire qu'il ait été victime de son propre sortilège. Uter, les épaules affaissées et la gorge nouée, avisa son épée gisant à terre et alla la ramasser d'un pas traînant. Le raclement métallique de la lame glissant dans le fourreau résonna sinistrement dans la grotte et attira sur lui le regard de la reine.

— Il faut repartir, dit-il.

Agenouillée dans la poussière à côté du cadavre broyé du gobelin, Lliane n'avait pas bougé depuis qu'elle avait retrouvé la torche.

— Sans lui, ça n'a plus de sens… Jamais ils ne nous croiront…, murmura-t-elle.

Le chevalier baissa la tête, fatigué, écœuré, vaincu, au bord des larmes. Sans Tsimmi, sans aucun des nains qui étaient partis pour cette équipée, sans la bague de la Guilde portée par Gael, qui croirait au récit de la reine, aux grommellements confus d'un barbare ou même à son propre témoignage, pauvre chevalier saisi par l'amour, tombé dans les rets des fées ?

— Il faut le retrouver.

Lliane et Uter eurent le même sursaut aux paroles de Freïhr. Brandissant sa torche, qui faisait miroiter sa crinière de fauve et creusait ses traits épais, dressé de toute sa taille et défiant du regard le magma rocheux à l'entour, le barbare tendit lentement le doigt vers un point précis dans les gravats.

— Là.

Il n'y avait rien à l'endroit qu'il désignait. Rien de plus que partout ailleurs : des pierres, de la terre, le chaos.

— Tsimmi était là, dit Freïhr. C'est là qu'il faut creuser.

Le regard d'Uter se porta alternativement du barbare à la masse rocheuse. En imaginant même qu'ils puissent déplacer quelques blocs de pierre, tout ce qu'ils risquaient était de provoquer une avalanche et de s'ensevelir eux-mêmes.

— C'est inutile…

Freïhr ne répondit pas. Il planta sa torche sous un caillou et arracha un premier rocher de l'éboulis.

Lorsqu'il le jeta derrière lui dans le cercle, la vibration du choc se répercuta jusqu'à la voûte lointaine, et de minces rigoles de terre dévalèrent les décombres, comme l'eau vive d'un torrent d'été.

— C'est inutile, Freïhr ! insista Uter d'un ton brusque.

Le barbare arracha un nouveau moellon en jurant et se tourna vers le chevalier. Son visage rougi par l'effort et déjà luisant de sueur n'avait plus rien de jovial.

— Seule la mort est inutile ! cria-t-il en jetant le rocher aux pieds d'Uter. Creuse !

Le jeune homme sentit monter en lui une bouffée de rage. Il se rua sur le barbare, le saisit par le bras et le projeta au sol.

— Tsimmi est mort, pauvre imbécile ! Et nous aussi, si tu continues !

Freïhr était déjà debout. Il frotta d'un revers de main sa joue maculée de terre et commença à s'avancer vers le chevalier d'un pas de lutteur, les paumes grandes ouvertes visant son cou, le regard mauvais.

— Écoutez !

Les deux hommes se tournèrent vers Lliane et retinrent leur souffle. D'abord, ils n'entendirent rien. Puis ils perçurent un infime bourdonnement, de plus en plus net, de plus en plus fort, jusqu'à devenir un grondement sourd, régulier et ininterrompu, de l'autre côté des roches.

Instinctivement, ils reculèrent jusqu'à l'autre paroi, les yeux écarquillés d'angoisse, guettant l'éboulement final qui les submergerait, et dont le ronflement s'amplifiait à chaque instant.

Tout à coup, la paroi rocheuse se mit à trembler, et des pierres de toutes tailles, jusqu'à de gros rochers hauts comme un homme, roulèrent dans leur cercle. Mais, au lieu de s'effondrer entièrement, les décombres semblèrent se tasser, s'écarter d'eux-mêmes, ménageant une sorte de passage, bloc de pierre après bloc de pierre.

Les trois compagnons, maintenant, souriaient, n'osaient y croire, se serraient l'un contre l'autre, fascinés, muets d'espoir. Et enfin Tsimmi apparut, couvert de poussière, blanc comme un fantôme. Il leur sourit, ôta sa capuche et s'ébroua, ébouriffant sa barbe et ses courts cheveux bruns maculés de terre.

— Vous ne croyiez tout de même pas qu'un maître maçon pouvait périr sous un éboulement ! dit-il en riant. Ce serait…

Tsimmi ne finit jamais sa phrase.

La lame noire d'un cimeterre s'abattit à la base de son cou avec une violence inhumaine, fendant chairs et os jusqu'au cœur.

Le nain mourut sans un cri, sans voir le gobelin qui s'était faufilé derrière lui, emportant dans l'au-delà le cri d'effroi de la reine et ce choc atroce au creux de son épaule. Il tomba en s'affaissant sur lui-même, arrachant le cimeterre des mains du monstre.

Freïhr poussa un hurlement de bête et se rua sur le gobelin. Il l'empoigna par les oreilles et le projeta contre un rocher saillant. Il y eut un craquement affreux, et l'éclaboussure noirâtre de son sang contre la pierre, mais le monstre parvint à se dégager d'un coup de griffes qui laissa un triple sillon sanglant sur le ventre du barbare. Puis il se redressa et rugit, horrible à voir avec ces traînées sanguinolentes qui maculaient la terre grisâtre dont il était recouvert, les vêtements en lambeaux et semblable à une bête fauve. Freïhr revint à l'assaut mais l'autre le saisit à la gorge, enfonça ses ongles griffus dans la peau du barbare et fit jaillir le sang comme le jus d'un fruit mûr.

— *Egle orc ceosan elf aetheling !*

Le gobelin projeta Freïhr à terre telle une poupée de chiffon et fit face à la reine. L'elfe soutint son regard et tendit le doigt vers lui.

— *Hael Hlystan !*

Le défi. Une invocation vieille comme les pierres des montagnes, à laquelle le monstre ne songea même pas à résister. En deux pas il fut sur la reine, ses griffes s'abattant sur le cou gracile de l'elfe. Uter poussa un hurlement en frappant, et la violence du choc faillit lui arracher son épée des mains. Il avait visé le cou, mais le gobelin avait été plus rapide : le fer du chevalier ne trancha que son bras, qui palpita à terre tel un serpent. Lliane s'était fendue elle aussi et avait touché au corps, perçant le cœur de sa longue dague. Le gobelin tomba à genoux, indifférent au sang qui bouillonnait à son épaule. Enfin, il s'écroula comme un tronc d'arbre lorsque Lliane arracha sa lame d'argent.

Il n'y eut nul cri de victoire. Pas même un cri de soulagement.

Effondré auprès de Tsimmi, Freïhr pleurait en silence, et les sanglots du barbare déchiraient le cœur de ses compagnons. La reine vint s'agenouiller à côté de lui et tenta de panser tant bien que mal les entailles laissées par les griffes du monstre. Uter ramassa le corps de Tsimmi, le déposa au centre du cercle et croisa ses mains sans vie en travers de sa poitrine, sur la garde du cimeterre gobelin qui l'avait tué. Les nains croyaient que nul ne pouvait entrer sans armes au walhalla, l'au-delà des guerriers. Tsimmi ne s'était sans doute jamais considéré comme un guerrier, mais Uter ne pouvait songer à lui rendre un autre hommage. Il aurait voulu en connaître davantage sur les rites funéraires des nains, rendre à son compagnon des derniers honneurs dignes de son rang, de sa valeur et de leur amitié… À quoi bon, tout ça… Il remarqua que la bague de Gael était glissée au petit doigt de sa main gauche, dépassant tout juste sa première phalange. Tsimmi avait failli périr pour cette bague, dans les marais de Gwragedd Annwh. Uter l'ôta doucement du doigt de son compagnon, puis la glissa sous son haubert, sans plus la regarder. Quelle valeur avait-elle, à présent ?

En pleurant son compagnon, Uter pleura aussi sur leurs derniers espoirs disparus.

XX

La peur

La neige s'était mise à tomber sur Loth, et avec elle un froid glacial. La nuit n'avait pas apaisé les esprits, ni calmé la peur. Les moines avaient paré leur église de gigantesques draperies peintes représentant les Mystères de la Foi, mais la foule tremblante qui se pressait aux messes baissait les yeux à leur vue et se tordait les mains : l'archange Gabriel, avec son armure étincelante et sa longue épée, ressemblait davantage à un elfe qu'à un chevalier humain.

Les rues, les tavernes et les places étaient désertes.

Il n'y circulait que des soldats en armes, parés de la livrée à larges bandes bleues et blanches du royaume de Logres, et des groupes de nains, guerriers, courtisans ou commerçants, qui affectaient bruyamment de ne pas craindre les elfes.

Bientôt, on remarqua que les gnomes avaient fui Loth, eux aussi, comme des rats quittant un navire à l'instant du naufrage, sans que personne les ait vus partir. Ce n'était pas que leur présence manquât à quiconque, mais les hommes commencèrent à se sentir seuls.

Au deuxième jour après le bûcher, l'église n'était plus qu'à demi remplie aux heures des offices. Quelqu'un avait bouté le feu pendant la nuit à la draperie de l'archange. Un moine était mort cette nuit-là… Son cadavre exsangue et gelé avait été retrouvé au petit matin par une patrouille, et la rumeur prétendait qu'il ne portait aucune blessure et que son visage était déformé par l'effroi. Il fut dit qu'il avait rencontré le fantôme de l'elfe gris, que les longs doigts du spectre lui avaient arraché le cœur et l'avaient vidé de son sang comme un vampire. D'autres juraient que des elfes étaient restés cachés en ville et qu'ils sortaient la nuit pour se venger. Les gens racontaient n'importe quoi… Il y en avait même pour soutenir que le moine était saoul et qu'il s'était simplement cogné à une poutre…

Chacun se terra chez soi, brûlant son bois dans sa cheminée, guettant le silence oppressant qui s'était emparé de la ville. Et ce silence même leur parut bientôt surnaturel.

Quand il n'y eut plus de bois, personne n'osa quitter l'abri des murailles pour s'aventurer jusqu'à la forêt. Au soir du deuxième jour, la ville était recouverte d'un linceul blanc. Les toits et les rues étaient pavés de neige, les vitres couvertes de givre, une bise glaciale s'insinuait par les cheminées et les interstices des portes. Les familles se tassaient dans les lits clos ou brûlaient leurs meubles.

Au troisième jour, les soldats enfoncèrent les portes et arrachèrent les hommes des bras de leur maisonnée grelottante. On fit ouvrir de force les échoppes et les tavernes, un convoi de pêcheurs et un autre de bûcherons sortirent de la ville sous escorte, mais le lac avait gelé et les charrettes revenant de la forêt, chargées de bûches, s'enlisèrent dans les ornières verglacées. Pellehun fit déverrouiller les greniers royaux et distribuer du pain. Deux hommes furent pendus au gibet parce qu'ils avaient tenté de fuir la ville, dont l'armée royale gardait maintenant toutes les portes.

Ignorant la mort de Blade, sans aucune nouvelle d'aucun relais de la Guilde, aveugles et sourds, incapables de contrôler l'orage qui commençait à gronder au sein même de la cité, le roi et son sénéchal étaient condamnés à attendre. Ils envoyèrent des groupes de cavaliers éclairer les abords de la ville, avec ordre de retrouver les elfes, où qu'ils soient, mais les cavaliers rentrèrent bredouilles, transis de froid sur leurs montures. Alors Pellehun et Gorlois écrivirent à la hâte des messages sur de minuscules parchemins destinés à être fixés à la patte de pigeons voyageurs, à l'intention de chaque poste avancé, de chaque relais de la Guilde, aux quatre coins du royaume de Logres. Tous posaient la même question : Que faisaient les elfes ? Et ils ne confièrent à personne le soin d'envoyer ces missives.

Les gardes du pigeonnier manquèrent chuter de leurs bat-flanc en voyant les deux plus hauts personnages du royaume, empourprés et haletants, passer devant eux sans s'arrêter, jusqu'à la lourde porte de bois qui condamnait le beffroi aux pigeons.

— Ouvre ! grogna Gorlois au garde qui portait les clés.

Le soldat saisit son trousseau et fit jouer la serrure, mais la porte ne s'ouvrit pas.

— Eh bien ? fit le roi.

— Je n'y arrive pas, sire ! dit le garde. Il y a quelque chose qui bloque, à l'intérieur !

— Pousse-toi !

Pellehun se jeta contre la porte, qui s'entrouvrit tout juste, éclairant les marches de pierre d'un rai de lumière grise. L'odeur, aussitôt, les suffoqua. Ce n'était pas l'habituelle puanteur du pigeonnier, faite de la crasse des oiseaux, des fientes et de la paille moisie qui garnissait le sol. C'était bien pire…

— À moi, la garde ! cria Gorlois en redescendant de quelques degrés. Enfoncez-moi ça !

Le vieux sénéchal saisit le roi par la manche et le fit reculer, tandis qu'un groupe de soldats s'acharnait contre la porte, glissant pour faire levier des lances dans l'espace dégagé par le roi.

Ils descendirent jusqu'au poste de garde et s'assirent sur les bancs, en attendant.

— À boire, pour le roi, dit Gorlois au sergent, qui s'empressa de leur servir un mauvais vin dans un gobelet douteux.

Ils burent d'un trait, échauffés malgré le froid par leur ascension précipitée, plissèrent le nez et reclamèrent un deuxième verre de piquette. Un garde surgit presque aussitôt, embarrassé et semblant au bord de la nausée.

— Sire, la porte est ouverte. Il vaut peut-être mieux que vous n'alliez pas voir…

Sa phrase eut l'effet inverse sur le roi, qui jeta son gobelet à terre et se rua dans le petit escalier menant au pigeonnier.

À nouveau, la puanteur atroce lui sauta au visage. Il releva un pan de sa cotte d'armes pour se masquer le nez et grimpa les dernières marches.

Le sol était jonché de pigeons morts, déjà pourrissants, sur une hauteur de presque une coudée. Et, parmi le tas infâme, gisaient les corps des deux sourds-muets, mouchetés d'écorchures, d'entailles et de sang séché, comme si les volatiles s'étaient retournés contre eux en une bataille grotesque et meurtrière. Des rats, surgis d'on ne sait où, faisaient bombance et grignotaient les chairs en putréfaction.

Gorlois, débouchant derrière le roi, devint livide. Ce n'était pas tant l'horreur de la scène qui lui chavira le cœur, mais plutôt la certitude de connaître la cause de ce massacre. Les pitoyables prisonniers de la tour grise avaient cédé au désespoir et entrepris cet abominable ouvrage pour se délivrer de leur épouvantable existence… Il croisa le regard du porteur des clés. L'espace d'un instant, avant que l'homme se reprenne et détourne les yeux avec soumission, il y lut une lueur de haine et de mépris telle que ce fut lui, Gorlois, qui baissa la tête.

Hurlant de rage, Pellehun se fraya à coups de bottes un passage dans le charnier et contempla l'étendue des dégâts. Apercevant sur le sol immonde le cadavre d'un pigeon encore bagué, il le ramassa fébrilement et défit un rouleau de parchemin lacé de cuir jaune fixé à sa patte – anodin message de routine d'un poste avancé –, qu'il jeta à terre en jurant. Le roi balaya du regard les nids vides creusés dans la tour de brique, et les perchoirs d'où pendaient parfois, retenus par une chaîne, des oiseaux au cou brisé. Plus un seul pigeon n'était en vie…

— Nettoyez-moi cette immondice ! hurla-t-il d'une voix de dément. Et qu'on m'apporte tous les messages qu'on y trouvera ! Dans l'heure !

Il écarta Gorlois d'une bourrade et redescendit quatre à quatre l'escalier de pierre, bousculant au passage gardes, pages et servantes qui ne s'écartaient pas assez vite, jusqu'à ce qu'il eût regagné ses quartiers. Le sénéchal le rejoignit quelques instants plus tard, claqua la porte et s'y adossa, hors d'haleine. La cicatrice affreuse qui lui barrait le visage, palpitant au rythme de sa respiration, semblait plus rouge que jamais. Le roi pointa alors vers lui un doigt accusateur.

— C'est toi ! dit-il.

— Quoi ?

— La Guilde, c'est toi ! Débrouille-toi comme tu veux, mais je veux savoir ce qui se passe !

Le vieux sénéchal fit signe au roi de parler moins fort. Il y avait dans la salle du trône où ils se trouvaient une cheminée immense, et ces conduits propageaient mieux le son que la chaleur…

— Qu'est-ce qu'ils deviennent, Gorlois ? fit le roi en se massant le cou. Ils sont partis depuis quoi… Dix jours ? Et nous ne savons rien, hormis le message de cette Mahault !

— Mais tout se déroule comme prévu, sire.

— Oh, oui, tout est parfait ! Mahault nous a dit que la reine Lliane et sa troupe partaient retrouver Gael dans les marais, et que ton voleur était avec eux. Et alors ? Est-ce qu'ils l'ont trouvé ? Est-ce qu'ils sont tous morts ? On n'en sait rien… Tous les elfes ont quitté Loth et le roi Rassul est prêt à la guerre. Parfait ! Mais la guerre contre qui ?

Il tendit le doigt vers la fenêtre masquée par une lourde tenture de velours.

— Écoute les gens, au-dehors. Ils ont froid ! Ils ont faim ! Ils ont peur ! Ils sont terrifiés ! Ils sont persuadés que les elfes vont leur lancer des sorts, ou Dieu sait quoi ! À force de leur prêcher que ce sont des sorciers, ils ont fini par le croire !

— C'est vous qui avez eu l'idée d'utiliser les moines…

— C'est vrai.

Pellehun se calma d'un coup et regarda pensivement son vieux compagnon d'armes.

— Mais les moines prêchent depuis si longtemps dans le vide…

Il se tourna à nouveau vers la fenêtre masquée et, au-delà, vers la rumeur des ruelles.

— Les trois quarts des habitants de cette ville croient aux esprits de la forêt, aux vieux dieux et à tout ce qu'ils ont pu ramasser aux quatre coins du monde. Et, dans les campagnes, c'est encore pire. Ils vénèrent des sources, ou des pierres, ou le soleil. Alors les moines, avec leur dieu unique, leurs pénitences et leurs péchés… Tu vas voir qu'ils vont se faire massacrer par la foule, avant peu. Et ce sera bien fait pour eux.

— Ce serait dommage, commença Gorlois. Les moines…

Il se tut, laissant volontairement sa phrase en suspens, puis s'assit à sa place, à côté du trône, recouvrant toute sa dignité et tout son contrôle.

— Allez, allez, raconte ! dit le roi avec un geste impatient de la main.

— Nous avons besoin des moines pour plus tard, déclara le sénéchal. Sans les elfes, la vie du peuple sera trop triste. Ils veulent croire en quelque chose de beau, de supérieur et en même temps d'accessible, alors pourquoi pas le paradis des moines ?

— Ouais ! Un paradis après la mort ! Tu parles d'une récompense !

— Justement ! Un dieu qui n'offre rien sur cette terre mais tout dans l'au-delà, n'est-ce pas merveilleux ? Plus ils sont pauvres ici-bas et plus ils deviendront riches après leur mort. Que pourriez-vous rêver de mieux ?

Le roi sourit et hocha la tête.

— Si c'est comme ça, tu me feras penser à augmenter les impôts !

Les deux hommes rirent de bon cœur, et ce rire les détendit. Pellehun vint s'asseoir sur son trône, à côté de son conseiller. Gorlois allait reprendre la parole, mais le roi l'arrêta d'un geste de la main et le fixa pensivement durant un long moment. Puis un sourire malicieux vint à nouveau éclairer son visage.

— Il y avait des nains, je suppose, quand ils ont brûlé cet elfe ?

— Des nains, oui… Et des gnomes, et tout ce qu'on peut trouver dans la ville basse.

— Oui, oui, mais bon : il y avait des nains. Et ce sont les nains, ces affreux nabots bouffeurs de pierres, qui ont fait brûler l'elfe.

Gorlois réfléchit un instant, puis secoua la tête avec un ricanement dubitatif.

— Ça ne marchera pas.

— Mais si ! Ça marche toujours, dès qu'on leur fait croire que ce n'est pas leur faute !

Il dressa le doigt et se pencha vers Gorlois.

— Les nains, mon vieil ami. Depuis toujours ils haïssent les elfes, et ils ont monté les habitants de notre bonne ville contre l'innocent, le merveilleux peuple des fées. Désormais, il n'y aura plus de musique à Loth, plus de ces bijoux magnifiques qu'ils ciselaient, plus de ces vêtements magiques aux couleurs changeantes… Et tout cela pourquoi, Gorlois ? Parce que le vieux Baldwin et sa cohorte de démons barbus surgis des entrailles de la terre nous ont aveuglés avec leur or et leurs haches puissantes... Voilà ce qu'il faut que les moines disent.

— Oui. On peut essayer.

Pellehun se renversa dans son trône et congédia son sénéchal d'un geste.

— Vas-y. Les moines, les soldats, les voleurs, les putains... Sers-toi de tout le monde. Avant ce soir, je veux que le peuple donne un nom à sa haine.

La torche n'avait brûlé que quelques heures. Ils marchaient depuis des jours dans le noir, d'abord guidés par la reine puis chacun pour soi, une fois leurs yeux suffisamment habitués aux ténèbres de la grotte pour leur permettre de ne plus trébucher à chaque pas. Mais l'obscurité constante leur avait fait perdre toute notion du temps. Ils avançaient par simple instinct de survie, s'abattaient parfois comme des masses et s'abîmaient à même le sol dans un sommeil de plomb, se réveillaient toujours dans la nuit, le ventre vide, lapaient les parois humides pour calmer leur soif et repartaient sans un mot.

Aucun d'eux n'avait plus prononcé la moindre parole depuis la mort de Tsimmi. Ils l'avaient laissé dans le cercle, mais leurs pensées étaient emplies de son absence.

Sans lui, ils ne savaient même pas où ils allaient. Le tunnel pouvait être le passage des nains d'Oonagh dont avait parlé le maître maçon, tout comme un ancien lit de glacier ou même pire, un tunnel gobelin menant aux Terres noires. Ils n'en avaient plus cure. Chacun marchait pour soi, au-delà de la fatigue, au-delà de l'espoir.

Freïhr avait perdu son épée, des heures plus tôt, en trébuchant sur une roche. Il s'était relevé sans même la chercher.

À chaque halte, Lliane contemplait Uter, et son cœur se brisait en découvrant sur son visage les ravages de l'épuisement. Une barbe brune éparse lui mangeait les joues. Ses yeux semblaient s'être creusés dans ses orbites. Sa peau était grise, sale, et son haubert maculé de boue était déchiqueté en plusieurs endroits. Il n'avait plus rien du fier chevalier qui avait quitté Loth en bombant le torse sous les acclamations de la foule. Ce n'était plus qu'un homme harassé que seul l'orgueil de sa condition de chevalier maintenait encore en vie. Uter ne se plaignait pas et ne s'était jamais laissé distancer par ses compagnons, mais la reine savait qu'il brûlait ses dernières forces. Freïhr parcourait à chaque foulée plusieurs coudées et elle-même, comme tous les elfes, était d'une endurance bien supérieure à celle des hommes. Uter ne tiendrait plus longtemps à ce rythme.

Elle avait bien tenté de ralentir la marche, de quémander des haltes même si elle n'en ressentait pas le besoin, mais il ne leur était plus permis de perdre du temps.

La viande du loup avait été dévorée, rongée sur l'os, et ils n'avaient plus rien mangé depuis des siècles. Combien de temps les hommes pouvaient-ils tenir sans manger ? Elle n'en savait rien. Elle-même commençait à souffrir. Sa cotte de mailles d'argent lui écrasait les épaules, la ceinture de cuir qui portait sa dague lui cisaillait les reins, elle avait faim, elle n'en pouvait plus…

Soudain, Lliane s'arrêta net. Presque malgré elle, sa peau se hérissa, comme si elle avait senti ce que ses yeux ne pouvaient encore distinguer, ce que ses oreilles refusaient d'entendre : piaillements, raclements, froufroutements soyeux, et des ondes mouvantes sur la voûte du passage.

Uter buta contre elle, le bruit du choc provoqua un remous sensible au-dessus d'eux. Battements d'ailes, cris si aigus qu'elle pouvait à peine les entendre…

— Qu'est-ce qu'il y a ?

Elle plaqua sa main contre la bouche du chevalier… trop tard. Un nuage de chauves-souris jaillit de la voûte en un tourbillon, les giflant dans leur vol aveugle, s'accrochant aux longs cheveux de la reine, les écorchant de leurs griffes. Uter la prit contre lui et ils se jetèrent au sol, le visage enfoui sous leurs bras pour se protéger. Durant de longues minutes ils restèrent ainsi, forcenés hurlant sous la hideuse tornade de ces animaux de cauchemar, mi-oiseaux mi-rats, dans l'infecte odeur de leurs sucs, jusqu'à ce que leur frénésie s'interrompe d'elle-même. Alors ils rampèrent hors de leur portée, guettant avec angoisse le moindre battement d'ailes, d'abord prudemment puis de plus en plus vite. Hors d'haleine, Uter voulut s'arrêter, mais Freïhr les entraîna vers l'avant.

— Il faut continuer, on est presque dehors !

— Mais, par Dieu, qu'est-ce que tu en sais ? gémit Uter.

— Les chauves-souris ne mangent pas les pierres. Elles sortent la nuit pour chasser, et elles dorment le jour. On est presque dehors !

— Eh bien, vas-y, murmura Uter.

Le barbare jura et, d'une bourrade, l'écarta de son chemin. Le bruit de ses pas décrut rapidement dans la galerie. Uter se laissa tomber sur le sol, ferma les yeux et s'adossa à la paroi rocheuse.

— Je n'avais encore jamais vu ces horribles bêtes, murmura Lliane à côté de lui. Freïhr avait l'air de les connaître… Si tu restes, je reste avec toi. Mais si nous restons, c'est la mort…

Uter devinait sa silhouette, sans pourtant parvenir à distinguer ses traits. Il caressa sa joue et l'attira doucement vers lui, jusqu'à ce que leurs lèvres se rencontrent. De nouveau, comme sur Gwragedd Annwh, lors de leur premier baiser, la reine entrouvrit la bouche et sa langue vint forcer les lèvres du chevalier. Les hommes ne connaissaient pas alors de semblables baisers. Ce furent les elfes qui les leur apprirent, comme tout ce que l'amour physique peut avoir de doux ou de sacré. Et pourtant, les elfes disaient ignorer l'amour. Il n'y avait pas chez eux de passion, de serments ou de désespoirs sentimentaux. Les tribus elfiques étaient comme des clans de fauves, des hardes de rennes. Et rien de ce qui pouvait distendre les liens du groupe ou s'y substituer n'avait de place dans le cœur des elfes. Pas même l'amour.

Elle se détacha d'Uter et posa sa paume à plat sur le front du chevalier.

— *Eorl frofur deore…*

— Non.

Le jeune homme saisit la main de la reine, l'embrassa et caressa encore sa joue.

— Garde ta magie, ma reine… Celle des hommes est plus forte.

Il sourit devant sa moue incrédule, hésita un temps, puis osa prononcer le mot.

— L'amour…

Cette fois, ce fut Lliane qui détourna les yeux.

— Tu sais ce qu'on dit, chez nous ? murmura Uter. On dit que l'amour donne des ailes.

Elle leva les sourcils, les fronça, et pencha la tête pour regarder le jeune homme.

— C'était une image…

Il se releva et lui tendit la main pour l'aider. Enlacés, ils se mirent en route sur les traces du barbare.

Freïhr avait raison.

Rapidement, l'obscurité se mua en pénombre et la pénombre en clair-obscur, jusqu'à l'éclat aveuglant d'un jour pourtant maussade.

Ils étaient sortis.

Toujours enlacés, se soutenant l'un l'autre, ils firent encore quelques pas jusqu'au sous-bois qui bordait les collines, et s'effondrèrent dans l'herbe couverte de givre, humant avec délices l'odeur de la terre, de la mousse, l'odeur même de la vie. Ils restèrent ainsi de longues minutes, le temps d'acclimater leurs yeux à la lumière du jour, puis Uter se traîna vers un buisson de sureau chargé de grosses baies rouges et sucrées, et arracha à pleines mains les fruits et les feuilles, qu'il dévora comme une bête sauvage.

Bien plus tard, alors que la lumière déclinait sans que le soleil se fût montré, ils purent se relever, quitter l'inconfortable futaie sous laquelle ils s'étaient abrités et descendre la colline, droit devant eux, à travers une forêt clairsemée de jeunes chênes, sous laquelle prospérait toute une végétation d'arbrisseaux et de fougères, dans l'entêtante odeur du buis et de l'humus. Ils suivirent une tortille, vague sentier qui pouvait être le sillage d'un sanglier ou une voie tracée par les hommes, découvrant à travers les arbres le spectacle infini de la grande plaine enneigée. Moins d'une heure plus tard, ils durent s'arrêter, avant que la nuit tombe tout à fait. Ils s'assirent près d'un ruisseau à demi gelé, sur un épais matelas de feuilles mortes, les yeux fixés sur le néant de la nuit pour ne pas se regarder l'un l'autre, dans le silence de la neige. Un silence qui faisait battre le cœur d'Uter et lui donnait des frissons. Et plus ce silence se prolongeait, plus ses premiers mots, ses premiers actes devenaient difficiles.

Lliane se leva et, le visage pudiquement voilé par ses longs cheveux noirs, défit sa robe de moire et sa cotte de mailles, ôta ses bottes de peau et ses bracelets d'argent. Uter, pétrifié, entendit le pas léger de ses pieds nus derrière lui sur la neige, et ne tourna la tête que lorsque l'elfe projeta une grosse pierre dans le ruisseau pour en briser la glace. Ses yeux habitués aux ténèbres croisèrent le regard mutin de Lliane, puis glissèrent presque malgré lui sur les courbes de ses épaules, de ses seins, de ses hanches, de ses jambes interminables, juste avant qu'elle saute dans l'eau glacée.

Elle plongea sous la glace, disparut quelques secondes et creva la surface gelée du ruisseau, au bord de l'autre berge. Uter ne la distinguait plus qu'à peine, mais il la devina, à demi sortie de l'eau, ses longs cheveux noirs collés à sa peau si pâle, si nue.

— Tu viens ?

Le jeune homme se déshabilla avec précipitation et s'approcha du ruisseau glacé, grelottant déjà avant même d'y tremper le pied. Lliane se mit à rire.

— N'y va pas ! dit-elle. Elle est bien trop froide pour toi !

Uter hésita, mais elle avait déjà replongé sous la glace. L'instant suivant, elle jaillissait de l'eau juste devant lui, luisante et vive comme un poisson, presque dans ses bras. Il n'eut qu'à les ouvrir pour qu'elle vienne y trouver refuge.

— Réchauffe-moi, dit-elle.

Uter cueillit l'elfe transie et la porta jusqu'à leur couche de feuilles mortes, où il la déposa tout doucement. Elle glissa sa main sous la nuque du chevalier et l'attira contre elle, puis, d'un geste brusque, le fit rouler à terre et se coucha sur lui. Uter claquait des dents et tremblait de la tête aux pieds. Il voulut la caresser, mais elle saisit la main qui effleurait son dos et la plaqua sur le sol.

— Je crois que c'est moi qui vais te réchauffer, souffla-t-elle tendrement à son oreille.

Uter ferma les yeux. Allongé sur le sol, tremblant encore convulsivement, il sentit la chaleur de l'elfe se communiquer peu à peu à lui, au rythme de ses lentes ondulations. Ses longs doigts effleuraient ses épaules, son torse, ses cuisses, il frissonnait sous la caresse de ses longs cheveux, tressaillit lorsque ses lèvres se posèrent sur lui, s'abîma les yeux clos dans un lent vertige de douceur, oublieux des murmures de la forêt, du froid de la nuit, de tout ce qui n'était pas elle. Lliane se redressa et lui sourit, ses cuisses enserrèrent les hanches de l'homme et son bassin lisse glissa lentement jusqu'à son sexe, à l'effleurer. Uter ouvrit les yeux et retint son souffle, mais elle se déroba. Elle ne souriait plus, elle le fixait gravement, sans cesser d'onduler contre son ventre, comme si ses hanches menaient leur vie propre. À chacune de leurs respirations, des nuages de condensation s'évaporaient dans l'air glacé de la nuit, et leurs corps eux-mêmes fumaient comme un lit de braises. Lentement les mains d'Uter glissèrent sur le ventre de l'elfe jusqu'à sa poitrine, s'arrondirent autour de ses seins. Ses doigts redessinèrent le contour bleu sombre de ses aréoles.

— Tu es si belle, murmura-t-il.

— Fais-moi ton amour.

Alors il saisit la taille gracile de l'elfe, si légère, si fragile, et la pénétra. Ce fut lent. Ce fut sauvage. Ce fut enfiévré, avide. Ce fut le mariage instinctif de deux corps faits l'un pour l'autre et qui se retrouvent enfin. Ce fut une bataille et un abandon, une révélation et un éblouissement. Et ils s'endormirent ainsi, sans se séparer, nus comme les premiers amants du monde.

Uter s'éveilla en criant.

Des pas, lourds, tout autour d'eux. Des torches. Des ombres guerrières, hérissées d'armes jetant des éclats d'acier sous la lueur des flammes.

Il se releva d'un bond, s'interposant entre les guerriers et le corps de la reine, et de gros rires secouèrent leurs rangs.

— Je le savais bien ! fit une voix qu'il reconnut aussitôt.

— Freïhr !

— Tu vois, Freïhr te l'avait bien dit : tu es amoureux !

Le barbare se détacha de ses compagnons, lui tendit une cape de fourrure et partit d'un gros rire grivois qui fit rougir Uter jusqu'à la racine des cheveux. Lliane, avec un rire de petite fille, lui arracha la fourrure d'un geste vif et s'en drapa prestement.

— Très amoureux ! pouffa Freïhr avec un haussement de sourcils approbateur.

Uter suivit son regard et vit ce qui provoquait l'hilarité des barbares. Il ramassa sa cotte d'armes et se couvrit tant bien que mal.

— On vous cherche depuis tout à l'heure, dit Freïhr. On est même retournés dans la grotte... Venez. Il y a à manger et à boire !

Sans un regard pour Uter qui tentait de se rhabiller en conservant ce qui pouvait lui rester de dignité, Lliane ramassa ses vêtements et saisit le bras de Freïhr.

— Je croyais que ton village avait été détruit ? s'étonna-t-elle en contemplant ses compagnons.

Ils étaient une dizaine, hommes, femmes et enfants, tous vêtus comme lui de fourrures, aussi massifs que des ours, avec d'épaisses chevelures blondes tressées en nattes. La plupart d'entre eux portaient des traces de blessures récentes.

— Ils ne sont pas de Seuil-des-Roches, sauf Thorn...

Il désignait un adolescent dégingandé, armé d'une batterie d'épieux durcis au feu, qui baissa les yeux dès qu'il comprit que l'on parlait de lui.

— J'ignorais qu'il avait survécu, dit Freïhr. C'est Oddon et sa famille qui l'ont recueilli dans la forêt... Les autres viennent des villages fortifiés de l'Est. Voilà tout ce qui subsiste des hommes libres des Marches !

— Il y en a peut-être d'autres.

Freïhr hocha la tête avec vigueur.

— Nous les retrouverons. Et nous rebâtirons une ville, une seule, plus forte, plus belle encore que Seuil-des-Roches. Et, quand ils reviendront, nous serons prêts !

La plupart des barbares ignoraient le langage commun, mais leurs yeux, à la lueur des torches, flamboyaient d'excitation aux paroles de Freïhr. Lliane rajusta la grosse cape de fourrure sur ses épaules et sourit au barbare.

— On y va ? dit-elle. Je meurs de faim !

Ils se mirent en marche et, en quelques minutes, rejoignirent un groupe de huttes semblables à celles des elfes de Gwragedd Annwh, hormis leurs proportions. Il n'y avait ni palissade, ni porte, ni guetteur. Ce n'étaient que de simples abris de branchages. Pas encore un village.

Ils mangèrent tous ensemble, réunis autour d'un bûcher où rôtissait un cerf, insouciants et sûrs de leur force, comme une meute de loups. Uter observait le barbare à la dérobée. Ce n'était plus le même homme depuis qu'il avait retrouvé des compagnons, comme s'il se sentait à nouveau investi d'une responsabilité à leur égard.

Freïhr s'aperçut qu'il le fixait, et Uter se troubla.

— Tu n'as pas placé de sentinelle ? demanda-t-il.

— Et pour défendre quoi ? dit Freïhr. Tu vois quelque chose, ici, qui doive être gardé ?

— Vos vies, au moins…

Freïhr le regarda gravement.

— Quand il ne te reste rien d'autre que la vie, il ne faut pas la gâcher en craignant de la perdre.

Puis il retrouva son sourire et lui assena l'une de ces formidables claques dont il avait le secret.

— N'aie pas peur ! Cette nuit, Oddon veillera sur votre sommeil.

Il cligna de l'œil vers la reine.

— Vous serez mieux qu'en plein vent !

De gros rires lui firent écho, tout autour du feu. Uter rit avec eux, mais un simple regard de Lliane ranima son désir.

— Demain, poursuivit-il, nous trouverons des chevaux, à l'heure où ils vont boire… Et nous pourrons repartir.

Lliane se leva, contourna la flambée et vint s'agenouiller devant le barbare, dont elle saisit la grosse main calleuse.

— Non, Freïhr. Toi, tu restes…

Elle lui sourit avec tendresse, puis lui parla, dans la langue rocailleuse des hommes du Nord. Bientôt, les conversations se tarirent et tous écoutèrent les paroles de la reine, dans le crépitement du feu et les murmures de la nuit.

Elle parla longtemps. Quand elle se releva, les yeux de Freïhr s'étaient embués. Enfin, elle tendit la main vers Uter.

— Tu viens ?

XXI

Le cauchemar

Au soir du deuxième jour, la ville rougeoyait comme un volcan, à la lueur de centaines d'incendies.

Dès le début, tout avait mal commencé.

Une famille de dix nains – le père, la mère, leurs serviteurs ainsi que leurs enfants, de simples commerçants venus à Loth vendre des barres d'acier forgées sous la montagne – avait été prise à partie par un prêcheur au crâne rasé et sa troupe de fanatiques. Des hommes et des femmes armés de bric et de broc, les yeux fous et l'âme en tourment, la voix éraillée à force d'avoir hurlé, brandissant des torches et rameutant la populace, hurlant que les nains étaient des démons et les elfes des anges, que Dieu les regardait et qu'il criait vengeance.

Aucun des dix nains n'était guerrier, mais ils venaient de la Montagne rouge, épais comme des troncs d'arbres et teigneux comme des ours.

Avant qu'ils aient compris ce qui leur arrivait, une commère de Loth embrocha un nanillon d'à peine trente ans d'un coup de fourche, et ce fut comme si elle avait déchaîné la tempête. La mère de la victime l'étrangla de ses mains puissantes avant de succomber sous les coups de la foule. Alors le reste de la famille réagit enfin (les nains sont parfois lents à la détente) et s'arma de ces barres d'acier qu'elle était venue vendre. À la fin de l'échauffourée, les murs de la ruelle étaient tachés de sang et une demi-douzaine de corps, hommes et nains confondus, gisaient dans le ruisseau.

Le premier incendie éclata dans une taverne, lorsqu'un parti d'émeutiers tomba sur trois soldats de la garde de Baldwin. Des nains cuirassés, lourdement armés et entraînés à la guerre, qui ne quittaient jamais leurs haches, pas même pour dormir, et qui firent un carnage, au point que la foule ivre de haine les enferma dans l'auberge et y bouta le feu, malgré les cris horrifiés des humains encore en vie bloqués à l'intérieur.

Il y eut bien d'autres incendies et bien d'autres combats, tout au long de la journée et de la première nuit. Les nains s'organisaient et se regroupaient en escouades semblables à des blocs de pierre, dévalant les ruelles en écrasant tout sur leur passage, dans une boucherie indescriptible qui s'étendit bientôt jusqu'au palais. La garde rapprochée de Baldwin bloquait l'aile réservée aux nains, protégeant la fuite du vieux roi, et, pour chaque guerrier nain tué, le sénéchal Gorlois perdait encore et encore les meilleurs soldats de l'armée. Les combats semblaient ne jamais devoir finir, malgré les flots de sang qui rendaient les dalles glissantes, malgré l'horreur des empoignades au corps à corps dans les étroits couloirs où les chevaliers humains se cognaient aux murs sans pouvoir manier leurs longues épées. Ce furent des affrontements au poignard, des combats de bêtes sans tactique ni honneur, l'acharnement et la haine tenant lieu de bravoure.

Trois des douze preux formant la garde du Grand Conseil périrent dans ces assauts sans gloire dont ils ne pouvaient comprendre le sens.

Un autre, nommé Ulfin, jeune chevalier à peine plus âgé qu'Uter, disparut au cours de la nuit et son corps ne fut jamais retrouvé. On raconte que l'infamie du massacre lui fit horreur et que, plaçant son honneur au-dessus de son serment d'allégeance à Pellehun, il aida le roi Baldwin à fuir la cité de Loth.

Au soir du deuxième jour, il ne restait plus un nain vivant dans Loth.

De la haute tour à laquelle Gorlois et lui seul avaient accès, Pellehun contemplait, par l'étroite embrasure d'une meurtrière, l'incendie qui ravageait sa cité. Sous les murs de pierre du palais, les rues étaient pleines de cris, pleines d'une foule frénétique, terrifiée et insane, pleines de pillages et de viols, comme si la ville se détruisait elle-même, corps et âme. Dehors, l'armée était alignée en bon ordre, immense, bardée de fer et d'acier, n'attendant qu'un geste pour se mettre en marche et ravager le monde. Le royaume de Logres avait basculé dans la guerre totale. Hommes, elfes, nains. Le cauchemar avait commencé.

Pellehun se détacha du sinistre spectacle et s'approcha du coffre scellé dans le mur qui constituait l'unique mobilier de la pièce, hormis deux fauteuils, près de l'âtre. Il sortit de sous ses robes une clé retenue à son cou par un lacet et fit jouer les serrures. Puis il ouvrit lentement le coffre et contempla son trésor le plus précieux, gisant sur un matelas de velours sombre.

Une épée d'or, luisant à la lueur des torches, chargée de pierres précieuses et de mille chefs-d'œuvre d'orfèvrerie.

L'Épée de Nudd, le talisman des nains que ceux-ci nommaient Caledfwch.

Excalibur.

D'abord, ils virent une nuée de corbeaux, tournoyant dans le ciel gris comme une colonne de fumée, puis une harde de chevaux, galopant librement dans la plaine, au loin, sans aucun cavalier.

Le premier cadavre était celui d'un nain, adossé à une butte, le corps percé de flèches. Puis, à quelques toises, celui d'un elfe gris, presque confondu à la terre. Uter dégaina son épée et ils poussèrent leurs chevaux jusqu'en haut du surplomb. Le spectacle les pétrifia.

À perte de vue, la plaine enneigée était constellée de cadavres. Des gnomes s'affairaient autour des corps, détroussant les morts, achevant les blessés, et des chiens sauvages se repaissaient de leurs dépouilles. De loin en loin, une oriflamme claquait au vent d'hiver, marquée du sombre écu à hache d'or des nains sous la Montagne noire. Parfois, les cadavres étaient tombés en groupe et formaient de sinistres tumulus hérissés de lances et de flèches. Et, là-dessus, le silence irréel de la neige, le croassement des corbeaux, et l'odeur du charnier.

Lliane poussa un cri sauvage et piqua des deux à travers le champ de bataille. Elle galopa droit devant elle, les yeux noyés de larmes, le visage engourdi par le froid. Sur son passage, les gnomes s'enfuyaient, ployant sous le poids de leurs rapines, les charognards détalaient vers un autre cadavre en montrant les dents... Parvenue à l'autre bout du charnier, là où enfin la plaine enneigée n'était plus rougie de sang, elle tira sur les brides de son cheval et sauta à terre avant même qu'il se soit immobilisé. Uter la retrouva recroquevillée sur elle-même, le visage enfoui dans la neige, inondée de larmes, suffoquée par ses pleurs. Il mit lentement pied à terre, s'avança jusqu'à elle dans un crissement de neige glacée, la saisit par les épaules et la releva. Lliane se lova contre lui, sans cesser de pleurer. Jamais encore Uter ne l'avait vue ainsi, anéantie, désemparée, tremblante… si humaine.

Il l'aida à se hisser sur son propre cheval, dont il saisit les rênes. Celui de Lliane s'était enfui loin du champ de bataille.

Ils retraversèrent le charnier la tête basse à la recherche de survivants, mais, hormis un elfe atrocement défiguré par un coup de hache qui lui avait fracassé la mâchoire et qui ne pouvait que baver du sang dans un atroce gargouillis, il n'y avait plus dans la plaine que des morts déjà raidis par le froid.

Quand la nuit tomba, ils cherchaient encore, à la lueur d'un flambeau.

Ils trouvèrent le seigneur Rassul et son elfe lige, Assan, dans un chemin creux, enlacés dans la mort, cernés par des cadavres de nains dont le sang avait gelé en flaques rosâtres, dans la neige et la gadoue. Ils reconnurent les elfes de Gwragedd Annwh, des elfes gris comme presque tous ceux qui gisaient là. Et tous les nains portaient les couleurs de la Montagne noire.

— Rogor, murmura Uter d'un ton haineux. C'est ma faute… J'aurais dû te laisser le tuer, dans les marais.

— Peut-être y a-t-il encore un espoir, dit Lliane. Il n'y a là aucun haut-elfe, ni aucune autre communauté naine… La guerre ne s'est pas encore étendue à tous les peuples… Il faut rentrer à Loth. Je dois parler à

Llandon, et toi tu diras au roi Pellehun ce que tu as vu. Baldwin l'écoutera, lui. On peut sûrement…

Lliane se tut. La tête lui tournait, brusquement, et un étrange malaise la faisait vaciller. Elle aspira profondément de grandes goulées d'air glacé, puis ramassa une poignée de neige pour se rafraîchir le visage. C'est alors qu'elle le vit. L'homme-enfant aux cheveux blancs et à la longue robe bleue, appuyé à un simple bâton ferré, qui la regardait du haut d'une butte en souriant. L'homme qu'elle avait aperçu aux bords du lac. L'homme qu'elle avait croisé à leur départ de Loth. L'homme qu'elle seule, jusqu'à présent, semblait être capable de voir.

Uter le voyait, lui aussi, et ressentait à présent le même malaise. Il avait dégainé son épée et s'était interposé entre la reine et l'apparition, tenant de sa main gauche sa torche pour mieux l'éclairer.

— Qui es-tu ?

— Je m'appelle Myrddin, dit l'autre d'une voix étonnamment jeune, avec un hochement de tête sarcastique qui pouvait passer pour un salut, mais avec l'air surtout de se moquer du chevalier.

— Qu'est-ce que tu veux ?

— Qu'est-ce que je veux ? ricana-t-il. Mais pourquoi crois-tu que je veuille quoi que ce soit de toi, Uter ? Parce que tu crois peut-être que tu peux m'être utile à quelque chose, toi qui as failli à ta mission, toi qui n'as pas su empêcher cette lamentable tuerie ?

Le sang du chevalier se retira de son visage. Il n'osa regarder la reine, mais sentit le poids de son regard. Pensait-elle, elle aussi, qu'il avait failli ?

— C'est trop tôt, Uter ! reprit Myrddin. Et puis tu n'es encore qu'un homme !

Et il éclata d'un rire flûté, un rire d'enfant, enjoué et parfaitement déplacé dans cet horizon de cadavres.

Lliane le regardait, pétrifiée, et une évidence s'imposa enfin à son esprit.

— Ce n'est pas un homme, murmura-t-elle. Et ce n'est pas non plus un elfe. Pourtant il est un peu des deux…

— Tu as raison, dit Myrddin. Je ne suis rien. Rien d'autre que l'enfant d'une elfe et d'un homme… Venez me rejoindre !

— C'est impossible, répondit Uter. Il n'est jamais rien né de l'union des elfes et des hommes !

— Et pourtant j'existe, tu vois ? Qu'importe… Bientôt je ne serai plus seul.

Il désigna le ventre de Lliane avec un sourire entendu.

— Tu donneras naissance à une fille, que les hommes appelleront Morgane. Mais ce ne sera pas le nom que tu lui auras choisi.

Lliane et Uter se regardèrent, et dans les yeux des deux amants passa chaque étape de leur pensée, stupeur, ravissement, amour, frayeur, au fur et à mesure que ces paroles prenaient tout leur sens.

— Il ne faut pas aller à Loth, je vous en prie, reprit Myrddin. Vous avez échoué parce qu'il était écrit que vous deviez échouer, mais vous avez survécu, et aujourd'hui seule votre survie peut empêcher la victoire des hommes.

À nouveau, le sang d'Uter se figea.

— Quelle victoire des hommes ? hurla-t-il. Où vois-tu des hommes ? Regarde autour de toi ! Regarde cette…

Il balaya de la main le champ de bataille.

— … cette boucherie ! Il n'y a là que des elfes et des nains ! Nous n'avons rien fait d'autre que d'essayer de sauver la paix !

Myrddin éclata de son rire horripilant.

— « Nous n'avons rien fait d'autre que d'essayer de sauver la paix ! » couina-t-il d'une voix ridicule, singeant le chevalier.

Lliane réprima un sourire, ce qui acheva de rendre Uter fou de rage ; l'homme-enfant tendit la main en signe d'apaisement.

— Pardonne-moi, Uter… C'est vrai, il n'y a rien de drôle. Mais, vois-tu, les hommes…

Il s'interrompit, comme si une pensée toute différente venait de lui traverser l'esprit.

— C'est vrai, murmura-t-il. Tu n'es encore qu'un homme. Mais un jour tu seras deux, comme moi, et ce jour-là tu pourras comprendre…

Puis il se tourna vers Lliane et reprit le fil de son discours.

— Les hommes ont toujours eu peur de tout. La foudre, la tempête, les torrents, la forêt, la montagne… Et tout ce qu'ils craignaient était divin à leurs yeux : le soleil, les étoiles, les grands arbres ou les pierres. Et voilà qu'ils se mettent à ne plus vénérer qu'un dieu. Un dieu unique qui remplace tous les autres, à la fois le père et le fils, le ciel et l'esprit. C'est ce qu'il leur manquait, tu comprends ? Une force unique, toute simple, la seule explication de l'univers et de tous ses mystères… Venez me rejoindre, je dois vous montrer quelque chose.

Cette fois ils lui obéirent, captifs de cette voix fluette et si puissante à la fois. Ni l'un ni l'autre n'éprouvaient plus cet inexplicable malaise qu'ils avaient ressenti à son apparition. Ils gravirent lentement la butte et saisirent les mains qu'il leur tendait.

Vu de près, Myrddin ressemblait vraiment à un enfant, sans qu'il soit pour autant possible de lui donner un âge. Sa peau n'était pas bleue comme celle des elfes, mais d'une pâleur inhumaine, si diaphane qu'elle en paraissait transparente, avec des cheveux blancs – non pas de ce gris clair argenté propre aux vieillards humains mais d'une blancheur absolue, sans le moindre reflet – qui formaient autour de ses tempes un casque de neige. Et, dans toute cette pâleur, il avait les mêmes yeux que Lliane, d'un vert clair intense comme de l'or.

— Vous deviez échouer pour que le vrai combat commence, dit-il en regardant Uter. Et dans cet échec il n'y a aucune honte, puisque c'est ce que tous attendaient de vous, puisque tous vous ont menti, puisque l'objet même de votre quête n'était qu'une trahison. Bien sûr, tu peux tenter de sauver la paix, mais tu échoueras, Uter, et cette fois ton échec sera véritable. Si vous allez à Loth, vous mourrez, et alors l'espoir à jamais s'évanouira. Les elfes, les nains et même les monstres disparaîtront dans le crépuscule du temps, comme une légende lointaine, jusqu'au jour où leur nom même sera oublié, vidé de sens, et où nul à la surface de la Terre ne croira plus à leur existence… Regardez.

Il les attira à sa suite et gravit les dernières toises qui les séparaient du sommet de la butte. Au loin, l'horizon était rouge.

— C'est Loth, dit-il simplement.

La ville était toujours la proie des flammes, et le cœur des hommes y brûlait d'un feu plus intense encore, prêt à incendier tout le royaume.

— Nul d'autre que les hommes n'a provoqué cet embrasement… Nul d'autre qu'un homme ne pourra l'éteindre. Un homme aidé du souffle du dragon.

Myrddin dévisagea Lliane et Uter et, l'espace d'un instant, un voile d'une tristesse infinie figea son sourire insouciant. Mais le preux, fasciné par l'horizon flamboyant, ne s'en rendit pas compte.

— Bien sûr, dit l'homme-enfant, il est encore trop tôt.

Puis il se jeta en avant dans la pente, disparaissant à toutes jambes dans l'abri de la nuit.

— Myrddin ! cria Uter.

Une voix lui répondit depuis le cœur des ténèbres, dans le silence de la neige.

— Seuls les elfes me nomment Myrddin… Les hommes m'appellent Merlin.

LA NUIT DES ELFES

Je sais pourquoi l'aulne est de couleur pourpre,
Pourquoi la linotte est verte,
Pourquoi les branches sont rouges,
Pourquoi une femme n'a jamais de repos,
Pourquoi la nuit vient.
Je sais que la patte du blanc cygne est noire,
Je sais que la lance aiguë a quatre côtés,
Je sais que la race des cieux ne sera pas déchue,
Je sais quels sont les quatre éléments,
Mais leur fin ne m'est pas connue.

TALIESIN (VIe siècle)

À mes lutins,
Hugo, Justine et Éloïse

PROLOGUE

Le monde, jusqu'alors, était en paix. Selon la vieille religion, les quatre tribus de la déesse Dana, les Tuatha Dê Danann, avaient reçu la Terre du Milieu en partage : aux hommes la mer et les rivages, aux nains les montagnes, aux elfes les forêts immenses et aux gobelins – le peuple des monstres – le pays de Gorre, les terres foraines au-delà des montagnes. Et à chaque peuple fut confié un talisman, comme le quart de la puissance divine, pour que les tribus demeurent à jamais : aux elfes échurent la connaissance et le chaudron du Dagda ; aux hommes le pouvoir royal, avec la Pierre de Fal, le Fal Lia, qui gémissait dès qu'un roi légitime l'approchait ; aux monstres la fureur et la violence, avec la lance de Lug ; et les nains reçurent la richesse, grâce à l'Épée de Nudd. Une épée d'or qu'ils ne cessèrent, génération après génération, d'embellir des plus belles gemmes découvertes dans leurs montagnes. Cette épée se nommait Caledfwch dans la langue des nains. Excalibur, dans celle des hommes.

Et puis le jour vint où les hommes oublièrent l'antique religion et ne crurent plus en rien, pas même encore en Dieu, malgré les moines. Seul le pouvoir royal du Fal Lia leur servait de religion, et cette soif de puissance leur fit croire qu'ils étaient le peuple élu, celui qui devait dominer le monde.

À l'issue d'une longue guerre contre les monstres, le roi des hommes, Pellehun, conçut avec l'aide de son sénéchal un plan qui dresserait l'un contre l'autre le peuple des elfes et celui des nains, tout en renforçant son propre pouvoir.

Le talisman des nains fut volé par Gaël, un elfe gris membre de la toute-puissante Guilde des voleurs et des assassins, contrôlée par le sénéchal Gorlois. Les nains étaient déjà prêts à la guerre pour récupérer Caledfwch, mais une expédition comprenant des membres de chaque peuple et menée par la reine des hauts-elfes, Lliane, fut organisée pour tenter de sauver la paix. Hélas, la Guilde veillait, et si Gaël fut retrouvé, assassiné par l'un des membres de l'expédition et emportant son secret dans la tombe, les derniers rescapés, Lliane et le chevalier Uter, réalisèrent trop tard qu'ils avaient été joués. Trop tard pour empêcher une bataille absurde entre les nains de la Montagne noire et les elfes des marais, trop tard pour que les hommes, au sein même de la cité de Loth, tentent d'exterminer les nains qui y résidaient encore, ainsi que leur roi, Baldwin.

L'irréparable avait été commis.

Excalibur était désormais aux mains de Pellehun, et la domination des hommes sur l'ensemble des peuples semblait inéluctable.

I

La bataille

Lent, calme. Comme un fleuve de lave grise vomi par les entrailles de la montagne, ils se massaient en rangs compacts sous les oriflammes des grandes maisons naines. Et ce flot ininterrompu de guerriers en armes envahissait peu à peu la plaine, sans cris ni sonneries de trompes, plus effrayant encore par son silence. Il était tôt et les premiers rayons du soleil nimbaient l'herbe d'une lumière froide qui faisait briller la rosée. L'ost du roi avait campé pour la nuit au pied de la Montagne rouge, et l'armée des hommes s'était réveillée transie au petit matin. En ouvrant les yeux, chacun d'eux, chevaliers ou piétaille, sentit son cœur se broyer devant le spectacle terrifiant de cette multitude. Les regards se tournaient vers le roi Pellehun et son sénéchal, immobiles sur leur destrier, si semblables avec leurs cheveux gris tressés et la simple cotte d'armes à rayures bleues et blanches recouvrant leur armure, aussi froids et silencieux que l'armée des nains, comme indifférents à la bataille qui s'annonçait.

Les hommes couraient rejoindre leurs rangs, pressés par les sergents, le cœur battant, les bras lourds, et pendant un temps le vacarme des ordres, le grondement des pas et le hennissement des chevaux de guerre furent plus forts que la peur. Puis, de nouveau, ce fut l'attente. Au centre de la ligne, les piquiers et les piétons engoncés dans leurs sayons de cuir clouté entendaient le chœur des moines chantant prime, la première heure du jour, tassés autour d'une croix immense, et certains d'entre eux se signèrent. En arrière, cavaliers et chevaliers déjeunaient en affectant l'indifférence, tandis que leurs écuyers affolés préparaient à la hâte leurs lourds chevaux de guerre.

Un long frémissement parcourut soudain le front de l'armée des hommes. Au loin, à une lieue des premiers rangs d'archers, les nains de la Montagne rouge s'étaient mis en marche au son de leurs tambours de bronze. Pellehun se pencha vers le sénéchal-duc Gorlois, murmura quelques mots, et celui-ci partit au petit trot, rameutant les valets de bouche. Telle une nuée d'étourneaux, ils s'éparpillèrent dans les rangs, chargés de panières ou de tonnelets, versant le vin à même les casques, lançant leur pain à la volée, et cette distribution inattendue sema aussitôt le désordre dans la ligne de bataille. Donnant l'exemple, Gorlois salua le jour levant en brandissant une outre qu'il but à la régalade, inonda son menton et sa cotte d'armes d'un vin de grenache sombre comme du sang, puis il piqua des deux à travers les rangs de ses soldats.

— Buvez, mangez ! vociféra-t-il en jetant l'outre à un coutilier au visage d'enfant. C'est le corps et le sang du Christ !

À nouveau, il éclata de rire, galopant jusqu'à la première ligne, celle des archers qui déjà plantaient devant eux dans l'herbe verte leurs volées de flèches, huit ou dix, pour tirer plus vite. Sans s'arrêter, il arracha des mains d'un sergent d'armes un gonfanon aux couleurs du roi, et le ficha en terre à cent toises[1] des premiers rangs. Puis il revint au petit trot jusqu'à mi-chemin, sachant que tous, désormais, le regardaient.

Haine, frayeur, espoir.

Le duc Gorlois souriait, mais son visage affreux, borgne et défiguré par une longue balafre, n'avait rien de rassurant. Le sénéchal, tout comme Pellehun lui-même, était vieux selon le compte des hommes, quoiqu'un nain l'eût considéré comme un adolescent. Les cheveux tressés de lacets rouges, le menton glabre contrairement à la majorité des chevaliers, il était petit mais d'une force peu commune, né dans la guerre et fait pour la guerre. Il balaya des yeux la ligne de bataille, chercha du regard le roi et l'aperçut qui se tenait en retrait, escorté par les douze preux de sa garde personnelle. Et il lui sembla que Pellehun lui faisait signe de la tête.

— Archers ! hurla-t-il en montrant le gonfanon piqué en terre. La première volée lorsqu'ils atteignent ce niveau ! Et puis dix flèches par homme, avant qu'ils ne puissent prendre ce que nous sommes venus leur apporter !

Le sénéchal dégaina lentement une épée de grande taille qu'il brandit haut dans le ciel, dressé sur ses étriers, afin que chacun la vît.

C'était une épée d'or, étincelante dans le soleil pâle de l'aube, constellée de pierres précieuses, ciselée au fil des siècles par les plus habiles orfèvres sous la Montagne. L'Épée de Nudd, le talisman qui, selon la

1. Environ deux cents mètres.

légende, avait été confié aux nains par la déesse Dana et qu'ils nommaient « Dure foudre », Caledfwch dans leur langue rugueuse.

Excalibur, dans celle des hommes.

Il y eut un brouhaha intense, qui couvrit le reste de sa harangue. Les plus vieux parmi les soldats se sentaient glacés d'effroi à la vue de l'Épée, incapables de comprendre comment elle pouvait se trouver en possession de la maison du roi, horrifiés à l'idée que Pellehun eût pu commettre un tel sacrilège. Les plus jeunes ignoraient jusqu'à l'existence des talismans et pressaient leurs aînés de questions. Et les moines eux-mêmes se signaient.

Gorlois talonna sa monture d'un coup d'éperons et rentra dans les rangs au pas, brandissant toujours l'épée sacrée des nains. Devant lui, les troupes s'écartaient et faisaient silence, mais le duc ne regardait personne. Il s'arrêta au milieu des archers, face au champ de bataille.

— Excalibur ! cria-t-il. Le talisman des nains ! Voilà pourquoi vous vous battrez et voilà pourquoi nous vaincrons ! Sans talisman, les nains sont condamnés à disparaître ! Et bientôt l'homme, l'homme seul, régnera en maître sur cette terre !

Il y eut des moines et des clercs pour sursauter, jeter des regards courroucés en direction de l'évêque Bedwin, mais celui-ci demeura impassible. La religion du Christ était encore jeune. Ni le duc ni Pellehun lui-même n'en étaient dignes. Comme beaucoup d'hommes, ces deux-là ne croyaient en rien, fors le prix du sang, mais ils savaient que le peuple avait besoin de piété. C'était déjà ça… Plus tard viendraient d'autres rois.

Autour de Gorlois, la ligne des archers s'était reformée, sur trois rangs de trois cents hommes. Vêtus d'une simple tunique de coton bleu et blanc, et coiffés d'un casque de cuir renforcé de bandes d'acier, chacun d'eux portait un carquois de vingt-cinq flèches et un grand arc d'if haut de quatre coudées [1]. De part et d'autre, masquant la cavalerie, se massaient les blocs compacts des piétons, piquiers, coutiliers, gens d'armes de toutes sortes. Et toute cette foule attendait, contemplant la lente progression des nains, semblable à un mur en marche, à un serpent immense luisant de mille écailles, partout où le soleil frappait le fer d'une hache, l'acier d'un casque. Les hommes grignotaient leur pain, supaient leurs dernières gouttes de vin, les yeux mauvais, noués par la haine ou la peur. Leurs oreilles vibraient au son de ces tambours immenses qui rythmaient la marche des nains. Bom, bom. Et leur pas qui faisait vibrer la terre.

Le soleil était haut, à présent, et des mouches commençaient à bourdonner autour des hommes trempés de sueur. Les archers essuyaient leurs mains moites à leur tunique, lissaient d'un coup de langue l'empennage de leur première flèche, et, là-bas, les nains avançaient toujours. Cinq cents toises encore, au moins… Peut-être une demi-lieue.

Des visages se tournaient vers Gorlois, des yeux écarquillés attendaient un signe, un ordre, n'importe quoi afin de tromper cette attente. Lorsqu'ils furent à trois cents toises, un jeune archer, soudain, décocha sa flèche, dérisoire, qui se ficha en terre loin devant la sombre masse des nains. Et comme s'il s'était agi d'un

1. Un peu moins de deux mètres.

signal, les hommes se mirent à hurler des injures, à cracher, tendre le poing, brandir leurs armes. Morts de peur.

— « *Imaginez un instant que je sois dans ce bois, là-bas*, cria le sénéchal, debout sur ses étriers, *et que je tienne entre mes mains un arc de cet if rouge !* »

Gorlois s'interrompit, cherchant du regard quelques archers vétérans. Mais tous, tous connaissaient le chant du barde Iolo Goch, le grand chant de l'arc. Dès la deuxième strophe, des centaines de voix reprirent avec lui le vieux péan guerrier :

— « *... Entre mes mains un arc de cet if rouge, bien bandé, avec une solide corde bien tendue, avec un tube de flèche bien rond et bien droit, avec une encoche bien taillée...* »

Sur les oriflammes dressées, on reconnaissait à présent les runes des nains sous la Montagne rouge – les plus nombreux – à côté des sombres étendards de la lignée de Troïn, blason sable frappé de chef en pal d'une épée d'or, cette épée même que brandissait le duc Gorlois comme un défi : la lignée de Troïn menée par le prince héritier Rogor, décimée par les batailles, humiliée par la perte du talisman dont ils avaient la garde. Hier un honneur, aujourd'hui une honte. Les nains de Rogor marchaient devant tous les autres.

— « *... avec un empennage bien long uni par de la soie verte, avec une tête de flèche d'acier bien acérée, lourde et solide, d'une trempe vert et bleu qui ferait gicler le sang d'une girouette...* »

Les clans de guerre de toute la nation naine s'étaient rassemblés là comme pour une guerre sainte, guerriers, chasseurs et même des femmes juchées sur de lourds chariots tirés par des poneys, frappant les tambours de bronze à s'en arracher les bras, bom, bom, au rythme lent du pas de l'armée.

— « ... *Imaginez que j'aie posé mon pied sur une touffe d'herbe, que mon dos s'appuie sur le tronc d'un bouleau, que le vent souffle dans mon dos, que le soleil brille à mes côtés, que la fille que j'aime le plus soit toute proche de moi pour me regarder...* »

Le reste du chant fut inaudible, noyé parmi les vociférations des soldats, de part et d'autre des rangs compacts des archers. Puis il y eut le grondement formidable des nains, quand ils virent l'Épée de Nudd étinceler au cœur des lignes ennemies. Alors, ils se mirent à courir. Et la terre tremblait sous le martèlement de leur course lourde.

La première volée de flèches obscurcit le ciel et s'abattit comme un orage de grêle. Avant même que les premiers dards eussent frappé la masse des guerriers barbus, les archers encochaient déjà une nouvelle flèche, ajustaient, bandaient, courbaient le dos, ouvraient leur poitrine ; le pouce de leur main droite tenant la flèche touchait l'oreille ou le bout de la mâchoire, un instant seulement, et les doigts se détachaient, libérant la corde dans un sifflement de fouet, encore et encore. Dix flèches par archer en moins d'une minute. Et Pellehun disposait de près de mille archers...

Les nains méprisaient l'arc. S'ils se servaient parfois de frondes, ce n'était que pour chasser. Quand la nuée vrombissante des flèches s'abattit sur eux, ils serrèrent leurs poings sur le manche de leurs haches, courbèrent le dos comme sous la pluie et coururent plus vite, piétinant les morts et les blessés transpercés. Le gonfanon planté par Gorlois fut arraché sous leur déferlement, mais les archers les ajustaient maintenant à tir tendu, décochant par vagues des milliers de flèches qui cinglaient leurs rangs avec le claquement d'un fouet, qui perçaient leurs broignes de cuir, traversaient les chairs, clouaient à terre les guerriers ivres de rage, sous les yeux effarés de l'ost du roi. Des nains parvinrent jusqu'aux premiers rangs des archers, fous de douleur et de haine, frappant à tour de bras de grandes volées de leurs haches à double tranchant, creusant d'ignobles sillons, éclaboussés de sang, et déjà leurs mains se tendaient vers Caledfwch, l'Épée sacrée, lorsque, sur un ordre de Gorlois, les rangs des piétons s'écartèrent. Pareille à une digue cédant brusquement sous l'assaut des vagues, la charge des chevaliers s'engouffra dans la brèche et percuta leurs rangs décimés. Lances contre haches. Fer contre cuir.

Il n'y en eut pas un pour atteindre l'épée.

II

Rhiannon

Il faisait frais sous la voûte des arbres, pour la plupart des chênes séculaires immenses, dont la ramure épaisse ne laissait filtrer que de fins rayons de soleil, obliques comme des lances, transformant la mousse du sous-bois en un damier d'ombre et de lumière. Il faisait frais et pourtant le corps nu de Lliane était nimbé de sueur. Ce n'était pas seulement l'effet des contractions. Elles étaient encore bien espacées, pas trop douloureuses. Non, c'était autre chose. Une sensation diffuse, terrifiante, comme si des milliers d'êtres hurlaient à la mort, comme si le monde perdait son équilibre. Allongée sur un matelas de fougères jaunies par l'été, au pied d'un frêne – l'arbre de la fécondité –, la reine se redressa sur un coude et chercha le regard de Blodeuwez, la guérisseuse. Le menton levé, humant le vent, l'elfe blonde fronçait les sourcils, percevant elle aussi cette vibration inhabituelle.

C'était un spectacle étrange que de la voir s'inquiéter. Étrange et peu rassurant… Lliane voulut dire quelque chose, mais une nouvelle contraction, brutale, lui coupa le souffle. Cette fois, le spasme était violent, plus violent et plus long que tous les autres. Lliane ouvrit des yeux ronds, étonnée par l'intensité de la douleur, et se mordit les lèvres pour ne pas crier, serrant à la briser la main de son amie.

— Respire, murmura Blodeuwez. Les contractions s'accélèrent, c'est normal. C'est signe que l'enfant va naître…

La guérisseuse écarta doucement du front moite de la reine de longues mèches de cheveux noirs plaquées par la sueur, puis elle s'efforça de lui sourire, malgré l'étrange sentiment d'angoisse qui la tenaillait. Pourquoi se sentait-elle aussi oppressée ? Elle avait appris l'art de la médecine avec Gwydion, l'un des plus fameux druides du peuple des bois, et avait déjà assisté nombre de mères dans les affres de l'enfantement. Les naissances étaient rares, chez les elfes (contrairement aux hommes qui, eux, ne cessaient de croître), et celle d'un nouveau-né de sang royal était un événement considérable, mais ce n'était pas seulement l'importance de la situation qui lui serrait la gorge et le cœur… D'abord, il y avait eu ce cri muet, terrible, qui semblait jaillir de la terre elle-même, et maintenant cette sensation de frayeur diffuse, irraisonnée, inexplicable, qu'elle ressentait en contemplant Lliane.

Blodeuwez se tourna vers le cercle des Bandrui, les druidesses de la forêt que les hommes appelaient sorcières, si pâles dans leurs sombres robes de moire aux reflets changeants, mais leurs regards fuyants, loin de la rassurer, trahissaient le même malaise. Elle perçut le regard de la reine posé sur elle et chercha quelque mot pour la rassurer, mais au même instant la contraction prit fin, la pression sur sa main se relâcha. La guérisseuse glissa ses doigts dans le sexe de la reine, évaluant la dilatation. La poche des eaux était bombante, et sans doute fallait-il la crever pour hâter la délivrance, mais elle se sentait démunie, paralysée à l'idée de mal faire. Le ventre de la reine n'était-il pas anormalement gonflé ? Se pouvait-il qu'elle mît au monde des jumeaux ? Ce serait une explication…

— Il faut te tourner sur le côté, dit-elle. Ce sera plus facile…

Lliane détacha ses yeux des frondaisons qui la surplombaient, irisées de lumière, si paisibles, si fortes, et sourit à sa compagne.

Peut-être aurait-elle dû lui dire…

L'enfant qu'elle attendait n'était pas celui de Llandon, ni d'aucun autre elfe. C'était l'enfant d'un homme. L'enfant d'Uter. Jamais encore une elfe n'avait mis au jour un petit d'homme. Peut-être allait-elle en mourir ? Peut-être que la Nature ne le permettrait pas ? Pourtant, Myrddin était né d'une semblable union. C'était donc possible. Lliane ferma les yeux, savourant ces quelques secondes de répit, mais l'image de Myrddin vint hanter son esprit. L'homme-enfant aux cheveux blancs, frêle comme un jeune elfe, et cependant nimbé d'une aura de puissance qui l'avait elle-même effrayée, la première fois qu'elle l'avait vu. Le bébé serait-il comme lui ?

Une nouvelle crampe mit fin aux sombres dérives de ses pensées, et elle l'accueillit presque avec gratitude. Cette fois, pourtant, elle ne put retenir un gémissement de douleur. L'enfant qu'elle portait était trop gros pour une elfe. Elle le sentait bouger, énorme, dans son ventre, distendre ses chairs, écarter son bassin, l'écarteler. L'enfant d'Uter…

— Je vais crever la poche des eaux, fit doucement Blodeuwez. Tu ne sentiras rien.

Lliane hocha la tête et ferma les yeux. Elle sentit que l'elfe glissait en elle un bâtonnet, et aussitôt un liquide tiède inonda ses jambes, provoquant une nouvelle contraction, plus vive encore.

— C'est bien, dit la guérisseuse, d'une voix aussi calme que possible.

Elle jeta au loin le bâtonnet souillé, réprimant une envie irraisonnée de fuir, de quitter la clairière à toutes jambes, sans se retourner. La reine souffrait trop, ce n'était pas normal. La contraction prit fin, et Lliane se relâcha, épuisée, les yeux embués de larmes. Les Bandrui, autour d'elles, marmottant leurs incantations avec leurs yeux fuyants et leurs timides sourires, ne lui étaient d'aucun secours. Seule Blodeuwez aurait pu la comprendre, si seulement elle lui avait parlé.

— Pense à ton bébé, reprit la guérisseuse de la même voix douce. Essaie de l'imaginer tel qu'il sera, dans quelques minutes… Tu crois que ce sera un garçon ?

— Non, dit Lliane. Ce sera une fille…

Le sourire de son amie se figea un court instant, tant la tranquille certitude de la reine l'avait décontenancée.

— Je l'ai vue en rêve, reprit-elle d'une voix hachée, en passant la langue sur ses lèvres desséchées. Elle jouait de la flûte dans la forêt, au milieu de la nuit, et des fées brillantes comme des lucioles faisaient cercle autour d'elle pour l'écouter jouer… Elle était grande, déjà, presque adulte. Elle avait…

Lliane sourit à son amie.

— Elle était blonde, comme toi, avec dans les cheveux une couronne de buis…

Une nouvelle douleur, si vive et si soudaine, lui arracha un cri de souffrance suraigu. Lliane se redressa à demi, mais Blodeuwez la plaqua au sol avec une force insoupçonnable, puis posa ses doigts blancs comme l'écume de la mer sur son sexe enflé. Elle sentit la chair palpiter, se tendre, et s'ouvrir subitement, laissant apparaître une surface ronde, lisse, visqueuse.

— Ça y est ! cria-t-elle. Je le sens ! Je le sens, Lliane ! Pousse ! Pousse fort !

La reine ne l'entendait pas. Haletante, déchirée de souffrance, elle avait l'impression d'être écartelée vive. Autour d'elle s'étaient massées les druidesses de la forêt, qui mouillaient son visage d'eau fraîche, massaient son ventre et récitaient le Duili fedha, « les éléments du bois », l'antique magie des arbres que les elfes nommaient Ogam.

Je suis le fruit des fruits,
Le produit de neuf pépins et noyaux :
Prune, coing, airelle, mûre,
Et la poire et la framboise,
Sorbier, prunelle, cerise,
Par portions en moi se croisent.

Ailm, pethbioc, gort, muin... Sapin, roseau, lierre, vigne : les arbres-symboles d'accouchement, vie, force et fécondité. Elles traçaient sur son ventre les runes ogamiques qui écartaient le malheur, mais leurs regards se croisaient et leurs lèvres ne souriaient plus.

— Allez, allez, pousse ! Vas-y, je le sens !

Le même malaise les oppressait toutes, sans qu'elles en comprennent la cause. Et elles regardaient, fascinées, les blanches mains de Blodeuwez souillées de sang et de fluides, extirpant du sexe distendu de la reine un visage grimaçant, violacé.

Lliane gémit sourdement, et le petit corps jaillit tout entier, droit sur les genoux de la guérisseuse, dans une vague. Alors Blodeuwez elle aussi, comme si la délivrance lui ouvrait les yeux, éprouva l'insupportable oppression qui avait écarté les druidesses.

— C'est... C'est bien une fille, dit-elle d'une voix brisée.

Mais elle n'osait regarder Lliane, contemplant le nouveau-né si semblable et si différent de tous ceux qu'elle avait mis au monde, et ne parvenait pas à reprendre ses esprits. Blodeuwez pleurait sans s'en rendre compte. Vidée de ses forces, elle s'affaissa sur le lit de fougères.

Les premiers cris du petit être résonnèrent sous la voûte des arbres sans qu'elle parvienne à réagir. La reine avait perdu connaissance. Les druidesses avaient fui. Elle était seule. Surmontant son malaise, elle détailla pour la première fois le bébé posé sur le ventre encore gonflé de Lliane. Sa peau, la taille de ses bras et de ses jambes, la forme de son crâne... L'enfant n'était pas normale. Pis encore, il émanait d'elle une onde oppressante qu'elle ressentait physiquement, intensément ; une onde presque insupportable. Lentement, elle se redressa sur un bras, puis se traîna jusqu'à elle... Un silence absolu s'était abattu sur la clairière. Même les oiseaux, même le vent s'étaient tus, comme pétrifiés par les pleurs minuscules du nouveau-né. Elle était seule. Lliane était toujours inconsciente. Personne ne saurait... Il suffisait de ne rien faire. De la laisser...

— Écarte-toi.

La guérisseuse sursauta, fouettée par une vague de panique.

Myrddin.

L'homme-enfant.

Il ne lui accorda pas même un regard, concentré sur les gestes de première urgence, ceux qu'elle aurait dû elle-même accomplir : trancher le cordon ombilical, dégager la bouche du bébé des mucosités qui l'étouffaient, l'envelopper doucement dans son manteau pour le réchauffer. Puis il se pencha sur le ventre de Lliane qu'il massa avec application jusqu'à ce qu'en une dernière contraction elle expulsât le placenta. Blodeuwez recula en rampant sur le dos, les yeux écarquillés d'horreur et d'indignation. Comment osait-il être là, au cœur de la forêt d'Éliande, dans cette clairière interdite, lui le proscrit, le druide félon, ni elfe ni homme ? Comment osait-il toucher la reine ?

Lliane avait repris connaissance et le regardait sans réagir, trop épuisée pour chercher à masquer sa nudité. Myrddin s'était relevé, le bébé dans les bras, si mince dans sa longue robe bleue qu'il paraissait grand, souriant comme s'il en était le père, avec ce visage juvénile malgré ses courts cheveux blancs, et il serra tendrement l'enfant contre lui.

— Morgane... N'aie pas peur, je suis là. Je vais m'occuper de toi...

— Elle n'est pas à toi !

L'homme-enfant se retourna paisiblement, sans cesser de sourire. Lliane se redressait avec peine, si faible qu'elle semblait proche de défaillir, mais ses yeux verts si clairs, presque jaunes, étincelaient d'une force intacte.

— Bien sûr, murmura Myrddin. D'ailleurs, il n'est pas encore temps.

Il lui tendit l'enfant, qui ne pleurait plus, puis s'écarta, avec ce même sourire crispant. Lliane serra sa petite fille contre elle, si belle et si sauvage malgré les pleurs, malgré le sang. En la regardant pour la première fois, elle-même, sa mère, ressentit une angoisse qui lui serra le cœur. Ce teint rose, ces joues rondes, ces petits bras potelés… Ce n'était pas une elfe. Ni une femme.

— Peut-être ne t'y feras-tu jamais, murmura Myrddin. Ma propre mère ne put jamais s'habituer à ma vue…

Lliane le regarda avec une telle haine qu'il en perdit contenance.

— Je pars, bredouilla-t-il. Veux-tu que je prévienne Uter ?

— Je veux que tu disparaisses à jamais ! cria Lliane.

— Je serai là quand tu auras besoin de moi.

Et il partit de son pas tranquille, si vite pourtant qu'il avait disparu avant que Blodeuwez n'ait eu le temps de rejoindre la reine et son enfant.

— Quel est ce nom qu'il lui a donné ? dit-elle.

Lliane essuya ses larmes, rejeta ses longs cheveux noirs nimbés de sueur en arrière et dévisagea gravement la guérisseuse.

— Myrddin n'est jamais venu. Il n'existe pas. Ce n'est qu'une ombre dans un rêve, que déjà ta mémoire efface. *Hael hlystan ansyn aefre geswican !*

Blodeuwez chancela, saisie de vertige, et le souvenir même de l'homme-enfant quitta son esprit à jamais. Elle hésita quelques instants, papillota des yeux comme si elle venait de se réveiller, puis sourit à son amie et s'accroupit à côté d'elle. Le bébé s'était endormi en tétant, si tranquille… L'éprouvante sensation d'oppression qu'elle avait ressentie à sa naissance s'était atténuée, et maintenant elle parvenait à regarder l'enfant en face.

— Tu t'es trompée dans ton rêve, dit-elle. Elle n'est pas blonde…

Lliane sourit, écarta la petite tête ronde de sa fille et contempla les fins cheveux bruns qui la hérissaient. On aurait dit un moineau tombé dans une mare…

— Elle te ressemble, poursuivit Blodeuwez. Et pourtant… ce n'est pas une elfe. N'est-ce pas ?

Lliane frémit, mais elle évita de croiser les yeux de Blodeuwez.

— Tu peux me parler, tu sais…

— C'est la fille d'un homme, murmura-t-elle enfin.

— Je le connais ?

La question de la guérisseuse arracha à Lliane un hoquet de rire, et avec ce rire revinrent les larmes, tel un fleuve rompant ses digues. La reine se sentait souillée, indigne, monstrueuse. Cet enfant qu'elle avait voulu garder et qu'elle n'osait pas même regarder vraiment, cet enfant qu'elle était venue mettre au monde au cœur du royaume elfique, auprès de Llandon qui n'était pas son père, loin d'Uter qu'elle avait quitté, cet enfant était là, maintenant, mais elle n'éprouvait pas ce sentiment de plénitude, d'achèvement qu'elle avait tant attendu.

Blodeuwez serra la reine et sa fille sous ses bras, les yeux grands ouverts dans le vide, laissant les pleurs de Lliane se tarir. Et les deux amies restèrent là de longues heures, perdues dans leurs rêves. Lliane pensait à Uter, qu'elle avait repoussé des mois auparavant, dès que son ventre s'était arrondi. Où était-il à présent ? Elle était parvenue à l'oublier tout à fait dans les bras de Llandon, quand les elfes avaient déserté la lisière des plaines défrichées pour s'enfoncer dans la forêt d'Éliande, loin des hommes, des nains et de la guerre. Mais la guerre n'était pas arrivée jusqu'à eux, tout juste en écho, de loin en loin, comme une rumeur obscène que nul ne voulait entendre.

Blodeuwez, elle, pensait à Llandon, et à tout ce temps qui s'était écoulé depuis le retour de la reine, les jours et les mois de silence, alors que tous autour de lui se réjouissaient de la naissance d'un héritier. Elle s'efforçait de revoir le visage du roi des hauts-elfes, son attitude envers la reine, mais aucun de ses souvenirs ne lui laissait croire qu'il se doutait de son infortune. Oh, bien sûr, les elfes ne connaissaient pas la jalousie, ni la honte, ni même ce que les hommes appelaient l'amour. Les couples étaient rarement définitifs, et chaque enfant avait plusieurs mères. Mais cet enfant-là n'était même pas celui d'un elfe…

— Son père se nomme Uter, dit brusquement la reine. C'est l'un des chevaliers humains qui m'accompagnaient à la recherche de Gaël. Ils… Ils ne sont pas comme nous, tu sais, ils ont ce désir, cet abandon qu'ils appellent l'amour… Un tel besoin…

Lliane s'interrompit, et Blodeuwez respecta son silence. Du moins pendant quelques secondes.

— Et toi aussi, tu l'aimais ? dit-elle enfin.

— Je l'ai cru… Et puis j'ai eu peur. Tu ne peux pas savoir ce que c'est que d'être aimée. D'être l'épouse d'un seul, de ne plus avoir de clan, de trembler dès qu'il part… Nous vivions dans les forêts du Nord, chez les Barbares.

Lliane sourit et tendit un bras à son amie.

— Aide-moi à me relever…

Blodeuwez prit l'enfant, puis enveloppa la reine dans une longue robe couleur de feuilles. Elles se mirent en marche à pas menus, vers le ruisseau où se baignaient selon la coutume les jeunes mères et leur nouveau-né, pour se purifier avant de retrouver leur peuple.

— Un soir, il est rentré blessé, reprit Lliane d'une voix déjà essoufflée au bout de quelques toises.

Elle se toucha la joue, avec une expression d'une telle tristesse…

— Il avait le visage entaillé, de l'oreille jusqu'au menton. Et du sang séché plein les cheveux. Je suis partie cette nuit-là. Je ne sais pas pourquoi.

Cette fois, Blodeuwez ne chercha pas à la faire parler, ni à comprendre Lliane (mais, bien sûr, c'était une elfe, et elle ignorait que l'amour pût faire peur).

Elles quittèrent la clairière par la voie qu'avait empruntée Myrddin, sans plus échanger une parole jusqu'à ce qu'elles perçoivent, au-delà du bruissement des feuilles et du pépiement des oiseaux, le calme écoulement du ruisseau. Lliane se débarrassa de sa robe d'un simple mouvement d'épaules, prit doucement son bébé des bras de la guérisseuse et s'avança dans le cours d'eau, s'enfonçant rapidement jusqu'à la taille. Dès que l'eau lui toucha les pieds, le bébé se mit à crier.

— C'est son côté humain ! dit Blodeuwez en riant. Ils ont toujours froid !

Lliane sourit, mais elle s'immergea entièrement, plongeant avec l'enfant au plus profond du ruisseau. Autour d'elles, l'eau se troublait en lavant le sang et les fluides dont elles étaient couvertes. Le bébé se mit à nager, retrouvant d'instinct l'élément liquide dont il provenait. Ce n'était pas une elfe, mais elle ouvrait ses grands yeux verts et souriait en glissant dans le courant, telle une ondine. Le petit d'une femme n'aurait pas eu ce calme. Lliane caressa tendrement son visage rond comme une pomme et sa couronne de cheveux si fins ondoyant au fil de l'eau, des cheveux aussi bruns que ceux d'Uter…

Quand elles sortirent de l'onde, l'enfant, serré contre la poitrine de sa mère, ne pleurait plus. Lliane la posa à terre et la sécha avec un sourire au bord des larmes, puis elle revêtit sa robe de moire, que lui tendait Blodeuwez.

— Comment vas-tu l'appeler ? demanda celle-ci.

Le nom de Morgane traversa l'esprit de la reine. Muirgen… « Née de la mer »… Un nom trahissant ses origines humaines. Lliane l'en chassa aussitôt.

— Qu'elle se nomme Rhiannon, dit-elle. Rhiannon « la Royale », afin que nul n'oublie qu'elle est fille de reine.

La plaine grondait d'un vacarme assourdi. Le marmonnement continu des moines, les plaintes des blessés, nains ou hommes, les rires des survivants et, de temps en temps, l'éclat aigu, du rire aux larmes, d'une cantinière bousculée par un soudard. Le cliquetis des armes, ramassées à foison sur le champ de bataille et jetées dans des chariots. Et, par-dessus tout, le bourdonnement des mouches, sous le soleil de plomb qui faisait vibrer la terre.

Pellehun était resté en selle depuis tout ce temps, parcourant en silence l'immense charnier, ruisselant sous son armure. Et, tandis que son sénéchal donnait la chasse aux pitoyables débris de l'armée naine à la tête de la chevalerie, le roi s'imprégnait de toute cette horreur. Flaques de sang, crânes fracassés, volées de flèches piquant la terre comme une pelote d'épingles.

Nul n'osait lui adresser la parole depuis que Gorlois lui-même, revenant au galop des lignes victorieuses, s'était fait rabrouer comme un palefrenier. Il n'y avait pas de joie dans l'anéantissement des nains. Juste un écœurant dégoût.

Pellehun éperonna son cheval, qui partit aussitôt au galop. Les gardes de son escorte ne se laissèrent surprendre qu'un court instant, puis s'élancèrent derrière lui, forçant leurs lourds destriers jusqu'à le rejoindre.

— En arrière ! hurla Pellehun. Vingt pas en arrière ! Qu'on me laisse seul, par le sang !

Et le roi piqua des deux afin de leur échapper. Son cheval sauta pour éviter le cadavre d'un guerrier nain, retombant si pesamment que le roi gémit, tout le corps meurtri par les jointures de son armure de plaques. Pellehun tira les rênes, mit sa monture au trot, mais le trot était encore plus douloureux. Il y avait un bosquet d'arbrisseaux, chétifs et n'offrant que peu d'ombre, mais c'était mieux que rien. Des troènes, chargés de ces baies noires qu'on appelait raisin de chien. Même là, il y avait des cadavres… Comment avaient-ils été tués, ceux-là, hors de portée des flèches ? Le roi mit le cheval au pas et lâcha les rênes pour basculer sur sa nuque le camail de fer qui lui recouvrait la tête. Ses longs cheveux gris tressés de cordelettes d'or étaient trempés de sueur, des points blancs dansaient devant ses yeux. La bouche grande ouverte, il haletait ; ses mains tremblèrent quand il voulut s'essuyer le visage. Pellehun ferma les yeux un instant, et presque aussitôt un cri horrible, un choc, sa monture qui se cabrait et s'écroulait sous lui, comme si un gouffre venait de s'ouvrir sous ses sabots. L'air se vida de ses poumons quand il heurta le sol de tout son poids, la jambe broyée par la masse de son destrier caparaçonné. Des visages grimaçants, barbus, tout autour de lui. Des nains, comme surgis du sol. Il ne parvint même pas à hurler lorsque le fer d'une hache fendit sa cuirasse et son gambisson de cuir matelassé, brisant ses côtes et faisant jaillir le sang. Les gardes avaient chargé aussitôt et le bosquet était rempli de tumulte, mais Pellehun n'entendait plus rien. Il y avait ce visage, au-dessus de lui. De longs cheveux sous le casque, une barbe rousse fournie, des yeux noirs luisants de haine…

— Regarde-moi ! hurlait le nain. Je veux que tu saches qui te tue !

Pellehun ne pouvait répondre, mais il plissa les yeux pour mieux le voir.

— Je suis Rogor, prince de Ghâzar-Run, héritier du trône sous la Montagne noire !

À côté d'eux s'effondra un guerrier nain percé d'un coup de lance, mais Rogor ne lui accorda pas même un coup d'œil. Pellehun hocha la tête, ébaucha un sourire, et rassembla ses dernières forces pour parler.

— C'est… justice.

— Quoi ?

Le vieux roi toussa, éclaboussant son menton de sang, et sa tête retomba dans l'herbe. Rogor le contempla avec une haine formidable, puis se releva lentement, brandit haut sa hache et l'abattit de toutes ses forces, tranchant le cou si nettement que la tête du roi roula à quelques pieds, comme un boulet libéré de sa chaîne. Le nain la ramassa par les nattes, la fit tournoyer comme une fronde et la projeta sur les cavaliers de l'escorte.

— Troïn est vengé ! hurla-t-il d'une voix de dément.

Puis il s'enfuit vers la montagne.

III

Sous la forêt d'Éliande

Au cœur de la forêt, la cité d'Éliande s'étendait entre ciel et terre. C'était une ville arachnéenne, un inextricable lacis de lianes et de branches, de feuillages et de fourrés, avec des fougères hautes comme un elfe et presque jaunes qui formaient au-dessus du sol une voûte lumineuse. Certains avaient construit leurs huttes à même le sol, sous ce dôme translucide, certains même s'étaient enfouis dans la terre, entre les lisses racines des hêtres. Mais la plupart des elfes vivaient à la cime des arbres, juste sous le ciel, dans des cabanes qui ne ressemblaient à rien de ce qu'un homme aurait pu considérer comme une habitation.

Cette ville immense était à ce point fondue dans la forêt qu'on aurait pu la traverser sans s'en rendre compte, car on n'y trouvait ni le bruit caractérisant les cités humaines, ni leur agitation perpétuelle, ni aucune odeur de cuisine. Les elfes ne ressentaient ni le froid ni la pluie, et leur notion du confort plongeait les autres peuples dans la consternation. C'est pour cela qu'ils ne bâtissaient rien et que, si grandes fussent-elles (et celle-ci était la plus grande de toutes), leurs villes n'étaient, aux yeux des hommes, qu'un fouillis végétal sans signification. C'était pourtant une cité immense et très ancienne, édifiée bien avant que les premiers bourgs fortifiés des hommes ne fussent apparus dans la plaine. On y aurait cherché en vain un palais, des boutiques ou même des remparts. Il n'y avait là ni rue, ni place, ni aucun lieu où se réunir, à peine une clairière. Mais tous les arbres étaient marqués de runes et tous les rochers y étaient sculptés, parfois depuis l'aube des temps, de visages-feuilles naïfs ou d'étranges volutes dont les elfes eux-mêmes avaient perdu le sens.

Aux temps où le monde était jeune, on disait que la déesse Dana avait créé la première forêt pour relier les trois niveaux de la conscience, le monde céleste qu'effleuraient les hautes branches des arbres, celui de la surface et des apparences sur lequel ils poussaient, et le monde souterrain dans lequel s'enfonçaient leurs racines. Elle avait planté les sept arbres sacrés, le chêne, le bouleau, le saule, le noisetier, l'aulne, le houx et le pommier, et de ce bosquet était née toute la végétation du royaume de Logres et au-delà. Chaque arbre avait été désigné par un ogam, une rune végétale, formant ainsi un alphabet sacré, afin que les forêts, à jamais, parlent à qui saurait les lire.

C'était là, au cœur du bosquet, que les elfes avaient caché leur talisman, le chaudron du Dagda, le Graal de la connaissance divine. Et c'était là que se perpétuait l'enseignement de la déesse, là que les initiés devenaient *dru wid*, savants par les arbres…

Mais c'était il y a longtemps, et la forêt avait peu à peu disparu, rongée par le défrichage des paysans, morcelée d'escarres et de trouées de plus en plus larges, menant bientôt jusqu'à la mer. Ç'avait été lent, anodin au début, presque ridicule tant les hommes semblaient démunis, avec leurs haches et leurs scies, face à cet océan d'arbres immense, infini. Pourtant, aujourd'hui, la plaine des hommes recouvrait le monde, et il n'y subsistait plus, çà et là, que des bois bordés de broussailles, de ronces et de troncs d'arbres abattus, pourrissant lentement sous la pluie et le vent.

Les elfes avaient dû apprendre à vivre hors de la forêt. Certains s'étaient établis dans les marais, aux marches des landes hantées par les monstres. D'autres, qu'on nommait elfes verts, subsistaient dans les bois et les fourrés, auprès du petit peuple. Les elfes des Havres avaient rejoint les hommes des dunes et avaient appris la mer.

Il ne restait de leur antique domaine qu'une grande forêt, la dernière pour laquelle les elfes se soient battus, qui s'étendait autour du bosquet sacré des sept arbres. Les hommes l'appelaient Éliande, sans savoir que c'était le nom par lequel les elfes désignaient autrefois la forêt tout entière, et avec le temps les elfes eux-mêmes lui avaient donné le nom de Brocéliande – le pays d'Éliande. Ceux qui vivaient encore là étaient appelés hauts-elfes, et Lliane était leur reine.

Le jour était presque tombé lorsque, soutenue par Blodeuwez, Lliane parvint à l'orée de la ville. Une douce lumière orangée sourdait des frondaisons, scintillante de pollen. Lliane sourit en découvrant que les arbres étaient peints ou chargés de guirlandes de fleurs en l'honneur du nouveau-né, et elle serra plus fort Rhiannon dans ses bras. Les elfes, à leur passage, s'inclinaient en silence, traçant parfois dans leur direction les runes porte-chance – *Oferleof aetheling bearn* –, et se formaient joyeusement en procession sur les pas de la jeune mère. Rapidement, ce fut une véritable foule qui marchait derrière Lliane et Blodeuwez, louvoyant entre les arbres de la cité elfique si paisiblement, malgré son nombre, qu'elle ne troublait pas même le chant des oiseaux.

Lliane ralentit le pas, la gorge nouée et le souffle coupé par l'émotion. Tout était si calme, ici… Les Anciens avaient baptisé cet endroit Kaer Sidhi, la Cité de la paix, et jamais ce nom oublié ne lui avait mieux convenu qu'aujourd'hui. Les joues de la reine tremblèrent à la commissure de ses lèvres, sa gorge se serra. Elle soupira pour dénouer son angoisse et rejeta ses longs cheveux noirs en arrière, les yeux brillants de larmes. Dans ses bras, Rhiannon s'était endormie, ses petites mains potelées couvrant à demi son visage. Un visage trop rond, trop rose… Llandon comprendrait du premier coup d'œil.

Elle se remit en route, s'efforçant de sourire, comme si chaque enjambée ne la rapprochait pas de la honte et de l'exil, loin de cette forêt d'Éliande qu'elle aimait tant. Blodeuwez, insensiblement, se détachait d'elle. Déjà ses bras ne la soutenaient plus, ses longues mains presque blanches glissaient sur la robe de son amie comme des fantômes, et Lliane s'arracha de leur étreinte molle d'un coup de reins.

C'était bien ainsi. Qu'elle soit seule face à Llandon. Que nul ne voie les traits du roi se figer à la vue de l'enfant, le doute et le chagrin dans ses yeux.

Le soleil était passé derrière la forêt, irisant d'or et d'argent les plus hautes ramures, et le sous-bois s'enfonçait doucement dans les ténèbres. Lliane en fut rassurée, même si l'obscurité ne faisait pas une grande différence pour ces elfes aux yeux de chat. Le bébé gémit dans son sommeil et agita ses petits membres. Ses lèvres rondes formaient de minuscules bulles de salive ; Lliane s'attendrit en la voyant froncer les yeux puis enchaîner une série de mimiques adorables, ridicules ou tout à fait graves, comme si ce travail lui demandait une concentration formidable. Elle l'approcha de ses lèvres et lui chuchota à l'oreille des mots apaisants, humant sa bonne odeur de bébé, caressant sa joue à la peau si douce.

— Tu me la montres ?

Lliane ne put s'empêcher de sursauter. Llandon était là. Il tendait les bras vers elle, mais ses yeux ne souriaient pas. Il savait, bien sûr… Comment avait-elle pu croire qu'il se serait laissé abuser ? Le roi des hauts-elfes s'approcha encore, écarta le linge qui recouvrait Rhiannon. Malgré sa maîtrise, Llandon marqua un mouvement de recul et se troubla à la vue de l'enfant. Il porta la main à sa gorge, éprouvant ce qu'avaient ressenti avant lui les druidesses de la clairière, cette oppression que Lliane elle-même avait subie autrefois à la vue de Myrddin. Les yeux du roi, un instant égarés, se posèrent sur son épouse avec une telle expression d'hébétude que le cœur de Lliane se brisa une fois encore. Elle tendit le bras pour lui effleurer la joue d'un geste tendre, mais Llandon s'écarta comme si elle l'avait giflé.

D'un geste trop brusque pour paraître normal aux yeux du peuple de la forêt, il lui prit le bébé des mains et le serra contre sa poitrine en le recouvrant soigneusement du linge. Puis, fendant le groupe des dignitaires massés derrière lui, sans même un regard pour

Gwydion, le grand druide, qui s'était avancé pour le bénir, il disparut avec l'enfant dans sa hutte.

Baldwin se sentait vieux depuis des siècles. Voilà deux cent trente longues années qu'il régnait sous la Montagne rouge, et c'était beaucoup, même pour un nain… Le vieux Baldwin était déjà roi bien avant la guerre contre les monstres, avant même que le père de Pellehun fût né, depuis si longtemps qu'il avait fini par croire qu'il allait vivre toujours. Mais son règne s'achevait dans le désastre. Les nains s'étaient détournés de la Déesse, et la Déesse leur avait repris Caledfwch, l'épée de la foudre, leur talisman. Son peuple était mort pour l'avoir oublié. Mort par orgueil. Mort de la folle vanité de vouloir vivre sans dieu.

Et tout cela était sa faute.

Autour de lui, la montagne était pleine de tumulte et de lamentations, mais le roi n'entendait rien. Enfoui sous sa barbe et ses épais sourcils, il contemplait ses guerriers, ou du moins ceux qui avaient survécu. Leurs barbes tressées étaient noircies de sang séché, leurs yeux sombres se perdaient dans le vide, encore figés par l'horreur de ce qu'ils avaient vu, et leurs armures de cuir clouté étaient maculées de terre. Car les survivants avaient dû se coucher, ramper dans l'herbe en gémissant de terreur sous le déluge de flèches. Il n'y avait plus d'honneur, sous la Montagne rouge. L'honneur des nains était resté dans la plaine…

Le roi baissa les yeux, ployé par le poids de la honte et du chagrin, et quand il les rouvrit son regard chercha les deux chevaliers qui avaient trouvé refuge sous la Montagne.

— Messire Ulfin !

Le vieux Baldwin leva une main bien lourde et fit signe au plus grand des deux de s'avancer. Celui-ci hésita, jeta un coup d'œil à son compagnon puis s'approcha du roi dans un cliquetis d'armure, heurté au passage par les guerriers nains qui s'écartaient de mauvaise grâce. Quels que soient les services rendus autrefois, Ulfin était un homme, qui plus est l'un des douze preux du roi Pellehun, et sa seule présence leur était devenue insupportable.

— Ulfin, mon ami, il est temps de faire nos adieux, dit Baldwin en relevant des deux mains le chevalier qui s'était agenouillé devant lui. En m'aidant à m'échapper de Loth, lors de cette affreuse nuit de massacre, tu m'as sauvé la vie. Mais, tu vois, le massacre est venu jusqu'à nous… Cette vie, je te la rends. Il n'y aura pas de gloire à mourir ici.

— Sire…

— Non, non… C'est comme ça.

Baldwin chercha des yeux l'autre chevalier et le désigna d'un mouvement de menton.

— Tu vois, il avait raison, après tout.

Ulfin suivit son regard. Dominant de la tête, des épaules et de la poitrine la morne assemblée des nains, l'homme ne ressemblait guère à un chevalier, hormis sa prestance et la longue épée qu'il portait au côté. Les cheveux bruns tressés en plusieurs nattes, le visage glabre, contrairement à Ulfin et à la plupart des chevaliers, il était vêtu d'une tunique verte et d'un simple haubert de cuir brut, à la mode elfique, qui lui descendait jusqu'aux chevilles et lui donnait plutôt l'air d'un forgeron. L'homme était jeune, mais ses yeux semblaient avoir déjà vécu mille ans. Et son visage était marqué d'une longue balafre encore rouge, taillant son visage de l'oreille au menton. Baldwin hésita, puis leva la main pour lui faire signe de les rejoindre.

Il s'avança jusqu'à eux, grimpa les trois marches menant au trône et dévisagea le vieux roi d'un air interrogateur, jusqu'à ce qu'un coup de coude d'Ulfin le rappelle aux convenances.

— Laissez, dit Baldwin, alors que le jeune homme mettait prestement un genou en terre. Ça n'a vraiment plus aucune importance…

Il lui sourit (ce qui n'était jamais certain, étant donné l'épaisseur insondable de sa barbe) et lui tendit fraternellement les mains.

— Uter…

Le vieux nain hocha la tête, indifférent aux murmures de désapprobation qui parcouraient les rangs des guerriers.

— Comment aurions-nous pu te croire ?

Uter ne répondit pas. Neuf mois… Il était resté enfermé neuf mois dans les prisons de la Montagne rouge. Neuf mois sans voir la lumière du soleil, au début enchaîné, battu, menacé chaque jour d'être livré à la haine du prince Rogor, puis, peu à peu, questionné, écouté, quand il apparut que son incroyable récit contenait peut-être une parcelle de vérité. Uter n'avait dû la vie qu'à la présence d'Ulfin, son compagnon d'armes, et à la dette que le vieux Baldwin avait envers ce dernier, mais quand, enfin, on l'avait écouté, il était trop tard. L'armée des hommes avait conquis la plus grande partie des royaumes nains. Neuf mois sans revoir Lliane…

— Vous devez partir, tous les deux, reprit le vieux souverain. La montagne... (Il hésita un instant.) La montagne va se refermer.

Baldwin leva la main et ferma le poing, comme pour mimer l'écrasement de sa propre cité. Il y eut, parmi les guerriers nains, un frémissement que le roi ignora.

— Savez-vous pourquoi nous avons perdu cette bataille, chevaliers ?

— Les archers, répondit Ulfin.

— Oui... Quelle lâcheté, n'est-ce pas ? Nous n'avons même pas eu le temps de nous battre... Mais ce n'est pas ça, pas seulement. Nous avons été battus par notre propre talisman. L'épée du dieu Nuada. On raconte qu'il perdit un bras lors d'une grande bataille, et que le nain Credne lui forgea un bras de métal. Depuis, il se nomme Nuada Airgetlam, Nuada au bras d'argent... C'est en témoignage de sa reconnaissance que les nains ont reçu l'épée du dieu. Caledfwch... Comment l'appelez-vous, déjà ? Excalibur ?

Ulfin hocha la tête.

— ... Et ce mot a un sens, pour vous ?

Le chevalier ne répondit pas.

— Non, bien sûr que non... Vous êtes comme nous, vous avez oublié. Et puis vous avez votre nouvelle religion, et cette croix qui vous sert à présent de talisman. Tu y crois, toi, Ulfin ?

— Bien sûr que non ! s'exclama le chevalier. C'est une religion de lâches, tendre l'autre joue quand on vous frappe, demander grâce à Dieu..., tout juste bonne pour le peuple.

— Et Pellehun, il y croit ?

— Certainement pas, dit Ulfin avec un sourire méprisant. Mais elle lui convient sûrement très bien.

Plus on est pauvre, plus les moines vous promettent le paradis, après la mort, ce qui, pour le roi…

Baldwin interrompit le preux d'un geste agacé de la main.

— Pourquoi nous a-t-il volé Caledfwch ! cria-t-il d'une voix brusquement rauque, brisée par la rage. C'est ça que je veux savoir !

Le sourire d'Ulfin se figea en un rictus inquiet. Involontairement, il recula d'un pas et jeta un coup d'œil vers la garde du roi sous la Montagne rouge. Le regard des guerriers nains luisait de haine, et leurs mains étaient crispées sur leurs haches.

— Pourquoi nous a-t-il volés, s'il ne croit en rien ! hurlait Baldwin. Il y a tant d'autres trésors, pourquoi justement l'Épée ?

Le vieux roi défia longuement les deux hommes du regard, puis se laissa retomber comme une masse au fond de son trône.

— C'est Uter qui avait raison, reprit-il d'une voix sourde, comme pour lui-même. Votre roi nous a trompés depuis le début, en se servant de notre vieille haine envers les elfes… Moi, tout ce que je voulais, c'est qu'on nous rende justice. Qu'on venge la mort de Troïn. C'était une question d'honneur, vous comprenez ?

Ulfin et Uter hochèrent la tête, mais ils ne comprenaient pas.

— En vérité, je croyais que ce n'était qu'une légende, la Déesse, le talisman… des jolis contes, tout juste bons pour les elfes ! Et c'est pour ça que le talisman nous a vaincus. Mais Pellehun, lui, le savait…

Baldwin releva un œil pour dévisager Ulfin. Il était grand (mais bien sûr tous les hommes paraissaient grands aux yeux des nains), plus grand qu'Uter et plus imposant dans son armure de plaques recouverte d'une cotte d'armes de tissu rouge marquée des runes de la Montagne, mais sa barbe blonde était aussi courte que celle d'un nanillon d'une cinquantaine d'années à peine. Comme la plupart des chevaliers humains, il portait des cheveux longs tressés en plusieurs nattes qui protégeaient ses oreilles et sa nuque des coups d'épée, tout en lui dégageant le visage. On pouvait déjà y voir l'usure du temps, rides et cicatrices. Quel âge pouvait-il avoir ? Cinquante, soixante ans ? Non, non, non… Les hommes ne vivaient pas si vieux. Sans doute pas plus de la moitié. Un âge ridicule, sous la Montagne. Mais les hommes vivaient ainsi, mourant jeunes, naissant sans cesse, par poignées entières, d'un bout à l'autre de l'année, recouvrant le monde de leur prolifération, comme des vers rongeant le bois.

— Pourquoi m'as-tu sauvé, cette nuit-là, Ulfin ?

— Parce que c'était une infamie, répondit le chevalier sans réfléchir (pourquoi réfléchir encore ? Il y avait pensé sans cesse depuis cette nuit de cauchemar). En s'en prenant à vous dans l'enceinte du Grand Conseil, le roi Pellehun s'est rendu coupable de la pire des félonies, et ce fut un honneur de le trahir.

Baldwin s'agita brusquement de quelques soubresauts accompagnés de grommellements poussifs qui, à la réflexion, pouvaient passer pour une quinte de rire.

— Un honneur bien lourd à porter, hein, chevalier ? Et pourtant, c'est toi qui as raison. Raison contre tous, c'est-à-dire que tu as tort. Vous avez tort tous les deux… Deux fous… Tu aurais dû me tuer, cette nuit-là, Ulfin. M'égorger dans mon sommeil. Ce soir, tu serais dans le camp des vainqueurs…

Le chevalier hocha la tête. Combien de fois avait-il tenu le même raisonnement !

— Au moins resterez-vous en vie, dit Baldwin en se penchant vers les deux hommes. Mourir ici ne sert à rien. Allez-vous-en, retrouvez la reine Lliane, dites-lui ce qu'il s'est passé... Et emmenez Bran avec vous. Il faut savoir si votre roi n'a volé l'Épée que dans le but de provoquer une guerre entre elfes et nains, ou s'il croit vraiment au pouvoir des talismans. Dites à Lliane que nous vous attendrons, sous la Montagne...

Uter n'entendit pas la fin de la phrase. Retrouver Lliane, enfin...

— Tu m'as bien compris ?

Uter ouvrit des yeux ronds, s'arrachant brutalement à ses douces pensées, mais le vieux roi ne s'adressait heureusement pas à lui. Un nain vêtu en guerre, sa longue barbe rousse nouée en deux larges tresses s'étalant sur son pourpoint de cuir sombre, s'était avancé à ses côtés et le regardait avec une expression bonasse, presque avec sympathie. Uter lui rendit son sourire en essayant de ne pas laisser paraître son amusement. Malgré son attirail de guerre, sa lourde hache à deux fers et son casque, ce n'était pas un guerrier. Trop gros.

— Bran est le frère cadet du prince Rogor, héritier du trône de Troïn sous la Montagne noire...

Le vieux roi marqua un temps.

— Peut-être même héritier en titre, si Rogor est mort...

Il lui sembla que Bran se rengorgeait. En tout cas, il fit un effort louable pour rentrer son ventre.

— C'est sans aucune importance, laissa tomber Baldwin avec un regard glacial pour le jeune nain. Mais

Bran est de sang royal. Il connaît toute l'histoire. Si vous parvenez jusqu'à la reine Lliane, il pourra témoigner.

— Sire, vous pouvez compter sur moi, dit Bran. Nous la retrouverons et je lui dirai tout ce que je sais !

— Tu ne sais rien, grogna Baldwin. Contente-toi de rester en vie.

Le roi se leva dans le grincement métallique de son haubert de mailles, et descendit les trois marches de son trône en entraînant Ulfin par la taille (sans doute aurait-il préféré le saisir par les épaules, mais il aurait dû tendre le bras et se hisser sur la pointe des pieds, ce qui aurait manqué de dignité). Sans un mot, sans un regard pour Bran qui trottinait sur leurs talons aux côtés d'Uter, ils traversèrent ainsi la chambre royale et les couloirs du palais, et débouchèrent sur la place d'armes, une vaste salle souterraine éclairée par des puits de lumière pratiqués dans la roche, et d'une hauteur suffisante pour que les deux chevaliers puissent s'y tenir debout sans courber la tête.

Sous leurs yeux s'ouvrait le dédale sinueux de Dal Wid, la cité des nains sous la Montagne rouge, immense tanière percée de tunnels sans fin, si oppressante et si sombre que nul, hormis ces derniers, n'aurait pu y vivre sans perdre la raison, mais qu'ils chérissaient par-dessus tout. Au pied du palais, toute une population criarde se répandait dans les moindres ruelles, affolée comme un essaim de guêpes. L'orgueilleuse, la pompeuse Dal Wid n'était plus qu'un terrier ravagé par l'effroi, d'où s'échappaient en grappes des fuyards chargés de leurs biens les plus précieux, et que les soldats dispersés dans la plaine cueilleraient sans peine à la pointe de leurs lances.

C'était comme un corps se vidant de son sang par mille entailles. Un ruissellement continu, lamentable, que le vieux roi contemplait bouche bée, les yeux brillants de larmes. Plus encore que la défaite de son armée, la fuite de son peuple lui apparut comme le signe de leur déchéance.

— Voilà donc comment mon règne s'achève, murmura-t-il.

Et il tourna le dos à ce grouillement pitoyable, baissant la tête pour ne pas croiser le regard des chevaliers. Il eut une brève hésitation, fit un geste de la main, peut-être un signe d'adieu.

— Je vous laisse une heure, dit-il.

L'espace d'un instant, il retourna vers Ulfin les yeux les plus tristes du monde, et disparut à grandes enjambées dans l'abri de son palais. Ses guerriers le suivirent en silence, plus sombres que ne le furent jamais des nains, marchant vers leur sort funeste les épaules affaissées mais l'âme en paix, fiers de leur propre courage devant le spectacle de toute cette lâcheté. Puis les larges portes de bronze du palais se refermèrent derrière eux, laissant Ulfin, Uter et Bran seuls sur le parvis.

Lentement, le nain ôta son casque, le considéra avec une expression de formidable dégoût puis le laissa tomber à terre. Il rejeta en arrière sur sa nuque son camail de fer tressé et ébouriffa furieusement ses courts cheveux d'un roux foncé. Puis il empoigna sa lourde hache et, avec une force dont les deux hommes ne l'auraient pas cru capable, il frappa le sol avec un « han ! » de bûcheron, arrachant au dallage de grands copeaux de pierre. Sans se préoccuper de ses compagnons, comme s'il accomplissait quelque rite secret, il s'agenouilla près de l'entaille et ramassa un éclat large comme la paume, qu'il rangea soigneusement dans sa besace. Il demeura ainsi, à genoux, durant de longues minutes, marmottant une incantation obscure, puis il se releva d'un coup et toisa les chevaliers.

— Allons !

Sans les attendre, il dévala les quelques marches qui les séparaient de la place d'armes, et s'enfonça dans une ruelle, parmi la foule. Les deux hommes et le nain progressèrent rapidement au début, dépassant à chaque foulée des familles entières ployant sous le poids des biens qu'ils tentaient de sauver, mais ce fut bientôt un mur vivant qui se dressa devant eux, obstruant les étroites coursives souterraines, les obligeant à jouer des coudes pour se frayer un passage, puis à taper dans le tas, bousculés, malmenés, déchirant leurs vêtements aux parois rugueuses des tunnels, s'écorchant les mains et le visage pour s'agripper à la moindre saillie, ballottés bientôt comme des jouets d'un bord à l'autre, entraînés par le flot rugissant des fuyards, irraisonné comme un torrent, éclaboussant les parois de cris et de gémissements, s'enflant de sa propre panique.

Enfin, ils furent dehors, projetés presque malgré eux hors de cette bousculade, passant insensiblement de la pénombre de Dal Wid à l'obscurité de la nuit, et, comme tous les fuyards, ils restèrent un instant interdits aux portes de la ville, leur visage suant fouetté par la fraîcheur de la plaine, jusqu'à ce que d'autres les poussent en avant.

Uter, aveuglé par les ténèbres, se retrouva seul, avançant à tâtons parmi tous ces nains qui voyaient suffisamment dans le noir pour courir droit devant eux. Chaque pas était une souffrance, tant ses pieds avaient été écrasés dans la mêlée. Il avait l'impression d'avoir été roué. Chacun de ses muscles était douloureux, et le pommeau de son épée lui avait meurtri une côte au point qu'il lui semblait recevoir un coup de poignard à chaque respiration. Une main, soudain, l'empoigna avec force et le tira à l'écart. C'était Bran.

— Il ne faut pas les suivre, dit le nain. Ils vont à leur mort.

Uter plissa les yeux pour tenter de distinguer quelque chose dans la masse sombre qui s'écoulait hors de Dal Wid. Il ne vit que des torches, loin dans la plaine, brandies par des cavaliers humains qui, par petits groupes, sillonnaient les ténèbres au grand galop.

— On dirait qu'ils sont à la chasse, murmura Ulfin.

— Eh bien, aboya Bran. Pourquoi ne vas-tu pas les rejoindre ?

— Et toi, gros père, pourquoi ne rejoins-tu pas ton roi ? Tu as peur de mourir, ou quoi ?

La nuit était trop sombre pour qu'il n'entrevoie autre chose de lui qu'une sorte de masse ébouriffée, mais Ulfin savait que le nain le voyait parfaitement, et qu'il devait s'étouffer d'indignation. Alors il sourit largement, pour ajouter du mépris à son humiliation.

— Fils bâtard d'un pet d'ours ! lâcha soudain Bran. Tu vas le regretter !

Et il disparut d'un seul coup, plongeant apparemment dans les précipices qui faisaient, tout autour de la Montagne rouge, office de douves. L'idée qu'il se soit jeté dans le vide pour laver son honneur effleura le chevalier, jusqu'à ce qu'il découvre un minuscule escalier taillé dans la paroi rocheuse, que le gros Bran dévalait à la vitesse d'un cabri. Les deux hommes s'élancèrent derrière lui, mais Ulfin faillit basculer dans le vide dès le premier pas, tant les marches étaient étroites et la déclivité abrupte. Il se plaqua contre la muraille, le cœur battant, puis descendit lentement, degré par degré, s'agrippant tant bien que mal aux moindres escarpements, écarquillant les yeux dans le noir.

Bran, tout en bas, les attendait en ricanant.

— Quelque chose vous a retenus ?

Ulfin tendit le cou une fois de plus pour tenter de distinguer le nain, mais l'obscurité, au fond du ravin, était totale. On entendait le clapotement d'un cours d'eau, et l'air glacé charriait une violente odeur de moisissure qui prenait à la gorge. Les bottes des chevaliers roulaient sur des galets ou glissaient sur des substances visqueuses, indéfinies, exhalant des bouffées immondes de chair en décomposition.

— Qu'est-ce que c'est ? grogna Uter. Un égout ?

— Tout juste ! fit la voix du nain, du fond de la nuit. Ne vous perdez pas, maudits pissats d'âne pelé, sinon ce seront les rats qui vous retrouveront !

Ulfin leva les yeux au ciel et poussa un soupir.

— D'accord, maître Bran. Tu as gagné. Je te présente mes excuses…

Le nain renifla bruyamment dans la nuit, puis reprit d'une voix apaisée :

— Et je ne suis pas gros.

— Et tu n'es pas gros. On y va ?

Il y eut un bruit de pas sur les galets, et les chevaliers, l'un après l'autre, sentirent la poigne du nain leur glisser une corde dans la main. Puis il leur tourna le dos et la corde se tendit, les entraînant à sa suite au plus profond du gouffre.

IV

La fin de la Montagne rouge

Avec la nuit, la forêt avait retrouvé la paix. Les murmures des elfes s'étaient taris dans l'obscurité, échoués sur la porte close de la hutte royale, dans laquelle ni Lliane ni Llandon ne dormaient. Assis à même le sol moussu, de part et d'autre d'un feu de brindilles qui projetait leurs ombres dansantes sur les haies de feuillages servant de murs à leur fruste tanière, ils en étaient déjà au-delà des mots. Au-delà même des regards. Il n'y avait plus entre eux que le silence, un silence chaotique troublé par les soubresauts de Rhiannon, ses gémissements de petit chat et sa respiration incertaine. Une vie, entre eux, hésitante et fragile, dont chaque manifestation les détachait un peu plus l'un de l'autre. Parfois, son souffle semblait s'arrêter, l'espace d'un instant, et le cœur de Lliane s'emballait, mais l'instant suivant un hoquet semblait la délivrer et, dans une plainte minuscule, un brusque raidissement des membres et un bredouillement baveux, elle replongeait dans le sommeil. Et, chaque fois, le sourire de Lliane se gelait sous le regard du roi.

Nul n'avait été admis sous leur hutte. Ni les druides porteurs de présents, ni les guérisseuses dont la reine et l'enfant avaient pourtant grand besoin, ni même Blorian et Dorian, les deux jeunes frères de Lliane, qui s'étaient endormis sur le seuil, désorientés et incrédules, guettant les éclats de voix de Llandon ou les pleurs de leur sœur. Puis le roi s'était tu, vaincu par l'amertume.

Lui-même ne se reconnaissait plus. Était-il resté trop longtemps à Loth, dans la proximité des hommes, pour que tant de jalousie et de haine le submergent à ce point ? Se pouvait-il qu'un haut-elfe de l'antique race de Morigan pleure d'amour comme l'un de ces ridicules trouvères ? Quand Lliane était partie pour cette quête insensée, le sentiment de l'avoir perdue à jamais s'était peu à peu insinué en lui, au fil des jours, se muant en certitude. Bientôt, il n'était plus parvenu à rêver d'elle, ni même à se représenter son visage (et les rêves de Llandon, ainsi que chacun le savait dans tous les clans elfiques, recelaient toujours une part de vérité). C'était au point que son retour avait presque été une surprise.

Avant même que son ventre ne s'arrondît, d'autres rêves étaient venus, dont il n'avait parlé à personne, pas même à Gwydion. Des rêves si odieux qu'il s'éveillait au cœur de la nuit, nimbé de sueur, et qu'il s'élançait à travers les bois dans de longues courses aveugles, jusqu'à épuisement. Mais pas jusqu'à l'oubli.

Si la rage et la honte l'avaient à présent quitté, cette distance persistait entre eux, quelques coudées à peine, une distance infranchissable cependant, à moins que Lliane ne vînt vers lui. Mais elle était dans l'autre camp, celui de sa fille, et parcourait un chemin inverse, passant du chagrin à la rancœur. Privée des soins de Blodeuwez ou des bénédictions du grand druide Gwydion, elle avait dû puiser en elle assez de forces pour revenir à la vie, réchauffer dans son ventre épuisé la flamme des runes anciennes, ressassant sans cesse le *Feoh*, le premier chant runique.

Byth frofur fira gehwylcum
Sceal theah manna gehwylc miclun hyt daelan
Gif he wile for drihtne domes hleotan.

Dans son berceau de mousse et de feuilles, la petite fille commença à s'agiter, dormant encore, mais secouant parfois ses membres d'une brusque détente. Lliane porta instinctivement la main à son ventre. Quelques jours plus tôt, quelques heures plus tôt, c'était à l'intérieur d'elle-même qu'elle ressentait ces coups... Un soupir, quelques bulles de salive, et le nouveau-né ouvrit un œil, avec un plissement de nez vaguement dégoûté.

— Rhiannon, murmura tendrement Lliane à son oreille.

— Ne l'appelle pas comme ça.

Le sourire de la reine disparut de ses lèvres. Llandon n'avait plus prononcé une seule parole depuis des heures, et son intervention l'avait surprise.

— Elle n'est pas reine, dit-il, et elle ne le sera jamais.

— C'est ma première fille, dit Lliane en s'efforçant de ne pas hausser le ton, ni d'affronter le regard fermé de son mari. La Déesse sait à quel point j'aurais voulu avoir une fille de toi, mais nous n'en avons pas eu. Nous n'avons pas même eu un fils, Llandon... La Déesse a voulu que ce soit ainsi...

— Laisse les dieux en dehors de ça ! cria le roi. Ça n'a rien à voir avec la Déesse. Tu as couché avec Uter,

tu t'es donnée à lui comme une catin de leurs villes basses, voilà ce que tu as fait !

Llandon avait crié si fort que Rhiannon s'était éveillée en sursaut. Elle se mit à pleurer, et Lliane la prit contre elle pour lui donner le sein. Elle ferma les yeux et laissa son pouls ralentir avant de lui répondre.

— Quand nous étions jeunes, Llandon, nous nous sommes toi et moi donnés, comme tu dis, à tous ceux qui voulaient nous coucher dans l'herbe, lors des nuits de Beltane, alors que nous étions déjà promis l'un à l'autre… Qu'est-ce qui te prend ? On dirait…

Elle s'interrompit. On dirait Uter, pensait-elle.

— … Tu es jaloux comme un homme, laissa-t-elle tomber. Bientôt, tu vas me dire que tu m'aimes !

Llandon la regarda avec un rictus de dégoût et d'effroi.

— Sur ce point, dit-il entre ses dents, tu t'y connais mieux que moi.

Lliane se releva, et dans le mouvement la cape qui la recouvrait glissa à terre. Parfaitement nue à la lueur dansante du feu, elle cala Rhiannon contre son sein et toisa Llandon avec froideur.

— Je suis Lliane de la lignée de Dùn, reine des hauts-elfes et des peuples sous la forêt d'Éliande, par la volonté de la Déesse et tant que je vivrai, dit-elle, et ses lèvres tremblaient, et des larmes lui venaient aux yeux. Toi, tu n'es… tu n'es que le roi.

Llandon resta interdit.

— Rhiannon est ma première fille, dit-elle à nouveau. Que tu le veuilles ou non, avec toi ou sans toi, elle sera reine.

— De quel peuple ? fit Llandon.

Lliane ne répondit pas. Un mot de plus et le flot des larmes jaillirait, brisant définitivement toutes ses défenses. Ses jambes vacillaient, sa tête lui tournait, son ventre était douloureux, et elle se sentait sur le point de s'effondrer. Pourquoi ne l'aidait-il pas ?

Llandon hocha la tête et se leva lourdement puis, sans un mot ni un regard, il sortit de la hutte.

Au-dehors, il marqua un temps d'arrêt. La brume s'étendait lentement sur Brocéliande tel un souffle insidieux, inexorable, et le roi en fut glacé de terreur. Car la brume, le Feth Fiada, appartenait aux dieux. Les elfes étaient le peuple de l'air, la mer appartenait aux hommes, la terre aux nains et le feu aux monstres des Terres Gastes, mais le brouillard les dominait tous. Le brouillard seul pouvait effacer la roche et la vague, éteindre l'incendie et calmer la tempête. Le silence de la brume était le cri des dieux, et si les dieux étendaient ainsi leur voile blanc sur le peuple d'Éliande, c'est qu'ils étaient en colère.

— Tu entends ? murmura Blorian.

Llandon tourna la tête vers son beau-frère. Dorian, à ses côtés, s'était endormi, mais Blorian veillait encore, accroupi à la porte de la hutte royale, son grand arc posé en travers de ses genoux. Et Llandon se demanda qui il pensait protéger, et de quel danger…

— Écoute, reprit-il sans le regarder.

Sous la brume, la forêt s'était tue. Le hululement des oiseaux de nuit s'était effacé, ainsi que le craquement des arbres et même le froissement des feuilles dans le vent. On n'entendait plus rien qu'un sinistre gémissement, long et grave. C'était le Daurblada, la harpe magique du Dagda, qui faisait vibrer les hautes branches des chênes ; c'était son chant lancinant qui plongeait les âmes dans l'oubli. Les deux elfes se couvrirent les oreilles avec les mains pour lui échapper, mais ils s'effondrèrent presque aussitôt dans le néant d'un sommeil sans rêves.

Le jour se leva sans qu'ils s'en aperçoivent. Uter avançait dans une semi-inconscience, dodelinant de la tête et titubant à chaque pas, soûlé de fatigue, soûlé de ne rien y voir et de l'odeur pestilentielle de ce ravin saturé d'immondices. Quant à Ulfin, ses sarcasmes s'étaient vite taris devant le flot imagé des ripostes du nain, et au terme d'une joute perdue d'avance on n'avait plus entendu le son de sa voix. Depuis des heures, les deux chevaliers suivaient leur guide dans l'obscurité la plus totale et le piaillement des rats, cramponnés à la corde tels des aveugles, se tordant les chevilles sur les pierres couvertes de moisissure qui jonchaient leur chemin. Ils avaient l'un et l'autre bien trop d'orgueil pour implorer une halte, que Bran aurait d'ailleurs sans doute refusée d'un ricanement, assorti de l'une de ses inventions favorites… Malgré son tour de taille considérable et son visage de goret trop nourri, le nain était d'une résistance bien supérieure à celle de n'importe quel chevalier (et, pourtant, il faut bien avouer que l'héritier du trône de Troïn n'était pas particulièrement coriace), capable, comme tous les siens, de marcher ainsi des jours durant, de marcher sans manger ni boire, buté comme un buffle, aussi indifférent qu'un cheval et, comme tel, de s'abattre sur place une fois parvenu à destination, pour se plonger instantanément dans un sommeil de plomb.

Soudain, Uter trébucha sur une racine, s'éveillant du même coup de son brouillard, et prit conscience de la pâle lueur de l'aube. Ce n'était qu'un mince trait de lumière rose dans les ténèbres, mais il y voyait enfin et parvenait même à discerner la haute silhouette d'Ulfin devant lui, ainsi que celle, tout devant, de Bran, aussi large que haute, se balançant au rythme pesant de son pas. L'odeur, aussi, l'odeur épouvantable des douves, s'était atténuée, même s'ils en restaient souillés jusqu'à la taille. Sans que les deux hommes s'en aperçoivent, ils avaient depuis un bon moment quitté le ravin et grimpaient une sente broussailleuse qui les ramenait lentement au niveau de la plaine. Il y avait dans l'air vif du petit matin une senteur sure, aigrelette, un parfum de baies et de rosée qu'ils n'avaient plus humé depuis ces mois passés sous la Montagne.

Parvenus au sommet de la sente, il leur fallut encore batailler durant de longues minutes dans le piège des ronces, déchirant à nouveau leurs vêtements et se griffant le visage ou les mains à chacune de leurs épines avant de s'en extirper tant bien que mal et de s'abattre enfin, comme des masses, dans l'herbe haute d'un vallon où coulait un ruisseau. Les trois compagnons s'endormirent aussitôt, trop épuisés pour penser même à organiser un tour de garde, enveloppés dans leurs capes, abîmés dans un sommeil sans rêves qui se prolongea jusqu'à ce que le soleil soit haut, et qu'avec lui viennent les mouches.

Le chatouillement de leurs pattes minuscules et la stridulation de leur vol énervé réveillèrent Uter en sursaut. Il chassa à grands gestes la nuée d'insectes, effrayant du même coup un groupe de corbeaux freux noirs comme la nuit qui fouillaient le sol tout près d'eux, et demeura assis là un moment, émergeant peu à peu de son abrutissement. Le souffle court, il haletait et le sang lui battait aux tempes. Il passa le doigt sur sa longue cicatrice en un geste devenu déjà familier, regardant autour de lui les hautes herbes, les arbres chargés de feuilles, le ciel limpide et le vol des oiseaux, avec un bonheur d'enfant. Neuf mois qu'il n'avait plus entendu chanter un oiseau... Lorsqu'il en prit enfin conscience, sa propre odeur et la vision de son haubert maculé de matières infâmes provoquèrent chez lui un haut-le-corps. Il se dévêtit comme un furieux, ne conservant que ses braies, et jetant un regard dégoûté vers Bran et Ulfin qui, encore recroquevillés dans le sommeil, avaient l'aspect et l'odeur de charognes en décomposition.

Le ruisseau était glacé, mais il s'y baigna avec délices, haletant de froid. Il prit le temps d'y laver ses vêtements, puis il remonta le courant loin de ses souillures et but à longues gorgées.

Enfin, toute son agitation cessa, et le vallon retrouva son calme. Uter s'allongea sur la berge, savourant le lent mouvement des frondaisons dans la brise, le pépiement des moineaux et l'écoulement tranquille du courant (un silence harmonieux, hélas malencontreusement troublé par les ronflements de Bran). Ces longs mois passés sous la Montagne, dans la pénombre des souterrains et la lueur des torches, l'avaient privé de cet air vif du petit matin, de l'éclatante clarté du jour et de cette odeur d'herbe mouillée qui se réchauffait aux premiers rayons du soleil.

L'odeur de Lliane...

Uter étala ses vêtements dans une tache de lumière et revint vers ses compagnons, résolu, s'ils n'étaient encore levés, à les jeter tout habillés dans le ruisseau.

Il ne trouva qu'Ulfin, qu'il secoua d'un coup de botte et qui se renfrogna dans les plis de sa cape en grommelant qu'on le laisse dormir, sinon certains godelureaux s'en mordraient les doigts.

Le nain, en revanche, était réveillé. Accroupi en haut du coteau dans le bourdonnement de ses mouches, il prenait paisiblement son petit déjeuner.

— Déjà en train de manger ? fit Uter en grimpant jusqu'à lui, d'une voix qui se voulait enjouée mais où perçait la jalousie (d'autant plus que son ventre se mit à émettre des gargouillements fort embarrassants).

Bran lui accorda un bref coup d'œil, désigna d'un geste sa besace pour l'inviter à se servir et reporta son attention sur la plaine. Lorsqu'il le rejoignit, mordant à pleines dents un jambon gros comme sa cuisse, le sourire d'Uter s'effaça. Au loin, bien au-delà du vallon, l'armée des hommes s'était reformée en bataille, et le jeune homme ressentit un coup au cœur à la vue des étendards et des gonfanons brandis par chaque escouade. *D'azur à fasce blanche*. Des couleurs qu'il avait portées, lui aussi, jusqu'au fond des marais des elfes gris, jusqu'aux sombres collines hantées par les monstres des Terres Gastes, et qu'il avait jetées aux flammes, avec son serment d'allégeance au roi Pellehun…

L'ost du roi marchait lentement vers l'immense pont de pierre menant à la forteresse des nains, semblable à une colonne de fourmis s'attaquant à un géant. La Montagne rouge, indifférente à cet assaut minuscule, dominait l'armée de sa masse tranquille. Jamais encore n'avait-elle à ce point mérité son surnom, alors que la terre argileuse qui la recouvrait rougeoyait sous le soleil, comme si elle couvait d'un feu intérieur, comme de la pierre en fusion.

— Tu as senti ? dit Bran.

— Quoi ?… Non. Senti quoi ?

Uter s'assit aux côtés du nain, intrigué par l'expression effrayante de son visage : exaltation et terreur mélangées.

— La terre tremble, dit-il. C'est commencé.

Dal Wid avait retrouvé sa sérénité. Les rues de la cité souterraine des nains sous la Montagne rouge étaient presque désertes, mais presque seulement. Des centaines, des milliers de familles étaient encore là et se réveillaient en paix. La fureur et les angoisses de la nuit s'étaient dissipées avec les derniers fuyards. Ceux qui étaient restés se tenaient sur le seuil de leur maison, certains assis par terre, buvant leur vin vieux, fumant leur meilleur tabac, en silence, n'échangeant que des regards d'appréciation et des hochements de tête avec ceux de leurs voisins qui avaient, comme eux, échappé à la folie de la nuit. Oh, bien sûr, il y avait eu des vols dans les maisons désertées, il y avait eu des viols, des coups, des meurtres furieux dans le tumulte de la nuit, mais tout s'était apaisé avec l'aube, et les voleurs sanglotaient à présent sur leur butin inutile. Les portes de Dal Wid s'étaient refermées à tout jamais. L'or, les bijoux, les étoffes précieuses et les tapisseries de soie n'avaient plus aucune valeur, sous la Montagne.

Le roi Baldwin avait quitté son haubert de mailles et ne portait plus qu'une chemise de lin et des braies serrées aux jambes par des lanières de cuir. Seule sa masse considérable le distinguait des autres nains qui formaient avec lui un vaste cercle, dans la salle d'armes du palais. Il y avait là des guerriers et des femmes, des enfants et des mages, des maîtres maçons (que les hommes appelaient sorciers parce qu'ils parlaient aux pierres), des nobles et des mineurs aux mains calleuses, et tous commencèrent à se dandiner pesamment, martelant le sol de leurs pieds, psalmodiant une sombre élégie qui faisait vibrer la voûte du palais. Au même instant, dans chaque rue, les nains se levèrent pour marquer le pas, eux aussi, au rythme des tambours de bronze installés sur le parvis. Et Bran, à la stupeur d'Uter, se leva lui aussi pour piétiner lourdement le sol, serrant passionnément dans son poing le copeau de pierre arraché au parvis du palais rouge.

— Qu'est-ce que tu fais, bougre d'imbécile ! Tu veux qu'ils nous voient ?

Bran ne répondit pas, bien sûr.

Uter, à plat ventre, sentit la terre gronder sous lui, d'abord sourdement, puis de façon plus nette. Il dévisagea à nouveau son compagnon, dont les yeux sombres étaient fixés sur la montagne d'argile, et suivit son regard. De longues coulées de terre, déjà, dévalaient les pentes dans des nuages de poussière rouge. L'armée s'était immobilisée, dans la plaine, et le jeune homme n'imaginait que trop bien la terreur superstitieuse des soldats, les cris des sergents d'armes, les exhortations des chevaliers à pousser de l'avant. Mais le grondement ne cessait de croître, et les premiers rangs commençaient à refluer. À ses côtés, Bran courait presque sur place, maintenant, et la terre vibrait à chacun de ses pas. Puis ce fut un vacarme de fin du monde. La montagne s'effondrait sur elle-même, projetant sur l'armée du roi une pluie de gravats, un nuage de poussière rouge dense comme un brouillard et, derrière, de colossaux moellons arrachés aux cimes, qui dévalaient les pentes dans un fracas d'épouvante, en broyant tout sur leur passage.

Le nuage rouge les atteignit en quelques secondes malgré la distance, pareille à la vague immense d'un raz de marée. Uter se jeta en arrière, dévalant la pente pour lui échapper, hurlant dans l'assourdissant fracas et la grêle de pierres qui lui cinglait le corps. Il se tassa sur lui-même en se protégeant la tête, tandis qu'une âcre poussière s'abattait sur lui et sur toutes choses, à des lieues à la ronde. Dans la plaine, les survivants suffoquaient comme des poissons hors de l'eau sous cet orage de terre, interdits et terrifiés, incapables de comprendre ce qui s'était passé, grelottant de peur en regardant le sol, comme s'il allait s'ouvrir sous leurs pieds et les engloutir à jamais, hommes et bêtes, indignes de survivre à l'effondrement de la montagne.

Et puis un silence absolu succéda au tumulte. Un silence de rescapés hébétés se relevant avec prudence sans oser lever les yeux, presque honteux d'être encore en vie, tant il paraissait insensé d'avoir résisté à ce désastre.

C'est ainsi qu'Uter se redressa, pouce après pouce, secouant la poussière rouge qui le recouvrait et recouvrait tout dans le vallon, herbe, arbres, pierres, le corps immobile d'Ulfin près de lui, les vêtements qu'il avait mis à sécher et même l'eau du ruisseau qui semblait maintenant charrier un flot de sang. On n'y voyait qu'à quelques coudées, tant l'air était chargé de particules tourbillonnantes. Uter chercha le soleil et ne distingua qu'un halo noyé d'escarbilles. Il toussa, cracha, courut à quatre pattes jusqu'à Ulfin pour le secouer et le découvrir proprement assommé, le cuir entaillé par une pierre, ses cheveux blonds et sa barbe éclaboussés de son sang mais respirant toujours. Assommé, seulement. Il se tourna alors vers le flanc du coteau sans parvenir à en apercevoir la crête, ni la moindre trace du nain.

— Bran !

Rien.

— Bran, sacré bouffeur de pierres, montre-toi !

En haut, c'était pire. La plaine et la Montagne rouge étaient noyées de poussière, comme si un rideau opaque avait été tendu devant ses yeux pour effacer le paysage. Uter demeura là un moment, interdit, sans parvenir à détacher le regard de ce néant insondable, guettant l'instant où il se dissiperait. Il y eut un grognement de bête, un feulement de fauve blessé, sur le flanc descendant du coteau, et Uter chercha d'instinct son épée. L'épée était restée en bas, près du ruisseau, avec le reste de ses affaires. Il essaya de trouver une branche, une pierre, quoi que ce soit pour se défendre, serra les poings et se tassa sur lui-même ; la bête qui émergeait du brouillard d'argile marqua un temps d'arrêt, comme si elle venait de le découvrir, et se plia brusquement en deux dans une effroyable quinte de toux.

— Bran ?

— Évidemment, maudit gandin mal nourri ! Qui d'autre ?

Le nain gravit les dernières coudées du coteau en toussant, crachant, grommelant à chaque pas, la barbe, les yeux et la bouche pleins de poussière, entièrement rouge et terreux de la tête aux pieds, hormis l'éclat blanc de ses yeux.

— Bran, qu'est-ce qui s'est passé ? demanda Uter en l'attrapant par la manche.

— Laisse-moi !

Il se débattit furieusement, et le jeune chevalier lâcha prise sans plus insister. En bas, on commençait à distinguer du mouvement dans la plaine, et la lointaine rumeur de l'agitation des hommes. Uter s'était assis en tailleur au sommet du coteau, à contempler l'effroyable spectacle jusqu'à ce que le nuage de poussière se dissipe.

Là où s'élevait la Montagne rouge, il n'y avait plus qu'un chaos de rochers, un éboulis titanesque et informe, immobile, effrayant par son silence sépulcral. Comment les nains de Dal Wid auraient-ils pu survivre là-dessous ?

Et puis, soudain, il y eut le mugissement obscène des trompes de guerre, les hourras imbéciles des soldats qui levaient leurs armes vers le ciel et rugissaient leur triomphe, le miroitement des lames d'acier brandies sous le soleil.

Uter se dressa d'un bond et descendit dans le vallon pour ne plus les entendre.

V

Le présage

Lliane s'éveilla en sursaut, un instant à peine avant que sa fille ne commence à crier, comme si le bébé qu'elle avait porté si longtemps en elle restait lié à son corps au-delà de sa naissance. Elle prit Rhiannon dans ses bras et, voyant la bouche du nouveau-né chercher avidement son sein, se défit de sa robe de moire, qu'elle laissa glisser à terre dans un flottement d'étoffe. Mille infimes rayons de soleil, s'immisçant à travers l'entrelacs végétal de la hutte, mouchetaient de paillettes lumineuses le corps nu de la reine, suaves et tièdes comme des caresses. Ses longs cheveux formaient dans son dos une cascade noire qui tranchait sur sa peau bleutée, ondulant lentement au rythme d'une berceuse qui lui était venue naturellement aux lèvres. Rhiannon, pressée contre ses seins aux aréoles sombres, papillotait des yeux et semblait déjà prête à se rendormir. Lliane sourit en promenant son nez dans les cheveux hérissés de sa fille, flairant sa douce odeur de bébé. Elle était si rose et si replète… Une mère humaine se serait probablement effrayée de la blancheur de sa peau, mais certes pas une elfe ! Leurs nouveau-nés étaient souvent d'une maigreur inquiétante, gris comme la pierre mais aussi fragiles que le verre, et nombre d'entre eux ne survivaient que quelques semaines. Rhiannon ne serait sans doute qu'une bâtarde aux yeux des êtres bleus, mais au moins elle vivrait.

Lliane l'embrassa encore en la secouant doucement pour qu'elle se réveille et recommence à téter puis, rejetant ses longs cheveux en arrière d'un coup de tête, fit des yeux le tour de la hutte. Llandon n'était plus là... mais ce n'était pas sa seule absence qui la faisait paraître aussi vide. Il n'y avait plus d'armes, ni de vêtements, hormis ceux de la reine. Ni l'arc, ni les javelots, ni le havresac dans lequel Llandon entassait ses provisions et ses bijoux d'argent lorsqu'il quittait Éliande. Le roi était parti.

Sans se soucier de se vêtir, tenant toujours l'enfant dans ses bras, elle sortit de la hutte. L'éclatante lumière du soleil d'août l'aveugla un instant, et quand elle rouvrit les yeux elle découvrit le regard sombre que ses deux frères jetaient sur elle. Ils étaient assis à l'écart, vêtus en guerre, portant leurs arcs en bandoulière et leurs longues dagues elfiques au côté. Gwydion était là aussi, ainsi que Blodeuwez. Et tous semblaient l'attendre, avec la même expression de reproche et d'expectative. Elle eut un pas de recul à la vue du grand druide, gênée de se montrer nue à lui (les elfes n'étaient pas pudiques, et d'ailleurs leur indécence naturelle était l'un des chevaux de bataille des moines, mais elle était reine, et il ne convenait pas qu'une reine se dévoile ainsi devant un druide, en dehors des nuits de Beltane).

— Viens, dit Blodeuwez en accourant vers elle pour l'entraîner sous la hutte. Je vais t'habiller.

Lliane se laissa débarrasser du bébé, que son amie coucha dans son berceau de fougères et de mousse, puis elle revêtit sa tunique de moire, ses hauts bracelets d'argent et ses longues bottes de daim montant jusqu'au genou. Elle ne réagit pas lorsque la guérisseuse lui ceignit autour de la taille son baudrier où pesait Orcomhiela, « pourfendeuse de gobelins », sa dague légendaire, mais elle gémit quand la ceinture de cuir serra son ventre encore gonflé (pourquoi donc aurait-elle eu besoin d'une arme ?). Le cœur battant et l'esprit enfiévré, elle se laissait faire, pressant son amie de questions auxquelles Blodeuwez ne répondait pas.

— Voilà, dit-elle en se reculant pour l'admirer. Comme ça, tu as l'air d'une reine.

Elle eut un sourire fugace et fit mine de sortir, mais Lliane l'arrêta d'un geste.

— Attends !

L'elfe hésita, mais elle se reprit et penchait déjà le buste pour se glisser au-dehors.

— *Attends !*

Cette fois, Blodeuwez obéit. Lliane avait utilisé sa voix de commandement. Et, lorsque son amie le réalisa, une expression de reproche renfrogné lui plissa le front.

— Qu'est-ce qui se passe, Blodeuwez ? dit la reine.

— Ils sont partis, voilà ce qui se passe !

Lliane tourna la tête vers la couche vide de Llandon, et ce mouvement n'échappa guère à son amie.

— Oh, pas seulement lui, dit-elle. Ils sont tous partis ! Il ne reste que nous…

Et, brusquement, elle jaillit hors de la hutte. Alors, Lliane sortit elle aussi.

Gwydion était là, souriant d'un air triste, si maigre et si vieux avec ses longs cheveux blancs et son visage ridé, vêtu d'une longue robe rouge aux couleurs du Dagda, et portant sa baguette en noisetier, l'arbre de la connaissance des Dru Wid, maîtres instruits dans la science des arbres. Derrière lui se tenait son neveu, l'enfant sans nom qu'on surnommait Llaw Llew Gyffes, Lion à la main sûre, et qui vivait hors des clans, au plus profond de la forêt, plus sauvage encore qu'un elfe vert. Lliane découvrit à la baguette d'or glissée négligemment à sa ceinture que Gwydion en avait fait un ollamh, un initié, même si la baguette d'or n'indiquait qu'un rang inférieur [1].

— Le Dagda m'a parlé, cette nuit, dit le vieux Gwydion en se redressant avec solennité. Il a étendu sa brume sur le pays d'Éliande et recouvert la colère de Llandon.

Derrière lui, la reine croisa le regard du jeune ollamh, qui réprimait un sourire. Gwydion avait toujours tendance à faire des phrases…

— J'ai cherché, mais je n'arrive pas à voir si les dieux protègent ton enfant, ou s'ils se révoltent contre sa naissance. Tu peux m'aider, fille ?

Lliane hocha la tête gravement.

— C'est bien, dit le vieil elfe.

Gwydion lui tendit un bras protecteur sous lequel elle se réfugia, et l'entraîna au pied d'un chêne, où il s'assit en gémissant.

1. Dans la religion druidique, les baguettes étaient une image de l'arbre, et le bois dont elles étaient faites indiquait le degré d'initiation de leur porteur. Le noisetier indiquait le plus haut niveau. Ironiquement, l'or désignait le plus bas niveau, celui des ollamhs, l'argent celui des arruths.

— Llandon est parti en guerre contre les hommes, tu sais ?

Lliane sentit son cœur se serrer. Elle haleta, anéantie par l'atroce nouvelle, mais Gwydion haussa les épaules, comme si cela n'avait aucune importance.

— C'est peut-être une bonne chose, ou une mauvaise... Je me demandais depuis longtemps si nous avions eu raison de nous retirer en Brocéliande, sans prendre part à ce qui se passait. Cette nuit, je suis allé dans le bosquet sacré et je me suis penché sur le chaudron du Dagda. J'ai vu une bataille, l'armée des hommes devant la Montagne rouge, l'immense douleur des nains, et l'Épée de Nudd brandie par un homme, un borgne au visage fendu et aux bras d'argent... Des bras d'argent, tu te rends compte ?

Il ne regardait pas Lliane, et celle-ci n'osa pas interrompre le vieux druide. Gwydion n'était jamais sorti de la forêt, et il n'avait jamais vu d'armure. Sans doute devait-il prendre cet homme pour l'incarnation même de Nudd Airgetlam, Nudd-au-Bras-d'Argent, tel qu'on le surnommait dans les vieux mythes elfiques, depuis la bataille divine de Mag Tured où le dieu avait perdu un bras. Le nain Credne lui avait ensuite forgé ce bras d'argent, symbole de la lune...

Lliane songeait à l'Épée qu'ils avaient recherchée jusque dans les Marches, et revoyait le visage balafré, l'orbite vide, l'armure... L'homme devait être le sénéchal Gorlois.

— Le peuple des nains a été vaincu, poursuivit Gwydion, et leur talisman est aux mains des hommes...

Il se tourna enfin vers son ancienne élève.

— Les monstres aussi ont été vaincus, autrefois, mais nul n'a pris leur talisman, tu comprends ?

Lliane secoua la tête négativement.

— Les monstres, même vaincus, vivront sur cette terre tant que leur talisman restera en leur possession, expliqua-t-il patiemment. Mais les nains, sans l'Épée de Nudd, ne peuvent survivre… Ils disparaîtront, ou ils deviendront des hommes, une part des hommes, des hommes contrefaits…

Le vieux druide soupira.

— Je suis trop vieux, trop vieux… Viens t'asseoir près de moi.

Lliane dénoua avec un soupir de soulagement la ceinture qui retenait sa longue dague, se coucha contre lui et posa sa joue contre sa cuisse, comme quand elle était petite, comme quand elle s'endormait pendant ses interminables histoires, et Gwydion se mit à tresser ses longs cheveux noirs.

— Peut-être que Llandon a raison, dit-il. Si les hommes veulent dominer le monde, il a sûrement raison… D'un autre côté, il y a ta fille.

Lliane ne répondit pas, mais elle avait ouvert les yeux et retenait son souffle.

— Llandon le savait, tu sais, murmura-t-il afin qu'elle seule l'entende. Dès que tu es rentrée, il a su. Moi-même, ça m'étonne encore… Je n'ignorais pas qu'il avait des dons, mais on n'en a jamais vraiment parlé. Je crois qu'il a vu cette enfant dans ton ventre, et que ce qu'il a vu l'a terrifié…

— Ce n'est qu'un bébé, gémit Lliane.

Gwydion la regarda avec tendresse. Pelotonnée contre lui, elle redevenait l'enfant qu'il avait élevée, des années durant, pour l'initier aux mystères de la nature et à la magie des runes, l'enfant dont il avait fait une reine.

— Pourtant, tu vois, ils sont tous partis, murmura-t-il. Il ne reste que nous.

De grosses larmes commencèrent à couler sur les joues de Lliane, qui enfouit son visage dans les plis de la longue robe rouge du druide.

— Ce n'est rien, dit-il. Ils ont peur… C'est à cause du brouillard de cette nuit. Le Feth Fiada… Même tes frères ont été glacés de peur. Regarde-les…

Elle releva les yeux, croisa le regard souriant de son vieux maître et suivit la direction qu'il lui indiquait. À l'écart, les frères se dandinaient d'un pied sur l'autre comme deux grands dadais. Blorian ébauchait un sourire, Dorian regardait ailleurs.

— … Mais ce sont tes frères, alors ils sont restés.

Lliane sourit. Elle se redressa, essuya son visage baigné de pleurs.

— Ce n'est qu'un bébé, Gwydion, dit-elle à nouveau, d'une voix hachée. Comment peut-on avoir peur d'un bébé ?

Le vieil elfe la regarda en silence, jusqu'à ce que ses sanglots s'arrêtent. Les pleurs lui avaient gonflé les yeux et mouillé le nez. Elle avait l'air d'une souris tombée dans un ruisseau, mais qu'elle était belle… Il tendit la main vers son cou pour l'attirer à lui, et puis il se souvint qu'il n'était qu'un vieil elfe respectable, et il lui caressa simplement la joue.

— Tu es la reine… Ta fille, un jour, devrait être notre reine. Est-ce que la fille d'un homme peut régner sur le peuple des elfes ?

Lliane se raidit, ce qui fit sourire Gwydion.

— Qu'est-ce que tu crois ? dit-il d'un ton franchement amusé. Tu crois que moi aussi j'ignorais qui était le père de cet enfant ?

Lliane baissa la tête et rougit (ce qui, chez les elfes, donne aux joues une belle couleur bleu foncé).

— Ainsi, nous voilà à la croisée des chemins… La guerre, ou ta fille. Et, dans les deux cas, l'avenir des elfes passe par les hommes.

Il émit un petit rire poussif et secoua la tête.

— C'est si soudain… Et moi qui n'ai rien vu.

Lliane se releva. Ses pleurs avaient collé une mèche de ses longs cheveux noirs à sa joue. Gwydion l'écarta du bout des doigts, et elle serra la main du vieil elfe contre ses lèvres.

— Allons, il faut savoir, dit-il.

Gwydion fit un geste vers Llaw Llew Gyffes, qui s'avança vers la reine en lui présentant un sac de jute grossier, largement ouvert. Tous les elfes connaissaient ce sac, et les vingt-neuf runes gravées sur des plaquettes de bois qu'il contenait.

— N'oublie pas que tu choisis pour elle, chuchota le jeune druide, tandis qu'elle plongeait déjà la main dans le sac.

Gwydion, sans se relever, avait tracé un cercle étroit sur le sol, du bout de sa baguette, et il hocha la tête comme pour insister sur les paroles de son ollamh. Lliane retint son geste et ferma les yeux afin de se concentrer sur sa fille mais, à cet instant même, Rhiannon se mit à babiller, là-bas, dans la hutte. Petits cris, hoquets, gazouillements qui résonnaient dans la clairière déserte et les firent tous sourire.

— Ce doit être un bon présage, dit Gwydion.

Alors, elle n'hésita plus et cueillit une poignée de plaques, aussi large que sa main le permettait.

— Jette, dit Gwydion.

Lliane lança les runes dans le cercle. Elles ricochèrent sur le sol et trois seulement s'immobilisèrent à l'intérieur du rond tracé par le druide.

— Trois runes, murmura-t-il pour lui-même, tandis que tous, y compris Blodeuwez et les deux frères, se rapprochaient pour découvrir le message des dieux.

— Le passé, le présent et l'avenir de ta fille… La divination du destin. Comment pouvait-il en être autrement ?

Il ramassa les runes et les tendit à Lliane qui, sans un mot, sans une hésitation, les aligna sur le sol. Le passé à gauche, le présent au milieu, le futur à droite. Et les trois runes formaient ce dessin :

ᛏ ᛁ ᛟ

Gwydion posa sa baguette sur la première et récita le vieux poème des runes qu'ils connaissaient tous par cœur depuis leur plus tendre enfance (mais il fallait toujours les nommer avant de comprendre leur message).

Bith tacna sum healdeth trywa wel
With aethelingas, a bith on faerylde,
Ofer nitha genipu, naefre swiceth

Tir est un signe particulier.
Aux princes il est un destin heureux
Il l'emporte toujours sur les ténèbres de la nuit. Il ne faillit jamais.

« Aux princes un destin heureux »… Lliane sourit, pleine d'espoir, mais Gwydion secoua la tête.

— Tu l'as placée à gauche, c'est le signe du passé. Et le passé de ta fille, c'est le tien, c'est toi, tes épreuves et ta quête. Tir est la rune de la victoire et de la volonté. Tu étais marquée par le signe des princes et ta destinée était de vaincre. Les runes ne mentent pas.

Et Gwydion posa sa baguette de noisetier sur la deuxième, un simple trait vertical, Is, la rune de la glace.

Byth oferceald, ungemetum slidor,
Glisnath glmaeshluttur, gimmum gelicust,
Flor froste geworuht, faeger ansyne.

La glace est froide et très glissante.
Elle brille comme le verre, presque comme un joyau,
Un sol fait de givre, agréable à l'œil.

— Voilà le présent, dit Gwydion. La glace… On sait quand elle est là, mais rares sont ceux qui la voient se former. Un matin on se réveille et tout est gelé. Le moindre mouvement devient difficile, voire dangereux. C'est la rune de l'attente, l'attente des jours meilleurs lorsque la glace sera fondue, ou la promesse d'un hiver éternel.

Lliane resta silencieuse, ses yeux déjà fixaient la rune suivante, Éthel, la maison… Mais la rune était inversée.

Byth oferleof aeghwylcum
Gif he mot thaer rihtes and gerysena on
Brucan on bolde bleadum oftats

La maison est chère au cœur de chacun
Elle est, simplement et en paix,
Le lieu de fréquentes moissons

— La rune est inversée, confirma Gwydion en préambule. C'est un signe de solitude. Quoi qu'il arrive, c'est seule qu'elle devra affronter son destin.

Lliane poussa un cri de protestation, mais le vieux druide l'arrêta d'un geste.

— C'est la rune de la maison, non pas en tant qu'habitation, mais au sens du lignage et du sang, dit-il sans la regarder. Ce qui signifie que sa vie sera pour toujours liée à sa naissance, et le poème rappelle que les moissons de la vie, quelles qu'elles soient, ne se feront qu'au sein de sa maison.

Gwydion se tint silencieux quelques instants, réfléchissant au sens de sa prophétie. Puis il contempla Lliane gravement, avec intensité.

— Ta fille porte en elle le sang des elfes, mais pas seulement... Éthel serait un présage merveilleux pour la fille d'une reine, appelée à régner elle aussi, un jour, mais la rune est inversée... Cela signifie qu'un autre destin s'offre à elle, un autre sang, une autre maison.

— Mais ça ne veut pas dire qu'elle le choisira ! s'écria Lliane.

— Non, bien sûr que non...

— Maître...

Gwydion et Lliane se tournèrent d'un même mouvement vers le jeune Llaw Llew Gyffes. Il ébaucha un sourire gêné, puis détourna leurs regards en leur désignant de nouveau la rune d'Éthel, au sol.

— Pardonnez-moi, ma reine, mais la lignée de votre fille n'est en réalité ni humaine ni elfique, dit-il très vite. En étant les deux à la fois, elle n'est ni l'un ni l'autre... Comme Myrddin.

Le nom cingla Lliane avec la force d'une gifle. Elle revit l'homme-enfant auprès d'elle, dans la clairière, au moment de la naissance de sa fille, la joie absurde avec laquelle il avait accueilli sa naissance… Malgré elle, la reine se tourna vers Blodeuwez, avec une telle expression de fureur que le sourire de son amie se figea en une moue interrogative et apeurée. Lliane s'en voulut : évidemment, la guérisseuse ne se souvenait de rien, elle avait fait ce qu'il fallait pour ça. Elle leva la main pour l'apaiser et ferma les yeux, accablée…

— Juste Myrddin et elle… C'est ça que tu appelles une lignée ? dit-elle d'une voix moins assurée qu'elle ne l'aurait voulu.

Le jeune ollamh secoua la tête, baissant les yeux sous le regard de la reine.

— Myrddin était mon élève, intervint Gwydion, et il désigna Llaw Llew Gyffes d'un geste négligent. Je les ai élevés tous deux ensemble, après que tu as achevé ton initiation… Nul ne connaît Myrddin mieux que lui.

Lliane reporta son attention sur le jeune druide. C'était un elfe, sans nul doute, mais c'était aussi l'Enfant sans nom, trouvé par Gwydion dans la forêt, élevé loin de tous, l'enfant sans clan…

— C'est vrai, admit-il d'une voix plus assurée, presque agressive. Nous étions frères, à peu de chose près, et en même temps nous n'avions rien de commun. Ce n'était pas simplement un bâtard, comme… comme moi. C'était un être à part. Parfois, il me faisait peur, et parfois je me serais tué pour lui tant je l'admirais. Il a appris les mêmes choses que moi, mais avec lui la magie des arbres est différente. Il y a quelque chose, en lui, que je n'ai jamais compris…

— Il a raison, dit Gwydion. C'est comme si sa part humaine avait perverti tout ce que je lui enseignais. Non, pas perverti… modifié.

Il leva vers Lliane un regard innocent.

— Tu sais que la plupart des gens, elfes ou hommes, ressentent un malaise en sa simple présence ?

— Et ta fille est comme lui ! dit l'ollamh.

Son visage souriait, et sans doute pensait-il faire un compliment à la reine, mais Lliane ressentit leurs paroles comme autant d'insinuations insultantes.

— Je crois qu'il a raison, dit Gwydion d'un ton paternel, en lui prenant les mains. Ta fille appartient à une lignée qui n'est ni des elfes ni des hommes. J'ai ressenti le malaise de Llandon quand il l'a prise dans ses bras. Elle est comme Myrddin, n'est-ce pas ?

La reine ne répondit pas.

— La rune est inversée... Son destin se fera par elle seule. Je crois que ta fille ne sera ni la reine des hommes ni celle des elfes, mais d'un autre peuple, peut-être un peuple nouveau, né de ce mélange... Tu ne peux rien pour elle, Lliane. Peut-être... peut-être que tu devrais la confier à Myrddin.

À nouveau ce nom ! Lliane arracha ses mains de l'emprise du vieil elfe et le regarda avec une haine extraordinaire.

— C'est tout ce que tu as trouvé ? cracha-t-elle.

Elle se leva d'un bond et balaya d'un coup de pied les trois runes alignées sur le sol.

Gwydion, les yeux ronds, regardait encore les plaquettes de bois éparpillées à terre, sans parvenir à comprendre qu'elle ait osé commettre un tel sacrilège.

— Il faudrait que je l'abandonne, c'est ça ? Que je la laisse seule dans la forêt, alors qu'elle n'a même pas un jour, et qu'elle... comment as-tu dit, qu'elle affronte seule son destin ?

— Lliane, murmura Gwydion. Les runes...

La reine poussa un cri de rage et, écartant de son chemin Llaw Llew Gyffes qui s'était accroupi pour ramasser les précieuses plaquettes, courut vers sa hutte sans se retourner.

Le silence retomba sur la forêt. Gwydion se relevait péniblement, arc-bouté au bras de son ollamh. Blodeuwez et les deux frères baissaient la tête, évitant de croiser le regard du vieux druide, jetant des coups d'œil indécis vers la hutte de Lliane. Sans doute y pleurait-elle, affalée au pied du berceau de Rhiannon. Ou peut-être la serrait-elle dans ses bras, plus seule qu'aucune mère ne le fut jamais.

Gwydion, appuyé au bras de son élève, semblait avoir vieilli de cent ans. Quand ils passèrent devant les frères, Blorian osa lever les yeux et croiser le regard du druide.

— Que faut-il faire ? dit-il.

Le vieillard secoua la tête, avec une expression d'une tristesse infinie.

— Il y aura la guerre. Rhiannon n'est pas le destin des elfes. Je ne sais pas si Llandon a raison, je ne sais pas si nous pouvons vaincre les hommes, mais c'est la seule solution. À moins…

Il se plongea dans une réflexion intense, indifférent aux regards avides posés sur lui. *À moins que Lliane ait une autre fille, avec Llandon, cette fois. À moins que Rhiannon ne meure et que tout rentre dans l'ordre*, pensait-il.

Il s'ébroua et parut découvrir la présence de Blorian devant lui.

— Tu sais, dit-il, les runes ne mentent jamais. Rhiannon sera seule, c'est comme ça, c'est écrit. Si Lliane veut lier son destin à cet enfant… Eh bien… Le destin l'écartera.

Et il fit un geste de la main, comme pour balayer un fétu de paille.

— Je ne comprends pas, maître…

— Pourtant, c'est clair ! dit Llaw Llew Gyffes.

Le jeune ollamh toisa Blorian avec morgue, presque avec mépris. Le prince le dépassait d'au moins deux têtes. Élancé comme tous les hauts-elfes, il ressemblait à la reine avec ses longs cheveux noirs encadrant son visage étroit, d'un bleu pâle où brillaient des yeux sombres. À côté de lui, Llaw Llew Gyffes ressemblait à une brindille. Il ne portait ni vêtements de moire ni cotte de mailles d'argent, mais une simple tunique de serge verte et des bottes de peau, comme un homme des bois. Son seul bien était cette baguette en or indiquant son rang, et sur laquelle louchait Blorian.

— Si ta sœur s'obstine à garder cet enfant, elle mourra, car le destin de cette fille est de s'élever toute seule, au sein de son lignage !

Le prince recula d'un pas, effrayé tant par les mots du jeune ollamh que par la virulence de son ton. Il tendit la main pour essayer de retenir Gwydion, mais le druide secoua la tête d'un air désolé et se détacha.

Alors Blorian les laissa partir et resta là jusqu'à ce qu'ils eussent disparu.

Sous les remparts de Loth, l'ost royal semblait vaincu. D'innombrables blessés n'avaient pu suivre la cadence de marche forcée imposée par Gorlois et formaient, derrière l'armée des survivants, un sillage sanguinolent, éparpillé sur des lieues, effiloché. Certains mourraient en route, d'autres parviendraient jusqu'à la ville ou seraient recueillis par des paysans, d'autres encore seraient dépouillés par des bandes de maraudeurs gnomes qui leur prendraient tout mais leur laisseraient peut-être la vie, ou par des partis de guerriers nains qui, eux, ne leur prendraient que la vie, en y mettant du temps… C'était une armée meurtrie qui rentrait à Loth, et la ville elle-même leur parut blessée, marquée des sombres cicatrices de l'incendie qui l'avait ravagée des mois plus tôt, quand la guerre contre les nains avait commencé dans l'enceinte de ses murs.

Et pourtant les hommes étaient vainqueurs.

Loth avait pavoisé à l'annonce de la victoire, la foule se pressait aux créneaux, à chaque merlon se déployaient de longues bannières aux couleurs de la ville et de ses saints, mais les cris de joie se tarissaient dans la gorge des citadins devant l'aspect de la troupe. Le pas était lent, lourd, les soldats portaient encore les traces du nuage rouge qui les avait recouverts, au point que tous semblaient blessés, jusqu'au dernier. Les mères et les femmes, aux créneaux, tremblaient d'angoisse à la vue de ces hommes épuisés, éclopés, cherchant leur mari ou leur fils, pleurant de l'apercevoir ou de ne pas l'apercevoir…

Puis tous découvrirent le chariot où gisait le corps du roi dans son armure fracassée, un drap recouvrant ses épaules et s'affalant soudainement, là où aurait dû être sa tête. À son côté chevauchait le sénéchal-duc Gorlois, le visage grave et les nattes tressautant au petit trot de sa monture, qui s'engouffra sous la barbacane défendant le pont-levis sans un regard vers le peuple.

L'armée se déploya sur le glacis à l'intérieur des remparts, aux ordres des sergents, pour qu'à chacun fût payé le prix de la campagne, en bonne monnaie d'or ou de cuivre, selon le rang. Mais Gorlois ne s'arrêta pas.

Suivi de la garde des preux, il remonta les faubourgs à côté du chariot mortuaire, dans le fracas des roues cerclées de fer sur le pavement incertain des ruelles, les yeux fixés sur les hautes tours du palais dominant la ville. À la poterne, il hésita un instant puis, comme si le temps de la réflexion était achevé, il descendit de cheval, saisit un paquet informe posé près du cadavre et avança au-devant de la reine Ygraine.

Elle était déjà au pied du grand escalier, entourée de ses dames de compagnie, du héraut royal et de sa garde personnelle, plus blême encore qu'à l'ordinaire, si menue parmi toute cette foule, si jeune pour être reine...

— Sénéchal-duc Gorlois de Tintagel ! cria le héraut en frappant les dalles de son bâton ferré.

Malgré lui, le duc marqua un temps d'arrêt. L'étiquette de la cour semblait singulièrement hors de propos en cette occasion, mais c'était lui-même qui l'avait imposée autrefois, comme un carcan destiné à briser les élans trop fraternels des barons, anciens compagnons d'armes qui se croyaient parfois tout permis parce qu'ils avaient un jour ou l'autre, au cours de quelque bataille, sauvé la vie de celui qui était devenu leur roi. Gorlois prit une profonde inspiration, les yeux fermés, et souleva les bras pour que des pages le défassent de son épée et de sa cape rougie par la poussière de la montagne. Nul ne devait être armé en présence de la reine. Ni du roi. Mais le roi était mort, n'est-ce pas ?

Il soupira lorsqu'un page ôta son baudrier, l'allégeant du poids formidable de l'épée sacrée des nains, mais il se reprit aussitôt, agrippa le jeune serviteur et saisit le pommeau du talisman.

— Excalibur ! tonna-t-il d'une voix rauque, brisée par la fatigue et la poussière, en dégainant l'épée afin de la brandir au-dessus de lui. Le talisman maudit des nains !

Il chercha des yeux le chapelain de la reine, frère Blaise, un franciscain en robe de bure grise, tonsuré et maigre comme un jour sans pain, bien à l'image de son misérable ordre de mendiants.

— Dieu nous a donné la victoire ! poursuivit-il avec une furtive inclination de la tête en direction du moine. Mais ce talisman païen a réclamé son dû. Le roi… le roi est mort.

Ygraine resta interdite, comme pétrifiée dans sa longue robe de velours rouge sombre, dont les manches étroites couvraient ses bras jusqu'aux doigts. Elle avait l'air encore plus pâle que le voile de la guimpe qui lui enserrait le visage, masquant ses longs cheveux blonds, cependant Gorlois savait qu'elle n'avait pas aimé Pellehun. Comment aurait-elle pu l'aimer ? Il avait l'âge d'être son père, voire son grand-père (comme lui-même, d'ailleurs), et ne se cachait pas de n'avoir jamais chéri que la première reine, Brunehaut, morte en couches en emportant avec elle leur unique enfant. Des druides de la forêt des elfes étaient morts ce jour-là, dans la fureur du prince, et un moine aussi, assez fou pour être venu lui dire, afin de le consoler, que c'était la volonté de Dieu.

Pellehun avait épousé Ygraine, des années plus tard, parce qu'elle était issue de la lignée de Carmelide, réputée pour sa fertilité, mais elle n'avait jamais pu lui donner d'enfant, et le roi avait bientôt déserté sa couche. La reine n'avait que seize ans, alors, et avait gâché sa jeunesse entre les murs épais du palais de Loth, sans amis, sans amours, tenant son rang en feignant de ne pas entendre les murmures qui marquaient chacune de ses apparitions au bras du roi. Ygraine était belle, pourtant. Petite et un peu potelée, les hanches larges mais la taille étroite, elle avait conservé à vingt-deux ans un visage d'enfant et des seins de jeune fille, qui avaient su émouvoir le roi, il y a bien longtemps, et que Gorlois lorgnait à présent sans retenue…

— Où est-il ? dit-elle sans regarder le sénéchal.

Il se retourna, fit un geste de la main, et les douze preux se mirent aussitôt en mouvement sur le parvis, marchant d'un même pas dans le grincement douloureux de leurs armures de plaques, six d'entre eux portant sur leurs épaules la dépouille du roi, les autres les entourant, l'épée nue tendue à bout de bras afin que nul ne l'ignore, et le héraut ouvrit des yeux ronds devant cette impudence. Ils déposèrent le corps de Pellehun à terre, à même les dalles, découvrirent son corps mutilé puis s'écartèrent, tirant eux aussi la lame du fourreau, formant autour du sénéchal une haie d'acier.

Dans la pénombre de la salle, le roi mort ressemblait plus à une flaque qu'à un gisant, avec sa cape éclaboussée autour de lui. Ygraine s'approcha lentement, la gorge nouée et le corps secoué de frissons, l'œil rivé sur l'entaille affreuse dans sa cuirasse maculée de graisse et de sombres traînées de sang coagulé. Il y avait quelque chose d'étrange, d'anormal, dans cette massive silhouette brisée…

— Mon Dieu !

Ygraine recula vivement lorsqu'elle s'aperçut que le corps était décapité et leva vers Gorlois un regard horrifié. Alors, il défit le lacet de cuir fermant le sac qu'il avait gardé sous le bras, puis posa à terre, à côté du cadavre, la tête exsangue du roi Pellehun.

Tous, prêtres, serviteurs et soldats, eurent le même murmure d'épouvante. C'était un spectacle affreux, obscène, que de voir cette tête vénérable posée sur les dalles, avec cette peau livide, cette atroce saignée de chairs noircies d'où saillaient des esquilles d'os brisés, et les nattes grises du roi tachées de sang séché. Ygraine tremblait encore, si fort qu'elle serrait ses mains contre elle comme une enfant, mais elle découvrit avec horreur qu'elle n'éprouvait aucun chagrin, tout juste du dégoût. Elle releva les yeux vers Gorlois, et leur ressemblance la frappa. La même taille, le même âge, le même visage glabre et dur, les mêmes cheveux gris tressés en plusieurs nattes, nouées de lacets d'or pour Pellehun, et de cuir rouge pour le duc. Pellehun, malgré son âge, était resté beau, mais Gorlois était d'une laideur formidable, avec son œil borgne et cette cicatrice affreuse qui lui barrait le visage. Il émanait pourtant de lui une impression de force et de solidité plus formidables encore, avec dans son œil une lueur qui s'était depuis bien longtemps éteinte dans les regards que le roi posait sur elle. Ygraine se troubla en réalisant qu'il la fixait avec impudence, masquant, dans la pénombre de la salle, ce qui lui semblait être un sourire. Ce n'est qu'alors qu'elle remarqua les épées.

— Comment osez-vous ? dit-elle.

Le mur d'acier ne répondit pas. Les preux étaient casqués, le ventail abaissé ne laissant voir que leurs courtes barbes, taillées à la mode de Loth. Immobiles dans leurs armures martelées et noircies par les champs de bataille, ils ne ressemblaient en rien à ces chevaliers courtois chantés par les trouvères. C'étaient des hommes durs, modelés par la guerre, des tueurs bardés de fer, aux yeux fatigués de la vue du sang. Ygraine ne les reconnaissait plus.

— Messire Oddon, dit-elle, se tournant vers l'un d'eux, qui portait l'écu de la maison d'Orcanie, comment pouvez-vous tirer votre épée devant votre reine ?

Le preux, pour toute réponse, souleva son ventail, et Ygraine réprima un cri. Ce n'était pas Oddon, mais un inconnu au visage fruste, vulgaire et brutal.

— Oddon est mort, murmura Gorlois. Ainsi que le sire Noë, Guirre, Galessin, tués par ces maudits nains… Et, bien sûr, Ulfin le traître, et ce pauvre Uter, si jeune…

Il s'approcha de la reine, avec ce sourire ignoble qui la révulsait.

— Saviez-vous, ma Dame, que le roi se méfiait d'Uter ? Il croyait qu'entre lui et vous…

Ygraine tremblait par spasmes, les joues en feu, le corps tétanisé, tandis que le duc se rapprochait toujours, à la toucher…

— Enfin, tout cela c'est du passé, souffla-t-il à son oreille. Ils sont morts tous les deux. Il ne reste… que nous.

Elle sursauta et tourna vers lui un regard horrifié, si acerbe qu'il s'écarta d'un pas, avec une maladroite ébauche de sourire. Une goutte de sueur coulait de son front le long de sa joue, traçant un sillon clair sur son visage empoussiéré.

— Il a bien fallu les remplacer, non ? dit-il d'une voix à nouveau assurée, écartant les bras comme un bateleur devant le rang immobile de ses chevaliers. Ainsi, les preux sont à nouveau douze !

— Vous n'en aviez aucun droit ! cria Ygraine. C'est au roi de nommer les preux ! Et, si le roi est mort, c'est à la reine que vous obéirez !

Gorlois fit volte-face, et son ébauche de sourire se crispa en un rictus amer. Voilà. L'instant était arrivé.

— Jetez vos armes ! cria-t-elle. Obéissez !

Mais sa voix était celle d'une petite fille, et la peur se lisait dans ses yeux.

— Venez les prendre, murmura Gorlois.

Les gardes d'Ygraine serraient nerveusement leurs piques finement ciselées, des armes de cérémonie bien fluettes face à des chevaliers en armure. L'un d'eux jeta son épieu à terre, écarta les mains et recula en baissant la tête. Les autres lui jetèrent des regards pleins de mépris, et leurs jointures se crispèrent à en devenir blanches sur la hampe de leurs lances.

— Tuez-les tous, dit Gorlois.

Et, tendant le doigt vers le garde qui avait reculé :

— Lui d'abord.

VI

La brume

C'était un soir de pleine lune. Une légère brise à peine tiède charriait l'odeur des moissons, du foin coupé dressé en meules et de la sueur des bêtes. Il avait fait une chaleur de plomb toute la journée et, depuis l'une des étroites fenêtres de la chambre royale – une simple meurtrière masquée d'un lourd rideau de cuir lesté –, Gorlois balayait du regard les champs de blé qui s'étendaient autour de la ville, presque phosphorescents dans la pénombre. Il y avait des feux, au loin, et, par bribes, l'écho sourd de rires, de cris, d'une musique aigrelette. Les feux du Lugnasadh… Encore une vieille tradition que les moines auraient du mal à faire disparaître.

Tout au long des moissons, et depuis l'aube des temps, les femmes venaient retrouver les moissonneurs à la tombée de la nuit avec des vivres et du vin. En l'honneur de Lug, antique dieu du Soleil dont le pouvoir éclatait au mois d'août plus qu'à tout autre moment de l'année, on allumait de grands brasiers autour desquels les jeunes hommes se jetaient des défis, afin de briller aux yeux de leurs belles. Ces nuits-là, on pouvait se marier à l'essai, pour un an et un jour. Et si le mariage ne

tenait pas, eh bien, c'est que Lug ne l'avait pas voulu… Les fêtes culminaient avec l'Aoustée, à la fin des moissons, mais ces simples célébrations champêtres quotidiennes avaient déjà de quoi réjouir l'âme et le corps.

Gorlois joua un instant avec l'idée de réveiller Ygraine et d'aller l'épouser de gré ou de force, autour des bûchers de Lug, mais il était nu, ses vêtements avaient été hissés sur leurs perches pour la nuit, loin du dallage froid et des souris, et il était fatigué. Et puis il était triste. Pour eux, évidemment, c'était simple. La guerre était finie, les nains avaient été vaincus, les moissons s'annonçaient belles, et les femmes des morts seraient bientôt disponibles, une fois leur deuil consommé. Il aurait aimé être heureux, lui aussi, mais c'était une sensation qui se mariait mal avec le dégoût.

Gorlois songea à Excalibur et se revit brandissant l'épée étincelante dans le fracas de la bataille. Les nains s'étaient battus pour elle, pour leur talisman, et après leur défaite la Montagne rouge s'était écroulée sur les survivants, ensevelissant à jamais le dernier royaume nain. Comment ne pas y voir un signe ?

Les moines étaient tombés à genoux et chantaient des psaumes à la gloire de Dieu, mais était-ce bien le Dieu unique qui venait de manifester sa puissance ? Cette pensée ne l'avait pas quitté depuis des jours, et, comme chaque fois, l'absence de Pellehun lui faisait éprouver sa solitude. Personne à qui se confier. Personne pour partager le poids de cette abomination. La mort d'un peuple…

Ce n'était pas ce que le roi ni lui-même avaient voulu. Asservir les nains, oui, briser à jamais leur puissance, rafler leurs trésors et en faire un peuple d'esclaves, qui travaillerait dans leurs propres mines pour la plus grande gloire du royaume de Logres, oui, oui, oui ! Mais pas ça.

Le défunt roi ne croyait pas aux légendes des talismans. D'ailleurs, personne n'y croyait, sauf les elfes imbéciles. Mais la Montagne s'était effondrée tout de même, sans qu'ils n'y fassent rien… Comme si les dieux avaient soudain abandonné les nains après leur défaite, comme si un peuple ne pouvait survivre sans son talisman.

Quand les monstres avaient été vaincus, au terme de la guerre des Dix Années, ils s'étaient retirés dans les Terres Gastes, ces landes arides au-delà des Marches. Aurait-il suffi de les y poursuivre, de traquer Celui-qui-ne-pouvait-être-nommé jusqu'au cœur de son sinistre royaume et s'emparer du talisman des monstres, la lance de Lug, pour que leur peuple fût à jamais détruit, lui aussi, pour que la force et la violence des gobelins appartinssent à jamais aux hommes, comme le serait désormais la richesse des nains ?

Gorlois appuya son front enfiévré sur les moellons colossaux de la muraille, mais la pierre, chauffée toute la journée par les rayons du soleil, était encore tiède et ne lui apporta aucun réconfort.

Ce qu'il entrevoyait, dans cette nuit de Lugnasadh, allait bien au-delà des rêves de conquête de Pellehun. Un monde dominé par les hommes seuls… Un monde débarrassé des nains, des monstres et des elfes…

À l'instant où il allait quitter la fenêtre, le timbre morne du clocher commença à sonner matines, pour les douze coups de la mi-nuit. Craignant qu'Ygraine n'en soit réveillée, il jeta un regard vers le lit. Mais non. Elle dormait toujours, à moins qu'elle ne fît semblant. Il ressentit une lente chaleur sourdre de son ventre à la vue

du dos nu de la jeune femme et de ses longs cheveux blonds étalés sur le traversin. À la lueur bleutée de la lune, sa peau semblait presque aussi blanche que les draps de lin de sa couche. Une peau douce et tiède... Il gardait sur ses lèvres la douceur de ses seins, quand il les avait mordus à pleine bouche. Dieu sait si elle avait crié, pleuré, griffé quand il l'avait prise, avant de céder enfin à ses assauts, et peut-être aussi d'y prendre plaisir.

Ou peut-être pas.

Quelle importance...

De toute façon, il était trop fatigué. Il se sentait poisseux, puant et n'avait certes pas envie d'un nouveau combat dans le lit d'Ygraine. Gorlois fit la grimace, secoua le rideau de cuir pour s'éventer et l'écarta de la fenêtre afin d'aérer un peu l'atmosphère étouffante de la chambre. Ses paupières étaient lourdes de fatigue, mais l'excitation des jours passés était trop forte pour le laisser en paix. Dès qu'il s'allongeait, les images se bousculaient dans son esprit, s'emballaient à un rythme tel qu'il se redressait en sursaut, le cœur battant. Les visages grimaçants, enfiévrés, des archers lardant de flèches l'armée des nains, le roi, mort, et ses propres pleurs devant la dépouille mutilée de son vieil ami. La Montagne rouge s'écroulant sur Baldwin et son peuple. Les nuques baissées et les regards fuyants des courtisans. Le corps nu d'Ygraine, si jeune, se tordant sous son poids...

Gorlois s'approcha d'elle et contempla son visage d'enfant, noyé sous cette masse étonnante de cheveux blonds. Il tendit la main vers sa joue pour écarter une mèche, mais les yeux de la jeune femme s'ouvrirent aussitôt, avec un mouvement de recul instinctif, animal. En effet, elle ne dormait pas...

— Laissez-moi !

Le vieux guerrier retira sa main comme s'il s'était brûlé et recula de quelques pas, vexé plus que furieux. Elle serrait les draps de lin contre elle pour masquer sa nudité (comme s'il ne venait pas de jouir de son corps à satiété !), et malgré sa jeunesse, malgré ses yeux apeurés et ses larmes, c'était la reine qu'il voyait en face de lui. L'épouse de Pellehun.

— Je vous laisse, grommela-t-il en ramassant pour s'en vêtir une longue chemise de lin posée sur la huche. Mais je n'en ai pas fini de vous. Que vous le vouliez ou non, vous serez ma reine.

— Vous n'êtes pas roi ! cria-t-elle, d'une voix si aiguë qu'il craignit qu'elle ne réveillât le château tout entier.

Alors il sortit et referma précipitamment derrière lui la porte de la chambre.

Qu'elle dorme seule, après tout, et que grand bien lui fasse. Ce qu'il lui fallait, c'était un bain frais, aux étuves, ainsi que de la compagnie pour parler de la bataille, et pour boire. Il avait la ville, il avait l'armée, il avait l'Épée… Et il l'avait eue, elle. Tout le royaume devait déjà le savoir. Dès lors, qu'importe qu'elle ne l'aime pas. Elle n'aimait pas Pellehun non plus, de toute façon. Ou, en tout cas, moins que lui-même, son presque frère, ne l'avait aimé. Comment aurait-il pu la laisser régner ? Et pourquoi ? *Elle n'avait même pas été capable de* donner un héritier au roi !

En claquant, la porte réveilla en sursaut deux de ses preux nouvellement promus, qui, abrutis de fatigue, s'étaient affalés sur des chaises, dans la chambre de parement où le couple royal avait coutume de recevoir

ses proches. Les deux hommes n'avaient pas quitté leur armure depuis la bataille…

— Vous puez comme des boucs ! dit Gorlois avec un rire mauvais. Avec moi aux étuves !

Dans le couloir, un groupe de gardes armés de courtes lances rectifièrent la position quand ils sortirent, mais le sénéchal ne leur accorda pas même un regard. La galerie menant aux chambres royales servait aussi de courtine, conduisant jusqu'au donjon central. Après la chaleur moite de la chambre, il régnait là une fraîcheur délicieuse. Le mur épais y était percé, de part et d'autre, de larges meurtrières dans lesquelles s'engouffrait la brise ; deux échauguettes cylindriques faisaient saillie au-dehors, telles des guérites de pierre, percées de mâchicoulis dans leur partie basse pour observer l'ennemi ou l'écraser de projectiles. L'odeur et le bourdonnement agaçant des mouches montraient assez quel usage les gardes en faisaient, en temps de paix…

À l'écart, dans une zone d'ombre entre deux flambeaux, Gorlois avisa, étendue sur le sol comme un sac, une silhouette vêtue d'une longue robe de bure.

— Qu'est-ce que c'est ? dit-il en la désignant d'un mouvement de menton.

Mais l'homme à la robe se relevait déjà.

— Pardonnez-moi, messire. Je crois que je me suis endormi…

Il s'avança sous la torchère et le sénéchal le reconnut. C'était Blaise, le franciscain à la triste mine qui servait de confesseur à la reine.

— Nous n'avons pas pu nous voir de la journée, commença-t-il.

— Pourquoi ? dit Gorlois. Je voulais te voir ?

Derrière lui, les preux et les gardes s'esclaffèrent, mais le moine le dévisagea avec une expression qui le hérissa prodigieusement. Un mélange de bonté, de compassion et de… de pitié ?

— J'ai cru que tu aurais besoin de Dieu, mon fils. Pour apaiser ton âme…

Gorlois crispa les poings et le regarda avec haine, l'espace d'un instant, mais il se reprit aussitôt et poussa un long soupir.

— C'est ça… Demain.

— Demain, mon fils, il sera peut-être trop tard. Tu vis en état de péché mortel. Il faut confesser tes fautes, t'humilier devant Dieu et implorer son pardon.

— M'humilier ?

L'un des chevaliers émit un ricanement narquois et s'avança d'un pas vers le franciscain, mais la menace glissa sur le moine comme la pluie sur une ardoise. Gorlois fit un nouvel effort sur lui-même pour se contenir.

— Demain, d'accord ? Pour ce soir, je n'ai pas besoin de Dieu, j'ai besoin d'un bain. Et de boire, et de manger !

Il tapota l'épaule du moine avec un sourire forcé, puis s'enfonça dans le couloir, suivi par son escorte.

— … Toi aussi, d'ailleurs, tu devrais manger un peu ! ajouta-t-il sans se retourner. Tu fais peur à voir !

— Sans Dieu, tu ne seras jamais roi ! lança frère Blaise aux silhouettes qui s'éloignaient.

Gorlois ne répondit pas, mais son sourire disparut.

Ils n'avaient plus vu personne depuis des jours. Marchant la nuit, se cachant dans la journée, Uter et ses compagnons avaient épuisé les vivres de Bran (ou plutôt Bran lui-même les avait épuisés presque tout seul en mangeant sans cesse, du soir au matin et parfois même parfois quand ils dormaient), et ils ne vivaient plus que de chasse ou de cueillette. Mais il n'était pas facile de chasser la nuit, même pour un nain, et leur long séjour sous la Montagne leur avait désappris la faim. C'est ainsi, sans doute, que sans le vouloir ils s'étaient rapprochés des terres cultivées par les hommes.

Silencieux tous les trois (hormis les gargouillis émis à intervalles réguliers par le ventre de Bran), accroupis autour d'un frêne solitaire dont les épais rameaux leur masquaient le ciel étoilé, ils avaient les yeux rivés sur une autre lueur, celle d'une flamme minuscule, trop petite pour être un feu de camp ou même une torche. Tout juste une chandelle…

— Tu vois quelque chose ? demanda Uter au nain.

— Je ne vois rien, mais je sens ! Ils ont fait cuire une sorte de ragoût, on dirait du lièvre… Il en reste peut-être encore.

Le jeune chevalier haussa les épaules. Pour une raison qu'il ne s'expliquait pas, quelque chose le poussait vers cette lueur. Quelque chose qu'il n'aimait pas, un sentiment désagréable de nécessité et de répulsion mêlées, inexplicable. Uter se tourna vers Ulfin. Malgré l'obscurité, il devina son regard posé sur lui, et vit son aîné tirer sans bruit son épée, retenant son fourreau pour ne pas faire crisser l'acier. Ulfin se redressa, quitta l'abri des frondaisons et s'avança de quelques coudées avant de se retourner vers eux et de leur faire signe de se mettre eux aussi en mouvement, de part et d'autre de lui. Il y eut une sorte de désastre sonore quand Bran se leva avec sa discrétion habituelle pour prendre position à la gauche d'Ulfin, jetant en travers de son épaule sa formidable hache à deux mains, comme un bûcheron partant à la tâche. Heureusement, nul ne réagit à son vacarme. Uter, en comparaison, s'élança aussi silencieusement qu'un elfe. Il s'écarta rapidement vers la droite, ne distinguant plus qu'à peine la silhouette de son aîné, puis reporta son attention sur la flamme vacillante, loin devant eux.

Sous ses bottes de peau, il sentait l'herbe sèche craquer comme un feu de paille, et son long haubert de cuir claquer à chaque pas contre ses chevilles. Il n'avait pas encore dégainé son épée et la tenait plaquée contre sa jambe, retenant son souffle pour guetter le moindre bruit alarmant. Les yeux écarquillés, il lui semblait apercevoir le vague contour d'une habitation, trop basse pour être celle d'un homme, à moins qu'elle ne fût à demi enfouie dans un creux de terrain... Les paysans des grandes plaines s'abritaient souvent ainsi du vent et de la vue... Mais les paysans ne vivaient jamais seuls, et il était rare qu'un hameau ne fût pas protégé, ne serait-ce que par une simple palissade de rondins. Il jeta un coup d'œil de côté et se raidit. Les autres avaient disparu. Il s'accroupit jusqu'au ras du sol pour essayer d'entrevoir leurs silhouettes sur l'écran bleu de la nuit, mais il ne vit rien, hormis les formes floues des arbustes du bocage. À nouveau, il retint son souffle et tendit l'oreille. Rien. Sauf cette lueur minuscule, derrière ce qu'il devinait être une fenêtre. Lentement, il dégaina son épée puis se remit en marche en obliquant vers la gauche, là où devaient se tenir ses compagnons. Presque aussitôt, il buta sur un corps et manqua de s'étaler de tout son long.

C'était un gnome, hideux, le visage pétri comme une pomme de terre, le torse engoncé dans une sorte de gilet de fourrure, mort, sans aucun doute, mais ne portant aucune trace de blessure. Mort de peur, peut-être, à voir l'expression de son visage.

— Uter !

Le jeune homme releva vivement les yeux, furieux de s'entendre appeler à haute voix, mais aussitôt il sut que ce n'était ni Bran ni Ulfin qui venait de s'adresser à lui. Une porte s'était ouverte dans la minuscule habitation, et une silhouette mince et longue, vêtue d'une robe et sans armes, se découpait dans la maigre lueur.

— *Uter...*

Cette fois, la voix avait vibré à l'intérieur même de son crâne. Il vacilla et porta la main à la gorge, saisi d'une vertigineuse sensation de malaise. Et en même temps la rage le saisit, une bouffée irrépressible de colère qui le submergea d'un seul coup.

— Par le sang, j'étais sûr que c'était toi !

Il courut vers la longue silhouette et la plaqua rudement contre les rondins de la baraque.

— Merlin ! Où étais-tu passé, pendant tout ce temps ?

L'homme-enfant se dégagea avec la souplesse d'une couleuvre et pénétra dans l'habitation sans qu'Uter ait eu le temps de réagir. Celui-ci jura, glissa son épée dans son fourreau et, après une hésitation, mit ses mains en porte-voix.

— Tout va bien ! cria-t-il à l'intention de ses compagnons. Venez !

Merlin l'attendait à l'intérieur, touillant du bout d'une longue louche un ragoût au fumet délicieux, qui mijotait dans un chaudron suspendu au-dessus d'un feu de braises. C'était, hormis la chandelle qu'ils avaient aperçue, le seul éclairage de la pièce, dans laquelle Uter, courbé en deux tant le plafond était bas, devina un fatras d'ustensiles hétéroclites, de fourrures empilées, d'armes et de coffres. Un entassement typique d'une demeure gnome...

— C'est toi qui l'as tué ? demanda-t-il, avec un mouvement de menton dans la vague direction du cadavre, au-dehors.

— Je ne sais pas, murmura Merlin. Je crois que je lui ai fait peur...

Uter secoua la tête d'un air dégoûté et s'assit à même le sol. L'homme-enfant souriait, comme à son habitude, remuant son ragoût avec une apparente indifférence, tandis que le chevalier l'examinait. Il avait toujours la même robe bleue sans forme, les mêmes cheveux blancs et courts qui, de loin, lui donnaient l'air d'un vieillard, et le même regard d'enfant, comme si le monde n'était à ses yeux qu'une pitoyable farce.

— J'aimerais bien savoir une chose, dit Uter.

Il laissa sa phrase en suspens, obligeant Merlin à se tourner vers lui.

— Quel âge as-tu ?

L'homme-enfant pouffa de rire. Il ouvrit la bouche pour répondre mais, au même instant, Bran entra dans un vacarme tonitruant, précédé de sa hache et de son ventre.

— Qui c'est, lui ? grogna-t-il en découvrant Merlin.

— Ça va, grommela Uter. Il est avec nous.

Le nain eut une moue d'assentiment et jeta sa cognée dans un coin de la pièce.

— Ça sent vraiment bon, dit-il. C'est du lièvre, non ?

Merlin sourit, ramassa une écuelle et lui servit une louche pleine. D'un haussement de sourcils, il en proposa à Uter, qui hocha la tête et tendit les mains, un peu trop vite pour ne pas avoir l'air affamé.

— C'est nouveau, cette cicatrice, dit Merlin en l'examinant. Ça te va bien… On dirait un vrai guerrier !

Uter le regarda d'un air mauvais, mais l'homme-enfant ne se départit pas de son habituel sourire.

— Et ton compagnon ? dit celui-ci de sa voix douce. Il n'entre pas ?

Uter secoua la tête, amusé malgré lui.

— Tu vois tout, toi…

— Je vois plus que tu ne crois, répondit Merlin. J'ai vu Lliane, et j'ai vu ta fille… Et je vois qu'elles ont besoin de toi.

— Ma fille ?

Uter, interloqué, jeta un coup d'œil vers Bran, mais le nain ne prêtait apparemment aucune attention à leur conversation, tout entier accaparé par sa gamelle.

— Cela dit, dans le cas de ton ami, il ne s'agit pas de magie, poursuivit Merlin comme si de rien n'était. C'est ma part elfique, tu sais. Je vois la nuit aussi bien qu'eux !

— Lliane… Nous… avons eu une fille ?

Merlin le regarda avec une surprise amusée.

— C'est vrai, tu ne savais pas… Pauvre Uter, enfermé pendant si longtemps par les nains qu'il voulait sauver !

Il jeta un coup d'œil en biais vers le prince Bran, qui s'empiffrait toujours.

— On dirait que ça va mieux, de ce côté-là…

L'homme-enfant se remit à ricaner, mais Uter le saisit brusquement par le devant de sa robe et le projeta à terre. L'instant suivant, un genou en travers de sa poitrine, il pesait de tout son poids sur Merlin et lui serrait le cou à l'étrangler.

— Tu vas parler, maudit bâtard ? Où est Lliane ? Qu'est-ce que c'est que cette histoire de fille ?

La voix d'Ulfin, derrière lui, le fit sursauter.

— Si tu veux qu'il parle, il vaudrait mieux le lâcher. Il commence à virer au bleu, même pour un elfe…

Uter hésita, puis se redressa lentement, libérant Merlin.

— Ce n'est pas un elfe, grommela-t-il.

Il regarda le preux, courbé en deux sous la voûte de la cabane, jeter un coup d'œil en biais vers l'homme-enfant avec une grimace trahissant le malaise qui s'était emparé de lui à sa seule vue. Malgré lui, il recula jusqu'au chaudron et, écartant Bran d'une bourrade, se servit une large portion fumante, en raclant le fond.

— Encore une chance qu'il en reste… Je vois que messire Bran s'est bien servi.

Le nain protégea son écuelle sous son bras et alla s'installer plus loin, hors de portée d'Ulfin, qui s'assit à côté d'Uter et tendit le cou pour dévisager Merlin, toujours à terre, haletant et crachant.

— Tu as raison, ce n'est pas un elfe.

Il pointa vers lui l'os de lièvre qu'il venait de sucer consciencieusement.

— … Et pourtant il porte une robe de druide.

— C'est un sang-mêlé, dit Uter. Mi-elfe, mi-homme, ni elfe ni homme… Un bâtard qui nous a suivis pendant des jours et qui nous a abandonnés, la reine et moi, dès qu'on a eu besoin de lui !

— Tu ne devrais pas parler de bâtard, dit Merlin en grimaçant. Ce n'est pas gentil pour ta fille…

Il sursauta quand l'écuelle vide d'Uter vola à travers la pièce et vint se briser contre le mur de rondins. Même Bran en fut surpris, au point de lever une seconde les yeux de son ragoût.

Hors de lui, le jeune chevalier se leva d'une détente, si vite qu'il se cogna la tête contre le plafond, ce qui eut le don de décupler sa rage. Il ramassa d'une seule main l'homme-enfant qui gisait toujours à terre et, les dents serrées, le regard luisant de haine dans la pénombre, brandit un poing de taille à le faire taire à jamais.

— Attends ! couina Merlin.

Ses yeux glissèrent furtivement vers le côté, désignant Ulfin et le nain.

— Attends qu'ils dorment ! murmura-t-il.

Uter retint son coup. Il faisait trop sombre dans cette misérable hutte pour distinguer ses traits avec netteté, mais il lui sembla à cet instant que Merlin n'était qu'un jouvenceau. Douze ou treize ans, pas plus. Un enfant apeuré, tout seul, rejeté de tous, et il eut honte de l'avoir traité de bâtard.

— Il y a un problème ? fit dans son dos la voix gouailleuse de Bran.

— Ça va, grogna Uter. Dors !

— Quoi ? Mais j'ai pas sommeil !

Uter se tourna vers lui avec un air exaspéré, mais Ulfin intervint.

— Moi non plus je n'ai pas sommeil, dit-il en se levant, obscurcissant par sa masse le faible rougeoiement du feu. Et puis j'ai soif, et je ne trouve rien à boire, ici. Il y a un ruisseau, dehors, on va aller remplir nos outres.

D'un coup de coude, il fit chuter Bran de son tabouret.

— Toi, tu viens avec moi.

Le nain ouvrit la bouche pour protester, mais le regard sombre d'Uter l'en dissuada.

— Tu vois comme on se trompe ? dit Ulfin quand il passa près de son compagnon d'armes. On croyait tous que tu étais amoureux de la reine Ygraine, et voilà que tu as une enfant d'elfe !

Il sortit avant qu'Uter ne réponde, riant dans sa barbe en regardant le ciel étoilé.

— Qu'est-ce qu'il y a de drôle ? demanda Bran derrière lui.

— Rien... La brume se lève.

Le prince nain haussa les sourcils et se gratta la barbe.

— Je ne vois pas ce qu'il y a de drôle.

Même dans la forêt, la nuit était lourde. Lliane n'avait dormi que par à-coups, assoiffée, le ventre encore brûlant et sentant parfois la chaleur du sang entre ses cuisses. Chaque fois qu'elle parvenait à éloigner la souffrance et à fermer les yeux, les pleurs ou les hoquets de Rhiannon la réveillaient. En l'espace de deux jours à peine, elle était parvenue à un état d'épuisement tel qu'elle s'était endormie en même temps que sa fille, lors de la dernière tétée.

Ce fut le silence qui la réveilla.

Le silence et une horreur insondable, comme si elle s'éveillait au fond d'un puits, comme si le néant noir et gluant l'aspirait, comme si son bébé l'appelait au secours, hurlant de terreur dans la nuit qui l'emportait. Grelottant malgré la tiédeur de l'aube, son premier geste fut de se couvrir d'une cape, avant même d'émerger de son cauchemar, hagarde, le cœur battant.

Le silence. Sans cette respiration hachée, hésitante, ces petits cris inconscients et ces brusques accès d'agitation par lesquels Rhiannon manifestait sa présence.

Lliane se leva trop violemment et chancela. Ses jambes la portaient tout juste, la tête lui tournait, et elle dut prendre appui pour ne pas s'effondrer. Mais un simple coup d'œil au berceau avait suffi à donner un nom à son angoisse soudaine : Rhiannon n'était plus là.

Elle jaillit de sa hutte, un instant éblouie par les premières lueurs de l'aube, et courut droit devant elle, sans réfléchir, comme si elle savait où elle allait. Pieds nus dans la forêt, vêtue seulement de cette cape qui voletait autour d'elle au rythme de sa course, les cheveux au vent et la peau griffée par les ronces, la reine était l'image même de ces succubes dépravés et maléfiques que décrivaient les moines dans leurs délires. Elle courait en pleurant, s'effondrant à terre quand ses jambes la trahissaient, repartant ensuite, ivre de douleur, de chagrin et d'épuisement, jusqu'à ce qu'elle ne pût plus se relever, jusqu'à ce qu'elle n'eût plus de larmes. Alors, elle ferma les yeux et appela la Déesse.

La brume montait dans la forêt, dissipant la tiédeur du petit matin. Blorian marchait à grandes enjambées, ruisselant de sueur malgré le froid insidieux qui suintait des hautes fougères, serrant contre lui le petit corps emmailloté de Rhiannon.

Il accéléra encore le pas, courant presque pour échapper au brouillard. Autour de lui, on aurait dit que la forêt disparaissait, effacée par les dieux. Les arbres, les broussailles et les pierres moussues se fondaient dans un halo blanc, ravivant la terreur ressentie la nuit précédente, et sur ce néant s'était abattu un silence humide, comme si toutes les bêtes de la forêt s'étaient immobilisées, comme si toutes les branches avaient cessé de bouger au vent, comme si toute vie retenait son souffle. Tous les elfes avaient peur du brouillard, mais Blorian sentait en outre peser sur lui le poids du doute et le sentiment atroce d'être incompris par la forêt tout entière, désavoué, jugé, condamné.

Le bébé lui-même restait silencieux et le regardait avec intensité, indifférent au froid et aux secousses de sa marche. Blorian, troublé, s'arrêta pour dévisager l'enfant. Elle avait les mêmes yeux verts que sa mère, les mêmes cheveux noirs. Mais il émanait d'elle une onde pernicieuse qui lui chavirait le cœur, une sensation de danger, de menace, qu'il ne parvenait pas à s'expliquer. Elle ne bougeait pas, ne tremblait pas malgré le froid qui s'était abattu sur la forêt, et demeurait là à le regarder, si nue et si petite dans ses bras. L'elfe frémit et tenta de dompter ses craintes.

— Je ne te ferai pas de mal, dit-il en cherchant ses mots. Ce n'est pas ta faute, mais si Lliane te garde, elle mourra, tu comprends ?

Rhiannon le regardait sans broncher. Comment pouvait-elle être aussi calme ? Lui-même grelottait, tout son corps secoué de spasmes incoercibles. Gwydion avait raison. Cette enfant portait la marque d'un destin maudit. À deux reprises, les dieux avaient étendu sur elle leur brume blanche. Ce n'était pas seulement Lliane qu'il protégerait en éloignant son bébé d'elle, mais l'ensemble du peuple elfique… Il fallait retrouver Myrddin. Lui saurait s'occuper d'elle.

Blorian releva les yeux et fit un pas pour repartir, mais le brouillard s'était encore épaissi. Là où les formes sombres des arbres se découpaient quelques instants plus tôt, il ne subsistait plus qu'un nuage opaque, insondable, et toujours ce silence pesant, menaçant. Malgré lui, l'elfe posa Rhiannon sur le sol et dégaina lentement sa longue dague. Son cœur se serra et une boule se noua dans sa gorge. C'était la mort qui rôdait autour de lui, c'était le souffle glacé du dragon. Sa dague tremblait au bout de son bras, et bientôt il n'eut plus même la force de la brandir. Elle tomba à terre dans un tintement métallique.

L'ennemi était là, derrière lui, à peine visible dans la brume blanche. Il n'entendit que sa voix.

— *Oferceald sar hael hlystan !*

La malédiction de la glace… Un froid intense, perçant comme une flèche gelée, le frappa au cœur. Il tomba à genoux, puis à la renverse dans les fougères, le souffle coupé par la douleur. Mais, au-delà de la brume, il l'avait reconnue.

— Lliane…

Le froid s'étendait dans ses veines, frappait ses tempes, et la voix de sa sœur, répétant encore et encore son atroce incantation, ne lui parvenait plus qu'assourdie, lancinante. Déjà, la douleur s'était estompée, et l'engourdissement apaisait l'intolérable souffrance. Ses yeux épaissis par le gel voyaient les fougères se couvrir de givre, tout autour de lui, puis se briser comme du verre, sans un bruit. D'ailleurs, il n'y avait plus de bruit, pas même celui de son propre souffle. Pas même celui des pas de Lliane quand elle s'approcha. Il la vit ramasser son enfant et la couvrir de baisers, puis se pencher sur lui, les yeux brillants de haine, effrayante dans sa nudité zébrée d'écorchures. Il vit son expression changer quand elle le reconnut, passer de la haine à la stupeur, puis de la stupeur à l'horreur. Il voulut parler, mais sa langue gelée se brisa dans sa bouche. Et son dernier souffle forma une pellicule de givre sur ses lèvres.

VII

La guerre de Llandon

Ce furent les cris de Rhiannon qui l'éveillèrent. Lliane se redressa brusquement, le corps contracté comme si un coup allait s'abattre sur elle, et resta de longues secondes ainsi, prostrée entre le sommeil et l'éveil, secouée de tremblements spasmodiques, regardant autour d'elle telle une aveugle. Ses yeux lui brûlaient d'avoir trop pleuré, jusqu'à l'anéantissement, jusqu'à ce que l'horreur et la douleur la submergent et l'abîment dans un puits sans fond, lorsque ses dernières forces l'eurent abandonnée. Son regard se posa sur le corps de son frère, et elle retira vivement sa main posée en travers de son torse. La peau de Blorian commençait déjà à noircir. Sa bouche avait vomi un flot de sang qui s'était répandu autour de lui sur l'herbe et le tapis de feuilles mortes du sous-bois, poissant sa cotte de mailles d'argent, un sang sombre figé en flaques craquelées qui lui faisaient comme une barbe. Ses yeux grands ouverts regardaient le ciel. Et le souffle du vent agitait sur son front quelques fils de ses cheveux noirs si longs et si fins.

Rhiannon vagit de nouveau et agita désespérément ses petits membres. Lliane la saisit d'un geste instinctif et la porta à son sein. La petite fille se mit aussitôt à boire goulûment, avec de grandes aspirations et une foule de petits bruits de gorge qui parvinrent à lui arracher un sourire. Puis elle s'endormit en tétant, et Lliane demeura là, nue, hébétée, tandis que les sons de la forêt se réveillaient autour d'elle. Le pépiement insouciant des oiseaux, le cri rauque des corbeaux et le froissement lent du feuillage dans le vent. La vie continuait, indifférente au drame qui s'était noué sous la brume.

Combien de temps s'écoula-t-il ainsi avant que Lliane n'abaissât le regard sur ses mains tachées du sang de son frère et dont elle avait souillé le petit corps de sa fille ? Elle se leva en grimaçant, engourdie, la peau cuisant sous l'effet des mille écorchures qui la parsemaient, et elle marcha, serrant Rhiannon contre elle, nues toutes les deux dans la douce tiédeur du bois nimbé de soleil. Dans une cépée de chênes, elle recueillit de l'eau pour laver le sang qui les recouvrait, mais pas assez pour boire. Il y avait là, sous l'ombre des grands arbres, un taillis de jeunes pousses maigres comme des lances, de broussailles et d'arbustes chargés de baies sucrées, églantier ou sureau, qu'elle cueillit tout en marchant. La forêt semblait s'étendre à l'infini, entre les sombres futaies de sapins et les hauts piliers des hêtres, gris et lisses, qu'éclairait le vert tendre de leurs jeunes feuilles. Sous les pieds de l'elfe, des touffes d'herbe drue envahissaient peu à peu le sol recouvert de branches et de feuilles mortes, et les pierres elles-mêmes se recouvraient de mousse, comme pour participer à la splendeur majestueuse de la grande forêt à l'approche du solstice. Mais l'été toucherait bientôt à sa fin. Peu à peu, le soleil perdrait de sa puissance, les feuilles jauniraient, toutes ces jeunes pousses d'herbe se racorniraient avec l'automne, et puis viendrait le froid... La forêt ne serait pas toujours un refuge.

Malgré elle, les oreilles pointues de la reine s'étaient orientées vers un clapotis lointain, et ses pas la dirigèrent vers une source suintant faiblement d'un amas de hautes roches moussues. Ce fut presque avec surprise qu'elle découvrit à leur base une petite mare limpide, dont le fond était tapissé de feuilles mortes. Elles y burent et s'y baignèrent sans soulever la vase, puis s'endormirent sur un rocher illuminé d'une flaque de lumière orangée, jusqu'à ce que Rhiannon pleure de nouveau, réclamant sa tétée.

Le soleil entamait son déclin. La tiédeur du jour se dissipait, les ombres s'étiraient. Rhiannon commença à s'agiter, poussant de faibles gémissements, et Lliane la serra plus fort. Son petit corps était déjà glacé. Les elfes ne souffraient pas du froid, mais la part humaine de l'enfant ne lui permettrait pas de survivre ainsi, sans chaleur, dans les bois. Il fallait trouver des vêtements, un abri, des armes aussi, pour se défendre des bêtes de mauvaise rencontre.

Lliane repensa à son frère Blorian et se sentit accablée à l'idée qu'elle l'avait laissé ainsi, à même le sol, sans lui construire une plate-forme de branchages, afin d'éloigner son corps des prédateurs et de la pourriture. Mais Blorian était mort, et seule comptait sa fille, si petite, si faible, si fragile, grelottante dans ses bras. Il ne fallait pas qu'elle meure. Cette idée seule était une abomination qui la révulsait d'horreur. Une fois de plus, une boule se noua dans sa gorge, et elle se recroquevilla autour du petit corps de Rhiannon.

— Ne pleure pas, ma petite fée, mon herbe folle… On va se faire une belle cabane pour la nuit, tu verras…

Elles ne pouvaient rester là, nues comme des bêtes, à vivre sur la forêt. Il fallait rejoindre les hommes, quel qu'en fût le prix…

La reine se remit en marche, consciente, cette fois, guettant les bruits, humant l'air tel un chien de chasse, s'orientant au soleil ou à la mousse des arbres pour sortir de Brocéliande.

Au couchant, elle perçut l'odeur des hommes : un fumet de feu de bois et de viande brûlée. La forêt était pourtant tout aussi épaisse, vallonnée en cet endroit et semée de fougères. On était loin, encore, de sa lisière. Des hommes avaient donc osé s'aventurer dans le royaume des arbres, malgré la terreur superstitieuse que le domaine des elfes leur inspirait d'ordinaire ? Lliane se sentit outragée par cette incursion.

La reine se glissa sous les branches d'un frêne massif et s'accroupit à l'abri de son tronc large de plusieurs coudées. L'odeur de bois brûlé était toute proche, mais elle ne voyait rien. Elle jeta un coup d'œil vers sa fille, pelotonnée contre son ventre dans son sommeil. Comment s'approcher davantage, alors qu'un cri, un gémissement même pourrait les trahir toutes les deux ? Avec le crépuscule, le sous-bois disparaissait heureusement peu à peu dans les ténèbres, et les hommes ne voient pas la nuit… Elle embrassa le crâne si doux de sa fille, caressa ses fins cheveux et l'enserra de ses deux bras afin de lui procurer un peu de chaleur.

Moins d'une heure plus tard, l'obscurité était totale. Les senteurs de bois brûlé étaient toujours aussi fortes, mais Lliane ne distinguait aucune flamme, tout juste un rougeoiement indistinct, des panaches bleutés de fumée s'effilochant paresseusement dans les hautes branches. Quant à l'odeur de viande grillée, elle était devenue écœurante, comme si on l'avait laissée se carboniser… Peut-être les hommes étaient-ils partis ?

Lliane s'avança à croupetons hors de l'abri du frêne, serrant Rhiannon contre son sein pour éviter qu'elle ne pleure, puis s'élança d'un bond jusqu'à un épais bosquet de buis. Dans sa course, elle se blessa le pied sur une pierre saillante et trébucha, manquant rouler à terre. Réveillée en sursaut, Rhiannon poussa un vagissement aigu qui résonna sous la voûte des arbres. Lliane, terrifiée, tenta de la faire taire en lui plaquant une main sur la bouche, mais le bébé tremblait de tout son petit corps, et rien ne semblait pouvoir arrêter ses pleurs.

— Tais-toi, petite feuille, je t'en supplie ! murmura-t-elle à son oreille, en se tassant, accroupie derrière le buisson.

Elle chercha à tâtons une branche qu'elle brandit, épée dérisoire, les yeux écarquillés par la peur, assourdie par les cris de sa fille, guettant l'attaque des hommes comme un animal traqué, mais rien ne vint. Rien ne vint et Rhiannon finit par se calmer.

Avec la force d'une vague, des sanglots irrépressibles la ployèrent alors vers le sol. L'espace d'un instant, elle s'était vue happée par des mains crasseuses, jetée à terre et forcée, elle avait vu sa fille foulée aux pieds par des hommes monstrueux, bestiaux, grognant comme des sangliers et aussi sombres que des gobelins. Elle s'était vue mourir sous leurs assauts immondes, paralysée de terreur, trop faible et trop effrayée pour se défendre, incapable de résister, incapable de se servir de sa magie… Rhiannon pleurait, mais sa mère ne l'entendait plus, étouffée par le flot de son propre chagrin, assaillie par les images de cauchemar accumulées en si peu de temps. Le visage fermé de Llandon. L'horrible grimace de Blorian figé dans la mort. Blodeuwez, Gwydion, tous ceux qu'elle ne reverrait jamais, par sa faute. Voilà ce que serait sa vie, maintenant… Seule, sans clan, terrifiée. Seule…

Et puis elle revit le visage de Myrddin. Il lui souriait, mais sans cette ironie agaçante qu'il affichait d'habitude. Un vrai sourire, des lèvres et des yeux, et il lui parlait d'une voix douce. Les sanglots de la reine s'espacèrent et se tarirent, jusqu'à ce qu'elle perçoive les mots de l'homme-enfant. Les mots qu'il avait prononcés dans la clairière, il y avait des siècles de cela : « Je serai là quand tu auras besoin de moi… »

— Myrddin, gémit-elle, maudit Myrddin. Tu ne vois pas que j'ai besoin de toi ?

Mais la réponse du druide fut couverte par les pleurs de Rhiannon, et son visage se dissipa. Lliane se frotta les yeux, rejeta ses cheveux en arrière et ramassa sa fille pour la porter à son sein, que le bébé aspira avec avidité. Même en tétant, le petit être était secoué de tremblements. Son corps était glacé. Il fallait lui trouver des vêtements et un abri pour la nuit.

Lliane se releva, encore vacillante, et contourna le bosquet de buis.

Le bûcher élevé par les hommes grésillait toujours, dans un épais nuage de fumée. Elle distingua des huttes de branchages, autour de l'âtre, mais nulle trace de vie. Immobile sous la lueur argentée de la lune, aussi droite et pâle qu'un bouleau, l'elfe laissa la forêt reprendre vie autour d'elle. Le hululement sourd d'une chouette. La course furtive d'un lapin ou d'un écureuil. Le hurlement plaintif, au loin, d'une meute de loups… Lliane frissonna à l'idée qu'ils se mettent sur sa piste, et se résolut à avancer vers le campement des hommes.

Le bûcher fumant en occupait la majeure partie. Ce n'était pas un simple feu de camp, mais une construction compliquée et réfléchie, un enchevêtrement de troncs et de branchages recouvert de terre. Elle reconnut une faulde de charbonniers comme elle en avait déjà vu aux abords de la forêt. Les hommes brûlaient ainsi les arbres morts pour en faire du charbon de bois, qui, l'hiver, alimentait leurs braseros. Elle aurait voulu s'en rapprocher encore pour réchauffer Rhiannon, mais la fumée lui piquait déjà les yeux, et cette odeur de viande carbonisée lui soulevait le cœur, aussi s'écarta-t-elle vers la plus proche des deux huttes. Serrant toujours l'enfant contre elle, la reine approchait du centre de la clairière, avançant à pas comptés, semblable à une biche au bord d'un point d'eau. Un souffle de vent agita brusquement les ramures loin au-dessus d'elle et aspira la fumée en un tourbillon. Lliane jeta machinalement un coup d'œil vers le brasier, et son cœur fit un bond dans sa poitrine. Vision fugace, déjà disparue sous les volutes bleutées, elle avait distingué deux pieds saillant de la meule des charbonniers. À nouveau, le vent dissipa la fumée, et là, au même endroit, elle discerna entre le fouillis de branches les jambes noircies, carbonisées, d'un homme qu'on avait enfourné, comme une bûche, dans le brasier. C'était ça, l'odeur atroce de viande grillée… L'homme avait brûlé à petit feu dans son propre bûcher, la tête la première.

Horrifiée, Lliane battit en retraite jusqu'à ce qu'elle bute sur les branchages de la hutte, et elle se retourna d'un bond, en poussant un cri d'effroi. Un autre homme était couché là, le dos percé de flèches. Des flèches elfiques.

Llandon avait commencé sa guerre.

Avec la nuit, le village retrouvait un peu de fraîcheur. Tout le jour, sous un soleil lourd et dans le bourdonnement des mouches affolées par la sueur des hommes et des bêtes, l'aire de battage avait résonné du martelage régulier des fléaux séparant la paille et le grain. Tous ceux qui n'étaient pas aux champs étaient occupés à la tonte des moutons, au rouissage du lin et du chanvre, à la récolte du miel dans les ruches ou à la cuisson des fruits, dans un moût de raisin ou un jus de pomme réduit. À la poussière sourdant des chemins de terre sillonnés sans répit par les charrois chargés de lourdes gerbes d'orge, de blé ou d'avoine, étaient venus s'ajouter les nuages de débris végétaux soulevés par les vanneurs, tourbillonnant dans les ruelles au moindre souffle de vent, montant jusqu'au pied du castel seigneurial, et toutes ces volutes asphyxiantes retombaient maintenant comme une neige grise sur les maisons de torchis du bourg fortifié. La journée avait été longue, et nul n'était demeuré bien longtemps éveillé après que le moine eut sonné l'angélus. Au couchant, selon l'usage, les champs avaient été laissés aux glaneurs, femmes, enfants ou serfs qui ramassèrent les quelques épis oubliés par les moissonneurs et coupèrent les chaumes pour le toit de leur chaumière ou la litière des bêtes, dès que la poignée d'archers qui protégeaient la récolte se fut retirée. D'autres soldats, suant sous leurs hauberts de mailles, étaient restés tout le jour vautrés à l'abri d'un auvent pour surveiller le grain, jusqu'à ce que les officiers viennent estimer l'impôt dû par chaque alleutier, le champart pour le seigneur, et la dîme pour l'église. Un impôt modeste, vu la taille du bourg, et qui ne suffirait guère à nourrir les chevaux et la maison de Cystennin le Béni.

On était loin de Loth et des hauts remparts de la ville du roi, loin de la guerre, loin des Marches. Cystennin avait combattu aux côtés de Pellehun dans les temps héroïques contre Celui-qui-ne-pouvait-être-nommé, et sa conduite valeureuse lui avait valu cette baronnie. Mais c'était de l'histoire ancienne… Le baron n'était plus qu'un vieil homme aspirant à finir ses jours en paix, dans le fortin qui lui servait de château. C'était un bâtiment à l'ancienne, un simple manoir fortifié construit en bois au sommet d'une motte, au-dessus d'un village de deux cents âmes, lui-même protégé par un fossé et une levée de terre dans laquelle avait été fiché un plessis, palissade composée de lourds madriers taillés et garnie de ronces sur son pourtour extérieur. La seule construction en dur de tout le bourg était l'église, un cube de pierre surmonté d'un petit clocher rectangulaire qui n'avait pas encore reçu de cloche. Cystennin ne s'était converti que depuis peu (ce qui lui avait valu son surnom de « Béni »), et sa baronnie n'était pas assez riche pour payer les services d'un fondeur.

Pour la nuit, on avait relevé le pont-levis et fermé la grande porte barrant l'unique route qui traversait le bourg et grimpait jusqu'au castel. Affalés contre ses battants, deux soldats somnolaient, enveloppés dans leur manteau. Qu'importe… Il n'y avait pas grand-chose à garder, de toute façon, tant que toute la récolte n'aurait pas été vannée et les chaumes brûlés. Il faudrait alors l'escorter jusqu'à la ville et aux moulins, veiller au grain. Perdre la récolte, c'était condamner le village à périr de faim avant l'hiver… Mais, d'ici là, qu'y avait-il à craindre, à part les misérables rapines de va-nu-pieds que les enfants eux-mêmes chassaient à coups de pierre, à part les loups ou les renards, que la palissade suffisait à tenir à l'écart ?

Un chien se mit à aboyer, réveillant en sursaut l'un des deux gardes. L'homme s'ébroua, soulevant de ses épaules un nuage de poussière farineuse qui lui chatouilla les narines et le fit éternuer. Il ramassa une pierre et la lança au jugé vers l'animal, qui aboyait toujours…

— La paix !

Le chien se mit à grogner, mais une seconde pierre mieux ajustée le fit fuir en couinant.

— Sale bête…

Le garde chercha à tâtons son casque de cuir qui avait roulé à terre, y renonça et, avec un soupir de lassitude, se leva lourdement en s'appuyant sur sa lance. Il se sentait engourdi, les muscles douloureux, et ramena les pans de son manteau autour de lui. Après la canicule du jour, il faisait froid, glacial même, sans rien à boire pour se réchauffer. Soudain, le cri rauque d'un rapace lui fit lever les yeux au ciel, juste à temps pour deviner une ombre blanche planant dans l'obscurité, trop vite pour qu'il la distingue vraiment. On aurait dit un gerfaut, le plus grand des faucons, auquel le plumage blanc moucheté de gris donnait des airs de fantôme, dans la nuit. Le garde demeura quelques instants le nez en l'air, mais l'oiseau ne reparut pas. Il jeta un coup d'œil vers son compagnon toujours endormi, puis leva un regard torve vers l'échelle qui menait au chemin de ronde, en haut des palissades. Reniflant bruyamment, l'homme gravit lentement les barreaux, qui grincèrent sous son poids. Parvenu en haut, il fouilla sous ses braies, en extirpa son sexe et, se hissant sur la pointe des pieds, se soulagea avec un soupir d'aise par-dessus les rondins du rempart.

Aussitôt, un glapissement aigu déchira le silence de la nuit, suivi du bruit confus d'un corps roulant dans le fossé. Le garde se pencha, mais ne perçut rien, que des ombres imprécises.

Les elfes, eux, le voyaient.

L'un d'eux se leva d'un bond, tendit sa lance à bout de bras et la ficha comme un harpon dans la gorge de l'homme. Il eut une sorte de gargouillement infect, puis l'elfe se jeta en arrière de tout son poids, entraînant le garde, qui bascula dans le fossé. Sans doute était-il déjà mort lorsqu'il roula à terre, mais l'elfe sur lequel il avait vidé sa vessie lui planta malgré tout sa longue dague dans le dos, avec une furie outragée qui fit sourire ses compagnons. C'étaient des elfes verts, des créatures de la forêt qu'on ne voyait que rarement hors de l'abri des arbres. Plus petits que la plupart de leurs congénères, ils devaient leur nom à leurs vêtements moirés, oscillant du vert au brun comme des feuilles d'automne, et non à la couleur de leur peau, d'un bleu semblable à celui des autres clans. Minces comme des enfants, ils n'étaient pas de taille à s'aligner dans une bataille rangée, mais ils savaient se déplacer sans bruit, sans le moindre bruit, et c'étaient eux qui avaient enseigné le tir à l'arc aux autres clans. Till, le chef de leur petit groupe, orienta ses oreilles vers le village et se redressa prudemment, caressant la petite tête ronde de son faucon pour l'apaiser. Till était un pisteur, passé maître dans l'art de se dissimuler, d'évoluer en silence mais aussi de déceler la présence ou même le passage d'ennemis. Il connaissait le langage des bêtes, mais aussi celui des arbres, le message silencieux de leurs branches et de leur écorce. À nouveau, il lança son gerfaut d'un large geste du bras, le suivit des yeux tandis qu'il survolait le bourg endormi et guetta sa réponse.

Apparemment, personne n'avait réagi. Till fit un signe, et deux elfes se collèrent dos à la palissade. Aussitôt, un troisième se hissa sur leurs mains croisées puis leurs épaules, formant une pyramide vivante que le reste du groupe escalada dans un silence absolu, sans un mot, sans un souffle, sans un tintement de dague ni même un froissement d'étoffe.

Le deuxième garde se réveilla en sursaut et se rejeta en arrière dans la poussière avec un cri de panique étranglé. Trois elfes étaient sur lui, glissants comme des anguilles, grimaçants, le lardant de coups de dague furieux et imprécis. L'homme, arraché de son sommeil pour plonger en plein cauchemar, était trop terrifié pour hurler, trop terrifié même pour mourir. Tout juste parvenait-il à japper tel un chien battu, rampant misérablement le long de la palissade pour tenter d'échapper aux coups maladroits des elfes. Avec un grognement de rage, Till les écarta brutalement et sauta sur le dos du soldat. D'une main, il lui releva la tête, et de l'autre il lui ouvrit la gorge. Net, précis.

L'homme s'abattit dans la poussière, et le groupe des petites créatures reprit son souffle, guettant fiévreusement la moindre réaction du village.

Enfin, quand ils furent certains que tout était calme, Till fit ouvrir la grande porte et baisser le pont-levis. Il courut au-dehors et poussa par deux fois un long hululement d'oiseau de nuit, étrangement puissant pour un corps aussi frêle. Aussitôt, de minces silhouettes se dressèrent, un peu partout dans les champs, et se mirent à courir vers lui.

Llandon, lui, ne courait pas. Marchant à pas lents, indifférent aux silhouettes furtives qui, tout autour de lui, filaient dans la nuit de leur pas léger, il gardait la tête baissée et les bras croisés contre lui comme s'il avait froid, suivi de Kévin l'archer, qui avait encoché l'une de ses flèches d'argent légendaires, et de Dorian, le plus jeune frère de la reine Lliane. Le seul, dorénavant... Ils s'arrêtèrent devant Till, et le roi des hauts-elfes remercia le pisteur d'un signe de tête, sans un mot. Puis le pisteur se retourna, fit un signe à son groupe, et les elfes verts s'évanouirent dans la nuit, sur ses talons. Till n'avait rien dit, mais le roi savait ce qu'il pensait. Les elfes n'aimaient pas la guerre, et ils avaient peur de la mort. Contrairement aux hommes, aux nains ou aux monstres, ils n'aimaient même pas tuer. Llandon avait aperçu le corps du garde, dans le fossé, la tête transpercée d'un coup de lance. C'était déjà beaucoup, pour eux... Le visage fermé, le roi les suivit des yeux jusqu'à ce qu'ils eussent disparu à l'abri de leur chère forêt, et resta ainsi bien après que la nuit les eut effacés. Puis les premiers hurlements, dans le bourg, le tirèrent de sa léthargie.

Partout, c'était le même cauchemar.

Une main glacée arrachait les draps de lin ou de chanvre de l'immense lit commun à toute la maisonnée, jetait à bas le père, frappait d'une dague aiguë comme un poinçon s'il faisait mine de résister ; des visages de vampires, pâles et grimaçants, murmuraient des ordres dans une langue incompréhensible mais qui vibrait jusqu'au fond de la tête, et les familles couraient dans la ruelle, hommes, femmes et enfants, nus ou à peine vêtus, muets de terreur, tandis que les flammes léchaient déjà la toiture de chaume de leur masure. Llandon s'était remis en marche, accélérant son allure progressivement jusqu'à courir à travers les ruelles en flammes puis le long du sentier qui menait au sommet de la motte, les yeux captivés par le fortin où s'agitaient des hommes d'armes. Il avait distancé les autres elfes lorsqu'il atteignit le groupe de soldats hagards qui s'étaient massés devant la porte, hésitant sur la conduite à tenir. Ils ne le virent qu'au dernier instant et eurent tous le même mouvement de recul devant son expression sauvage, hideuse. L'elfe frappa dans le tas, d'un revers de sa dague d'argent qui éclaboussa de sang son visage. Des mains l'empoignèrent. Des cris. D'autres elfes, à présent, à côté de lui, hurlant. Une mêlée confuse à coups de poing, les lames ripant sur les cottes de mailles. Un garde tomba, les yeux vitreux, dégageant un espace suffisant pour qu'un autre frappe d'estoc, droit au ventre, et Llandon poussa un cri de douleur. Mais les épées des hommes n'étaient pas forgées pour percer. Trop lourdes, trop rondes, c'étaient des armes de taille, faites pour trancher dans le fer des armures, puis fracasser chairs et os. Une attaque de pointe ne valait rien. Le roi des hauts-elfes recula, pourtant, le souffle coupé par la violence du choc, et les soldats reprirent espoir. Une flèche d'argent traversa la gorge d'un sergent haut comme une tour avant de se ficher dans le chambranle de la porte, mais le cœur des hommes était gonflé d'une rage meurtrière, et leurs yeux brillaient à la lueur de l'incendie allumé dans le bourg. Comme un mur, derrière leurs boucliers de bois clouté, ils repoussaient les elfes vers la fournaise, à coups de lance et d'épée. Leur espoir fut de courte durée : bientôt, il en surgit de partout, frappant aux chevilles, aux bras, lacérant leurs hauberts de cuir de leurs longues dagues tranchantes, et la terreur les submergea à nouveau.

Devant la porte de son castel, le vieux Cystennin, pieds et torse nus, vêtu seulement de ses braies, papillotait des yeux, encore alourdi de sommeil, contemplant les flammes qui dévoraient son village, sans comprendre. Les bras ballants, son épée traînant sur le sol et son écu pesant inutilement à son côté, il vit le bloc confus de ses hommes fondre sous l'assaut des elfes, ses oreilles vrillant de leurs cris d'agonie et des hurlements stridents des vainqueurs. Une flèche, surgie de nulle part, lui déchira la joue, l'arrachant brutalement à son apathie. D'un geste instinctif, il se protégea le visage de son écu de fer et recula précipitamment jusqu'à la porte. Trop tard. Des elfes avaient atteint l'embrasure en même temps que lui et se jetaient déjà à l'intérieur. Un choc métallique sur son bouclier, l'éclair d'une lame. Cystennin frappa une silhouette fugace avec un « han » de bûcheron, si fort que son bras resta engourdi. Il ne vit même pas l'elfe s'effondrer. Déjà, un autre surgissait devant lui, puis un deuxième, babines retroussées et regards de loup. En reculant encore, il buta contre la longue table de chêne de la salle commune. Il tenta de la contourner, mais il se découvrit et sentit la morsure aiguë d'une dague sur son bras. D'un coup de coude, il frappa son agresseur au visage, il le bouscula furieusement, à coups de poing, à coups de pied. Quelqu'un hurlait, derrière lui. Des voix de femmes. Il sentit son épée briser net la lance d'un elfe et se ficher comme une cognée dans ses côtes. La table, toujours derrière lui, l'empêchait de manœuvrer. Puis un coup terrible lui coupa le souffle. Il sentit la chaleur de son propre sang sur son torse, un nouveau choc et la terre, sur sa joue. La poussière, sur ses lèvres.

— Arrêtez !

Cystennin haletait, le visage écrasé contre le sol, ruisselant de sueur. Il ne voyait que des jambes, autour de lui, à la lueur dorée des chandelles. L'une d'elles était tombée durant le combat et brûlait toujours sur le sol. C'était dangereux, il y avait de la paille partout, il fallait l'éteindre. Le vieil homme tenta de relever la tête, mais son cou ne lui obéissait plus. Il y avait trop de bruit, des cris, de l'agitation, et une rigole de sueur lui piqua les yeux sans qu'il puisse l'essuyer. La chandelle de suif grésillait, déjà elle avait enflammé un fétu de paille qui voletait en se consumant. Il souffla pour l'éteindre, mais l'air lui manquait. Des jambes, en tous sens, autour de lui. Ne voyaient-ils pas cette maudite chandelle ? Une botte de daim, enfin, écrasa la mèche enflammée puis sortit de son champ de vision. Cystennin sourit, poussa un long soupir de soulagement et se laissa aller.

— Il est mort ?

Un elfe s'agenouilla près du châtelain et souleva sa tête par les cheveux. Les yeux de Cystennin étaient encore ouverts, mais la vie les avait quittés. Appuyé à la longue table de chêne, se tenant le côté en respirant à petites goulées, par à-coups, Llandon regarda longuement le vieil homme, comme s'il avait voulu le reconnaître. Il ferma les yeux, essayant de se représenter mentalement le visage d'Uter… C'était trop loin, et puis tous les hommes se ressemblaient, aux yeux des elfes. Les mêmes traits vulgaires, brutaux, mangés par les poils et les rides. Comment Lliane avait-elle pu l'aimer ?

Llandon s'arracha de la table avec une grimace de douleur. Chaque respiration le lardait comme un coup de poignard. Sans doute avait-il des côtes cassées... Il croisa le regard anxieux de Dorian et se redressa à la hâte, retrouvant sa haute stature.

Tournant le dos au corps de son ennemi, il balaya la salle du regard. Un petit groupe d'humains, femmes, enfants et vieillards, se tenait dans un coin de la pièce, autour d'un moine en robe de bure, triste comme un jour sans pain, avec une tonsure qui accentuait encore sa maigreur.

— Toi, viens !

L'homme de Dieu sursauta, puis il se reprit et s'avança lentement vers le roi des hauts-elfes, les yeux baissés.

— Quel est ton nom ?

— Je suis le frère Elad, le chapelain de cette baronnie.

— Tu sais qui je suis, Elad ?

— Pour moi, vous êtes le diable, murmura le moine.

Llandon pouffa, ce qui lui arracha aussitôt un gémissement.

— Non, moine, je ne suis pas le diable... Je suis Llandon, roi des hauts-elfes, seigneur sous la forêt d'Éliande. Tu t'en souviendras ?

L'homme releva furtivement les yeux, croisa un bref instant le regard vert de l'elfe, majestueux malgré la sueur, la poussière et les éclaboussures de sang séché qui lui couvraient le visage.

— Quand tu verras Uter, dis-le-lui.

Llandon désigna d'un coup de menton le cadavre de Cystennin gisant dans la poussière.

— Dis-lui que j'ai tué son père.

VIII

Avalon

Ils marchaient en silence dans le château endormi, bien avant prime [1], alors même que le soleil ne s'était pas levé. Le sénéchal-duc Gorlois se sentait fatigué, d'autant que frère Blaise, malgré sa maigreur, avançait à grands pas, ce qui l'obligeait parfois à trottiner pour revenir à sa hauteur. Tout ça sans un mot, avec sa tête d'enterrement habituelle, en sillonnant les couloirs comme s'il en connaissait chaque recoin mieux que lui-même (ce qui, d'ailleurs, commençait à l'agacer), jusqu'à ce qu'ils parviennent à la chapelle.

— Si tu veux me confesser, c'est un peu tôt, moine ! grommela Gorlois d'une voix légèrement essoufflée.

Blaise ne daigna même pas sourire.

— Vous savez très bien pourquoi nous sommes ici, dit-il. Il vous attend.

— Ouais…

Gorlois ramena sur lui les pans de son manteau doublé de fourrure. Il faisait presque froid, à cette heure du jour… ou de la nuit. Le duc poussa la porte réservée

1. Six heures du matin.

aux occupants des étages nobles, qui donnait directement accès aux premiers rangs de la petite chapelle aménagée depuis peu dans l'enceinte. Une chapelle minuscule, en vérité, mais encore bien assez grande pour ce qu'elle servait. En dehors de la reine et de ses suivantes, qui venaient là dévotement faire leurs actions de grâce dès l'aurore, elle demeurait à peu près vide, sauf pour les grandes occasions, baptêmes ou bénédictions… Gorlois revit le roi Pellehun, assis dans la haute chaise de bois sculptée à ses armes, recevant là, aux côtés de la reine, les bases du catéchisme. Il bâilla à s'en décrocher la mâchoire puis s'éclaircit la gorge, tandis que son regard dérivait, comme celui du roi bien avant lui, vers la voûte peinte et les chapiteaux sculptés des piliers, ornés de monstres grimaçants évoquant les gobelins qu'ils avaient tous deux combattus dans les Terres Noires.

— À genoux devant la sainte croix !

Gorlois sursauta et se retourna d'un bloc. Il n'avait pas vu Illtud, immobile dans sa bure sombre, agenouillé devant l'autel. Depuis la croisée d'une meurtrière, un trait de lumière rose, indiquant qu'une nouvelle belle journée venait de commencer, s'étendait sur les dalles jusqu'à ses pieds, comme si Dieu lui-même venait le toucher du doigt. Instinctivement, Gorlois recula d'un pas pour échapper à cette croix de lumière puis, un peu honteux de cette dérobade stupide, mit un genou en terre et se signa vaguement.

Illtud, sans le regarder, quitta son prie-Dieu et vint s'asseoir sur un banc. L'homme était impressionnant. Plutôt grand, quoique sa bure accentuât beaucoup sa taille, il portait tonsure et barbe, avec un poil brun tirant sur le roux, fourni et ondulé, quasi cotonneux. Il parlait sans presque remuer la bouche, d'une voix étouffée mais qu'on devinait bien timbrée et capable de s'enfler à l'envi. Seuls ses yeux semblaient animés dans ce visage impassible, et lorsque le sénéchal-duc vint s'asseoir près de lui, il ressentit la force de ce regard. Pour ainsi dire, personne ne le savait, pas même le duc malgré son réseau d'informateurs de la Guilde, mais le frère Illtud avait été chevalier, autrefois, sous le nom oublié d'Illtud de Brennock, avant de quitter le siècle pour entrer dans la vie monastique [1]. Certains le considéraient comme un saint, et l'évêque lui-même, malgré sa toute-puissance, ne se mêlait pas des affaires de ses moines.

Pour l'heure, il conservait le silence et il dévisageait Gorlois avec une telle insistance que le duc baissa les yeux. Il se reprit aussitôt, furieux de cette nouvelle marque de faiblesse, et l'apostropha à haute voix.

— Alors, l'abbé ! Tu voulais me voir ? Tu me vois !

— Ne hausse pas le ton dans la maison de Dieu, mécréant !

La réplique d'Illtud résonna longuement dans la petite chapelle, désarçonnant le duc par sa véhémence aux accents haineux.

— Tu dois apprendre à t'humilier devant Dieu, reprit l'abbé un ton plus bas. Car sans Dieu tu n'es rien.

Gorlois eut un rire narquois.

1. Illtud fondera le monastère appelé aujourd'hui Llanilltud Major, devenant le maître à penser de saint Gildas et de saint Samson, tous deux originaires de Cambrie et qui finirent l'un et l'autre leur vie en Bretagne.

— Un rien qui peut te faire jeter au cachot pour le reste de tes jours, l'abbé. Essaie de ne pas l'oublier quand tu me parles !

Illtud secoua la tête d'un air désolé, comme s'il s'adressait à un enfant.

— Tu n'es rien, Gorlois de Tintagel, reprit-il de la même voix sourde. Sénéchal d'un roi mort, bougre et violeur, parjure à son serment d'allégeance, félon à sa reine, tu vis par les armes et tu périras par les armes si tu n'implores pas le pardon de Dieu.

Le sénéchal marqua un mouvement de recul, le corps tout entier révulsé par l'impudence d'Illtud. Dans la pénombre du lieu saint, son œil unique luisait dangereusement. Sous le choc, il avait failli se relever pour empoigner ce maudit prêcheur et le jeter à terre, mais il ne convenait pas de rompre le combat dès les premières passes d'armes. Et, d'ailleurs, qu'avait-il à craindre de ce moine ridicule, au sein même du château royal dont lui seul détenait le pouvoir, aujourd'hui ? Il se détendit et se renversa en arrière, écarta les bras sur le dossier du banc et croisa les pieds loin devant lui.

— C'est pour me dire ça que tu m'as fait lever à l'aurore, l'abbé ?

— Non, dit frère Illtud. C'est pour te donner ce pouvoir que tu crois détenir. Le vrai pouvoir. Un pouvoir plus grand encore que celui du roi Pellehun…

L'abbé vit dans le regard du vieux guerrier que sa morgue avait disparu. Gorlois serrait les lèvres, son dur visage encadré par des nattes tressées de fils rouges, le menton enfoui dans la fourrure d'écureuil de son manteau.

— Qu'est-ce que tu crois ? reprit-il. Tu pensais que forcer la reine ferait de toi un roi ? Non… Tu n'es pas si sot. Mais si Ygraine t'épouse, librement, alors c'est différent. Tu ne peux être roi sans être élu par tes pairs, mais tu deviendrais déjà le régent du royaume, ce qui revient en fin de compte au même…

Gorlois eut une moue dubitative.

— Ygraine est une fille de l'Église, insista Illtud. Et puis ce n'est pas une péronnelle rêvant aux jolis contes des trouvères. C'est une reine, ainsi que tu l'as oublié. Une reine et une femme de devoir, qui obéit à la parole de Dieu.

Gorlois sortit le cou de son col de fourrure, avec un sourire amusé.

— C'est un marché que tu me proposes, l'abbé ?

— Oui, fit tranquillement Illtud en hochant lentement la tête. C'est tout à fait ça… D'un côté la damnation éternelle, la guerre ici-bas, la révolte des barons et de l'Église contre toi, la victoire ou la mort, peu importe, mais au bout du compte une vie méprisable, la ruine des hommes, la division…

— De l'autre ?

— De l'autre la guerre sainte. Un Dieu, un roi. La guerre contre les elfes, les monstres et tous les peuples qui refuseraient la parole de Dieu. Et le pouvoir, bien sûr. La main d'Ygraine, des fiançailles devant le ban et l'arrière-ban, célébrées par l'évêque, et partout, dans chaque église, chaque monastère, le soutien des clercs et des moines…

Gorlois sourit et tendit sa paume à l'abbé.

— Tope-là !

Frère Illtud contempla cette main offerte en secouant doucement la tête, atténuant son refus par une expression bienveillante.

— Je crains que ma comparaison avec un marché n'aille pas jusque-là, mon fils… Vois-tu, ce n'est pas une offre sans contrepartie. Dieu a horreur qu'on se moque de lui et, si telle était ton intention, sa colère ferait trembler les murs de ce château, jusqu'à le réduire en poussière.

Gorlois reprit sa main et ferma le poing.

— Ce que je veux, duc Gorlois, c'est ton âme, pour l'amour de Dieu. Je veux que tu renonces au péché, et que tu apprennes, que tu apprennes de tout ton cœur la vraie foi du Christ. Je veux que tu deviennes un roi saint… Et seulement alors tu auras la main d'Ygraine.

Ils s'étaient mis en marche très tôt, dès les premières lueurs du jour, profitant de la fraîcheur de l'aube. Dans le ciel immense, déjà bleu, les derniers nuages de la nuit s'effilochaient, au loin, derrière l'océan sombre de la forêt d'Éliande. Les deux chevaliers, le druide et le nain avançaient en ligne, sans un mot, savourant sur leur visage la chaude caresse du soleil levant. L'herbe haute, couverte de rosée, avait trempé leurs jambes et miroitait comme un lac, à perte de vue. Ils descendaient la dernière colline, le corps légèrement penché en arrière, lentement, presque à regret. Devant eux, Brocéliande s'étendait jusqu'à l'horizon, dense, sombre et abrupte comme une forteresse. Encore une heure de marche peut-être, et ils auraient atteint la lisière.

Uter cherchait des yeux Caer Cystennin, le bourg fortifié de son père, qui devait être là, au loin, entre la forêt et le lac. Mais la forêt sacrée des elfes était tellement vaste qu'on pouvait la longer des jours durant, dans le même paysage de collines et le même horizon sans limites, avant d'aborder les terres cultivées par les hommes.

Ils marchaient en ligne, et pourtant chacun d'eux savait que c'était Merlin qui les guidait, bien qu'il ne leur indiquât jamais la route à suivre, avançant de son pas tranquille à travers les hautes herbes en dodelinant de la tête comme un somnambule. Plus d'une fois depuis leur réveil, Uter avait tenté d'engager la conversation, mais l'homme-enfant semblait plus absent que d'habitude, et nul d'entre eux, pas même le seigneur Bran qui ne cessait pourtant de marmotter en cheminant, n'aurait à présent osé interrompre le silence qui s'était instauré dans leur petit groupe.

Merlin, en vérité, était absent. Seule une part infime de son esprit était parmi eux, sur cette colline. Toute son âme était ailleurs, à l'autre bout de la forêt, au-delà d'un rideau de brume, guidant les pas d'une elfe nue, portant dans ses bras une minuscule fillette pâle comme l'aube. Elles avaient dormi entre les hautes branches d'un chêne, à l'abri des loups et des mauvaises rencontres, puis, au premier rayon du soleil, elles avaient quitté la futaie et traversaient un mort-bois d'arbustes et de ronces enchevêtrés, suivant un layon sinueux, tout juste perceptible dans le fouillis des broussailles. Quand Merlin avait le sentiment de les perdre, son cœur s'emballait. Alors, brusquement, il accélérait le pas, et ses compagnons sursautaient, arrachés au rythme monotone de leur marche. Était-ce Lliane qui les guidait, ou lui qui leur montrait le chemin ? Ses yeux, parfois, s'ouvraient sur la colline, glissaient sur Uter et ses compagnons, sur la forêt illuminée par le soleil déjà haut. Il voyait le chevalier lui parler, il hochait la tête et acceptait l'outre d'eau fraîche qu'il lui tendait, puis, d'un seul coup, il était de nouveau avec elle, cheminant à ses côtés dans les taillis, croisant le regard muet de Morgane.

— C'est là…

Merlin sursauta et s'arrêta net. Lliane venait de lui parler, et il la vit enfin. Elle lui tournait le dos, mais elle était si proche qu'il lui aurait suffi d'avancer la main pour toucher ses longs cheveux noirs. Il entendait tous les bruits du bois, le pépiement des oiseaux, le craquement des arbres et les petits sons de gorge du bébé, sa respiration, ses cris soudains, semblables à des hoquets de rire.

— Tu vois, Myrddin, c'est là.

Lliane se retourna vers lui, et elle lui souriait (était-ce la première fois ? Jamais encore elle n'avait eu pour lui ce regard si pleinement heureux). L'homme-enfant voulut lui répondre, mais elle était déjà repartie. Malgré le soleil, une brume rampait autour d'eux tel un voile de lin, et Myrddin découvrit ce qu'elle lui montrait : un lac, gris comme une ardoise, immobile. Devant, à une portée de flèche, une langue de terre se dessinait, posée sur le plan d'eau et se fondant dans le brouillard. Il toussa, sentant jusqu'au fond de sa gorge l'odeur métallique et suffocante de la brume, puis fit un pas en avant et sentit la vase sous ses pieds, l'eau glacée sur ses jambes. Il sourit en voyant sa robe bleue flotter autour de lui, de façon plutôt ridicule… Lliane ne s'était pas arrêtée. Elle glissait, entre les nénuphars en fleur, les lunes d'eau et les roseaux, déjà à mi-chemin de l'île. Il se secoua, arracha péniblement son pied au limon, mais il s'enlisa de nouveau dès la première foulée, peinant à chaque pas, et il la vit s'éloigner, le cœur peu à peu étreint par une sourde appréhension. Lliane, maintenant, était immergée jusqu'à la taille mais elle avançait toujours, et ses cheveux ondulaient sur ses épaules bleutées, lentement, lentement. Elle atteignit la berge de l'île, s'arrêta un instant à côté d'un saule dont les feuilles d'un vert presque jaune tombaient en cascade jusqu'à la surface du lac, caressa les longues tiges et repartit, sans plus se soucier de l'homme-enfant, lamentable dans sa vase, oppressé, muet d'angoisse. À travers la brume, le soleil faisait luire l'eau qui ruisselait sur les reins de Lliane, ses fesses, ses longues jambes, et toujours le lent balancement de ses cheveux au rythme de son pas tranquille… Myrddin vit le regard de Morgane, sa petite main qui s'agitait dans un soubresaut.

— Attendez-moi !

Le saule, à présent, semblait s'animer, étirer ses longues branches pour former un rideau le long de la rive. Et les autres arbres, eux aussi, prenaient vie, comme dans un cauchemar. Il fit un effort désespéré pour s'arracher à la boue et tomba en avant, la tête la première, dans l'eau noire du lac.

Quand il en émergea, toussant et crachant, Myrddin crut tout d'abord les avoir perdues, et il poussa un cri étranglé.

— Lliane !

— *Qu'est-ce que tu dis ?*

La voix d'Uter, lointaine… Il ne fallait pas se laisser distraire, elles étaient là, en haut d'un tertre, à côté d'un arbre.

— *Merlin, qu'est-ce que tu as dit ?*

Un arbre plus haut que les autres… Un tronc noueux, tordu, couronné par un bouquet de branches chargé de feuilles et de fruits.

— *Vous avez entendu, vous autres ?*

L'homme-enfant sentit qu'on le tirait en arrière. Des mains puissantes s'étaient accrochées à lui, et il se débattit pour leur échapper.

— C'est là, Myrddin… Tu vois, il n'y a plus rien à craindre. Regarde…

Lliane tendit la main et cueillit un fruit rouge et brillant. L'arbre était un pommier. L'arbre de la connaissance… C'était Avalon, l'île du pommier. L'Emain Ablach de la vieille tradition. L'île des fées que nul n'atteignait jamais. L'île des dieux… Et Lliane souriait.

— Attends-moi !

Il tenta une nouvelle fois de se jeter en avant, mais les mains qui l'enserraient l'immobilisèrent comme une ancre, et il ne parvint qu'à s'étaler de tout son long, dans l'herbe drue de la colline.

— Lliane ! Lliane !

— Par le sang, Merlin, de quoi parles-tu ?

Le jeune druide ouvrit des yeux terrifiés. Le visage d'Uter, tanné par le soleil et barré de la longue cicatrice qui lui traversait la joue, était tout proche du sien, ses cheveux bruns nattés lui battant les tempes. Ses poings puissants étaient agrippés à sa robe et le secouaient. Merlin s'arracha de leur étreinte, roula sur le sol et regarda autour de lui. Il croisa le regard inquiet d'Ulfin, celui renfrogné de Bran. Et autour d'eux la lente ondulation des hautes herbes, à perte de vue, jusqu'à la masse sombre de la forêt.

Uter l'empoigna à nouveau et le releva sans ménagement.

— Tu m'entends, au moins ?

L'homme-enfant leva la main, hocha la tête, et Uter le relâcha. Il voulut faire un pas, mais ses jambes le trahirent et il s'effondra.

— Qu'est-ce qui lui prend, foutre !

Ulfin le regardait avec un mélange de crainte et de dégoût, le corps en recul, la main sur la poignée de son épée.

— Il a eu une vision, ou quelque chose, grogna Bran de sa voix caverneuse. J'ai déjà vu ça, sous la Montagne…

Uter se tourna vers le nain et poussa un long soupir.

— Donne-moi de l'eau…

Bran planta sa lourde hache dans le sol, se contorsionna pour se dégager de l'outre qu'il avait en sautoir et la tendit au chevalier, qui sourit malgré lui. Le nain, tout seigneur qu'il était, héritier du trône de Troïn et peut-être le dernier prince vivant de toute la nation naine, était chargé comme un baudet. À lui seul, il portait toutes leurs provisions, ainsi que le casque, les canons de fer, la cuirasse et les gantelets d'Ulfin, et toute cette charge lui pesait comme une guigne.

Le jeune chevalier s'agenouilla aux côtés de Merlin et lui souleva la tête avec précaution pour le faire boire. Ce n'était qu'un fétu dans sa main, léger comme une brindille, si jeune malgré ses cheveux blancs, si fragile en apparence quand il fermait les yeux.

— Tu l'as vue, c'est ça ? dit-il doucement.

Merlin acquiesça d'un signe de tête. Uter vit une larme perler au coin de son œil et glisser le long de sa joue. Le menton du druide se plissa, et il fondit brusquement en pleurs, tout le corps secoué par les sanglots. Uter se tourna vers ses compagnons, en vain. L'un et l'autre regardaient leurs pieds en se dandinant, aussi gênés que des bacheliers devant une ribaude. Lui-même s'efforça de prononcer quelque parole de réconfort, mais aucune ne vint car il ne comprenait pas la raison de ce soudain accès de chagrin.

— Dis-moi ce que tu as vu, dit-il à l'oreille de Merlin.

L'homme-enfant se redressa d'un mouvement brusque, s'arrachant aux bras d'Uter, puis sécha furtivement ses larmes du revers de la main. Il resta un instant encore assis dans l'herbe, ferma les yeux comme pour retrouver la trace de Lliane, puis il renonça en un soupir et se releva, arborant aussitôt son expression habituelle, agaçante, d'ironie mêlée d'insouciance.

Mais le regard d'Uter était dur, et ses poings se nouaient à nouveau, toute trace de compassion envolée.

— Je t'ai posé une question, grogna-t-il avec un regard hargneux.

— Oui, je l'ai vue, dit Merlin en se tournant vers l'immensité de Brocéliande. Je les ai vues toutes les deux, là-bas, Lliane et Morgane…

Il jeta un coup d'œil en coin vers Uter.

— … Ta fille, tu sais ?

Le chevalier se relevait lentement, rebouchant l'outre, et il la lança vers Bran sans même le regarder.

— Et dire que j'ai cru un moment que c'est moi qui les guidais, murmura Merlin pour lui-même.

— Qu'est-ce qui s'est passé, Merlin ?

Un bref instant, l'homme-enfant quitta son expression indifférente.

— Elles sont seules, Uter. Je croyais qu'elles auraient besoin de toi…

— Mais bien sûr qu'elles ont besoin de moi ! cria Uter. Comment veux-tu qu'elles s'en sortent, dans la forêt ?

— Ne sois pas ridicule, ce sont des elfes ! Et puis elles ne sont plus dans la forêt, murmura Merlin. Je ne sais même pas si elles sont encore dans notre monde.

Uter pâlit affreusement.

— Tu veux dire qu'elles sont mortes ?

Merlin aurait pu rire, si le jeune homme n'avait pas eu l'air aussi terriblement désespéré.

— Tu sais si peu de chose, chevalier… Il n'y a pas que la vie ou la mort. Tu ne fais jamais de rêves ?

— Si, bien sûr…

— Alors… De quoi sont faits les rêves, d'après toi ? Ce n'est pas la vraie vie, et ce n'est certainement pas la mort…

Uter se tourna vers ses compagnons, mais Ulfin contemplait toujours ses chausses, et Bran s'harnachait en bougonnant. Uter secoua la tête.

— Je ne sais même pas de quoi tu parles, Merlin…

L'homme-enfant sourit et joignit ses mains, cherchant des mots simples pour lui faire comprendre.

— Les rêves, Uter, nous font entrevoir l'autre monde, celui des dieux. Le monde de la brume, inaccessible aux êtres vivants et en même temps bien réel, bien présent.

— Alors, elles sont mortes !

— Non, bien sûr que non !

Il soupira, chercha l'inspiration dans le spectacle de la vaste forêt.

— Elles sont bénies des dieux, si tu veux…

— Je ne comprends pas, dit Uter en secouant la tête.

— Je sais.

Ils laissèrent le silence retomber entre eux. Merlin contempla le pays d'Éliande, la dernière grande forêt des elfes, hors du temps, loin des hommes, encore. Mais quoi de plus fragile qu'une forêt ? Quoi de plus fragile qu'un arbre ? Des chênes plusieurs fois centenaires, larges de plusieurs toises, s'effondraient sous la scie des bûcherons, pour rien, pour construire des maisons ou pour en faire du bois de chauffage. Les arbres se coupent, les arbres se brûlent, les arbres meurent et ne laissent rien… Tel était le destin des elfes.

— Je crois, dit-il, que c'est nous qui aurons bientôt besoin d'elles.

IX

À la lisière de Brocéliande

Il était à peu près impossible de dormir tant Bran ronflait fort. Mais la nuit était douce, avec un vent léger qui berçait la ramure des grands peupliers bordant la forêt. Uter ne se sentait pas fatigué. Il se leva sans bruit, ramassa la ceinture lestée de sa lourde épée, la jeta en travers de son épaule puis s'éloigna du campement. Très vite, le rougeoiement de leur feu de camp ne suffit plus à guider ses pas. Il dégaina son arme et, à grands coups de lame, défricha les taillis sur son passage. Au-delà de ces arbustes et de ces ronces, au-delà des fougères et des vallons d'orties commençait le pays d'Éliande, l'insondable forteresse forestière des elfes, et là, quelque part, l'attendait Lliane.

Il n'avait cessé de penser, tout au long de leur morne journée de marche, à la vision de Merlin et à ses paroles obscures. Comment pouvait-elle vivre dans un monde qui n'était ni celui des morts ni celui des vivants ? Maudits soient les druides, les moines et tous les devins, avec leurs airs supérieurs et leurs mystères d'initiés ! Il avait beau tourner et retourner dans sa tête chacune de ses phrases, cela n'avait aucun sens. Peut-être après tout n'était-ce que du vent, une manière de se donner de l'importance...

Sa lame heurta plus fort qu'il ne l'aurait voulu le tronc gris d'un bouleau, et le choc faillit lui arracher son épée. Le bras engourdi, il s'adossa à l'arbre, puis se laissa glisser et s'accroupit, appuyant son front sur le pommeau de fer, rond comme un fruit. Ce n'était pas encore l'anéantissement du sommeil, mais cette courte marche dans les bois avait fait peser sur ses épaules le poids de la journée. Il ferma les yeux, songeant à cette petite fille qu'il n'avait jamais vue. Morgane...

— On ne l'entend plus. Il a dû s'arrêter...

Merlin ne put s'empêcher de sursauter. Il avait suivi Uter du regard aussi longtemps que possible, mais même ses yeux d'elfe ne pouvaient percer la masse obscure de la forêt. Et, tandis qu'il hésitait entre tenter de se rendormir et aller à sa rencontre, la voix d'Ulfin l'avait surpris.

— Toi non plus, tu ne dors pas ? dit-il platement.

— Comment dormir, avec ce bourrin ! grogna le chevalier en allongeant un coup de pied à la forme étendue près de lui.

Le nain grommela dans son sommeil, renifla bruyamment et se remit à ronfler encore plus fort.

— Ça fait des jours et des semaines que je le supporte, mais je n'arrive toujours pas à m'y habituer...

Ulfin se redressa, ébouriffa ses longs cheveux blonds dont il avait défait les tresses pour la nuit, puis fourragea furieusement dans sa barbe. Les poux, sans doute, songea Merlin. Le chevalier se pencha, ramassa une gourde de peau et en but une longue rasade.

— Tu en veux ?

Merlin fit non de la tête. Il soupira, puis se tourna vers le chevalier, qui l'observait d'un air pensif.

— Tu veux me parler d'Uter, dit-il.

Ce n'était pas une question, mais un constat. Tout au long du chemin, Merlin avait eu l'impression que le chevalier cherchait une occasion de l'aborder. Autant en finir…

Ulfin renonça à biaiser. Il y avait chez cet enfant aux cheveux blancs une perception des choses et des gens qui dépassait l'entendement. Mais, à trente ans passés, Ulfin en avait déjà trop vu pour se poser ce genre de question.

— Ce matin, dit-il. Tu as parlé d'une fille… D'une fille qu'il aurait eue avec la reine Lliane… C'est vrai ?

— Oui… C'est pour ça que je suis venu vous chercher.

— Eh ben…

Merlin sourit puis, à son tour, chercha ses mots.

— Moi aussi, j'ai une question, messire Ulfin. Peut-être ai-je mal compris, mais il m'a semblé que tu avais parlé d'Uter et de la reine Ygraine…

— Oh, ça ! fit Ulfin avec un hoquet de rire vite tari.

Il s'assit plus confortablement, et son regard se perdit dans le vague.

— C'était plus un sujet de moquerie qu'autre chose… Au début, en tout cas… Le vieux Pellehun ne la touchait presque jamais, tu sais ? Elle était toujours toute seule, avec son chapelain et toute une nuée de laiderons comme dames de compagnie, ça faisait pitié. Quand Uter est arrivé à Loth – il devait avoir quatorze, quinze ans, pas plus. Ton âge, à peu près…

Il jeta un regard interrogatif à Merlin, mais celui-ci secoua la tête négativement, avec un sourire amusé.

— À peu près…

— Bref, ils avaient le même âge, tous les deux. Deux jouvenceaux. Ils se donnaient tellement de mal pour ne pas se regarder que c'était devenu un jeu, chez nous, que d'envoyer Uter chaque fois que l'un des preux devait escorter la reine. Au fond, c'est peut-être notre faute s'ils s'aiment…

— Ainsi, ils s'aiment…

Le ton de Merlin alerta le preux, qui s'empressa de préciser.

— Attention, il ne s'est jamais rien passé entre eux ! Enfin, je n'en sais rien… Mais…

— Mais ils s'aiment. Ainsi, c'est lui… *Kariad daou rouaned*, l'Aimé-des-deux-reines dont parlait la prophétie. J'aurais pu le deviner…

Ulfin aurait voulu répondre, dissiper dans l'esprit de l'homme-enfant l'impression qu'il s'était faite de ce qui, après tout, n'était peut-être qu'un jeu innocent (ce dont il n'était plus si sûr lui-même), mais un cri, dans la forêt, les fit tous deux bondir sur leurs pieds, dans un bel ensemble. Un regard, et ils s'élancèrent vers la forêt.

Uter, l'épée à la main, leur tournait le dos. Il fit volte-face au bruit de leur cavalcade et ne les reconnut qu'au dernier moment, déjà prêt à frapper.

— Que s'est-il passé ? dit Ulfin.

— Des elfes !

Merlin aussitôt scruta les profondeurs insondables de la forêt. Ce que ni Uter ni Ulfin ne pouvaient distinguer dans le noir, il le vit, lui. Des silhouettes apeurées, tapies au pied des arbres. Ce n'étaient pas des guerriers, à en juger par leur attitude.

— *Hlystan, deore aelf ! Hlystan gehwylc ! Beon Myrddin, feran leas sorg !*

Aux paroles de Merlin, les taches pâles de leurs visages émergèrent des fourrés.

— Tu les vois ? dit Ulfin, qui avait lui aussi sorti son épée du fourreau. Qu'est-ce que tu leur as dit ?

Une voix aiguë, au loin, répondit au cri de l'homme-enfant.

— *Fyrdgeatwe wiga !*

— Ils ont vu vos armes, murmura Merlin. Restez ici.

Sans attendre leur réponse, il s'enfonça dans le bois et disparut presque tout de suite de la vue des deux chevaliers qui, instinctivement, se rapprochèrent l'un de l'autre. Ils l'entendirent prononcer d'un ton calme des paroles qu'ils ne comprenaient pas, et sursautèrent quand un vacarme de piaillements aigus lui répondit. L'instant suivant, des dizaines et des dizaines d'elfes surgirent de partout, comme si chaque arbre en vomissait une troupe. Merlin avait raison : ce n'étaient pas des guerriers, même si quelques-uns étaient armés d'arcs. Il y avait là des enfants de tous âges, des femmes et des vieillards, toute une population qui avait quitté le cœur de Brocéliande pour s'établir à la lisière de la forêt sacrée. Uter et Ulfin furent bientôt entourés d'elfes bavards comme des pies (ce qui les changeait de l'habituel mutisme des nains), d'enfants qui leur prenaient la main en souriant, de leurs mères aux regards inquiets et de mille silhouettes mouvantes, aussi pâles et insaisissables que des fantômes. Et sans cesse revenait à leurs oreilles un mot qu'ils connaissaient : *Aelfwine*, « Ami des elfes », le titre qu'ils portaient l'un et l'autre à l'époque où ils faisaient partie des douze preux de Pellehun. Uter avait remis l'épée au fourreau et saisi une fillette, qu'il avait hissée sur son épaule, et tous les autres le tiraient par la manche en riant pour qu'il les prenne aussi. De jeunes elfes très belles caressaient innocemment les longs cheveux blonds et la barbe d'Ulfin. Nombre d'entre elles n'avaient jamais quitté la forêt, et cette blondeur semblait les fasciner, pour le plus grand plaisir du chevalier, qui n'avait pas à proprement parler l'habitude de susciter un tel intérêt. En dehors des lices, s'entend.

Mais il y eut un cri, une bousculade, et tout à coup une confusion extrême autour d'eux. Ulfin se retrouva seul en l'espace de quelques secondes, tournant la tête en tous sens, les bras tendus devant lui comme un aveugle, tandis qu'à l'écart de vieux elfes montraient avec horreur sa cotte d'armes rouge frappée des runes de la Montagne. Les couleurs du roi Baldwin… Au même moment surgit Bran, aussi effrayant qu'un démon hurlant sorti des entrailles de la terre, avec sa hache brandie et, dans le regard, la lueur meurtrière d'un taureau enragé.

La petite elfe juchée sur l'épaule d'Uter poussa un vagissement qui vrilla l'oreille du chevalier, et se serait jetée à terre s'il ne l'avait retenue. Tout autour d'eux, les elfes, en proie à une panique venue du plus profond des âges, s'égaillaient dans les fourrés, et ils furent à nouveau seuls. Bran, encore plus ébouriffé qu'à l'ordinaire, contempla avec un sourire satisfait le vide soudain provoqué par son apparition, puis laissa retomber à terre le fer de sa hache.

— Eh bien ! dit-il d'une voix à faire chuter les feuilles. On dirait que je vous ai sortis d'un sacré pétrin !

Il se mit à rire, mais un sifflement coupa net son hilarité. Un sifflement, et le choc mat d'une flèche qui venait de se ficher dans son haubert de cuir. Suivie d'une autre, qui lui transperça la jambe. Le nain se laissa tomber sur les fesses, sans un cri, disparaissant du même coup à l'abri des fourrés. Puis il y eut le hurlement de douleur et de rage d'Ulfin, atteint lui aussi par un trait, et qui se mit à les agonir d'injures en battant l'air de sa grande épée, jusqu'à ce qu'une volée de dards réduisent ses cris à un gémissement sourd.

Uter s'était jeté à terre, serrant la petite fille contre lui. Les elfes étaient toujours là, invisibles, et jetaient de temps à autre de sinistres cris d'oiseau de nuit en l'encerclant inexorablement. Il les sentait tout proches, les entendait glisser dans les fourrés ou ramper dans l'herbe. Sans doute devaient-ils hésiter à l'affronter au corps à corps et répugner à le larder de flèches, à cause de l'enfant.

— Écoutez-moi ! cria-t-il dans la nuit. Nous ne sommes pas vos ennemis ! Nous sommes des amis des elfes ! *Aelfwine ! Aelfwine !*

La petite fille se débattait dans ses bras, le rouait de coups de pied et de griffures, avec la fureur d'un chat sauvage. Les elfes, tout autour, continuaient à se rapprocher. Bruissements de feuilles, sifflements brefs. Des mouvements d'ombres, sans même faire craquer une branche… Soudain, la petite elfe cessa de se débattre. Avec une facilité déconcertante, elle se retourna dans ses bras et lui fit face. Elle avait des yeux verts très clairs, presque jaunes, un regard intense. Ses lèvres ne remuaient pas, mais pourtant il l'entendait parler distinctement. Et il répéta, d'abord à voix basse puis de plus en plus fort, ce qu'elle lui disait, émerveillé lui-même de comprendre chacun des mots qu'il prononçait.

— *Haegl mid ar dyre gebedda aelf aetheling !*

« Saluez avec respect le cher amant de la reine des elfes ! »

— *Ne yr wundian hine !*

« Que vos arcs ne le blessent pas ! »

— *Nethan for hine seon mid triwa aelfwine !*

« Avancez sans peur devant lui et regardez avec confiance l'ami des elfes ! »

Elle ferma les yeux, et son petit corps se relâcha dans ses bras. Un instant, Uter craignit qu'elle ne fût morte, mais elle recommença à s'agiter faiblement, avec de petits jappements aigus. De nouveau, il ne comprenait pas ce qu'elle disait. Ni ce que disaient les elfes saisis d'effroi qui s'inclinaient devant lui.

Uter, à cet instant, avait des yeux terribles. Un regard effrayant, perdu, et une respiration hachée, sous le flot des émotions contradictoires qui le traversaient. La peur, qui tardait à l'abandonner, la fureur et l'angoisse, mais aussi un sentiment de triomphe, une bouffée enivrante de puissance et de gloire. Et la voix de Lliane qui résonnait encore dans son cœur. Il releva le visage de la petite elfe à demi inconsciente, mais son regard s'était voilé et avait perdu l'éclat des yeux de la reine. Car c'était Lliane qui avait parlé par sa bouche. C'était plus qu'une certitude pour lui.

Une vieille elfe lui toucha le bras. Il lui tendit la petite fille et se fraya doucement un chemin dans cette foule de fantômes honteux, qui le frôlaient de la main au passage, comme une sorte de salut.

— Merlin ! Merlin, par le sang, où es-tu ?

— Ici ! Marche droit devant toi !

L'homme-enfant était agenouillé à côté d'Ulfin, et il faillit leur buter dessus, dans le noir.

— Ça ira, dit Merlin, devançant sa question. Ce ne sont que des flèches de chasse, et la plupart sont restées coincées dans sa cotte de mailles…

Uter avança la main à tâtons et sentit le sang qui poissait la barbe de son ami.

— Il a une flèche dans la joue, et peut-être une ou deux dents cassées… Ce n'est rien.

Ulfin, dans ses bras, émit une sorte de gargouillement de protestation auquel l'homme-enfant ne prêta aucune attention.

— Merlin, dit Uter à voix basse. Elle m'a parlé…

— Je sais, *Kariad*. Mais va voir le nain, avant qu'ils ne l'égorgent.

Agenouillés l'un à côté de l'autre dans le clotet [1] de la reine, face à une statue de la Vierge, légèrement éclairée par une fenêtre haute garnie d'une rosace de maçonnerie, ils priaient. La chambre de parement de la reine, qui précédait sa chambre privée, était fraîche et embaumait, grâce aux pétales de rose qu'on jetait sur le sol chaque matin. Elle était fraîche, mais l'évêque Bedwin était nimbé de sueur. Ygraine n'aurait osé formuler cette pensée si peu chrétienne, surtout concernant un homme de Dieu, mais il puait. L'odeur de sa sueur était âcre comme du vin aigre, et il faisait en respirant un bruit de forge avec son nez, aussi essoufflé pour la prière que s'il venait de couvrir dix lieues. La reine réprima un sourire et tenta de se concentrer sur son *Ave Maria*. Mais elle en avait déjà dit un chapelet entier, et il lui venait le

1. Lieu réservé à la prière, habituellement séparé du reste de la pièce par une tapisserie.

sentiment déconcertant que Bedwin, le front appuyé sur ses mains jointes, les yeux clos et les coudes bien calés sur le prie-Dieu, était simplement en train de cuver son vin. Alors, elle fit un rapide signe de croix et se leva, faisant à dessein grincer l'agenouilloir sur les dalles de pierre et claquer la lourde tenture qui bordait le clotet.

S'il dormait, l'évêque avait le sommeil profond, ou bien une longue pratique lui avait appris à ne pas s'éveiller en sursaut en pareille circonstance. Il bougea imperceptiblement, ouvrit les yeux une demi-seconde, puis continua à prier encore de longues minutes, tandis que la jeune reine, désorientée, se tenait en retrait, ne sachant que faire, n'osant pas même bouger de peur de le déranger.

Enfin, il se signa, la tête baissée avec humilité, et se leva lourdement, en poussant un grand soupir. Bedwin s'était débarrassé dès son arrivée à Loth des insignes de sa charge, étole, chasuble, mitre et crosse, et portait un bliaud, longue robe à l'encolure large, qui lui donnait davantage l'air d'un grand seigneur que celui d'un ecclésiastique, mais qui, par cette chaleur, lui permettait au moins de respirer. Passant une main potelée dans ses cheveux bruns légèrement ondulés et entretenus avec soin, tout comme sa barbe taillée en pointe pour cacher l'épaisseur de son double menton, il se tourna vers Ygraine, lui sourit et, évitant son regard interrogateur, sortit du clotet et se rapprocha d'une fenêtre, s'abîmant en apparence dans la contemplation de la campagne. Puis il s'en arracha comme à contrecœur et alla s'asseoir sur un banc recouvert de l'une de ces tapisseries rembourrées que l'on nommait banquiers. La regardant enfin droit dans les yeux, il invita d'un geste Ygraine à venir près de lui.

— Ma fille, commença-t-il en lui prenant la main, je connais ta dévotion, et tout le bien que tu fais à notre mère l'Église. Et pourtant tu vis dans le péché…

Ygraine protesta, mais il l'interrompit d'une pression plus forte sur la main.

— Je sais… Le duc t'a forcée, autant par esprit de luxure que par goût du pouvoir. Et que pouvais-tu faire, hein ? Bien sûr, une sainte se serait donné la mort, mais nous ne sommes pas des saints, n'est-ce pas ?

Ygraine ne put répondre, la gorge nouée et les yeux déjà brillants de larmes.

— La vraie foi mène un combat grandiose, poursuivit l'évêque. Un combat qui dépasse largement le cours de nos misérables existences. Cette épreuve que le Ciel t'envoie, peut-être est-ce un bien, après tout… Qui sommes-nous pour juger de la volonté de Dieu ? *Domini viae impenetrabiles sunt* [1]… Chacun de nous doit servir le Seigneur à sa manière, pour que la parole de Dieu s'étende sur le cœur des hommes… Tu comprends ce que je dis ?

Il se tourna vers la jeune reine et fut frappé par l'expression de son visage. Les larmes de ses yeux n'étaient pas de la faiblesse mais de la rage. Un dégoût de soi, un sentiment d'horreur qui la secouait de frissons, empourprait ses joues et faisait trembler ses lèvres.

— Je hais cet homme, murmura-t-elle d'une voix blanche. Je hais ce château, je hais cette couronne et tout ce qu'elle représente… Vous croyez que je n'ai pas voulu mourir ? Sans frère Blaise, je serais déjà morte depuis longtemps, bien avant que le sire Gorlois n'ait

1. Les voies du Seigneur sont impénétrables.

osé poser ses mains sur moi. Bien avant que le roi n'ait été tué. Je serais morte depuis des siècles !

Elle arracha sa main de celles de l'évêque, se leva brusquement et gagna l'autre bout de la pièce, où elle découvrit le rideau de cuir masquant une fenêtre carrée.

— Si c'est ma vie que vous voulez, donnez-moi l'absolution, et je me jetterai dans le vide avec joie !

— Non, non !

Bedwin eut un geste apaisant, mais ses yeux trahissaient son angoisse.

— Reviens t'asseoir près de moi, dit-il. Tu n'es qu'une enfant, tu ne comprends pas ce que le Seigneur attend de toi. C'est normal… C'est pour ça que je suis là. Laisse-moi t'expliquer…

Ygraine resta immobile, la main crispée sur le cuir épais, tout le corps secoué de spasmes convulsifs, grelottante malgré la chaleur du jour. L'évêque était assez porté sur les femmes, et alors qu'un rayon de soleil, par la fenêtre découverte, soulignait la finesse de son cou, la blancheur de sa peau jusqu'au sombre décolleté de sa robe de samit [1] bleue rehaussée de fils d'argent, ainsi que l'étroitesse de sa taille et l'évasement de ses hanches, il la trouva désirable.

— L'abbé Illtud a parlé au duc, dit-il, chassant de son esprit cette pensée gênante. Ce n'est certes pas le mari dont tu pouvais rêver, mais il peut faire un roi, et il a promis de s'engager dans la foi chrétienne. Tu dois l'épouser, je t'en adjure, pour que la vraie religion sauve cette terre de larmes. Voilà comment tu serviras Dieu.

Le nom du saint homme avait ramené une lueur d'espoir dans les yeux d'Ygraine. Ainsi, frère Blaise,

1. Lourde étoffe de soie et de fil.

son confesseur, avait tenu parole et plaidé sa cause auprès de la plus haute autorité morale du royaume. Peut-être n'était-elle plus aussi seule…

— D'ailleurs, regarde…

L'évêque frappa dans ses mains (et ce claquement soudain fit sursauter la jeune femme). Aussitôt, un clerc entra, tenant en main un écu avec autant de respect que s'il s'était agi d'une sainte relique.

Jamais encore Ygraine n'avait vu de telles armoiries, aussi simples, aussi belles. *D'argent à croix latine de gueules*.

— Voici les nouvelles armes du royaume, s'il te plaît, dit Bedwin en se rengorgeant. La croix en l'honneur de Notre Sauveur Jésus-Christ, rouge, symbole de victoire, sur fond blanc, couleur de pureté et de droiture. Quel étendard pourrait mieux défendre la gloire de Dieu ?

Il congédia le prêtre d'un hochement de tête et attendit que la porte se fût refermée pour poursuivre :

— C'est sous cette croix que je célébrerai votre mariage, afin que nul n'ignore que le duc a renoncé aux cultes païens. Ainsi, votre péché sera effacé, et je te donnerai l'absolution, non pas pour que tu meures, mais pour que tu vives comme la plus grande reine chrétienne que les Terres de Logres aient connue. Tu seras bénie entre toutes les femmes, *benedicta eris inter omnes mulieres*. Tu lui donneras un fils, pour la plus grande gloire de Dieu, et puis, si tel est ton souhait, tu pourras te retirer du siècle. L'abbé t'accueillera bien dans un couvent.

Bedwin s'était approché d'elle tout en parlant. Elle leva vers lui ses yeux brouillés par les larmes puis s'agenouilla pour baiser son anneau sacerdotal. Elle tremblait encore, si jeune et si désespérée, accrochée à sa main comme si elle se noyait.

— Je suis la très humble et très obéissante servante du Seigneur, murmura-t-elle.

— Laissez-moi seul.

Gorlois, drapé de son manteau, n'accorda pas un regard aux geôliers crasseux que ses chevaliers chassaient comme de la vermine, à coups de gantelet de fer. Les murs du poste de garde, situés sous le niveau des douves, suintaient d'humidité, et la paille qui recouvrait le sol de terre battue dégageait une odeur âcre de moisissure. Même les flambeaux disposés dans des torchères grésillaient, tant le bois était mouillé. Un nuage de fumée bleutée stagnait à mi-hauteur, s'évacuant mal par les maigres trous d'aération disposés dans le plafond. Mais au moins les geôliers avaient-ils un peu de lumière…

Il enfila ses gants et saisit une torche, puis, d'un geste, fit signe à l'un de ses preux corsetés de fer de lui ouvrir la porte du cul-de-basse-fosse. Aussitôt, une vague pestilentielle bien pire que la puanteur de la salle de garde le fit reculer. Une odeur d'abandon, de souille, de porcherie, méphitique, inhumaine, faite d'excréments, de pourriture et de peur. Les hommes entassés là, dans le noir et l'humidité, n'y restaient jamais longtemps. Soit parce qu'ils succombaient en quelques jours, battus, dépouillés de leurs vêtements par de plus rudes, privés de nourriture, violés, parfois, pour les plus jeunes, soit parce que la justice du roi les faisait promptement exécuter. Ceux dont la famille était assez fortunée pouvaient payer pour leurs méfaits en argent sonnant et trébuchant, selon la loi du Wergeld : nul crime n'avait un prix qui ne se négociât auprès de la victime ou de ses proches. En ces temps lointains, il n'y avait pas de place pour les demi-mesures, et la prison n'était qu'un lieu de passage, vers la potence ou la liberté. Comme personne n'y était longtemps enfermé, nul ne se souciait de donner aux cachots un semblant de confort. Même les plus endurcis, au bout de quelques jours dans cette immondice, accueillaient la mort comme une délivrance.

Avant que son œil n'ait pu s'habituer à l'obscurité, une forme humaine jaillit vers lui du côté borgne, surgissant dans le halo tremblotant jeté par son flambeau. Gorlois ne le vit qu'au dernier moment, le temps de se baisser à moitié pour amortir le choc. L'homme se reçut sur la spallière de fer recouvrant son épaule, invisible sous le manteau, et qui lui meurtrit les côtes en vidant tout l'air de ses poumons. Sous le choc, le sénéchal-duc roula à terre et lâcha la torche, qui se mit à crachoter dans la fange. D'un seul coup, des grognements de bête tout autour de lui, des mains dégoûtantes et griffues le happant par le col, des pieds nus frappant sa cotte de mailles.

— À moi, la Guilde ! hurla-t-il, submergé par ces démons.

Il y eut une seconde de flottement, comme une hésitation, assez pour qu'il s'arrache de leurs mains et reprenne pied. Il dégaina sa dague, un large tranchoir conique affûté des deux côtés, mais les prisonniers, à présent, semblaient se battre entre eux. Ou plutôt, deux gaillards à peu près vêtus, massifs comme des chênes, distribuaient taloches et horions pour faire le vide sur leur chemin. L'un d'eux ramassa la torche, la promena d'un grand geste circulaire, éclairant fugacement les visages terrifiés et les corps prostrés de leurs compagnons de geôle avant de la brandir au-dessus de sa tête, révélant aux yeux de Gorlois sa trogne de brute à demi mangée par de longs cheveux clairs et une barbe broussailleuse.

À cet instant, les chevaliers de son escorte firent irruption dans le cachot, dans un bruit de ferraille assourdissant.

— Laissez-moi, je vous dis !

— Mais, seigneur…

Un simple regard, et les chevaliers sortirent, penauds, ce qui arracha un sourire de mépris aux deux rustauds.

Sans un mot, le duc tendit sa dextre, où brillait une bague en or frappée d'un dessin très simple, un arbre à trois branches levées vers le ciel. La rune de Beorn. Le signe de la Guilde, la toute-puissante confrérie des voleurs et des assassins. Le colosse, aussitôt, mit un genou en terre et présenta son poing. On y devinait une bague similaire, mais en cuivre – le rang le plus bas.

— Il y en a d'autres ? demanda Gorlois.

— Non, seigneur. Je suis le seul…

Gorlois lui fit signe de se relever, le cou encore frémissant et le corps échauffé par ce qui venait d'arriver.

— Et lui ? fit-il en désignant le second compère, presque aussi massif que l'homme à la bague.

— Lui, il est avec moi, seigneur.

Gorlois hocha la tête et fit signe au prisonnier de s'approcher. Il lui prit les mains, l'une après l'autre : pas de bague. Il les laissa retomber puis, l'instant d'après, planta sa dague droit dans le cœur de l'homme, avec un « han ! » de cogneur, s'éclaboussant le visage et le pourpoint d'un jet de sang brûlant. Une seconde d'intérêt, le temps de voir ses yeux devenir vitreux, et il arracha l'arme sans plus se soucier de sa victime.

— Toi seul, dit-il. Viens avec moi.

Au-dehors, les regards stupéfaits des chevaliers glissèrent sur son visage et ses vêtements ensanglantés, puis se fixèrent sur le géant qui sortait sur ses talons, clignant les yeux dans la lumière pourtant indigente de la salle de garde.

Gorlois s'essuya le visage, le torse et les mains à l'aide de son manteau, puis le dégrafa et le jeta à l'intérieur de la cellule.

— Refermez, dit-il.

Les poings sur les hanches, il s'écarta de un ou deux pas et contempla avec un sourire ironique le colosse en loques, couvert d'immondices, la barbe grouillant de vermine et ses cheveux blonds maculés de glaise.

— Emmenez-le aux étuves, habillez-le et amenez-le-moi ce tantôt, quand il aura figure humaine.

L'homme releva les yeux furtivement, jeta un regard rapide vers la volée de marches en colimaçon menant aux étages supérieurs, baissa la tête à nouveau.

— Je vois que tu es raisonnable, dit Gorlois. Ton nom ?

— Oswulf, seigneur.

— Un Barbare… J'aurais dû m'en douter. Voleur ou assassin ?

À nouveau, le colosse lança un bref regard inquiet vers son sauveur.

— Seigneur, je…

— Voleur ou assassin ? Réponds !

— Voleur…

Gorlois se tourna vers les chevaliers de son escorte, avec un geste badin.

— Eh bien, il faudra s'en contenter, n'est-ce pas ? Emmenez-le.

Sur un signe de tête, les preux poussèrent le Barbare en avant et disparurent bientôt dans l'escalier de pierre. Gorlois resta immobile un moment, écoutant leurs pas décroître, puis enfin il ferma les yeux et pressa les poings sur ses côtes avec un gémissement de douleur qui résonna sous la haute voûte enfumée.

X

Le mariage

Depuis les remparts extérieurs jusqu'aux tours du donjon royal, et la moindre des bicoques des bas quartiers, Loth était pavoisée aux nouvelles couleurs de la maison royale, de longues oriflammes blanches marquées d'une croix rouge. Les plus riches avaient tendu des tapisseries sur leurs façades, les autres des draps, et toute cette étoffe jetait dans les rues des éclats lumineux, masquant en outre les traces de l'incendie qui avait ravagé la cité quelques mois plus tôt.

Aujourd'hui, c'était de l'histoire ancienne. Les rues débordaient de cris et de rires, et l'on aurait dit que toute la ville était soûle. Sur chaque place ou placitre, des taverniers avaient mis en perce des tonneaux de bière, d'hydromel ou de vin à un denier la pinte, autant dire rien, et sous le soleil tapant, dans ces ruelles étroites grouillantes de monde, il faisait soif. Loth, pourtant, avait bien changé. L'ancien siège du Grand Conseil, où se côtoyaient autrefois les peuples de toutes les races, était devenu une ville humaine. Oh, bien sûr, il y avait encore çà et là des groupes de gnomes, prévenus on ne sait comment de l'événement, qui proposaient aux badauds leur invraisemblable bric-à-brac, à même leurs charrettes à bras. On croisait aussi parfois quelque nain, employé aux lourdes tâches dans l'échoppe d'un marchand ou menant par la bride un poney à l'abreuvoir, mais ce n'étaient plus que des serfs. Des esclaves vêtus de loques, dépouillés des bijoux et des velours dont ils se paraient autrefois, avant la guerre, et la plupart des hommes détournaient le regard sur leur passage, comme si la vue d'un nain était devenue gênante. Et puis, surtout, il n'y avait aucun elfe dans toute cette foule.

Une chaleur de plomb s'était abattue sur la ville dès les premières heures du jour. Les grillages d'osier et les fenêtres de toile ou de papier huilé des maisons de torchis étaient tous relevés, les portes grandes ouvertes pour laisser entrer un peu d'air et, comme la plupart des hommes étaient sortis, c'étaient les femmes ou les serviteurs qui gardaient la maisonnée. Les commères s'apostrophaient d'un bout à l'autre des ruelles, ajoutant leurs cris aigus à la cacophonie générale, mais malheur à l'imprudent qui aurait tenté de profiter de l'aubaine pour se glisser dans leur tanière ! D'ailleurs, les tire-laine ne s'y trompaient pas et avaient bien assez à faire par ailleurs. Au-dehors, on pataugeait dans le ruisseau, on piétinait derrière un âne bâté, chargé de vivres, ou on butait dans la volaille, les chiens ou même les cochons, qui se goinfraient des ordures répandues sur le pavé, couvert pour l'occasion d'herbe et de joncs. Chaque loge ou chaque échoppe, reconnaissable à son enseigne peinte, suspendue parfois si bas qu'on s'y cognait la tête, était décorée du signe de la croix et débordait de marchandises. Boulangers, regrattiers, chandeliers proposant des bougies de suif ou de cire, porteurs d'eau fraîche, chiffonniers, armuriers, tous avaient étalé leurs trésors pour l'occasion… Les garçons des tavernes offraient une dégustation gratuite aux passants pour les rabattre vers une table encore libre. Des marchands de gaufres ou d'oublies, assaillis par la marmaille, vendaient leurs produits à la criée, à l'angle des rues, et faisaient tourner une roue pour tirer au sort le nombre de gâteaux que leur client emporterait. Les crieurs des étuves se frayaient un passage en jouant des coudes et s'égosillaient pour annoncer que l'eau était chaude, mais c'était peine perdue, car nombre de citadins s'étaient déjà baignés et avaient revêtu leurs plus beaux atours. Comparés aux ternes vêtements de tous les jours, c'était un chatoiement de couleurs, de voiles et d'étoffes précieuses, soie, samit ou brocart. Même les laines les plus grossières étaient teintes. Les jeunes hommes en chemise tombant jusqu'aux genoux portaient des chaperons découpés couvrant le cou et les épaules. Certains arboraient crânement des cottes de couleurs vives avec des manches à mitons, ouvertes au niveau du coude, et de riches ceintures brodées ou orfévrées, chargées d'une aumônière ou d'une bourse qui changerait assurément plusieurs fois de main avant la tombée du jour. Les femmes avaient tressé leurs cheveux en nattes ou en cadenettes, protégeant leur teint pâle par de larges chapeaux de paille, et plus d'une, jeune ou vieille, avait délacé les premiers nœuds de sa cotte hardie pour laisser entrevoir les rondeurs de son décolleté.

Le duc Gorlois avait vidé les prisons, afin que de justes châtiments vinssent çà et là amuser la foule. Un usurier avait été jeté, mains liées, dans les douves, à l'endroit où débouchait le confluent des eaux usées, et les badauds massés sur la rive s'esclaffaient de le voir se débattre et se noyer dans le flot immonde des égouts. D'autres avaient été liés au pilori, pour la plus grande joie des enfants qui les assaillaient de pierres ou de fruits pourris.

Sur le parvis de l'église, les moines et les clercs avaient monté une scène de théâtre et rejouaient inlassablement, suant à grosses gouttes sous leur masque de carton-pâte, les mystères tirés des Écritures. À un bout de la scène était figuré le paradis, avec Dieu et ses anges. Au milieu, les hommes, patauds à souhait, et à l'autre bout la gueule béante de l'enfer, vomissant flammes et démons, dans une cacophonie de trompes et de tambours.

Le château lui-même n'échappait pas à toute cette agitation.

Il y faisait plus frais que dans la ville basse, mais les couloirs étaient remplis de serviteurs affolés courant en tous sens, chargés de vêtements ou de pichets de vin, houspillés par les échansons, bousculés par les sergents aux cottes frappées des couleurs de leur maître. Les moines avaient sonné none [1] depuis belle lurette, et l'heure de la grand-messe approchait. Le sénéchal-duc avait ordonné à tous ses invités d'y assister, sans arme et en tenue de cérémonie, au nom de la reine Ygraine. On devait se former en cortège au premier son de cloche, traverser la ville basse dégagée par les gens d'armes du roi et rejoindre l'église, adossée aux remparts. La fièvre des derniers préparatifs mettait à vif les nerfs des barons les plus endurcis, et des rumeurs

1. Neuf heures du matin.

contradictoires sur l'ordre de préséance, dans le défilé, commençaient à échauffer les esprits.

Le duc Léo de Grand de Carmelide se sentait au-dessus de ce genre de contingence. Vêtu, malgré la chaleur, d'une cotte de mailles recouverte d'une cotte d'armes noire marquée du blason des Carmelide, *d'argent au lion rampant lampassé de sable* [1], il faisait les cent pas dans la grande salle, arborant ostensiblement sa longue épée au côté, malgré l'interdiction de Gorlois. En tant que frère aîné de la reine Ygraine, il mettait un point d'honneur à se démarquer de toute cette mascarade et jaugeait d'un œil méprisant les barons dégoulinants de soie, coiffés comme des dames et chaussés de poulaines, qui s'inclinaient avec respect sur son passage.

Jamais un frère et une sœur n'avaient été aussi dissemblables. Ygraine était blonde, plutôt petite, alors qu'il était massif comme un Barbare du Nord, le poil brun, la trogne d'un ours et le pas aussi lourd.

Comme tous les autres, il avait appris la mort du roi par le même message qui lui enjoignait de venir à Loth, sur ordre de la reine. Il s'était attendu à y être reçu par sa sœur et avait déjà préparé un discours plein de sollicitude et de tendresse, acceptant d'avance la régence du royaume qu'elle ne manquerait pas de lui confier. Mais, comme les autres, il avait passé la nuit au château sans voir quiconque, sans même obtenir audience auprès de ce Gorlois de malheur, et il éprouvait un certain mal à conserver le masque de tranquille indifférence qu'il avait choisi de se composer.

1. Lion noir debout sortant la langue, sur fond blanc.

L'immense salle s'était peu à peu remplie, limitant ses allées et venues, mais il avait trouvé quelque distraction dans la mise soignée de belles dames, l'œil coquin et la poitrine haute, relevée par des voiles de mousseline noués sous les seins et qui les faisaient presque saillir de leurs surcots brodés [1], ornés de passementeries ou fendus sur les côtés, laissant voir leur fine chemise de voile. Certains regards, aussi, lui avaient fait chaud au cœur. De simples chevaliers, parés comme lui pour la guerre et non pour quelque carnaval, qui saluaient son passage d'un hochement de tête. De vieux compagnons d'armes…

Au premier son de cloche, un mouvement de foule l'avait entraîné jusqu'au fond de la salle. Tout le monde, ducs, comtes ou chevaliers, bourgeois et vavasseurs, nobles dames, écuyers et musiciens, se pressait dans un désordre ridicule devant la haute porte à deux battants qui venait de s'ouvrir. Le duc Léo de Grand, tout d'abord, ne vit rien. Malgré sa masse, il luttait pour demeurer en place dans le flux et reflux des courtisans, donnant du coude à l'occasion, pestant contre cette bousculade insensée. Lorsqu'il releva les yeux, un cordon de gardes munis de lances écartait fermement l'assistance pour céder la place à un hérault vêtu d'une cotte de soie mi-partie rouge et blanc, qui frappa les dalles du sol d'un coup de sa canne pommelée.

— La reine !

Ygraine apparut, plus pâle que jamais, la main posée sur le poing du sénéchal-duc Gorlois de Tintagel. La

1. La mode, au Moyen Âge, était aux poitrines rebondies, et les belles avaient déjà recours à ce type de soutien-gorge, voire à des pelotes de laine en guise de rembourrage.

taille entourée d'une ceinture d'or, elle portait une longue robe rouge bordée d'hermine et brodée de fils d'or et d'argent, formant des dessins de roses enlacées. Le cou et les joues serrées dans une guimpe de mousseline, coiffée de la couronne royale, elle avait caché ses longs cheveux blonds sous un voile qui lui couvrait les épaules. Une cape d'un bleu sombre attachée par une agrafe d'orfèvrerie s'étalait en corolle derrière elle, tenue par deux pages vêtus à ses couleurs. Un pas en arrière, maigre et triste dans sa robe de bure grise, se tenait frère Blaise, son confesseur.

La foule s'était assagie et frémissait de murmures, sur le sens desquels Ygraine se méprit. Sa main, posée sur celle de Gorlois, se mit à trembler, et ses yeux brillèrent. Elle regardait droit devant elle, la gorge nouée et le cœur serré dans un étau, sentant ses joues rougir sous la guimpe. Elle ne pensait qu'à la honte de cette main accordée au sénéchal, alors qu'ils ne voyaient que sa beauté et la splendeur de ses atours. Du vivant de Pellehun, la reine n'avait été qu'une ombre, si jeune à ses côtés qu'elle semblait être sa fille, effacée, insignifiante. Et voilà que, pour la première fois, elle apparaissait en majesté. Il n'y avait que de l'admiration, dans ces murmures. De l'envie, ou de la jalousie, aussi, peut-être, devant le luxe de sa mise. Et, d'ailleurs, qui regardait Gorlois, à cet instant, hormis Léo de Grand ? À côté d'elle, il disparaissait dans son bliaud noir, largement ouvert au col et descendant jusqu'à mi-mollet avec, pour seul ornement, une ceinture d'or portée basse sur les reins. Et puis le vieux sénéchal ressemblait tant au roi défunt… Dans le couple qu'ils formaient, seule la beauté éclatante de la reine était une nouveauté.

Interrompant le bourdonnement de l'assistance, le hérault frappa de nouveau le sol du bout de sa canne ferrée, au grand soulagement de la reine.

— Formez la procession !

Et il se mit à énoncer les noms des premiers par le rang, commençant par les ducs – Carmelide, Orcanie, Cambenet, Sorgalles, Lyonesse, Dommonée –, puis les comtes et les barons, détachant chaque syllabe avec componction, savourant parfois d'un coup d'œil les regards anxieux de ceux qui n'avaient pas encore été appelés, s'interrompant de temps à autre pour laisser passer un seigneur gonflé de suffisance et sa dame dégoulinante de soieries, trottinant à ses côtés.

Gorlois et la reine s'avançaient d'un pas à chaque appel, comme dans un ballet bien réglé, de sorte que se formait derrière eux une longue suite de couples, parfaitement alignés tant le rang de chacun avait tout à coup pris de la valeur.

Léo de Grand était resté interdit durant un bon moment à la vue de ce spectacle, avec le sentiment révoltant d'être le seul à s'offusquer de la main d'Ygraine posée sur celle de Gorlois. Le seul à ne pas trouver normal que le sénéchal n'eût point cédé le pas à la reine et qu'au contraire il se tînt à ses côtés, raide comme un piquet et dressé de toute sa petite taille, les yeux dans le vague sans regarder quiconque (pas même lui), comme un roi auquel il ne manquerait que la couronne. Il avait cherché un soutien auprès de ses pairs, mais tous s'étaient docilement alignés, sans réaction apparente. Alors lui aussi était rentré dans le rang, seul, car la duchesse ne l'avait pas accompagné dans ce long voyage jusqu'à Loth.

Le cortège se mit en route alors que les cloches de l'église battaient toujours à la volée. Et, sitôt posé un pied au-dehors, la chaleur du soleil et des dalles du parvis vous enveloppaient aussi parfaitement qu'une cape de fourrure. Un interminable cordon de soldats, ruisselants de sueur sous leurs gambissons de cuir, traçaient la route à suivre, contenant l'attroupement des citadins pressés sur leur passage. Il faisait tellement chaud que plus d'une gente dame trop serrée dans son surcot manqua de tourner de l'œil, mais Gorlois progressait d'un pas mesuré, savourant les acclamations qui ne lui étaient pas toutes destinées sous un masque d'impassibilité. Ils traversèrent ainsi toute la ville, jusqu'aux abords des remparts où l'église des clercs était édifiée. Par-dessus l'épaule des soldats se massait le peuple de la campagne et des bas quartiers, avec leurs trognes violacées et leurs vivats assourdissants, ivres de leur nombre, écarquillant les yeux pour tout voir, montrant du doigt les belles dames, apostrophant leur seigneur au passage dès qu'ils le reconnaissaient.

Une telle frénésie produisait des effets divers sur les membres du défilé. Certains se sentaient gonflés d'orgueil et saluaient la populace par de petits hochements de tête ; le duc Escan de Cambenet, escorté d'un écuyer portant un coffre de bois renforcé de lanières d'acier, y puisait avec insouciance des piécettes qu'il jetait à la foule, riant de la bousculade que chacune de ses largesses provoquait ; d'autres, au contraire, masquaient leur frayeur par une mine absente et au bout du cortège, dans les rangs moins compacts des chevaliers soudoyers [1] et des simples écuyers, des bras se

1. Chevaliers mercenaires vendant leur épée au plus offrant.

tendaient pour cueillir au passage un hanap de vin ou le baiser d'une mignonne.

Enfin, les cloches se turent, à l'instant où le cortège débouchait sur le parvis de l'église. Le chœur des moines, aligné en haut des marches, imposa le silence par son chant grave et modulé. Alignés comme une sombre muraille, ils formaient un ensemble compact, bien distinct du groupe des clercs et des novices séculiers qui s'était vaguement réuni autour de l'évêque Bedwin et de ses prêtres. Le contraste entre les moines et le clergé était saisissant. D'un côté, l'attroupement des clercs, parfois accompagnés de leurs femmes ou de leurs pages, et le luxe fastueux de l'évêque Bedwin, avec sa mitre et son étole brodée d'or, brandissant une crosse imposante, brillant de mille feux. De l'autre, l'austérité impressionnante des frères, tous semblables avec leur longue robe de bure grise et leur étrange tonsure dégageant l'avant du crâne, d'une oreille à l'autre, hormis une courte mèche sur le front [1]. En retrait, confondu au groupe anonyme de ses moines, l'abbé Illtud de Brennock gardait la tête baissée, perdu en prières.

Comme une vague drossant le rivage, la foule s'agenouilla en se signant, et ce lent mouvement se répandit tout autour de la place, jusqu'à Gorlois lui-même. La reine avait été l'une des premières à mettre un genou en terre, le laissant planté là l'air pantois, hésitant sur la conduite à adopter. Il regarda l'évêque, éclatant de tous ses ors sous les rayons du soleil, et vit qu'il était

1. La tonsure de l'Église celtique, influencée par de nombreux aspects du druidisme, différait de celle, plus connue aujourd'hui, de l'Église romaine.

resté debout, mais peut-être s'agissait-il de quelque privilège. Malgré la distance qui les séparait encore, Gorlois eut l'impression que Bedwin le dévisageait avec insistance, et il s'agenouilla de mauvaise grâce, un rictus de dédain sur le visage.

L'antienne des moines prit fin dans un silence absolu, puis la rumeur de la ville s'enfla progressivement, jusqu'à former un brouhaha que leur second chant ne parvint plus à dissiper. C'est dans ce bourdonnement sourd que Gorlois et Ygraine s'avancèrent vers l'évêque Bedwin. Selon la coutume, ils s'arrêtèrent en haut des marches pour célébrer leurs accordailles au su et au vu de tous, afin que nul ne les ignore.

Le murmure de la foule s'amplifia aussitôt, couvrant les paroles saintes de l'évêque, mais Léo de Grand et les ducs du royaume de Logres perçurent parfaitement l'échange des promesses :

— *Amie*, dit Gorlois en retirant un anneau de son doigt pour l'enfiler à celui d'Ygraine, *par cet annel d'or vous saisis de m'amour toujours loyaument*.

Et Ygraine fit de même, mais ses mots furent prononcés d'une voix si faible que nul ne les entendit. Elle eut un bref regard pour son frère, puis détourna vivement les yeux. Léo de Grand de Carmelide semblait pareil à une statue de sel, abasourdi par ce qu'il était en train de voir. D'un coup de coude, le duc Bélinant de Sorgalles l'arracha à sa stupeur.

— J'ignorais que nous étions venus assister à des accordailles, chuchota-t-il à son oreille. Gorlois va vite en besogne !

— La paix !

Léo de Grand n'était qu'un homme de guerre, et son cerveau enregistrait lentement les manœuvres de ses ennemis, en dehors des champs de bataille. Pour l'heure, il avait l'impression d'être le jouet d'une farce macabre, tant les événements s'enchaînaient de façon absurde, depuis son arrivée à Loth. Il avait cru y être accueilli en roi, mais c'est tout juste si on avait fait attention à lui. Gorlois ne lui avait pas adressé la parole de tout le jour, ni même sa propre sœur la reine, et voici qu'ils se fiançaient sous les yeux du peuple et de la noblesse réunis en assemblée ! Ainsi donc, c'est le trône qu'il visait, ce vieux fourbe, ce borgne couturé de partout qui avait deux fois l'âge d'être le père d'Ygraine. *Son* trône !

Réalisant brusquement le sens des paroles de Sorgalles, il se tourna vers lui, avec un air si terrible que le duc Bélinant et sa femme Helled eurent le même mouvement instinctif de repli. Léo de Grand chercha ses mots et s'efforça de se composer un visage agréable, en dépit de sa fureur. Le duc Bélinant s'était montré choqué par la cérémonie ; peut-être pourrait-il devenir un allié, dans les temps à venir...

— Pardonnez-moi, dit-il enfin. Moi aussi, j'ignorais tout de cette mascarade.

Dans son dos, le couple royal, agenouillé, recevait la bénédiction de l'évêque.

— Duc Gorlois, promets-tu par ton serment d'épouser Ygraine, si la sainte Église y consent ?

— Je le jure, dit Gorlois.

Bedwin posa la même question à la reine, dont la réponse, une fois de plus, fut inaudible. L'évêque, pourtant, s'en contenta et traça au-dessus de leurs têtes un large signe de croix.

— Et moi je vous fiance au nom du Père, du Fils et du Saint-Esprit. Amen. *Ego alterutrum despondeo in nomine Patri, Filii et Spiritus Sancti, amen.*

Le frère d'Ygraine leur lança un regard mauvais, grommela un juron, puis se tourna à nouveau vers Bélinant de Sorgalles.

— Ce ne sont que des fiançailles, dit-il d'une voix si forte qu'elle fut perçue plusieurs rangs en arrière, et que Gorlois lui-même lui jeta un coup d'œil en biais.

Léo de Grand s'en rendit compte et baissa le ton.

— Il reste les quarante jours de ban, dit-il. Et bien des choses peuvent se passer, en quarante jours.

Il tenta un sourire confiant, mais Bélinant n'y prêta guère attention, fasciné par la cérémonie qui se déroulait en haut des marches. Contre toute attente, Bedwin n'en avait pas fini avec les fiancés. Il y avait eu un mouvement général vers l'avant à l'issue de sa bénédiction, chacun s'attendant à pénétrer dans l'église pour y entendre la messe, mais cet élan fut brisé net par l'apparition de toute une troupe de pages chargés de guirlandes de fleurs blanches, qui se répandit telles des fourmis sur le porche, autour de la reine et du sénéchal.

La suite se perdit dans une confusion dont Léo de Grand, comme la plus grande partie de l'assistance, ne conserva qu'un souvenir diffus. Deux des douze preux formant l'escorte royale se détachèrent du groupe et vinrent se placer derrière le couple de fiancés, masquant le spectacle par la masse luisante de leurs armures, si bien que, tout en conservant l'apparence d'une cérémonie publique, le mariage d'Ygraine et de Gorlois passa inaperçu. Quand la reine se releva, sa couronne avait été remplacée par une coiffe de fleurs tressées. Les preux choisis comme témoins s'écartèrent, échangeant comme le voulait la coutume de vigoureuses bourrades pour bien marquer le souvenir de cet instant. Ce n'est qu'au moment où l'évêque Bedwin couvrit les nouveaux époux de ce grand voile blanc rituel qu'on nommait le poêle que certains, parmi tout ce monde, comprirent ce qui venait de se passer. Pour les autres, il suffisait de considérer l'expression consternée de l'abbé Illtud ainsi que l'agitation des moines tout autour de lui pour deviner le tour inhabituel que venait de prendre la cérémonie.

Déjà, Gorlois et Ygraine avaient quitté le porche pour rejoindre l'ombre fraîche de l'église, suivis de leur garde cuirassée, alors qu'un nouveau chœur, d'enfants celui-là, entonnait un Te Deum à leur entrée. Il y eut un moment de flottement, mais le simple geste d'un clerc invitant la procession à les suivre eut l'effet d'un coup de fouet sur les invités. Plus rien à voir avec la lenteur pompeuse de leur défilé à travers la ville : le cortège fut avalé par les portes béantes du porche dans la précipitation et la bousculade. Dès l'entrée dans la nef, chacun se plaçait au plus vite dans un désordre parfait, sans plus tenir compte des rangs si soigneusement établis par le hérault royal, et plus d'un haut personnage fut ainsi refoulé sur les bas-côtés, ou parfois même au-dehors.

Ce fut le cas de Léo de Grand.

Le duc de Carmelide s'était figé sur place, manquant défaillir d'indignation et de rage devant ce mariage contrevenant à tous les usages, qui faisait pourtant du sénéchal Gorlois le régent du royaume. Tous ses propres rêves étaient anéantis, mais il n'en était pas encore à se lamenter sur ses espoirs déçus. Ce qui l'offusquait à en manquer de souffle, c'est qu'Ygraine ait pu se remarier sans que lui, son frère aîné, le chef de famille depuis la mort de leurs parents, ait même été consulté. Et il restait là, bouillant de rage sous le soleil de midi, pendant que le parvis se vidait. Les soldats formant le cordon de protection tout le long du chemin se replièrent le long du lieu saint, rendant la ville aux citadins dégrisés, chacun commentant les événements à l'aune de ce qu'il avait vu, ou de ce qu'on lui avait dit. Et, dans tout ce brouhaha, Carmelide se retrouva seul au milieu d'un large cercle de soldats en cotte d'armes blanche frappée d'une grande croix rouge, qui interdisaient au peuple les abords de l'église. Un instant, il se sentit menacé, ébaucha même un geste vers la garde de son épée. Mais les troupes royales ne prêtaient pas attention à lui.

Couverts de leur voile, Gorlois et la reine étaient agenouillés, seuls, sur des prie-Dieu placés sur le chœur, en face de l'autel. Et, derrière eux, si tant est que cette nouvelle félonie eût encore pu scandaliser quiconque, les preux de sa garde rapprochée, vêtus de leur armure de plaques, l'épée au côté, occupaient le premier rang, formant un rempart entre les nouveaux époux et la noble assemblée.

Pour la majorité d'entre eux, c'était la première fois qu'ils assistaient à une messe, et ils ne remarquèrent pas à quel point Bedwin l'expédiait. Rares étaient ceux qui comprenaient le latin, et quand bien même, l'évêque se contentait de marmotter, les yeux baissés sur l'autel, tandis qu'autour de lui officiait toute une armée de clercs et de novices : enfants de chœur présentant les saintes huiles ou les vases sacrés, acolytes balançant lentement des encensoirs crachant des bouffées d'une fumée bleutée enivrante, thuriféraires agenouillés, portant de grands cierges décorés dont les flammes formaient une couronne de lumière dans la pénombre de l'abside… C'était une messe votive à la sainte Trinité, sans aucun cérémonial de mariage, celui-ci ayant déjà été consacré sous le porche. Une messe dénuée de ferveur, presque honteuse, tellement vidée de sens que les plus impies s'en rendirent compte, et que les conversations reprirent peu à peu dans l'assistance, entre les éclats de rire étouffés et le gargouillement des ventres affamés.

Gorlois, les tempes battantes, regardait sans le voir l'évêque célébrer mécaniquement l'office, et songeait à la couronne de Pellehun. Son vieil ami… Lui-même ne pourrait accéder au trône que par l'élection de ses pairs, ducs et comtes du royaume de Logres, mais cela viendrait plus tard, en son temps. Pour l'heure, il faudrait les flatter, récompenser leurs mérites ou acheter leur honneur. Accorder des titres et des rentes. Peut-être même supprimer des taxes, pour se gagner l'affection du peuple… L'or des nains suffirait longtemps à couvrir ses dépenses. Et, quand le royaume aurait recouvré son calme, que chaque baron, chaque écuyer mesurerait le bien-être de ses largesses, alors il pourrait songer à l'élection…

D'un coup de canne ferrée sur les dalles du chœur, un ecclésiastique l'arracha à ses pensées. Tout le monde se levait pour le Pater Noster. Gorlois réprima un sourire et, tête baissée, se contenta de marmonner en rythme, ignorant tout des paroles de la prière.

Seule la reine, peut-être, de toute cette assemblée comptant si peu de fidèles, priait réellement. Vacillante comme la flamme d'une chandelle et en pleurs, elle vouait son âme à Dieu, bouleversée par la réaction d'Illtud. Elle l'avait en vain cherché des yeux au début de la liturgie. Était-il là, encore, pour assister à ce mariage répugnant qu'il avait pourtant appelé de ses vœux ? Le sourire de l'évêque, davantage que le regard brûlant de colère de l'abbé, avait fait germer en elle l'horreur du doute. Maintenant, dans cette église comble comme une étable et si loin de Dieu, devant ce simulacre de messe, elle comprenait qu'Illtud, comme elle, avait été abusé et que Gorlois ne deviendrait jamais ce roi chrétien qu'elle espérait tant. Tout au plus s'était-il contenté d'une humilité de façade et de quelques jours de catéchisme, le temps d'organiser leurs accordailles et de rameuter les grands barons. Elle aurait voulu arracher ce voile qui les rapprochait si intimement au regard du Seigneur ; l'arracher et demeurer seule, abîmée en prières pour le reste de sa vie. Mais il y avait toujours ce doute, et l'attitude impassible de son nouvel époux, les mains jointes et le regard tranquille, priant à ses côtés.

Bedwin s'écarta de l'autel et se rapprocha avec componction d'un lutrin sculpté où trônait une bible enluminée, reliée à l'or fin, un véritable trésor que l'évêque emportait partout avec lui. Il écarta les bras pour ramener le calme et s'adressa à l'assistance d'une voix étonnamment forte, qui résonnait d'un bout à l'autre du transept.

— Dieu dit : « Faisons l'homme à notre image, selon notre ressemblance, et qu'il domine les poissons de la mer, les oiseaux du ciel et toutes les espèces ! »

Il s'interrompit, ménageant ses effets. Il avait parlé en langue vulgaire, pour que tous le comprennent et, bien qu'elle fût rédigée en latin, il prenait le temps, entre deux phrases, de caresser sa précieuse bible du regard, afin que nul ne doute qu'il s'agissait là de la parole de Dieu.

— « Dieu créa l'homme à son image, reprit-il. À l'image de Dieu Il les créa, mâle et femelle Il les créa. Dieu les bénit et Dieu leur dit : Fructifiez et multipliez-vous, remplissez la terre et soumettez-la ; dominez sur les poissons de la mer, les oiseaux du ciel et sur tout être vivant sur la terre »... Tout être vivant sur la terre, comprenez-vous ? Car il est écrit : « Dieu enverra ses forces et les exterminera de la face de la terre, et leur dieu ne les délivrera pas. Mais nous, ses serviteurs, nous les frapperons comme un homme seul, et ils ne résisteront pas à la vigueur de nos chevaux. Nous les brûlerons chez eux ; leurs montagnes s'enivreront de leur sang, leurs plaines seront remplies de leurs morts, et la trace de leurs pieds ne tiendra pas devant nous, mais ils périront sûrement [1]. »

À côté de la reine, Gorlois gonflait le torse, les yeux brillants d'excitation. Il n'était pas le seul. Ygraine percevait le cliquetis des armures, le raclement des cottes de mailles, métal contre métal, des chevaliers de leur escorte, les murmures d'orgueil des barons.

— C'est une guerre sainte que vous avez menée, mes frères humains. Une juste guerre pour que la parole du Seigneur soit enfin appliquée sur cette terre. Une terre qui est la vôtre et que nulle espèce ne pourra plus jamais vous disputer, pour les siècles des siècles, car vous tous, chacun de vous et vous seuls, vous fûtes créés à l'image de Dieu !

Bedwin avait haussé le ton. Il marqua une pause pour se composer une expression pateline, et désigna d'un

1. Judith, 6, 3.

mouvement de manche le couple agenouillé dans le chœur.

— Le duc Gorlois vous a menés à la victoire contre le peuple des infidèles, adorateurs païens d'une épée d'or qui ne put rien pour empêcher leur inéluctable défaite. C'est cet homme, aujourd'hui, que notre reine Ygraine a choisi comme époux devant Dieu. Prions pour qu'ensemble ils continuent l'œuvre du très saint roi Pellehun, et que le règne de Notre-Seigneur s'étende sur la terre ! Mes frères, il est dit « remplissez la terre et soumettez-la ». Obéissez, car c'est la parole de Dieu !

Ygraine cessa d'écouter. L'homélie, après tout, ne faisait que confirmer le sens de toute cette journée : celle d'une alliance d'intérêts entre le sénéchal et l'évêque, d'un soutien mutuel en vue d'accroître leur puissance respective. Unir les hommes sous un seul Dieu et un seul roi était une noble cause, noble et sainte, si seulement elle était sincère…

La jeune reine sursauta en sentant peser sur elle le regard de Bedwin. Gorlois lui aussi la regardait, si proche sous ce voile, avec ce visage si dur, taillé par cette cicatrice affreuse. Il lui souriait, mais elle ne parvint qu'à se troubler et reporta son attention sur le prêche de l'évêque.

— … Croissez et multipliez, dit Bedwin (et c'était directement à elle qu'il s'adressait). Que vos enfants recouvrent la terre comme une multitude, car c'est là la mission sacrée de la femme. « Je multiplierai ta peine et tes grossesses, disent les Écritures. C'est dans la peine que tu enfanteras des fils ; vers ton mari se portera ton désir, et lui dominera sur toi. »

Il s'interrompit un bref instant, comme s'il attendait une réponse. Mais quelle réponse aurait-il pu y avoir ?

XI

Le tournoi

Le jour se levait, maussade, sous un ciel voilé où de lourds nuages noirs menaçaient de crever. Il y aurait de l'orage, sans doute, avant la fin de la matinée. De brutales bourrasques secouaient parfois les tentures de soie et de velours dont avaient été parées les tribunes tout autour de la lice, les bannières et gonfanons claquaient au vent, et les chevaux piaffaient, rendus nerveux par ces soudains courants d'air empoussiérés, charriant des brins de paille et des nuages de minuscules moucherons. Il faisait presque froid ce matin-là, et c'était bien ainsi. Plus d'un baron, plus d'une gente dame se réveillerait la bouche pâteuse et le crâne enserré, après les libations du banquet royal. Celui-ci s'était prolongé tout le jour, dès le sortir de la messe et jusqu'à une heure avancée de la nuit, tandis que certains convives s'étaient déjà effondrés, face contre table, et ronflaient leur vin sous les ricanements de leurs voisins. Une nouvelle journée de canicule leur aurait probablement été fatale.

Léo de Grand de Carmelide ne s'était pas attardé. Il s'était retiré dès que possible, bien avant que le soir tombe. Dédaignant la chambre qu'on avait dressée à son intention, il avait passé la nuit dans son tref[1], installé à proximité de la lice et idéalement situé, sous un boqueteau et non loin d'un ruisseau où ses chevaux pouvaient boire. Il fut l'un des premiers à s'éveiller, le cœur malgré tout nauséeux et l'humeur méchante, alors que ses valets et ses gens d'armes dormaient encore, enroulés dans leur manteau, à même le sol. Torse nu, seulement couvert des braies qu'il avait gardées pour dormir, il frissonna dans l'air humide de cette triste journée et promena un regard torve sur l'immense campement installé au pied des murailles de Loth.

La plaine était constellée de tentes de toutes tailles et de toutes formes, depuis les tours de toile frangées d'or des grands seigneurs jusqu'aux simples bâches dont se recouvraient les hobereaux les moins fortunés, dormant souvent serrés contre leur écuyer pour se tenir chaud, la bride de leur chargeur[2] nouée à leur cheville. Il leva les yeux vers le pennon à trois pointes fixé en haut du mât central de son tref, faseyant au vent telle la voile d'un navire, et eut un bref sourire. On eût dit que le lion dont il portait le nom se battait déjà, gueule et griffes, dans le rugissement du vent.

Un haut-le-cœur subit lui fit venir un goût de vomissure dans la gorge, et il cracha sa bile, atteignant sans le vouloir l'un de ses valets, qui ouvrit un œil affolé en s'essuyant la figure.

1. Tente de forme conique, souvent décorée aux couleurs de son occupant.

2. Cheval ordinaire de combat, moins précieux que les destriers, chevaux de guerre coûteux, réservés aux plus riches.

— Debout, fit Carmelide, avec un grognement qui pouvait passer pour une sorte d'excuse. À manger !

Il s'éloigna, la jambe passablement vacillante, vers le ruisseau tout proche, en se grattant furieusement le cou et le dos.

— … Et réveille les autres !

C'était inutile. Les pans dénoués de sa tente claquèrent comme un fouet sous le coup d'une brusque rafale, éveillant toute sa troupe en sursaut. Partout, d'ailleurs, des hommes sortaient du sommeil en maugréant et jetaient vers le ciel chargé des regards torves.

Le duc Léo de Grand chemina à travers le camp jusqu'au ruisseau, un sourire narquois aux lèvres, saluant à l'occasion une connaissance, de l'air indulgent de celui qui a déjà recouvré ses esprits pour celui qui ne fait qu'émerger de sa nuit. Par beau temps, l'eau fraîche aurait été un délice, mais elle lui parut bien trop glacée pour s'y baigner, malgré les puces. Il se contenta de s'asperger, s'ébroua comme un chien et se passa une main sur le visage, crissant d'une barbe de cinq jours. Puis il délaça ses braies et pissa dans le ruisseau, ricanant intérieurement des protestations muettes des malheureux situés en aval, pas assez bien nés ou trop couards pour lui en faire le reproche.

En remontant vers sa tente, il repensa au banquet de la veille et, à nouveau, il se renfrogna. L'or des nains avait permis au sénéchal-duc de faire les choses en grand. Pas moins de douze services s'étaient succédé, entrecoupés de divertissements, de défis lancés pour le tournoi ou de serments d'ivrogne. Aucune salle n'étant assez grande pour accueillir la foule des invités, on avait mis les tables [1] sur le parvis du château royal, sous de grands dais protégeant les convives du soleil. Placé à la table d'honneur, Carmelide avait pu enfin approcher sa sœur et son désormais beau-frère, mais c'est tout juste s'il était parvenu à être aimable. Et, comme il était assis à la droite de la reine, face au reste des convives, tous avaient pu mesurer à l'expression de son visage la joie qu'il éprouvait au déroulement de cette journée.

Ce ne fut pas le seul incident, la seule fausse note du festin. Dès la présentation du sel, coutume par laquelle commençaient toujours les banquets, l'ordre avait dû être ramené par la force à une tablée éloignée, où un baron portant les armes du duc Melodias de Lyonesse s'était colleté avec un inconnu vêtu de façon outrancière, débordant de pierreries et de velours. Renseignement pris, l'homme était un ancien intendant, reconnu coupable de fraude et forfaiture, recherché dans le duché pour y être branché haut et court. L'incident avait provoqué plus de rires que de murmures, contrairement à la présence répugnante et incongrue de Mahaut, la plus célèbre receleuse du pays gnome. Grasse et blanche, parée de soieries et croulant sous ses bagues, elle et ses mignons avaient fait le vide autour d'eux. Nul ne souhaitait se compromettre à sa table, et ceux qui ne la connaissaient pas encore lui jetaient des regards en biais, prêtant l'oreille aux histoires horribles que l'on racontait à son sujet. Ce n'était en apparence qu'une vieille folle, guère différente en somme de ces marchands trop nourris et trop riches qui se pavanaient

1. L'expression « mettre la table » est à prendre au pied de la lettre. Celles-ci étaient amenées à bout de bras et posées sur des tréteaux devant les convives.

d'un bout à l'autre du banquet, mais elle ne faisait pas mystère de son appartenance à la Guilde, et le fait qu'elle fût là, invitée au festin, plutôt qu'au bout d'une potence, avait pour le moins de quoi surprendre.

Tandis que des serviteurs drapés aux couleurs du couple royal présentaient, en guise de tranchoir, du pain dont la mie était colorée de jaune, de rouge ou de vert par du safran, des pétales de rose ou du persil [1], l'évêque Bedwin avait tenté un bénédicité, mais sa prière d'action de grâces fut vite perdue dans le bourdonnement des conversations, soit parce que les commensaux n'avaient pas la moindre idée de ce qu'il pouvait être en train de faire, soit parce qu'ils préféraient commenter les événements de la matinée. Ou bien encore parce qu'ils avaient trop soif, et que des cruches pleines d'un vin clairet frais comme une source étaient placées en quantité à chaque tablée. Puis l'éclat cinglant des trompettes et des luths des menestrieux avait recouvert le tout, rancœur et médisances, rires et ragots.

Léo de Grand, comme chacun, s'était laissé griser par le vin de Grenache, les jongleurs et les danseurs faisant la pavane ou la gaillarde, les montreurs d'ours et les dresseurs de chien, les servantes délurées au corsage dénoué, ébloui malgré lui par l'abondance des mets : lardé de cerf au poivre, poulet au miel roulé à la moutarde, blanc-manger, oignonnées, rissoles, paons rôtis et cuits en pâte, fèves, fritiaux et pâtisseries, le tout arrosé de bière, d'hydromel et de vin d'hypocras à la cannelle. Et à voir la tenue des convives, il pensa à un

1. Ces grandes tranches de pain servaient d'assiettes. Chacun y déposait ce qu'il choisissait dans les plats, en se servant avec les doigts ou avec son propre couteau.

texte ancien, qui décrivait assez bien l'ambiance du banquet : « *La gloutonnie jette la honte sur une femme, car elle devient ribaude, gouliarde et larronnesse... Parler follement en moult manières, dire des paroles oiseuses, vantardises, vanités, louanges, parjures, médisances, rébellion, blasphèmes...* » Comme tant d'autres, il s'était levé pour vomir après quelques services, mais à leur différence il n'était pas revenu s'attabler.

Aujourd'hui, il n'en éprouvait que du dégoût.

En fermant les yeux, il revoyait encore les courbettes et les apartés serviles de nobliaux venant flatter le nouveau régent du royaume jusque dans son couvert, et cet air de satisfaction bonhomme que Gorlois affichait en leur dispensant ses aumônes. Le manège s'était enflé tout au long du festin, au fur et à mesure que la rumeur de ses largesses se répandait dans les rangs des convives. Et bientôt, sans qu'un mot fût prononcé, sans que fût échangé autre chose que des regards de mépris ou de honte, deux clans s'étaient formés parmi les festoyeurs, entre ceux qui s'étaient courbés et ceux qui avaient tenu leur place. Peut-être certains, parmi ces derniers, avaient-ils remarqué son départ...

Autour de sa tente, la troupe de Carmelide avait repris apparence humaine, revigorée par une fromentée de blé et d'épices qui chauffait dans un chaudron en dégageant une agréable odeur de miel. Il remarqua aussi (et comment aurait-il pu ne pas le remarquer ?) un groupe de cavaliers portant la livrée blanche à croix rouge et qui semblait l'attendre. L'un d'eux, un grand flandrin coiffé d'un chaperon dont la queue pointue lui retombait jusque sur l'épaule, descendit de cheval à son approche.

— Ah, monseigneur ! Je vous souhaite le bonjour !

— Qu'est-ce que tu veux ? grogna Carmelide.

Si l'homme fut surpris par la rebuffade du duc, il n'en laissa rien paraître.

— Monseigneur, le sire Gorlois a bien voulu me nommer roi d'armes pour le tournoi de ce tantôt. Il vous propose d'être l'appelant, lui-même constituant les rangs défendants.

Léo de Grand dévisagea le cavalier du haut de sa masse. Un sourire gagna peu à peu son visage d'ours, éclaircissant sa trogne muflée et ses joues bleuies de barbe. Étonnamment, c'était là un véritable honneur que lui faisait son beau-frère même si, en bonne justice, bien peu auraient pu le lui disputer. Dans un tournoi, deux partis s'affrontaient et s'il incombait à l'hôte d'être le défendant, c'est toujours au plus illustre des jouteurs que revenait l'honneur de constituer le parti adverse, nommé appelant. Ainsi donc, pour une fois, Gorlois lui reconnaissait son rang…

— C'est bien, dit-il en claquant l'épaule du roi d'armes. Dis-lui que j'accepte avec plaisir, et que les lions de Carmelide se feront un devoir de lui faire bouffer sa croix !

Derrière lui, ses gens s'esclaffèrent bruyamment, et Léo de Grand, presque étonné de ce succès, joignit son rire énorme à l'hilarité générale.

L'homme au chaperon se contenta d'un sourire poli, puis fit signe à l'un de ses tabellions de s'approcher.

— Votre heaume, seigneur, pour qu'il soit accroché dans la lice.

Carmelide, les yeux brillants d'avoir tant ri, se tourna à nouveau vers ses hommes, lut la fierté dans leurs yeux (l'appât du gain, aussi, car les plus grosses parts des rançons obtenues lors du tournoi leur reviendraient en priorité) et fit signe à un sergent, qui s'engouffra dans le tref. Il en ressortit presque aussitôt, tenant avec respect le casque peint en noir, semblable à une tour d'acier fermée par un simple ventail, et surmonté d'un cimier de papier mâché piqué de fourrure fauve représentant une tête de lion rugissant. Le roi d'armes lui fit les compliments d'usage sur la beauté et la noblesse de l'emblème, confia le heaume à son tabellion puis remonta en selle et piqua des deux, après un dernier salut.

Pour lui, la journée serait longue. Toute la matinée, ses scribes consigneraient les inscriptions, veillant à ce que les deux camps fussent à peu près équilibrés. Le tournoi était ouvert à tous, pourvu qu'on fût chevalier, sans distinction de rang ni, autrefois, de race, même si on avait rarement vu des elfes s'aligner dans ce genre de mêlée. Les nains, en revanche, étaient des adversaires redoutables, n'aimant rien tant que ces combats compacts, confus, où leurs haches, même émoussées, causaient de terribles dégâts. Mais tout cela était fini. Les hommes, dorénavant, ne jouteraient plus qu'entre eux… Qu'importe. Dans l'excitation du moment, cette idée ne venait pas à l'esprit de la plupart des tournoyeurs.

Pour l'heure, ils se bousculaient, chevaliers ou valets d'armes, pour accrocher leur écu sous le heaume de l'appelant ou du défendant, placés l'un et l'autre en haut de deux piquets bordant le hourd [1], et choisir ainsi son camp. Nul n'était obligé de se joindre à tel ou tel parti, et il se trouvait d'ailleurs toujours quelque bravache pour aller au tournoi en solitaire, défiant ainsi les deux

1. Estrade.

adversaires à la fois, ce qui relevait de l'inconscience ou de la folie pure et simple. Le jour n'était guère avancé, mais il y avait déjà foule, entre les manants endimanchés agglutinés le long de la lice, les bourgeois installés confortablement avec tapis et chaises, et toute la ronde des rôtisseurs, vendeurs d'eau, fausses gitanes et vraies putains, officiant sous des tentes de toile transparente pour mieux attirer le client. Ceux qui avaient déjà fixé leurs armoiries sur la barrière autour du champ clos restaient souvent là, afin de ne rien manquer de la répartition des camps. Nombre de jeunes coqs rêvant de se faire remarquer saisissaient alors l'opportunité unique de provoquer quelque tournoyeur de haute réputation, si ce n'avait été déjà fait durant le festin de la veille. Il suffisait de venir frapper du poing l'écu de l'adversaire pour lui lancer défi, ce que les tabellions consignaient soigneusement dans leurs tablettes. Dans l'enthousiasme du moment, des novices à peine sortis de l'adolescence perdaient souvent toute mesure et, pour briller aux yeux de leur belle ou impressionner leur père, finiraient la journée les os brisés, baignant dans leur sang et leurs larmes, morts peut-être sous les coups des hommes de guerre endurcis qu'ils avaient stupidement provoqués.

Toute cette agitation gagnait le campement de toile avec la force d'une marée d'équinoxe, et nul ne semblait pouvoir y échapper. Léo de Grand de Carmelide tournait en rond dans son tref comme un fauve en cage. Sa dignité d'appelant lui commandait d'afficher un flegme et une sérénité qu'il était bien loin d'éprouver. S'il n'en tenait qu'à lui, il se serait fait adouber [1] tout de suite, pour sauter à cheval et parcourir ainsi le camp, suivi d'un gonfanonier portant ses couleurs, afin de rallier à son parti les plus nobles batailleurs. Mais pour lui aussi la journée serait longue…

L'orage creva peu avant sixte [2], inondant les feux où des bœufs entiers avaient été mis à rôtir. Le tonnerre et les éclairs affolaient les chevaux. Partout, les palefreniers se cramponnaient à leurs mors, évitant les ruades, partout, des hommes en armes couraient se mettre à l'abri, protégeant les fragiles cimiers de carton ou de papier dont ils avaient orné leurs heaumes. Il y en avait de toutes sortes, effrayants ou grotesques, représentant des poings armés, des aigles, des têtes de poisson, des tours ou des bustes de femme, des soleils et des paires de fesses, l'important n'étant que de se faire remarquer. Tout à l'heure, dès les premiers coups d'épée, ces frêles édifices voleraient en éclats, mais il aurait été impensable de paraître à la présentation avec un cimier défait, dégoulinant de peinture. Sous leur tente trempée, la plupart d'entre eux durent se contenter de viande crue ou de brouets avalés à la va-vite, ce qui n'arrangea guère leur humeur batailleuse.

Puis un rayon de soleil perça les nuages noirs, et l'orage cessa aussi brusquement qu'il avait éclaté. Le campement reprit vie, dans les rires et les cris, pendant que les chevaux piaffaient, nimbés de vapeur, et que les armures trempées jetaient des éclairs aveuglants.

1. Se vêtir de son armure, l'adoubement. Par extension, le terme désignera la cérémonie au cours de laquelle un jeune noble était armé chevalier.

2. Midi.

Les dernières heures précédant l'entrée dans la lice étaient celles de l'intimidation et de la hargne. Celle de la peur, aussi, dissimulée sous les carapaces de fer. Partout, des valets d'armes avaient dû séparer des esprits échauffés, déjà prêts à sortir leur épée du fourreau avant même le début du tournoi. Car il y avait des défis insultants, des refus méprisants quand un grand seigneur était apostrophé par un paltoquet mal dégrossi, et parfois il fallait aller jusqu'à l'offense pour que le combat fût consigné. Nombre de tournoyeurs étaient déjà en armes, trompant l'attente à grand renfort de cruchons de vin, tandis que le hourd royal s'emplissait de sa noble assistance, grands seigneurs et belles dames, et que le petit peuple se pressait à nouveau autour de la lice. Quelques retardataires houspillaient leurs écuyers d'armes qui s'affairaient aux derniers préparatifs : fixer avec soin chaque pièce de l'armure, serrer d'abord les braies et les chausses aux jambes, puis passer la chemise et le gambisson de cuir protégeant le corps, avant la cotte de mailles, les grèves, genouillères et solerets d'acier entourant les jambes et les pieds. Les plus riches s'équipaient encore d'une cuirasse de fer et d'épaulières, les autres se contentaient d'un camail de fer recouvrant la gorge et les épaules, et tous revêtaient pour finir une cotte de tissu descendant à mi-cuisse, marquée à leurs couleurs. Alors seulement ils quittaient leur tente, grimpaient ou se faisaient hisser en selle et, suivis de leurs gens d'armes caparaçonnés jusqu'à la gueule, trottaient vers le champ clos.

La pluie avait tout détrempé, et le piétinement de la foule n'avait rien arrangé. C'est dans la boue que se livreraient les combats, avec en outre le risque qu'il se remette à pleuvoir.

Trônant sur une botte de paille recouverte d'étoffe, sous une tente assez vaste pour contenir les chevaliers de son parti et où, dans moins d'une heure, seraient allongés les corps meurtris des malchanceux ou des malhabiles, Léo de Grand guettait l'arrivée de Gorlois et de la reine. Presque tous ses tournoyeurs étant venus s'y abriter, pour ne pas risquer de se souiller de boue avant la présentation, il y régnait un brouhaha assourdissant. Un forgeron disposait ses outils, pinces, tenailles et marteaux, bien souvent indispensables pour libérer un jouteur des pièces de son armure faussées par les coups. Des mires et des médecins préparaient leurs baumes et leurs pansements, sans que personne s'abaisse à leur prêter attention. On entendait parfois le rire aigu d'une femme, nouant au bras de son héros le voile qu'on nommait manche honorable, et des hérauts en pourpoint mi-partie blanc et rouge, le parchemin sous le bras et leur bonnet plumé en tête, venaient vendre pour quelques sols aux tournoyeurs l'annonce louangeuse qu'ils leur feraient à leur entrée en lice.

Toute cette fièvre exaspérante, suant la bravade, lui portait sur les nerfs, mais le duc se devait de rester là, impassible, pour accueillir l'hommage de ses partisans et leur faire servir à boire. Et, d'ailleurs, tout n'était pas que vaine agitation. Comme il l'avait espéré, Bélinant de Sorgalles avait opté pour le camp du lion. Couvert de fer, tenant lui-même sous le bras son heaume à cimier de plumes, il s'entretenait doucement avec sa femme Helled, à l'écart de la foule. Lyonesse et ses barons l'avaient rejoint également et, sans que le duc lui eût touché mot de l'incident survenu la veille, Carmelide se plaisait à penser que le duc Melodias n'avait pas apprécié la présence de son ancien intendant au festin royal, et que le choix de son parti n'était pas innocent. Il y en avait beaucoup d'autres, comtes et barons, dont la vue l'emplissait d'orgueil, et puis toute une piétaille de nobliaux inconnus, quelquefois si jeunes que leurs cottes touchaient le sol, venus là faire leurs premières armes et qui combattraient à pied, derrière les cavaliers. En tout, près d'une quarantaine de tournoyeurs – sans parler de leur soldatesque –, que le roi d'armes répartirait en huit bans, charge après charge, tout au long de la journée.

Justement, voici qu'il accourait, les chausses maculées de boue et la queue de son chaperon flottant derrière lui comme une crinière. Léo de Grand pouffa de rire en le voyant manquer de s'étaler sur l'herbe boueuse, mais au même instant un tintamarre de trompes éclata aux abords de la tribune royale.

— Monseigneur, dit l'homme en reprenant son souffle, la reine Ygraine et le régent font leur entrée dans la lice et vous prient de les rejoindre pour la présentation.

— J'avais compris, grogna Léo de Grand. Et, se tournant vers le duc Bélinant : « Sorgalles ! À toi la suite ! »

Le temps de les rejoindre, Gorlois et la reine s'étaient installés avec leur suite sous le hourd tendu d'un dais pourpre luisant d'humidité. Illuminé des rayons éblouissants de ce soleil retrouvé, le spectacle des voiles et des ors, des étoffes précieuses, des fourrures et des bijoux éclatait comme un arc-en-ciel, fascinant les manants et les bourgeois massés le long du champ clos, et qui s'égosillaient, ivres de liesse.

— Longue vie ! Longue vie à la reine Ygraine !

— Gloire au seigneur Gorlois !

— Noël ! Noël !

Carmelide se fraya un passage au premier rang et vint s'asseoir à côté de sa sœur, sur le trône qui lui était réservé.

— Le bon jour, ma sœur.

Elle lui sourit, d'un visage si charmant qu'il céda à une impulsion et la baisa aux joues, comme quand ils étaient petits, au château de Carohaise.

— Eh bien, mon frère, je vous vois de belle humeur ! dit Gorlois en se penchant vers lui, posant au passage sa pogne sur les blanches mains d'Ygraine.

Léo de Grand marqua le coup, n'appréciant pas d'être appelé ainsi par ce vieux borgne enflé d'orgueil. Il ébaucha un vague rictus, puis réalisa soudain que le régent n'était vêtu que de velours, sans mailles ni fer sur le corps, le front ceint d'un bandeau d'or damasquiné d'argent, qui faisait écho à la couronne de la reine.

— Vous n'allez pas tournoyer ? dit-il.

Gorlois toucha instinctivement ses côtes, encore douloureuses de la rossée qu'il avait subie dans ses propres geôles. Mais il se reprit aussitôt et s'en sortit avec un ricanement, prenant Ygraine à témoin.

— Tantôt, peut-être… Mais, pour l'heure, j'ai eu mon content de tournois et de batailles… Laissez-moi donc profiter de l'instant et donnez-nous une belle mêlée. Je suis impatient de voir comment se comporte votre lion au combat. Mieux que maintenant, j'espère. Regardez, on dirait qu'il pleure !

Et, ce disant, il désigna le heaume de Carmelide, toujours perché sur son piquet, et dont les belles couleurs dégoulinaient piteusement. Le duc chercha quelque trait cinglant en guise de réponse, mais l'irruption du roi d'armes et de ses assesseurs mit un terme à ses efforts.

— Ma reine, dit le roi d'armes en la saluant bas, pouvons-nous commencer ?

Ygraine inclina la tête.

— Seigneur régent, seigneur duc, il vous appartient à tous deux de désigner la reine du pardon d'armes.

— À vous cet honneur, mon frère ! dit Gorlois avec un sourire condescendant.

La première impulsion de Carmelide, en l'absence de sa femme, aurait été de choisir Ygraine, mais il eut le sentiment furtif que cet honneur rejaillirait sur Gorlois et ne ferait qu'accréditer un peu plus son autorité. Il le remercia d'un signe de tête puis se leva et parcourut du regard l'assemblée des dames, sous le dais.

— Ma Dame, venez me rejoindre, dit-il en tendant la main à la femme du duc Bélinant. Je choisis pour reine du tournoi Helled de Sorgalles, comtesse d'Orofoise !

Un coup d'œil en coin suffit à Carmelide pour se convaincre que Gorlois avait compris son intention. Il se rassit et, comme pour la consoler, posa la main sur le bras d'Ygraine. Mais elle le retira vivement, sans même lui accorder un regard. Le menton et le cou saisis par une guimpe de mousseline bleue transparente, la nuque masquée par un voile fixé à sa couronne et qui recouvrait ses longs cheveux blonds, elle lui parut renfrognée. Avait-elle ressenti une humiliation à n'être point choisie ? Ce serait une réaction de petite fille, timide et peu sûre d'elle, et non celle d'une reine…

Des éclats de voix reportèrent son attention sur le champ clos. En ouverture de la journée, un taureau y était opposé à un ours. Cornes contre griffes, morsures, éventration, giclées de sang frais sur la paille déjà boueuse de la lice. Ce fut le taureau qui l'emporta, l'ours répandant ses viscères en râlant. Des vachers entraînèrent le vainqueur vers un sort peu enviable – le martel du boucher et la broche –, tandis que des palefreniers attelaient des mulets à la dépouille du fauve. Puis les valets d'armes proclamèrent le bohort, pour la plus grande joie des chevaliers des deux partis, qui se bousculèrent aux lices afin de ne rien perdre du spectacle. Cette vieille coutume issue de la guerre des Dix Années ouvrait le champ clos à tous les roturiers : écuyers, sergents, piétons et même des bourgeois ou des paysans, pourvu qu'ils fussent des hommes libres et non des serfs. Les règles de la mêlée étaient les mêmes que celles du tournoi : tout était permis, sauf de frapper au visage un homme ayant perdu son casque, ou de se servir d'armes tranchantes. Il n'y avait ni camp ni parti. C'était chacun pour soi, ce qui n'empêchait guère les alliances impromptues ou préparées à l'avance, le but étant d'assommer l'adversaire et de le jeter à terre pour en obtenir rançon. À ce jeu, les bourgeois étaient des proies faciles pour des hommes d'armes entraînés et bien protégés. En revanche, il advenait qu'un costaud de village s'y distingue avec quelque éclat, et gagne ainsi sa place au service d'un grand seigneur.

Léo de Grand s'amusa quelques instants de l'empoignade furieuse de ces marauds, et des efforts du roi d'armes pour faire respecter un tant soit peu les règles. Un sergent épais comme un bœuf traînait par les pieds un jeune bourgeois qu'il avait estourbi dès le premier assaut, jusqu'à la barrière où sa mère, affolée, agitait déjà sa bourse. Deux coutiliers se disputaient la possession d'un corps inanimé, sous leurs pieds, et, à voir les estafilades sanglantes qui fleurissaient sur leurs cottes, on avait peine à croire que leurs armes fussent courtoises [1]. Les hommes se battaient à coups de poing, roulaient à terre dans la boue, comme des bêtes, dans une confusion totale où il était bien difficile de déceler quelque habileté guerrière. À la longue, le spectacle devenait écœurant de maladresse et de brutalité, et comme toujours il fallut l'interrompre, à la demande d'Helled, la reine du pardon d'armes. Le duc s'excusa auprès d'elle et quitta le hourd sans attendre les marchandages mesquins et les querelles des survivants. Il rejoignit ses troupes et, donnant l'exemple, se hissa en selle. Son destrier, comme lui, était caparaçonné, houssé d'un long tablier de cuir, le chanfrein protégé par une plaque de métal. Il était interdit, en principe, de frapper les chevaux, mais tant de choses interdites survenaient, dans un tournoi…

Pendant qu'un palefrenier tenait par le mors son grand cheval de guerre, Léo de Grand saisit l'écu que lui tendait son écuyer, puis choisit une masse en guise d'armement, plus maniable et plus efficace qu'une lance ou qu'une épée courtoise aux tranchants émoussés.

Le roi d'armes et ses assesseurs, portant son heaume sur un coussin avec un respect qui lui parut exagéré, examinèrent rapidement la panoplie guerrière retenue par chaque tournoyeur : armes de main, de choc ou d'hast, haches, épées, masses, marteaux… Seules les armes d'estoc ou tranchantes étaient interdites, mais les jouteurs paraissaient avoir toute latitude pour fracasser leurs adversaires à l'envi. Aux autres de se protéger en

1. Les armes de taille ou d'estoc devaient être émoussées lors des tournois.

conséquence… Leur inspection fut rapide, superficielle, même. Se recoiffant déjà de son long chaperon encore luisant de pluie, le juge du tournoi avait l'air pressé d'en finir. Il marmotta un vague compliment pour souhaiter bonne chance au parti du lion puis, faisant déjà demi-tour, ordonna au valet chargé du heaume de le poser auprès de l'équipement du duc.

— Un instant !

Léo de Grand arrêta l'homme d'un geste et se saisit de son casque, sous le regard étrangement inquiet du roi d'armes. Vaine frayeur. Le duc ne prêtait aucune attention au cylindre d'acier, et d'ailleurs le travail avait été bien fait, indécelable à l'œil nu. En fait, Carmelide était uniquement préoccupé par l'aspect de son cimier, tellement amolli par la pluie qu'il ne résisterait probablement pas à la première charge. La pique de Gorlois ne cessait de lui tourner en tête et le gonflait de haine. Le lion pleurait peut-être, mais il n'avait rien perdu de son mordant, et malheur à qui tomberait entre ses griffes !

— Par le sang, faites-le taire !

Le souffle court, Léo de Grand ruisselait de sueur. À chaque respiration un peu trop forte, ses côtes malmenées semblaient lui déchirer les poumons. Il avait refusé de se dévêtir pour laisser les mires l'examiner, et ce n'étaient certes pas les hurlements aigus du malheureux se tortillant sur leur établi comme un poisson hors de l'eau qui l'auraient fait changer d'avis. L'homme avait eu la mâchoire fracassée et se retrouvait prisonnier de son bassinet déformé par les coups et que des forgerons tentaient d'arracher avec des tenailles. Il y eut un choc sourd, et les cris du supplicié se transformèrent en gémissements et en pleurs. Le casque avait dû céder… Le duc poussa un soupir qui lui arracha une grimace de douleur et se versa directement sur le crâne une pleine cruche d'eau. Carmelide avait lui-même mené trois des six assauts déjà courus, incapable de dire si son parti dominait le tournoi, trop fatigué pour s'en soucier. Ils avaient fait nombre de prisonniers, dont Escan de Cambenet, qui paierait une rançon de prince, mais ils déploraient quatre tués, sans compter le moribond, sur l'établi, et un nombre incalculable de blessés, bras ou mains cassés, ventres perforés, mailles rougies de sang. Au fil des assauts, il avait l'impression que le roi d'armes et le maréchal de lice tardaient un peu plus à prononcer la fin de la mêlée. Malgré les trompettes et les vivats, malgré les cris des dames, les voiles agités et les gestes de victoire, le retour sous la tente était chaque fois un peu moins joyeux.

Il ferma les yeux, étendit les pieds et sombra aussitôt dans un sommeil d'ivrogne, sans même s'apercevoir qu'il s'endormait. L'instant suivant, lui sembla-t-il, un écuyer le réveillait en le secouant à bras-le-corps.

— Qu'est-ce qu'il y a ? bafouilla-t-il en papillotant des paupières.

— Pardonnez-moi, monseigneur… J'ai eu peur. J'ai cru…

— Ah, fous-moi la paix !

Carmelide prit appui sur les bras de son fauteuil et se releva lourdement, chaque articulation douloureuse, avec la sensation qu'il n'était pas un pouce de son corps qui n'eût été roué de coups. Il marqua un temps d'arrêt en réalisant que les barons et chevaliers de son parti, regroupés autour de lui, le regardaient d'un air inquiet.

— Eh bien, en voilà de mornes figures ! dit-il avec un large sourire. Vous m'aviez cru pâmé, comme une damoiselle ? Foutre !

Quelques rires succédèrent à sa triste plaisanterie, puis le silence retomba, charriant au loin l'écho d'une musique guillerette, les cris d'un blessé et les clameurs du roi d'armes proclamant le champion du septième assaut, afin qu'il reçoive des mains de la reine une couronne tressée, en gage de sa vaillance. Déjà la fin du septième… Il avait donc dormi tout ce temps ? Parmi le groupe de chevaliers, il avisa Bélinant de Sorgalles, le camail rejeté en arrière sur les épaules, son front dégarni orné d'un bleu énorme, d'où suintaient des gouttes de sang. Carmelide se demanda s'il avait l'air aussi fourbu que lui, avec sa cotte d'armes déchirée, la peinture sombre de sa cuirasse écaillée en maints endroits, partout où des coups l'avaient atteint, son visage noirci de poussière figée par la sueur.

— Où en sommes-nous, Bélinant ?

— D'après notre tabellion, nous sommes vainqueurs, soupira le duc de Sorgalles. Mais il reste la mêlée de clôture, et on dit que le sire Gorlois a l'intention d'y participer.

— Tant mieux !

— Oui…

Sorgalles demanda, d'un geste, aux tournoyeurs rassemblés autour d'eux de se disperser, et se servit à boire en attendant qu'ils s'écartent.

— Qui vas-tu choisir pour le dernier assaut ?

— Je ne sais pas… Blamore, sans doute. Il a remporté deux couronnes, il en voudra une troisième.

Bélinant secoua la tête, avec un rire sans joie.

— C'est vrai, tu dormais, dit-il. C'est Blamore qui menait le septième assaut. Il a chargé avant tout le monde et il s'est retrouvé seul dans les rangs ennemis. Ils ont tué son cheval à coups de masse, un carnage… Quant à lui…

Il s'interrompit et tendit le doigt au-dessus de son épaule, vers le campement de toile.

— C'est lui que tu entends gueuler… Son cheval lui est tombé dessus.

— Alors, je prends Meylir de Tribuit, Morvid, Barant d'Apres… Ce jeune, là, avec sa cotte jaune, je l'ai vu combattre, il est bon. Demande aussi Melodias ou n'importe qui de Lyonesse, le comte Robert… Et toi, si tu t'en sens encore le courage.

Bélinant hocha la tête et toucha son front perlé de sang.

— Il va me falloir un nouveau heaume…

Léo de Grand le regarda s'éloigner, boitant légèrement mais le corps droit. Sans doute était-il arrivé au-delà de ses limites, et pourtant ne pas le choisir eût été un affront.

— La masse, encore, monseigneur ? demanda son écuyer.

— Non… Trop lourd. Donne-moi une épée et trouve un autre écu, le mien est plus bosselé que le crâne d'un nain…

Comme les trompettes annonçaient le dernier assaut, ils se hissèrent en selle et marchèrent au pas jusqu'à la lice, tous les huit, en un groupe compact suivi par toute la procession de leurs hommes d'armes et de leurs partisans, estropiés ou valides. Les cris de la foule redoublèrent lorsqu'ils pénétrèrent dans le champ clos, défilant l'un après l'autre devant la reine du tournoi, le ventail de leur heaume relevé, pendant que s'égosillaient les hérauts louant leurs faits d'armes, plus ou moins éloquents selon la générosité des tournoyeurs à leur égard.

— Gloire à messire duc Léo de Grand de Carmelide, *d'argent au lion rampant lampassé de sable*, seigneur des lices, grand parmi les grands !

— Honneur au seigneur Geoffroy, fils d'Erbin, chevalier, *d'azur bretessé d'or au dragon de gueules*, terreur de ses ennemis !

La duchesse Helled frémit en voyant son mari s'avancer devant le hourd. Ils eurent un long regard silencieux qui n'échappa à personne, puis il talonna sa monture et revint s'aligner auprès de ses pairs, dans le champ clos. Le roi d'armes s'avança entre les rangs immobiles des cavaliers et leva les mains pour ramener un semblant de calme.

— Oyez, oyez ! hurla-t-il en forçant sa voix éraillée. Reine Helled, ma dame Ygraine, gentes damoiselles et nobles sires, bourgeois de Loth et des alentours, oyez ! Honneur aux preux chevaliers qui ont combattu tout ce jour, gloire aux nobles champions qui vont s'affronter à présent, pour la dernière mêlée ! Messires, combattez courtoisement, sous le regard des dames et selon les lois de la chevalerie !

Il se retira dans un silence parfait, seulement troublé par les coups de sabot des grands chevaux houssés de cuir ou de lourd taffetas, piaffant dans la terre boueuse de la lice, le crissement des selles et le grincement des mailles. Léo de Grand le suivit des yeux tandis qu'il rejoignait un sonneur de trompe, prêt à emboucher pour donner le signal de l'assaut, puis il reporta aussitôt son attention sur le duc Gorlois. Il était impossible de le confondre avec un autre tournoyeur de son parti. Couvert d'une armure peinte en rouge, avec un cimier de plumes de paon grimpant en bouquet à plus d'une coudée au-dessus de son heaume, il se tenait au centre de la ligne, serrant une lance à rochet [1] dans son gantelet de fer.

— Regardez-le ! clama-t-il en éclatant de rire, assez fort pour que tous l'entendent, au-delà même des chevaliers de son parti. On dirait un crabe dans sa carapace !

Carmelide rabattit son ventail de fer, et se trouva dès lors plongé dans le noir, avec pour seule lumière deux fentes étroites pour la vue, et un mouchetis de trous d'air devant la bouche. Son propre souffle lui résonnait aux oreilles, sa barbe crissait contre les mailles de son gorgerin, et des rigoles de sueur qui coulaient de son front jusqu'à l'arête de son nez lui piquaient déjà les yeux... Il perçut le bourdonnement d'une abeille, au-dehors, et secoua la tête, terrifié à l'idée qu'elle pénétrât sous son heaume. Tout à cette frayeur, le coup de trompe le surprit, comme les hurlements des cavaliers chargeant autour de lui. Il éperonna, et le grand cheval s'élança, dans une ruade. Quelques secondes d'un galop lourd, le gantelet gauche serré sur la bride, l'épaule en avant pour présenter l'écu au bois adverse. Car Gorlois courait sur lui. Qui d'autre ? Il ne voyait que sa lance, le rochet sombre et large comme un poing visant le cœur de son écu. Léo de Grand serra les dents, balança son épée au bout de son bras, regrettant en cet instant de ne pas avoir conservé sa masse pour lui enfoncer le crâne. Ses yeux s'agrandirent d'effroi au moment ultime : Gorlois avait redressé sa lance, presque

1. Pointe de lance aplatie en forme de fleur, destinée à la joute.

imperceptiblement. Le rochet frappa le heaume de Carmelide à l'attache de la ventaille, d'un coup si puissant que le casque se fendit en deux, tel un fruit mûr et que la hampe se fracassa en une gerbe d'échardes qui lui larda le visage comme une gifle de clous.

Gorlois jeta à terre le tronçon inutile et dégaina son épée, dégageant d'un coup de pied un sergent d'armes adverse qui s'accrochait à lui. Léo de Grand gisait sur le sol boueux de la lice, tête nue et à demi-inconscient, son camail arraché à l'endroit de l'impact, le visage couvert de sang et d'échardes. Il essayait vainement de se redresser, comme une tortue mise sur le dos. Près de lui gisait un morceau de son heaume brisé. Trop nettement brisé. Ces imbéciles en avaient trop fait, là où quelques coups de lime auraient suffi. Les yeux de Gorlois, sous son propre ventail, se tournèrent vers le roi d'armes, qui semblait s'évertuer à regarder ailleurs, ainsi qu'il lui avait été ordonné.

— À moi, messire !

Gorlois tourna la tête et, par les fentes du ventail, découvrit le duc de Sorgalles, chargeant sur lui l'épée haute. Il reçut le coup de taille sur le plat de son écu, talonna son destrier pour s'écarter, avec tout juste un moulinet, ample et inutile, que Bélinant para d'un simple retrait du buste. Un coup d'œil à Léo de Grand, qui se redressait sur un coude et secouait sa tête ensanglantée. Il éperonna, lançant son lourd chargeur droit sur son adversaire à terre, mais de telle façon qu'il paraissait se porter à l'assaut d'un groupe de tournoyeurs, bataillant à l'autre bout de la lice. Il perçut le claquement des sabots sur le corps de Léo de Grand, son hurlement de douleur, le choc de son épée frappant au hasard. Sur ses talons, un groupe d'hommes d'armes restés jusque-là en retrait courait déjà sur le duc.

Bélinant, horrifié, releva sa ventaille et hurla à s'en déchirer les veines du cou, dardant sur le roi d'armes un regard haineux.

— Félonie ! Le duc a été frappé à la tête sans son heaume !

Le roi d'armes secoua la main négativement et se détourna. Fugacement, Sorgalles croisa le regard de sa femme, épouvantée, suppliante. Ygraine, à ses côtés, était debout, les yeux écarquillés, et lui implorait de faire cesser la mêlée, mais Helled était pétrifiée. D'ailleurs, tout le hourd royal était debout, gesticulant, comme si le juge de lice était le seul à ne pas avoir vu le coup interdit porté par le régent. Les hommes d'armes s'étaient saisis du corps inanimé de Léo de Grand et l'entraînaient vers la barrière du champ clos, comme s'ils voulaient en tirer rançon au nom de leur seigneur. L'un d'eux, un colosse blond et barbu dont la trogne évoquait davantage un Barbare qu'un soldat, marchait en arrière, une main glissée sous son haubert de cuir, semblant y dissimuler quelque chose. L'espace d'un instant, Bélinant vit l'éclat d'un couteau dans sa main, les yeux de l'homme prêt à tuer, et il chargea. D'un coup d'épée forcené, il défonça le bassinet d'un sergent qui s'était interposé et qui tomba à genoux sans un cri, probablement déjà mort avant de toucher terre. Les autres lâchèrent le corps et se ruèrent sur lui comme des furieux, le saisissant de toutes parts. Il frappa à nouveau, mais un garde s'agrippa au passage à son bras et le jeta au sol. Fracas assourdissant. Une douleur fulgurante à l'épaule. De la boue noyant les fentes de sa ventaille. Puis un choc d'une puissance irréelle, à la base de son cou, quand le poinçon du Barbare transperça les anneaux de fer de son camail et lui ouvrit la gorge, écrasant sa pomme d'Adam. Bélinant ne parvint même pas à hurler. De la terre et du sang lui emplissaient la bouche, son corps se convulsait de spasmes et il se noya dans la boue du champ clos, sans voir la charge de Lyonesse et de ses hommes d'armes pour les dégager tous deux, sans entendre les hurlements de la foule ni les cris de sa femme, pas même les trompes sonnant la fin de la mêlée.

Il était mort à l'instant où Gorlois fit cabrer son cheval, juste devant le groupe des hommes d'armes, écartant Lyonesse et ses hommes, et sautant à terre à ses côtés. Le régent arracha son heaume, l'air si terrible que tous ces hommes rudes, vétérans de toutes les guerres, eurent le même mouvement de recul. Il balaya du regard leurs rangs immobiles, chevaliers, barons et piétaille mêlés, côte à côte, devant le cadavre de Bélinant et le corps inanimé de Carmelide. Deux pairs du royaume, baignant dans leur sang… Tout autour de lui, des visages fermés, suants. Haine, gêne, soumission, stupeur, incompréhension… Et le regard de connivence, stupide, d'Oswulf, le voleur à la taille de colosse qu'il avait sorti de prison.

— Tête nue devant ces morts !

Oswulf, comme les autres, se découvrit. Alors, la masse d'armes de Gorlois fendit l'air et lui écrasa le front, à en éclabousser ses voisins.

— Justice est faite ! murmura-t-il d'une voix haletante.

Lorsqu'il parcourut à nouveau le cercle des tournoyeurs, tous baissaient les yeux. Sauf Lyonesse, qui cracha à terre et quitta la lice.

XII

Avalon

Bercé par les cahots de la route et le grincement régulier de sa litière, Bedwin somnolait, vaincu par la fatigue, la tension et les excès de ces derniers jours. La mort de Bélinant de Sorgalles avait été un cauchemar. La duchesse Helled n'avait cessé de hurler son chagrin toute la nuit durant ; ses pleurs déchirants lui vrillaient encore la tête. Alors qu'il tentait de lui apporter le réconfort de Dieu, la reine Ygraine l'avait fait jeter dehors, comme un chien, et elle était restée seule à la veiller pendant toutes ces heures, tandis que les couloirs déserts résonnaient des cris lugubres d'Helled. C'était comme si un sort mauvais s'était abattu sur le palais royal. Dès l'aube, il semblait ne s'y trouver plus personne là où, quelques heures plus tôt, le château grouillait de vie. Le régent Gorlois lui-même demeurait enfermé, invisible de qui que ce soit, gardé dans son propre castel par une meute de chevaliers en armes. Alors, comme les autres, l'évêque était parti la tête basse, seul, à travers les ruelles de la ville dégrisée et honteuse, et cette solitude, en le privant du moindre réconfort, distillait en lui le venin du remords.

Sans surprise, les barons de Cambrie et de Cornouailles avaient décampé les premiers, à la suite de Melodias de Lyonesse et de la duchesse Helled. Les hommes de Carmelide lui avaient interdit le tref du duc, refusant qu'il lui administre les derniers sacrements, et avaient levé le camp, à leur tour, l'emmenant sans que personne sache s'il était ou non encore en vie.

Tout cela avait un goût écœurant de souillure et d'infamie.

Bedwin lui-même s'était abîmé en prières jusqu'à tomber dans un sommeil de brute, sans parvenir pour autant à libérer son cœur du poids de cette honte diffuse. Pourtant, qu'avait-il fait, en dehors de célébrer ce mariage hâtif, cédant à la volonté du régent et sans doute de la reine ? Il fallait un souverain à la tête du royaume. Un bras armé assez puissant pour faire taire les barons… Ygraine n'était qu'une enfant. Seule, elle n'aurait su les gouverner !

La pensée odieuse de la jeune reine dans les bras de cet homme l'arracha à sa somnolence, à moins que ce ne fût le changement soudain du pas de son attelage. À moitié endormi, il perçut des cris, des chocs sourds frappant les roues de son brancard.

— Qu'est-ce qui se passe, encore ? cria-t-il à pleine voix en se redressant sur un coude.

Aucune réponse. Simplement des bruits de course, des sortes de chuchotements et, tout à coup, les chevaux de son attelage se mettant à caracoler dans les brancards, au risque de le jeter à bas. L'évêque ouvrit en grand les rideaux de taffetas épais masquant sa litière et regretta aussitôt ce geste. Des elfes, avec leurs visages d'anges déchus. Partout, les cadavres percés de flèches des hommes d'armes de son escorte. Le groupe immobile de ses clercs, épargnés pour l'instant, le visage blanc de terreur. Bedwin déglutit, puis agita la main d'un mouvement impatient, en direction de ses prêtres.

— Aidez-moi à descendre, pour l'amour de Dieu !

Malgré le soutien de l'un de ses prêtres, il dut sauter pour toucher terre et grimaça lorsque ses pieds nus le reçurent de tout son poids sur les cailloux du chemin.

— Vous ne pouvez pas nous tuer, dit-il à l'elfe le plus proche, un échalas d'une maigreur effrayante, dont les longs cheveux noirs lui tombaient jusqu'à la moitié des bras. Nous sommes des hommes de Dieu, nous n'avons pas d'armes !

L'elfe le regarda avec un sourire plutôt inquiétant. Diabolique, même, aurait-il dit. Bedwin loucha malgré lui sur la longue dague, effilée comme un poinçon, qu'il tenait à la main. La lame suintait de sang.

— Nous ne possédons rien. Laissez-nous passer...

L'elfe se tourna vers ses compagnons.

— *Halig nith instylle beon wirthmynde !*

— Qu'est-ce qu'il a dit ?

— Il a dit que tu étais inquiet pour ton trésor !

L'évêque se retourna d'un bloc, la main crispée sur la manche de son clerc, sans se rendre compte qu'il lui broyait le bras. Un elfe de grande taille, vêtu d'un haubert d'argent qui scintillait à chacun de ses pas dans la douce lumière du sous-bois, s'approcha d'eux, balançant avec nonchalance son arme à bout de bras. Son visage était fatigué, mais Bedwin le reconnut immédiatement.

— Seigneur Llandon !

— Tu sais qui je suis ? Tant mieux...

Le regard clair de l'elfe glissa sur le visage luisant de sueur de l'évêque, ses cheveux et sa barbe trop soignés, puis Llandon écarta le rideau de la litière pour en examiner l'intérieur. Un haussement de sourcils amusé, et il arracha la lourde étoffe d'un coup sec qui fit trembler les brancards et affola les chevaux. Une jeune femme, nue et blanche, les yeux écarquillés par la peur, serrait contre elle un coussin trop petit pour masquer son opulence. Llandon tendit la main, l'aida à descendre, puis la couvrit du rideau et s'écarta, désignant sans un mot le chemin forestier menant jusqu'à la ville. Elle fila à la hâte, chairs tremblotantes, dans l'indifférence amusée des elfes.

— Alors, dit le roi des hauts-elfes, reportant son attention sur le prélat. Est-ce que tu es inquiet pour ton trésor ?

Malgré lui, Bedwin jeta un coup d'œil affolé vers le coffre cerclé de fer rivé à l'intérieur de sa litière, au pied du matelas de paille et des coussins de plumes.

— La clé.

L'évêque marqua une hésitation, puis il détacha la cordelette qu'il portait autour de son cou.

— Mon père, non !

Bedwin s'arracha d'un geste brusque au prêtre qui s'accrochait à lui.

— *Nihil cupit nisi aurum. Id capiat, dum nos incolumes conservet*[1] *!*

Llandon tendit la clé à un elfe, qui bondit dans le chariot et ouvrit le coffre. Il y avait là des bourses rebondies, des ciboires d'or et un crucifix incrusté de

1. « Tout ce qu'il veut, c'est de l'or. Qu'il le prenne, s'il nous laisse la vie ! »

pierres précieuses. Il jeta tout cela dans la poussière du chemin, où d'autres elfes s'en emparèrent avec des piaillements joyeux. Puis il tendit au roi la bible de Bedwin.

Le volume était si lourd, avec son épaisse reliure d'or et de pierreries, que Llandon dut la poser sur les brancards. Au centre, un christ en majesté était sculpté en relief sur une plaque d'or, entouré d'un cadre d'émaux où l'on pouvait lire le nom des évangélistes : *Matheus, Marcus, Lucas* et *Iohanes*. D'un geste brusque, l'elfe arracha les agrafes qui retenaient la lourde plaque de couverture. Le prêtre eut un haut-le corps et, bafouillant d'indignation, s'accrocha à nouveau à la robe de l'évêque.

— *Mi pater, non sines incredulum scripta sacra attingere* [1] *!*

— *Biblia sacra nihil valent apud eum*, répondit Bedwin. *Iste canis nullius rei nisi aurinostri cupidus est* [2] *!*

Llandon se tourna vers eux, affronta leurs regards avec une moue amusée, puis reporta son attention sur la bible de l'évêque.

— *Nihil valet aurum apud elphides* [3], murmura-t-il doucement, comme pour lui-même.

Sans prêter la moindre attention aux deux ecclésiastiques, qui le regardaient avec une stupeur horrifiée, l'elfe, fasciné par la splendeur des enluminures,

1. « Mon père, vous n'allez pas laisser ce mécréant toucher les Saintes Écritures ! »

2. « La bible n'a aucune valeur pour lui. Tout ce que veut ce chien, c'est notre or. »

3. « L'or n'a aucune valeur pour les elfes. »

caressait du bout des doigts les pages de parchemin, si blanches et si fines qu'elles avaient dû être tannées à partir de peaux d'agneaux mort-nés. Il s'arrêta sur une représentation d'Adam et Ève chassés du Paradis, avec un serpent se tordant au pied d'un pommier. Il essaya de décrypter le texte qui l'accompagnait, mais c'était de l'écriture onciale, toute en majuscules, sans accentuation ni séparation entre les mots, et il y renonça aussitôt. Les elfes n'écrivaient pas, en dehors des runes oghamiques qui ne pouvaient indiquer que des concepts, et même lui avait toutes les peines du monde à comprendre l'écriture mystérieuse des copistes. L'enluminure, cependant, était assez claire pour se passer d'explication.

— C'est un pommier, n'est-ce pas ? dit-il en regardant Bedwin. Alors, pour vous le fruit défendu, le fruit de la connaissance est une pomme… On dirait que ta Bible n'a pas tout oublié des vieilles religions…

Il secoua la tête avec un ricanement sans joie, puis récita à haute voix, les yeux fermés, de mémoire :

— Dieu donna cet ordre à l'homme : « De tous les arbres du jardin tu peux manger, mais de l'arbre de la connaissance du bien et du mal, tu n'en mangeras pas ; car le jour où tu en mangeras tu mourras sûrement [1]. » … Quelle est cette religion où la connaissance doit être punie de mort ?

Bedwin ne répondit pas.

— C'est ça, alors, ton Dieu… Un dieu unique, le seul à posséder l'arbre de la connaissance, prêt à tuer tous ceux qui tenteront de s'en approcher ? C'est pour ça que

1. Genèse, 2, 16.

vous êtes prêts à exterminer tous les peuples de la Terre ?

— C'est un Dieu d'amour, murmura Bedwin.

— Oui… L'amour pour les hommes, l'enfer pour les autres. Et toute cette…

Llandon saisit le livre, l'ouvrit à la volée, feuilletant les pages de parchemin enluminées à l'or fin comme un forcené.

— … Toute cette haine dans tant de beauté ! hurla-t-il d'une voix aiguë.

Et, brusquement, il se mit à les arracher, dans un accès de rage démentiel.

— Non !

Le prêtre se jeta sur lui avec des yeux fous, mais ce fut comme une vague frappant un rocher. Llandon le serra à la gorge d'une seule main. Ses ongles crochetèrent son cou, en crevèrent la peau, et des filets d'un sang rouge coulèrent sur sa main bleutée et ses longs bracelets d'argent. Le prêtre émit un gargouillement immonde, les yeux déjà vitreux. Llandon s'en débarrassa alors d'un coup terrible contre les montants du brancard et se tourna vers Bedwin, aussi effrayant qu'un vampire, les babines retroussées en un rictus hideux.

L'évêque tomba à genoux et tendit vers lui la croix qu'il portait en sautoir.

— *Je vous conjure tous, démons, de vous retirer d'ici à mes paroles et vous défends de me donner aucune crainte ni frayeur, terreur ni épouvante, de me faire aucun empêchement d'aucune nature de Dieu présente ou demeurante ici !*

— Qu'est-ce que c'est ? siffla Llandon en s'approchant lentement de lui. Un sort ? Je n'ai pas peur de ta magie, évêque…

— *Je vous conjure derechef de vous retirer, et si quelque esprit vous arrête, que les malédictions de Dieu, Père, Fils et Saint-Esprit, et que l'ire et l'indignation de la très sainte et indivisible Trinité, et de toute la cour céleste tombent et descendent sur vous, qui êtes rebelles à Dieu !*

L'elfe le saisit au cou, chair blanche et tremblotante, suant la peur, yeux fermés, barbiche frémissante, larmes et lèvres chevrotantes. La voix de Bedwin n'était plus qu'un gémissement.

— *Je commande puissamment aux diables qu'ils vous tourmentent, par les saints noms de Dieu, Hee, Lahie, Lyon, Hela, Sebaoth, Cheboin, Adonaï...*

Le reste se perdit dans un gargouillis hideux. Avec un rugissement de loup, Llandon avait planté ses dents dans l'artère de l'évêque, s'inondant le visage de son sang, si affreux à voir que ses propres guerriers se voilèrent la face.

Ce soir-là, à la nuit tombée, ce furent plus d'une centaine d'elfes qui disparurent dans la forêt, fuyant la guerre de Llandon et l'horreur de leurs souvenirs.

Les yeux rougis par la contemplation du feu, Uter avait sombré dans le néant, une rêverie éveillée bercée par le crépitement du bois sec se tordant dans les flammes et les cris mornes des oiseaux de nuit. Le vent se levait, annonciateur des tempêtes d'équinoxe et des grandes marées, mais il n'avait pas froid. Torse nu, juste vêtu d'un pagne et de bottes, avec son épée pour seule arme et un épieu pour chasser, il n'avait plus vu personne depuis des semaines, et cette immense solitude le replongeait dans le désespoir de son emprisonnement sous la Montagne. Il avait eu peur, il avait grelotté sous les averses de pluie, tremblé des nuits entières à épier les bruits de la forêt, il avait eu faim, il avait voulu fuir, rentrer chez lui à Cystennin, quitter ces bois inhumains. Il était devenu une bête, les cheveux emmêlés de feuilles et de brindilles, les joues mangées par sa barbe, puant comme un ours, haïssant cette nature de ronces et d'orties, l'eau saumâtre du lac, le coassement infernal des grenouilles et le temps de chien de ce début d'automne.

Mais il était resté.

Pourquoi un homme comme lui, chevalier, preux du royaume et fils aîné du baron de Cystennin, obéissait-il à ce bâtard de Merlin, ni elfe ni homme, un enfant malingre, épais comme une branche avec ses cheveux blancs de vieillard et ce teint de cadavre ? Cette question ne cessait de le hanter. Avait-il si peu de volonté, si peu d'amour-propre ? Peut-être, simplement, Merlin l'avait-il oublié. Ou peut-être était-il mort. Et peut-être demeurerait-il pour toujours ainsi, tel un ermite, face à ce lac noyé de brume, jusqu'à ce que l'hiver le glace, jusqu'à ce que ses os tombent en poussière... Merlin avait parlé d'une île, au-delà du brouillard, l'île de son rêve, à laquelle les mortels ne pouvaient accéder sans passer par cette épreuve interminable, ce dépouillement, cette solitude désespérante... Et il avait parlé de Lliane. « Là où elle est, nul mortel ne peut la rejoindre, avait-il dit. Pourtant, elle t'attend, le jour du *Feth Fiada*, quand les dieux étendront leur brouillard magique sur les hommes pour visiter la Terre du Milieu. Ce jour est celui des équinoxes, et celle de septembre est proche. Mais tu devras être prêt... Et tu n'as plus beaucoup de temps. »

Combien de fois avait-il tenté de nager jusqu'à elle, en dépit du froid, en dépit des roseaux ou des algues qui le saisissaient aux jambes comme des anguilles, malgré la vase qui semblait l'aspirer ? Il avait nagé jusqu'à épuisement, jusqu'à la terreur de l'engloutissement, et plus d'une fois il s'était senti couler à pic, sombrer dans ces eaux noires, se livrer à la mort, et il avait repris connaissance sur la berge, vomissant tripes et boyaux, mais vivant, malgré tout, encore et encore.

Peut-être aurait-il dû partir. Partir, oui, rentrer chez lui, retrouver son père et les siens, oublier Lliane et cet enfant qu'il n'avait jamais vu et puis, plus tard, quand il serait vieux, repenser à toute cette histoire avec nostalgie, ou avec dédain. Avoir des remords, sans doute, mais vivre comme un homme et non comme une bête !

Une première goutte de pluie s'écrasa sur ses épaules, puis une autre, et une risée de vent glacé couvrit le lac d'éclaboussures luminescentes. Uter se leva d'un bond, ramassa son épée et courut s'abriter sous sa hutte de roseaux. Le brouillard ne serait pas pour aujourd'hui… Pourquoi, par Dieu et par le Diable, pourquoi restait-il ici ? Ulfin s'en était allé, et Bran aussi, pour rassembler une armée, disaient-ils. Tu parles… Ils avaient dû rentrer chez eux, oui ! Oublier Merlin et ses délires !

Merlin… Détestable, haïssable bâtard, avec ses énigmes et ses sentences incompréhensibles. Comment l'avait-il appelé ? Kariad… *Kariad daou rouaned…* Une autre de ses prophéties ridicules. Il n'était guère différent des moines, avec leurs Évangiles pleins de démons et de merveilles. Tous des bonimenteurs, des arracheurs de dents, des illusionnistes de foire et des tours de passe-passe ! Il s'était servi d'eux comme escorte, voilà tout, et il l'avait abandonné, comme le pauvre imbécile qu'il était !

— Je ne t'ai pas abandonné, Uter.

Le chevalier poussa malgré lui un glapissement d'effroi et se rejeta en arrière, au risque de faire effondrer sa hutte branlante.

— Je t'ai fait peur ?

Uter ne voyait qu'une sombre silhouette, se détachant à peine de l'obscurité de la cabane, mais il reconnut la voix juvénile et ironique de Merlin.

— Par le sang, je…

Une seconde plus tôt, une rage mortelle le submergeait, mais soudain, alors qu'il tendait déjà le poing vers l'homme-enfant, son cœur se broya, et il s'effondra en pleurs. Une voix, enfin, après tant de jours de silence…

Merlin sentit sa gorge se nouer. Il le voyait, lui, si pitoyable, pleurant comme un fleuve qui rompt ses digues, amaigri, hirsute, brisé par une détresse insondable. Il le prit dans ses bras, couvrit ses épaules nues de son manteau et attendit que ses sanglots se tarissent. C'est ainsi que la nuit s'écoula.

L'aube venue, Merlin le fit asseoir au bord du lac et le rasa soigneusement, du tranchant de sa propre dague. Lavé, les cheveux démêlés et nattés, Uter reprit figure humaine, si on n'y regardait pas de trop près. Il se laissait faire tel un enfant docile, sans dire un mot ni quitter Merlin de son regard fourbu. Le brouillard s'était levé, aussi dense et blanc qu'un nuage, recouvrant le lac et la berge d'un silence irréel. Cette seule pensée emplissait le crâne du chevalier. Le brouillard d'équinoxe… Ainsi, il était resté seul plus de quarante jours dans ce désert forestier. Ainsi, l'épreuve était terminée… Uter n'osait lui adresser la parole, et d'ailleurs il ne serait guère parvenu à formuler le flot de questions qu'il avait refoulé en lui depuis tout ce temps. Aucune d'elles n'avait désormais d'importance. Même s'il avait attendu en vain, même si ce paradis terrestre dont Merlin avait parlé n'existait pas, même s'il ne découvrait au bout de la brume qu'une île déserte, l'heure était venue de la délivrance.

Merlin, lui aussi, était grave, le geste lent, concentré sur le rasage afin de ne pas croiser le regard d'Uter, et s'accommodait volontiers du mutisme de son compagnon. On n'entendait plus les oiseaux, ni aucune bête de la forêt, pas même le froissement des frondaisons. Rien. La brume et son odeur métallique, oppressante. Le clapotis des eaux.

Quand il eut fini, l'homme-enfant se leva, et Uter le suivit jusqu'au bord du lac.

D'abord, ils ne virent rien, puis le chevalier aperçut une forme sombre sur l'eau, qui dérivait lentement vers eux et vint s'échouer à leurs pieds. Une barque, noire et luisante d'humidité, sans rames ni perche.

— Le passeur de brume, murmura Merlin d'une voix mal assurée, presque effrayée.

Il se tourna vers son compagnon avec une expression étonnée, comme s'il s'était attendu que le chevalier se précipitât dans l'embarcation, et quand il vit qu'Uter ne bougeait pas il le prit par la main, pour le faire monter à bord. Aussitôt, il le poussa loin de la rive.

— Tu ne viens pas ? dit Uter.

— Je ne peux pas !

Sa longue silhouette efflanquée s'estompait déjà dans la brume, si droite et immobile qu'on aurait dit une souche d'arbre.

— Mais je t'attendrai ! cria-t-il, et sa voix rebondit sur le lac comme un écho.

Uter s'assit, le cœur battant et les yeux écarquillés, sans savoir si la barque avançait. Il n'y avait aucun repère, dans tous ces bancs de nuages blancs, lents, froids comme la pluie, aucun sillage le long de l'esquif, pas le moindre souffle de vent sur son visage, et durant un temps infini il resta ainsi, n'osant faire un geste. Parfois, un clapotis attirait son attention, mais le temps qu'il se retourne il n'y avait plus que des rides, sur l'eau, s'élargissant jusqu'à disparaître. Et, parfois, ces brusques éclats liquides étaient tout proches, si puissants qu'il ne pouvait s'agir d'un simple poisson. En dehors de ces fugaces et invisibles apparitions, il n'y avait rien, et le temps était long. Toutes ces journées passées seul, sous sa hutte, à regarder la pluie tomber en claquant des dents, l'avaient cependant habitué au néant, et son âme se retira de son corps prostré pour vagabonder dans son propre brouillard.

Puis il y eut un halo, un scintillement dans le rideau de brume, la longue trace sombre d'un rivage émergeant peu à peu. Des rayons de soleil, enfin, transpercèrent les nuages, et avec eux des taches de lumière glissèrent paresseusement sur le plat-bord, jusque sur sa main, en une coulée de chaleur bienfaisante qui l'arracha à sa rêverie.

La barque s'échoua doucement sur les hautes herbes du rivage, tandis que s'effilochaient les derniers filets nuageux autour de lui. Uter se leva lentement, enjamba le bordé et s'avança vers la berge, de l'eau jusqu'aux genoux. L'île était horriblement décevante. Ainsi, ce n'était que cela, Avalon ? Bien sûr, il y avait des pommiers [1], en si grand nombre qu'on aurait dit un verger, mais ce n'était qu'un îlot sauvage, à peine plus long qu'une portée de flèches, envahi d'herbes folles, de lierre et de liseron, guère différent de la rive qu'il venait de quitter. Et l'île était déserte.

Machinalement, il cueillit une pomme bien rouge, puis se laissa tomber au pied de l'arbre pour la manger. Elle n'était pas là, c'était évident. Ni Lliane ni Morgane… Il n'y avait là pas plus de dieux que de fées, ni que de magie dans les simagrées de Merlin ! Au même instant, un vagissement aigu le fit sursauter.

Uter jeta la pomme et se releva. D'un pas d'abord hésitant, tendant le cou pour mieux voir, il s'avança en direction des piaillements, à travers les nuées de parcelles scintillantes qu'il soulevait à chaque pas. Il n'y avait plus de brume, non, plus de pluie, ni de froid ni de vent, mais un soleil éclatant, si chaud que ses hardes le cuisaient. Des rigoles de sueur lui coulaient du visage, chaque pas devenait une épreuve, comme si toutes les herbes de la terre se liaient à ses bottes, et plus il avançait, plus l'île semblait s'élargir autour de lui. Mais de tout cela Uter ne s'en rendait pas compte.

Car enfin, il la vit.

Elle était assise à l'ombre d'un pommier, et autour d'elle brasillait une multitude d'éclats lumineux, de reflets d'ailes aussi mouvants et imprévisibles que le reflet du soleil sur les vagues. Il l'appela, et aussitôt toute cette vie minuscule disparut dans l'abri des hautes herbes.

1. Avalon signifie « l'île aux pommes », la pomme étant le fruit de la connaissance druidique.

Lliane était nue, serrant contre elle son bébé. Au travers du feuillage, des rayons de soleil dessinaient sur sa peau bleutée des taches de lumière, qui glissèrent lentement sur son dos comme une caresse lorsqu'elle se tourna vers lui. Elle le regarda, sourit, tendit la main dans sa direction, découvrant du même geste un petit corps dodu et pâle, pressé contre son sein. Le cœur d'Uter battait à se rompre. Les dernières toises qui le séparaient encore d'elles furent les plus lentes de sa vie entière. La gorge sèche, il contemplait Lliane, le corps de Lliane, l'éclat irréel de ses yeux verts (comment avait-il pu l'oublier ?), la courbe de ses hanches et de ses cuisses, et ce petit être qui remuait faiblement dans ses bras avec des piaillements d'oiseau... Soudain, il prit conscience du poids de son épée à son côté et défit prestement son baudrier. L'arme disparut dans l'herbage. Dès lors, comme si l'île le délivrait, il parcourut sans effort les dernières coudées et se laissa enfin tomber à genoux près d'elles.

— Voilà ta fille, murmura Lliane.

Uter hocha la tête, incapable de prononcer une parole.

— Elle va se rendormir... L'orage de cette nuit l'a effrayée.

Le soleil irisait sa peau bleue d'une ligne d'or et donnait à ses yeux un éclat bouleversant. Elle avait toujours cette fossette au coin des lèvres, quand elle souriait, comme autrefois, quand elle partageait sa vie. Avant qu'elle ne parte... Elle déposa doucement la petite fille au creux d'un berceau de mousse, et dans le mouvement la longue frange de ses cheveux noirs glissa sur son épaule. Uter tendit la main. Ses doigts, enfin, se posèrent sur sa peau.

— Tu m'as tellement manqué...

Elle le regarda sans répondre, et ce regard empreint de tristesse lui serra le cœur.

— … Mais toi, bien sûr, tu ne sais pas ce que c'est.

— Mon beau chevalier…

Lliane s'agenouilla tout près de lui, prit son visage entre ses mains, avec un sourire indulgent. Ému, peut-être, même…

— Je t'aime, Uter. Je t'aime autant que je peux aimer quelqu'un. Plus, encore, depuis que Rhiannon est née…

— … Mais ?

— Cette fois, il n'y a pas de mais, dit-elle en souriant. J'ai eu tort de m'enfuir, c'était contre notre destin… Nous sommes l'un et l'autre nés pour rester unis à jamais.

Uter se pencha, baisa son cou, ses bras, ses seins, posa la joue contre sa poitrine et ferma les yeux. Le cœur de Lliane battait aussi vite que le sien. Elle se releva d'un coup, le prit par la main et s'écarta du pommier, reculant sans cesser de le regarder de ses yeux vert doré. Uter eut l'impression de revoir ce miroitement d'ailes furtif et silencieux, autour du bébé. Comment l'avait-elle appelée ? Rhiannon ? Ne s'appelait-elle pas Morgane ?

Lliane se coucha dans l'herbe et l'attira vivement contre elle dans un éclat de rire. Ils firent l'amour comme des loups, goulûment, en se mordant et en se griffant, à corps perdu, avec une voracité de morts-de-faim, se redécouvrant l'un l'autre, se retrouvant enfin. Puis ils s'abattirent dans l'herbe, haletants, les yeux tournés vers le défilement du ciel au-dessus d'eux.

Uter, bientôt, s'abîma dans la contemplation de ce spectacle inhabituel… Il n'y avait pas le moindre souffle de vent, et cependant les nuages glissaient dans l'azur à une vitesse prodigieuse, se faisant et se défaisant, passant du gris sombre au blanc, s'effilochant pour disparaître et renaître à nouveau, encore et encore… Brusquement, Lliane se leva, cueillit une pomme et revint s'allonger sur lui, si légère malgré sa taille, pour la lui faire croquer.

Uter mordit à pleines dents, puis pouffa de rire.

— Qu'est-ce qu'il y a ?

— Non, c'est tout ça… La pomme, ce verger, nous deux, là… Ça me rappelle le chapelain de mon père, Elad, et ses histoires d'Adam et Ève.

Le sourire de Lliane s'effaça lentement de son visage.

— Tu crois en leur dieu ? murmura-t-elle.

— Non, bien sûr que non ! dit Uter en la reprenant par le bras. C'est juste que j'ai l'impression d'y être, dans son paradis terrestre !

— Alors, mange cette pomme.

— Ah oui, le fruit défendu…

Uter sourit, mais elle ne souriait pas. Elle s'était levée d'un bond et le dominait de toute sa taille, de toute sa nudité.

— Ce n'est pas le fruit défendu, dit-elle. C'est le fruit de la connaissance. Le fruit d'Avalon. Mange, et tu ne seras plus jamais le même.

Uter obéit, mais ce n'était qu'une pomme, croquante, un peu acide, pleine de jus… Il s'en sentit presque coupable, tant il aurait souhaité une sorte d'illumination subite, le déchirement du ciel, un ange venant le toucher au front… Rien de tout cela. Pourtant, Lliane semblait heureuse. Elle s'agenouilla à nouveau près de lui, et quand il saisit son corps, elle ferma les yeux, tendit son cou et ses seins vers la bouche de son amant.

— À présent, nous ne serons plus qu'un, murmura-t-elle.

Il n'y eut plus un mot, que des gestes, caresses, baisers, étreintes, le tumulte de leurs corps unis, puis ce regard intense, effrayant, même, qu'elle jeta sur lui, et un cri :

— *Flaese betaccan myrgth flaese. Gebedda betaccan myrgth gededda Beon sum !*

Et Uter, stupéfait, comprit le sens de ces paroles : « La chair donne du plaisir à la chair. L'époux donne du plaisir à l'épouse. Nous ne sommes plus qu'une personne. »

Uter s'éveilla dans la barque. L'espace d'une seconde, une foule de sentiments traversèrent son esprit : égarement, détresse, puissance, puissance infinie, fureur… Mais une seconde seulement. Car, bien qu'il fût seul, bien qu'il fût nu ou presque, vêtu d'un pagne crasseux et de bottes, son épée pesant de nouveau contre sa cuisse, dérivant sur ce bateau fantôme sans rameur ni timonier, il perçut la présence de Lliane. Elle n'était pas à côté de lui, elle était *en* lui… Plus, encore. Elle *était* lui. Et une ardeur intense, inconnue, le sentiment d'un pouvoir immense lui brûlait le cœur. Le souffle du dragon…

Il revit le visage de Morgane, sa toute petite fille, qu'il avait tenue dans ses bras, si frêle, blanche et menue. Il avait senti la caresse infime de ses petites mains sur son visage. Il avait ri de ses lumineux sourires, de ses gazouillis d'oiseau et de ses regards soudainement graves, comme si une foule de pensées agitaient sa petite tête. D'un mouvement instinctif, il se retourna vers Avalon, mais il n'y avait plus rien, que cette brume si dense qui éveillait en lui le souvenir lointain de sa première traversée. Des tas d'images lui assaillaient l'esprit, si foisonnantes qu'il dut fermer les yeux pour les apaiser. Lliane, Morgane, le défilement des jours sous ces nuages si rapides, et ce petit peuple scintillant qu'il avait appris à domestiquer. Se pouvait-il que ce fussent des fées ?

Une rumeur croissante, au-delà du brouillard, l'arracha au bouillonnement de ses pensées, tandis que les derniers bancs de brume se dispersaient sous ses yeux. C'était le même rivage, la même forêt, la même grisaille pluvieuse, mais les berges qu'il avait quittées désertes étaient à présent noires de monde. Toute une ville de huttes et de tentes s'était dressée là, ponctuée de la fumée noire de cent feux de camp. Des oriflammes claquaient au vent, des chevaux piaffaient, et Uter fut saisi de peur en voyant cette foule immense s'amasser devant la forêt, comme pour l'attendre, dans un silence de plus en plus lourd.

Avec lenteur, il se redressa dans la barque, dominant le tremblement de ses mains. Ils étaient des milliers, elfes et hommes confondus, et leur campement était une vraie ville…

En se rapprochant du rivage, il reconnut Merlin à sa grande robe bleue, puis Ulfin, Bran et plusieurs de ses compagnons d'autrefois, chevaliers ou écuyers de la maison du roi. Tous semblaient l'attendre depuis des mois…

XIII

La nuit du Pendragon

Il n'avait cessé de pleuvoir depuis des semaines, rendant toute opération militaire d'envergure désormais impossible. Dans les derniers jours d'octobre, la pluie avait cédé la place au froid. Les lisières des forêts résonnaient continuellement des coups de cognée des bûcherons ou du grincement de leurs scies. Partout dans le royaume, et jusqu'au cœur de Loth, les hommes stockaient du bois en prévision d'un hiver qui s'annonçait long et rude. Mais, au moins, il n'y aurait pas la guerre...

Depuis un an, l'ost du régent avait remporté quelques victoires mineures, dans le Nord, contre des baronnies révoltées. Assez pour célébrer des messes d'actions de grâces, pas assez pour se sentir à l'abri. De la poudre aux yeux, voilà tout... La bataille véritable n'avait pas eu lieu. Ni contre les elfes ni contre l'armée des ducs. L'hiver, le printemps et un nouvel été s'étaient lentement écoulés dans l'attente d'une apocalypse qui ne venait jamais. Les jours et les semaines s'enchaînaient, tous semblables, avec leur lot de nouvelles et de rumeurs. On murmurait que Léo de Grand de Carmelide n'était pas mort (mais ce n'était pas nouveau. Dès la fin du tournoi, il y a un an de cela, le bruit courait déjà) et qu'il avait levé une armée immense, alliée aux Barbares des Marches. D'autres certifiaient que les elfes étaient sortis de la forêt par milliers, comme un fleuve torrentiel, et qu'ils tuaient tout le monde sur leur passage, hommes et bêtes. Et certains racontaient à qui voulait l'entendre que les barons révoltés et les elfes ne formaient qu'une seule armée, si vaste qu'elle obscurcirait l'horizon, le jour où elle fondrait sur la ville.

Ce n'étaient que des rumeurs, bien sûr, mais nul n'y échappait, pas même le régent Gorlois. Cependant, comme on ne voyait toujours rien venir, ni marée d'elfes ni forêts de lances, le peuple de Logres avait fini par croire que les escarmouches de l'été avaient suffi à contenir l'ennemi.

Le peuple, mais pas Gorlois.

Trempé jusqu'aux os malgré son lourd manteau d'ours, le régent arpentait le chemin de ronde, serrant ses mains dans un geste compulsif qui lui était devenu familier. En un an, il s'était voûté bien plus qu'en dix années de batailles. Ses cheveux gris viraient au blanc, et il s'était laissé pousser une barbe qui le vieillissait encore. Tout à coup, il se pencha à un créneau et cria un ordre qui se perdit dans le bruissement de la pluie. Au-delà du fossé qui entourait Loth, une nuée de manouvriers travaillait mollement, trop mollement, aux remparts extérieurs.

— Messire Émeric !

À une portée de pierre, abrité sous le porche de l'une des dix tours carrées cernant la ville, un colosse portant une cotte d'armes blanche à croix rouge se leva en ronchonnant et, tirant sur sa nuque le capuchon de sa longue cape écarlate pour s'abriter de l'averse, rejoignit son seigneur au petit trot.

— Ces hommes, dit Gorlois d'un ton haché, effrayant. Ces hommes ne travaillent pas ! Vas-y !

— Monseigneur, il pleut, soupira le chevalier. Le mortier se désagrège, sous la pluie... Ça ne sert à rien.

Gorlois le dévisagea alors avec une rage inouïe. Émeric détourna les yeux et hocha la tête.

— J'y vais, monseigneur...

Il tourna les talons et repartit en courant vers l'abri de la tour. Il lui suffirait d'envoyer un garde, vêtu de sa propre cape au cas où Gorlois vérifierait que son ordre avait été exécuté (on devenait vite prudent, aux ordres du régent), puis de traîner aux cuisines le reste de l'après-midi. Inutile de se tremper la couenne pour ce fou et ses fortifications écœurantes de lâcheté...

Le corps tout entier secoué de tremblements incontrôlables, Gorlois le regarda s'éloigner. Il fallait rentrer. Rester dehors par ce temps de gueux, c'était risquer d'attraper la mort. Et la reine devait l'attendre. L'attendre, oui, auprès de leur fille Morgause...

D'un seul coup, il se précipita à grandes enjambées vers la tour, puis s'engouffra dans les escaliers, si vite que les gardes de son escorte mirent plusieurs minutes à le rejoindre. Grelottant de froid, laissant derrière lui des flaques à chaque pas, il courait presque dans les couloirs, bousculant rudement au passage les inconscients ou les distraits, s'enfonçant toujours plus avant dans les méandres des coursives qui menaient au château. Il courait tant qu'il en oublia Ygraine et sa fille. Une fois encore, une fois de plus, ses pas le conduisirent malgré lui jusqu'à la porte de chêne cloutée fermant la salle du Grand Conseil.

C'était là, autrefois, que se réunissaient les rois des Peuples Libres, autour du talisman des hommes, la Pierre de Fal, enchâssée au centre d'une immense table de bronze gravée d'entrelacs, à la mode ancienne. Le Fal Lia, la pierre sacrée qui gémissait à l'approche d'un vrai roi… Avec fébrilité, il fouilla sous son bliaud de velours trempé et en extirpa une lourde clé qu'il engagea dans la serrure. La porte s'ouvrit en grinçant de façon sinistre sur une salle qui sentait le moisi. Il faisait sombre, là-dedans, et froid. Les bannières disposées sur chaque trumeau, entre les embrasures, pourrissaient lentement. Les boiseries luisaient d'humidité. Certaines des toiles enduites de cire qui masquaient les fenêtres étaient déchirées et battaient au vent. Au sol, les dalles étaient noyées de pluie… La salle, jadis glorieuse, était à l'abandon. Gorlois s'approcha de la table ronde et de cette pierre sombre qui en formait le centre, mais la pierre, comme toujours, resta muette. Alors, d'un seul coup, avec la fureur d'une lame de fond, sa rage déborda en hurlements, le corps vibrant de haine et de frustration, et il la martela à s'en meurtrir les poings.

Il n'était pas le roi.

Ses cris misérables résonnaient dans les coursives du château, et jusqu'aux derniers des tournebroches, dans les cuisines, jusqu'aux porchers pataugeant dans la soue, brassant la farine d'orge sous la pluie, jusqu'aux plus jeunes des écuyers, étouffant sous des hauberts trop grands pour eux, le bras lourd et douloureux à force de frapper, encore et encore, le madrier sur lequel le maître d'armes les faisait s'exercer à l'épée, tous eurent honte pour lui.

Il n'était pas le roi.

Dans la chapelle, Ygraine ferma les yeux, la gorge nouée. Agenouillée sur un prie-Dieu en avant de l'assistance, devant l'autel où officiait frère Blaise pour la messe de la Toussaint, elle pria pour le salut de son âme. À ses côtés, dans un berceau couvert de fourrure de martre, sa fille Morgause dormait paisiblement. La fille de Gorlois... Le fruit maudit de ses entrailles...

Il n'était pas le roi.

La pluie s'arrêta à la tombée du jour. Malgré l'humidité, les elfes avaient réussi à trouver du bois assez sec pour bouter le feu aux immenses bûchers élevés de part et d'autre du lac. La nuit vint sans que nul s'en aperçût, tant il avait fait sombre tout au long de l'après-midi, sous ce déluge ininterrompu qui glaçait les cœurs et transformait les berges du lac en une débâcle de boue. Le crépitement des flammes, leur rougeoiement sur les toiles de tente détrempées ramenèrent des sourires sur les visages las de cette multitude guerrière amassée à la lisière de la forêt, dans de mauvaises huttes. Bientôt, tous furent dehors, regroupés près des feux sans distinction de race, hommes, elfes et nains... Car il y avait des nains, parmi eux. De maigres groupes de guerriers de la Montagne rouge, quelques chasseurs des collines et de rares survivants du royaume sous la Montagne noire, regroupés autour du prince Bran, méfiants et hargneux comme à leur habitude, à peine deux cents en tout, perdus dans la masse des hommes d'armes portant les livrées colorées d'obscures baronnies ou de grand duchés – Carmelide, Lyonesse, Dommonée –, venus avec femmes, valets et bétail. Il y avait là des Barbares des Marches, massifs comme des buffles et à peu près aussi poilus, dont les rires résonnaient avec autant de force que des mugissements de buffle. Puis il y avait le flot mouvant des elfes de Brocéliande, avec leurs vêtements de moire qui jetaient des éclats rouges et verts à la lueur des bûchers, trop nombreux pour être comptés, sans parler de tous ceux qui s'étaient perchés dans des arbres ou demeuraient tapis dans les broussailles, à la lisière de la grande forêt, afin de contempler de loin ce spectacle fascinant. Toutes ces flambées, dans la nuit noire, formaient un gigantesque incendie, une forêt de flammes illuminant le ciel et le lac, jusqu'à la ligne sombre d'Avalon, visible de tous, ce soir-là. Lointaine, inaccessible, mais visible, au moins... Il y avait assez de vin et d'hydromel pour que les hommes fussent ivres, mais personne encore n'avait bu. L'odeur des bœufs entiers mis à la broche tiraillait les ventres, d'autant que personne encore n'avait mangé, pas même les nains. C'était la nuit de Samhain, la principale fête de l'ancien calendrier, dont le nom signifiait « réunion ». C'était la nuit des morts, l'unique passage entre le monde inférieur et la Terre du Milieu, et chacun devait songer aux êtres disparus, de peur qu'ils ne viennent eux-mêmes se rappeler à la mémoire des vivants. Les nains, les elfes et les hommes – y compris ceux qui s'étaient tournés vers la nouvelle religion – partageaient la croyance dans l'au-delà et dans la survie de l'âme, même si tous ne croyaient pas au même paradis. Pourtant, quel que soit le nom qu'on lui donne – Samhain, Toussaint ou Hallowe'en –, c'était une nuit effrayante, où la caresse glacée de la Mort venait vous frôler le visage, où les disparus recevaient l'hommage des vivants, puisaient une nouvelle énergie permettant de poursuivre leur long voyage souterrain vers l'illumination.

Le lac, pour l'instant, était calme. Mais bientôt le vent se lèverait, et des vagues viendraient s'échouer sur le rivage, charriant à chaque ressac le flux des âmes invisibles.

En haut d'un tertre dominant le vaste campement, Uter ne quittait pas l'île des yeux, et la voix de Lliane coulait en lui comme un murmure imperceptible. Tournant le dos au brasier élevé sur la colline, il avait l'air inconscient des regards posés sur lui, si parfaitement immobile que Merlin lui-même n'osait intervenir.

Ils étaient neuf, disposés en cercle autour du bûcher, aussi dissemblables que possible. Bran, appuyé des deux mains sur une hache aussi haute que lui, avait été long à comprendre qu'Uter et Lliane ne formaient plus qu'une personne. Et même alors, il avait tenu à lui raconter en détail la bataille de la Montagne rouge, à lui transmettre le message du vieux roi Baldwin, sans comprendre que Lliane connaissait déjà tout ce dont se souvenait la mémoire d'Uter... À ses côtés se tenait Freïhr, chef des Barbares des Marches, ou de ce qu'il en restait. Le torse nu et peint en l'honneur de ses morts, le teint rouge brique à la lueur du feu, il était pareil à une tour, aussi large et aussi haut. Il avait accompagné Lliane et Uter sur les traces de l'elfe Gaël, et il était prêt à les accompagner encore, où qu'ils aillent. À lui nul n'aurait même tenté d'expliquer leur état. Près de lui se tenait le vieux druide Gwydion et le prince Dorian, si maigres et si pâles, en comparaison. Les voir, leur parler à l'un et l'autre, avait été pour Uter une expérience éprouvante. Pour la première fois, il avait eu l'impression de ne plus être lui du tout, s'exprimant en langue elfique à des êtres qu'il n'avait jamais vus, serrant contre son cœur le prince Dorian, embrassant Blodeuwez, séchant les larmes du vieux Gwydion... Eux-mêmes semblaient ne voir que Lliane à travers lui, comme s'il n'existait plus. Peut-être avait-elle ressenti la même chose quand il avait retrouvé ses anciens compagnons, et les grands barons ralliés par Ulfin à sa cause... Ce dernier, debout à côté de lui, le visage marqué par la flèche elfique qui lui avait brisé la mâchoire, portait ses propres couleurs, *d'or au levron passant de gueules* [1], auprès d'Helled de Sorgalles, la seule femme de leur assemblée, et du duc Léo de Grand de Carmelide, dont la cuirasse lançait des éclats vifs comme des braises.

Lorsque le vent se leva, Merlin jeta dans le feu un bouquet de gui. L'instant suivant, une gerbe d'étincelles s'échappa des flammes vers la nuit noire. Le lac se ridait, le clapot sur les berges s'intensifiait, et tous, autour des brasiers, sentirent ce froid glacial s'insinuer dans le campement. De jeunes filles elfes, à la stupeur des hommes, abaissèrent leur tunique et levèrent les bras au ciel, offrant leurs seins nus à la morsure invisible des âmes errantes. Leurs druides et leurs bardes entonnèrent une étrange mélopée, tour à tour stridente et sourde, ridicule, parfois, quand ils se mettaient à glousser comme des animaux, effrayante quand leur voix s'éraillait en d'atroces rugissements. Les nains, regroupés en cercle sur deux rangées autour d'un unique brasier, martelaient le sol d'un pas lourd et régulier, en marmonnant ce qui ressemblait à une chanson de marche. Et des hommes priaient, agenouillés, les mains

1. Écu jaune frappé d'un lévrier rouge.

jointes, tremblants de peur au passage glacé des spectres. Sur le lac, ce qui n'était que de simples vaguelettes soulevées par la brise devint bientôt une véritable tempête. Le vent devenait assourdissant, soulevant sur le lac des vagues si puissantes qu'elles éclaboussaient jusqu'aux chênes de la forêt, dans un tumulte assourdissant percé de stridulations soudaines, de râles et de sifflements morbides. L'épouvante. La terreur absolue. La Mort, visible, palpable, glissant comme un torrent entre les rangs des vivants…

Uter, les bras écartés, vacillait sous la bourrasque, secoué par des rafales d'images, de voix, assailli par la mémoire d'êtres chers, et d'autres, qu'il ne connaissait pas. Des amis morts dans ses bras, Tsimmi, Rodéric, et des ennemis morts de sa main. Des elfes émaciés, de sombres formes grimaçantes puis, fugacement, une vision divine, l'éblouissement, le souffle d'un dieu sur son visage. Soudain, comme un éclair, il reconnut entre tous ces fantômes le visage de son père. Il hoqueta, ouvrit les yeux et le spectre disparut aussitôt. Mais c'était bien Cystennin…

— Mon père !

Le vent cessa brutalement, à en perdre l'équilibre.

Partout dans le campement, les vivants hébétés chancelaient ou tombaient à terre, comme des marionnettes dont on aurait coupé les fils, dans un silence blanc où l'on entendait à nouveau crépiter les flambées.

Uter se sentit vidé, trop épuisé pour faire le moindre geste, bouleversé par les visions atroces qui l'avaient assailli, par des souvenirs fugaces d'une illumination divine, et par cette image, obsédante… Le visage de son père parmi celui des morts.

Il sentit à nouveau peser sur lui les regards de cette multitude, mais ce fut Merlin qui parla.

— Écoutez-moi ! Tribus de la Déesse, devant vos morts, écoutez-moi ! Je suis Myrddin, le fils de l'elfe ! Je suis Merlin, le fils d'un homme ! Noble peuple des arbres, tribu de l'air, gardienne du Chaudron du Dagda, Graal de la connaissance divine, écoutez-moi !

Et les elfes de la Grande Forêt, partout dans l'immense campement et jusqu'à la lisière du pays d'Éliande, se resserrèrent, les yeux rivés sur l'homme-enfant.

— Vous, les hommes justes, clan de la mer, écoutez-moi ! Votre talisman est le Fal Lia, la pierre de souveraineté. Moins que quiconque, vous ne sauriez tolérer un faux roi. Écoutez-moi !

Et tous les hommes, toutes les femmes, soldats ou Barbares, cuisiniers et servantes, sentirent vibrer au plus profond d'eux-mêmes la voix pourtant fluette de Merlin.

— Peuple des nains, tribu de la Terre, vous à qui on a volé le talisman, Caledfwch, Excalibur, l'Épée sacrée de Nudd, toute cette foule est rassemblée pour vous rendre justice !

Merlin se tut, et une fois de plus le silence de la nuit recouvrit les berges du lac. Déjà, des bûchers s'étaient effondrés et ne produisaient plus que des flammèches et des braises. Sous ses yeux s'étendait à l'infini une myriade de reflets sombres, casques, pointes de lances, armures, pareils aux carapaces mouvantes d'une nuée de hannetons. Quelque part, dans toute cette foule, le groupe des nains l'écoutait, les larmes aux yeux, porteur de l'espoir de tout un peuple disparu…

— Il n'y a pas qu'un seul peuple ! cria-t-il. Et il n'y a pas qu'un seul dieu ! C'est là l'ordre du monde ! Les dieux ont voulu qu'il y ait des fauves et des brebis, des monstres sous l'eau et des oiseaux dans le ciel ! La Déesse a créé les Quatre Tribus, elfes, hommes, nains et monstres, pour qu'aucun peuple ne puisse dominer les autres ! Vous qui vous êtes unis autrefois pour vaincre les armées de Celui-qui-ne-peut-être-nommé, vous qui avez connu la paix des armes, vous savez que nulle tribu ne peut régner seule sur la Terre ! Car, alors, tout viendrait à disparaître avec elle… Tout : les fauves et les brebis, les monstres et les oiseaux du ciel, et puis le monde lui-même, dans le néant insondable d'un univers unique… La mort du monde…

Ses derniers mots n'avaient été qu'un murmure. Uter s'en émut et lui jeta un regard inquiet, tant il semblait proche de s'effondrer. L'espace d'un instant, Merlin eut l'air de ce qu'il était peut-être : un enfant grandi trop vite, trop seul, charriant un chagrin immense sur de trop frêles épaules.

Le chevalier tendit le bras vers lui, mais il l'arrêta d'un geste. Un regard bref, l'ébauche d'un sourire, et Merlin reprit sa harangue.

— Demain, c'est une nouvelle année qui commence, dit-il. Et demain, enfin, nous marcherons sur Loth ! Ce moment, vous l'avez attendu depuis près d'un an… Peut-être vous croit-on morts, ce soir. Peut-être a-t-on allumé pour vous les bûchers de Samhain, d'un bout à l'autre du royaume…

Uter, les yeux baissés, perdit le fil de la harangue. Il était envahi par des sentiments contradictoires, comme si Lliane, en lui, bouillait d'excitation tandis que sa part humaine ne parvenait encore à croire à toute cette magie… Se pouvait-il vraiment qu'il fût resté un an entier à Avalon ? Le temps passait-il autrement, dans l'île des fées ? Il revit en pensée le défilement si rapide des nuages, qui l'avait intrigué… Peut-être était-ce un signe.

Tout à coup, il prit conscience d'un changement de ton dans la voix de Merlin. L'homme-enfant lui tendait le bras, et quand Uter lui saisit la main il le tira en avant.

— Voici celui que vous attendiez ! Le Pendragon, homme et elfe à la fois, car la reine Lliane est en lui et parle par sa bouche !

— Non ! Personne ne parle au nom des elfes !

Le cri, à l'autre bout du campement, provoqua un brouhaha général. Un mouvement de foule se dessinait, entre les bûchers, sur le passage d'un être que ni Merlin, ni Uter, ni personne sur le tertre ne parvenait à distinguer. Puis, enfin, un groupe se détacha de l'assemblée et ils le virent.

Llandon.

Il marchait à grandes enjambées, sa longue dague d'argent à bout de bras, et à sa vue le bourdonnement de la foule se transforma en un vacarme indescriptible. Depuis un an, Llandon avait ravagé le royaume de Logres, et plus d'un homme d'armes avait par sa faute perdu un être cher, une ferme ou du bétail. Quant aux guerriers elfes qui le découvraient à son passage, la plupart d'entre eux l'avaient abandonné par dégoût, au fil de ses tueries insensées, et le simple fait de le revoir les emplissait de honte.

Avant que quiconque ait pu tenter de l'arrêter, il grimpa jusqu'à Uter, l'empoigna par sa tunique et leva sa dague, le visage déformé par une haine absolue. Ils étaient l'un et l'autre de la même taille, mais le chevalier était d'une puissance bien supérieure. Pourtant, il ne bougea pas, ne fit pas un geste pour se défendre. Il regarda le roi des hauts-elfes dans les yeux, et ses lèvres se mirent à prononcer des mots, si bas que nul ne pouvait les entendre, en dehors d'eux.

Llandon, aussitôt, abaissa le bras, une moue horrifiée sur le visage. Les yeux d'Uter avaient changé. Ils étaient d'un vert si clair qu'ils étaient presque dorés. Les yeux de Lliane. Et Lliane, par sa bouche, murmurait un enchantement mortel :

— *Llandon aelf aetheling, restan aefre. Restan aefre, hael hlystan !*

Le regard de l'elfe se brouilla. Ses paupières s'abaissèrent et, alors que son corps s'agitait de tremblements, des larmes de sang suintèrent de ses orbites et coulèrent sur ses joues.

— Uter, non ! chuchota Merlin, derrière lui.

Aucune réaction.

— Lliane, je t'en supplie !

Le Pendragon tourna la tête vers lui, et dans un éclair Merlin croisa son regard doré. Le regard même de la puissance divine… Mais les yeux se brouillèrent, Uter baissa la tête et son corps se détendit. Alors, dans un ultime spasme, Llandon lâcha sa dague, tomba à genoux et s'effondra, face contre terre devant le chevalier, brisé comme une marionnette et gémissant de manière pitoyable, en reprenant son souffle avec des hoquets de noyé, le sang de ses yeux brûlés se mêlant à la poussière.

Et le peuple des trois tribus assemblées contempla avec une stupeur muette le pouvoir infini du Pendragon.

XIV

La plainte du Fal Lia

La guerre ravagea le royaume de Logres comme un vent d'hiver. Un souffle glacé de terreur serrait le cœur des hommes loin devant les bannières du Pendragon, depuis que l'armée d'Escan de Cambenet avait été taillée en pièces, à un contre cent, sous les murailles de Cardueil, la plus grande ville de Cambrie. Le duc Escan avait attendu en vain les renforts promis par le régent, espérant chaque jour des nouvelles de ses éclaireurs. Mais des elfes verts avaient précédé l'armée du Pendragon, et nul ne pouvait plus quitter les abords de la ville fortifiée sans tomber dans l'une de leurs embuscades.

Un matin, à l'aube, les gardes des remparts avaient sonné le tocsin. L'horizon, comme l'avait annoncé la rumeur, s'était empli d'oriflammes rouge sang frappées d'une tête de dragon d'or, et cette marée de guerriers avait donné l'assaut sans même prendre le temps de monter un campement, telle une lame de fond submergeant une digue. Cambenet était mort, comme tant d'autres, sous la hache d'un nain furieux ou sous l'averse de flèches que les elfes faisaient pleuvoir sur la ville. Son corps, quand on le retrouva, était en si piteux état qu'il fut impossible de savoir ce qui l'avait tué.

Il n'y avait pas eu de massacre, ni de pillage (ce qui avait été assez difficile à faire admettre aux Barbares des Marches), et la nouvelle de cette clémence inhabituelle avait fait plus pour la cause du Pendragon que la violence implacable de ses assauts. Dès lors, l'armée n'avait plus rencontré de résistance. Du moins jusqu'à Loth.

Par lâcheté ou par conviction, dans l'enthousiasme ou l'angoisse, des contingents d'hommes en armes rejoignaient la troupe à chaque ville, bourg ou village rencontré. Ce fut bientôt un monde entier en marche, une cohorte immense, étirée sur des lieues, traînant derrière elle de lourds chariots chargés de grain ou de bière, suivie de troupeaux entiers de vaches, de porcs, de moutons. Et, parmi tout cela, des voleurs et des putains, des enfants, des vieillards, des marchands gnomes et de faux druides, des guérisseurs et des assassins, des ferronniers, des tailleurs, une forge conduite par un maître armurier nain, des paysans armés de fléaux ou de fourches côtoyant crânement des chevaliers bardés de fer, des prêtres, même, suivant leurs paroissiens en conscience ou malgré eux. Il y eut des naissances, parmi cette nation en marche. Des malades et des morts. Il y eut des vols et des crimes, des pendaisons, des vengeances, mais rien n'arrêtait ce fleuve immense.

Uter ne commandait pas. Il allait en avant, et les autres le suivaient. Autour de lui, Freïhr, le chef des Barbares des Marches, avait déployé une garde rapprochée assez effrayante pour dissuader le plus intrépide assassin de la Guilde, mais c'était une précaution inutile, presque dérisoire… Il aurait fallu pour l'abattre franchir un peuple entier d'hommes, d'elfes et de nains ivres de dévotion et prêts, tous, à mourir pour lui. D'ailleurs, le Pendragon ne pouvait se défendre tout seul : ne disait-on pas qu'il pouvait tuer d'un simple regard ?

Chaque soir, autour des feux de camp, les bardes elfes et les trouvères rajoutaient quelque strophe à la chanson de geste qui s'écrivait sous leurs yeux à tous. Les plus anciens, ceux qui avaient vécu la nuit de Samhain, racontaient les grands feux, le souffle glacé des spectres, l'assemblée des chefs et l'humiliation de Llandon, le roi méhaigné [1]. Et la bataille de Cardueil, la ville balayée en quelques heures, malgré tout l'orgueil d'Escan de Cambenet et de ses hautes tours… Des hommes endurcis, paysans aux mains calleuses, archers ou coutiliers engoncés dans leurs broignes de cuir, découvraient la grâce des elfes, la beauté de leurs chants, et ces fins bijoux d'argent qu'ils portaient au poignet. Les nains eux-mêmes ne restaient plus seulement entre eux, surtout quand il y avait du vin… Et cela aussi, pour tous ces êtres qui, depuis leur naissance, ne s'étaient jamais éloignés de plus de quelques lieues de leur village, forêt ou montagne, cela aussi tenait du prodige.

Bientôt, ses amis les plus proches se tinrent à l'écart du Pendragon. D'abord par respect puis, peu à peu, par effroi. Uter n'était plus le même. Il s'isolait parfois de longues heures avec Blodeuwez (et les hommes de troupe, encouragés par ce qu'ils pensaient être l'exemple de leur chef, se mirent à courtiser les jeunes

1. Le roi blessé.

filles elfes qui suivaient l'armée), il conversait avec le druide Gwydion dans une langue dont nul ne comprenait rien, et parfois même avec ce demi-sauvage Llaw Llew Gyffes, que Merlin avait pris sous sa protection. Il n'avait manifesté aucune émotion à la chute de Cardueil, ni joie ni rage, comme si la prise de la plus grosse ville fortifiée de Cambrie le laissait indifférent. Seul Merlin semblait pouvoir l'approcher sans crainte, et lui seul veillait sur le sommeil enfiévré du chevalier, sur ses larmes d'épuisement quand la force de Lliane le quittait, quand il n'était plus que lui-même. Parfois, pendant quelques heures, il redevenait Uter, retrouvait Freïhr, Bran ou Ulfin, et ils parvenaient alors à rire des légendes qu'on racontait sur lui.

Mais, le matin suivant, tandis que les autres s'éveillaient l'esprit brumeux, lestés du poids de leurs beuveries, le Pendragon était déjà en selle et partait, droit vers Loth, sans attendre l'armée innombrable qui se préparait à la hâte derrière lui.

Enfin, ils parvinrent au terme de leur chevauchée.

Il fallut attendre plusieurs jours encore, jusqu'à la veille de Noël, pour que les cavaliers d'Helled de Sorgalles, qui formaient l'arrière-garde, ne les rejoignent. Quand ils arrivèrent, ce soir-là, quelques flocons commençaient à tomber et, au matin, la neige recouvrait tout, à perte de vue. Le ciel pâle se confondait à la terre, l'eau des douves s'était gelée. Il n'y avait plus, dans ce paysage immaculé, que la ligne noire de la ville aux cent tours, pareille à une falaise de granite, sombre et basse.

Les elfes attaquèrent la nuit suivante, durant la veillée de Noël, au moment où les cloches de la ville appelaient les fidèles à l'église. Ils se répandirent brusquement dans la plaine, aussi furtifs qu'une nuée d'insectes, la neige étouffant le bruit de leur course effrénée. Quand les gardes du chemin de ronde les aperçurent, ils étaient déjà partout, en train de dresser des échelles et de lancer leurs grappins jusqu'aux hourds coiffant les remparts. De longues heures durant, le Pendragon demeura immobile à les contempler du haut d'un talus, pendant que la majeure partie de son armée ignorait l'attaque des elfes. À l'aube enfin, quand les êtres bleus eurent pris pied dans la barbacane qui défendait le pont-levis et bouté le feu aux portes de la ville, le reste de l'armée se mit en mouvement.

Il n'y eut pas de cris, pas de hurlements guerriers. Juste le martèlement sourd, terrifiant, de milliers de pieds frappant le sol enneigé, le crissement des cuirs et des cottes de mailles, le galop des chevaux de guerre. Uter courait au sein de cette nuée silencieuse, à pied, parmi eux, haletant sous le poids de son haubert de cuir clouté, tête nue, tenant à deux mains son épée encore au fourreau, les yeux fixés sur cette porte calcinée qui paraissait avaler l'armée entière comme la gueule béante d'un monstre. Il ne voyait rien d'autre. N'entendait rien d'autre que son souffle, et le bruit sourd de ses pas dans la neige. Ni les cris brefs de ceux qui tombaient autour de lui, percés de flèches, écrasés par des pierres jetées du haut des créneaux, ni les râles des mourants piétinés par cette foule. Des échelles avaient été dressées tout autour des remparts, chargées de grappes mouvantes et noires, qui parfois basculaient dans le vide, sans qu'un instant cesse ce flot irrépressible. Des elfes semblaient escalader les murs comme des lézards, sans même l'aide d'une corde, et les étendards blanc et rouge de Gorlois s'affalaient, les uns après les autres, du haut des chemins de ronde.

Emporté dans ce flot, Uter déboucha dans la ville, ébahi de redécouvrir le décor familier de la place d'armes et des ruelles essaimant en étoile, depuis les bas quartiers jusqu'à la ville haute. Sans un ordre, sans regarder qui le suivait, il s'élança vers le château.

Au détour d'une rue, une morsure brutale comme un fer rouge lui cingla soudain le bras. Tout contre lui surgit le visage grimaçant d'un homme d'armes coiffé d'un bassinet de fer, brandissant une épée courte et tranchante, maculée de son propre sang. Leurs regards se croisèrent, un instant, et à la stupeur d'Uter l'homme se tourna vers ses compagnons, la voix tremblante d'excitation :

— Il saigne ! hurla-t-il. Ce n'est qu'un homme ! On peut le tuer !

Uter se jeta de tout son poids contre son épaule, roula à terre avec lui et se redressa aussitôt, dégainant enfin son épée. L'homme fut plus lent à se relever. Il ne se releva pas. Un Barbare velu comme un ours l'écrasa d'un coup de masse si puissant qu'il lui défonça le casque, et le crâne avec. Ils étaient des dizaines, d'un seul coup, devant eux, hurlants et terrorisés. Uter frappa de taille, toucha la base d'un cou, puis arracha son épée pour cingler du même mouvement la face hideuse d'un garde. Il ne fut ensuite plus possible de manier l'épée, tant la mêlée était confuse. Alors, ils se battirent à coups de poing, à coups de pied, s'agrippant à la gorge comme des furieux, éclaboussés de sang brûlant, à ne plus pouvoir ouvrir les yeux. Uter sentit quelqu'un s'accrocher à ses jambes, un homme éventré braillant dans sa tripaille et qu'il piétinait sans s'en apercevoir. À nouveau, le fer rouge d'une lame déchirant son haubert et tranchant les chairs. L'épouvante de la mort, furtivement. La certitude, même, de mourir là, sous les coups de ces brutes, les chairs à vif, baignant dans son sang. Et la voix de Lliane, une fois encore, jaillissant de sa bouche, ravageant les rangs de ses ennemis. La voix même de l'horreur, emplissant ses yeux de visions si atroces que des larmes coulaient sur ses joues tandis qu'il se frayait un sillon sanglant parmi eux, taillant, tranchant, fracassant les os et les chairs…

Freïhr le trouva là, couvert de débris humains sanguinolents, effondré de tout son long dans la ruelle, le corps secoué de sanglots, la main crispée sur le tronçon de son épée brisée. Il lui essuya le visage avec une poignée de neige qui rougit aussitôt puis le hissa dans ses bras et, défonçant d'un coup de pied la porte d'une masure où se blottissait une famille terrifiée, le coucha dans un lit clos, pour que nul ne le voie ainsi.

Lorsqu'il se retourna, le Barbare croisa les regards épouvantés des citadins.

— Dehors, tous !

Puis il jeta sa longue épée sur la table, ramassa une cruche et s'aspergea le visage d'eau glacée. Les tempes battantes, il s'assit, le souffle court et les yeux perdus dans le vide. La rue, au-dehors, ruisselait de sang, vibrait des plaintes des mourants… Freïhr était un homme simple. Un Barbare vivant aux frontières des Terres Noires, toujours à batailler, dormant par terre, n'importe où, disputant sa chasse aux loups des forêts, sans ami ni famille, hormis Galad, le jeune Barbare qu'il avait recueilli et qui, désormais, le suivait partout. Freïhr avait les mains rougies du sang d'innombrables ennemis. Mais il n'avait encore jamais vu un pareil carnage.

Uter s'éveilla en hurlant, submergé par des visions cauchemardesques. Toujours ces visages affreux, lacérés, déchiquetés, et dans toute cette horreur les yeux de son père Cystennin, implorants, comme un appel à l'aide… Il lui fallut de longues secondes pour s'arracher aux miasmes de son rêve et reprendre ses esprits. Il était couché dans un lit paré de draps de lin et d'une pesante couverture d'une fourrure brun clair, peut-être de la loutre, au milieu d'une vaste pièce décorée de tapisseries, et dont les fenêtres de toile cirée étaient garnies de rideaux. Près de l'une d'elles, il aperçut Merlin et voulut se relever, mais une douleur cinglante lui transperça aussitôt tout le corps.

— Ne bouge pas ! dit l'homme-enfant en accourant vers lui.

Uter avait laissé retomber sa tête sur le traversin. Respirer était une souffrance, le moindre effort lui constellait le front de sueur, et une nouvelle tache rouge s'élargissait sur les bandages qui maintenaient son bras serré contre son torse.

— Un autre que toi serait mort cent fois, dit Merlin. Tu as deux côtes cassées, un poumon entaillé, le bras et la jambe droite lardés de coups, et assez de horions sur tout le corps pour ressembler à un elfe, tant tu as de bleus !

Il rit de sa propre plaisanterie, tout content de lui, mais Uter n'était pas en état de le comprendre, encore moins de l'apprécier.

— Où est-ce qu'on est ?

— Je crois que c'était la chambre d'Ygraine, dit Merlin en jetant un œil autour de lui. En tout cas, c'est la plus belle et la plus calme… Le reste du château est un peu bouleversé, je le crains.

— Et… Ygraine ? dit Uter douloureusement.

Merlin le regarda d'un air entendu, malicieux, exaspérant comme à son habitude.

— La reine n'était pas là, dit-il enfin. Ni Gorlois… Peux-tu imaginer ça ? Laisser son armée défendre la ville et fuir comme un lâche, on ne sait où ?

— Tintagel…

— Oui, c'est ce que j'ai pensé aussi… Mais je n'aurais jamais cru qu'il emmènerait la reine, ni l'Épée.

Uter le dévisagea, plissant des yeux à chaque respiration, alors que la douleur ne cessait de croître, comme si son corps entier était à vif.

— Tiens, dit Merlin. Bois ça… Ça te fera dormir, et c'est tout ce dont tu as besoin pour l'instant. Quand tu auras repris des forces, j'imagine que Lliane pourra te guérir par toi-même… Enfin, je crois.

— L'Épée…

— Ah oui ! Excalibur… Les nains cherchent partout et, crois-moi, ils s'y entendent en cachettes, surtout dans la pierre. Ce pauvre Bran est dans un état… C'est la première fois que je l'entends jurer à ce point-là. Mais ils ne la trouveront pas. Excalibur n'est plus ici, je l'aurais sentie…

Uter acquiesça d'un battement de paupières, puis garda longuement le silence. Quand il ouvrit de nouveau les yeux, Merlin était là, près de lui, et tout le reste vacillait.

— … Et Ygraine ? murmura-t-il.

Merlin le dévisagea avec étonnement. Uter ne savait plus ce qu'il disait. La drogue, déjà, faisait son effet. Son visage nimbé de sueur reflétait les marques du combat, et ses cheveux nattés étaient toujours raidis de sang séché. Le sien, ou celui d'autres hommes. Merlin le vit sombrer dans un sommeil agité, et demeura là, à son chevet, à l'observer comme il n'avait jamais pu le faire… Il émanait d'Uter Pendragon une force irrésistible et en même temps un tel désespoir qu'on ne pouvait que l'aimer. L'homme-enfant repensa à l'antique prophétie du *Kariad daou rouaned*, l'Aimé-des-deux-reines. Ce ne pouvait être que lui… Hélas, la prophétie finissait mal. Mais tout tournait mal, toujours, depuis qu'il était né… Tout ce qu'on pouvait espérer, c'est qu'Uter fît mentir les présages.

Il marchait à pas comptés, tel un petit vieux, mais sans l'aide de personne, si ce n'est de son épée dont il se servait comme d'une canne. Tout le long des couloirs, depuis la chambre d'Ygraine jusqu'en haut de la tour ronde du Grand Conseil, les membres de son armée, toutes races confondues, alignés au coude à coude, formaient une interminable haie d'honneur. Et l'honneur, justement, commandait de ne pas les décevoir.

Devant lui, Merlin menait la marche, d'un pas lent de cérémonie, sans regarder personne. Sous le rougeoiement des flambeaux placés de loin en loin dans des torchères, ses cheveux blancs de neige lui faisaient un casque lumineux, qui contrastait avec sa longue robe bleu nuit. Il avait, comme à l'accoutumée, cet air narquois, cette allure insouciante de gandin effronté, mais tous les guerriers qui le voyaient pour la première fois d'aussi près ressentaient un malaise oppressant à son passage, et nul n'aurait songé à s'opposer à lui.

Uter, malgré ses blessures et son pas de convalescent, regonflait leur cœur de fierté, et plus d'un s'agenouillait sur son passage, pour baiser sa cotte d'armes. Pour la première fois, le Pendragon portait ses propres couleurs : une cotte rouge tombant jusqu'à mi-cheville, frappée d'une tête de dragon crachant des flammes ; *de gueules au dragon d'or lampassé*. Et, derrière lui, tous arboraient des couleurs identiques, ducs et barons, et même le prince Dorian, de la tribu des hauts-elfes, et même le seigneur Bran. C'était une procession silencieuse, jusqu'à ce qu'un chœur grave et lent se fasse entendre, depuis les tréfonds du château.

Je suis le vent sur la mer
Je suis la vague de l'océan
Je suis le bruit de la mer
Je suis le taureau aux sept combats
Je suis le vautour sur le rocher
Je suis le saumon dans la mer
Je suis la colline dans un homme
Je suis un mot de l'art
Je suis la pointe d'une arme
Qui livre combat.

C'était un vieux péan guerrier datant de la guerre de Dix Années, une chanson de marche sombre et puissante qui faisait vibrer les pierres des murs, et qui enfla, comme une traînée de poudre, tout le long des couloirs. Jusqu'à ce que Merlin parvienne devant la porte du Conseil.

Ils n'étaient que quelques-uns à assister à cet instant, mais tous se turent presque en même temps. Chacun retenait son souffle. Chacun voulait *entendre*.

Merlin ouvrit la porte et s'effaça pour laisser entrer Uter. Seul.

Le chevalier s'arrêta dans l'encoignure, contemplant cette salle où jadis prenaient place les rois des peuples libres, la salle du Grand Conseil, que lui-même et ses pairs gardaient en permanence, du temps où la livrée du roi Pellehun ne s'était pas déshonorée. La pièce, laissée à l'abandon par Gorlois, avait été restaurée dans son ancienne splendeur. L'immense table ronde occupait l'essentiel de l'espace, luisant d'un éclat de bronze sous le feu des flambeaux. Et, au centre, encastrée et à jamais indissociable d'elle, la pierre de Fal.

Le talisman des hommes…

Uter prit une profonde inspiration et se redressa de toute sa taille. Son cœur battait comme jamais, ses oreilles bourdonnaient encore du chant de ses guerriers, et il lutta une fois de plus contre l'idée éprouvante qu'il ne se passât rien.

Alors, comme un homme qui se jette à l'eau, il s'avança.

Ce ne fut au début qu'une faible vibration. Mais, à chaque pas qui le rapprochait de la table et de la pierre qui y était enchâssée, la vibration gagnait en intensité, se faisait plus puissante, plus aiguë. Et quand, enfin, il toucha le talisman, la pierre gémit, si fort que son cri saisit chacun des guerriers alignés dans les coursives du château.

Leur clameur, aussitôt, couvrit la plainte du *Fal Lia*.

Uter était roi.

XV

Tintagel

Agenouillée dans le halo lumineux d'une fenêtre aussi étroite qu'une meurtrière par laquelle s'engouffrait une brise chargée de neige, Ygraine grelottait, le visage pincé par l'air vif, les cheveux mouchetés de paillettes de givre. Il faisait trop froid pour prier, trop froid même pour croire en Dieu, et les dévotions de l'abbé Illtud lui paraissaient interminables.

Un souvenir lui traversa l'esprit. C'était en plein été, des mois plus tôt, dans la douceur et la grâce de son clotet, alors que l'air embaumait du parfum des pétales de rose que ses chambrières répandaient sur le sol chaque matin. Ce jour-là, c'était aux côtés de l'évêque Bedwin qu'elle s'était recueillie. Lui aussi avait prié pendant un temps infini. Peut-être était-ce un tour qu'on leur enseignait dans les monastères… Cette pensée la fit sourire un instant, mais un instant seulement, car l'évocation de ce moment passé ne faisait que la plonger un peu plus dans sa misère présente.

Uniquement vêtu de sa bure grise, comme s'il voulait s'infliger par pénitence le froid glacial de l'hiver en Cornouaille, le visage hâve et le crâne rasé par son étrange tonsure, avec sa barbe floconneuse qui se confondait au capuchon rejeté sur ses épaules, Illtud semblait aussi maigre que Bedwin était gras, et tout aussi lugubre que cette chambre exiguë et enfumée. Ce n'étaient pas des pétales de rose que l'on répandait ici, mais de la paille, pour absorber un peu l'humidité des embruns et de la neige fondue. L'endroit, vraiment, ne ressemblait en rien au palais de Loth... Avec le lit clos massif qui occupait une bonne partie de la pièce et le berceau où dormait sa fille Morgause, ce n'était guère un lieu indiqué pour la prière, mais il n'y avait pas de chapelle, à Tintagel. C'est à peine, d'ailleurs, s'il y avait des chambres. Le château de Gorlois n'était qu'une forteresse, élevée sur un éperon rocheux cerné par la mer. Une presqu'île, qui ressemblait à un poing tendu dans l'océan, et à laquelle on ne pouvait accéder que par une route tracée sur une arête étroite, battue par les vagues et barrée par un castel renforcé.

Plus encore que ses murs nus et rugueux, faits d'un empilement de pierres plates liées par du mortier, sans la moindre tapisserie pour les égayer ni même de la chaux pour les éclairer ou en lisser les aspérités, plus encore que l'odeur de graillon des chandelles de suif qu'il fallait allumer bien avant la tombée du jour, plus encore que les relents d'urine et de fumée qui en imprégnaient chaque recoin, c'était l'humidité glacée de Tintagel qui désespérait Ygraine. Ici, les hommes redevenaient des bêtes, emmitouflés dans leurs fourrures et dans leur crasse, presque toujours ivres pour lutter contre la rigueur des nuits de garde. Et quand ils étaient ivres, leurs regards se faisaient insistants. Pas assez de femmes, à Tintagel...

La nuit, c'était pire que tout. Dès que le feu n'était plus entretenu, le froid gelait les draps et figeait la paille moisie qui couvrait le sol. Depuis le jour où elle avait retrouvé Morgause immobile dans son berceau, le visage bleui et le corps secoué de frissons, Ygraine dormait avec elle dans le lit clos, lovant sa petite fille contre elle pour la réchauffer. C'est-à-dire qu'elle ne dormait pas... Ils n'étaient là que depuis quelques semaines, mais tout le désir qu'il lui restait de vivre s'était déjà usé et, comme Gorlois lui-même, comme sans doute tous les hommes de la garnison, il lui semblait parfois être déjà morte.

Quand Illtud était arrivé, ce matin même, accompagné de toute une théorie de moines fuyant l'armée du Pendragon, la reine avait couru à sa rencontre, avec Morgause dans ses bras. La présence de l'abbé dans les murs de la forteresse lui emplissait le cœur d'une joie enfantine, comme s'il était venu la délivrer, comme s'il allait mettre fin à sa pénitence. Il les avait bénies toutes deux, puis il l'avait étreinte, du mouvement impulsif d'un rescapé retrouvant les siens après un naufrage. Mais, après tout, n'était-ce pas exactement leur état ?

Puis la neige s'était mise à tomber, coupant court à leurs effusions, et ils s'étaient réfugiés dans cette chambre misérable où ni l'un ni l'autre ne parvenaient à se réchauffer, malgré la flambée fusante et grésillante d'un bois trop humide qui, dans l'âtre, dégageait plus de fumée que de chaleur.

Soudain, Morgause s'agita dans son berceau et commença à pleurer. Ygraine se releva et se précipita vers elle, sans même penser à se signer. Son cœur se serra en voyant son enfant si pâle, et elle posa ses lèvres contre sa petite joue glacée.

— Elle mourra si je reste ici, dit-elle en la couvrant de sa cape de fourrure.

L'abbé fit posément le signe de croix et se redressa sans un mot. Lissant sa barbe brune d'un geste familier, il s'avança jusqu'à la cheminée et remua les bûches du bout du pied, conservant le silence jusqu'à ce que la nourrice, accourue aux cris de l'enfant, se fût installée pour la tétée.

— Je n'ai pas cessé d'interroger le Seigneur, dit-il lorsque enfin Ygraine vint le rejoindre. Tous ces revers que nous avons subis… Des années d'efforts anéanties en quelques mois. C'est comme s'Il nous avait abandonnés. Comme s'Il mettait notre foi à l'épreuve…

Ygraine fut saisie par l'expression accablée d'Illtud. Ses yeux, si vifs d'habitude, étaient voilés par la fatigue, et le ciel tout entier paraissait peser sur ses épaules.

— Uter Pendragon a pris Loth, poursuivit-il, mais je suppose que tu le savais déjà… Le régent, pour une fois, a eu raison. Si vous n'aviez pas fui, tous les deux, de là-bas, vous seriez entre ses mains, aujourd'hui, et tout serait perdu.

Ygraine réprima une moue ironique. *Mais, mon père, tout est déjà perdu…*

— Il est comme le vent qui balaie la lande, murmura-t-il, les yeux plongés dans la contemplation du feu. Ses victoires ont un parfum surnaturel, et maintenant nul n'ose l'affronter. J'ignore ce qui pourrait encore l'arrêter.

Il leva vers elle un regard interrogateur, mais elle ne répondit pas. Il y avait de la peur dans les yeux du saint homme. Une frayeur superstitieuse qui lui rappela l'expression hagarde de Gorlois et de tous ceux qui l'avaient suivi jusque dans cet exil du bout du monde.

Mais il y avait aussi une question, une requête informulée, toujours la même, à laquelle elle refusait de répondre. Ygraine hésita un instant, puis elle prit les mains d'Illtud pour le forcer à la regarder en face.

— Rien ne peut l'arrêter, mon père... Ce n'est plus seulement Uter, vous le savez bien. Il est devenu quelqu'un d'autre... Une sorte de...

Elle s'interrompit, mais l'abbé compléta la phrase qu'elle n'osait prononcer.

— Une sorte de dieu, n'est-ce pas ? C'est ce que tu penses, toi aussi ?

Morgause éternua brusquement, fort à propos, ce qui permit à la reine de s'esquiver pour l'enlever à la nourrice et la prendre dans ses bras. La petite fille tendit une main potelée, saisit une mèche de ses longs cheveux blonds coulant sur ses épaules, et ce jeu qui était devenu habituel entre elles lui réchauffa le cœur.

— Je n'ai qu'elle, dit Ygraine en revenant lentement vers Illtud. S'il lui arrive quelque chose, si elle succombe à cet horrible hiver ou si Uter nous livre bataille ici, à Tintagel, j'aurai tout perdu... Aidez-nous à fuir. Uter ne me fera rien, il nous protégera.

— Mais...

L'homme de Dieu chercha ses mots, l'esprit égaré par ce qu'elle venait de lui dire.

— Mais tu es la reine ! Si tu te places en son pouvoir, il ne restera rien !

Les yeux d'Ygraine flamboyèrent, et elle dut faire un effort considérable pour maîtriser la colère qui montait en elle. *La reine de quoi ? De ce château des quatre vents, de ces lâches, de ces fuyards qui n'ont pas osé affronter Uter ?*

— Je vous ai obéi, mon père, dit-elle d'un ton plus véhément qu'elle ne l'aurait souhaité. Quand vous m'avez demandé d'épouser Gorlois, je vous ai obéi. Si j'avais refusé, je ne serais pas ici, aujourd'hui !

— Si tu avais refusé, tu serais morte, Ygraine, murmura Illtud.

— Eh bien, il me tarde parfois de l'être !

Elle se détourna aussitôt, pour qu'il ne voie pas ses larmes de rage et ses lèvres tremblantes. Dieu sait si elle avait souvent pensé à la mort, au néant pour échapper à cette existence infamante... Mais, aujourd'hui, en son for intérieur, elle savait qu'elle mentait. Il y avait Morgause, à présent, et c'était une raison de vivre plus forte que la honte ou le désespoir.

— Illtud, gémit-elle. Pourquoi avez-vous fait ça ? Pourquoi m'avoir mariée à lui ?

L'abbé tressaillit, démonté par cette question directe, et choisit de répondre aussi directement.

— Parce que je me suis trompé.

Elle lui tournait toujours le dos et se balançait lentement pour bercer Morgause.

— Je me suis trompé, et le sire Gorlois m'a trompé, dit-il. J'ai péché par vanité, le Seigneur m'a puni. Je pensais avoir le temps de le convertir vraiment, de lui faire découvrir tout l'amour de Dieu, mais j'ai échoué. Gorlois n'a fait que se servir de moi...

Illtud revit en pensée leur mariage précipité, et le regard fuyant de l'évêque Bedwin, sur qui pesait la félonie de ce simulacre de cérémonie. Mais Bedwin était mort, aujourd'hui, et il ne servirait à rien de s'abriter derrière une tombe. Pas avec Ygraine.

— Dieu s'est détourné de nous parce que nous L'avons offensé, dit-il. Ce faux mariage, cette fausse conversion, ce faux roi… Nul ne peut tromper le Seigneur. Il voit tout, Il sait tout, et Il sonde le cœur des hommes bien au-delà des apparences et des artifices…

La reine, presque malgré elle, se retourna vers le saint homme, dont la voix puissante tonnait maintenant de toute sa force.

— Mais pour autant rien n'a changé, Ygraine ! Il faut toujours un roi à cette terre !

— Foutredieu, je suis le roi !

La voix de Gorlois, aiguë et éraillée, leur fit bondir le cœur dans la poitrine. Emmitouflé dans une cape de fourrure encore luisante de neige fondue, son œil unique injecté de sang, il mit la main à sa ceinture. S'apercevant qu'il ne portait pas d'armes, il empoigna un tabouret, se rua vers l'abbé et, avant que ce dernier n'ait pu faire le moindre geste, le frappa au visage, de toutes ses forces. Illtud s'effondra aux pieds d'Ygraine.

Déjà, il levait la main à nouveau pour l'achever, mais elle s'interposa, d'un mouvement si vif que le bébé se remit à brailler.

— Si tu le tues, tu brûleras en enfer ! cria-t-elle.

Gorlois les regarda avec une haine formidable, elle et sa fille, cette enfant inutile qui jamais ne pourrait régner. Que ne lui avait-elle donné un fils ! Un fils, pour qu'à jamais le trône de Logres appartînt à son sang !

— L'enfer, hein ?

Il ricana avec dédain, mais sa main s'abaissa, et il laissa le tabouret rouler à terre. Puis il s'approcha d'elle, à la toucher, si près qu'Ygraine sentit son haleine avinée, et d'un geste brusque il arracha la cape qui les recouvrait toutes deux.

— L'enfer ne brûle que ceux qui y croient, murmura-t-il, ses lèvres affleurant les joues de la reine. Et moi, je ne crois qu'en moi !

— Pas assez pour affronter Uter !

Le visage de Gorlois devint aussi blanc que ses cheveux et sa barbe, tandis que son rictus méprisant se figeait peu à peu en une grimace de pure exécration. Il s'écarta en hochant la tête, leur tourna le dos et parut se diriger vers la porte mais, alors qu'Ygraine se détendait, il fit volte-face et, avec une brutalité inouïe, lui arracha Morgause et la jeta à terre, sans plus de ménagement que s'il s'était agi d'une besace. La jeune reine poussa un hurlement de bête, tendant les bras vers l'enfant qui se tortillait au sol en hurlant à fendre les pierres, mais il l'empoigna brutalement et, indifférent à ses coups ou à ses cris, il la renversa dans le lit clos, pendant que la nourrice s'enfuyait en glapissant. Ygraine tenta de se relever, il la gifla à toute volée. Puis il arracha d'un coup sec les lacets qui fermaient sa robe. Elle parvint à le repousser d'un coup de pied, mais il frappa encore, à poings fermés cette fois, jusqu'à ce qu'elle perdît à moitié connaissance. Elle sentait le goût du sang dans sa bouche, le corps de Gorlois pesait sur elle comme un âne mort, sa barbe hérissée lui raclait les joues et, quand il la posséda, ce fut comme si un fer rouge était bouté dans ses entrailles. Mais, au-delà de tout, elle entendait les pleurs de Morgause. Alors, elle cessa de lutter, s'accrochant désespérément à la pensée que si son bébé pleurait, c'est qu'il était en vie…

Quand Gorlois fut assouvi, il la laissa ainsi, nue et blanche sur le lit en bataille, le visage marqué de coups et de larmes, belle, malgré tout, si fragile et si tendre dans sa robe déchirée qui formait autour d'elle comme une corolle. Si seulement elle avait pu l'aimer… Mais non, bien sûr. Il était trop vieux, plus vieux encore que Pellehun, plus laid en tout cas, avec cet œil borgne, ces cheveux et cette barbe qui avaient viré au blanc, cette longue balafre et ces rides. Les rides sont les cicatrices de la vie, et le visage de Gorlois portait les traces de tant d'années de lutte et de haine qu'elles lui avaient façonné un masque renfrogné, méfiant, que rien ne semblait pouvoir apaiser. Le régent ramassa ses fourrures après un dernier regard sur le corps pantelant d'Ygraine. En sortant, il cracha au passage sur Illtud qui recouvrait péniblement ses esprits, une large marque sanguinolente en travers du front.

Du sang coulait entre les jambes de la reine. Elle ne pouvait se tenir debout et dut se traîner jusqu'à sa fille, nue et tremblante comme une feuille, le visage et le corps bleui par les coups. Elle la prit doucement dans ses bras, puis se recroquevilla contre elle en gémissant.

Au moins, Morgause vivait.

Le mur de la courtine était couvert de givre. Ses pierres sombres et mouchetées de flocons luisaient à la lumière pâle de la lune comme une cotte de mailles. Il avait fait froid toute la journée, un froid glacial nourri par une brise de mer chargée d'humidité qui soulevait des tourbillons de neige et vous saisissait le visage. Avec la nuit, la température avait encore chuté, au point que des congères se formaient sur les chemins, que la neige tenait sur les rochers éclaboussés d'embruns, que des flaques d'eau de mer abandonnées par le reflux de la marée avaient gelé, partout sur la grève.

L'aura de brume qui sourdait de la masse hautaine, méprisante, de la forteresse lui donnait des airs de dragon endormi. Collé à la paroi, Lliane scrutait l'à-pic vertigineux des murailles qui le surplombaient, si hautes et si sombres que ses yeux d'elfe les distinguaient à peine de l'obscurité du ciel. À ses côtés, les autres échangeaient des regards inquiets.

Lliane était ce que les hommes appelaient un jongleur (c'est ainsi du moins qu'ils traduisaient sa faculté surnaturelle à se jouer des lois de la pesanteur), mais cette fois la tâche était quasi impossible… Autant vouloir grimper le ciel lui-même.

Uter perçut l'hésitation du groupe, en écho à son propre découragement. Contrairement à ses compagnons aux yeux de chat, il ne voyait rien, et comme tous les hommes il avait peur de la nuit. Peur et froid. Ses vêtements trempés par la mer lui collaient à la peau, des filets d'eau salée dégoulinaient de ses cheveux nattés jusque dans son dos, il les sentait se raidir sur lui, l'emprisonner dans un carcan de glace. Tant qu'ils avaient couru, nagé, escaladé, le froid lui avait paru supportable, mais il ressentait maintenant jusqu'à la moelle son emprise livide. Chaque respiration était une souffrance qui ravivait la plaie de son poumon entaillé et de ses côtes brisées lors de l'assaut. Les elfes se tournèrent vers lui, guettant un ordre, un signe, mais il était incapable du moindre geste, de la moindre pensée, du moindre mot, tant il était secoué de tremblements.

Peur ou froid.

La mer était calme, heureusement, à marée basse, mais ce calme leur faisait tort. Le faible ressac ne suffisait pas à couvrir la rumeur du fort – cliquetis d'armes ou de broches, rires, ronflements, éclats d'ivrognes –, ce qui signifiait que les gardes, là-haut sur le chemin de ronde, les entendraient aussi, au moindre faux pas. Loin au-dessus d'eux, la lueur orange d'une torche vacillait dans le vent, au pas tranquille d'une sentinelle qui devait être emmitouflée de fourrures. Que Lliane chute au cours de son escalade (et vu comme les murs étaient glissants, c'était ce qui paraissait le plus probable), qu'il ne parvienne pas à tuer le garde en arrivant là-haut ou même que l'un d'eux éternue, et leur équipée s'arrêterait là.

C'était une folie. Un défi bravache lancé autour d'un feu de camp. Pourquoi prendre autant de risques, alors qu'il était à peine remis de ses blessures, alors qu'il aurait suffi de quelques jours pour que l'armée parvienne jusqu'à Tintagel ? Les troupes de Léo de Grand, à elles seules, auraient pu faire le siège de la forteresse et acculer Gorlois à la reddition. La haine de Carmelide envers l'homme qui avait voulu le faire assassiner était assez forte pour abattre ces murailles réputées infranchissables... Même si l'elfe réussissait à se hisser jusqu'aux hourds de bois coiffant les créneaux, à se glisser à l'intérieur et à leur lancer la corde qu'il avait enroulée autour de son torse, jamais ils ne parviendraient jusqu'à Gorlois sans donner l'alarme. Jamais ils ne trouveraient l'Épée. Et jamais ils ne sortiraient de là vivants.

Uter s'avança à tâtons jusqu'au grimpeur et lui toucha le bras pour attirer son attention, mais au moment de parler une onde de chaleur se répandit en lui du plus profond de ses entrailles, et ce fut Lliane qui s'exprima par sa bouche.

— *Nethan faeryld, Lliane...* Va sans crainte.

Uter eut un haut-le-corps, mais l'elfe lui sourit joyeusement. D'ailleurs, tous les autres souriaient : Kevin, l'archer aux flèches d'argent, Dorian, le propre frère de la reine, et leurs compagnons. Le Pendragon était à nouveau parmi eux, et cette présence balayait toutes leurs appréhensions… Le jongleur lissa en arrière ses longs cheveux noirs encore mouillés et prit une profonde inspiration. Ils avaient dû nager de longues minutes depuis une grotte marine creusée par les vagues, pour aborder Tintagel par la mer, là où, les falaises abruptes interdisant tout assaut d'envergure, les remparts étaient le moins gardés. Les elfes, semblables aux pierres ou aux arbres, ne craignaient ni le froid ni la pluie, mais Lliane ressentait la raideur de ses vêtements gelés comme une gêne supplémentaire. Il souffla sur ses doigts gourds, assura sa première prise et, d'un seul coup, se hissa prestement de plusieurs coudées. Ce fut plus facile que prévu. Les pierres plates de la forteresse offraient assez d'interstices pour caler le bout de ses doigts, la pointe de ses pieds, et tirer, pousser, glisser sur la paroi d'une seule coulée, sans à-coups, sans arrêt, sans bruit.

Bientôt, ni Uter ni aucun des elfes ne purent le distinguer des murs sombres de Tintagel.

Lliane grimpait toujours lorsqu'il reconnut l'odeur douceâtre, écœurante, d'excréments humains qui maculaient la pierre en longues coulées durcies par le froid, sous les bretèches servant de lieux d'aisances. Il entendit le pas lent et régulier de la sentinelle sur le chemin de ronde couvert qui couronnait les remparts. Pour la première fois, il s'arrêta, jusqu'à ce que le pas s'éloigne, jusqu'à ce qu'il n'y ait plus que le bruit du ressac et celui de son propre souffle. Alors, il se hissa à nouveau, encore quelques toises, avant d'atteindre les charpentes du hourd, de les enjamber à califourchon et de pouvoir enfin reposer ses doigts engourdis. Juste au-dessus de lui, il distingua l'orifice obscène d'un mâchicoulis souillé de matières fécales. En temps de guerre, les gardes déversaient par là de l'huile bouillante ou des pierres sur les assaillants, mais ils lui avaient visiblement trouvé une autre utilité... Lliane surmonta son dégoût, prit une profonde inspiration et commença à se glisser dans l'étroit boyau, espérant seulement qu'aucun des gardes n'aurait l'idée d'utiliser la bretèche à ce moment-là.

Loin en dessous, sur l'étroite sente qui bordait la forteresse, Uter s'était éloigné de leur petit groupe, la nuque raide et les yeux douloureux à force de scruter en vain les ténèbres. Il y voyait juste assez pour distinguer le rebord de la falaise et le tapis mouvant des vagues qui brasillaient sous la lune, assez pour trouver une pierre où s'asseoir. Il cracha dans l'à-pic, la bouche encore salée par l'eau de mer, et se prit la tête à deux mains, brisé par l'effort de leur traversée et par le dégrisement. Comme toujours lorsque Lliane n'était plus en lui, il se sentait vidé de toute énergie, désorienté et de mauvaise humeur, avec l'impression d'avoir été forcé, de n'être qu'un instrument aveugle, incapable d'agir selon sa propre volonté. Bon, d'accord, il n'avait plus froid, mais pourquoi ne lui parlait-elle jamais, à lui ? Pourquoi avait-il chaque fois cette sensation d'avoir été dépossédé de son âme ?

Privé de la force du Pendragon, Uter devenait moins que lui-même. La fatigue de la nuit le gagnait par les jambes, se répandait dans ses membres aussi sûrement qu'un poison, jusqu'à ce que même la longue dague d'argent qu'il portait au côté lui paraisse un fardeau. Lentement, comme les vagues qui, en contrebas, déferlaient sur la grève, une bouffée de chagrin lui pétrit le cœur et la gorge. Chaque jour, le poids du Pendragon était un peu plus lourd à supporter. Qui était-il, pauvre chevalier pris dans les rets des fées, pour mener une telle armée, et se charger ainsi du destin de trois peuples ? Comme la plupart des chevaliers du roi, il n'avait pas vingt ans quand il était entré au service de Pellehun, et son enfance s'en était allée en fumée dans le fracas des salles d'armes. Trop jeune pour servir durant la guerre des Dix Années, il n'avait pas connu l'honneur d'une juste cause, le confort d'un ennemi unique, l'ivresse de la victoire sans remords. Sa guerre à lui était sale, maudite, fratricide, contre les étendards de ceux qu'il avait servis autrefois. Le temps de l'insouciance, des épées de bois et des batailles pour rire semblait déjà si loin, alors que le monde était simple et que son avenir était écrit… Tout ce qu'il espérait, à cette époque, c'était être armé chevalier, prendre femme et devenir un jour baron, à la mort de son père. Ou bien mourir à la guerre, comme tant d'autres, avec seulement l'espoir de ne pas être lamentable dans ses derniers instants. Quelle faute, quel péché inexpiable l'avait écarté ainsi de son destin ? Il avait essayé, pourtant. Dieu sait s'il avait essayé ! Et Dieu sait combien de tentations il avait dû repousser, jusqu'aux sourires de la reine Ygraine, si jeune et si mal mariée. Jusqu'aux lèvres d'Ygraine… Jusqu'à sa main posée sur son cou si blanc…

— Uter ?

Le jeune homme sursauta et s'essuya les yeux d'un brusque revers de la main. C'était Dorian, le jeune frère de Lliane. Dorian vit qu'il avait pleuré.

— Il n'y a pas d'honneur dans ce château.

Uter tenta vainement de le dévisager. Il lui sembla que l'elfe souriait, mais il ne put déchiffrer son expression dans l'obscurité.

— ... Et il n'y a pas d'honneur à tuer la nuit.

Essayait-il de lui dire qu'il pouvait rester en arrière ? Pensait-il qu'il pleurait parce qu'il avait peur ?

— Allons-y.

Il s'élança d'un trait, bouillant de honte et de colère. Comment Dorian aurait-il pu comprendre ? Les elfes étaient comme des animaux, si effrayants parfois dans leur absence de sentiments humains. Comme s'ils n'éprouvaient ni peur, ni remords, ni amour... Non, pas même d'amour. Pas même elle. Pas même Lliane.

Uter bouscula presque un elfe qui avait déjà empoigné la corde déroulée par Lliane et se hissa pesamment, les pieds en appui sur la muraille. Il ne ménagea pas ses efforts pour s'élever rapidement hors de portée de leurs regards et il s'épuisa au bout de quelques toises, les tempes battantes et le cœur au bord des lèvres. Des points lumineux dansant devant les yeux, il dut s'arrêter, aspirant avec avidité de grandes goulées d'air marin, toujours arc-bouté contre les remparts.

— Ne bouge pas !

Uter rouvrit les yeux sans savoir qui avait parlé. Lliane, ou quelque autre des elfes qui avaient déjà grimpé ? Puis il vit la lueur paisible d'une torche trouer la nuit, créneau après créneau, en se rapprochant du merlon auquel le jongleur avait fixé son filin. Il se plaqua aussitôt contre le mur poisseux d'embruns, crispé sur sa corde, s'écorchant les genoux à la muraille, ses pieds pédalant vainement dans le vide à la recherche d'un appui. Les bras tétanisés, il entendait le plancher du chemin de ronde grincer sous le poids de la sentinelle, à quelques coudées à peine au-dessus de lui. Le pas du garde était irrégulier, traînant. L'homme devait dormir debout. Peut-être ne verrait-il rien. Peut-être ne…

— Seigneur !

Uter écarquilla les yeux, le cœur battant. Le cri du garde s'était noyé dans un gargouillis atroce. Il n'osait pas bouger, et pourtant il savait qu'il ne pouvait rester là, que ses bras ne le tiendraient plus longtemps. Soudain, une silhouette imprécise apparut au créneau et, peu après, une masse silencieuse bascula dans le vide, vrombit comme un bourdon et s'écrasa au sol, quelque part dans le gouffre obscur qui s'étendait sous ses pieds. Uter releva les yeux : plus rien. La torche brûlait toujours, projetant dans la nuit un faisceau de lumière orangée. Il s'arc-bouta à nouveau, grimpa les dernières toises en gémissant, empoigna le rebord du créneau et se hissa à plat ventre sur le chemin de ronde. Ses mains tremblaient et ses doigts engourdis portaient la marque de la corde. Il demeura là quelques secondes, claquant des dents, secoué de frissons, les yeux fixés sur la torche tombée à terre, fasciné par la lueur des flammes comme un papillon de nuit. Puis il aperçut l'éclat bleuté du visage de Lliane, celui, souriant, de Kevin, l'archer aux flèches d'argent, pâle comme un fantôme dans l'ombre d'un couloir… Uter, à cet instant, les détesta.

Derrière lui, la corde se tendit une nouvelle fois par à-coups. Un autre grimpait.

Il se redressa d'un bond, saisit la torche qui, déjà, avait noirci le plancher et la jeta vivement par-dessus les remparts. La nuit envahit le chemin de ronde, révélant de pâles lueurs au bout des couloirs, par l'encadrement des portes menant aux salles communes.

Uter dégaina sa longue dague elfique, adressa un bref signe de tête au jongleur accroupi dans l'ombre et s'élança vers l'intérieur du château.

Derrière lui, il entendit les autres se disperser dans les couloirs par petits groupes. Lliane l'avait-il suivi ? Il jeta un coup d'œil en arrière. L'elfe s'accordait sans peine au rythme de sa course et ne faisait pas le moindre bruit, au point qu'il avait pu se croire seul. Ne l'était-il pas, d'ailleurs, et plus que jamais ? En cet instant, parcourant les couloirs de la forteresse endormie, baignée d'odeurs si humaines, si âcres, retrouvant des coursives qu'il avait autrefois arpentées, des salles où il avait dormi, Uter se sentait submergé par un dégoût de soi plus fort que la prudence, plus fort que la haine, plus fort que la douleur de ses blessures. Chaque pas était un peu moins prudent, un peu plus sonore, tant il était pressé d'en finir, d'une façon ou d'une autre, oublieux de tout en dehors de son but, trouver Gorlois, tuer Gorlois, dénicher cette épée maudite et mettre un point final à cette équipée dénuée de sens ! La main serrée sur le pommeau de son arme, il courait maintenant sans prendre garde, riant presque, ivre, fou, mort déjà, et au moins Lliane mourrait avec lui !

À la porte de la chambre ducale, un garde armé d'une lance était adossé au mur sous une torchère. Le vacillement des flammes faisait danser son ombre sur les dalles du couloir. Étrangement, l'homme ricanait en silence. Uter s'arrêta, haletant, mais Lliane le dépassa sans ralentir sa course et se colla au garde comme pour l'embrasser. L'éclair d'une lame, le tintement de la lance sur le sol de pierre. L'homme s'effondra, les yeux grands ouverts, les mains griffant sa gorge bouillonnante de sang avec d'atroces hoquets de poisson hors de l'eau.

L'elfe ouvrit la porte de la chambre et se glissa à l'intérieur.

Presque aussitôt, il y eut un cri d'effroi. Un cri de femme. La voix d'Ygraine.

Uter se rua à l'intérieur. Vision grotesque. Un corps trapu dont on ne voyait que les fesses, la chemise relevée jusqu'au milieu du dos et les braies aux talons, couché sur le ventre à même le sol, au pied du lit clos entrouvert. Une flaque de sang s'élargissait sous lui, sombre et gluante, bue par la paille couvrant les dalles. Sans avoir vu son visage, Uter sut que c'était Gorlois. Gorlois à terre, se vidant de son sang, à demi nu, pitoyable. Mort déjà, par tous les diables ! Il détourna les yeux et embrassa du regard le reste de la scène. Une femme, dans le lit, ses cheveux blonds coulant en cascade sur ses épaules. Ygraine. Un poignard dans sa main, noirci de sang. Celui de Gorlois. Un bébé, près d'elle, endormi, et Lliane, hésitant, puis l'éclair de sa lame levée pour frapper.

Uter poussa un hurlement qui pétrifia l'elfe, et se jeta sur lui. Sa dague le transperça de part en part, éclaboussant les draps blancs du lit d'Ygraine.

XVI

La dernière nuit

Des cris, partout dans la forteresse, des hurlements de rage ou d'effroi, l'écho de combats sporadiques, des appels à l'aide et le vacarme de troupes en armes parcourant les couloirs en tous sens, toute une agitation assourdissante qui leur permit de ne rien se dire, tant les mots semblaient difficiles.

Uter avait jeté à terre sa dague elfique et il restait là, interdit, les bras ballants, haletant encore de sa course effrénée, les côtes douloureuses, les blessures de son bras et de sa jambe battant au rythme de son cœur, incapable de trouver les mots, incapable du moindre geste, séparé d'elle par les corps sans vie du régent et de l'elfe. Il n'aurait pas dû s'arrêter. Il aurait fallu la prendre dans ses bras au moment où il avait tué Lliane, mais maintenant c'était trop tard, et plus il attendait, plus les mots se noyaient dans sa gorge. Et puis il y avait ce bébé, l'enfant de Gorlois, terrifié par les cris, au-dehors, qui tendait vers elle ses petites mains en pleurnichant.

Ygraine détacha brusquement son regard de lui, saisit Morgause et, tenant toujours son poignard taché du sang de son mari, courut jusqu'à la porte de sa chambre pour la refermer. Trop tard. Des gardes, massifs comme des ours avec leurs gambissons de cuir matelassé et le camail de fer qui leur recouvrait la moitié du visage, avaient aperçu le cadavre de leur camarade, devant la chambre royale. L'un d'eux repoussa la porte d'un coup d'épaule, projetant Ygraine et son enfant dans les bras d'Uter, et une meute d'hommes en armes fit irruption dans la pièce.

C'est ainsi qu'ils les découvrirent, la reine et le Pendragon, serrés l'un contre l'autre devant le corps inerte du régent Gorlois. Lui sans armes ni armure, vêtu comme un elfe et ne portant aucune marque royale, ni couronne ni tresse d'or, ni bijoux ni fourrure. Elle, si frêle, si blanche dans sa longue chemise de lin, ses cheveux blonds ondulant jusqu'à sa taille et formant comme une cascade devant le bébé qu'elle tenait serré contre son sein. Les hommes soufflaient comme des forges, le front luisant de sueur et le regard encore brillant de l'excitation du combat, mais ils ne bougèrent pas. Certains, à cet instant, manquèrent de courage pour faire un pas de plus, un pas seulement, et fendre en deux cet Uter de malheur, apparemment sans défense, mais sur lequel on disait tant de choses effroyables. D'autres attendaient un ordre, n'importe lequel, car c'est toujours ce qu'espèrent les soldats. Et d'autres, enfin, sans même comprendre pourquoi, eurent le sentiment d'une victoire.

Ygraine vit dans leurs yeux l'indécision, l'attente ou cette étrange sensation d'exaltation. Elle s'écarta d'Uter et dévoila d'un geste le corps de Lliane percé de part en part.

— Cet elfe a tué le régent, dit-elle. Et le chevalier Uter a tué l'elfe. Quant à moi, je suis saine et sauve, ainsi que la princesse Morgause.

Il y eut un moment de flottement parmi les gardes. Pour la plupart, ils ne demandaient qu'à croire Ygraine, mais son mensonge paraissait tout de même un peu gros. Ils hésitaient encore lorsque l'un d'eux, arborant une cape rouge de commandement, les écarta rudement et leur fit face.

— À genoux devant la reine ! grogna-t-il, tenant dans sa poigne une masse cloutée assez robuste pour faire fléchir les plus indécis.

Ygraine rejeta ses longs cheveux en arrière d'un coup de tête et lança un bref sourire à Uter. Un sourire qui lui saisit le cœur et lui brûla les reins. Malgré les gardes, malgré le bébé qu'elle serrait contre elle, malgré la froideur de cette chambre ouverte aux quatre vents et les corps effondrés sur la paille, il eut à cet instant envie d'elle, impérieusement.

Elle s'était avancée jusqu'au garde à la cape rouge et avait posé sa main sur son épaule. L'homme était si grand qu'il aurait pu la briser d'une seule main, pourtant c'était lui qui tremblait, rouge de confusion comme un enfant.

— Ton nom ? dit-elle.

— Antor, ma Dame.

— Ta terre ?

L'homme rougit un peu plus encore.

— Je n'ai pas de terre, ma Dame. Je suis sergent aux gardes de Loth, ma famille est de là-bas…

Ygraine lui sourit, et sa douce main remonta jusqu'à la cagoule de mailles tressées qui lui dissimulait à demi le visage. Elle repoussa avec fermeté le camail en arrière, révélant une tignasse brune, courte et frisée, et un visage juvénile, à peine marqué de quelques filaments de barbe. Elle le regarda un instant, puis se détourna vers le groupe des soldats et apostropha l'un d'eux.

— Donne-moi ton épée.

L'homme s'exécuta en silence, puis recula en baissant respectueusement les yeux. L'arme était si lourde qu'Ygraine dut la saisir à deux mains pour la remettre à Uter, qui s'en empara mais la regarda sans comprendre. Alors, elle se tourna vers Antor, avec une grâce étudiée.

— Messire Antor, à genoux devant votre roi !

Uter comprit enfin. Antor écarquillait les yeux en le contemplant comme s'il voyait un ange tombé du ciel, tremblant au point qu'on aurait pu craindre qu'il ne parte en morceaux. Il mit un genou en terre et ploya la nuque dans l'attente de la paumée qui ferait de lui un chevalier, frémissant de bonheur tel un jeune chien.

La lame, dans la poigne d'Uter, était encore tachée de sang. Celui d'un elfe, peut-être même celui de Dorian, ou de Kevin... Uter rejeta l'épée d'un geste brusque, et elle ricocha avec un bruit de ferraille sur les dalles de la chambre royale.

Antor leva sur lui un regard alarmé, Ygraine serra ses poings contre elle, les yeux tout à coup au bord des larmes, et les gardes le dévisagèrent avec un mélange de crainte et de stupeur.

— Cette lame est souillée, Antor, dit-il en posant une main apaisante sur l'épaule du sergent. Elle vous porterait malheur...

À nouveau, dans ses yeux, la confiance aveugle d'un bon chien...

— Qu'on aille me chercher Excalibur.

Les hommes échangèrent des moues indécises, comme s'ils ignoraient parfaitement ce dont il parlait, mais Ygraine intervint aussitôt.

— L'épée d'or et de pierres précieuses, dans le coffre du sire Gorlois… Toi, vas-y. Fais vite.

Elle ne le regarda pas, lui tourna même le dos pour confier Morgause à la nourrice et se couvrir d'une cape de zibeline, mais Uter sentit le soulagement dans sa voix. Un instant, elle avait cru qu'en rejetant l'épée c'était elle-même qu'il rejetait. Elle et le trône de Logres… Alors, comme l'avait craint Illtud, tout aurait été perdu.

Illtud… Elle revit des gardes l'emmener sans ménagement hors de sa chambre, la nuit précédente.

— Le moine ! dit-elle tout à coup. Où est-il ?

Elle ne savait pas encore qu'il ne faut jamais poser de question à un groupe, surtout sur un ton de reproche. Les hommes se turent, évitèrent son regard.

— Ma Dame, il est au cachot, dit Antor en se relevant. Le seigneur Gorlois l'avait fait mettre au secret, et il a chassé les autres…

Ygraine essaya de ne pas penser au sort de ces malheureux, rejetés sur la route dans les tourments de l'hiver.

— Va le chercher, dit-elle. Et emportez le corps du régent… Dis à l'abbé Illtud que je suis sa servante et que je le supplie de prier pour son âme.

Ils sortirent tous, traînant le cadavre de Lliane, portant sur leurs épaules celui de Gorlois, les laissant seuls tous les deux.

À nouveau, elle s'avança jusqu'à la porte et, l'ayant refermée, elle se retourna et s'appuya avec un soupir de soulagement aux épaisses planches de chêne cloutées qui formaient l'huis. Elle put enfin prendre le temps de dévisager Uter, si différent du jeune homme qui avait autrefois nourri ses rêves, avec ces rides, autour des yeux, cette longue balafre qui lui fendait la joue, cette impression de puissance qui émanait de lui… Il lui rendit son sourire, mais comme il ne bougeait toujours pas, elle fit quelque chose dont elle ne se serait jamais crue capable. Baissant les yeux, elle défit la broche qui retenait sa cape, dénoua le lacet de sa longue chemise de lin et les laissa l'une et l'autre glisser le long de ses épaules et de ses bras, de ses hanches et de ses cuisses. Immobile et nue, rougissante et plus impudique que ne le fut jamais aucune femme, elle laissa Uter s'enivrer des courbes, des rondeurs et des obscurités de son corps. Elle aussi avait changé. Ce n'était plus la jeune fille, l'enfant presque, dont il était tombé amoureux à Loth, mais une femme, une femme qui avait donné la vie… Et qui avait tué. Il se demanda où elle avait caché son poignard ensanglanté…

— Je suis à toi, Uter. Je serai ta reine ou ta prisonnière. Comme tu veux…

Elle se cambra quand il posa ses mains glacées sur son dos, mais quand il l'embrassa, elle s'abandonna tout à fait contre lui. Ils ouvrirent les yeux en même temps, retrouvant avec ravissement le goût de leur premier baiser, il y a si longtemps, à Loth.

— Je te prends comme reine, Ygraine, si tu veux de moi…

— Qui ne voudrait pas de toi, Uter ? dit-elle en caressant du doigt la longue cicatrice qui lui barrait la joue, de l'oreille au menton. Tu es le Pendragon.

On frappa à la porte, et elle se détacha de lui, innocente et mutine, puis tourna le dos à son évidente frustration et se revêtit, si lentement qu'il lui fallut véritablement quelque pouvoir magique pour résister à la tentation. Bien sûr... Il était le Pendragon.

Un dernier regard avant d'ouvrir, et la chambre fut une fois de plus envahie, mais cette fois par une cohorte soumise, conduite par l'abbé Illtud, plus maigre et sombre que jamais. Uter s'était retiré jusqu'au fond de la pièce, devant le feu. Il avait de nouveau froid, ses vêtements poisseux et glacés lui collaient à la peau, comme si la chaleur de Lliane l'abandonnait peu à peu. Il entendait des murmures dans son dos, percevait le piétinement d'une foule, froissements d'étoffes et cliquetis d'armes, mais son cœur battait trop fort pour qu'il se sentît le courage de leur faire face. Le corps secoué de frissons, la gorge serrée d'angoisse, il repensa à Dorian, à Kevin l'archer et à tous ceux qui l'avaient suivi jusqu'ici. Sans doute étaient-ils tous morts dans cette équipée insensée. Sauf lui... Lui qui s'apprêtait à adouber l'un des gardes qui les avaient taillés en pièces et qui, étrangement, n'en éprouvait aucun remords. L'Épée, elle aussi, serait bientôt à lui. Le but de sa quête, alors même que cette quête perdait désormais son sens. Pourquoi la seule idée de rendre Excalibur aux nains lui sembla-t-elle soudain si absurde ? Il s'ébroua, offusqué par cette pensée et, s'arrachant à la contemplation malsaine de la flambée, se retourna pour découvrir l'assemblée massée respectueusement à bonne distance.

Un grand échalas en robe de bure sombre comme la nuit, l'air aussi triste que son Purgatoire, brandissait le talisman des nains, l'épée Caledfwch, « Dure foudre », l'épée forgée par le dieu Nudd au bras d'argent, celle que les hommes nommaient Excalibur.

L'arme d'or étincelait dans la pénombre de la pièce, si chargée de pierres précieuses qu'on aurait dit une relique. Uter évita de croiser le regard d'Illtud, saisit le pommeau et dégaina, dans un long crissement de métal qui fit aussitôt taire tous les murmures. L'épée était lourde, le fil tranchant, et la lame entièrement recouverte de fines ciselures entrelacées. Malgré sa beauté, malgré les rubis et les émeraudes qui garnissaient la garde, malgré les fils d'or tressés qui formaient la fusée, c'était une arme redoutable, l'arme d'un dieu…

— À genoux, sergent.

Antor s'avança et s'inclina devant lui. Il n'y avait plus un murmure, maintenant, plus un seul bruit hormis le crépitement du feu et, au-dehors, le sifflement de la bourrasque. Uter leva lentement l'épée et toucha le jeune homme aux épaules du plat de la lame. Puis il reposa Excalibur sur son propre bras et, comme Antor se contractait pour subir l'épreuve de la paumée, il lui frappa la nuque à toute force du plat de la main, si fort qu'il le projeta à terre, sous les rires et les quolibets de la troupe, tout à coup libérée.

— Ce coup, messire Antor, est le dernier que vous recevrez sans le rendre, dit-il en le relevant.

Il l'embrassa sur les deux joues et sur les lèvres, selon le rituel, puis laissa le jeune homme s'agenouiller devant la reine et lui baiser la main avec ferveur.

— Ma reine, je suis à vous. Ma vie et mon épée vous appartiennent à jamais.

— Ainsi soit-il ! clama Illtud, et tous les hommes se signèrent en répétant la bénédiction de l'abbé.

— Messire Antor, dit Ygraine, des moines ont été chassés de cette forteresse, la nuit dernière. Lancez vos hommes à leur recherche. Retrouvez-les, ramenez-les ici, donnez-leur à boire et à manger.

— Il sera fait selon vos ordres, ma reine.

— Et qu'on envoie des servantes, poursuivit-elle. De l'eau chaude, des vêtements, du vin. Le roi doit se changer et se reposer.

Uter sourit, revoyant le corps nu de la reine pressé contre lui. Elle avait dû avoir froid...

— Messire Uter, dit Illtud en s'avançant vers lui, chargé du fourreau d'Excalibur. Que comptez-vous faire de cette épée ?

Le jeune homme empoigna la gaine ouvragée d'un geste mécontent et y glissa lentement la lame d'or. C'était une question trop abrupte, une question qu'il essayait à grand-peine de refouler au fond de lui-même. Ce n'était certainement pas pour répondre à ce moine triste à la longue figure.

— Mon père, avec votre permission, j'obéirai d'abord à la reine, dit-il. J'ai froid, j'ai faim, j'ai sommeil... Et il me semble que vous aussi vous auriez bien besoin d'un peu de repos et d'un peu de vin.

Illtud ouvrit la bouche pour insister, mais il perçut l'impatience de la reine, et, dans un sens, il avait eu sa réponse, puisque Uter restait auprès d'elle, puisqu'ils étaient tous encore en vie...

— Tu ne te souviens pas de moi, dit-il d'un ton tout à fait différent, soudain humain et amical, mais c'est moi qui suis venu bénir la chapelle de ton père, à Cystennin, alors que tu n'étais qu'un enfant... Je suis désolé.

Il s'interrompit, sourit brièvement à Uter et se dirigea vers la porte.

— Je te souhaite une bonne nuit, ou du moins ce qu'il en reste… Et je prierai Dieu pour qu'il m'accorde une dernière grâce.

— Laquelle ? ne put s'empêcher de demander Uter.

— Demain, si Dieu me sauve, les soldats ramèneront ici les moines qui m'ont accompagné. Et s'il n'a pas péri, je te ferai rencontrer quelqu'un que tu connais bien. Quelqu'un qui, peut-être, t'aidera à prendre ta décision.

— Mon père, dit Uter sur un ton à peine courtois, j'ai vécu trop d'épreuves pour jouer aux devinettes. Si vous avez quelque chose à me dire, dites-le.

— Ce n'est pas moi qui dois te parler, dit Illtud. Mais un moine, cher à mon cœur et cher au tien. Son nom est Elad. Il était là lorsque ton père est mort, et il sait qui l'a tué.

Le jour se levait sur Avalon. C'était une aurore comme les autres, avec la même clarté, le même soleil tout au long des saisons, mais Lliane s'éveilla le cœur vide, avec le sentiment intense d'un manque.

Myrddin dormait encore, enveloppé dans sa cape. Son visage, quand il avait les yeux fermés, n'était plus aussi juvénile. Il semblait à bout de forces, anéanti par les semaines d'épreuves qu'ils venaient de traverser, par toute l'énergie qu'ils avaient dépensée, et elle se demanda si elle avait l'air aussi épuisée que lui. Rhiannon l'appelait. Il fallait s'occuper d'elle, la nourrir de ses premières baies, myrtilles ou framboises. Elle s'exécuta, caressant ses cheveux déjà longs, d'un châtain clair qui, sous le soleil d'Avalon, blondissaient un peu plus chaque jour, comme si la Nature s'efforçait de faire ressembler Morgane à l'enfant de son rêve, l'enfant des fées, couronnée de buis... Elle lui sourit, mais chacun de ses gestes était contraint et empreint de tristesse. Il y avait, dans les yeux calmes de Morgane, une froideur qui parfois l'inquiétait. La froideur de la glace, celle de la rune *Is* qui marquait sa destinée présente :

Byth oferceald, ungemetum slidor,
Glisnath glmaeshluttur, gimmum gelicust,
Flor froste geworuht, faeger ansyne.

La glace est froide et très glissante.
Elle brille comme le verre, presque comme un joyau,
Un sol fait de givre, agréable à l'œil.

« La rune de l'attente », avait dit Gwydion, portant en elle un avenir meilleur ou la promesse d'un hiver éternel. Et l'avenir, à présent, semblait si obscur...

Lliane s'aperçut que Myrddin s'était réveillé et qu'il la regardait en silence, l'air tout aussi désespéré. Les larmes se mirent alors à couler sur le visage de la reine.

Elle sentait Uter se détacher, s'effilocher comme un nuage, vider son esprit d'elle et de son amour. Et privée elle aussi de la puissance du Pendragon, elle se sentit plus seule que jamais, malgré Morgane, malgré Merlin.

C'était fini.

Uter l'avait quittée.

Ils avaient échoué.

Quelques rayons d'un soleil froid filtraient par les interstices du lit clos, jouant sur les draps de lin à chaque mouvement d'Ygraine. Uter posa la main sur sa hanche, ronde et nue, caressa lentement sa peau frémissante, et elle commença à gémir, comme si chaque effleurement de ses doigts l'électrisait. Elle fermait les yeux, mais lui la regardait, souriant et amoureux, savourant chacune des ondes de plaisir qui la faisaient ainsi vibrer dans ses bras. Enfin, sa main se referma sur les seins de son amante, lourds et fermes, si différents de ceux de Lliane. Peut-être pour chasser cette pensée troublante, il plongea son visage dans l'abri tiède de sa poitrine. Elle referma ses bras sur lui, l'emprisonnant dans cet étau de douceur, et le fit brusquement basculer sur le dos. Couchée sur lui, elle tendit les bras pour le regarder, alors que ses longs cheveux refermaient autour d'eux un paravent doré. C'est ainsi que leurs corps, pour la première fois, s'unirent.

Ensi jurent li rois et Ygraine cele nuit, et en cele nuit engendra il le boin roi qui fu apielés Artus.

L'HEURE DES ELFES

« J'ai bu du vin dans un brillant hanap
Avec les chefs de la guerre cruelle.
Mon nom est Myrddin, fils de Morvryn.

J'ai bu du vin dans une coupe
Avec les chefs de la guerre dévorante.
Myrddin est mon nom glorieux. »

Fouissements (XIIe ou XIIIe siècle)

PROLOGUE

Le monde avait basculé dans le chaos. Peut-être, dans les temps à venir, se souviendrait-on d'un lointain âge d'or, d'une époque heureuse où les quatre tribus de la Déesse vivaient sinon en paix, du moins dans l'équilibre, quand leur survie était garantie par les grands talismans. L'Épée du dieu Nudd, l'arme que les hommes appelaient Excalibur, avait été donnée aux nains. Le Fal Lia, la Pierre sacrée qui gémissait devant un vrai roi, était aux hommes. Les monstres possédaient la Lance sanguinaire du dieu Lug, et les elfes le Chaudron du Dagda, dieu de la Connaissance… C'était ainsi depuis le commencement des temps.

Ne croyez pas les contes de fées : ce sont les hommes qui brisèrent cet équilibre, et non les nains malfaisants, chargés de tous les maux. Les hommes et leur nouvelle religion, prônant l'unicité et proclamant la suprématie d'une race élue sur toutes les autres : une seule terre, un seul dieu, un seul roi, disaient-ils, et c'est au nom de ce Dieu que fut commise la pire vilenie que le monde ait connue… puis oubliée.

Les hommes volèrent Excalibur au peuple des nains, et parvinrent à rejeter le poids de leur crime sur les elfes. Le vieux roi Pellehun puis son sénéchal, le duc Gorlois de Tintagel, payèrent de leur vie ce plan ignoble, mais le mal était fait. Ni Lliane, la reine des hauts-elfes de Brocéliande, ni le chevalier Uter, devenu Pendragon par la force irrésistible de leur amour, ni même le druide Merlin ne purent éviter les guerres, les haines, les déchirements qui ensanglantèrent par la suite le royaume de Logres. Sans talisman, déjà les nains disparaissaient. Leurs grands royaumes sous la Montagne s'étaient effondrés, et on voyait naître dans les villages humains des êtres étranges, à la fois hommes et nains, comme si les deux races se fondaient en une seule.

La guerre était finie, à présent, mais le talisman n'avait pas été rendu aux royaumes sous la Montagne.

La paix n'était pas encore gagnée…

I

Les chasseurs

Peu à peu, le vent dissipait les sombres nuages de la nuit. Freïhr, torse nu malgré le froid vif du petit matin, écarta d'un revers de main le tapis de feuilles mortes qui recouvrait l'eau noire d'une flaque et s'aspergea en soufflant comme un buffle. Tout autour de lui, de lourds filets de brume traînaient encore sur les fougères jaunies. Malgré les bourrasques soudaines qui agitaient les hautes branches, le sous-bois restait silencieux, ensommeillé, loin de l'agitation du ciel. Freïhr s'étira, gratta furieusement sa barbe emmêlée de débris végétaux, puis ramena sur ses épaules sa chemise de laine et son pesant manteau de fourrure. Le jour naissant, gris et terne, annonçait déjà l'hiver. Ce serait une journée triste et froide, mais au moins ne pleuvrait-il pas. Enfin, il fallait l'espérer…

Les hommes du clan avaient dormi à l'abri d'un tronc couvert de lierre, enveloppés dans leurs manteaux et serrés les uns contre les autres comme des bêtes, guère différents en somme des ours qu'ils traquaient depuis deux jours déjà. Une famille probablement, une ou plusieurs femelles et leurs petits, trop occupés à se goinfrer en prévision de l'hiver pour songer à brouiller leur piste. Les fauves laissaient derrière eux un sillon de vestiges sanguinolents, de fumées et de branches de sureau rongées, mais leur échappaient sans cesse et les entraînaient toujours un peu plus loin dans la forêt, à des lieues déjà de Seuil-des-Roches. Tout un chemin par monts et par vaux qu'il faudrait refaire en sens inverse, en traînant sur des travois de fortune la masse énorme de leurs dépouilles, si tant est qu'ils parviennent à les tuer. Freïhr secoua la tête d'un air dégoûté, puis jeta un regard mauvais sur les silhouettes informes de ses compagnons. Ils dormaient encore, y compris Brude, qui avait dû se coucher sur une fourmilière et qui ronflait la bouche ouverte, la barbe et la moustache grouillantes d'insectes.

Freïhr ramassa son épieu de chasse et remua du bout de la hampe les cendres froides de leur feu de camp. Plus une braise…

— Allez, debout ! grogna-t-il, en tapotant dans le tas à l'aveuglette. Galaad, va faire du feu, j'ai faim !

Le jeune garçon s'extirpa de la masse avachie des chasseurs, se redressa à demi et tourna vers lui un visage bouffi de sommeil. L'espace d'un instant, avant qu'il se reprenne et adopte l'expression farouche qui, croyait-il, le faisait passer pour l'un d'eux, il apparut tel qu'il était réellement : un enfant, sans doute âgé de moins de dix ans (Freïhr l'ayant recueilli bien après sa naissance, qui pouvait savoir son âge ?), dont les courts cheveux blonds taillés à la mode de Loth lui donnaient davantage l'air d'un page que d'un guerrier. Ils échangèrent un bref sourire, puis Galaad ramena son manteau sur ses épaules en frissonnant et partit s'acquitter de sa tâche.

Tandis que les autres s'éveillaient, le barbare s'éloigna dans la direction opposée et grimpa lourdement une petite butte dominant la clairière, d'où il contempla jusqu'à l'horizon le moutonnement roux des arbres à l'automne. La forêt s'étendait à perte de vue devant lui, plus vaste que la mer, miroitant à la moindre risée avec la lenteur majestueuse des vagues. Le monde, en ces temps lointains, était recouvert d'arbres, si nombreux et si denses qu'ils formaient entre le ciel et la terre une voûte immense, s'étendant à l'infini jusqu'aux plaines des hommes ou aux sombres montagnes des royaumes nains. Mais les hommes avaient peur de la forêt, et les royaumes des nains sous la Montagne avaient disparu...

Freïhr prit une profonde inspiration puis, l'âme en paix, il se vida la vessie pour saluer le jour nouveau.

Une rafale de vent fit claquer son manteau de fourrure et balaya ses cheveux blonds nattés, couvrant comme un casque sa nuque et son cou. Aussitôt, il s'accroupit et retint son souffle. Il y avait une odeur, dans la brise. Celle des ours, mais pas seulement. Une odeur de sang tiède, suave et écœurante. Une odeur de viscères. Les fauves, sans doute, venaient de tuer...

Freïhr dévala la butte jusqu'au campement. Les hommes du clan s'étaient enfin réveillés et s'ébrouaient, riant de Brude et de ses gesticulations pour chasser les fourmis qui le recouvraient. Un geste, un regard de leur chef, et tous se turent, saisirent leurs armes et se regroupèrent autour de lui.

— Ils sont là, murmura Freïhr en tendant le bras dans le sens du vent. Cent toises [1], pas plus. Finissons-en.

1. Environ deux cents mètres.

Les hommes s'élancèrent derrière lui à travers les hautes fougères, aussi silencieux que des elfes. La puanteur des ours était telle qu'ils n'avaient nul besoin de guide pour suivre leur piste. Courbés sous leurs fourrures, ils ne s'arrêtaient que pour renifler le fumet des fauves, les poings serrés sur leurs épieux, sourire aux lèvres et cœur battant, s'attendant d'un instant à l'autre à déboucher sur leur tanière. Ce devait être un carnage, pour que l'odeur du sang et des entrailles soit si forte... Peut-être avaient-ils tué un daim ou un blaireau. Peut-être s'étaient-ils entre-déchirés ? C'était possible, s'il y avait plusieurs femelles et un seul mâle...

Pourtant, au fur et à mesure qu'ils s'approchaient, les hommes ralentirent le pas. Il y avait autre chose. Chacun sait à quel point les ours puent, mais les relents de charogne qui leur montaient à la gorge dépassaient tout ce qu'ils avaient connu. Freïhr, le premier, s'arrêta à l'abri des fougères, tant pour reprendre son souffle avant l'assaut final que pour tenter d'identifier ces effluves pestilentiels. Les autres chasseurs l'imitèrent, flairant l'air comme des chiens de meute. Mais tous échangèrent des regards d'impuissance et d'incompréhension.

— Brude, Cian, sur la droite, murmura-t-il, renonçant à comprendre ce qui pouvait exhaler une si horrible odeur. Wid et Eabald sur la gauche. J'irai au centre avec...

Freïhr s'interrompit, ne découvrant qu'à cet instant l'absence du jeune garçon.

— Galaad ! Où est-il ?

— Tu l'avais envoyé chercher du bois, grommela Cian, un colosse au corps presque bleu tant il était recouvert de tatouages.

Ils en portaient tous, parfois même jusque sur le visage, et ces dessins étranges étaient censés les protéger comme des armures, même s'ils n'y croyaient pas vraiment.

Freïhr jeta un coup d'œil en arrière et hésita un bref instant. S'il était resté au campement, Galaad ne risquait probablement rien, mais il rêvait tellement de devenir un homme qu'il serait capable de se ruer tête baissée dans la tanière des fauves…

— Retourne le chercher, dit Brude, avec un sourire édenté qui aurait donné des cauchemars à toutes les pucelles de la ville. Il y aura d'autres ours, va…

Freïhr sourit, hocha la tête puis, avec un sentiment diffus de honte, fit demi-tour et disparut bientôt dans les fougères. Brude avait raison. Il y avait beaucoup d'ours, de par le monde, et peu d'enfants. Surtout chez les barbares, ceux qu'on appelait les « hommes peints » à cause de leurs tatouages, et qui vivaient dans les Marches, entre les marais des elfes gris et le Pays de Gorre, le sombre empire de Celui-qui-ne-peut-être-nommé.

Les hommes échangèrent un regard amusé tandis qu'il s'éloignait, puis se dispersèrent selon les indications de leur chef. Il ne restait plus qu'un mince rideau de fougères et d'arbustes entre eux et la charogne fumante qu'ils commençaient à deviner. Encore quelques pas, et ils découvrirent l'atroce charnier. C'étaient des hommes endurcis, et pourtant leur cœur se révulsa. Le spectacle qu'offrait la clairière était au-delà de ce qu'ils avaient imaginé, un carnage écœurant dont les ours n'étaient pas les auteurs, mais les victimes. Femelles et oursons avaient été dépecés avec une sauvagerie effroyable, éclaboussant de leurs entrailles jusqu'aux troncs blancs des bouleaux, à la lisière de la forêt. Dépecés et dévorés vifs, ils gisaient là, éventrés, leur sang frais coulant encore, épais et gluant, fumant dans les frimas du petit matin. Leur agresseur, quel qu'il soit, avait disparu. Il n'y avait plus un son, pas même un chant d'oiseau. Juste le frémissement du vent dans les hautes branches, le froissement des fougères sous leurs pas et le souffle haletant de leur propre respiration, hachée, révulsée. Ils se redressèrent, mais aucun d'eux ne put articuler une parole tant le spectacle de cette boucherie inutile leur donnait envie de vomir.

Et puis, soudain, tout s'agita autour d'eux.

Freïhr gravissait en maugréant la petite butte surplombant la clairière. Galaad n'était pas au campement, et il ne pouvait pas l'appeler à haute voix, de peur d'alerter les ours. Parvenu au sommet, il balaya d'un regard torve les abords de la forêt et l'aperçut enfin, qui traînait derrière lui une grosse branche morte et laissait autant de traces qu'une harde de sangliers. Il levait le bras pour attirer son attention quand retentirent les hurlements. Des rugissements effroyables, inhumains, mêlés aux cris d'effroi de ses compagnons. Là-bas, dans la clairière des ours, les hautes fougères s'étaient mises brusquement à s'agiter comme sous les secousses d'un dément ; son sang se glaça lorsqu'il reconnut les jappements gutturaux qui s'en échappaient.

Des trolls.

Certes, personne n'avait jamais vu de troll (ou, plutôt, personne n'avait jamais survécu à leur rencontre), mais Freïhr identifia sans l'ombre d'un doute les hideuses créatures de ses cauchemars. Comme tous les barbares des Marches, il avait été élevé dans la crainte des trolls, par les légendes racontées par les anciens sur ceux qu'ils nommaient les « ogres des collines ». Le peuple libre des trolls vivait aux marches des Terres noires, dépeçant et dévorant quiconque était assez fou pour s'aventurer sur son territoire, homme, elfe, nain ou bête sauvage. Aucun récit, pourtant, aussi loin qu'il s'en souvienne, ne les mentionnait ailleurs que dans leurs collines pelées. Que faisaient-ils, alors, dans la forêt ?

Pétrifié d'horreur, trop effrayé même pour songer à se coucher à terre, Freïhr contempla jusqu'au bout l'atroce tumulte des hautes fougères, dans le vacarme des râles d'agonie des chasseurs et des aboiements insanes des monstres. Mais cela ne dura que quelques instants. Le silence retomba si vite qu'à nouveau seul le sifflement du vent fut perceptible.

— Freïhr !

Le cri déchirant de Galaad le fit sursauter. L'enfant ne l'avait pas vu. Il avait lâché sa branche et se ruait à l'aveuglette vers le carnage, courant comme un dératé, sans même un épieu pour se défendre, afin de porter secours à celui qu'il considérait désormais comme son père. Freïhr, interdit, jeta un regard d'angoisse vers la clairière. Déjà, de hautes silhouettes sombres s'en détachaient et se frayaient un chemin en direction du garçon, avec la lenteur suave d'une meute de loups au moment de la curée. Ce fut comme un coup de fouet. À toutes jambes, le barbare dévala la butte et fonça vers Galaad, droit devant lui, fouetté par les branches des arbustes et les tiges coupantes des fougères, faisant voler à chaque foulée des nuages de givre sur son passage, aveuglé bientôt, empêtré dans les herbes, haletant, terrifié. Quand il l'aperçut enfin, l'enfant était immobile et lui tournait le dos. Quelques foulées de plus, et Freïhr vit le troll.

La bête, haute de plus de quatre coudées [1], les dépassait de la tête et des épaules. Elle était maigre, efflanquée même, recouverte d'une peau d'un ocre sale, hérissée d'une toison noire et pelée. Sa tête, hormis une crinière de longs cheveux noirs qui jaillissait, hirsute, de son front et courait le long de son épine dorsale, évoquait celle d'une taupe, avec son mufle court et ses dents proéminentes. Pourtant, son regard sombre avait quelque chose d'humain, une lueur d'intelligence et de cruauté qui rappelait que les trolls étaient autrefois un peuple, parmi l'antique race des Fir Bolgs, les « hommes foudre » vaincus par les tribus de la Déesse, dispersés et rejetés hors du monde. On disait que Celui-qui-ne-peut-être-nommé avait gardé certains d'entre eux à son service, mais les trolls étaient redevenus des animaux. Comme tous ceux de sa race, le monstre ne portait ni vêtements ni armes, mais ses griffes, si longues qu'elles touchaient presque le sol au bout de ses bras interminables, valaient n'importe quelle masse, épée ou lance d'un chevalier du roi Uter.

Freïhr ne s'était pas arrêté. Emporté par son élan, il percuta le monstre de toute sa masse, si violemment qu'il le projeta à terre. Le barbare leva son épieu et plongea pour clouer la bête au sol, mais elle s'était déjà esquivée. Avec un cri atroce, une sorte d'aboiement rauque et modulé qui lui vrilla les oreilles, le troll lui cingla la cuisse d'un revers d'une puissance telle que ses griffes noires en arrachèrent un morceau de chair aussi large que la paume. Freïhr hurla à s'en déchirer les

1. Environ deux mètres.

veines, mais sa plainte s'étouffa sous le choc d'un second coup qui lacéra son ventre et le projeta à terre, comme une poupée de chiffon. Le monstre avançait déjà vers lui, retroussant ses babines sur ses crocs immondes, lorsque Galaad apparut dans son champ de vision. L'enfant chancelait sous le poids d'une grosse pierre qu'il tenait à bout de bras, au-dessus de sa tête. Il y eut un éclair d'incompréhension, furtif, dans les yeux de la bête avant que le roc lui broie le crâne.

Freïhr se releva précipitamment, prenant appui sur sa jambe valide, et creva de son épieu le torse du troll, enfonçant de tout son poids la pointe durcie au feu, jusqu'aux derniers soubresauts de son agonie. Alors seulement il releva les yeux vers l'enfant. Galaad souriait à travers ses larmes et vint se jeter dans ses bras, tremblant de peur, d'excitation, de soulagement.

— Viens, il faut partir, murmura Freïhr. Les autres arrivent. Aide-moi…

Galaad se glissa sous son bras, et ils se traînèrent vers la forêt, laissant derrière eux un sillon sanglant aussi visible qu'une traînée de feu dans la nuit.

Freïhr écarquillait désespérément les yeux pour dissiper les points lumineux qui l'éblouissaient, chasser la nausée et l'engourdissement irrépressibles qui s'emparaient de lui. Curieusement, il ne ressentait aucune douleur, tout juste une faiblesse croissante, et un froid qui le gagnait par le ventre et les jambes (selon les vieilles légendes, la bave des trolls engourdit leurs victimes et les rend insensibles, ce qui permet aux monstres de les dévorer petit à petit, durant des jours, sans que la viande de leurs malheureuses proies se corrompe. Mais bien sûr, ce ne sont que des légendes…). Soudain, des jappements rauques, derrière eux, l'arrachèrent à sa torpeur. Sans doute venaient-ils de découvrir le corps de leur congénère. Peut-être le dévoraient-ils déjà…

— Nous n'y arriverons pas, gémit Freïhr. Il faut retourner vers la clairière…

— Quoi ?

— La clairière… Se cacher sous les ours. Mêler le sang au sang. C'est notre seule chance.

Il attira Galaad à contremarche et ils repartirent, lui vacillant à chaque pas, ployé sur son ventre dégoulinant de sang, et l'enfant écrasé par le poids de son bras, le visage inondé de larmes.

Ils eurent un temps d'arrêt en découvrant la clairière, comme soufflée par un ouragan, baignée de sang, constellée de dépouilles à peine reconnaissables, déchiquetées, écorchées, hommes et ours tout aussi atrocement broyés par les griffes des trolls, en partie dévorés. Freïhr chancelait, les yeux presque révulsés. Il vit à peine les corps de ses compagnons, se traîna jusqu'au cadavre d'une ourse gigantesque et, dans un ultime effort, parvint à la retourner. Puis il s'étendit contre la fourrure sanguinolente, serra Galaad contre lui et laissa retomber sur eux le corps du fauve, si lourd que sa masse les écrasa tous deux et qu'il perdit connaissance.

II

La horde

Galaad tremblait sans s'en apercevoir, bien au-delà des pleurs et de la fatigue, au-delà même du cauchemar de cette journée. Il faisait nuit à présent et, comme tous les hommes, l'enfant avait peur du noir. Il faisait nuit et il faisait froid, et les monstres avaient disparu. La lune pleine jetait un éclat glacé sur la clairière, si calme dans son horreur figée que tous ces cadavres déchiquetés y semblaient à leur place, aussi naturels que des rochers ou des souches. Galaad regarda ses mains couvertes de terre, ses ongles ébréchés avec lesquels il avait creusé tout le jour durant pour échapper au poids de l'ourse. Freïhr était encore là-dessous…

Il se jeta à genoux, s'enfonça à nouveau dans le boyau à demi effondré dont il venait de s'extirper et tendit le bras, à s'en démettre l'épaule, jusqu'à ce que sa main rencontre autre chose que de la terre ou de la caillasse. Elle se referma sur une masse de poils, cheveux, barbe ou fourrure, qu'importe, et il tira, de toutes ses forces.

Un cri étouffé répondit à sa traction. Galaad tira plus fort encore, si fort que les cheveux de Freïhr cédèrent et que l'enfant bascula les quatre fers en l'air, une touffe arrachée dans les doigts. Puis le sol remua, les grosses mains du barbare apparurent, ses bras, une épaule, et Galaad se jeta de tout son poids contre le flanc de l'ourse éventrée pour tenter de la soulever, jusqu'à ce qu'enfin le visage de Freïhr émerge du magma. Il était affreux à voir, ébouriffé, sanguinolent et noirci de terre, mais Galaad s'accrocha à son cou, riant à présent sous ses larmes, et ils rampèrent hors de leur terrier ainsi soudés dans l'air frais de la nuit, père et fils.

Couché dans l'herbe et les fougères piétinées, anhélant sous les étoiles et gémissant à chaque souffle, Freïhr reprenait peu à peu ses esprits, le ventre lui cuisant un peu plus à chaque respiration. Et pourtant il souriait, heureux d'être en vie, heureux même de la douleur croissante, qui prouvait que le venin du monstre perdait de son effet. Ainsi, ils avaient échappé aux trolls ! Malgré la lueur de la lune, on n'y voyait qu'à quelques coudées, mais l'atroce odeur des monstres s'était dissipée (évidemment, il pouvait se tromper : un séjour prolongé sous le cadavre éventré d'une ourse a de quoi altérer l'odorat !) ; la clairière, surtout, s'était remise à vivre, entre les lancinants appels des oiseaux de nuit et les mille bruissements du petit peuple des lisières, et toute cette agitation minuscule le persuada que les trolls étaient partis. Déjà, des museaux frétillaient aux abords des cadavres. Ce n'étaient pour l'heure que d'insignifiants rongeurs, mais bientôt viendraient les renards, puis les loups, et il ne faudrait plus être là au moment de la curée. Au prix d'un effort plus pénible qu'il ne l'aurait cru, Freïhr se redressa et s'aperçut alors que Galaad s'était endormi contre lui.

— Viens, murmura-t-il à son oreille. Il faut partir d'ici… Bientôt, le sang attirera les bêtes.

L'enfant obéit docilement, sans mot dire. Vaincu par les épreuves de la journée, il titubait et se serait effondré sur place sans le bras de son père. Le portant presque, Freïhr quitta les lieux sans un regard en arrière, le corps et l'esprit entièrement tendus vers un seul but : rejoindre leur village, rassembler ses hommes et organiser leur défense, s'il en était encore temps… Mais Seuil-des-Roches était à des jours de marche, et chaque pas était un supplice. Ses blessures ne s'étaient pas refermées, il perdait du sang à chaque mouvement. Comme tous les barbares, Freïhr connaissait les herbes qui soignent, celles qui calment la douleur et masquent la fatigue, mais il leur fallait avant tout trouver un abri, loin des trolls et de cette abomination. Ils parvinrent au campement où les chasseurs avaient laissé leurs maigres biens, ramassèrent des couvertures et des vivres, burent enfin, avidement, à une outre aussi large que la panse d'un bœuf, puis grimpèrent jusqu'en haut de la colline qui les surplombait.

La nuit, au loin, s'irisait d'une langue de lumière cuivrée qu'ils prirent d'abord pour les prémices de l'aurore. Mais ce n'était pas le jour. Ce qui illuminait l'obscurité était plus mince, plus sinueux que l'or du petit matin. C'était une longue théorie de flambeaux, une file interminable de torches qui descendaient des Marches noires et se déversaient lentement dans la forêt. Une armée, un peuple entier avançant en silence sur une trace unique.

— C'est des trolls ? demanda Galaad.

— Les trolls voient dans le noir, et d'ailleurs ils ont peur du feu, répondit Freïhr.

Ce n'étaient pas des trolls, et l'horreur de ce que représentait cette lente procession chassa peu à peu la souffrance dans l'esprit du barbare. Il demeurait là, immobile, les yeux écarquillés et le corps en retrait, comme s'il avait voulu fuir sans pourtant parvenir à s'arracher au spectacle. Galaad, à la lueur lointaine des flambeaux, tentait de déchiffrer le visage de son père. Pourquoi restaient-ils là, au lieu de décamper ? On aurait dit que ce trait de feu avait changé Freïhr en statue de sel, comme dans les histoires des moines... Et, là-dessus, de nouveau, un silence total, sans les bruits de la forêt, sans même le sifflement du vent, un silence tel que l'enfant prit peur et qu'il secoua rudement le bras de Freïhr, qui sursauta, s'extirpant enfin de la contemplation morbide de ce lointain cortège.

— Il faut y aller, dit-il. Il faut aller voir ce que c'est...

Et aussitôt le barbare s'élança vers le vallon, disparaissant bientôt dans l'obscurité et ne laissant d'autre choix à l'enfant stupéfait que de le suivre.

Ils s'enfoncèrent à nouveau dans les hautes fougères et le mort-bois longeant la forêt, malgré les ronces et les racines rampantes, se frayant parfois le passage à coups d'épée dans le fouillis d'arbustes, guidés seulement par l'incandescence de l'horizon, Freïhr avec une rage croissante, stupide et aveugle, Galaad avançant l'esprit vide, anéanti d'épuisement, soucieux uniquement de ne pas se laisser distancer, indifférent à tout ce qui pourrait leur arriver désormais.

Ils marchèrent jusqu'au point du jour, quand la lueur du serpent de flammes se mêla à celle de l'aurore, et cette clarté nouvelle, insidieuse, les décontenança. Comme si l'aube naissante l'avait dégrisé, Freïhr s'abattit en gémissant au pied d'un sorbier alourdi de fruits mûrs, presque blets, d'un jaune tirant sur le brun, dont il fit son petit déjeuner. L'étrange procession n'était plus visible, et pourtant les broussailles et les taillis restaient toujours aussi muets. Les arbres chargés de baies n'attiraient nul oiseau, les fourrés demeuraient inertes et, où que se porte le regard, nul être volant, rampant, furetant ou sautillant ne se manifestait. L'orée de la forêt retenait son souffle, comme pétrifiée, muselée par la colonne de feu qui l'avait traversée. Freïhr et Galaad eux-mêmes n'osaient prononcer la moindre parole, les oreilles et les yeux aux aguets, s'autorisant à peine à respirer.

Et puis quelqu'un éternua.

Tout près d'eux, une volée de chardonnerets se dispersa dans le ciel à grands battements d'ailes. Ils perçurent des grommellements, des éclats de voix étouffés, peut-être même le froissement métallique d'armes ou d'armures, puis ce fut de nouveau le silence. Le cœur battant, sans se concerter, le père et le fils s'étaient jetés à terre d'un même mouvement. Quelques toises à peine, tout juste un rideau d'arbustes et de ronces devaient les séparer de ce cortège muet qu'ils avaient traqué toute la nuit, et qui semblait s'être immobilisé avec le jour, pareil à une armée de fantômes. Encore trois ou quatre pas, et ils butaient dedans…

Freïhr sembla hésiter, puis il se tourna vers son fils adoptif et, d'un geste, il lui fit signe de l'attendre là, à l'abri du sorbier. Il se défit de son équipement, ne conservant qu'un long poignard, et commença à ramper dans les broussailles. Il les vit presque tout de suite, et son cœur se révulsa.

Immobile sur la berge du lac, près du large saule qu'elle aimait, les pieds baignés par le faible clapot, Lliane avait suspendu son geste alors qu'elle se défaisait de sa longue robe de moire, et elle restait là, indécise et demi-nue, tandis que l'aube irisait sa peau bleutée de reflets roses ou cuivrés. Une sensation étrange et dérangeante l'avait brusquement saisie, sans qu'elle parvienne à l'identifier. Le petit matin étirait langoureusement à la surface de l'eau ses derniers filets de brume, les roseaux vibraient tout bas de leur monotone friselis, les hautes herbes de l'île frémissaient de vie, tout était parfaitement calme dans l'île aux Fées, semblable aux autres jours, loin du monde froid des hommes. Pourquoi ressentait-elle cette oppression diffuse ?

Rhiannon… Le visage de sa petite fille passa devant ses yeux. Elle la vit endormie, blottie contre une elfe, à l'abri du verger. Haussant les épaules, elle acheva son geste et se débarrassa de sa robe. L'eau du lac était glacée (car c'était l'hiver, même pour Avalon), mais les elfes ne sont pas aussi frileux que les hommes. Elle s'y plongea d'un seul élan et se laissa couler jusqu'au fond, parmi les algues vertes, réveillant un couple de tanches qui prit la fuite devant elle. Elle nageait en ondulant, si facilement qu'on l'eût prise pour une sirène et, à chaque mouvement, ses longs cheveux noirs se déployaient dans son dos à la façon d'une oriflamme ; elle nageait comme vole un oiseau, sans effort, caressée par les eaux, les yeux grands ouverts pour ne rien perdre du spectacle trouble de l'éveil des fonds. Les elfes vivent surtout au cœur des forêts et n'ont guère l'occasion de nager ailleurs que dans des mares vaseuses ou de maigres ruisseaux tout juste bons pour se tremper les pieds. Depuis qu'elle s'était installée en Avalon, Lliane avait découvert la magie silencieuse des frontières aquatiques de son île et ne cessait de l'explorer, parfois avec sa fille, quand l'eau n'était pas trop froide. Mais Rhiannon était à demi humaine, et il était rare qu'elle n'ait pas froid. Au contraire, Lliane s'était aperçue qu'elle pouvait rester immergée presque indéfiniment et prolongeait parfois durant de longues heures ses vagabondages entre deux eaux, si bien que les poissons du lac, les grenouilles et les salamandres ne faisaient plus guère attention à elle.

Au moment où elle atteignit la pénombre délicieusement menaçante des fonds, le visage de Rhiannon s'imposa à nouveau, et elle faillit remonter. La petite fille était éveillée à présent, clignant des yeux dans le soleil levant, les cheveux doucement caressés par une brise naissante, avec un air intrigué, mais sans aucune alarme. Derrière elle, les elfes dormaient toujours, formant un tableau si paisible que Lliane résista à son impulsion première et, d'une brasse, se glissa sous les hautes algues.

Contrairement aux femmes humaines, qui n'avaient d'autre choix que de veiller jour et nuit sur leurs bébés tant ceux-ci étaient fragiles, les elfes coupaient très tôt le lien avec leur progéniture. Passé les premières semaines, le clan servait de père et de mère aux nouveau-nés. Les petits elfes, comme des faons, savaient marcher au bout de quelques jours, et atteignaient vite sinon leur taille adulte, au moins une stature leur permettant de suivre le groupe à travers bois, dans leurs incessantes pérégrinations. Rhiannon, malgré sa part humaine, vivait ainsi, dans le sillage de sa mère. Plusieurs elfes étaient venues rejoindre la reine et sa fille dans l'île aux Fées, auprès du petit peuple des hautes herbes, assez nombreuses bientôt pour former un clan capable de veiller sur Rhiannon. Les premières venues avaient été Blodeuwez, la guérisseuse, et les Ban Drui, ces sorcières des bois qui ne la quittaient jamais. Puis les avaient rejointes de jeunes mères sur le point d'accoucher, et qui venaient se placer sous la protection de la reine. Lliane les avait accueillies avec bonheur, tout en faisant savoir qu'aucun elfe mâle ne pourrait aborder l'île. Alors ils restaient là, sur les berges, sans même apercevoir l'île perdue dans les brumes, attendant durant des mois le retour de leur épouse. Parfois en vain.

Tout un peuple bientôt se recréa en Avalon. Un peuple de femmes et d'enfants, sur lequel Rhiannon régnait, comme dans la prophétie des runes. Avec elles, la petite fille était en sécurité… Et puis, il y avait Myrddin, l'homme-enfant né d'une elfe, celui que les hommes nommaient Merlin. Sans qu'il sache vraiment pourquoi (d'autant qu'il n'avait jamais osé poser la question), Myrddin était le seul mâle admis sur l'île aux Fées. Comme si la reine, obéissant aux prédictions du vieux Gwydion, n'avait eu le cœur de séparer sa fille du seul être mêlant, comme elle, le sang des hommes à celui des elfes…

Touchant enfin le fond du lac, Lliane brouilla du bout des doigts le limon grisâtre qui recouvrait les racines d'un buisson d'algues et s'amusa à regarder le nuage de vase s'évaporer lentement autour d'elle puis se reposer en poudre sur son corps nu. Et, subitement, d'un coup de talon elle se propulsa vers la surface. L'étrange sensation l'avait saisie à nouveau, aussi tenace qu'un remords, plus vive encore lorsqu'elle jaillit hors des flots, de la tête et du buste. Elle rejoignit la berge en quelques brasses désordonnées, ramassa fébrilement sa robe et se jucha sur un rocher élevé qui surplombait les halliers bruissants des roseaux et des ajoncs. De là, elle voyait toute l'île, et même jusqu'aux abords du lac. Il n'y avait rien. Le danger était ailleurs, bien au-delà de la forêt d'Éliande.

Ce fut là que Myrddin la retrouva, dressée dans le soleil, aussi nue qu'une figure de proue, et cette vision saisissante le troubla à un tel point qu'il se tapit dans les hautes herbes, comme un enfant fautif. Les elfes ignoraient la pudeur, mais Myrddin était davantage un homme qu'un elfe, et nul être humain, jeune ou vieux, homme ou femme, n'aurait pu contempler la beauté irréelle de la reine des hauts-elfes sans ressentir de désir… Ni sans être marqué à jamais par le regret obsédant de n'avoir pu l'assouvir. Mince et élancée comme tous ceux de son peuple, la reine était issue de l'antique clan des hauts-elfes, ainsi qu'on nommait ceux qui vivaient encore dans la forêt d'Éliande. Au contraire des elfes verts habitant les bois et les collines, ou de ceux des marais perdus dans les Marches, les hauts-elfes étaient grands, parfois plus qu'un homme, et leur beauté solennelle avait pour les autres peuples quelque chose d'un peu effrayant. Que dire alors de leur reine ! Il y avait dans ses longs cheveux noirs et dans ses yeux, d'un vert si clair qu'ils semblaient couver une flamme intérieure, une force qui tranchait sur la pâleur de sa peau, une force animale, un feu latent. Il y avait dans chacun de ses gestes, dans les mouvements de ses longs bras et dans la cambrure de ses reins une sensualité indifférente, une indécence hautaine qui faisait perdre l'esprit ; mais aussi un danger, une menace. Les hommes simples vivant aux abords de la grande forêt mêlaient dans leurs récits les mots de fées et de vampires pour désigner les elfes, ce qui correspondait en fait assez à leur nature véritable.

Dans leur absurde quête d'espace, les hommes semblaient vouloir défricher le monde entier, alors que leurs plaines immenses s'étendaient déjà à perte de vue. Mais rares étaient ceux qui s'étaient attaqués à la forêt d'Éliande, et ceux-là n'étaient plus revenus pour s'en vanter. C'était là, au cœur d'une insondable forteresse végétale, que s'abritait le bosquet sacré des elfes, le bosquet des sept arbres planté par la Déesse elle-même. Les anciens croyaient que ces arbres étaient les piliers de l'Univers, reliant par leurs racines Mitgaard, la Terre du Milieu, au monde souterrain, puisant leur sève dans les ténèbres et la souillure pour s'élever au-delà du champ mortel et joindre ce bas monde à celui des cieux, vers lequel s'élevaient leurs frondaisons. Sept arbres nommés *duir, quert, beth, saille, coll, tinne, fearn*… le chêne, le pommier, le bouleau, le saule, le noisetier, le houx et l'aulne, formés en cercle et qui, aujourd'hui encore, abritaient le talisman des elfes, le Chaudron du Dagda, Graal de la connaissance, l'âme du monde. C'était là que Lliane était née, et là qu'elle avait été initiée, il y a bien longtemps, par le vieux Gwydion.

Myrddin lui-même, quoiqu'il fût *dru wid* [1] – ainsi que les elfes nommaient leurs sorciers –, ignorait bien des choses sur la magie des hauts-elfes, et il ne pouvait que contempler, saisi d'amour et d'effroi, la longue silhouette de la reine, tendue, lisse et pâle comme un hêtre, pareille à un arbre, vraiment, avec ses bras levés et ses longs cheveux noirs volant à chaque saute de vent, formant entre eux une sombre frondaison. La douce

1. Druide : littéralement « savant par les arbres ».

brise du petit matin n'avait cessé de forcir, et le ciel s'obscurcissait un peu plus à chaque instant de lourds nuages noirs, comme une réponse à la prière muette de la reine. Bientôt, des rafales couchèrent les herbes autour de lui, sa longue robe bleu nuit se mit à claquer tel un drapeau, les eaux du lac s'agitèrent et battirent les berges. Lliane, immobile dans la bourrasque, la tête renversée en arrière, semblait attirer à elle le souffle brutal du vent d'est, un vent venu de loin, au-delà du lac et de la forêt, au-delà même des plaines défrichées par les hommes. À présent couché à terre, cinglé par de soudaines risées de pluie, Myrddin perçut un message diffus dans le souffle de la tempête, mais sa part humaine tremblait de froid et d'appréhension, obscurcissant son jugement. Assourdi, aveuglé, terrifié par ce tumulte absurde surgi de nulle part, il était incapable de comprendre les mots hurlés par les éléments en furie. Mais, du plus profond de sa terreur animale, une image s'imposa malgré tout à lui.

Morgane... La petite fille était seule dans la tourmente.

Il releva les yeux vers la reine, sublime d'indifférence au cœur du chaos. Ses cuisses, son ventre et ses seins luisaient d'embruns. Seuls ses cheveux battus par le vent avaient l'air animés d'une vie propre, mais elle n'avait pas bougé d'un muscle. Comment pouvait-elle se maintenir debout sur ce rocher battu par l'averse et les vagues du lac ? Les bourrasques les plus rageuses se brisaient sur son corps sans l'ébranler, alors que lui-même s'agrippait des pieds et des mains aux herbes pour ne pas être renversé. À nouveau, derrière le mugissement insane de la tempête, il distingua la voix du vent et, dans une rafale, celle de la reine, haute et claire, aussitôt emportée.

— *Maegenheard wind, oferceald scur, feothan eal rethe heardingas ! Faeger treow gedreosan for egle leod ! Laethan anmod nith leofian ! Hael hlystan !*

C'était le langage ancien des runes, la magie des quatre éléments… Une malédiction dont il ne comprenait que certains mots : *Oferceald scur*, la tempête glacée. *Egle leod*, le peuple détesté… Lliane livrait bataille, mais Myrddin ignorait si l'ouragan était son arme ou son ennemi, et il se sentit plus désemparé que jamais. Une nouvelle saute de vent l'obligea à s'abriter, pourtant il retint son geste : l'espace d'un instant, il crut que la reine l'avait vu, et qu'elle lui avait parlé.

Rhiannon… Était-ce ce nom qu'elle venait de prononcer ?

— J'avais déjà pensé à elle ! hurla-t-il stupidement, dans un tumulte tel qu'il entendait à peine sa propre voix.

La reine, bien sûr, ne répondit pas. Qu'importe… Il ne pouvait y avoir qu'une façon de l'aider : retrouver la petite fille qu'il nommait Morgane, la petite elfe qu'elle avait baptisée Rhiannon, l'être unique qu'ils aimaient tous les deux sous ces noms différents, et la mettre à l'abri.

D'un bond, il se releva et, trébuchant sous les brusques risées, poussé dans le dos parfois par des sautes de vent ou des paquets de pluie, il s'enfuit à toutes jambes. Insidieusement, une boule s'était nouée dans sa gorge, et des larmes se perdaient sur ses joues trempées. L'idée, insupportable, de perdre Morgane s'était diffusée en lui comme un venin et l'entraînait bien au-delà de ses forces, dans une course effrénée sous les éléments en furie. À chacune de ses visites dans l'île sacrée, il l'avait vue grandir, devenir de plus en plus semblable à l'être qu'il avait tant attendu. Elle n'avait que quatre ans, selon le compte des hommes, mais le temps était différent sur l'île aux Fées, et Uter lui-même, son propre père, lui aurait sans doute donné cinq ans de plus. Elle était comme Myrddin lui-même, aussi frêle en apparence qu'une jeune elfe, avec cependant une vigueur insoupçonnée qu'on ne découvrait que dans le regard. Et si elle lui était à ce point semblable, elle devait avoir peur de la tempête…

Tout d'abord, il ne la vit pas. Le bosquet de pommiers qui leur servait d'abri semblait vide, comme si toutes les elfes avaient été emportées par le vent. Il hurla son nom, mais le feuillage battu par les risées couvrait ses cris, et Morgane ne répondait pas. Puis, à l'instant où il allait renoncer et courir vers la reine pour implorer son aide, il l'aperçut enfin.

Le choc lui coupa les jambes plus sûrement que l'ouragan.

La petite fille était nue, elle aussi, immobile comme sa mère, toute blanche, les bras tendus et la tête renversée, recevant le même message et riant, oui, riant comme si cette apocalypse n'était qu'un jeu, comme si la tempête lui parlait tandis que lui ne percevait rien, pitoyable et grelottant, aussi bas que terre. Alors il s'agrippa aux herbes, enfouit son visage dans la terre et attendit que l'ouragan se calme.

Autour d'eux, la tornade ravageait la lisière de la grande forêt. Autour d'eux, ou plutôt derrière, sur leurs pas, avec un acharnement de brute, une rage telle qu'ils n'osaient regarder par-dessus leur épaule, de crainte de voir la mort hurlante les happer dans sa frénésie aveugle. Ils couraient l'esprit vide, comme des animaux, en proie à la plus effroyable panique. Freïhr avait perdu son poignard, il ne sentait plus la douleur de ses blessures, il avait même oublié la présence de Galaad à ses côtés, et si le garçon était tombé sans doute l'aurait-il laissé là, à la merci du vent, des loups noirs et des gobelins, ne pouvant que fuir, fuir à toutes jambes, loin de ces horreurs.

Soudain, ses bottes lacées de fourrure s'accrochèrent dans des ronces et il s'étala de tout son long. Instinctivement, il se retourna. Tout d'abord il ne vit pas Galaad, insignifiante créature recroquevillée sous un tourbillon de branches, de feuilles et de terre. La cime des grands arbres était ployée presque à l'horizontale, leur tronc vibrait comme les cordes d'une harpe démente, le ciel gris plombé charriait de monstrueux nuages noirs, vomissant par spasmes une pluie cinglante, dans un mugissement assourdissant qui vidait le cœur, les poumons et l'âme, mugissement si puissant que Freïhr ne parvenait plus même à respirer. Le barbare poussa un cri d'effroi lorsqu'une large forme noire s'abattit brusquement sur lui. Ce n'était qu'une cape, le manteau de laine grossière d'un gobelin, arraché par le vent, mais c'est ainsi qu'il distingua, dans la tourmente, d'autres taches noires, à moins de cent toises. Ils devaient être une vingtaine au moins, s'accrochant d'arbre en arbre de leurs longs bras, rampant contre l'ouragan, s'approchant inexorablement de la frêle silhouette de Galaad, terré à l'abri d'un rocher. L'enfant était tout proche. En dix foulées il aurait pu l'atteindre et le relever, mais l'ouragan le plaquait au sol, sans lui permettre le moindre geste. Les gobelins, pourtant, progressaient toujours, peut-être parce que leur cerveau minuscule, envahi par la haine, était trop stupide pour connaître la peur. Ou, pire encore, parce qu'ils s'en nourrissaient.

Freïhr les vit s'approcher de Galaad, tendre vers lui leurs pattes difformes et l'emmener, sans que l'enfant paraisse réagir. Sans doute s'était-il évanoui. Du moins il l'espéra. Il y eut un moment de flottement dans les rangs des monstres, puis leurs visages hideux se tournèrent vers lui et, tandis que deux d'entre eux entraînaient leur pauvre prise vers l'arrière, un groupe reprit sa lente reptation contre les éléments.

Freïhr ferma les yeux et laissa retomber sa tête. Il n'avait pas besoin de voir l'éclat sombre de leurs yeux ni le reflet de leurs cimeterres pour savoir qu'il allait enfin mourir.

Derrière ses yeux clos, l'image de ce qu'il avait vu dans le chemin creux restait intacte, toujours aussi précise, plus effrayante encore que la mort elle-même. Alignés sur une seule piste, marchant dans les mêmes traces, les monstres avaient quitté les Terres noires. Il y avait là des gobelins en armure, des orcs et des trolls à demi sauvages, de ces hommes-chiens qu'on nommait kobolds, des goules hâves d'une maigreur effroyable et de hideuses créatures auxquelles nul n'aurait pu donner un nom. Freïhr contemplait, muet d'horreur, ce fleuve sombre qui coulait sans bruit vers la plaine, aussi lent que de la glace fondue, lorsqu'il l'avait vu. Une vision fugace, trop insupportable pour qu'il n'ait pas aussitôt détourné les yeux, pour qu'il ne se soit pas aussitôt enfui, ravagé de terreur, de dégoût et de honte, oubliant Galaad ainsi que toute prudence, les veines empoisonnées et les membres cloués par l'horreur. Là, au milieu de ces légions effroyables, perché sur un cheval noir aux côtés d'un cavalier d'apparence humaine brandissant une haute lance de métal sombre et entouré d'une escorte de guerriers barbus, il avait vu l'Innommable, l'Indicible, Celui-qui-ne-peut-être-nommé. L'être s'était tourné vers lui, comme s'il avait flairé sa peur, et Freïhr avait aperçu son visage… Vision insoutenable. Son visage était exactement…

L'atrocité de ce souvenir le révulsa. Il roula sur le côté, vomissant tripes et boyaux jusqu'à n'être plus qu'une masse pantelante, vidée de toute force, n'attendant plus que la mort. À ras de terre, le vent avait moins de prise, et il se sentait presque en paix. L'insupportable image gravée dans sa mémoire s'estompait peu à peu, pendant que son esprit, presque indépendamment de lui, se concentrait sur un détail qu'il avait négligé, dans l'horreur du moment. Et, plus il y pensait, plus les guerriers barbus, tout autour du Seigneur Noir et du chevalier à la lance, lui semblaient familiers. Un visage, en particulier, évoquait quelque chose de proche… Freïhr ouvrit les yeux, étourdi tout à coup par ce qu'il venait de réaliser. C'étaient des nains, tout autour de l'Innommable. Et le visage connu était celui de Rogor, prince sous la Montagne noire, l'héritier de la lignée de Dwalin que tous croyaient disparu. Il ne pouvait y avoir de doute… Le barbare se redressa en grimaçant. Uter. Il fallait qu'il sache…

Au moment même où il se redressait, un hurlement sauvage perça la stridulation de l'ouragan. Les gobelins étaient à présent tout proches, vêtus de haillons et de cottes de mailles ternies, aussi grands que des trolls mais d'une maigreur effrayante, luisants de pluie, rugissant ou aboyant comme des chiens, dans l'incompréhensible langue des Terres noires, et leurs capes sombres qui claquaient dans le vent leur donnaient l'air de chauves-souris. Uter ne saurait jamais…

— Venez donc, maudits porcs, bouffeurs de merde ! hurla Freïhr. Venez, sales rats, venez mourir avec moi !

Les monstres, hésitant encore à parcourir les dernières toises de terrain découvert, aboyèrent des injures et se tenaient groupés lorsqu'un craquement titanesque leur fit tourner la tête en un bel ensemble. C'est alors qu'un charme brisé par le vent s'abattit sur eux, broyant chair et os, mailles et acier. Puis le tronc rugueux roula comme un fétu, ne laissant des monstres qu'une bouillie sanguinolente.

Freïhr s'était jeté en arrière, mais l'arbre l'avait soigneusement évité, balayant tout devant lui jusqu'à quelques pouces de ses jambes, le laissant intact, pas même égratigné par ses plus hautes ramures, avec au cœur le sentiment atroce d'avoir vu le poing d'un dieu écraser son ennemi sous ses yeux.

III

L'amessement d'Ygraine

Uter s'éveilla en éternuant, à moins que ce ne soit l'éternuement qui l'ait réveillé. Le gros de la tempête était passé depuis près d'une semaine déjà, mais un vent d'est humide et froid soulevait encore le rideau de cuir masquant l'unique fenêtre de leur chambre. Quelques gouttes de pluie avaient même mouillé les dalles, sous l'embrasure. Ygraine, à côté de lui, gémit dans son sommeil et se pelotonna contre son épaule, ce qui l'emplit d'un simple bonheur. Ses magnifiques cheveux blonds recouvraient son visage, dont il n'apercevait, même en tirant le cou, que le front et les yeux clos. Elle avait, en dormant, l'air d'une toute jeune fille, malgré les épreuves qu'elle avait traversées et malgré l'enfant qu'elle lui avait offert la nuit même de l'ouragan. C'était comme si les cieux déchaînés – tonnerre, foudre et pluie – étaient venus saluer la naissance du jeune prince. Son enfant. Arthur…

Uter se dégagea doucement de la tendre étreinte de son épouse, rejeta les draps de lin et la fine couverture de petit-gris qui les recouvraient puis sauta à terre et enfila ses chausses [1]. Il ramassa sur un banquier son manteau de fourrure, ramena frileusement les pans de la cape contre lui et, saisissant au passage une pomme dans la corbeille de fruits placée sur la table par l'une de leurs chambrières, s'approcha de la fenêtre dont il souleva le rideau.

Le jour tardait à se lever, et déjà il pleuvait, mais au moins le vent était-il retombé. Au-delà des ruelles et des faubourgs de la ville, au-delà des remparts et des tours, il contempla l'étendue sombre des champs moissonnés. Les paysans avaient commencé à retourner la terre pour les semailles d'hiver, alors qu'ils venaient à peine de fêter Mabon, l'équinoxe d'automne. Selon les vieux rites que les moines s'acharnaient tant à combattre et que nul pourtant n'aurait songé à oublier, Mabon, sixième fête de l'année, marquait la fin des moissons, les premières chutes de feuilles et la fin de l'été. C'était d'habitude une période de désœuvrement, une période un peu triste propice aux palabres et aux libations, mais l'hiver arrivait particulièrement tôt, cette année, et la tempête avait laissé peu de repos à qui voulait être prêt pour la saison froide.

Un nouvel éternuement arracha le jeune roi aux vestiges de sa nuit. Malgré la grande cheminée qui garnissait presque un pan entier de la pièce, il faudrait bientôt quitter la chambre d'été, ouverte et aérée, pour regagner l'une de ces cellules situées dans les tours, étroites et munies de fenêtres de verre épais, tout juste translucide, mais où au moins on dormait au chaud.

Il coinça tant bien que mal le rideau de cuir dans l'embrasure, serra de nouveau la cape de fourrure autour

1. Vêtement couvrant à la fois les jambes et les pieds.

de lui et sortit sur la pointe des pieds pour ne pas réveiller Ygraine. Ce serait une longue journée pour elle, sa première journée publique, quarante jours après l'accouchement, ainsi que l'exigeaient les Écritures. L'abbé Illtud de Brennock, la plus haute autorité morale du royaume depuis la mort de l'évêque Bedwin, et que beaucoup considéraient déjà comme un saint, était venu en personne pour donner l'amessement, ainsi qu'on nommait la cérémonie de purification des relevailles. Bien plus que le baptême, qui était administré dès la naissance tant il était fréquent que les bébés ne survivent guère, c'était à cette occasion que l'on fêtait, aussi bien chez les vilains que dans les maisons nobles, la jeune mère et son nouveau-né.

Uter et Ygraine avaient tous deux voulu donner un éclat particulier à cette journée. En dépit de leur jeunesse, ce n'était pas leur premier enfant, ni à elle ni à lui. Mais il s'agissait de leur premier enfant désiré, leur premier enfant ensemble. Et c'était un fils. Le futur héritier du royaume de Logres…

Ygraine pouvait bien dormir encore. Il lui faudrait recevoir, tout au long du jour, l'hommage des vassaux d'Uter et les bénédictions des clercs, tenir son rang au banquet, boire et manger sans faillir, les joues fardées pour que nul ne s'alarme de son teint, et sourire, sourire à tous, nobles ou bourgeois, elfes, hommes ou nains, voire à quelque gnome cousu d'or et ployant sous les soieries, comme il s'en trouvait toujours aux grandes occasions.

Dehors, Uter prit sans y songer le couloir menant à la chambre de la nourrice. Chemin faisant, il jeta la pomme qu'il avait à peine entamée, l'estomac vaguement noué. Après tout, la journée serait longue, pour lui aussi. Il devait tenir conseil, après la cérémonie, avec les grands dignitaires des trois peuples libres. Léo de Grand de Carmelide, le propre frère d'Ygraine dont Uter avait fait son connétable, était déjà là, ainsi que l'abbé Illtud. Le seigneur Bran, héritier des nains sous la Montagne noire, dernier prince vivant de la nation naine depuis la disparition de son frère Rogor, était arrivé peu avant la nuit, tout comme Gwydion, le haut-druide des elfes de la forêt, et Dorian, le jeune prince des hauts-elfes, propre frère de la reine Lliane. Jusqu'alors, Uter avait redouté, ou espéré, que la reine ait accepté de quitter son refuge d'Avalon pour conduire en personne la délégation des elfes. Mais elle était restée dans les brumes de son île inaccessible, auprès de sa fille et du petit peuple des fées, à jamais loin du monde…

À présent, Uter n'en éprouvait plus que du chagrin et de l'amertume. Pourtant, c'était pour elle qu'il avait convoqué le Grand Conseil, pour elle que, tout à l'heure, il rendrait aux nains leur talisman, l'Épée du dieu Nudd qu'ils nommaient Caledfwch et les hommes Excalibur… Et sans doute était-ce une bonne chose, quoi qu'en disent les moines et quoi qu'il lui en coûte. Un roi ne devait-il pas être fidèle à la parole donnée ? Après tant d'épreuves, tant de haine et de tourments, peut-être le monde retrouverait-il ainsi son équilibre ancien. Un monde que les hommes ne gouverneraient pas seuls, un monde où les nains, les elfes et même les monstres des Terres noires auraient leur place, depuis l'aube des temps, tel que l'avaient voulu les dieux… Après tout, c'était pour cela qu'il avait combattu le duc Gorlois. Mettre un terme aux rêves insanes de domination du monde, vivre en paix. Et cependant, rendre l'Épée ressemblait à une abdication, presque à une trahison.

Pourquoi n'était-elle pas venue ?

Malgré la beauté d'Ygraine, malgré leur fils, malgré le trône qu'elle lui avait offert, Uter ne parvenait pas à chasser Lliane de ses rêves, dès la nuit venue. Lliane dont les yeux verts si clairs ne cessaient de le hanter. Lliane qui avait fait de lui le Pendragon, qui était entrée en lui pour ne plus former qu'une personne, plus intimement imbriqués que ne le furent jamais des amants – une seule chair, une seule âme, et une force, ensemble, capable de balayer l'univers. Lliane enfin qu'il avait trahie et qu'il ne reverrait peut-être jamais, ni elle ni leur fille, Morgane, née de leur union.

Aujourd'hui, Uter ne parvenait plus à se représenter le visage de Morgane. Comme toujours, les traits d'Arthur venaient se superposer à ceux de la fillette, et cette impuissance à l'évoquer lui semblait la pire des trahisons. Mais peut-être était-ce normal, après tout ? Il ne l'avait vue que quelques jours, sur l'île d'Avalon, et tant de choses s'étaient passées depuis… Uter se souvenait juste que Morgane était aussi belle qu'Arthur était laid. Quel âge avait-elle, à présent ? Dix-huit mois, à peu près, quoique le temps s'écoulât autrement sur l'île d'Avalon. Peut-être qu'elle et son fils deviendraient amis, un jour ? Il sourit à cette pensée et fut presque surpris quand il réalisa qu'il était arrivé au bout du couloir et que les deux chevaliers en armes gardant la chambre du nouveau-né royal lui souriaient en retour, comme s'ils étaient de connivence. Cela ne dura qu'un instant. Leur jovialité se crispa aussitôt devant l'air offusqué du roi, l'un d'eux frappa à l'huis selon une cadence convenue, et un troisième chevalier ouvrit la porte de l'intérieur, s'effaçant respectueusement sur le passage d'Uter.

L'homme, vêtu d'une cotte d'armes rouge sang frappée d'un écu à ses propres couleurs, *d'or au levron passant de gueules*[1], était aussi grand et aussi massif que la tour qui les abritait. Ses cheveux blonds nattés et sa barbe fournie masquaient mal une large cicatrice, souvenir d'une flèche elfique qui lui avait autrefois brisé la mâchoire. C'était un visage terrible, mais un visage ami.

— Heureux de te voir, Ulfin, murmura le roi en lui posant la main sur l'épaule. Est-ce que la duchesse Helled est arrivée ?

— Je ne sais pas, sire. Je suis resté là toute la nuit, comme tu me l'as demandé…

— Oui, bien sûr… Va voir le chambellan, et, si elle n'est pas encore là, fais envoyer des cavaliers vers l'est, à sa rencontre. Dis-lui que nous l'attendrons pour le Conseil.

— Tu crois qu'il lui est arrivé malheur ?

Uter sourit à son ami. Comme toujours, Ulfin était prompt à s'alarmer, et la duchesse Helled de Sorgalles lui était chère, tout comme la mémoire du duc Bélinant.

— Peut-être a-t-elle été surprise par la tempête ? dit-il d'un ton aussi rassurant que possible. Je voudrais juste m'assurer qu'elle n'a pas besoin de notre aide. La reine compte sur sa présence, cet après-midi…

Les yeux d'Uter s'étaient à présent habitués à la pénombre de la pièce, si pauvrement éclairée par une étroite meurtrière qu'on y maintenait allumées les chandelles à toute heure du jour, et lorsqu'il jeta un coup

1. Lévrier rouge sur fond jaune.

d'œil vers l'alcôve son sourire se figea, malgré ses efforts pour paraître enjoué. Lovée dans les plis formés par la longue robe de la nourrice, une petite fille de deux ans tétait goulûment, alors qu'Arthur s'était endormi sur l'autre sein. Elle tourna les yeux vers lui et, sitôt qu'elle le vit, enfouit son visage sous le bras de la femme. C'était l'enfant d'Ygraine, et elle l'aimait. Pour cette simple raison, il aurait voulu l'aimer, lui aussi, mais elle était également l'enfant de Gorlois, née d'une étreinte forcée, d'un viol brutal parmi tant d'autres, dont l'évocation même lui était insupportable…

Dépoitraillée sous le regard des deux hommes, un filet de lait suintant lentement du large téton que venait d'abandonner la petite fille, la nourrice tenta de ramener sur elle les pans de son corsage, mais elle se trouva empêtrée entre les deux enfants.

— Donne-moi Arthur, dit Uter.

Il saisit le bébé endormi qu'elle lui tendait et remarqua du coin de l'œil une perle rouge qui rosissait son lait, sur son sein.

— Tu saignes ?

— Ce n'est rien, dit-elle en se rajustant enfin.

Elle s'agenouilla devant le roi, puis s'écarta, serrant toujours contre elle la fille d'Ygraine.

— Elle me mord parfois… Mais ce n'est pas grave.

De justesse, Uter retint la pique qui lui était venue aux lèvres : « Elle a le goût du sang. Ça lui vient de son père… »

Une année ou presque s'était écoulée depuis la mort de Gorlois, mais le souvenir du sénéchal-duc était resté aussi vif dans la mémoire d'Uter que la haine qu'il avait éprouvée pour cet homme. Et il lui sembla que, tant que l'enfant vivrait, cette haine vivrait aussi, semblable à un ver hideux rongeant ses entrailles.

— Elle va aller se coucher, maintenant, dit la nourrice. N'est-ce pas, Morgause ?

— Ne l'appelez pas ainsi.

Elle leva vers le roi un regard inquiet, effrayée par le ton brusque de sa voix.

— Ce prénom ne lui convient pas, reprit-il en s'efforçant d'adoucir sa voix. Dorénavant, vous n'userez que de son second prénom, Anna, ainsi que sa mère et moi-même l'exigeons.

La femme baissa les yeux humblement, ce qui ne fit que renforcer un peu plus le malaise. Anna avait les cheveux de sa mère, blonds et bouclés, et un teint de peau si pâle qu'on aurait dit celle d'une elfe. Elle était née quelques mois avant Morgane, et bien qu'elles n'aient rien en commun, hormis le destin d'être devenues ses filles, deux sœurs par alliance issues des deux mondes les plus dissemblables qu'on eût pu imaginer, Uter ne pouvait s'empêcher de penser qu'elles devaient se ressembler. Morgane l'enfant-fée d'Avalon et Morgause la fille de l'homme le plus dur, le plus retors qu'il ait pu rencontrer… Véritablement, la similitude de leurs prénoms lui était insupportable.

Chassant ces pensées, il avança la main vers la petite fille, mais à l'instant où il toucha ses cheveux elle se mit à pleurer.

— Je suis désolée, sire, bredouilla la nourrice. Elle n'est pas bien, ce matin.

— Oui…

Uter se tourna vers Ulfin, qui évita son regard.

— Eh bien, si elle a fini, emmenez-la ! grommela-t-il, déjà exaspéré par les pleurs qui lui vrillaient les oreilles. Ou plutôt, non. Confiez-la à une chambrière et revenez veiller Arthur. Cette enfant est trop grande pour être nourrie au sein. Dorénavant, vous ne vous occuperez plus que du prince.

Il ne vit pas les yeux de la femme briller de larmes. Depuis plus d'un an, elle n'avait pas quitté Morgause, Anna, quel que soit le nom qu'il leur plairait de lui donner…

Uter, sans plus s'occuper d'elles, s'avança vers le berceau et y déposa doucement Arthur. C'était un petit garçon, à n'en pas douter. Il était né avec les cheveux les plus drus et les plus noirs qui aient jamais été vus, de mémoire de sage-femme. Le front plissé et les poings serrés contre lui, il semblait dormir avec acharnement, presque avec sérieux, l'air si farouche qu'il en devenait comique. Comme l'ours dont il portait le nom [1], il était laid mais vigoureux, et paraissait toujours sur la défensive. À un mois passé, il pesait ses neuf livres, ce qui était tout à fait prodigieux. Un fier héritier, qu'il aurait bien du plaisir à porter tantôt au-devant du peuple et des barons, lors de l'amessement.

Ce n'est que lorsqu'il détacha enfin ses yeux de son fils qu'Uter découvrit Merlin, assis auprès du berceau, immobile et si sombrement vêtu dans sa longue robe bleu nuit qu'on ne distinguait de lui, dans la pénombre de l'alcôve, que ses cheveux blancs et l'éclat ironique de son éternel sourire.

— Tu sais, ce n'est pas en changeant son prénom que tu changeras son destin, dit-il en se levant.

1. Le nom d'Arthur, ou Artus, provient de Art (arzh en breton), le mot gaélique désignant l'ours.

— Par le sang, Merlin, pourquoi n'as-tu pas dit que tu étais là !

Uter chercha des yeux Ulfin pour lui en faire le reproche, mais le chevalier était fort opportunément sorti avec la nourrice.

— D'ailleurs, tu sais, Morgane elle-même ne s'appelle pas vraiment ainsi, poursuivit l'homme-enfant en passant devant lui, de ce ton insouciant qui avait depuis toujours le don de l'exaspérer au plus haut point. Sa mère la nomme Rhiannon, « la Royale », pour que les elfes n'oublient jamais qu'elle sera leur reine, un jour…

— Je sais, dit Uter. Mais c'est toi qui as voulu l'appeler Morgane. Et parfois je me dis que tu l'as fait exprès, que tu savais que Gorlois nommerait sa fille Morgause, et que tu arranges encore l'une de tes diableries !

— Vraiment ? Comme c'est étrange… Moi aussi, parfois, je me dis que tu racontes n'importe quoi…

Dans l'obscurité, Merlin avait l'air d'un vieil homme, à cause de ses cheveux blancs et de sa maigreur. Mais, dès qu'il s'avança dans la lumière des chandelles, il redevint cet homme-enfant à l'âge indéfinissable, mi-elfe mi-homme, dont la seule vue indisposait la plupart de ceux qui le découvraient pour la première fois.

— Je t'avais demandé de t'occuper de Freïhr, grogna Uter. Tu ne devais le quitter sous aucun prétexte, jusqu'à ce qu'il reprenne connaissance !

— Oui, et c'est pour ça que je suis ici. Les fièvres sont retombées, et il s'est éveillé un peu avant l'aube… Ah, au fait, il t'a demandé.

— Mais, bon sang, tu pourrais me le dire !

— C'est fait.

Uter ouvrit la bouche pour répliquer, mais il renonça, et son poing déjà serré retomba avec sa colère. Il était inutile d'argumenter avec Merlin. On aurait dit qu'il prenait un malin plaisir à le mettre en rage, et il y parvenait avec une telle facilité que c'en était presque humiliant.

— Reste ici avec Arthur, grogna-t-il en quittant la pièce.

La voix de Merlin lui parvint alors qu'il était déjà dans le couloir.

— Jusqu'à ce qu'il reprenne connaissance ?

Uter répondit par un grognement, qui fit sourire l'homme-enfant. Cet amusement, pourtant, ne dura pas. Avant même que les pas du roi aient décru dans le couloir, le visage de Merlin s'était défait. Depuis l'aube, une boule s'était nouée dans sa gorge, à l'étouffer. Oui, Freïhr s'était éveillé, mais, malgré toute l'amitié qu'il éprouvait pour ce bon géant, sans doute aurait-il préféré que ses fièvres durent encore un peu, au moins jusqu'à ce soir, après le Conseil… Ou au moins qu'il se taise.

Il avait cessé de pleuvoir, mais c'était tout de même une journée d'hiver, glaciale et humide, un vrai temps de chien qui avait détrempé les toits de chaume et engorgeait les ruelles d'un ruissellement de pluie boueuse et de fétus de paille. Le temps ne se prêtait guère à la liesse, mais il y avait tant de monde que la ville retrouvait peu à peu son agitation passée, et la perspective du banquet réchauffait les cœurs. Chaque venelle hier encore laissée aux chiens, aux pourceaux et à la volaille débordait de vie, de cris, de couleurs. Toutes les échoppes étaient ouvertes, cordonniers, armuriers, taverniers, tailleurs et regrattiers [1], et leurs commis s'acharnaient à attirer le chaland, à s'en briser les cordes vocales. Ceux qui étaient trop pauvres pour tenir boutique, chiffonniers ployant sous les hardes, chandeliers coulant la graisse ou le suif, porteurs d'eau ou marchands d'oublies, jetaient leur étal au milieu de cette foule et criaient plus fort encore. Des paysans des alentours côtoyaient des bourgeois parés comme des princes, ouvraient des yeux ronds devant l'impudeur débordante des filles de joie penchées à leur balcon ou perdaient leurs deniers dans les estaminets où des tonneaux étaient mis en perce à un rythme frénétique, et tout ce monde crottait ses chausses dans la boue du ruisseau. Le froid, l'humidité, la bruine qui faisait luire les ardoises et fumer les chaumes ne pénétraient pas jusque-là. Les hommes se tenaient chaud. Le vin leur tenait chaud. Les ribaudes et le jeu leur tenaient chaud. C'était une liesse un peu forcée, mais on aurait pu se croire revenu aux temps anciens, avant la guerre. D'ailleurs, il y avait à nouveau des elfes dans les rues de Loth. Peu nombreux, certes, et se limitant pour l'essentiel à l'escorte du grand druide Gwydion et du prince Dorian, mais c'était malgré tout un spectacle réconfortant et, à la grande stupeur des êtres bleus, leur passage dans les ruelles bondées avait plus d'une fois été salué d'une joviale bourrade ou d'une claque dans le dos (et il avait fallu expliquer à un jeune elfe un peu vif qu'il s'agissait là de démonstrations d'amitié, chez les hommes du Lac). On pouvait même croiser des nains, en plus petit nombre encore, mais avec moins de plaisir.

1. Épiciers.

Bougons, brutaux, ne marchant qu'en groupe, frileux et croulant sous les fourrures, ils s'ouvraient un chemin dans la foule à grands coups de gueule, et les hommes ne s'écartaient devant eux qu'en grommelant, car le souvenir de la guerre ne s'effaçait pas si facilement.

Peu avant sixte [1], les cloches se mirent à sonner, et toute cette foule convergea vers l'église. Le glacis s'étendant devant les remparts de la première enceinte était déjà noir de monde, au point que les archers du guet eurent les pires difficultés à frayer un passage à la procession royale.

Malgré les vivats et les gesticulations du peuple de Loth, Uter ne desserrait pas les dents, le regard perdu dans le vague et la mine sombre, tenant étroitement contre lui le petit corps emmailloté d'Arthur, à peine visible sous son manteau. Ygraine chevauchait à ses côtés, pâle mais droite.

Elle était très richement parée, vêtue d'un blanc samit, cotte et mantel fourré d'hermine, montée sur un petit palefroi tout blanc, le plus beau et le mieux fait que l'on pût imaginer. Le mors était de pur argent fin, ainsi que le poitrail et les étriers. La selle était d'ivoire, sculptée très délicatement de petites images de dames et de chevaliers. La sambue [2] était toute blanche, traînant jusqu'à terre et faite du même samit dont la dame était vêtue [3].

1. La sixième heure du jour, midi.

2. Étoffe couvrant la selle.

3. Les textes en italique sont tirés de *Lancelot du Lac*, roman français du XIIIe siècle, traduction de François Mosès, Le Livre de Poche, éd. 1991.

Ygraine avait abaissé la guimpe qui lui enserrait le visage et souriait à la foule, mais le mutisme du roi lui faisait presque venir les larmes aux yeux. Tout à l'heure, Uter s'était rapidement entretenu avec Léo de Grand, son frère, et c'est tout juste s'il avait répondu aux salutations enjouées du seigneur Bran, régent des nains sous la Montagne. La duchesse Helled de Sorgalles n'était pas là, mais ce retard ne suffisait pas à expliquer la mauvaise humeur du roi. Était-ce Merlin, ce mauvais génie au visage de vieil enfant, dont la vue seule l'oppressait au point qu'elle manquait en défaillir, qui réussissait à le tourmenter à ce point ? Un instant, elle songea à Freïhr, et craignit qu'il n'ait succombé durant la nuit. Ce ne pouvait être cela… Frère Blaise, le chapelain, l'en aurait avertie, et puis les mires ne cessaient d'affirmer que le barbare reprenait des forces, depuis le jour où des cavaliers du roi avaient ramené sa dépouille inanimée. Mais, bien sûr, la reine ignorait que Freïhr avait repris connaissance, et qu'il avait parlé à Uter.

Devant le parvis de l'église, le couple royal abandonna montures et escorte et, seulement accompagnés de la haute silhouette du chevalier Antor, l'homme lige de la reine dont le manteau rouge surplombait la foule comme une enseigne, ils retrouvèrent les autres mères venues recevoir l'amessement. Selon la coutume, maris et femmes étaient séparés, et c'était aux pères de se charger de leur nouveau-né. Uter en fut ravi. Aussi maladroit et aussi fier que ses compagnons, il se sentit parmi eux libéré du poids qui l'oppressait. Il y avait là un homme d'armes arborant les couleurs du duché de Carmelide, quelques paysans vêtus de braies grossières et de tuniques de laine brunes, deux jeunes citadins, un forgeron portant encore son tablier de cuir et un jeune hobereau endimanché coiffé d'un chaperon écarlate dont la longue queue lui tombait dans le dos comme une flamme, chacun portant son fils ou sa fille dans les bras, et leurs femmes s'attendrirent de les voir aussi heureux. Presque aussitôt, Arthur se mit à brailler, au grand embarras d'Uter, qui jeta vers la reine un regard d'impuissance. Elle lui sourit mais leva les mains, comme pour dire « débrouille-toi » ; le jeune roi le berça dès lors vigoureusement, ce qui ne fit bien sûr qu'attiser ses cris et provoquer par contagion les pleurs des autres bébés. Bientôt, ce fut toute la marmaille qui vagit à tue-tête, plongeant les pères dans la plus totale confusion, au grand amusement de leurs épouses.

Les rires avaient dissipé la tension qui s'était installée dans la suite du roi, et la place résonnait à nouveau d'un joyeux brouhaha, dans une atmosphère de kermesse. Des bancs avaient été montés sur une estrade pour accueillir les gentilshommes et les gentes dames du palais, ainsi que les dignitaires elfes et nains venus rendre hommage au prince avant de se réunir pour le Conseil. Assis au premier rang (et ses courtes pattes ne touchaient pas terre), Bran avait lui aussi retrouvé sa bonhomie habituelle, oublieux de la froideur du roi à son égard, et devisait avec Ulfin.

— Tant d'enfants ! s'écria-t-il, en faisant mine de se boucher les oreilles. Ce sont tous les nouveau-nés de l'année ?

Le chevalier éclata de rire, mais au regard du nain il comprit que ce n'était pas une plaisanterie.

— Mais… non ! Ce ne sont que les naissances récentes… Les garçons ont au moins quarante jours, les petites filles environ trois mois. C'est la coutume…

— Vraiment ?

Bran hocha la tête, puis jeta un coup d'œil en coin au conseiller Onar, un nain formidablement renfrogné, emmitouflé dans une cape qui lui donnait l'allure d'un sac. Attendant un commentaire qui ne venait pas, Ulfin poussa Bran du coude.

— Qu'est-ce qu'il y a, mon ami ?

— Rien, grommela le prince. Mais je crois qu'il n'est pas né la moitié de ce nombre dans toute la nation naine depuis que nous avons perdu l'Épée…

Ulfin ne répondit pas (et d'ailleurs qu'aurait-il pu dire ?), mais Merlin, assis à côté de lui, se pencha en avant pour dévisager Bran. Il ouvrait déjà la bouche pour l'interroger lorsque le preux le foudroya d'un regard noir et il se tint coi, gardant ses questions pour lui. Tout de même, il haussa le cou afin de dénombrer rapidement les bébés présentés devant le parvis. Ils n'étaient guère qu'une dizaine… Se pouvait-il que Bran dise vrai ? En un an, moins de cinq naissances, vraiment ?

Malgré sa cape de laine épaisse, son bliaut couvrant des épaules jusqu'à mi-jambe sa chemise et ses braies, malgré ses hautes bottes de cuir doublées de feutre, Uter commençait à avoir froid et il n'était pas le seul, à en juger par la façon dont chacun se dandinait d'un pied sur l'autre, le nez rougi et les bras croisés contre le corps, aussi bien dans sa suite que dans l'attroupement du peuple. Malgré cela, les moines semblaient prendre tout leur temps, alors que la plupart d'entre eux allaient pieds nus dans cette froideur, vêtus de simples robes de bure de laine crue (et non teinte, car teindre c'est mentir, *« nulla tinctura, nec mendacio defucata »*), souvent rapiécées, serrées à la taille par une ceinture de cuir, le capuce rabattu sur les épaules, la tête tonsurée offerte au vent, maigres, gris et droits comme des bouleaux. Parmi eux, seule la taille distinguait leur supérieur, l'abbé Illtud. Depuis la mort de l'évêque Bedwyn et en l'attente de son hypothétique remplacement, le clergé séculier ne cessait de perdre de l'influence dans le royaume au profit des moines dont il était le prieur, *pater monasterii, vices Christi agit* [1]. Sans crosse ni mitre, portant une simple croix autour du cou, le visage long, la barbe sombre, il se tenait lui aussi immobile et les yeux clos, joignant sa voix à celle de ses frères pour un Te Deum grave et lent, comme si ce froid humide n'avait aucune prise sur lui.

Les conversations se tarirent peu à peu sur le glacis. Sans doute, la plupart de ceux qui étaient rassemblés là, bourgeois, nobles ou mendiants, elfes, hommes ou nains, se laissaient-ils gagner par cette ferveur ascétique et le spectacle fascinant de cette mortification insensée. Ce n'était plus la même religion depuis que les moines avaient remplacé les prêtres. L'église elle-même avait été dépouillée des bannières et des tapisseries qui l'ornaient autrefois. Il ne restait que la pierre nue et le sombre visage des saints sculptés sur la façade. Le Christ en gloire du gros évêque avait cédé la place au crucifié émacié et à ses ouailles, vibrant de toute la force de leur maigreur. Il n'y avait là nul plaisir, nulle bonhomie, et toutes les jeunes mères qui, comme Ygraine, étaient venues célébrer une fête joyeuse, souvent leur première sortie après l'accouchement, se sentaient glacées jusqu'au cœur par cette gravité.

1. « Père du monastère, vicaire du Christ » (règle de saint Benoît).

Un silence prolongé succéda au Te Deum, jusqu'à ce que, enfin, Illtud ouvre les yeux et descende les marches pour s'avancer vers le couple royal. Selon la coutume, les femmes qui venaient de donner la vie n'avaient pas le droit d'entrer dans un lieu saint, obligeant ainsi toute la cérémonie à se dérouler sur le parvis. Lorsqu'il fut devant eux, Illtud sourit, puis sans un mot saisit Arthur des bras du roi et le confia à sa mère. Derrière lui, les dizeniers [1] de l'abbaye s'avancèrent vers les autres jeunes pères et firent de même. Aucun d'eux ne parlait, ce qui ne faisait que renforcer le sentiment de malaise, de frayeur presque, qui émanait de leur groupe. Et pourtant Illtud leur donnait des ordres, usant de la *linguosi digiti*, la langue des doigts en usage dans les monastères. Uter sourit en le voyant mettre son pouce dans la bouche, ce qui désignait les bébés, puis l'abbé se passa un doigt d'un sourcil à l'autre – geste qui désignait les femmes –, forma un cercle avec son pouce, son index et son majeur, et finit par tracer une croix dans sa paume, signes que nul ne comprit et qui figèrent les sourires.

Mal à l'aise, Uter chercha un appui autour de lui. Il croisa le regard de Léo de Grand, assis dans les tribunes, mais son beau-frère était aussi peu instruit que lui dans les choses de la religion, et son air renfrogné ne lui fut pas d'un grand réconfort. Derrière lui, un groupe d'elfes drapés dans leurs manteaux de moire aux reflets changeants baissaient la tête. Le vieux Gwydion lui-même restait coi, les yeux fixes, sans que son visage ridé ne laisse filtrer la moindre expression. Au-delà, le peuple de la ville s'était amassé à distance, semblable à une haie grisâtre et dense, dans un calme absolu.

1. Doyens.

Il y avait une force dans ce calme. Une force qu'Uter n'avait encore jamais soupçonnée, bien différente de la fureur des armes, de la puissance divine du Pendragon, de cet élan guerrier qu'il avait lui-même incarné et qui avait balayé tout le pays. Cette poignée d'hommes muets, grelottant dans leurs bures de mendiants, avait fait taire la foule.

D'un pas lent, soutenant parfois les jeunes mères encore affaiblies, les frères leur firent gravir les quelques marches menant au parvis, puis les invitèrent à s'agenouiller, auprès d'un groupe de novices masquant une sorte de grande cage d'osier. Ficelés dans leurs langes sans pouvoir bouger un membre, plusieurs bébés pleuraient maintenant à fendre l'âme, et leurs cris minuscules, parmi lesquels Uter crut reconnaître ceux de son fils, venaient fort heureusement briser un peu de la componction solennelle des moines.

— Écoutez la parole de Dieu ! s'écria brusquement l'un d'eux, d'une voix tellement forcée qu'elle en devenait aiguë. À genoux pour la parole de Dieu !

Uter, comme la plupart des spectateurs, eut un instant d'hésitation, d'autant qu'aucune estrade n'avait été prévue pour les pères et que la place n'était plus qu'un champ de boue. Il s'agenouilla, pourtant, trempant ses chausses et son manteau comme un vilain, et tous comme lui s'humilièrent devant Dieu. Sauf les elfes, bien sûr, et les nains.

Le prieur s'approcha d'une bible tenue à bout de bras par un novice, s'agenouilla pour baiser le livre saint, puis récita le texte, en langue vulgaire :

— « Lorsqu'une femme deviendra féconde et enfantera un garçon, elle sera impure pendant sept jours, elle sera impure comme aux jours de sa souillure, lors de son indisposition ; puis elle restera encore trente-trois jours à se purifier de son sang ; elle ne touchera aucune chose sainte et n'entrera pas dans le sanctuaire jusqu'à ce que soient accomplis les jours de sa purification. Si c'est une fille qu'elle enfante, elle sera impure pendant deux semaines, comme lors de sa souillure, puis elle restera encore soixante-six jours pour se purifier de son sang [1]. »

Il se tut, et referma le livre dans un silence pesant, seulement troublé par quelques quintes de toux étouffées ou par les pleurs des enfants.

— Il est écrit dans la loi du Seigneur que tout mâle premier-né sera consacré au Seigneur ! s'exclama tout à coup l'abbé Illtud, si brusquement et d'une voix si forte qu'Uter sursauta. « Quand seront accomplis les jours de sa purification », dit le livre, une tourterelle ou un pigeon sera offert au nom de chaque mère, comme sacrifice pour son péché !

Sa voix s'adoucit, et ceux qui se tenaient assez près du parvis eurent même l'impression qu'il souriait aux jeunes femmes tremblantes et saisies d'effroi agenouillées devant lui.

— Enfanter n'est certes pas un péché, mais le sang répandu est une souillure, et tel est le sens de cette cérémonie, dit-il. « Telle est la loi pour celle qui enfante un garçon ou une fille... Le prêtre fera pour elle l'expiation, et elle sera pure. » Marie elle-même, mère de Dieu, suivit la loi du Seigneur, ainsi que l'écrit Luc, en présentant Notre Seigneur Jésus au Temple. Et voici que, comme elle, vous offrez au Très-Haut les colombes du salut !

1. Lévitique, XII, 2-6.

À ces mots, les novices ouvrirent la cage, libérant aussitôt tout un vol de tourterelles, avec un synchronisme tel que la foule poussa comme un seul homme un mugissement d'admiration. Relevant doucement Ygraine, Illtud saisit Arthur et l'éleva au-dessus de sa tête, pour que chacun le voie, ce qui ne fit que redoubler ses pleurs. Puis Uter eut le sentiment que l'abbé le regardait personnellement, lui et aucun autre dans la foule, lorsqu'il cita les Évangiles :

— « Vois. Cet enfant est là pour la chute et le relèvement de beaucoup en Israël, et pour être un signe en butte à la contradiction – et toi-même, une épée te transpercera l'âme ! – afin que de bien des cœurs soient relevés les raisonnements [1]. »

Uter fronça les sourcils, s'interrogeant sur le sens de ces paroles, mais l'abbé rendit l'enfant à Ygraine et l'entraîna, suivi des autres mères à présent purifiées, à l'intérieur de l'église.

Il n'avait d'autre choix que de les y suivre.

1. Luc, II, 34 : la prophétie de Syméon.

IV

La Table ronde

À la tombée du jour, il avait fallu allumer des flambeaux, malgré les fenêtres tendues de toile cirée qui garnissaient le tour de la salle. Le spectacle n'en était que plus majestueux. À la lueur changeante des flammes, les ors tissés des grandes bannières qui recouvraient chaque pan de mur faseyaient comme des voiles, et le même rougeoiement animait les armures d'acier des preux. Immobiles et silencieux, ils se tenaient tous les douze en arrière de chaque chaise, les mains croisées sur le pommeau de leur épée, aussi raides que des statues, comme s'ils ne formaient qu'une partie de ce décor. Entre les poutres du plafond, sculptées de motifs végétaux et d'oiseaux merveilleux à la manière elfique, pendaient les oriflammes des maisons naines et les pennons des grands barons du roi. Mais c'était la table qui attirait tous les regards. Une table de bronze, gravée d'entrelacs et luisant sombrement à la lueur des torches, de dimensions si vastes que la pièce semblait avoir été construite autour d'elle (ce qui, en fait, était assez proche de la vérité). En son centre avait été enchâssé le Fal Lia, la Pierre sacrée, le talisman offert aux hommes par les dieux, et qui gémissait à l'approche d'un vrai roi. Uter contemplait avidement cette large dalle brute qui avait fait de lui le maître du royaume de Logres, si anodine d'aspect, grise et terne, muette à présent qu'il s'était assis. Pouvait-elle souffrir la comparaison avec le talisman des nains, posé devant lui ? Certes pas. Lorsqu'il ne vibrait pas, le Fal Lia n'était qu'un rocher mal dégrossi, tandis qu'Excalibur, l'épée forgée par Nuada Airgetlam, le dieu Nudd-au-bras-d'argent, était une véritable œuvre d'art, enrichie génération après génération par les plus habiles orfèvres sous la Montagne. Chaque pouce de sa lame d'or lourde et tranchante était finement ciselé, sa garde et son pommeau étincelaient de pierres précieuses, sa fusée elle-même était tissée de fils d'or. Et c'était ce trésor qu'il était censé leur rendre, après ce que Freïhr lui avait dit ce matin ?

Assis à ses côtés, Léo de Grand de Carmelide échangeait des regards indécis avec le chambellan, n'osant interrompre la méditation de son beau-frère. Uter le sentait trépigner sur sa chaise, percevait ses raclements de gorge insistants, et finit à contrecœur par s'arracher à ses lugubres pensées.

— D'accord, dit-il en se redressant. Qu'ils entrent…

Le chambellan, que cette attente prolongée plongeait dans les affres, n'attendit pas le signe de tête du duc de Carmelide et frappa les dalles du sol d'un coup sec de sa canne ferrée.

La porte s'ouvrit aussitôt sur la longue et frêle silhouette d'un elfe vêtu d'une cotte de mailles d'argent étincelante et d'une tunique de moire aux reflets changeants.

— Dorian, prince des hauts-elfes, frère de Lliane, reine sous la forêt d'Éliande ! clama un héraut dans le couloir, d'une voix si forte qu'on devait l'entendre jusqu'aux cuisines.

Uter s'avança vers le jeune elfe pour l'étreindre, mais au moment où il aperçut son visage, si semblable à celui de Lliane, il ne put s'empêcher de marquer un temps d'arrêt. Comme elle, le prince était grand et d'une minceur extrême qu'accentuaient encore sa pâleur bleutée et ses longs cheveux noirs. Ses yeux, cependant, étaient différents de ceux de la reine. Des yeux sombres, marqués, malgré sa jeunesse, par tant d'épreuves endurées. Y lisait-il un reproche ? Dorian n'ignorait pas qu'Uter avait aimé sa sœur, qu'ils avaient eu ensemble cet enfant qui avait provoqué la disgrâce de la reine et que, par sa faute, le roi Llandon n'était plus que ce monarque méhaigné [1] moqué par les trouvères, un pauvre aveugle recueilli par les sorcières de la forêt… « Nous avons tous souffert », pensa-t-il. Le même Llandon avait tué Cystennin, son propre père, et ce crime était resté impuni. Jusqu'à présent…

Uter se reprit et le serra dans ses bras, puis détourna le regard pour saluer d'un signe de tête déférent le grand druide Gwydion, un vieil elfe qui, de l'avis de Léo de Grand, ressemblait davantage à un arbre mort qu'à un être vivant.

— Que le ciel te garde, dit Dorian.

C'était la formule consacrée, mais Uter la reçut avec surprise, presque avec gratitude. Il ne sut que répondre, et tapota affectueusement l'épaule du jeune elfe alors que le chambellan, déjà, frappait à nouveau le sol.

1. Blessé.

— Bran, fils de Iubdan, neveu de Troïn, seigneur sous la Montagne noire ! Bran, héritier de la lignée de Dwalin, prince des collines et des montagnes enfouies ! Longue vie, longue barbe, vaste trésor !

Uter retint un sourire narquois, tant l'emphase des formules protocolaires propres aux maisons naines seyait mal à son aspect.

Bran n'était pas né pour devenir roi. Il n'était que le cadet du seigneur Iubdan, lui-même frère cadet du vieux roi Troïn, et si, indubitablement, le sang royal de la lignée de Dwalin coulait dans les veines du nain, l'accès au trône sous la Montagne noire n'aurait en principe même pas dû faire partie de ses rêves. C'était une situation qui lui convenait parfaitement, d'ailleurs, tant la vie d'un prince sous la Montagne était idéale en tout point : tout au long de sa jeunesse insouciante, Bran avait passé le plus clair de son temps à manger, boire, chasser dans les collines et bousculer à l'envi servantes et courtisanes naines dans leur palais de Ghâzar-Run, tandis que son frère aîné Rogor s'initiait avec le vieux Troïn et leur père aux arcanes du pouvoir. Quand Iubdan mourut, victime d'un accident de chasse, Bran en eut du chagrin, mais il ne changea pas de manière de vivre. C'était Rogor, dès lors, qui devenait l'héritier en titre, et grand bien lui fasse.

Et puis était venu ce jour affreux où l'elfe Gael avait tué le vieux Troïn Longue-Barbe et volé l'Épée sacrée dont sa lignée avait la garde, au nom de toute la nation naine. D'un simple coup de dague, l'elfe avait plongé le royaume sous la Montagne dans le chaos et le déshonneur. Tandis que Rogor partait à la recherche du meurtrier (et l'on sait comment périt Gael), Bran dut accepter la régence, ce qui n'était somme toute qu'un exercice provisoire, et qui comportait quelques avantages. Mais Rogor avait aujourd'hui disparu, et sans doute était-il mort lors de la bataille de la Montagne rouge. Il ne restait plus que lui, Bran, si peu enclin à se charger d'un tel fardeau, pour restaurer l'honneur de la maison de Dwalin et rendre vie au peuple nain…

Ulfin, immobile derrière le siège du roi, à l'abri de son heaume au ventail abaissé, sourit lui aussi en voyant l'accoutrement du jeune prince. Quelques mois plus tôt, il leur avait servi de bête de somme, à Uter et lui, et voilà qu'il s'était surchargé de fourrures, de bijoux et d'or, jusque dans ses cheveux et sa longue barbe rousse ! Bran la portait en fer à cheval, étalée sur son ventre en deux larges nattes, tissées de lanières dorées du plus bel effet, un raffinement que les hommes, avec leurs barbiches pelées ne dépassant guère le menton (et ne parlons même pas des elfes, glabres comme des cailloux !), étaient peu à même de comprendre. Cependant, malgré l'or, les fourrures et les étoffes précieuses, Bran avait conservé le même air bonasse et les mêmes manières de salle de garde. Et c'est les bras grands ouverts, faisant fi du protocole, qu'il s'avança vers le roi.

— Uter, mon ami ! dit-il en lui enserrant la taille de ses bras. C'est un grand jour ! Un grand jour !

Pour la première fois depuis qu'il avait parlé à Freïhr, le roi sourit, vaincu par la jovialité de son ami, mais, comme s'il s'en voulait, il se dégagea un peu trop brusquement de son étreinte, et lui fit signe de s'asseoir sans même adresser un regard aux deux nains formant sa suite. Il eût été difficile de savoir s'ils s'en offusquèrent, tant ils semblaient indifférents à tout – hormis à l'épée d'or brillant sur la table de bronze –, affichant comme il se doit l'expression d'ennui et de morgue habituelle aux dignitaires nains. Leur âge, pourtant, était tout à fait inhabituel. Le plus vieux des deux devait à peine avoir passé le siècle, ce qui était peu en regard des trois cents et quelques années du vieux Baldwin, l'ancien roi sous la Montagne rouge, et bien jeune en vérité pour porter les insignes de Maître des Pierres, ainsi que les nains nommaient leurs sorciers. Sudri n'était en fait qu'un novice, mais c'était le seul initié à la magie minérale qui se soit sorti de l'effondrement de la Montagne rouge. Il en était de même pour le troisième nain, Onar, un jeune guerrier à la barbe noire comme la nuit et aux yeux brillants, qui se donnait beaucoup de mal pour avoir l'air terrible.

— Abbé Illtud de Brennock ! annonça le chambellan.

On n'aurait pu imaginer contraste plus parfait : l'abbé avait une barbe, lui aussi, d'un brun clair tirant sur le roux, mais c'était véritablement la seule ressemblance qu'on aurait pu déceler entre lui et le nain qui l'avait précédé dans la salle du Conseil. Vêtu de la simple bure grise des franciscains minorites, il était sec et droit comme un hêtre, portant tonsure et crucifix, sans aucune des marques de distinction qu'affectionnaient les prêtres et les évêques du clergé temporel. Illtud souriait peu, parlait peu, ne buvait pas et, au contraire de Bran, il avait été un homme de guerre et s'était rougi les mains de sang avant de se retirer du siècle.

Sans paraître remarquer l'étonnement des elfes sur sa présence en ce lieu, Illtud salua le roi et chacun des membres du Conseil avec une impassible humilité, puis prit place sans un mot. La tête baissée et les mains jointes, il sembla aussitôt s'abîmer dans ses pensées.

— C'est bien, dit Uter. Qu'on ferme la porte et que nul n'entre ici sans mon ordre. Le Conseil…

Il s'interrompit, découvrant seulement à cet instant que Merlin était parmi eux, tranquillement assis à côté de Léo de Grand, sans qu'à aucun moment il ne l'ait vu entrer. Quand leurs regards se croisèrent, l'homme-enfant sourit en haussant les sourcils d'un air interrogateur.

— … le Conseil commence, grommela Uter en s'asseyant.

En voyant la reine entrer, Freïhr voulut se lever, mais il réalisa à temps qu'il ne portait rien sous les draps de lin et la couverture de laine qui recouvraient son châlit. Et d'ailleurs ce fut Ygraine qui s'assit, se laissa tomber plutôt, dans la chaise disposée près de son bat-flanc, avec une telle expression de soulagement qu'elle ne semblait plus capable d'un pas de plus. Tandis qu'Antor refermait la porte, elle reprit son souffle, les yeux clos, saisie de vertige. Son corps glacé, étroitement bandé, était pourtant nimbé de sueur, et le simple effort de descendre l'escalier menant à la maladerie du château lui mettait le cœur au bord des lèvres. La naissance d'Arthur l'avait déchirée, et il lui semblait que la blessure s'était rouverte au cours de la journée, poissant ses cuisses de sang, avec des élancements qui lui transperçaient le ventre. Son visage, sous sa guimpe de tulle blanc qui en soulignait l'ovale, était plus pâle que jamais, malgré les fards. Quand elle ouvrit enfin les yeux, l'air affolé du barbare la fit cependant sourire.

— N'ayez crainte, messire Freïhr, je survivrai bien encore quelques heures…

Freïhr fronça les sourcils, et elle rit plus franchement, en lui saisissant la main.

— Comme je suis heureuse de vous voir en vie…

Malgré la sueur qui collait la guimpe à ses joues, malgré les cernes et la lassitude de son visage, elle était si jolie en cet instant que le barbare se sentit rougir et ne put que bredouiller un remerciement d'autant plus vague qu'il usait mal du langage commun, guère habitué à autre chose qu'à l'obscur dialecte des Marches. Il s'était redressé dans son lit, révélant les bandages qui enserraient son ventre, ainsi que les innombrables horions et cicatrices qui parsemaient son torse massif, entre les dessins étranges des tatouages bleus qui l'ornaient. Ygraine en fut troublée, mais elle se ressaisit aussitôt.

— Vous avez vu Uter, n'est-ce pas ?

Freïhr hocha la tête.

— Il avait l'air bouleversé par ce que vous lui avez dit. Freïhr, que vous est-il arrivé ?

— Les monstres…

Le barbare chercha ses mots.

— Les monstres ont passé les Marches… Freïhr les a vus. Freïhr s'est battu, mais ils ont pris Galaad, mon… mon fils.

Ainsi que toutes les mères l'auraient fait en pareil instant, Ygraine pensa à Arthur, et elle fut bouleversée par la simple détresse du géant. Les enfants, en ces temps-là, mouraient en grand nombre, chaque jour, au moindre coup de froid ou au moindre accident, mais cela ne voulait pas dire que leurs mères n'en éprouvaient pas de peine. Elle imagina Arthur, si petit, aux mains des abominables créatures des Terres noires, et cette pensée insupportable lui fit venir les larmes aux yeux.

— Je comprends, dit-elle.

Freïhr hocha la tête, puis ébaucha un sourire qui retomba vite. Les yeux de la reine brillaient, elle semblait bien sur le point de pleurer. Cette compassion inhabituelle pour un être aussi rude rompit au plus profond de lui une digue qu'il aurait crue plus solide. La gorge nouée, il tourna vivement la tête vers l'étroite fenêtre de la maladerie, mais le morne rectangle de ciel gris ne lui fut d'aucun secours. À l'autre bout de la pièce, deux nonnes s'activaient entre les lits à peu près vides, s'efforçant de les laisser seuls. Il prit une longue inspiration pour tâcher de chasser le poids qui lui serrait le cœur et tenta à nouveau de sourire.

— J'ai essayé de le sauver, murmura-t-il dans sa langue rocailleuse. Il m'appelait… Il tendait les mains vers moi… Je n'ai même pas réussi à l'approcher…

Cédant enfin, il se saisit le visage à deux mains ; sa longue tignasse s'abattit comme un rideau et masqua son visage, mais la reine vit bientôt ses larges épaules tressauter sous les spasmes. Pour la première fois de sa vie, peut-être, Freïhr pleurait, la face enfouie dans ses larges pognes, avec des sanglots sourds de bête blessée qui broyèrent le cœur d'Antor et de la reine.

Ygraine s'empara de l'une de ses mains, si massives et si sombres comparées aux siennes, et la pressa contre ses lèvres. Les bandelettes qui liaient étroitement son buste et son ventre l'empêchaient de respirer, sa guimpe lui enserrait la gorge. Elle s'en défit fébrilement, arrachant les agrafes d'or, déchirant les précieuses étoffes et dénouant sa cotte jusqu'à ce qu'enfin elle se soit libérée de toutes ces entraves. Puis elle essuya le visage de Freïhr, bouffi de larmes, à l'aide de son voile.

— Uter le retrouvera, dit-elle. S'il est vivant, Uter le retrouvera.

Le barbare hocha la tête sans mot dire, puis un long moment s'écoula avant qu'il reprenne pleinement ses esprits. Alors il jeta un regard en biais vers Antor, gêné de s'être ainsi laissé aller devant un chevalier du roi, mais l'homme lige de la reine s'était écarté, avec autant de discrétion que les nonnes.

— Les monstres, reprit Ygraine d'une voix douce, combien sont-ils ?

Freïhr secoua la tête d'un air désolé.

— Trop nombreux pour être comptés, dit-il. Plus que les nains sous la Montagne... Plus que les arbres de la forêt...

La jeune reine se renversa lentement dans son fauteuil, frémissant d'effroi.

— C'est donc ça...

Oui, c'était cela qui avait rongé Uter toute la journée... Une horreur sans nom se répandait sur la plaine des hommes, et il leur faudrait à nouveau prendre les armes, tandis que le royaume pansait tout juste les plaies de la dernière guerre. Elle revit son époux faire face, tout le jour durant, au défilé des vassaux, aux interminables discours du banquet et aux sermons d'Illtud, le visage fermé mais tenant néanmoins sa place, alors que le danger était peut-être à leur porte.

— Freïhr les a vus, dit-il. Freïhr a vu Celui-qui-ne-peut-être-nommé... (Il jeta un regard furtif vers elle et leva une main hésitante.) Son visage... Il était...

Ygraine attendit, mais le barbare semblait figé dans l'horreur de ses souvenirs. Sans doute eût-il été chrétien de rester près de lui, de prier pour le salut de son âme et le repos de son corps tourmenté, mais, plus que tout, elle voulait rejoindre Uter, être près de lui, lui parler, le soutenir, peut-être par sa seule présence. Elle se leva, sans que Freïhr paraisse remarquer qu'elle le quittait.

Bran, moins encore que tout autre nain, n'avait rien d'un diplomate. Son sourire s'était figé dès les premières paroles d'Uter, et l'indignation à présent le submergeait tout entier. Fourrageant nerveusement sous sa barbe, il défit les cordons de sa cape de fourrure qui l'étranglait et, voyant que tous les regards étaient tournés vers lui, il chercha ses mots, au prix d'un effort considérable pour proférer autre chose que les jurons qui lui montaient aux lèvres.

— Le Conseil…

De la sueur perlait à son front. Sudri se pencha vers lui pour lui chuchoter quelque chose à l'oreille, mais il le rabroua dans le dialecte guttural des nains sous la Montagne, que peu de ceux qui étaient réunis autour de la table connaissaient.

— … le Conseil était réuni pour une chose précise, reprit-il dans le langage commun qu'usait chacune des tribus de la Déesse, y compris les monstres des Terres noires. Tu dois nous rendre l'épée, c'est tout.

— Bran, tu connais Freïhr, il est incapable de mentir, dit Uter en s'efforçant lui aussi au calme. Et d'ailleurs, l'état dans lequel on l'a retrouvé est la pire des preuves… S'il dit que les monstres ont franchi les Marches, c'est que c'est vrai. Ce n'est donc pas le moment de nous diviser. Il faut nous unir, au contraire, recréer l'armée du Pendragon pour leur barrer la route et les anéantir à jamais. Et pour cela nous avons besoin d'Excalibur.

— C'est ça ! hurla le nain, et son poing frappa la table de bronze qui résonna longuement. Tu décides et nous n'avons plus qu'à obéir, pas vrai ? Freïhr est plus stupide qu'un bœuf ! Qu'est-ce qu'on en sait ? Il a vu trois loups et il perd la tête !

Uter allait répondre, mais, à cet instant, le héraut frappa à l'huis de sa canne ferrée et la reine Ygraine entra, laissant le chevalier Antor au-dehors. Elle s'arrêta sur le seuil, intimidée par cette assemblée, surprise par le ton de Bran et le visage ulcéré de son mari. Pourtant, son irruption impromptue ramena le calme, un instant au moins.

Toute reine qu'elle fût, il ne convenait pas qu'elle siège au Conseil (et en cela les coutumes des hommes étaient bien différentes de celles des elfes). Ygraine ne l'ignorait pas. On s'était chargé de le lui faire comprendre dès son arrivée au palais, lorsqu'elle avait été promise, à peine âgée de douze ans, au roi Pellehun. Baissant la tête, rougissante, elle prit place en retrait, derrière Uter, sans oser lui parler – juste un regard furtif pour lui transmettre un peu de l'amour qu'elle éprouvait en cet instant. Dès qu'elle fut assise, elle croisa par-dessus son épaule le regard de l'abbé Illtud, assis juste en face du roi, et elle le vit s'incliner imperceptiblement devant elle, avec un sourire qu'elle trouva vaguement désapprobateur. Agacée, elle détourna les yeux et resserra instinctivement autour d'elle le voile de sa guimpe pour masquer l'état de sa robe. Et qu'importait sa mise ! Que savait-il, lui, de la menace qui pesait sur le royaume de Logres ? Avaient-ils déjà évoqué la question, ou parlaient-ils toujours de cette épée maudite ?

Dès les premiers mots de Merlin, elle comprit que les deux sujets étaient désormais liés.

— Uter dit la vérité, Bran, murmura-t-il après s'être éclairci la voix pour attirer l'attention. La reine… (Il jeta un coup d'œil vers Ygraine, et crut bon de préciser.) … la reine Lliane les a vus, elle aussi… Ne me demande pas comment, mais elle les a vus, dans le souffle du vent. Je crois qu'elle s'est servie de la tempête pour protéger Freïhr. Il m'a dit que les arbres eux-mêmes…

— La vérité, coupa Bran, c'est que vous êtes prêts à inventer n'importe quoi plutôt que de nous rendre le talisman !

Le nain se tourna à nouveau vers Uter, d'un air si sauvage qu'il en ressemblait presque à son frère Rogor, et les elfes frémirent malgré eux devant cette image effroyable.

— Tu es devenu comme Gorlois, et comme Pellehun ! dit-il en le menaçant de son index. Affamé de pouvoir, fût-ce au prix de notre vie à tous ! C'est de leur faute !

Il pointa brusquement un doigt accusateur vers l'abbé Illtud.

— Ce sont tes maudits moines qui t'ont tourné la tête, comme le vieux Pellehun, comme Gorlois !

Merlin réprima un sourire et jeta un coup d'œil en biais vers Illtud qui, lui, ne riait pas du tout. Pourtant, l'abbé ne répondit pas, et son silence passif exaspéra Ygraine.

— Le roi Pellehun ne croyait pas en Dieu ! lança-t-elle. Et Gorlois encore moins !

Tous se retournèrent pour la dévisager, mais elle fit face, soutenant le regard furieux de Bran, l'ironie de Merlin et la stupeur de son époux.

— Notre Dieu est un Dieu d'amour, dit-elle. Nous ne voulons que la paix, messire Bran…

— Oui, grogna le nain. La paix pour les hommes. L'amour pour les hommes… Une seule terre, un seul roi, un seul dieu, c'est cela ?

— Sire…

La voix posée de Gwydion, le grand druide des elfes de la forêt, dispensa la reine de lui répondre.

— Le seigneur Bran a peut-être raison sur un point, dit-il.

— Ha !

— Le barbare était blessé, affaibli… Est-on sûr de ce qu'il a vu ?

Uter soupira et se passa une main sur le visage. Les cris du nain puis le ton méprisant avec lequel il s'était adressé à la reine lui avaient mis les nerfs à vif, et il s'était senti bien près de lui sauter à la gorge pour lui faire avaler sa maudite barbe.

— Nous le saurons bientôt, dit-il, avec un sourire reconnaissant pour le vieil elfe. C'est la duchesse Helled de Sorgalles qui a recueilli Freïhr et qui l'a fait escorter jusqu'ici. Je sais qu'elle a envoyé une reconnaissance vers les Marches, il y a plusieurs jours déjà, et elle aurait dû être parmi nous aujourd'hui pour nous dire ce qu'il en est… J'ai moi-même envoyé des cavaliers à sa rencontre, mais je suis sans nouvelles.

— Il y a plus de deux semaines de route jusqu'aux Marches, grommela Léo de Grand, à côté de lui, comme s'il devait se justifier. Même en crevant plusieurs chevaux, il ne faut pas attendre leur retour avant trois, peut-être quatre jours.

— Pas si on utilise des chevaux libres, dit Dorian.

Le jeune prince souriait, tout content de se trouver enfin sur un terrain qu'il connaissait.

— Je peux y aller, proposa-t-il. Avec Lame et sa horde, nous irions plus vite que n'importe lequel de vos messagers.

Lame… Uter revit l'étalon blanc du roi Llandon, une monture d'une taille impressionnante, dont la crinière immaculée touchait presque le sol. Et il revit Lliane le chevauchant, sans harnais ni selle, enserrant l'étalon de ses longues jambes bottées de daim. Puis il sentit la présence d'Ygraine derrière lui et chassa cette pensée coupable.

— C'est une idée, dit-il.

— Eh ben, voyons ! cria Bran. Des elfes, maintenant ! On veut que nous fassions confiance à des elfes ! Par le sang, on se moque de nous, ici !

— Par le sang, tais-toi donc ! hurla Uter. Si tu veux tout savoir, Freïhr a vu autre chose que des monstres !

Il se tut, mais les regards insistants de l'assemblée lui interdisaient de cacher plus longtemps ce que le barbare avait aperçu dans le chemin creux. Il chercha des yeux le soutien de Merlin, mais l'homme-enfant baissait la tête, d'un air brusquement si triste qu'il en fut dégrisé, mesurant trop tard la portée de ses paroles. Ygraine, pâle et menue dans sa robe froissée, le regarda éperdument, et pendant un bref instant Uter se retourna vers elle et puisa dans les yeux de son épouse un peu de force pour continuer.

— Bran, je te supplie de me croire… J'aimerais vraiment que Freïhr se soit trompé, qu'il ait mal vu. Et je te jure que si c'est le cas je rendrai Excalibur au peuple des nains…

Le prince sous la Montagne ne répondit pas, gagné comme chacun par l'angoisse de ce qu'Uter allait révéler.

— Ton frère... Ton frère Rogor et des guerriers nains de la Montagne noire étaient aux côtés de Celui-qui-ne-peut-être-nommé.

Il se fit un silence absolu dans la pièce. Bran, les yeux écarquillés, dévisageait Uter avec horreur, tandis que ses compagnons, issus tous deux du clan de la Montagne rouge, baissaient les yeux et retenaient leur souffle. Les lèvres de Bran balbutiaient des mots sans suite et sa barbe tremblait d'indignation ; soudain ce fut l'explosion :

— Mensonges ! hurla-t-il. Comment peux-tu dire une chose pareille !

— C'est la vérité, murmura Merlin, et tous se tournèrent vers lui. J'étais là quand le seigneur Freïhr s'est éveillé, et c'est la première chose qu'il m'ait dite...

— Mensonges !

Avant même qu'Uter ait reporté son regard vers le nain, Bran avait jailli de sa chaise et se ruait vers lui. Il leva la main pour parer le coup, mais le prince le percuta comme un bélier et l'envoya rouler à terre. Uter se débattit, empêtré dans sa robe coincée sous la chaise renversée. L'éclair d'une lame, soudain, dans le poing du nain, et son visage grimaçant, affreux, prêt à frapper. Uter cogna au hasard, se trancha profondément la main sur le fil de la dague, mais réussit à saisir Bran à la gorge. Ygraine hurla, et Uter perçut fugacement sa robe de samit, toute proche, et sa blancheur éclaboussée de son propre sang. L'instant suivant, un bras gainé de fer s'abattit entre eux comme un éclair de foudre. Une grêle de coups s'abattit encore sur lui, tant le nain se débattait entre les mains des preux qui l'avaient saisi. Uter parvint à se dégager, pourtant, et bondit sur ses pieds, ivre de rage. La pièce était pleine de hurlements. Onar, le jeune guerrier nain, avait réussi à renverser l'un des preux, et le rouait de coups. Sudri avait été maîtrisé avant de pouvoir lancer une incantation, mais il se débattait comme un diable. Ygraine avait été tirée à l'écart par un chevalier qui lui faisait rempart de son corps, elle tendait les bras vers son époux, sans qu'il perçoive ce qu'elle criait. Les elfes le regardaient avec horreur, barbouillé qu'il était de son propre sang. Ulfin enserrait Bran, et les autres preux s'étaient déployés autour de lui comme un rideau d'acier, contenant avec peine la fureur des nains. Comme si Uter s'était relevé trop vite, des étoiles devant ses yeux l'éblouirent et il chancela, retenu de justesse par Léo de Grand. Sa main profondément entaillée pissait le sang, l'air lui manquait et il ne parvenait pas à retrouver pleinement ses esprits.

Le visage de Merlin apparut tout à coup devant lui, affolé et criant des mots qu'il ne saisit pas mais qui lui vrillaient les oreilles. D'un revers de son poing valide, il le frappa de toutes ses forces, si violemment que l'homme-enfant fut projeté à plusieurs coudées de là, comme une poupée de chiffon, jusqu'aux pieds de la reine.

— Au nom de Dieu, arrêtez, tous !

Une fois de plus, la voix puissante de l'abbé s'imposa au-dessus du chaos, les laissant tous interdits, presque honteux. Bran lui-même cessa de se débattre, et quand Ulfin desserra légèrement son emprise, il s'arracha rageusement de lui.

— Hors d'ici, gronda Uter. Hors d'ici à jamais, toi et les tiens ! Vous n'avez plus votre place au Conseil !

Bran accusa le coup, frémissant encore de colère. Les preux formaient entre Uter et eux une haie infranchissable, si haute et si massive que le nain ne pouvait même plus apercevoir le roi. Un bref instant, il croisa le regard de Merlin, toujours à terre, les yeux hagards et la joue tuméfiée.

— C'est aussi mon avis, murmura-t-il. Et d'ailleurs il n'y a plus de Conseil… Je ne vois ici que des hommes et des lâches.

Il cracha à terre, puis le groupe des nains tourna les talons et, comme un bloc, s'en fut de la salle du Conseil.

Dès qu'ils eurent quitté la salle, Uter chancela, mais il se retint à la table avant que le connétable ou la reine ne l'aient atteint.

— Je garde l'épée Excalibur, dit-il d'une voix hachée. Et, si quiconque tente de m'en empêcher, la fureur du Pendragon s'abattra sur lui.

Les elfes, plus pâles que jamais, émirent un bourdonnement de protestations sourdes, mais ils se turent dès que le roi leva vers eux un regard noir.

— Sire, cela ne se peut, dit enfin Gwydion de sa voix chevrotante.

— Vraiment ?

Uter ouvrit vers lui sa main ensanglantée, et tous virent la flaque sombre qu'elle avait laissée sur la table de bronze.

— Nul n'a le droit d'entrer en armes au Conseil, hormis les preux. C'est la loi, tu le sais, et il le savait ! Pourtant, vois ce qu'il a fait ! Dis-moi, après cela, qu'on peut faire confiance aux nains !

Le vieux druide sembla se recroqueviller sous les cris du roi, détournant les yeux de cette main tranchée qu'il brandissait vers lui.

— Il ne pourra y avoir de paix sur cette terre tant que le talisman des nains ne leur aura été rendu, murmura-t-il tout de même. Nul ne peut aller contre la volonté des dieux.

— Quels dieux ? s'enquit Illtud. Le seul Dieu qui parle ici est Notre Seigneur, et sa volonté est celle du roi !

Gwydion dévisagea longuement l'abbé, puis hocha la tête et, sans mot dire, le vieux druide quitta la pièce, suivi du prince Dorian.

— C'est bien ! cria Uter, après qu'ils eurent franchi la porte. Partez, vous aussi ! Dites à votre reine que nous affronterons seuls les monstres, pour la plus grande gloire de Dieu ! Cette terre est humaine, vous m'entendez ? À jamais, cette terre est humaine !

Ses mots résonnèrent longuement dans le couloir où mouraient les pas décroissants des elfes. Uter se retourna, cherchant des yeux Merlin, mais l'homme-enfant avait disparu, furtivement comme à son habitude. Uter en ressentit du remords.

Ainsi que Bran l'avait dit, il n'y avait plus à présent que des hommes dans la salle du Conseil ; des hommes et une reine, immobiles et muets autour de la table de bronze, agités de pensées diverses, perdus ou exaltés, effrayés en tout cas par ce qui venait de se passer. C'est alors qu'Illtud, qui seul était resté assis au milieu de toute cette fièvre, se leva, alla posément refermer la porte au nez du héraut et revint à sa place.

— À genoux, mes frères, car c'est la parole de Dieu qui vient de s'exprimer par la bouche du roi.

Il s'agenouilla le premier, inclina son crâne tonsuré devant Uter et joignit les mains, aussitôt imité par la reine. Alors les preux, les uns après les autres, mirent eux aussi genoux à terre, dans le bringuebalement métallique de leurs armures, et croisèrent leurs mains gantées de mailles sur le pommeau de leur épée.

Uter resta un long moment interdit, balayant du regard cette assemblée ployée devant lui. De ces géants de fer agenouillés émanait un appel muet, une espérance, comme si tous voulaient se convaincre que ce qui venait de se passer n'était pas le fruit de la colère ou de l'orgueil, mais bien l'expression d'une volonté divine, ainsi que l'avait dit l'abbé.

Ce n'étaient pas des sots, pourtant, tout juste des hommes, avec une telle volonté de foi qu'ils étaient prêts à croire à tout, en lui, en Illtud, en Dieu et, pourquoi pas, en eux-mêmes. Uter se sentit ébranlé par cette ferveur, bien davantage que par la rage de Bran ou la résignation désolée des elfes. Ainsi, les hommes n'aspiraient-ils à rien d'autre qu'à être des hommes... Combattre seuls. Vaincre seuls. Ne baisser la tête que devant un seul Dieu et ne rien partager, plus jamais... Les rêves du Pendragon, soudain, lui semblaient si différents de ce qu'il pensait au plus profond de lui, de ce qu'ils pensaient tous.

Uter ferma les yeux, savourant ce moment de communion qui apaisait sa colère et lavait son angoisse comme la vague drosse le rivage. Il chercha instinctivement son fourreau au côté et, se voyant désarmé, il s'empara d'Excalibur sur la table et dégagea la lame d'or dans un long crissement de métal qui leur donna à tous la chair de poule. Puis, comme eux, il s'agenouilla et posa les mains sur la croix de l'Épée sacrée.

— Mes frères, n'oubliez pas cet instant, murmura Illtud. Douze preux, semblables aux apôtres de Notre Seigneur, témoins à jamais de la volonté de Dieu.

Prêtons serment devant Dieu, le roi et la reine de toujours en être dignes… Que cette confrérie rassemblée autour de cette table devienne l'instrument de Dieu, par l'ouïe et par la vue [1] ! Ôtez vos heaumes, messires, afin que nul n'oublie vos visages.

Tour à tour, chacun d'eux obéit. Le premier fut Adragai le Brun, aussitôt suivi de son frère Madoc le Noir, ainsi nommés à cause de leurs longs cheveux, puis Ulfin, puis Nut, Urien, qui plus tard devint roi, Kanet de Caerc, Do et tous les autres… Et, face à tous ces preux désheaumés, face au roi agenouillé comme eux et à la reine qui, dans la pâleur de sa robe de samit, semblait les éclairer de sa propre lumière, Illtud prononça le sermon de la chevalerie.

— *Sachez qu'au commencement, comme l'Écriture en témoigne, nul n'était assez hardi pour monter à cheval, s'il n'était auparavant chevalier. Les armes que nul ne porte qui ne soit chevalier ne leur ont pas été données sans motif.*

L'écu qu'il met devant lui pour se couvrir signifie que, comme l'écu se met entre le chevalier et les coups, le chevalier lui-même doit se mettre devant la Sainte Église, face à tous les malfaiteurs, qu'ils soient larrons ou mécréants.

Le haubert, qui recouvre le chevalier et le protège de toutes parts, indique que, de la même manière, la Sainte Église doit être enclose et entourée par la vigilance du chevalier.

Le heaume, que le chevalier a sur la tête et qui, plus que toutes les autres armes, est apparent, nous enseigne que, de la même manière, le chevalier doit

1. Formule classique du droit féodal.

apparaître avant toutes autres gens, pour combattre ceux qui voudront nuire à la Sainte Église et lui faire du tort.

La lance, qui est si longue qu'elle frappe avant qu'on puisse atteindre le chevalier, nous enseigne ceci : de même que la peur de la lance, dont le bois est roide et le fer tranchant, fait fuir le larron désarmé, de même le chevalier doit être assez fier pour répandre au loin la peur, afin que nul larron ou malfaisant n'ait l'audace d'approcher la Sainte Église.

L'épée, que le chevalier porte à sa ceinture, est tranchante de deux côtés, mais ce n'est pas sans raison. L'épée est de toutes les armes la plus honorée et la plus haute, parce qu'on peut s'en servir de trois manières. On peut pousser d'estoc et tuer avec la pointe. On peut frapper de taille, avec les deux tranchants droit et gauche. Les deux tranchants signifient que le chevalier doit être le serviteur de Notre Seigneur et de son peuple. L'un des tranchants doit frapper ceux qui sont les ennemis de Notre Seigneur ; et l'autre doit faire justice de ceux qui sont les destructeurs de la société humaine. Mais la pointe est d'une autre nature. La pointe signifie obéissance, car toutes gens doivent obéir au chevalier. Et c'est à très bon droit que la pointe symbolise l'obéissance, parce qu'elle point ; et rien ne point si durement que d'obéir à la force de son cœur. Telle est la signification de l'épée.

Le cheval, enfin, sur lequel le chevalier est assis et qui le porte en tous besoins, signifie le peuple, car le peuple doit porter le chevalier en tous besoins, et c'est sur le peuple que le chevalier doit être assis. Car celui qui est assis sur le cheval l'éperonne et le mène où il veut ; et de la même manière le chevalier doit mener le peuple à sa volonté, par une juste sujétion, parce que le peuple est et doit être au-dessous de lui. Ainsi pouvez-vous savoir que le chevalier doit être le seigneur du peuple et le sergent de Dieu [1].

Et c'est ainsi, devant la table enchâssée de la Pierre de Fal et l'épée Excalibur brandie par le roi, que douze chevaliers prêtèrent pour la première fois le serment de la Table ronde.

1. *Lancelot du Lac*, *op. cit.*

V

La pluie et le feu

La pluie avait détrempé l'herbe des prairies et la terre de la chaussée levée servant de chemin. Depuis qu'ils avaient quitté Loth, l'armée pataugeait dans une boue gluante où les chevaux s'enfonçaient jusqu'aux fanons, si bien que tous les chevaliers avaient dû mettre pied à terre, fixer leurs cuirasses et leurs heaumes au bât des sommiers [1], ne conservant que leurs mailles et leurs cottes d'armes sous leur mantel de pluie. Depuis, ils marchaient, maussades et trempés jusqu'aux os, au milieu de leurs hommes. Tôt le matin, ils avaient pénétré sur les terres de Sorgalles, sans y voir âme qui vive. C'était un pays sauvage et mal défriché, fait de collines boisées et de vallons encaissés, un pays sans horizon, bordé au sud par la lisière de la grande forêt et bien différent de la plaine immense qui s'étendait aux abords de Loth. Un pays d'embuscades, où l'on ne pouvait se déployer en bataille, ni éclairer

1. Cheval de somme. Le destrier est le cheval de combat, le roussin, ou roncin, la monture pour tous usages.

convenablement sa route, ce qui rendait le duc de Carmelide nerveux.

Léo de Grand, pourtant, était né dans la guerre, et à le voir ainsi chevaucher noblement dans sa cotte d'armes frappée de l'écu *d'argent au lion rampant lampassé de sable* [1] de la maison de Carmelide, massif comme une tour, les cheveux au vent et la barbe drue, le poil brun et le visage buriné, nul n'aurait pu imaginer ce qu'il éprouvait.

Jeune écuyer encore, il avait connu la guerre des Dix Années alors qu'Uter n'était pas même né. La guerre puis la victoire, lorsque les peuples libres des hommes, des nains et des elfes avaient repoussé au-delà des Marches Celui-qui-ne-peut-être-nommé et ses légions d'épouvante. Mais la perspective de marcher à nouveau contre eux ranimait au plus profond de lui des visions de cauchemar. Le venin de la peur avait corrompu son sang, comme celui de tous ceux qui avaient combattu les monstres. Il y avait certaines choses que les hommes ne pouvaient supporter. Des choses indicibles, visions d'épouvante, odeurs écœurantes et hurlements atroces qui faisaient perdre la raison ou vous durcissaient à jamais le cœur. Avec le temps, on parvenait à dormir des nuits entières sans faire de rêves, mais on ne pouvait oublier. Léo de Grand avait mis plus de vingt ans à enfouir cette horreur qui remontait à présent en lui comme une fièvre.

À la mort de son père, Léo de Grand avait hérité du titre, du duché de Carmelide, du château de Carohaise et de la responsabilité de toute la mesnie. Nul doute que, si d'aventure quelqu'un s'était risqué à le lui

1. Lion noir debout sortant la langue, sur fond blanc.

demander, il aurait juré s'être occupé seul de l'éducation de sa jeune sœur Ygraine, car c'était ce qu'il croyait. En réalité, Ygraine avait été élevée par un moine gris, frère Blaise, et par les servantes du château, tandis qu'il arpentait les grandes plaines en d'interminables et inutiles chevauchées, brandissant au vent son pennon frappé du lion noir des Carmelide. Sa femme elle-même ne le voyait que rarement.

Léo de Grand s'était battu contre les nains, contre des elfes gris des marais et contre les troupes de Gorlois sans jamais éprouver cette appréhension sournoise qui lui serrait le cœur aujourd'hui. Mais il aurait été impensable de confier à quiconque cette terreur sourde qui le glaçait, ni de décliner le commandement de l'armée. Uter avait perdu trop de sang pour prendre lui-même la tête de ses troupes, et cet honneur lui revenait de droit, en tant que connétable du royaume.

Léo de Grand s'ébroua, claqua les rênes de son destrier et le mit au petit trot. Uter n'avait même pas eu la force de les voir partir. Peut-être sa blessure s'était-elle infectée. Peut-être même la lame du nain était-elle empoisonnée, allez savoir avec ces sinistres bouffeurs de cailloux… Quoi qu'il en soit, les fièvres l'avaient saisi, et certains y avaient vu l'effet d'une malédiction. À peine capable de se tenir debout, le roi avait tout juste eu la force de convoquer le ban [1] et de mettre le duc à la tête de l'ost royal avant de sombrer dans l'inconscience. Ses ordres n'étaient pas aussi clairs que Léo de Grand l'aurait souhaité, mais le roi n'était plus en état de préciser ses craintes. Il fallait se porter dans les terres

1. Assemblée des vassaux et de leurs troupes, rangée sous une bannière.

de Sorgalles, aller au-devant de la duchesse Helled, puis pousser jusqu'aux Marches noires… C'était une mission de reconnaissance, mais à la tête d'une véritable armée rassemblant l'essentiel des forces du royaume. Uter devait sans doute prêter quelque foi au récit de ce Freïhr…

Dans ce paysage impossible, la troupe s'était au fil des heures dangereusement étirée sur l'étroite et glissante levée de terre qui formait la chaussée. Carmelide avait bien tenté d'envoyer des groupes d'archers et de piétons sur les hauteurs, en flanc-garde, mais les hommes s'étaient rapidement épuisés à se frayer un chemin dans ces collines aussi escarpées que des montagnes, ruisselantes de pluie et le plus souvent couvertes de sapins, si bien qu'il y avait renoncé.

Qu'importe, ils ne devaient plus être loin. Probablement auraient-ils atteint avant midi la première angarde [1] du duché de Sorgalles, et enfin auraient-ils des nouvelles de la duchesse Helled, ainsi que des troupes qu'elle avait envoyées vers les Marches.

Léo de Grand frissonna. Sa cape de pluie, ses bottes et jusqu'à ses braies étaient trempées, de l'eau lui coulait dans le dos à chaque pas, ses cheveux et sa barbe étaient gorgés d'eau. L'humidité traversait tout, y compris les mailles de son haubert et leur doublure de cuir épais. Et en plus il avait faim, n'ayant soupé depuis trois jours que de jambon cru et de pain noir, sans parvenir à se mettre quoi que ce soit de chaud dans le ventre. Comme chacun de ses hommes, il se sentait harassé de fatigue, malade, fiévreux et d'une humeur

1. Fort avancé construit sur une colline, protégeant à distance une ville ou une forteresse.

massacrante. Ils avaient marché trois jours, rien de bien terrible, mais le moral de la troupe s'était rapidement dégradé, et la pluie n'y était pas pour grand-chose. Se pouvait-il qu'ils aient tous peur ?

Soudain, une vague de cris et d'exclamations joyeuses parvint jusqu'à lui. Un cavalier portant un sayon de cuir peint aux armes d'Erbin, *d'azur bretessé au dragon de gueules* [1], galopait dans sa direction, en faisant de grands signes. Carmelide sourit en le reconnaissant. C'était le jeune Geoffroy, l'un de ceux qui avaient pris son parti lors du tournoi de Loth, il y avait des siècles de cela.

— Alors ! cria le duc. Qu'est-ce qu'il y a ?

— L'angarde, messire ! L'angarde est en vue !

— Foutre Dieu, c'est la meilleure nouvelle de la journée !

Le connétable piqua des deux et, escorté du chevalier, remonta au petit galop la longue colonne des piétons. À un détour de la chaussée, ils virent le fortin à moins d'une demi-lieue [2], dominant la route du haut d'une motte défrichée. Ce n'était qu'un poste avancé, fait de rondins et de torchis, avec pour tout abri de pierre une grosse tour carrée faisant office de donjon, mais au moins y dormiraient-ils au sec, et au moins mangeraient-ils chaud. En l'espace de quelques minutes, la nouvelle se répandit jusqu'à l'arrière-garde, donnant une nouvelle vigueur aux hommes fourbus. Le pas s'accéléra, et un bourdonnement de conversations enfla d'un bout à l'autre de la longue

1. Bleu, crénelé sur les bords, décoré d'un dragon rouge.
2. Deux kilomètres.

colonne, sans que les sergents d'armes songent à le faire taire.

Léo de Grand, toujours accompagné du jeune Geoffroy d'Erbin, avait galopé jusqu'aux éclaireurs. Ils les auraient dépassés sans les voir si l'un d'eux, un escogriffe hirsute, les cheveux à ce point raidis par la crasse qu'il ressemblait à un hérisson, n'avait surgi, presque sous leurs sabots, pour les arrêter. Les autres s'étaient accroupis dans le fossé, en bas de la chaussée, les yeux fixés sur le fortin.

— Eh bien ! lança le duc.

Le hérisson mit son doigt sur sa bouche et désigna l'angarde.

— Pas de fumée, dit-il. Pas d'étendard. Pas de mouvements…

Aussitôt, l'enthousiasme de Léo de Grand retomba comme un soufflé et son cœur s'accéléra. Les hommes, derrière, s'approchaient d'eux en une masse désordonnée et insouciante. D'un geste, il leur envoya le chevalier d'Erbin, puis il descendit de cheval et vint s'accroupir parmi les éclaireurs. C'étaient tous des hommes des bois, des forestiers aussi silencieux que des elfes et puant comme des ours, vêtus de hardes qu'un mendiant même aurait refusées, ne portant que des boucliers de bois pour toute protection, mais bardés d'armes diverses, arcs, coutelas, haches… Sans doute auraient-ils fait défaillir d'effroi toutes les pucelles du palais. Ici, pourtant, ils étaient à leur place, et ils connaissaient leur affaire.

Sans quitter le fortin des yeux, Léo de Grand entendit d'une oreille distraite le jeune Geoffroy d'Erbin arrêter la colonne en quelques ordres énergiques et y ramener progressivement le silence. Il n'y avait effectivement nul signe de vie dans l'angarde. C'était avant tout un poste de guet, et le mouvement d'une telle armée sur la chaussée ne pouvait pas leur échapper. Alors pourquoi ne se manifestaient-ils pas ? Les fortifications semblaient intactes, elles ne paraissaient pas avoir subi d'assaut. Peut-être l'angarde avait-elle été abandonnée… Le bringuebalement sonore d'une troupe d'hommes d'armes se portant jusqu'à lui l'arracha à ses réflexions.

— Que se passe-t-il, messire duc ?

Léo de Grand de Carmelide jeta un coup d'œil de côté, reconnaissant entre mille la voix éraillée du vieux Meylir de Tribuit. Lui aussi était là lors du tournoi, mais, à la différence de Geoffroy, qui du haut de ses quinze ans faisait figure de jeune coq, Meylir était un homme d'expérience, et il se sentit rassuré de l'avoir avec lui.

— Prends dix chevaliers, dit-il en lui désignant l'angarde d'un mouvement de menton. Et des archers pour vous couvrir, on ne sait jamais…

Le baron plissa les yeux pour tenter de percer les secrets du fortin, puis il se releva brusquement et repartit au trot. Quelques instants plus tard, la chaussée gronda sous les sabots de la troupe qu'il avait levée.

On n'y voyait pas loin, dans ce maudit paysage de collines et de ravins, mais Carmelide perçut le mouvement du reste de la troupe, quittant la route pour se mettre à couvert dans le bas-côté. Déjà, les archers se déployaient en ligne et les chevaliers s'adoubaient prestement, heaume et corset de fer, puis enfourchaient leur destrier. Ce ne serait certes pas le meilleur champ de bataille, mais au moins seraient-ils prêts, si jamais… L'un des forestiers le tira par la manche de mailles de son haubert, et il quitta lui aussi le glacis entourant la chaussée pour gagner l'abri des fourrés.

La pluie s'était arrêtée. Un mince rayon de soleil donnait même de l'éclat aux feuilles et aux ronces détrempées. Juste devant lui, presque sous son nez, il aperçut des mûres gonflées à souhait et commença à en récolter. Comme les mailles couvrant ses jambes le blessaient à la pliure des genoux, il s'assit plus confortablement, une poignée de baies noires à la main, et c'est ainsi qu'il regarda le parti de Meylir gravir au petit trot le sentier menant jusqu'au fortin. Ils disparurent, durant de longues minutes. Chacun dans la troupe faisait silence, mais on n'entendait rien, ni cris ni tumulte. Et puis ils réapparurent et brandirent à trois reprises un gonfanon rouge vif, selon le signal convenu.

L'armée tout entière se remit en mouvement. Les nuages s'étaient peu à peu dissipés, et un beau soleil faisait luire les flaques sur la chaussée. Pourtant, le cœur des hommes se serrait un peu plus à chaque pas. En se rapprochant de l'angarde, des traces de combat apparaissaient, de plus en plus nettes, de plus en plus nombreuses. Des flèches piquées en terre, des poutres noircies, la grand-porte enfoncée, ses madriers brisés comme des brindilles, du sang, sur les rondins de la palissade extérieure. Mais pas un corps, pas un survivant, pas même un corbeau dans le ciel pour se nourrir de restes humains…

Carmelide partit au galop et fit bientôt irruption dans l'angarde. Pas une bête, dans la cour, ni chien, ni volaille, ni bétail, rien. Le silence, plus effrayant encore. Les hommes de Meylir, les armes à la main, inspectaient le moindre recoin, en vain. Il n'y avait plus personne ici. Plus une arme, plus une botte de foin, plus la moindre nourriture. Le fortin n'était désormais qu'une coquille creuse, entièrement vidée de son sang et de son âme…

— Il n'y a rien, messire duc, fit Meylir de Tribuit en le rejoignant. Je n'ai jamais vu ça…

Léo de Grand hocha la tête. Ses yeux se tournèrent vers le nord, et le vieux chevalier devina ses pensées.

— Sorgalles doit être à quatre ou cinq lieues tout au plus, dit-il. Deux à trois heures de cheval… Le double pour l'armée. On peut y être avant la nuit.

À nouveau, le duc hocha la tête. Il fallait savoir.

— Vas-y. Prends les éclaireurs, et toute la cavalerie. Je reste avec la troupe, nous vous rejoindrons avant vêpres.

Meylir ouvrit des yeux ronds et grommela quelque protestation dans sa barbe, mais Léo de Grand l'interrompit d'un geste avant qu'il ne formule ses objections. Comme tous les chevaliers, il ne pouvait concevoir qu'une armée se prive de cavalerie, et sans doute devait-il estimer que le duc prenait là un risque inconsidéré. Mais le duché de Sorgalles était trop escarpé pour les chevaux, et leur seul atout, aux yeux du connétable, n'était plus que leur vitesse.

— Va, fit-il à nouveau. Et prends garde à toi.

Uter n'avait pas repris conscience depuis trois jours. La blessure était saine, cependant, sérieuse mais en aucun cas mortelle, et justifiait mal l'état du roi. Les mires qui se pressaient à son chevet ne pouvaient qu'avouer leur impuissance. D'ailleurs il ne semblait pas souffrir, le souffle tranquille, immobile dans son lit, veillé par la reine et frère Blaise, son confesseur, afin que leurs prières éloignent le Malin.

La nuit était avancée, on en était à la deuxième chandelle après matines [1] lorsque le roi commença à s'agiter. Ygraine s'était endormie, Blaise lui-même avait piqué du nez, vaincus l'un et l'autre par de longues heures de veille. Uter se mit à gémir, à se retourner brusquement, battant l'air de ses bras comme pour chasser un ennemi invisible, et, lorsqu'il cria, la reine et le moine s'éveillèrent en sursaut. Il avait presque entièrement arraché ses draps. Son corps entier était couvert de sueur et tremblait. Ses paupières battaient et ses lèvres entrouvertes semblaient s'évertuer à former des mots. La reine, déjà, s'était jetée sur lui, tentant de maîtriser ses sursauts désordonnés.

— Frère Blaise, aidez-moi ! cria-t-elle.

— Il faut de l'eau, balbutia le vieux moine, encore à demi endormi. Il faut abaisser sa fièvre…

Tout à coup, un spasme violent arc-bouta Uter, si brusque et si puissant qu'Ygraine fut projetée à terre. Au même instant il hurla, et le palais entier résonna de ses cris insanes.

— *Feothan beorn gebedda !*

— Que dit-il ?

— Je… je ne sais pas.

Mais Blaise était devenu pâle, et Ygraine sut qu'il avait menti.

— Je veux savoir ce qu'il a dit.

— C'est le langage sacré des elfes… Je crois qu'il est en train de rêver. Non… C'est plus que ça. Je crois qu'il est à nouveau en elle… Je crois qu'il est redevenu le Pendragon.

1. Matines est la première heure canoniale (minuit). La nuit se divisait en trois chandelles.

Ombres parmi les ombres, courant dans les ténèbres du sous-bois à travers les ronces et les branchages comme une harde de cerfs, les elfes convergeaient vers la lisière de Brocéliande. La plupart portaient des arcs, et ces longues dagues effilées qu'affectionne le peuple des arbres. D'autres s'étaient armés d'épieux, et certains allaient les mains nues, pressés par la même sensation d'urgence, le même appel muet, inconscient, qui les avait éveillés en pleine nuit, nimbés de sueur et le cœur battant.

La forêt était en feu. Les arbres se tordaient dans les flammes, gémissant de toutes leurs branches et jetant de déchirants appels à l'aide dans le craquement de leur écorce.

Lliane, parmi eux, courait à perdre haleine et percevait déjà l'atroce rougeoiement qui défigurait la nuit. Comme eux, elle avait entendu la plainte des arbres, comme eux elle s'était élancée au secours de la forêt, quittant sans même s'en apercevoir son île, ses compagnes et sa fille. Comme eux, elle se sentait prête à tuer, prête à mourir pour défendre le pays d'Éliande. Mais l'horreur de cette profanation avait éveillé en elle autre chose que de la haine, ou de l'effroi. Une force nouvelle, incommensurable, coulait dans ses veines et la faisait frémir de puissance. Tous les elfes voient la nuit, mais Lliane ne faisait pas que percer les ténèbres : elle voyait au-delà, à l'intérieur même des écorces en feu et jusqu'aux nervures des feuilles tordues sur les braises. Elle devinait le bouillonnement de la sève et l'embrasement des ronces. La main griffue et la torche enflammée, les rictus hideux des incendiaires, leurs armes noires brillant à la lueur des flammes. Elle voyait le poison gluant dont ils enduisaient leurs lames, leurs étendards effilochés, les loups et les sombres armures d'une troupe déployée à la lisière, riant devant l'incendie. Tous les elfes courent vite, mais elle allait comme le vent, fendant les buissons de ronces sans sentir leur morsure sur sa peau, sans effort, sans même s'essouffler.

À quelques toises de la lisière, elle enjamba d'un bond le corps disloqué d'un gobelin, les jambes saisies dans un fouillis de ronces et la nuque brisée contre la racine d'un chêne. Les arbres, parfois, savaient se défendre seuls…

Elle fut la première à déboucher à la lisière de Brocéliande, traversant les flammes et foulant les braises, et jaillit hors du feu comme une déesse surgie des enfers, brandissant sa longue dague. D'un revers, sans même s'arrêter, elle décapita un gobelin qui l'éclaboussa de son sang noir. Ses vêtements avaient pris feu, mais elle ne sentait rien. Les silhouettes sombres des monstres, illuminés par leurs torches et le rougeoiement de l'incendie, tourbillonnaient en hurlant de rage autour d'elle, et sa dague fendait d'un éclair d'argent leurs rangs immondes, sans qu'aucun d'eux ne parvienne à l'atteindre.

Il y eut un sifflement strident, pareil à une subite rafale de vent ou au passage d'un essaim d'abeilles, et des dizaines de gobelins s'effondrèrent, percés de flèches. Les elfes, derrière elle, jaillissaient à leur tour du feu en criant de leurs voix aiguës. Nombre d'entre eux perdirent la vie dès les premières secondes de l'affrontement, fauchés par les cimeterres gobelins ou broyés par les crocs de leurs loups. Certains périrent brûlés, faute d'avoir traversé le feu assez vite. Mais la vague était trop puissante pour être brisée, et les monstres n'étaient pas assez nombreux. Quelques minutes suffirent à les disperser.

Lliane resta interdite, le souffle court, tandis que des elfes s'activaient autour d'elle, arrachant ses vêtements en flammes puis l'entraînant à l'écart de cette boucherie, pressant déjà contre ses brûlures des tampons faits de mousse. Elle vit le visage du vieux Gwydion penché sur elle, puis celui de Blodeuwez, et sentit ses blanches mains apaiser sa peau brûlante. Son esprit cependant était ailleurs, percevant à la fois la fuite éperdue des monstres dans la nuit, leur peur animale, mais aussi une autre présence, une autre peur, humaine, celle-là, de l'autre côté des flammes.

Alors elle se releva, presque uniquement vêtue de ses hautes bottes de daim noircies par la fumée, le corps luisant du sang des monstres, si belle et si désirable en cet instant que tous les elfes, mâles et femelles, y compris le vieux Gwydion, y compris Blodeuwez elle-même, sentirent leur pouls s'accélérer à sa vue. L'enfantement de Rhiannon avait donné à sa silhouette des formes inhabituelles chez les elfes, d'habitude aussi minces que des brindilles. Ses longues jambes avaient pris de la chair, ses hanches s'étaient élargies et, dans la lueur caressante de l'incendie, ses cuisses et ses seins flamboyaient dans toute leur splendeur. Pour autant, elle n'avait rien d'une femme. Aucune d'elles n'aurait eu un cou si délié, une démarche aussi vive ni une telle indécence. Mais elle n'était plus tout à fait semblable aux autres elfes.

Inconsciente des regards braqués sur elle, Lliane guettait un indice, par-delà le crépitement des flammes.

Ceux qui étaient le plus près d'elle perçurent le mouvement de ses oreilles et relevèrent eux aussi leurs cheveux pour mieux orienter leurs pavillons effilés. On entendait des cris et de faibles éclats de voix, derrière la lisière en feu, mais nul d'entre eux ne put les identifier.

Lliane, cependant, avait compris. Elle prit une profonde inspiration et cria un ordre, de sa voix de commandement :

— *Bettacan ar aeghwylc nith, hael hlystan !*

Stupéfait, Gwydion s'approcha d'elle.

— Que viens-tu de dire ?

Elle se retourna un peu brusquement, provoquant un mouvement de recul involontaire chez le vieil elfe. Ses yeux, à cet instant, semblaient vraiment luire de tous les feux de l'enfer.

Puis elle détourna la tête, et son corps parut s'affaisser.

— Pardonne-moi, dit-elle.

Elle se serra les bras en frissonnant, et accepta avec un sourire de reconnaissance la longue cape que Gwydion passait sur ses épaules. Son corps tout entier lui faisait mal, ses jambes avaient de la peine à la soutenir. Elle sentait ses forces l'abandonner, comme du grain s'écoulant d'un sac percé, et s'accrochait encore aux derniers vestiges de la formidable puissance qui l'avait habitée.

— Tu as parlé d'hommes, insista Gwydion. Tu as ordonné aux nôtres de traiter les hommes avec respect... Pourquoi ? Qu'est-ce que tu as vu ?

— Il y a... il y a des soldats dans la forêt, dit-elle. Des hommes en armes... Ils ont peur, ils sont blessés. Certains sont en train de mourir.

VI

« Le géant d'osier »

— Certains sont en train de mourir, dit Uter.

De saisissement, Blaise faillit laisser choir la cuvette d'étain qu'il transportait, emplie d'eau et de linges sanguinolents, alors qu'il venait de changer les bandages du blessé. C'étaient les premiers mots intelligibles que le roi prononçait depuis des jours, hormis les étranges ululements elfiques qu'il lui arrivait d'émettre, et qui résonnaient à travers les couloirs du château comme les cris d'un dément.

Uter avait parlé si bas, cette fois, qu'Ygraine, assoupie au chevet de son époux, ne s'était pas même éveillée. Le moine hésita, mais elle dormait profondément, anéantie par ces jours et ces nuits de veille, et il renonça à la prévenir, au moins tant que son état ne l'exigeait pas. À la flamme d'un lumignon, simple mèche brûlant dans une tasse d'huile, il alluma une chandelle et la rapprocha du lit. Les yeux du roi étaient ouverts, mais ils restaient absents et ne réagirent pas à la lumière.

— Qui est en train de mourir ? chuchota le moine.

— L'armée, répondit Uter (et sa voix si calme, si absente, lui donna la chair de poule)… L'armée ou ce qu'il en reste. On dirait qu'ils ne sont plus qu'une poignée…

Blaise secoua la tête sans bien comprendre ce dont le roi parlait. Uter était parfaitement immobile, le souffle régulier et le corps en paix, les yeux fixés sur le plafond avec une telle insistance que, malgré lui, le moine y jeta un coup d'œil. Rien d'autre, bien sûr, que des poutres plongées dans l'obscurité de la nuit.

— Qu'avez-vous dit, sire ? demanda-t-il. Vous avez parlé de l'armée…

— Il n'y a plus d'armée… Ils sont peut-être cent, peut-être moins.

Blaise se retint pour ne pas hurler, saisir le roi à la gorge et l'arracher à cette torpeur indifférente. Moins de cent hommes, sur plusieurs milliers partis au combat derrière le connétable Léo de Grand ?

— Ce n'est pas possible, murmura-t-il.

— Moins de cent, et certains sont en train de mourir, répéta Uter.

Toujours cette voix distante et ces yeux ouverts contemplant paisiblement, au-delà de cette pièce, le spectacle affreux d'une débâcle sans précédent.

— Vous les voyez, en cet instant ?

— Ils sont là, regarde… Ils ont peur, ils se cachent, ils ont perdu leurs armes. Mais le feu s'éteint. Le bois était trop mouillé, sans doute…

— Quel bois ?

Uter ne répondit pas. Frère Blaise tendit un peu plus le cou et vit ses yeux se fermer progressivement, tandis que le roi s'enfonçait à nouveau dans le sommeil.

— Quel bois, sire ? redemanda-t-il, d'un ton plus pressant, osant même le secouer par l'épaule.

— Il n'y a plus rien à craindre, murmura Uter. Les monstres ont fui, ils ne reviendront pas cette nuit. Et nous avons sauvé la forêt sacrée. Le Dagda ne l'aurait pas permis…

Le moine se signa et, sans s'en rendre compte, s'écarta de la couche royale, comme s'il craignait de se brûler à son contact. Le Dagda était le premier des druides, celui que les elfes surnommaient Eochu – *Père puissant* – ou Ruad Rofessa – *Rouge de la science parfaite* –, dieu guerrier et possesseur du chaudron dont il avait fait leur talisman. La forêt sacrée dont avait parlé Uter ne pouvait dès lors être qu'Éliande, au cœur de laquelle se nichait le Bosquet des sept arbres et le Chaudron de la connaissance… Éliande, le pays des elfes… Le pays de Lliane.

Frère Blaise s'assit, posa la chandelle et se prit la tête à deux mains, saisi de vertige devant ce qu'il entrevoyait, au fur et à mesure que son esprit enfiévré se perdait en conjectures. Le roi saisi à nouveau par l'esprit de l'elfe, dépossédé de son âme, son corps gisant comme une enveloppe vide. L'armée vaincue. Les monstres atteignant Brocéliande. Cela ne pouvait signifier qu'une chose : tout le duché de Sorgalles était envahi. Qu'était devenue la duchesse Helled, dès lors ? Et l'armée, qu'en restait-il ? Combien de troupes pouvait-on encore lever pour défendre Loth, et qui prendrait leur tête si le roi ne recouvrait pas ses esprits ? Combien de temps avant que les hordes de l'Innommable parviennent jusqu'ici ? Combien de temps avant que les armées du démon ne balaient à jamais le souffle de Dieu sur cette terre de larmes ?

Le moine releva la tête et dévisagea d'un air horrifié le profil impassible d'Uter. Quel enchantement, plus fort que toutes ses prières et que toute la médecine des mires, le maintenait-il ainsi dans cet atroce état d'absence, alors que son royaume croulait autour de lui ? Il pensa, une fois de plus, une fois encore, à Illtud. L'abbé saurait, lui, l'arracher à ces maléfices… Saisi d'une inspiration soudaine, il se rapprocha de la couche royale et, le cœur battant, chuchota à l'oreille d'Uter la conjuration des Écritures.

— Esprit muet et sourd, c'est moi qui te le commande. Sors de cet homme et n'y entre plus [1] !

Uter poussa à l'instant même un gémissement rauque, tandis que son corps s'arc-bouta brutalement en un spasme d'une violence insensée. Le moine recula si vivement qu'il chut à terre, renversant au passage un lutrin qui dans sa chute fit l'effet d'un coup de tonnerre dans la nuit.

— Qu'est-ce qu'il y a ? bredouilla Ygraine en s'éveillant.

Et la vision du corps tétanisé d'Uter lui arracha un cri d'effroi. Blaise, luisant de sueur, releva vers la reine des yeux de fou, tenant entre ses mains le livre tombé du lutrin, et qui lui parut envoyé du Ciel. C'était un modeste bréviaire relié d'un mauvais cuir, une copie malhabile de l'*Enchiridion*, le recueil très saint des invocations adressées par le pape Léon au roi Charles [2], un ouvrage qu'elle ne pouvait connaître, mais qu'il se mit à feuilleter fébrilement, comme un dément. Quand

1. Marc, IX, 25.
2. Ouvrage rédigé vers l'an 800 par Léon III pour Charlemagne.

enfin il trouva ce qu'il cherchait, son visage s'éclaira d'un sourire effrayant.

— *Qui Verbum cara factum est...*, murmura-t-il d'un ton pressant. Le Verbe qui s'est fait chair et a été attaché à la Croix, et qui est assis à la droite du Père pour exaucer les prières de ceux qui croient en lui, lui qui par son saint nom tout genou fléchit, daignez préserver cette créature, Uter, de tous ceux qui pourraient lui nuire, et des attaques des démons, vous qui vivez et régnez dans l'unité parfaite...

Ygraine contemplait le moine avec horreur, tant son visage en transe lui paraissait possédé plutôt par Satan que par l'inspiration divine. Pourtant, Uter semblait réagir à l'invocation du pape. Le corps en nage, il avait rejeté ses draps à force de s'agiter et semblait à présent secoué de tremblements, les yeux mi-clos et le souffle haché.

— Il revient, murmura-t-elle.

— Voilà la croix de Notre Seigneur Jésus-Christ dans lequel est notre salut, notre vie et notre résurrection, et la confusion de tous ceux qui veulent nous nuire et des malins esprits, poursuivit Blaise sans la regarder. Fuyez donc, parties adverses ; car je vous conjure, démons d'enfer et vous, esprits malins de quelque genre que vous soyez, jusqu'à ce que vous ayez quitté votre tromperie diabolique, vous vous en alliez incontinent, par le Dieu vivant, véritable, saint, Père, Fils et Saint-Esprit.

Les yeux d'Uter s'ouvrirent, sa tête se tourna péniblement, et son regard croisa celui du moine.

— Par celui qui a été crucifié en homme et vous a fait reculer, à mesure que vous vous approchiez, que vous ne puissiez molester ou chagriner cette créature ni dans son corps ni dehors son corps, par vision ni par frayeur, ni de jour ni de nuit, autrement je répands dessus vous toutes les malédictions, degrés et peines de tourments, par le commandement de la Sainte Trinité.

Uter s'éveilla. Au même instant, dans la forêt d'Éliande, Lliane cria dans son sommeil. Un cri si déchirant, si aigu et si soudain qu'il glaça le sang des elfes.

Léo de Grand reprit connaissance peu avant l'aurore. Ce fut le froid qui l'éveilla. Le froid et l'humidité. S'apercevant qu'il était nu, étendu sur une couche de fougères, il voulut se redresser, mais il poussa aussitôt un cri de douleur. Un cimeterre gobelin lui avait presque tranché le bras, à l'attache de sa spallière [1], et quand il porta instinctivement la main à son épaule, il y découvrit un épais emplâtre de feuilles, malaxées en un magma spongieux et odoriférant.

— Ne bouge pas…

C'était une voix féminine, presque une voix d'enfant, chantante et haut perchée.

Il écarquilla les yeux pour tenter de distinguer l'être qui venait de parler, mais l'obscurité ne lui permit que de deviner une silhouette claire, agenouillée à ses côtés. Puis il sentit la douceur d'une main sur son front brûlant, légère comme un souffle de fleurs.

— Sois en paix, grand grand homme, murmura la voix. Ta blessure est profonde, mais tu guériras. Ces plantes refermeront les chairs.

— Qu'est-ce que tu as mis, sorcière, ça me brûle !

1. Pièce d'armure couvrant l'épaule.

Il tenta à nouveau d'arracher l'emplâtre, mais la main le saisit au vol et, avec une force qu'il n'aurait pu soupçonner, le plaqua fermement au sol.

— C'est le poison qui te brûle. Ils en enduisent toujours leurs lames, tu devrais le savoir… Fais-moi confiance, connétable. Si j'avais voulu te tuer, tu ne serais pas ici, dans ma hutte, mais tu pourrirais au-dehors, avec les autres… Et, pour ta gouverne, il n'y a là que de la résine de pin, des feuilles de lierre et de fraisier, de la tanaisie, du pavot… et diverses autres plantes que tu ne dois pas connaître.

Léo de Grand se laissa retomber en arrière. En masse, les souvenirs hideux de la bataille lui jaillissaient au visage. L'embuscade, les flammes semblant pleuvoir du ciel, les faciès de cauchemar des hordes du Seigneur Noir surgissant des entrailles mêmes de la terre, pareils à des démons, ses hommes tombant tout autour de lui, parfois sans même avoir tiré l'épée du fourreau, puis leur fuite, éperdue, jusqu'à la lisière de la grande forêt… Hormis son bras qui le cuisait atrocement, il grelottait des pieds à la tête sur ce lit de feuilles, et se sentait honteux d'être ainsi, nu, devant une femme, fût-elle une elfe.

— Qui es-tu ? chuchota-t-il.

Blodeuwez ne répondit pas tout de suite. Comme tous ceux du peuple de l'air, ses yeux n'étaient pas aveuglés par les ténèbres de ces dernières heures de la nuit, et elle se rassasiait sereinement de ce corps puissant, si massif et si blanc. Les hommes étaient brutaux, grossiers et bruyants comme une harde de sangliers, mais l'impression de force qui émanait d'eux, si différente de tout ce qu'un elfe aurait pu offrir, n'était pas sans attrait, après tout. Et puis la guérisseuse s'était souvent demandé ce que Lliane avait vécu, dans les bras d'Uter… Du bout des doigts, elle s'amusa à effleurer la cuisse, le ventre et le torse du duc puis, souriant de chacun de ses sursauts, glissa jusqu'à son sexe qui, immédiatement, sembla réagir à sa caresse, malgré le froid et la souffrance.

— Je reviendrai te voir, murmura-t-elle en réprimant un sourire.

Déjà, elle s'était levée, mais Léo de Grand parvint à lui saisir la main, de son bras valide.

— Attends ! Que sont devenus mes hommes ?

— Tes hommes sont morts ! jeta Blodeuwez d'une voix brusque. Ceux qui vivent encore sont soignés, comme toi, par les miens. Maintenant lâche-moi et dors !

Elle s'arracha à lui et sortit de sa hutte, les joues empourprées de ce subit accès de colère qui l'étonna elle-même. Au-dehors, le sous-bois toujours obscur vibrait des gémissements de dizaines et de dizaines de blessés, autour desquels s'affairaient les pâles silhouettes des bandrui [1]. Jamais encore la forêt d'Éliande n'avait vu autant d'hommes, chevaliers, archers ou piétons, mutilés, percés de toutes parts et versant leur sang sur sa terre sacrée. Les survivants se tenaient groupés, effrayés sans doute par les bruissements des elfes tout autour d'eux, dans ces ténèbres que leurs yeux ne pouvaient guère percer. Ils se taisaient, serrés les uns contre les autres comme des enfants, la tête baissée et le souffle court, isolés dans l'horreur de ce qu'ils venaient de vivre. Blodeuwez s'avança parmi eux, si pâle que certains durent voir passer un fantôme,

1. Druidesses.

et son cœur se serra un peu plus à chaque pas. De chacun émanait le même halo presque tangible, presque visible, de peur et de désespoir. Certains pleuraient en silence, certains parlaient tout bas, en eux-mêmes (ou peut-être était-ce ce que leurs moines appelaient des prières), et il y en avait même qui dormaient, affalés sur la mousse comme des cadavres. Où qu'elle pose le regard, Blodeuwez ne vit que des vaincus, des hommes brisés, rien qui ressemble encore à une armée.

Une vision affreuse, tout à coup, lui glaça le sang. Tous ces êtres étendus, toute cette peur et cette souffrance, donnaient à la forêt sacrée l'apparence du Sid, l'Autre Monde où séjournaient les âmes des morts. Même les ombres pâles des bandrui évoquaient les banshees des vieilles légendes. C'était une image intolérable, mais les elfes croyaient aux songes, et elle chercha alors des yeux quelqu'un pour en parler, ainsi que le voulait l'usage. Il n'y avait personne. Hormis les druidesses de la forêt, aucun elfe, druide, poète, ou guerrier, comme si tout le peuple d'Éliande s'était retiré loin des hommes, les laissant seules, elle et ses guérisseuses, avec cette armée lamentable.

Elle s'arrêta, saisie d'angoisse, et son regard se posa sur un tout jeune soldat adossé à un frêne, à l'écart des autres. Tête nue, il portait encore les vestiges d'une cotte d'armes lacérée si profondément que son gambisson de cuir matelassé avait été lui aussi tranché et laissait voir sa peau. L'enfant sursauta lorsqu'elle écarta les pans de son vêtement, mais il se laissa faire, trop épuisé pour qu'elle ait même besoin de l'apaiser. Trois striures parallèles avaient déchiré l'étoffe et le cuir, sans doute les griffes d'un loup, mais la peau était intacte.

— Tout va bien, dit-elle. Tu n'as rien…

Elle lui caressa la joue et déjà se relevait lorsque l'enfant s'agrippa à elle.

— Ne me laissez pas seul ! Ma dame, je vous en prie, ne me laissez pas seul !

Il la serrait si fort, cramponné à ses jambes, que Blodeuwez faillit perdre l'équilibre. Elle parvint cependant tant bien que mal à s'en défaire, s'assit près de lui, et aussitôt il se jeta dans ses bras. Les elfes ne connaissaient pas cet abandon, ce besoin de contact si particulier à l'espèce humaine. Les hommes se sentaient-ils si seuls qu'ils aient un tel besoin d'être embrassés ? Celui-là n'avait guère plus d'une dizaine d'années et semblait déjà aussi grand que bien des elfes adultes, mais aucun elfe de son âge n'aurait pu manifester une telle détresse. Comment cette race pouvait-elle être aussi forte et aussi fragile à la fois ?

— C'est fini, murmura-t-elle à son oreille. Les monstres ont été repoussés, et la reine est parmi nous. Ils ne reviendront pas…

Elle sourit, émue par ses propres paroles. C'est vrai, Lliane était là, quelque part, et elle l'avait suivie, comme toutes les autres, quittant leur abri d'Avalon d'un même élan, sans qu'un mot ait été échangé entre elles.

Blodeuwez ne s'attendait pas que l'enfant réponde, et le son de sa voix la fit presque sursauter.

— Rien ne peut les arrêter, dit-il. Nous étions une armée entière, peut-être deux ou trois mille hommes, je n'avais encore jamais rien vu de tel… Ils ont attaqué la nuit. D'un seul coup, il y en avait partout, ça hurlait de partout. Il y avait des flammes, le camp entier était en feu… Messire Hugues était parti en avant, avec presque tous les autres chevaliers. Il m'avait dit de prendre soin du roncin et de ses bagages, mais j'ai tout perdu… J'ai eu peur, vous comprenez ? Il y avait des loups, et l'un de mes frères a été mangé par les loups, chez moi, au village, l'hiver de la grande famine… Alors j'ai fui… Et j'ai tout perdu.

Blodeuwez faillit rire, mais le désarroi du jeune écuyer, pour dérisoire qu'il paraissait en regard du carnage auquel il avait survécu, était bien réel. Un cheval perdu, quelques vivres et quelques manteaux faisaient de lui un failli, parjure à son seigneur, indigne de sa confiance, et cette perspective l'anéantissait.

— Peut-être est-il mort, ton messire Hugues ? dit-elle.

L'enfant se tourna vers elle et, dans la pénombre de l'aurore naissante, la dévisagea avec un mélange d'horreur et de stupéfaction.

— Cela ne se peut, bredouilla-t-il. Les chevaliers ne peuvent pas mourir comme ça ! Ce serait… ce serait trop affreux.

Blodeuwez sourit, lui caressa la joue et l'allongea doucement au pied de l'arbre.

— Bien sûr, dit-elle. Les chevaliers ne peuvent pas mourir… Dors, maintenant, repose-toi.

Peu à peu, un jour timide et gris apparaissait, étirant les ombres de la nuit, et les hommes ragaillardis par cette terne lueur se levaient à présent, osaient s'éloigner de quelques pas, comme si leur proximité leur faisait honte. Ils étaient loin, séparés d'elle par le fouillis du sous-bois, et sans doute n'y voyaient-ils pas assez pour l'apercevoir, mais Blodeuwez s'enfuit, saisie tout à coup par une frayeur qui s'accélérait à chaque foulée, et un peu partout, comme elle, les bandrui s'évaporaient dans les derniers vestiges de la nuit, abandonnant la forêt à cette soldatesque défaite. Elle courut droit devant elle, sans but tout d'abord puis vers sa hutte, où elle se réfugia comme une enfant auprès du corps gigantesque de Léo de Grand.

— Tu es revenue…

L'elfe ne répondit pas, mais se blottit davantage contre lui. Un peu de jour filtrait au travers des branchages entrelacés de sa hutte, assez pour qu'il devine ses cheveux blonds, si rares parmi le peuple des arbres. Peut-être crut-il pour cela avoir affaire à une femme, ou peut-être n'avait-ce aucune importance à ses yeux. Blodeuwez laissa ses lourdes mains glisser le long de ses jambes, relever sa tunique de moire jusqu'à sa taille si fine. Et ce fut elle qui l'enjamba, prenant appui sur son torse massif.

À l'orée de la forêt, les elfes se confondaient aux broussailles et aux taillis formés par les plus jeunes arbres. Immobiles comme des souches, ils étaient là par milliers, hauts-elfes de Brocéliande, elfes verts des bosquets et des plaines, jeunes et vieux, mâles et femelles, guerriers, druides et peuple de la forêt, représentant les trois ordres de la société elfique, si parfaitement silencieux, étirés sur des lieues en une rangée étroite à deux pas de la lisière, que les oiseaux même ne percevaient plus leur présence. Et Lliane était parmi eux.

Le jour s'était levé dans une odeur de cendres et de fumée. Durant les premières heures, un brouillard persistant se maintint sur la plaine. Puis les brumes se dispersèrent lentement, et le doute ne fut plus permis : les monstres étaient toujours là.

Les hordes immondes de Celui-qui-ne-peut-être-nommé s'étaient retirées hors de portée de flèches, si loin qu'elles ne formaient qu'une ligne mouvante et sombre barrant l'horizon, hérissée de bannières couleur sang qui faseyaient dans le vent. Leur nombre, véritablement, était impensable. Les armées qu'on avait crues battues à jamais s'étaient reconstituées, et toute cette foule monstrueuse d'orcs et de trolls, de goules et de faunes, agrégée de tout ce que les terres de Logres comptaient de mercenaires, d'elfes renégats, de nains rescapés de la Montagne noire et de peuples mineurs s'amassait là comme un magma en ébullition. Des clans de loups, parfois, s'en détachaient et s'élançaient vers la forêt, comme pris d'une furie soudaine. Certains approchaient assez pour humer l'odeur des elfes et retroussaient leurs babines, le poil hérissé et le poitrail frémissant de rage. Mais les elfes ne bougeaient pas.

Des meutes d'hommes-chiens, de ceux que les nains appelaient kobolds, tout juste bons à disputer leur nourriture aux charognards, virevoltaient en avant des troupes en poussant des jappements aigus qui résonnaient à travers la prairie, entretenant par leur agitation insane une sorte de frénésie devant les rangs compacts et disciplinés des gobelins, la seule troupe de toute cette horde qui ressemblait à une armée. De loin en loin, parfois à quelques minutes d'intervalle et parfois après une heure ou plus, les monstres se mettaient à cogner sur leurs boucliers de bronze, *bomm... bomm... bomm...* à un rythme lent, obsédant, et s'avançaient vers la lisière, en frappant le sol de leurs pieds à chaque foulée, de plus en plus fort, jusqu'à ce que l'écho de leur martèlement devienne assourdissant. Ils avançaient ainsi de quelques toises, avec une lenteur exaspérante, un pas à la fois, ponctué par le fracas des lames sur les boucliers, et ils s'arrêtaient, net, laissant un silence plus effrayant encore, et ainsi tout le jour durant, se rapprochant sans cesse. Mais les elfes ne bougeaient pas.

Ils restèrent ainsi du crépuscule jusqu'à la tombée du jour, immobiles et silencieux, sans manger ni boire, sans parler, pas un mot. Petit à petit, des hommes d'armes étaient venus les rejoindre, et ils étaient à présent plusieurs dizaines, tapis auprès des elfes, à contempler avec horreur cette multitude déployée devant la forêt.

Tout à coup, alors que les nuages noirs de la nuit obscurcissaient déjà le ciel, un groupe de cavaliers bouscula l'ordonnancement des rangs gobelins, piétinant même sans vergogne ceux qui ne s'écartaient pas assez vite. Derrière eux, tirée par une longue théorie de bœufs attelés, une silhouette gigantesque fixée sur un chariot large comme une cour de ferme s'avança jusque sur le front des troupes. C'était un géant fait de bois et de paille tressée, semblable à une cage immense dont les membres et le torse grotesque étaient aussi vastes et hauts qu'un donjon. Rares étaient ceux, parmi les soldats rescapés de l'ost royal, qui comprirent ce qui se préparait, mais les vétérans de la guerre des Dix Années se mirent à gémir de désespoir, et les plus jeunes tremblèrent de terreur en voyant leur visage décomposé. Les elfes eux-mêmes rompirent leur long silence, et une rumeur d'épouvante monta de la lisière. Un nom commençait à circuler, de lèvres en lèvres, déferlant comme un torrent d'angoisse : *wicker nith*, « le géant d'osier ».

Un silence éprouvant s'était abattu sur la grande plaine, bientôt troublé par l'écho lointain de cris désespérés, qui glacèrent d'effroi les elfes et les hommes d'armes. Les monstres s'agitaient au pied du colosse de bois, en un mouvement désordonné qu'il leur était difficile de comprendre, à cette distance. Mais des échelles furent posées le long de ses jambes, de ses bras, de son corps, et furent bientôt chargées de grappes entières d'êtres humains. Sous les yeux effarés de toute la lisière, ils escaladaient ces échelles, poussés à coups de pique par les monstres groupés au bas du colosse et se jetaient, les uns après les autres, dans la cage d'osier. Le plus effroyable, sans doute, était leur passivité. Certes, les malheureux hurlaient de peur, comme si leur esprit réalisait le sort affreux qui les attendait, mais pas un d'eux n'avait le moindre mouvement pour se débattre ou tenter de s'échapper. Ensorcelés, sans doute, par quelque artifice de Celui-qui-ne-peut-être-nommé, leur corps ne leur obéissait plus. Il y avait là quelques elfes, probablement des chasseurs surpris hors de la grande forêt, mais la majorité était des humains, soldats portant encore la livrée du roi ou celle de la duchesse Helled, paysans, femmes et enfants, capturés dans le duché de Sorgalles. Dans le concert déchirant de leurs hurlements, ils tombaient les uns sur les autres, emplissant les membres et le torse du géant, écrasant ceux qui étaient au fond. Et quand le dernier d'entre eux eut rejoint la prison d'osier, les monstres fermèrent les trappes puis amassèrent à ses pieds une montagne de fagots et de bottes de paille, à laquelle, avec des cris de joie insanes, ils mirent le feu [1].

1. Ce sacrifice épouvantable a bien existé, dans les sociétés celtes. Il est évoqué par Jules César dans ses *Commentaires sur la guerre des Gaules* (VI, 16, 4) : « Certaines tribus construisent d'immenses

Aucun de ceux qui assistèrent à ce spectacle hideux ne pourrait jamais oublier les hurlements de terreur et les cris de souffrance des prisonniers brûlés vifs dans cette horreur, ni la lueur des flammes montant jusqu'au ciel, ni la rumeur joyeuse de l'armée gobeline, saluant ce bûcher macabre par des chants guerriers et des gesticulations démentes.

Certains, parmi les elfes, s'échappaient en courant à l'abri de la forêt en se bouchant les oreilles. D'autres se plaquaient au sol et enfouissaient leur visage dans la terre pour ne plus voir ni entendre. La peur se répandait en chacun d'eux comme un poison, marquant à jamais leurs corps et leurs âmes. Lliane elle-même se sentait glacée jusqu'aux os, et des larmes coulaient sur ses joues sans qu'elle s'en aperçoive. Les cris, par-dessus tout, étaient insupportables. Ceux qui avaient été jetés en dernier dans l'affreuse prison ardente suppliaient qu'on les épargne, s'efforçaient désespérément de se glisser à travers les branchages, s'écorchant vifs pour échapper aux flammes, tandis que les malheureux du dessous se tordaient dans les affres de l'enfer. On ne pouvait supporter une pareille horreur. Il fallait...

— L'horreur est leur arme. La peur est leur force...

Lliane s'arracha brusquement au bras qui la retenait, mais elle se radoucit en reconnaissant Gwydion. Elle

formes de branches entrelacées qu'elles remplissent d'êtres vivants. Les formes sont mises à feu et les hommes périssent dans une mer de feu », ainsi que par Strabon : « Après avoir bâti un colosse de paille et de bois, ils y jettent du bétail, des animaux sauvages de toutes espèces et des êtres humains. Puis ils y mettent le feu, comme une offrande » (*Géographie*, IV, 4, 5).

avait déjà dégainé Orcomhiela, « Pourfendeuse de gobelins », sa dague légendaire, et se serait sans doute ruée à l'attaque, entraînant avec elle tout le peuple des arbres vers une mort certaine, s'il ne l'avait arrêtée.

Le vieux druide lui prit la main, puis saisit de l'autre celle du jeune Llaw Llew Gyffes, son apprenti, qui lui-même tendit la main vers une jeune elfe guerrière aux yeux écarquillés d'effroi. Et ainsi une chaîne immense se forma le long de la lisière. Puis Gwydion ferma les yeux et, d'une voix forte, entonna le *Teinm laegda*, « l'Illumination du chant », l'une des plus puissantes incantations druidiques, et tous reprirent avec lui le chant du Sid, pour apaiser l'âme des suppliciés.

Viens avec moi
Au pays merveilleux où il y a de la musique.
La chevelure y est comme la couronne de la primevère ;
Le corps lisse y est de la couleur de la neige.
Là, il n'y a plus rien à moi ni à toi,
Les dents sont blanches et les sourcils noirs ;
La foule nombreuse est le plaisir des yeux.
Chaque joue a la couleur de la digitale,
Le cou de chacun a le pourpre de la giroflée ;
C'est d'un pays merveilleux que je parle.
La jeunesse ne s'en va pas avant la vieillesse.
Des fleuves tièdes coulent à travers le pays,
Avec l'hydromel et les vins les plus choisis.
L'être y est beau et sans défaut ;
On y conçoit sans péché et sans faute.

Nous voyons chacun et partout,
Et personne ne nous voit[1].

Ils chantèrent ainsi jusqu'à la tombée de la nuit, bien après que le géant d'osier se fut effondré dans une mer de flammes. Et, quand il ne resta que des braises rougeoyant tragiquement dans le ciel obscurci, l'armée des monstres se retira, laissant derrière elle les vestiges hideux de sa sauvagerie.

1. Texte mythologique irlandais, rapporté par F. Le Roux et C.-J. Guyonvarc'h.

VII

« Une seule terre... »

Elle était assise au bord de l'eau, le menton niché entre ses mains ouvertes, perdue dans ses pensées au point qu'elle n'entendit pas Myrddin s'approcher.

— Tu rêves, petite feuille, murmura-t-il.

Morgane ne tressaillit pas, ne se tourna même pas vers lui. S'il avait cru la surprendre, c'était raté...

— Non, dit-elle, je pensais à toi... Et ça n'avait rien d'un rêve.

— Merci...

— Je me demandais si j'étais aussi bruyante que toi, puisque nous sommes de la même race.

L'homme-enfant sourit, puis haussa les sourcils avec fatalisme et vint s'asseoir près d'elle, un peu en retrait cependant, pour ne pas mouiller ses chausses.

— Les hommes disent pourtant qu'on ne m'entend jamais venir, ni qu'on ne sait jamais où je suis...

— Alors les hommes sont sourds. Il faudra que je m'en souvienne...

La petite fille tourna vers lui son regard espiègle, encadré par des cheveux châtain clair légèrement ondulés. Ses yeux verts brillaient au soleil comme des émeraudes, tranchant sur la blancheur de sa peau. Hormis cette couleur d'yeux étrange, sa pâleur surnaturelle et ses oreilles pointues qu'elle orientait à l'envi, elle ressemblait davantage à un être humain qu'à une elfe. Davantage à Uter qu'à Lliane…

— Myrddin, je voudrais que tu m'apprennes tous tes tours, dit-elle avec un sourire enjôleur.

— Mes tours ?… Cette fois, c'est toi qui parles comme un homme, Morgane. La magie n'existe pas, tu sais. Ce que tu appelles des tours n'est que de l'illusion, et c'est bien assez pour les hommes. Mais la connaissance des arbres, du vent et des pierres est une force immense, que tu apprendras toi aussi, quand tu seras grande.

— Je suis grande.

Myrddin la regarda à nouveau. Elle avait encore poussé en quelques semaines et atteignait presque déjà sa taille adulte. En cela, au moins, ils étaient différents. Malgré son âge – et il était bien plus vieux que ne l'auraient cru même ses amis proches –, Merlin conservait une morphologie et un visage d'enfant.

— Bien, alors, si tu es grande, je vais t'apprendre un tour…

Il fouilla sa poche à la recherche d'une pièce de monnaie et, n'en trouvant pas, il ramassa dans l'eau un petit galet blanc et plat comme un écu.

— Regarde…

Il brandit le caillou sous les yeux de Morgane, leva la main gauche et claqua des doigts. Quand elle reporta son attention sur la main droite, le caillou avait disparu.

— Magie ! dit Merlin.

Il ouvrit sa paume, et le petit caillou blanc s'était transformé en caillou noir.

— Comment tu fais ça ?

— Attends…

Il tendit le bras vers elle, passa la main dans ses cheveux et sur sa nuque, puis en sortit la petite pierre blanche, qu'il brandit avec une certaine fierté.

— Tu vois ? Il n'était pas loin. C'est ta mère qui m'a appris ce tour. Entraîne-toi, Morgane. Quand tu sauras le faire, je t'apprendrai le reste…

La petite fille saisit le galet qu'il lui présentait et le jeta dans le lac.

— Pourquoi est-ce que tu m'appelles Morgane ? Mon nom est Rhiannon, parce que je suis fille de reine !

— Mais tu es aussi *Muirgen*, née de la mer, parce que tu es fille d'homme.

— Et toi tu es le fils d'un diable !

— Oui, c'est ce que disent les moines… Mais les diables n'existent pas, sauf dans leur imagination… C'est ainsi, il faudra t'y faire. Les hommes auront peur de toi, Morgane. Ils te traiteront de sorcière, détourneront les yeux et s'écarteront de toi. Les elfes eux-mêmes…

Myrddin s'interrompit, le cœur oppressé soudain par une vague de tristesse. Alors il ouvrit les bras, et Morgane vint se pelotonner contre lui.

— Nous sommes faits pour vivre seuls, murmura-t-il. C'est écrit dans les runes… Mais les temps changent, et un jour peut-être les quatre tribus de Dana n'en formeront plus qu'une seule. C'est là tout ce que je souhaite… Bran… Tu ne connais pas Bran, n'est-ce pas ? Tu n'as rien perdu. Il est plus petit que toi, et quatre fois plus gros. Et un sale caractère, avec ça… Pourtant c'est mon ami. L'être le plus grossier et le plus fidèle que je connaisse. Il m'a dit voilà quelque temps une chose qui m'a bien donné à réfléchir. Il n'y a presque plus de naissances, chez les nains, depuis qu'ils ont perdu leur talisman. Tu comprends ce que ça signifie ?

— Qu'il n'y aura bientôt plus de nains, et c'est tant mieux, dit Morgane. Blodeuwez m'a raconté plein d'histoires horribles sur les nains.

— Ce n'est pas si simple... Les royaumes sous la Montagne disparaissent, mais les hommes commencent à aimer l'or, et à creuser des mines. Et puis il y a eu ces naissances étranges, un peu partout. Des bébés humains qui avaient l'apparence et la taille de nains... Je crois que les hommes deviennent semblables aux nains, que les deux tribus se fondent en une seule.

— À cause du talisman ?

Merlin dévisagea la petite fille avec ravissement.

— C'est exactement ça. Et à présent les hommes veulent dominer le monde, asservir tous les autres peuples et imposer leur Dieu unique, leur loi, leur façon de vivre. « Une seule terre, un seul peuple, un seul Dieu », disent-ils...

— Il faut les en empêcher !

— Tu crois ?

L'homme-enfant repoussa doucement Morgane et se leva. Puis, sans se préoccuper de voir si elle le suivait, il s'écarta du rivage et s'enfonça dans les hautes herbes d'Avalon.

— Pourtant, je suis à moitié un homme, et toi aussi... Quelle est la voie, Morgane ? Toi qui, selon les runes du vieux Gwydion, dois régner un jour sur un peuple nouveau, ni humain ni elfique, peux-tu me dire quelle est la voie ? D'un côté la guerre... La guerre, oui, une guerre sans fin, contre les monstres puis contre les hommes, car jamais ils n'abandonneront Excalibur. La guerre pour restaurer les royaumes sous la Montagne et tenter de restaurer l'équilibre d'un monde qui peut-être n'existe déjà plus. C'est bien sûr le choix qui s'impose de prime abord, mais j'y vois tant de morts que j'en frémis… Et tout cela au nom de quoi, hein ? Au nom de la Déesse ? Mais les nains s'en sont détournés depuis longtemps… (« C'est pour ça qu'ils ont été vaincus », lança Morgane, mais Myrddin ne l'écoutait pas.)… Les monstres n'obéissent qu'à Celui-qui-ne-peut-être-nommé, et je doute qu'ils remercient les dieux de ne leur avoir donné que la haine et la peur en partage. Quant aux hommes, la plupart ne croient plus en Dana, ni en aucun des anciens dieux. Ils croient en un être unique, un Dieu à visage humain qui leur ressemble et qui leur promet un paradis terrestre…

— C'est ridicule !

— C'est ce que je croyais, moi aussi… Mais ta mère a ressenti son pouvoir, hier soir… Quand les monstres ont attaqué Brocéliande, elle était le Pendragon, Uter était en elle, et ensemble ils étaient l'égal d'un dieu, plus forts que le monde entier. Et puis une force irrésistible les a séparés, malgré eux… « Arrachés » serait le mot exact. Les voilà aussi loin l'un de l'autre que ne le furent jamais deux amants, j'en ai peur…

Il s'avançait dans les hautes herbes de l'île sacrée, parlant seul à présent, car Morgane s'était arrêtée et le regardait s'éloigner, les yeux brouillés de larmes.

— Voici l'autre choix, poursuivit Myrddin sans remarquer qu'elle ne le suivait plus. Un seul peuple, un jour, réunissant les quatre talismans. Et la paix, l'harmonie, enfin, car un peuple unique ne peut se faire la guerre à lui-même, n'est-ce pas ? Les hommes l'ignorent encore, mais ils ont déjà changé. L'esprit des nains est en eux… Ils se croient vainqueurs en tant qu'hommes, alors qu'ils sont devenus une race différente, et qui bientôt peut-être sera aussi naine qu'humaine. Je vois un monde où les quatre talismans seront réunis, où un seul peuple recouvrera la terre, ni humain, ni elfique, ni nain, ni monstrueux, mais tout à la fois… Un peuple aussi fier et aussi entêté que les hommes, puissant et cruel comme les monstres, industrieux mais cupide, à l'image des nains, avec la grâce et la froideur des elfes… Tous les défauts et toutes les qualités de chacune des quatre Tuatha Dê Danann[1]… Et tu seras leur reine, ainsi que Gwydion l'avait prédit.

Il se tourna vers Morgane, ne la trouva pas et renonça à la chercher, emporté par sa vision. « Une seule terre, un seul peuple, un seul Dieu… » Le credo de l'Église des moines prenait ainsi une nouvelle signification, bien éloignée sans doute de leur idée première, mais tellement évidente, tout à coup, que Merlin, pour la première fois de sa vie, se sentit transporté d'allégresse et se mit à rire, franchement, à pleine gorge. Et, mû par une inspiration subite, il se mit à courir vers le rivage, et la barque qui le ramènerait auprès de Lliane.

Au cœur de la forêt, les arbres étaient si hauts que leur voûte plongeait le sous-bois dans une pénombre pesante, surtout quand le soleil faisait défaut. C'est là qu'avaient grandi les chênes les plus vastes du royaume d'Éliande, souvent vieux de plusieurs siècles et trônant dans des clairières imposées par leur vaste ramure, ne

1. Les tribus de la déesse Dana.

tolérant autour d'eux qu'un pueil de jeunes pousses, hêtres ou châtaigniers. C'étaient des arbres aussi durs que le fer, aussi hauts que les montagnes des nains, et dont la couronne de feuillage formait un dôme immense, sous lequel pouvaient s'abriter des familles entières. Les elfes les vénéraient à l'égal des dieux, venaient leur parler et les paraient de colliers de fleurs, en offrande contre leur protection. Certains avaient installé des cabanes dans leurs branches, à plusieurs toises du sol et, comme les sangliers et les cochons sauvages de la forêt, se nourrissaient de leurs glands. C'est là, tapi dans l'obscurité séculaire de la vieille futaie, que se nichait le bosquet des sept arbres : *quert*, le pommier, le plus vénéré de tous, symbole de l'immortalité ; *beth*, le bouleau très noble, qui débutait l'année ; *saille*, le saule, l'arbre de la sagesse ; *coll*, le noisetier dont les branches servaient de baguettes aux druides ; *tinne*, le houx, qui chaque année lors de Beltane livrait bataille au chêne ; *duir*, l'arbre le plus ancien, et *fearn*, l'aulne au cœur rouge qui symbolisait à lui seul les quatre éléments, terre, air, feu et eau… Au cœur du bosquet sacré, les elfes avaient caché leur talisman, le Chaudron du Dagda, que peu d'êtres vivants avaient eu la chance de contempler, et auquel de plus rares encore avaient pu s'abreuver.

Assis par terre dans la clairière formée autour de l'un de ces chênes immenses, les elfes s'étaient réunis par milliers, mâles et femelles, vieillards et enfants, pour assister au Conseil. Sans doute tous les elfes du pays d'Éliande étaient-ils là, hormis ceux qui montaient la garde à la lisière de la forêt avec la poignée de soldats du roi qui avait survécu au massacre, veillant ainsi à ce qu'aucun d'eux n'approche du bosquet. Chacun, ici, pouvait parler, quel que soit son âge ou sa condition (ce qui explique que le Conseil des elfes pouvait parfois durer des jours entiers), et les décisions ne se prenaient qu'à une raisonnable majorité. Les plus nombreux étaient les *Aes Dana* – les gens de l'art, ainsi que les elfes nommaient les artisans, chasseurs et cueilleurs, dont le travail faisait vivre tout le monde. Ceux-là étaient rarement sortis du couvert des arbres et n'avaient pas appris à se battre (mais tous les elfes, bien sûr, savaient tenir un arc). L'incendie de la lisière et l'irruption des monstres les avaient terrifiés, comme si leur univers menaçait tout à coup de s'écrouler, ce qui était d'ailleurs peut-être le cas.

Moins nombreux et disséminés par groupes dans la foule, armés d'arcs et de dagues, parfois couverts de ces cottes de mailles en argent aussi souples que le cuir et aussi dures que le fer que les nains eux-mêmes leur enviaient, se tenaient les guerriers, le deuxième ordre des communautés elfiques, nommé *Flaith*. Moins nombreux encore, reconnaissables à leurs robes rouges, couleur du Dagda, venaient ceux du troisième ordre des clans elfiques : les *dru wid*, savants par les arbres, prêtres ou médecins, devins ou bardes, qui s'étaient regroupés près du vieux Gwydion, formant le premier cercle autour du tronc de l'arbre.

Le roi Llandon, appuyé à son bâton d'aveugle, était assis sur une souche à quelque distance, entouré d'une bande armée et de plusieurs druides, attentif au bruissement des conversations tout autour de lui. Et l'on cherchait des yeux Lliane, enfin revenue sous la forêt, mais qui n'était nulle part en vue.

Quand les derniers retardataires prirent place tant bien que mal dans la clairière surpeuplée, et alors que le jour tombait déjà, aussi gris, terne et humide qu'il avait commencé, une *banfile* [1] toute jeune se leva du cercle des druides et entama le *Teinm laegda*, « l'Illumination du chant ».

Je suis fille de poésie
Poésie, fille de réflexion,
Réflexion, fille de méditation,
Méditation, fille de science,
Recherche, fille de grande science,
Grande science, fille de grande intelligence,
Grande intelligence, fille de compréhension,
Compréhension, fille de sagesse,
Sagesse, fille des trois dieux de Dana.

Un silence absolu succéda aux derniers mots de la jeune elfe, puis la voix chevrotante du vieux Gwydion s'éleva dans la pénombre.

— Peuple des arbres, écoute ma voix ! De grands bouleversements agitent le monde, et les runes restent muettes ! La calomnie et la trahison ont jeté les tribus de la Déesse les unes contre les autres, et à nouveau l'Innommable a quitté les Terres noires pour répandre la désolation à travers le monde. Le peuple sous la Montagne a été vaincu, l'Épée de Nudd est aux mains des hommes et, privés de leur talisman, les nains sont condamnés à disparaître…

Il y eut un brouhaha ponctué de quelques rires, que le grand druide préféra ne pas entendre.

— Aujourd'hui, ce sont les hommes qui sont menacés du désastre, par leur propre faute. Ils se sont

1. Poétesse.

détournés de la Déesse, vénèrent un Dieu nouveau et s'aveuglent de leur incroyable vanité. Le Conseil, peuple des arbres, est réuni pour répondre à une seule question, mais le choix que nous prendrons sera lourd de conséquences, quel qu'il soit ! Voilà : faut-il venir une nouvelle fois au secours des hommes, s'allier à eux pour vaincre Celui-qui-ne-peut-être-nommé, ou devons-nous rester en dehors de cette guerre, au risque de voir l'équilibre du monde s'écrouler à jamais ?

Une quinte de toux acheva tragiquement la péroraison du vieil elfe, et ceux qui étaient les plus proches virent son jeune *ollamh*, Llaw Llew Gyffes, se précipiter vers lui pour le soutenir. Gwydion était bien vieux, en vérité. L'hiver précoce qui s'annonçait pourrait être le dernier qu'il ait à subir…

Il y eut à nouveau un long silence, ponctué par le pépiement insolent des oiseaux, haut dans les branches. Puis la rumeur sourde de propos échangés à voix basse s'enfla jusqu'à couvrir leurs trilles.

— Je dis que les hommes n'ont que ce qu'ils méritent ! clama tout à coup une voix forte.

Llandon se leva, s'appuyant sur son bâton, afin que tous le voient. Malgré ses orbites vides portant encore les marques effrayantes du sort qui lui avait brûlé les yeux, le roi des hauts-elfes avait conservé toute sa prestance. Sa blessure la plus profonde n'était pas visible sur son visage…

— Gwydion a parlé de trahison et de calomnie, et il a bien parlé, dit-il. C'est la soif de pouvoir des hommes, leur volonté imbécile de régner sur le monde qui nous a tous plongés dans le chaos, la fureur et l'aveuglement ! Aveugle, je l'étais alors, bien plus que maintenant, quand je siégeais auprès du roi Pellehun et du duc

Gorlois, sans me douter de leurs manœuvres. Mais j'y vois clair, à présent. Rien, jamais, ne ramènera les hommes vers la sagesse des dieux. L'Épée de Nudd, qu'ils nomment Excalibur, les enivre de puissance, et ils se répandent à travers le monde en retournant la terre et en brûlant les arbres, bien plus que ne le firent jamais les monstres du Seigneur Noir ! Quand j'étais enfant, la forêt s'étendait à l'infini, et regardez ce qu'ils en ont fait !

Llandon tendit le doigt vers le couchant.

— À moins de trois lieues d'ici, c'est la plaine, poursuivit-il. Notre royaume n'est plus qu'une île, cernée par le vide, et il faut aller jusqu'aux Marches et aux terres barbares pour revoir une forêt digne de ce nom. Partout, tout le temps, les hommes coupent les arbres, à coups de hache et de scie, pour rien, pour se chauffer, pour cultiver le sol, disent-ils, comme si la terre n'était pas assez vaste pour tous !

Un concert d'approbations s'éleva parmi les elfes. Nul n'aurait pu contester ce qu'ils avaient vu de leurs propres yeux depuis tant d'années.

— Je me suis battu, avec vous, avec eux, durant la guerre des Dix Années. Dix années de souffrances infinies, pour repousser les monstres dans les Terres noires. Dix années au cours desquelles des milliers d'entre nous ont péri. Et qu'en reste-t-il, aujourd'hui ? Il ne reste que nous, peuple des arbres, hauts-elfes de Brocéliande. Les elfes verts ne forment plus un clan, ils ne sont que des groupes, vivant dans des taillis qui ne méritent même pas le nom de forêt. Les elfes des marais sont devenus des bêtes sauvages, le roi Rassul est mort, leur clan n'existe plus. Voilà ce que nous avons gagné ! Et voilà ce qui nous attend, si nous quittons Éliande !

Ici, nul ne peut nous atteindre, ni les hommes ni les monstres. Voyez comme ils ont été aisément repoussés. Jamais ils n'oseront s'aventurer dans la forêt, et s'ils le font nous les repousserons à nouveau, comme hier, car la seule chose qui importe, à présent, c'est de sauver le pays d'Éliande, par la force des arbres et la magie de la reine !

Lliane, tapie contre l'écorce du chêne immense, sursauta en s'entendant ainsi interpeller par celui qui avait été son époux. Elle tendit le cou pour l'apercevoir, mais Llandon s'était de nouveau assis sur sa souche, noyé sous un déluge d'acclamations dans lesquelles se mêlaient des hourras qui lui étaient destinés, à elle. D'un coup d'œil, la reine balaya le petit groupe qui l'accompagnait, à demi dissimulé sous la pénombre de l'arbre. Dorian, comme toujours, détourna les yeux un bref instant avant de se reprendre, lorsque leurs regards se croisèrent. Derrière lui, le petit groupe de ses fidèles, Kevin l'archer, Hamlin le ménestrel, Lilian le jongleur et même Till le pisteur, un elfe vert de petite taille, dont le faucon blanc s'était perché dans les branches basses du chêne. Gwydion affaibli, toujours soutenu par ce jeune sauvage dont il avait fait son ollamh, et qui dardait sur elle un regard pénétrant, dont elle ne saisit pas le sens. Myrddin, souriant comme à son habitude, les yeux dans le vague, debout contre le tronc dans sa robe bleu foncé qui se confondait avec la noirceur de l'écorce, au point que son visage semblait flotter librement dans l'espace. Et près de lui, enfin, accompagné comme toujours par ses deux conseillers, l'être le plus incongru de cette réunion, dont la présence même sous la forêt constituait un sacrilège. Se décidant tout à coup, elle marcha vers lui, le prit par le bras et, en dépit de sa résistance, l'arracha à ses compagnons et l'entraîna en pleine lumière, jusqu'au cœur du cercle formé par les elfes.

Du fait de sa petite taille, et parce que de nombreux elfes avaient bondi sur leurs pieds sitôt qu'ils l'eurent aperçu, il fallut quelque temps avant que chacun comprenne ce qui était en train de se passer. La reine était là. Elle allait parler. Il y avait quelqu'un, avec elle. Petit, aussi rond qu'une barrique. Un nain, barbu et roux comme l'automne. Bran.

Lorsque les elfes réalisèrent qu'un nain, prince de surcroît, avait osé pénétrer dans la plus vieille futaie de Brocéliande, une vague de fureur meurtrière secoua l'assemblée, si violente que Lliane elle-même fut bousculée dans la mêlée. Sa voix, aussitôt, s'enfla au point de recouvrir tout ce tumulte et de les assourdir par sa force.

— *Aeghwylc aelf seon mid ar gorr aetheling ! Hael hlystan !*

Ils reculèrent, pantois et penauds, laissant seuls au milieu d'une trouée la reine et le nain renversé à terre, à demi assommé de coups.

— Honte à vous, qui trahissez la loi de l'hospitalité ! cria-t-elle de son timbre de commandement. Le seigneur Bran et sa suite ont été amenés ici par Gwydion et mon frère le prince Dorian ! Traitez-le avec respect, et que nul désormais ne s'avise de lever la main sur lui !

— Écoutez la reine ! clama derrière elle la voix usée du vieux druide. Asseyez-vous, tous !

Alors les elfes reculèrent, baissant les yeux, animés encore par le bouillonnement de l'indignation, mais n'osant s'opposer à leur souveraine.

— Doux peuple des arbres, écoutez-moi, dit-elle. Le prince Bran est le dernier seigneur des royaumes sous la Montagne. Comme nous, il a eu à souffrir de la vanité des hommes, et c'est pour cela que nous lui avons offert l'hospitalité de la forêt. Quels que soient les torts que nous firent les nains par le passé, ils n'ont pas voulu cette guerre, et en sont les premières victimes. Par le nain Credne, qui forgea le bras d'argent du dieu Nudd après la bataille de Mag Tured, ne fermez pas votre cœur à ses paroles…

Bran ignorait la langue elfique et n'avait pas compris un mot de ce qu'ils avaient dit. Il s'était relevé, hagard, la barbe et les cheveux en désordre, l'air furieux. Les regards, tout à coup, étaient braqués sur lui, bien peu aimables en vérité, lui commandant davantage de fuir à toutes jambes cette assemblée de cauchemar que de se lancer dans un discours, lui qui peinait à aligner trois mots sans juron. Aucun nain digne de ce nom n'avait encore été traité ainsi, bousculé et injurié, sans laver aussitôt l'affront à coups de hache. Sans doute y laisserait-il sa vie, mais ne serait-ce pas une belle mort, une mort de héros digne des vieilles légendes, succombant sous le nombre au cœur de leur maudite forêt ? Bran sourit tristement et secoua la tête. S'il ne parlait pas, il n'y aurait bientôt plus personne pour entendre les vieilles légendes…

— Je ne veux pas de votre aide ! dit-il en relevant le menton. Je n'en veux pas et je ne suis pas venu la demander, par le sang ! J'ai entendu vos rires, tout à l'heure, quand votre vieux sorcier nous a condamnés à disparaître. C'est bien… Peut-être n'y aura-t-il plus de nains dans le monde futur, mais ne vous en réjouissez pas trop vite. Dans ce monde-là, il n'y aura plus d'elfes, plus de forêt, plus de montagne, plus rien de ce qui vaut la peine de vivre ! Vous ne valez guère mieux que les hommes, tas de chiens couards embusqués derrière vos arbres ! Qu'est-ce que vous croyez ? Qu'on ne vous voit pas ?

De nouveau, l'assemblée des elfes frémit de colère. Les premiers rangs, poussés par la foule, se serrèrent contre eux à tel point que Bran, pour se dégager, bondit sur une souche.

— Je ne demande pas votre aide ! cria-t-il à nouveau. J'irai seul, s'il le faut, mais je retrouverai l'Épée, pour que vive à jamais le peuple sous la Montagne !

— Eh bien, moi, je demande votre aide ! dit Lliane. Si nous n'intervenons pas, si l'Épée de Nudd n'est pas rendue au seigneur Bran, le monde perdra à jamais son équilibre, et nous-mêmes, peuple des arbres, serons emportés dans le chaos et l'oubli.

— Mais ce sont les hommes qui ont l'Épée, et ce sont les hommes qu'on nous demande de secourir ! lança un elfe à l'autre bout de la clairière.

— C'est le seul moyen d'empêcher un désastre total, répondit la reine. Si les hommes sont vaincus, nous parviendrons peut-être à défendre notre forêt, mais jamais à repousser les monstres hors du royaume de Logres. Quoi qu'il advienne des talismans, nous ne vivrons plus jamais en paix. Si, au contraire, nous nous unissons pour vaincre Celui-qui-ne-peut-être-nommé, nous pourrons obliger les hommes à rendre l'Épée !

Une petite elfe à peine âgée de cinq ou six ans (et qui, donc, avait déjà atteint sa taille adulte) se leva tout près d'elle.

— Tu nous demandes d'aider Uter parce que tu l'aimes, dit-elle. Mon père s'est battu avec lui quand il était Pendragon, et il est mort. Et j'ai plein d'amies dont les pères sont morts. Uter avait juré de rendre l'Épée et il ne l'a pas fait. Moi, je n'ai jamais vu d'homme, mais je ne crois pas que ce soient d'honnêtes gens !

Les simples mots de la fillette avaient serré la gorge de Lliane au point qu'elle ne put répondre. Dans les ténèbres du crépuscule, sa petite silhouette droite et menue, dressée parmi le cercle muet du peuple d'Éliande, lui semblait le pire des reproches. C'était comme si Rhiannon, sa propre fille, s'était levée devant elle, victime, elle aussi, bâtarde à jamais, de ses amours insensées. Et le mutisme des elfes, tout autour, appuyait ces paroles si simples et si vraies d'une approbation lourde, oppressante même. Chacun d'eux avait perdu des êtres chers lors de la chevauchée du Pendragon, pour le même but de guerre que celui qu'elle plaidait aujourd'hui. Ce qu'on avait cru alors être une victoire n'avait été qu'un succès sans lendemain, presque tout restait à refaire. À cet instant, elle détesta Uter pour son inconstance, elle détesta Ygraine, les moines et tous les hommes pour leur soif de pouvoir insane qui lui valait aujourd'hui les griefs de son peuple. Et comment ne pas leur donner raison ?

— J'ai cru bien faire, murmura-t-elle d'une voix brisée, si faiblement que personne ne l'entendit.

Myrddin, immobile dans l'obscurité des frondaisons, se mit à pleurer tout bas. Les autres le regardèrent en biais, intrigués et gênés par ses larmes. Les elfes ne pleuraient que lorsqu'ils avaient mal, physiquement mal, et personne ne comprenait ce qui pouvait lui causer une telle douleur. Lliane, aussi droite que possible sous le regard de son peuple, rejoignit le couvert de l'arbre, vit les larmes du jeune druide, et sentit en elle une étreinte, une sensation d'oppression qui l'empêcha presque de respirer. Ce n'était pas de la colère qu'elle ressentait, ni de la fatigue, mais un sentiment nouveau, affreux, qui la saisissait tout entière, lui nouait la gorge et lui piquait les yeux. Et quand Myrddin la vit ainsi, si proche de sangloter comme une humaine, il la prit doucement par l'épaule et l'entraîna hors de la clairière.

Quand ils partirent, suivis de Bran et des nains qui l'avaient accompagné jusque-là, le brouillard se leva, et les elfes en furent frappés d'angoisse. La brume n'était pas de ce monde. Les dieux seuls pouvaient l'étendre à la surface de la terre, recouvrir les arbres, les flots et les êtres vivants du même voile opaque et glacé. C'était un signe que nul ne pouvait ignorer. Alors, de crainte que la gelée blanche ne le sépare pour toujours de sa sœur, Dorian se leva d'un bond et courut la rejoindre. Kevin, qui comme à son habitude ne disait rien et ne se hâtait jamais, ramassa son arc et partit derrière lui, sans un regard pour ceux qui restaient. Sans doute hésitèrent-ils tous, tant la tristesse de la reine leur avait broyé le cœur. Certains se levèrent, d'ailleurs, mais des bras les retinrent. Il y avait eu assez de morts, déjà…

Seul Till suivit leur piste.

VIII

Kab-Bag

Il neigeait depuis quelques jours déjà. Les premiers flocons commençaient à tenir sur le sol durci par le froid. À perte de vue, c'était le même paysage d'un vert grisâtre, les mêmes collines mouchetées de blanc tout juste relevées par quelques boqueteaux rachitiques, la même désolation hivernale. À l'est, pourtant, des fumées bleues et noires s'élevaient tout droit dans le ciel gris, semblant surgir de terre, et formaient une nappe pesante, presque un couvercle, au-dessus de la ville. Creusée comme un puits en rase campagne, la cité souterraine des gnomes était difficilement discernable en temps normal, mais il aurait fallu être aveugle pour ne pas remarquer autant de feux de camp dans la campagne enneigée. L'armée des monstres avait pris ses quartiers d'hiver dans et autour de Kab-Bag, et ne prenait pas la peine de se cacher. Ni même de se défendre, car c'est tout juste s'ils avaient levé un sombre plessis de ronces et d'arbustes le long de leur vaste bivouac.

Qui, d'ailleurs, aurait été assez fou pour attaquer cette multitude ? Les loups, délivrés de l'armée de leur maître, rôdaient par meutes entières à des lieues alentour, et les hommes assez chanceux pour être encore vivants avaient déserté fermes et villages pour gagner l'abri de Loth, abandonnant souvent leur bétail à leurs griffes et à leurs crocs. La plupart des trolls avaient eux aussi quitté l'armée pour regagner les Marches, mais les autres contingents monstrueux, kobolds, orcs, goules et ogres, ainsi qu'une foule sans cesse croissante de mercenaires de tout poil, bandits de grand chemin, elfes gris renégats et nains de la Montagne Noire étaient restés là, par milliers, agglutinés autour de Kab-Bag. Des feux immenses avaient été dressés pour lutter contre le froid, alimentant des lits entiers de braises où rôtissaient des bœufs, des ânes ou des agneaux, tout ce que le pays autrefois riche comptait de bétail et de viande sur pied. La terre gelée s'était vite réchauffée dans cette fournaise, et le campement n'était plus qu'un champ de boue écœurant, couvert d'immondices et de carcasses pourrissantes sur lesquelles planait le vol lugubre des corbeaux. Livrés à eux-mêmes, les monstres avaient pris leurs quartiers d'hiver sans souci d'ordonnancement, chacun plantant sa tente ou creusant sa tanière selon l'inspiration du moment, et des bagarres ne cessaient d'éclater à toute heure, pour un quartier de viande ou quelques coudées de sol sec. Pourtant, plus on approchait du trou béant vrillé dans la terre, plus ce fatras infâme cédait la place à un semblant d'ordre.

Les nains du prince Rogor avaient accaparé une grotte naturelle, à flanc de colline, et avaient déjà commencé à la creuser. Les mercenaires humains et elfiques, regroupés à l'écart, montaient la garde autour de leur village de tentes, veillant jour et nuit sur leur or et leurs vivres. Les gobelins, enfin, s'étaient installés aux abords immédiats de la cité souterraine, protégeant leur macabre suzerain, et avaient dressé une haute palissade de rondins pour se tenir à l'écart de la lie de l'armée. Une garde de guerriers maigres et crasseux, armés de longs cimeterres noircis au feu et vêtus de cottes de mailles qui leur tombaient jusqu'aux pieds, formait aux portes principales une longue haie de fer et d'acier quand, à heures fixes, des esclaves apportaient des tréfonds de la cité des vivres, du vin et des fourrures en quantité, sur lesquels se jetaient les misérables ilotes cantonnés à proximité. Chaque jour, de pauvres convois de réfugiés, gnomes, nains, humains ou elfes, marchands et putains, orfèvres croulant sous le poids des richesses qu'ils tentaient de sauver, mendiants et estropiés, profitaient de l'occasion pour tenter de fuir la ville infestée. Certains parvenaient à s'en sortir vivants, abandonnant tout derrière eux jusqu'à leurs derniers vêtements, mais la plupart finissaient dans la boue des bivouacs, violés, torturés, dévorés vifs, livrés aux crocs des kobolds et de leurs chiens sauvages.

Rien de ce qui survenait aux abords de Kab-Bag ou dans n'importe laquelle de ses alvéoles caverneuses ne restait longtemps ignoré de ses habitants, et pourtant il s'en trouvait chaque jour de nouveaux pour essayer d'échapper à l'enfer qu'était devenue la ville, parfois en force, à coups de couteau et de lance, parfois en projetant autour d'eux des poignées entières de monnaies d'or (ce qui n'avait aucun effet sur les chiens), parfois même en sacrifiant des esclaves, jetés nus à la furie des monstres avant de tenter une sortie. Même si les chances de survie étaient médiocres, tout semblait préférable à l'attente d'une mort certaine dans la cité souterraine.

Les gnomes étaient un peuple de marchands, opportunistes et dénués du moindre sens moral, grâce à quoi ils parvenaient à une certaine prospérité, mais ce n'étaient pas des guerriers. Les gardes du shérif Tarot, caparaçonnés comme des tortues, croulant sous des pièces d'armure mal assorties et des armes trop lourdes pour eux, n'auraient même pas songé à opposer la moindre résistance aux hordes innombrables de Celui-qui-ne-peut-être-nommé, ni quand elles s'étaient répandues dans la plaine, ni quand elles avaient investi leur cité, pillé leurs échoppes, vidé leurs coffres et réquisitionné leurs demeures. En temps normal, la milice avait déjà du mal à réprimer de simples bagarres d'ivrognes, alors de là à se dresser face à des gobelins armés en guerre et à leur horde de monstres… Sitôt les premiers postes de garde bousculés, les gnomes avaient reflué au fond de leurs trous, dissimulant dans mille caches tout ce qui pouvait encore être sauvé, puis ils s'étaient préparés à accueillir l'envahisseur, résolus à payer ce qu'il faudrait pour survivre.

Il en avait toujours été ainsi. Petits, ventrus et mal posés sur des jambes trop courtes, les gnomes n'avaient aucune valeur militaire, aucun art, aucun talent, si ce n'est celui de ne constituer aucune menace, même pour le plus fragile des royaumes. Querelleurs, fiers comme trois pommes, dans l'ensemble assez stupides et menteurs, ils s'étaient regroupés par clans, qu'ils nommaient *allyans*, et comme ils ne savaient rien bâtir ils s'étaient mis à creuser le sol, avec un acharnement de brutes, jusqu'au centre de la terre s'il l'avait fallu. D'un bout à l'autre du royaume, de Bag-Mor à l'ouest jusqu'à Ha-Bag, Kab-Bag et les repaires troglodytiques de la côte septentrionale, les allyans gnomes étaient devenus des centres de négoce, abritant tous les trafics, attirant les margoulins du monde entier, puis avaient bientôt servi de refuges aux voleurs, assassins et receleurs de toutes races, sur lesquels ils n'avaient aucune emprise. La milice gnome paradait dans les ruelles et prélevait des taxes sur tout ce qui pouvait ressembler à un étal de marchandises, mais le véritable pouvoir ne se situait certes pas dans le palais de leur shérif. À Kab-Bag comme ailleurs, c'était la Guilde, puissante confrérie des voleurs et des assassins, qui dictait sa loi. Ceux qui avaient compris les règles tacites de la cité pouvaient y mener des affaires mirobolantes, changer de vie, disparaître du monde ou dilapider des fortunes dans des tripots d'un luxe étouffant, à condition bien sûr de payer son écot à la Guilde, qui offrait en échange une garde mercenaire suffisamment dissuasive. Et les gnomes, fébriles comme des fourmis dans leurs puits insondables, déployaient là-dessus une agitation permanente, achetant tout, vendant plus encore, épices, esclaves, armes et chevaux, entassant des fortunes inutiles dans leurs trous qu'ils ne quittaient jamais.

Kab-Bag n'était pas leur seule cité, mais c'était sans nul doute la plus grande – c'est-à-dire la plus profonde –, s'enfonçant à près d'une lieue sous terre, dans un dédale de couloirs et de tunnels creusés autour d'un gigantesque puits central, lui-même sillonné de ponts et de plates-formes supportant les palais des plus riches. La rue principale, encombrée de ponts de singe, d'étals et de tavernes entre lesquels sinuaient des caravanes chargées de marchandises, s'enfonçait en tire-bouchon jusqu'à la ville basse, là où le soleil et l'air frais ne pénétraient que rarement, dans un quartier si sombre que ses habitants le nommaient Scâth – le Pays de l'ombre –, ce qui était aussi le nom du royaume des morts. C'était là que la Guilde avait établi son sanctuaire, si profondément enfoui dans la touffeur obscure de ruelles inextricables que les monstres eux-mêmes n'étaient pas descendus aussi bas.

Aucun mur, aucune palissade ne marquait l'entrée du Pays de l'ombre. Il n'y avait qu'une poutre, un simple pieu gravé de la rune de Beorn, représentant un arbre à trois branches, fiché en terre au détour d'un passage. Mais c'était assez pour que tous s'en écartent, à moins d'avoir une bonne raison d'y entrer.

Depuis la mort du sénéchal-duc Gorlois, l'homme qui avait organisé la Guilde des voleurs et des assassins pour en faire un instrument de pouvoir, la vieille Mahault de Scâth en était devenue la dernière souveraine. Mais la guerre qui ravageait la terre de Logres depuis deux ans déjà avait brisé son pouvoir bien plus que n'aurait pu le faire une armée entière d'archers du roi. Il n'y avait plus autant d'or depuis que les nains avaient fait effondrer leurs montagnes, plus de convois à travers les plaines, quand on risquait à tout moment d'être assailli par des elfes, des nains ou des hommes de Gorlois, et plus personne à assassiner, quand tant de gens mouraient sans raison.

Tapie dans son palais souterrain avec sa cour d'eunuques, de courtisans et de tueurs, dans la chaleur poisseuse des braseros et l'odeur enivrante de l'encens qu'on y faisait brûler en permanence pour masquer les remugles d'égouts qui suintaient de la ville basse, Mahault avait peur. Elle était si vieille, si riche et si laide – d'une laideur formidable, blanche et bouffie, grasse et pustuleuse – qu'elle n'attendait plus grand-chose de la vie, si ce n'est l'heure des repas. Mais l'odeur de la mort était parvenue jusqu'à elle, dans le silence morbide qui s'était brutalement abattu sur la ville. Kab-Bag s'était tue, depuis que les monstres l'avaient investie, et son bourdonnement perpétuel laissait place à un silence glacé, parfois déchiré par de longs hurlements atroces, quand un gnome servait de jouet à leurs abominations. Du haut de sa tour, seul bâtiment en pierre de tout le quartier et qui dominait les masures invraisemblables qui s'y étaient entassées, elle scrutait le ciel, loin au-dessus, inaccessible et gris, par une lucarne maculée de graisse. Et c'est là, à cet instant, qu'elle ressentit l'appel.

Mahault ne marchait plus depuis longtemps déjà. Son poids était tel, sans parler des bijoux, des fourrures et des étoffes de brocart, lourdes et chargées d'or, dont elle se revêtait par couches superposées, que ses jambes étaient bien incapables de la porter. Mais l'urgence de l'appel était telle qu'elle fit quelques pas avant de s'écrouler. Sans doute aurait-elle rampé, semblable à une limace monstrueuse laissant derrière elle une traînée de fils d'or arrachés à ses robes, si ses serviteurs ne l'avaient ramassée et hissée sur sa chaise. Étourdie par le choc, elle resta inconsciente durant quelques instants, assez pour que ses courtisans se pressent autour d'elle, affichant des mines désespérées qui n'étaient pas toutes composées. La peur s'était répandue jusqu'au Pays de l'ombre, et toute cette misérable cour de tueurs et de putains se raccrochait désespérément à l'espoir de sa puissance, sans comprendre que la Guilde n'était rien face à l'Innommable. Elle reprit enfin ses esprits, pitoyable avec son bonnet brodé qui avait glissé, révélant une calvitie striée de rares mèches filasse, et promena sur eux un regard parfaitement vide.

— Le Maître m'appelle, dit-elle simplement.

Construit à mi-hauteur de Kab-Bag sur une plateforme gigantesque dont les piliers s'appuyaient en arcade sur les deux flancs de la fosse, le palais du shérif Tarot ressemblait à une caricature de château, débordant de tours inutiles, de créneaux et de hourds, mais on y avait une assez bonne vue de la ville, et l'air qu'on y respirait était raisonnablement pur. En quelques heures, une escouade de gobelins en avait ravagé l'intérieur, ne laissant presque qu'une coquille vide, arrachant rideaux et tentures, fracassant les murs exigus et les couloirs étroits, défonçant les plafonds sur une hauteur de deux étages jusqu'à ce qu'une salle assez vaste y soit aménagée. C'est là que le Seigneur Noir avait pris ses quartiers.

Perdu dans la foule amassée au fond de la salle, derrière deux rangs immobiles de soldats d'élite, Tarot sanglotait en silence sur les vestiges de son palais. De ses velours et de ses soies, de ses sculptures délicates et de ses tentures brodées il ne restait qu'un amas de cendres et de gravats. La pièce était nue et sombre comme une grotte, éclairée par des flambeaux fichés dans le mur qui projetaient sur les dalles leur lueur vacillante. Lui qui avait autrefois régné, du moins en façade, sur le plus riche allyan gnome du pays de Logres, il était réduit à attendre là, parqué comme tous les autres quémandeurs, que le Maître lui accorde une audience. Mais au moins était-il en vie, ce qui était un luxe appréciable, ces derniers temps.

Tarot était trop petit pour seulement espérer l'apercevoir derrière les rangées de gobelins, et pourtant il ressentait la présence de Celui-qui-ne-peut-être-nommé. C'est tout juste s'il avait distingué, en découvrant avec effarement ce qu'il restait de son palais, un trône encadré par de vastes braseros rougeoyants, gardé par des monstres d'une taille effrayante, drapés dans des capes noires qui les recouvraient entièrement. En y repensant à présent, il peinait à savoir si le Maître était déjà là lorsqu'il était entré, ou s'il avait attendu que les portes – deux immenses vantaux arrachés à la poterne principale de son palais – se soient refermées pour les honorer de sa présence.

Soudain, un garde orc à demi nu se mit à frapper à une cadence de dément sur un tambour de bronze, jusqu'à produire une résonance assourdissante qui vous donnait envie de fuir dans l'instant ou de vous enfoncer les poings dans les oreilles. Tarot s'était recroquevillé contre ses voisins, les mains plaquées sur ses tempes, et il ne réalisa qu'après coup que l'effroyable martèlement s'était interrompu. Un officier vêtu d'une longue cape rouge aboyait ses ordres dans la langue gutturale et hachée des Terres noires, puis il les répéta en usant du langage commun.

— À genoux devant le Seigneur, Maître des Marches et des Terres foraines [1], roi de Gorre et de l'*Ifern Yên* [2], empereur au nom de Lug le Lumineux,

1. Lointaines.
2. « L'enfer froid ».

Lug À la Longue Main, Lug Grianainech, Samildanach, Lug Lamfada[1], par la Lance et par le feu !

Tandis que ses voisins s'agenouillaient docilement, Tarot profita de l'occasion pour jouer des coudes et parvint à s'infiltrer au premier rang où, entre deux gardes, il vit un être d'apparence humaine, vêtu de noir et aussi pâle qu'un elfe, avec une longue chevelure de jais lui tombant jusqu'au milieu du torse, en longues nattes qui roulaient sur sa sombre cuirasse. L'homme (car il semblait vraiment être un homme) salua le Maître avec déférence puis s'avança à pas lents, tenant droit devant lui une lance d'or étincelante dont le fer semblait être en fusion. Et derrière lui, marchant tête basse, se profilait une interminable théorie d'enfants de toutes races.

— Honneur au prince Maheloas ! cria l'officier. Honneur à la Lance !

Le gnome, ébloui, ne pouvait détacher les yeux de cette pointe rougeoyante et de l'être impassible qui tenait à bout de bras ce qui ne pouvait être que le quatrième talisman, la Lance de Lug, si brillante qu'elle ressemblait à un rayon solaire. C'était un objet légendaire, l'égal du chaudron des elfes, de la pierre de Fal ou d'Excalibur, l'épée volée aux nains. Et aucun gnome, fût-il prince ou shérif, ne pouvait rester impassible devant une telle merveille…

Des cris affreux l'arrachèrent brutalement à sa fascination. Des orcs s'étaient brusquement jetés sur les enfants et, malgré leurs cris déchirants, les traînaient au-dessus d'un chaudron. Là, d'un coup de sabre, les

1. Lug « au visage de soleil », « multiple artisan », « à la longue lance », noms donnés au dieu dans la tradition celte.

malheureux étaient éventrés, tenus par les bras et par les jambes jusqu'à ce qu'ils se soient vidés de leur sang. Tarot ferma les yeux et se boucha les oreilles, pétrifié d'horreur. L'un de ses voisins vomit sur lui sans qu'il s'en aperçoive, et lui-même manqua défaillir tant l'atroce cérémonie se prolongeait impitoyablement. À demi inconscient, révulsé de dégoût, il vit à peine le prince Maheloas plonger la lance brûlante dans le chaudron débordant de sang et de viscères, indifférent aux corps exsangues qui l'entouraient. Il y eut un sifflement immonde quand le fer en fusion se refroidit au contact de ce magma écœurant, puis l'homme releva lentement le talisman sacré des monstres et le brandit à bout de bras, dégoulinant de sang.

— La soif de la Lance est apaisée ! cria-t-il. Au nom de mon Maître, je proclame la trêve d'hiver !

Le reste fut dit dans leur langue incompréhensible, tandis que le tambour de bronze reprenait son vacarme infernal. Tarot tenait à peine debout. Son visage de pomme de terre, terreux et boursouflé, était devenu rouge brique et son pourpoint l'étranglait. L'odeur des viscères et du sang tiède, la sueur âcre des êtres terrifiés qui le pressaient de toutes parts, la chaleur des flambeaux et des immenses braseros disposés devant le trône, tout cela lui portait au cœur au point que ses jambes courtaudes ne le soutenaient plus, et qu'il ne restait debout que par l'entassement dans lequel ils étaient tous confinés.

L'audience, pourtant, commençait, et son nom fut appelé en premier.

L'esprit engourdi par l'abomination à laquelle il venait d'assister, Tarot ne l'entendit pas. Il fallut que quelques-uns de ses administrés le poussent en avant, jusqu'à buter contre les gardes gobelins, pour qu'il se ressaisisse. Alors, comprenant qu'il avait été mandé, il faillit s'évanouir à nouveau, mais les gardes s'écartèrent, l'attrapèrent par sa cape et le projetèrent sur les dalles comme un paquet de linge sale. Le gnome se releva aussitôt, bafoué dans son honneur par ce traitement de gueux, et son indignation lui donna le courage d'avancer, pour un temps du moins.

Immobile comme une statue, Celui-qui-ne-peut-être-nommé regardait progresser pas à pas le shérif et se repaissait de son effroi croissant. Aucun autre souverain n'aurait toléré qu'un quémandeur s'approche aussi lentement, perde autant de temps à franchir les quelques toises qui les séparaient, mais les monstres se nourrissaient de la peur bien plus que d'eau ou de pain, et la terreur faisait partie de l'étiquette de leur cour. Tarot se sentait défaillir à chaque pas, mais se rapprochait toujours, fasciné et tremblant, ressassant l'unique question qu'il voulait poser. Ses yeux exorbités allaient sans cesse des gardes gigantesques à la silhouette hautaine du prince Maheloas, glissaient sans oser le regarder sur le trône du Maître, puis se figeaient sur le chaudron éclaboussé de sang et l'entassement atroce des misérables victimes de leurs rites insensés.

— Tu es assez près, dit tout à coup le prince à la sombre cuirasse, sans même tourner la tête vers lui. Pose ta question.

Le visage ruisselant de sueur, à bout de souffle et au bord du malaise, Tarot releva les yeux vers le Maître. On ne voyait de lui que la forme sombre d'une robe de velours rougeoyant à la lueur des braises, une vaste capuche rabattue sur la tête, impassible, inerte comme une eau stagnante. Seules ses mains, longues et grises, étaient visibles, ornées de bagues et d'anneaux à chaque doigt ou presque. Mais ces mains n'avaient aucune vie, pas le moindre frémissement. Une rigidité de cadavre…

— Maître, je suis venu dès que vous m'avez appelé, bredouilla-t-il.

— Pose ta question ! jappa Maheloas.

— Mon fils…

Le gnome ne put s'empêcher de jeter un nouveau regard en coin vers le chaudron et les cadavres vidés de leur sang. Voilà plus de trois ans, des gobelins avaient fait irruption dans le palais et enlevé son premier-né. Puis un message lui était parvenu, disant qu'on le lui rendrait en échange de certains services. Il devait avoir aujourd'hui à peu près l'âge des enfants qui venaient d'être égorgés… Abandonnant toute tenue, il éclata en sanglots et tomba à genoux.

— Mon fils… Est-ce que vous l'avez…

— C'était ça ? ricana le prince. Alors n'aie crainte, seigneur Tarot. Ton fils est toujours en vie.

— Mais… ces enfants…

— Quelque chose t'a déplu, gnome ?

— Seigneur, pardonnez-moi… mais vous n'avez rien à craindre. Nous n'avons pas levé les armes contre vous. Je vous ai même offert mon propre palais. Vous savez que nous ne tenterons rien qui puisse vous nuire… Rendez-moi mon fils, par pitié.

Le prince Maheloas, pour la première fois, daigna se tourner vers lui. Son visage blafard était fendu d'une sorte de rictus amusé qui devait lui tenir lieu de sourire.

— Tu n'as pas levé les armes contre nous, hein ? C'est bien aimable de ta part… Est-ce là toute ta requête, gnome ?

Tarot hocha la tête, ruisselant de sueur à présent à côté de ces énormes braseros. Comment pouvaient-ils supporter une telle chaleur ?

— Approche…

Le gnome tressauta involontairement. La voix du Maître n'avait été qu'un murmure, mais elle s'était imprimée en lui, insidieuse, comme s'il venait de parler à son oreille. Il se tourna vers Maheloas, mais celui-ci s'était de nouveau détourné de lui et ne lui offrait qu'un profil méprisant.

— Ton fils est en vie, chuchotait la voix. Je le garde avec moi jusqu'à ce que tu m'aies rendu service, ainsi que nous en sommes convenus… Mais ne crains rien, il se plaît bien avec nous… Regarde-moi.

Ils n'étaient plus distants que de quelques coudées. La main osseuse de Celui-qui-ne-peut-être-nommé s'anima, lui fit signe d'avancer, et, quand Tarot fut assez près, le Maître se pencha en avant, afin qu'il voie son visage, à la lueur des braises.

La vision le cingla aussi sèchement qu'un coup de fouet. De saisissement le gnome tituba, battit en retraite et finit par s'effondrer sur les dalles. Ce visage, c'était…

— Je vois que tu m'as reconnu, murmura la voix. Tu vois, avec moi ton fils ne craint rien.

IX

Une venue à Loth

La ville ressemblait à une maladerie. Les blessés et les souffreteux s'étalaient jusque dans les rues, malgré la neige, jusque dans les ruines des maisons incendiées lors du siège. Il y en avait plein l'église, plein le palais, et des hommes d'armes partout, réquisitionnant même les greniers pour s'abriter du froid. C'était comme si le royaume entier s'était réfugié à Loth. On avait peine, à présent, à faire circuler un chariot, et les vivres commençaient à manquer, mais cette foule, par son simple nombre, avait pourtant sauvé la ville du désastre, lorsque les monstres avaient attaqué. Une nuit et un jour, puis toute une nuit encore, les remparts avaient ployé sous l'assaut furieux de leurs hordes. Les douves débordaient de leurs corps broyés, les murailles ruisselaient de leur sang, mais ils n'avaient aucune machine de guerre, ni balistes ni catapultes, tout juste leur fureur effroyable et leur courage aveugle, et Loth avait tenu bon. Puis l'hiver s'était abattu sur la plaine et un beau matin le siège avait pris fin, sans que personne n'en ressente la moindre impression de victoire.

Après que les monstres furent partis, il avait fallu des jours entiers pour que quiconque ose s'aventurer hors des remparts, puis des jours encore pour ramasser les corps, souvent agglutinés par le gel, et en faire un horrible entassement, au loin, qu'on arrosa de poix, de soufre et d'huile avant d'y mettre le feu. Et des semaines pour que l'infecte odeur de chair brûlée soit emportée par le vent.

Quelques patrouilles de cavaliers s'étaient dispersées, au nord et à l'est, afin d'éclairer les abords de la ville. Aucune d'elles n'avait trouvé trace des monstres. L'espoir commençait à renaître, l'espoir et la vanité, car les hommes pensaient avoir vaincu seuls l'armée de Celui-qui-ne-peut-être-nommé. C'est alors que les loups s'étaient répandus dans la plaine.

Au cœur de la nuit, toute une meute avait attaqué une poterne où somnolaient des gardes abrutis de fatigue, puis s'était dispersée dans la ville endormie. Ç'avait été un effroyable carnage, jusque dans l'église, où une dizaine de fauves avaient surpris les moines à mi-nuit, lors des matines. La ville s'était éveillée en sursaut, dans les hurlements d'effroi ou d'agonie de ceux qui tombaient sous leurs griffes. D'un seul coup, il semblait y en avoir partout, jusque dans le palais, jusque dans les couloirs menant aux chambres royales… Des hommes en armes sillonnaient la ville, illuminant les moindres recoins des moindres ruelles d'une forêt de torches, des femmes en pleurs criaient de terreur, et les loups se cachaient, pour surgir tout à coup, semblables à des bêtes jaillies droit de l'enfer, lacéraient des escouades entières avant de succomber sous leurs lances. Ce fut ainsi toute la nuit.

Une semaine s'était écoulée depuis, mais les citadins n'osaient toujours pas sortir de chez eux après la tombée du jour. Nul ne savait combien de loups étaient entrés dans la ville, nul ne savait s'ils avaient tous été tués…

La peur était la meilleure arme des monstres.

Comme chaque matin, Uter arpentait le chemin de ronde, emmitouflé dans une cape de fourrure. L'air glacé et la neige qui tombait en flocons épais lui faisaient du bien, aussi il ne rentrait que lorsque ses bottes se craquelaient et qu'il ne pouvait plus supporter le froid. La campagne alentour, grise et plate sous le ciel d'hiver, n'offrait qu'un morne spectacle à l'œil et un piètre réconfort à l'âme, mais tout était préférable à l'atmosphère délétère qui régnait au palais. Où que le regard se portât, ce n'était que souffrance et désespoir. Tout ce que le royaume comptait de petits barons, de paysans libres et de clercs avait fui en laissant tout derrière soi, y compris les bêtes, les morts et parfois les blessés. Ou pire encore… Certains avaient cédé à l'épouvante et s'étaient sauvés sans se retourner, abandonnant femmes et enfants. Les têtes étaient baissées, les regards fuyants. La honte s'ajoutait au chagrin.

Uter, depuis le début du siège et la débâcle de l'ost royal, était sans nouvelles des grandes seigneuries : Sorgalles, bien sûr, qui avait subi le premier choc de l'invasion, mais aussi Lyonesse, Orcanie, Carmelide… Carmelide, justement… Aucun des hommes qui avaient réussi à rallier la ville n'avait pu lui dire si le duc Léo de Grand était encore en vie. C'était comme si l'armée s'était effondrée en un instant, comme si chacun de ses hommes d'armes, archers, écuyers et chevaliers avait combattu seul, pour sauver sa vie, sans qu'à aucun moment la bataille ait pris forme. Bien des troupes avaient rejoint Loth, dans les jours suivants, et des villages entiers, menés par leur baron et par le prêtre, mais, malgré tout ce monde, il n'y avait plus à Loth assez d'hommes pour monter une expédition, sortir enfin de ces murs et affronter les monstres en rase campagne, au lieu de périr de froid, de faim et de peur en attendant l'assaut final. Plus assez d'hommes courageux, en tout cas. Plus assez d'espoir, plus de volonté. Il ne restait que des naufragés accrochés aux débris de leur vie, espérant juste survivre encore un peu, passer l'hiver.

Un mouvement au loin tira brusquement Uter de ses amères pensées. Le cœur battant, il s'appuya à un merlon et pencha à demi le corps au-dessus du créneau pour mieux voir, mais il n'y avait aucun doute : un petit parti de cavaliers, escortant quelques chariots, s'approchait de la ville.

Le roi se rejeta en arrière, chercha des yeux un garde et apostropha le premier qu'il vit, tandis qu'au même instant une sonnerie de cor résonnait depuis une tour d'angle. Les guetteurs, par bonheur, n'étaient pas endormis. Ils les avaient vus, eux aussi... Des dizaines d'hommes d'armes jaillirent aussitôt de chaque bretèche, se répandirent sur le chemin de ronde enneigé et, comme lui, se penchèrent pour observer le convoi qui progressait sur la chaussée de terre levée. Passé le premier moment d'inquiétude, des cris de joie s'élevèrent parmi les gardes. C'était le premier signe de vie qui leur ait été donné de voir depuis des jours, hors des fortifications. Les cavaliers n'étaient pourtant pas assez nombreux pour constituer un quelconque renfort, ils ne portaient ni bannière ni oriflamme, pas même de lances. Il y avait deux chariots, dont un étrange attelage qui tenait plus de la litière que du fourgon, mais c'étaient des hommes, à n'en pas douter, et s'ils avaient pu passer c'est que, peut-être, les loups étaient partis…

Un sergent, le visage bleui de froid sous sa capuche de mailles couverte de neige, vint aux ordres, et Uter le prit familièrement par les épaules, reconnaissant un vieux compagnon d'armes (même s'il aurait été incapable de lui donner un nom).

— Descends à la barbacane, dit-il. Ordonne-leur d'abaisser le pont-levis mais de ne pas les laisser entrer. Fais vite…

L'homme partit à toutes jambes, au risque de s'étaler sur le chemin de ronde verglacé, tandis que le roi se penchait de nouveau au créneau. Les cavaliers n'étaient qu'une dizaine, tout au plus, chaudement vêtus, bien armés et montant de solides roncins, mais ce n'étaient pas des soldats, ni des chevaliers. Parvenus aux abords de la ville, ils ralentirent leur allure et certains mirent même pied à terre, soulageant leurs montures exténuées. Lorsqu'ils ne furent plus qu'à quelques toises de la barbacane défendant la grand-porte, l'un de ceux qui étaient restés en selle s'avança sur le glacis et leva la main en signe de paix.

— Asile, au nom de Mahault de Scâth ! Nous portons des nouvelles pour le roi !

Uter eut un hoquet de surprise, puis s'écarta du créneau en souriant. Mahault… Mahault de Scâth… La dernière fois qu'ils s'étaient vus, c'était dans son repaire, au tréfonds de Kab-Bag. Tant de choses étaient arrivées, depuis… Il se retint de ne pas courir sous le regard de ses hommes, mais il quitta le chemin de ronde aussi vite que possible, s'enfonça dans la tour d'angle et dévala les escaliers jusqu'au niveau de la cour, d'où il rejoignit en quelques enjambées le poste de garde du pont-levis.

Là, ses hommes levèrent vers lui des regards interrogateurs, fébriles et pleins d'espoir.

— Avec moi, dit-il.

Quelques pas encore et il fut au-dehors, saisi à nouveau par le vent glacé, clignant des yeux sous l'averse de neige. Il saisit par la bride le cheval de l'émissaire et flatta son encolure. La pauvre bête semblait à bout, écumante malgré la neige et fumant dans l'air vif du petit matin.

— Descends, ordonna-t-il à son cavalier. Qu'on mène ce cheval à l'écurie, qu'on le bouchonne et qu'on ne lui donne pas à boire avant une heure, sinon il va claquer !

L'homme obtempéra avec une lenteur insolente, céda ses rênes aux gardes et resta là à le dévisager. Ces yeux, ce sourire torve, ces vêtements de cuir sombre, les dagues qu'il portait à la ceinture, l'anneau, à son doigt, marqué de la rune de Beorn… Cet homme était un tueur, un assassin de la Guilde dont la place était au gibet, haut et court. Il ne s'écarta qu'à contrecœur du chemin d'Uter, avec autant d'irrespect que possible, et le roi sentit le frémissement de colère de ses gardes, derrière lui.

— Quel est ton nom, toi ? dit Uter.

— Guerri… Guerri le Fol, répondit l'homme en relevant le menton.

— Ça te va bien… Désarmez-le et fouillez-le bien. Aucun de ces hommes n'entre en armes dans la ville !

Puis il s'avança vers le premier chariot, un gros brancard attelé à quatre, deux chevaux de timon et deux de volée, mené par un cocher à demi recouvert de neige et qui semblait gelé jusqu'aux os. Contournant l'attelage, il écarta le rideau de cuir qui fermait la caisse. Une bouffée de chaleur parfumée lui sauta aussitôt au visage. L'instant suivant, un jeune homme vêtu de soieries ridicules lui brandit un poignard sous la gorge, avec un glapissement aigu. Uter s'effaça vivement, saisit son poignet et, d'une brusque traction, l'envoya bouler dans la neige. Le gandin y tomba cul par-dessus tête, si bien que tous purent voir qu'il ne portait rien sous ses robes, et se releva tant bien que mal sous les quolibets de ses compagnons.

— Le roi en personne ! glousse une voix grasseyante, perdue sous un tas de coussins, de fourrures et de capitonnage. C'est beaucoup d'honneur pour la vieille Mahault !

Et elle émergea, bouffie et blanche, de son amas d'étoffes.

— Tu n'as pas changé, mon mignon, minauda-t-elle. Toujours aussi beau, oui, oui, oui…

— Toi non plus, tu n'as pas changé, Mahault de Scâth. Sauf que tu as quitté ta tour.

La vieille receleuse sourit, puis s'enveloppa frileusement de tout ce qui se trouvait à portée.

— Tu veux faire mourir de froid la vieille Mahault, mon puceau ? Monte avec moi, tu me tiendras chaud, oui, oui.

Uter sourit, puis jeta un coup d'œil amusé vers le jeune homme transi de froid qui s'était relevé et battait la semelle dans la neige, penaud, ridicule.

— J'aurais trop peur que tu ne caches un autre de tes pages sous ce tas de coussins, dit-il. Nous nous reparlerons tantôt, quand tu seras réchauffée.

Il rabattit le rideau, coupant court au babillage de la vieille femme, puis claqua la croupe du cheval de timon.

— Laissez-les entrer !

Lliane n'avait rien dit depuis son retour dans l'île. Pas un mot, sauf pour Rhiannon. Dorian, Kevin, Till et le seigneur Bran étaient restés sur la berge, sans même que Merlin s'en aperçoive, et lui seul avait suivi la reine jusque dans son refuge d'Avalon. Tandis que la barque se frayait un passage entre les roseaux, il avait essayé de lui parler mais n'avait pas su trouver ses mots. Tout au plus avait-il eu le courage de lui prendre la main. Lliane lui avait souri, un bref instant, puis s'était détournée, et, dès que l'esquif avait touché terre, elle s'était évaporée. Depuis, il était seul.

Chaque matin, il venait s'asseoir sur la roche que la reine aimait, une large dalle qui surplombait les flots, du haut de laquelle on pouvait deviner les cimes des grands arbres de la forêt, au-delà du brouillard. L'hiver était resté au-dehors de l'île, comme toujours, mais le froid parvenait jusqu'à lui, dans les fumerolles de brume qui s'effilochaient aux abords d'Avalon. Le ressac tranquille du lac et le lent balancement des roseaux au moindre souffle d'air entretenaient la mélancolie de son âme. Il n'y avait personne à qui parler, de toute façon, rien à faire à part jeter des cailloux dans l'eau et compter les cercles. La reine et sa fille s'étaient réfugiées loin dans l'intérieur des terres, là où seul le petit peuple pourrait les retrouver. Il ne les avait pas suivies. Il n'avait pas cherché à les rejoindre.

Peut-être resterait-il ainsi durant des siècles, tandis que le monde au-delà de la brume sombrerait à jamais. Et après tout, qu'est-ce que ça pouvait faire ? Les seuls êtres qu'il aimait vraiment étaient là, dans l'île. Le reste n'était que chaos et batailles, froid, souffrance, tristesse... Peut-être était-ce la volonté des dieux, puisqu'ils avaient créé ainsi ce monde, mortel, périssable, fugace. Un monde fait de vie, d'amour, de beauté, de chants, de rires, mais aussi de laideur, de cris, de pleurs et en fin de compte de mort. La mort inéluctable. La mort pour tous, princes et manants, riches et misérables, imbéciles et savants. La mort pour le nain creusant sa mine, la mort pour le kobold immonde flairant la charogne, la mort pour l'arbre couvert de feuilles, la mort pour l'oiseau et la belette, la source d'eau vive, la falaise battue par la mer. Tôt ou tard, douce ou violente. La seule question était de savoir quand...

L'eau, en dessous de lui, semblait l'attendre. Merlin se leva, retira sa robe, la plia, posa dessus ses maigres biens, puis s'avança jusqu'au bord du rocher. Voilà. Il ne suffisait plus que d'un pas en avant pour cesser de retarder vainement l'inévitable. Gagner du temps. Rejoindre le Sid, la paix enfin dans l'Autre Monde... Pendant un long moment il se tint ainsi, nu dans la brise, à contempler le miroitement indifférent des flots, pleurant sur lui-même et sa pauvre vie. Trop longtemps pour faire le pas. Alors il renonça, s'étendit sur le rocher et ferma les yeux.

— C'est si triste, murmura-t-il.

— Qu'est-ce qui est triste ?

Il reconnut la voix de Lliane mais ne bougea pas, n'ouvrit pas les yeux.

— Il y a malgré tout de la beauté dans ce monde, dit-il. Le soleil, au travers du feuillage, l'eau fraîche du ruisseau, le vin d'Uter, à la cour… Il y a tes yeux, aussi verts que les prés, tes cheveux et ta peau. Il y a tes jambes, si longues quand tu marches, tes seins sous ta tunique… Je t'ai vue, tu sais, le jour de l'ouragan. Je n'ai jamais autant désiré une femme, qu'elle soit elfe ou humaine…

Merlin sourit et secoua la tête, étonné lui-même de ce qu'il venait de dire, mais son pouls s'emballa lorsqu'elle s'allongea contre lui, sans aucune étoffe entre eux.

— N'aie pas peur…

Elle était là, si douce et si chaude contre son corps glacé, et la brise les recouvrait tous deux de la caresse de ses longs cheveux noirs. Il lui aurait suffi de lever la main pour toucher sa peau…

— C'est vrai, j'ai peur de toi, dit-il tout bas. Les hommes ont toujours eu peur de toi, tu sais ? Et même Llandon te craignait. Je crois que seul Uter a su te voir telle que tu étais, que lui seul t'a aimée assez fort pour ne pas s'effrayer de ta beauté. Et puis voilà… Ygraine est très belle, mais d'une beauté humaine, donc imparfaite, donc acceptable… Sans doute a-t-il eu peur de toi lui aussi, finalement.

Il s'interrompit, et pendant un long moment ils restèrent là en silence, sous le murmure du vent.

— Je devrais détester ce monde… Depuis que je suis né, je n'inspire que la crainte, le mépris ou la haine. Je sais ce qu'on dit de moi. Je suis le fils d'un diable, nul ne peut m'approcher sans ressentir un malaise, je n'ai pas d'âge, pas de race, pas de peuple… Et pourtant, tu sais, l'idée de voir ce monde disparaître me noue la gorge et me met les larmes aux yeux. Je pleure pour Bran et ses insultes insensées, pour Uter qui m'a jeté à terre, pour Rhiannon qui ne veut pas me ressembler. Je pleure pour toi, Lliane, qui ne m'aimes pas.

— Tu es resté trop longtemps près des hommes, chuchota la voix de l'elfe tout près de son oreille, tendre et chaude. Ce que les hommes appellent l'amour est une souffrance, une quête impossible qui aveugle le cœur et l'esprit. Ils ne se contentent jamais de l'instant présent, de la douceur de ma main sur ta joue, de mon corps contre le tien, du bonheur quand il est là, du plaisir quand il vient… N'ouvre pas les yeux, Myrddin. Aucune race animale, aucune tribu de la Déesse ne connaît l'amour des hommes. La tendresse, oui, le désir, le plaisir et l'ivresse, l'attachement, mais pas cette passion qui détruit tout ce qu'elle touche. Ne cherche pas à m'aimer. Prends ce que je te donne, Myrddin, pas ce que je ne peux t'offrir. Si je n'avais pas aimé Uter…

Elle ne finit pas sa phrase, mais se serra un peu plus fort contre lui. Malgré cela, malgré la chaleur de son corps et la douceur de ses lèvres contre sa peau, Merlin sentit l'instant se défaire entre eux. Alors il ouvrit les yeux et se tourna vers elle.

— Si tu n'avais pas aimé Uter, Rhiannon ne serait pas née, dit-il. Ce n'est pas toi qui as détruit ce monde, tu sais, ni toi ni lui. Mais c'est peut-être elle qui le sauvera…

Lliane sourit tristement, puis se détacha de lui et s'étendit sur le dos, contemplant les nuages dans le ciel.

— C'est gentil, mais ça n'a pas de sens…

— Si ça n'a pas de sens, c'est que les dieux ne savent pas ce qu'ils font, répondit Merlin, d'un ton soudainement exalté. Tu te souviens de la prophétie des runes ? Ethel, la rune de la maison. *« Byth oferleof aeghwylcum... La maison est chère au cœur de chacun.* » La rune de Rhiannon était inversée, et tu as cru que c'était un mauvais présage, qu'elle serait seule à tout jamais, loin des siens... Ce n'est pas ce que je vois, Lliane. Je vois un monde où il n'y aura plus d'elfes, plus d'hommes, de nains ou de monstres, mais une seule race, égale aux dieux, et qui n'aura jamais plus besoin d'eux. Rhiannon n'est ni une elfe ni une femme. Elle est ce que nous serons tous un jour.

— Elle est ce que tu es déjà, dit Lliane. « Sans race, sans peuple... » Ce sont tes propres mots.

— Et toi, quel est ton peuple ? trancha Merlin.

L'elfe ne répondit pas. Elle s'assit, serrant ses jambes repliées dans ses bras, et, lorsqu'elle posa sa tête contre ses genoux, le rideau noir de ses cheveux la masqua presque entièrement aux yeux de l'homme-enfant.

— Pardonne-moi, murmura-t-il. Je n'ai pas voulu te blesser. Nous avions cru que le monde était fait pour durer toujours, mais c'est cela qui n'a aucun sens. Rien ne dure toujours... Le monde change, oui, mais c'est parce que les dieux veulent qu'il change. Et nous sommes leurs instruments, toi, moi, Uter, Rhiannon...

Elle tourna la tête et posa la joue contre son genou.

— Ils auraient pu trouver mieux, dit-elle. Ce sont les monstres, bientôt, qui régneront sur le monde.

— Les monstres obéissent à la Déesse, tout comme nous. Les dieux ont voulu qu'ils châtient les hommes, c'est fait. C'est à nous, maintenant, de les vaincre, pour que leur volonté s'accomplisse, que toutes ces horreurs prennent fin et que ta fille puisse enfin régner sur un peuple apaisé.

Lliane sourit à nouveau et se détourna de lui.

— Tu rêves, cher Myrddin… Tu es plus aveugle encore que Llandon, et bien plus sourd que le vieux Gwydion. Les elfes ne se battront pas. Avec qui veux-tu vaincre l'Innommable ? Avec Dorian, Kevin et les autres ? Une poignée d'elfes contre des armées de monstres ? Tu dis n'importe quoi…

Merlin se rapprocha d'elle, écarta la longue frange qui masquait son profil et l'attira doucement contre lui.

— Ce ne sont pas les armées du roi qui ont terrassé les nains, murmura-t-il tout contre son oreille, humant son parfum d'herbe coupée. S'ils disparaissent aujourd'hui, c'est parce qu'ils n'ont plus de talisman. D'ailleurs, aucune armée, si forte soit-elle, ne peut détruire un peuple. Vois les monstres… Il aura fallu dix années de batailles et de massacres pour les repousser au-delà des Marches. On les croyait anéantis, et voilà qu'ils reviennent, plus nombreux encore qu'autrefois. Ce n'est pas avec une nouvelle guerre qu'ils seront vaincus. En revanche, si nous mettons la main sur leur talisman…

Lliane releva vers lui son regard vert si clair et sut qu'elle l'avait compris.

— Sans talisman, dit-il, aucun peuple ne vit.

Il n'y avait pas le moindre souffle d'air frais dans la pièce. Les fenêtres avaient été masquées par des rideaux de toile cirée, des bûches énormes se consumaient dans la cheminée sur un épais lit de braises, et le parfum capiteux de Mahault leur faisait tourner la tête, bien plus encore que tout le vin qu'ils avaient pu boire. La vieille receleuse avait eu faim, et il avait fallu supporter de la voir manger (un spectacle assez peu ragoûtant), emmitouflée dans ses fourrures et ses soieries malgré la touffeur de la pièce, jusqu'à ce que la table soit vidée de toutes victuailles. Uter s'était amusé un moment du dégoût avec lequel l'abbé Illtud la regardait, pestant dans sa barbe que d'aussi énormes quantités de provisions soient englouties avec une telle boulimie alors que tant de pauvres gens manquaient de pain. À la longue, pourtant, les minauderies et les bruits de succion écœurants qui ponctuaient son repas à chaque instant finirent par user également la patience du jeune roi, et, quand elle tendit son gobelet pour que l'échanson effaré le remplisse à nouveau, il intercepta la carafe et la posa hors de portée.

— Tu voulais me parler, ou tu es juste venue te remplir la panse ?

La vieille femme le regarda avec une moue désapprobatrice, puis reposa lentement son gobelet d'étain.

— Du temps du duc Gorlois, on était mieux reçu, susurra-t-elle.

— Je n'ai jamais vraiment porté le duc dans mon cœur, dit Uter en adressant un sourire de connivence à Ulfin, mais je doute qu'il ait eu l'idée de t'inviter au palais…

— Tu crois ça ?

Pendant un bref instant, l'œil de Mahault brilla d'une lueur matoise qui le troubla profondément. Il n'ignorait pas l'usage que le roi Pellehun et son sénéchal avaient fait de la Guilde, mais de là à recevoir l'une de ses représentantes les moins discrètes…

— Cette vieille folle nous fait perdre notre temps, grommela Illtud en se levant brusquement de table. J'ai beaucoup à faire auprès des blessés et des malades. Permettez-moi de me retirer.

— Asseyez-vous, père abbé, dit Uter. Je crois que nous avons beaucoup à apprendre d'elle, au contraire…

— Beaucoup, beaucoup, mon mignon ! gloussa Mahault. Tu sais tellement peu de chose !

Elle marqua un temps, sauça son assiette du bout de son doigt et le suça pensivement, avec des mines qu'Ulfin trouva obscènes, puis laissa tomber :

— Le Maître est à Kab-Bag.

Il leur fallut un temps pour comprendre de qui elle parlait, ou plutôt pour oser le comprendre.

— Toute son armée est installée au-dehors, poursuivit-elle, satisfaite de son petit effet. Il y en a partout dans la plaine, à des lieues à la ronde, et lui-même loge dans le palais du shérif Tarot… Ou dans ce qu'il en reste, oui, oui…

— Les gnomes ont livré bataille ? demanda Ulfin, ce qui eut l'heur de la mettre en joie.

— Bataille, bataille, bataille ! Ha ! Qui a jamais vu des gnomes livrer bataille ?

Le chevalier jeta un regard en biais vers Uter. Bien sûr, les gnomes de la cité souterraine appartenaient à la terre de Logres et, de ce fait, avaient théoriquement prêté allégeance au roi, mais la nouvelle de la chute de Kab-Bag ne constituait pas une grande surprise, plutôt même un soulagement. Si l'Innommable s'installait là, dans ce trou à rats graisseux foré au cœur des grandes plaines, c'est qu'il mettait un terme, provisoirement du moins, à son effroyable offensive. Sans doute ignorait-il à quel point le royaume était exsangue…

— Des pauvres gnomes il n'en reste plus guère, marmonna-t-elle d'un ton soudainement apitoyé, assorti d'une mine de circonstance. Chaque jour, il en meurt des dizaines… J'ai peur que personne ne puisse jamais sortir de là vivant.

— Personne sauf toi, Mahault, coupa Illtud. Avec des chariots et une escorte, encore ! De quelle trahison es-tu chargée pour qu'ils t'aient laissée passer ?

Un bref instant, elle regarda l'abbé furieusement, puis elle haussa les épaules et se renversa dans son fauteuil avec une moue fataliste.

— Vous ne savez rien, dit-elle. Personne ne sort de Kab-Bag, mais Scâth a toujours eu ses propres entrées, oui, oui !

— Scâth ? Qu'est-ce que c'est que ça ?

— Le quartier réservé de la Guilde, précisa Uter.

— Tu ne nous croyais tout de même pas assez bêtes pour nous installer tout au fond de ce trou sans prévoir une porte de sortie, mon mignon ?

Uter lui rendit son sourire, se renversa lui aussi dans son fauteuil et se servit une large rasade de vin, ignorant le gobelet qu'elle lui tendait.

— Eh bien. Qu'est-ce que tu proposes ?

— Moi ? Rien… Tu vois, joli roi, je ne suis qu'une pauvre vieille femme. Tout ce que je souhaite, c'est mourir en paix, oui, oui. Mais, si tu veux, mes hommes peuvent te montrer l'entrée du souterrain. Les monstres ne le connaissent pas…

— C'est un piège ! gronda Ulfin.

— Bien sûr que c'est un piège, dit Uter. Qui pourrait être assez fou pour suivre une bande d'assassins jusque dans leur repaire, puis livrer bataille aux monstres au fond d'un trou !

— Je ne t'ai rien proposé, dit Mahault. Et surtout pas de livrer bataille, non, non… Sans doute est-il préférable d'attendre qu'ils viennent, quand ils l'auront décidé…

Uter la dévisagea intensément, tendit le bras et lui servit un verre qu'elle but d'un trait, puis un autre encore.

— Un souterrain, hein ?

— Tu ne veux tout de même pas…

Uter posa la main sur le bras d'Ulfin pour le faire taire, sans quitter la receleuse des yeux.

— Le Maître, comme tu dis… Tu l'as vu ?

Pour la première fois, le regard de Mahault se troubla. Ce n'était qu'une pâle lueur dans les replis graisseux de son visage, la seule étincelle de vie dans cet amas de chairs blanchâtres, de robes et de bijoux d'un luxe ridicule, mais elle s'était voilée, et Uter eut fugacement l'impression de voir l'être humain qui se cachait derrière ces barrières d'étoffes et de graisse. Mahault était incapable de se mouvoir toute seule. Il avait fallu la hisser à bras d'homme jusque dans cette pièce, et il faudrait tout à l'heure l'emmener de même. Malgré tout son or, le plus novice des écuyers pouvait mettre fin à ses jours d'un simple coup de dague, et aucun de ses mercenaires ne lèverait le petit doigt pour la sauver. En quittant son repaire pour se réfugier à Loth, c'était sa vie qu'elle mettait dans ses mains. Cette petite flamme, dans son regard, était une lueur d'angoisse.

— Tu l'as vu, n'est-ce pas ?

Mahault ferma les yeux et hocha la tête. L'abjection de cet instant dépassait toutes les horreurs qu'elle avait pu voir depuis que des marchands d'esclaves l'avaient vendue à une maison de plaisirs de Kab-Bag, il y avait de ça des siècles… La salle dévastée et obscure, les soldats gobelins et ces sortes de géants maigres, tout de noir vêtus, qui gardaient le trône, le seigneur Maheloas, méprisant et beau comme un dieu, tenant la Lance… Les porteurs de sa chaise tremblaient tant qu'elle avait manqué verser à chaque pas, surtout quand ils l'avaient posée au sol.

— À genoux devant le Maître, avait sifflé la voix chuintante du porteur de la Lance.

Elle avait tenté de se repousser des bras de sa chaise, mais n'était parvenue qu'à glisser à terre, comme un amas informe d'étoffes et de chairs.

— Ainsi, voilà la maîtresse de la Guilde, avait dit le Maître. Quelle étrange allure pour quelqu'un d'aussi puissant… Qu'importe. Je suis heureux de te voir, vieille femme. Je sais tous les services que la Guilde a rendus au roi Pellehun et à son sénéchal… À présent, il faut en faire autant pour moi. Que les voleurs, que les assassins se répandent dans tout le royaume. Qu'ils pillent, qu'ils tuent. Tout l'or, toutes les richesses seront pour vous, fais-en ce qu'il te plaira. Je ne veux que la peur… Regarde-moi.

Le Maître s'était penché vers elle, avançant son visage dans un rai de lumière. Elle avait levé les yeux et l'avait vu…

Uter devina une larme, le long de ses bajoues.

— Je ne suis pas… je ne suis pas ça, dit-elle d'un ton implorant. Ce n'est pas moi…

— Qu'est-ce que tu dis ?

Elle leva la main et l'agita devant son visage, puis tenta de se redresser, la bouche grande ouverte, hoquetant comme un poisson hors de l'eau. Devant leurs yeux effarés, elle fut prise de spasmes et son teint livide devint cramoisi, comme si elle s'étouffait brusquement. Avant qu'ils aient pu intervenir, un sursaut plus violent que les autres la fit glisser à terre, empêtrée dans ses fourrures, et rouler sous la table en s'accrochant à la nappe, ce qui fit choir sur elle les reliefs de son repas.

Illtud fut le plus prompt à réagir. Saisissant une cruche d'eau, il la lui projeta au visage, puis, avec une force qu'Uter n'aurait pas soupçonnée, la poussa sur le côté et dénoua en quelques gestes les couches superposées de capes, de chemises, de cottes et de surcots qui la recouvraient.

— Va chercher un mire ! cria Uter à Ulfin.

— Ce n'est pas la peine, elle vit, dit l'abbé. Ouvre cette fenêtre, noie le feu ! Il lui faut de l'air frais, vivement !

Ulfin dégaina sa dague et lacéra le rideau huilé qui masquait l'embrasure. Aussitôt, le souffle glacé de la plaine se répandit dans la salle, chassant les relents pesants de son parfum et la chaleur du feu. Uter s'agenouilla près de la vieille receleuse et lui souleva la tête. Son bonnet avait chuté, ses robes étaient défaites. Il ne restait qu'une créature pitoyable, presque chauve, si blanche et si flasque qu'elle avait l'air moisie.

Elle tourna vers lui un regard implorant encore noyé de larmes et fit l'effort d'articuler quelques mots :

— Oui, dit-elle. Je l'ai vu… C'est pour ça que j'ai fui.

X

Le pacte

Il était tombé plus d'une paume de neige fraîche pendant la nuit [1], recouvrant jusqu'aux branches des arbres et aux mares gelées de la même blancheur uniforme, du même silence mat qu'aucun d'entre eux ne semblait vouloir troubler. Ils chevauchaient en ordre dispersé, certains par groupes et d'autres seuls, avec une lenteur que Léo de Grand trouvait exaspérante, maintenant que Loth était en vue. Lliane allait en avant, loin devant tous les autres, tête nue et drapée dans son manteau de moire aux reflets verts et bruns. Depuis que les hautes tours de la cité royale étaient apparues à l'horizon, elle s'était détachée d'eux, imperceptiblement, comme si c'était Ilra, sa jument, une alezane marquée d'une étoile blanche sur le chanfrein, qui avait choisi de forcer l'allure. Ni Merlin, ni Dorian, ni aucun autre elfe, nain ou homme de leur compagnie n'avait pu la rejoindre, mais il faut dire qu'ils montaient tous des

1. Au Moyen Âge, toutes les mesures se prenaient à partir du corps humain : pouce (2,7 cm), paume (7,6 cm), pied (32,5 cm), coudée (52,5 cm).

chevaux libres de la horde de Lame, et que de tels coursiers obéissaient davantage à leurs propres lois qu'aux coups de talon de leurs cavaliers. La reine montait sans selle ni mors et chantait à voix basse un air que Till lui avait appris autrefois, et que les chevaux aimaient. C'est une chose oubliée aujourd'hui, et qui paraîtrait bien absurde, mais les elfes connaissaient le langage des animaux. Pas tous, bien sûr, et pas la langue de toutes les bêtes, mais Lliane en savait assez pour dire à sa jument qu'elle voulait être seule, et Ilra avait passé le message au reste de la horde, d'un long hennissement auquel les hommes et les nains n'avaient rien compris.

Nulle tristesse n'habitait le cœur de la reine, et si elle s'était ainsi isolée ce n'était certes pas pour s'apitoyer sur son sort. Au contraire, le calme de ces étendues glacées l'emplissait d'une simple sensation de bonheur qu'elle-même aurait eu bien de la peine à expliquer. Elle avait perdu l'habitude du froid et grelottait dans sa mince tunique de peau, ces quelques jours de chevauchée lui avaient meurtri le corps, et l'intérieur de ses cuisses était presque paralysé à force d'enserrer les flancs de sa jument. Mais ce paysage immaculé lui donnait l'illusion d'un monde neuf, où une nouvelle vie pourrait s'écrire, un monde lavé des horreurs qui le ravageaient depuis tant d'années et dont elle ne porterait plus le poids. Chaque pas l'éloignait un peu plus d'Avalon et de sa fille, mais elle n'en ressentait aucun chagrin. Rhiannon, au moins, vivait en paix, loin de toutes ces folies… Quoi qu'il advienne, le petit peuple veillerait sur elle jusqu'à la fin des temps. Même si elle ne devait pas revenir…

Il ne leur avait fallu que quelques heures pour rassembler chevaux et équipement, rallier les survivants de l'armée d'Uter et quitter Brocéliande, tournant le dos à la clairière des elfes pour peut-être n'y jamais revenir – mais de cela non plus elle n'éprouvait pas d'amertume. Depuis leur départ, deux jours plus tôt, elle sentait au contraire son cœur s'alléger. Le simple fait de monter Ilra la ramenait bien des années en arrière, à une époque où la vie pouvait sembler facile et remplie de certitudes. Et puis, même si elle s'efforçait de ne pas y penser, quelque part, derrière ces tours lointaines piquetées d'oriflammes, il y avait Uter.

Soudain, sa jument s'ébroua pour la mettre en garde puis partit au petit galop dans la neige, ne lui laissant que le temps de s'agripper à sa crinière.

— J'avais dit qu'on nous laisse seules ! hennit Ilra.

— J'ai fait ce que j'ai pu, souffla le cheval monté par Léo de Grand, un roncin bai à la crinière et aux jarrets noirs. Mais il me fait mal à force de tirer sur les rênes et de donner des coups de pied !

— Reine Lliane, attendez-moi ! criait le duc. Il faut qu'on parle !

Mais la reine s'éloignait comme si elle ne l'avait pas entendu, et cette maudite carne bronchait à chaque pas, comme si elle n'avait jamais porté de cavalier de sa vie.

— Si nous marchions un peu ?

Carmelide se retourna, le visage empourpré de fureur, et se calma de mauvaise grâce devant le sourire innocent de Merlin.

— Laissons les chevaux ouvrir la voie devant nous, dit-il en descendant de selle. Avec cette neige, ils se fatiguent vite… Nous irons dans leur trace, ce sera plus facile.

Léo de Grand grommela un vague acquiescement et mit pied à terre avec une grimace de souffrance. Malgré tous les soins et la tendresse de Blodeuwez, son épaule restait engourdie et c'est à peine s'il pouvait encore remuer son bras.

— J'aime encore mieux me geler les chausses dans la neige que de supporter ce maudit bidet. Jamais vu une rosse pareille. Impossible de le faire marcher droit !

— Vous prendrez mon cheval tout à l'heure, messire duc. Il va bien…

Carmelide se tourna vers l'homme-enfant, si frêle à côté de lui dans sa longue robe bleue, à demi écrasé par une cape de fourrure qui semblait vouloir l'enfoncer dans le sol, et opina d'un hochement de tête qui pouvait passer pour un signe de gratitude. Il ouvrit la bouche pour lui parler, sans pourtant parvenir à trouver ses mots. Étrangement, le duc se sentait le cœur au bord des lèvres, comme chaque fois qu'il se trouvait en sa présence depuis leur départ de Brocéliande, mais il mit ça sur le compte de sa blessure. Merlin était un être étrange, en vérité, si maigre et d'apparence si chétive cependant qu'il ne parvenait pas à le croire dangereux, comme le murmuraient les hommes du Lac. Ce n'était qu'un enfant mal fichu, avec des cheveux blancs de vieillard qui lui donnaient un air curieux, voilà tout. Le reste n'était que des racontars de bonne femme et des histoires de druides.

Souriant enfin, il se pencha pour ramasser une poignée de neige fraîche dont il se frotta le visage, claqua négligemment l'épaule de Merlin pour attirer son attention et désigna la reine, dont la monture s'était remise au pas.

— On dirait qu'elle m'évite, dit-il, un ton plus bas. Pourtant j'aimerais bien savoir pourquoi on se traîne comme ça, alors que Loth n'est plus qu'à quelques lieues. En forçant un peu l'allure, on pourrait y être avant la nuit, bon sang. Alors, pourquoi ne pas y aller, piquer des deux et dormir au chaud, pour une fois !

— C'est vrai ? dit Merlin. Je n'aurais pas cru que nous étions si près… Les elfes ne sont pas si bons cavaliers, vous savez… Moins que les chevaliers du roi, en tout cas. Mais pourquoi ne partez-vous pas en avant ? Allez-y, et prévenez le roi de notre arrivée !

Carmelide lui jeta un coup d'œil, puis se tourna vivement vers les quelques cavaliers qui les suivaient et, au-delà, vers la longue file de fantassins qui s'étirait sur leurs traces, jusqu'à plus voir.

— Vos hommes nous serviront d'escorte jusque-là, dit Merlin en suivant son regard. Et puis d'ailleurs il n'y a plus rien à craindre, à présent. Si les monstres avaient dû nous attaquer, ils l'auraient déjà fait depuis longtemps.

— C'est certain…

— Dites au roi que nous l'attendrons au bord du lac.

Merlin siffla son cheval, en saisit les rênes et se pencha sur ses naseaux, comme s'il lui parlait. Carmelide, hésitant encore, saisit les rênes qu'il lui tendait puis, se décidant soudain, il se hissa en selle.

— Va voir le baron Meylir, dit-il. Qu'il prenne le commandement de la troupe…

— Ce sera fait, messire duc. Et quand vous verrez Uter, dites-lui que je viendrai l'attendre à la poterne du lac, au petit matin. Je crois que la reine n'aurait pas voulu entrer dans la ville, de toute façon. C'est mieux, comme ça…

Sans attendre sa réponse, Merlin claqua la croupe du cheval, qui partit aussitôt au galop, dans un nuage de neige, dépassa la reine et disparut bientôt hors de vue.

— Où est-ce qu'il va ? clama une voix sonore, derrière lui.

— À Loth, tu vois bien, fit Merlin en se retournant vers Bran, et il masqua un sourire en le voyant, lui et ses compagnons, juchés tant bien que mal sur des montures bien trop hautes et larges pour leurs jambes courtaudes.

Les nains n'utilisaient presque jamais de chevaux, ni à la guerre, ni à la chasse, ni même pour voyager. Tout juste quelques poneys, dont la taille et la lenteur leur étaient davantage supportables. Comme tous les princes sous la Montagne, Bran avait cependant reçu quelques notions d'équitation et il parvenait tant bien que mal à faire bonne figure, mais Sudri et Onar avaient l'air verdâtres et semblaient l'un et l'autre sur le point de rendre l'âme. Nul doute que si la neige avait été moins haute ils auraient mille fois préféré cheminer à pied.

— Il va prévenir Uter, c'est ça ?

Le ton de sa voix alarma Merlin, qui poussa un long soupir d'exaspération.

— Qu'est-ce qu'il y a ? dit-il en saisissant les rênes de Bran. Tu voulais peut-être revenir à Loth, convoquer le Conseil à nouveau, et lui couper l'autre main, pour faire bonne mesure ?

— Très drôle, grogna le nain.

— Laisse-moi faire, cette fois, d'accord ? Cette nuit…

L'homme-enfant s'interrompit, caressa l'encolure du cheval durant quelques instants puis, s'écartant de lui, se tourna vers la ville.

— Cette nuit, je parlerai à Uter.

Il ne restait que les elfes et le petit groupe des nains, au bord du lac. Lorsqu'ils s'étaient arrêtés là, à moins d'une lieue de la ville et alors que le jour tombait déjà, Meylir de Tribuit n'avait pas hésité un instant. La plupart de ses hommes étaient blessés, ils étaient tous épuisés et morts de faim. Passer, si près du but, une nuit de plus dans la neige et le froid lui aurait semblé la pire des abominations. Alors, rentrant la tête pour ne pas croiser le regard des elfes, vaguement honteux et de mauvaise humeur de se sentir ainsi coupables, les survivants de l'armée défilèrent devant eux et s'évanouirent bientôt dans le crépuscule.

Bran et ses compagnons allumèrent un feu, ce qu'aucun des elfes n'aurait eu l'idée de faire, mais ils se tassèrent tous autour des flammes avec reconnaissance, et acceptèrent de bonne grâce le vin chaud que les nains leur proposaient, si bien qu'ils étaient tous passablement ivres avant la nuit, sauf Kevin, évidemment, qui craignait que la boisson ne lui gâche la main et qui s'était posté dans les branches d'un arbre, pour veiller sur eux. Puis Merlin s'était lancé dans le récit d'une interminable histoire, longue et compliquée comme les aimaient les êtres bleus, usant du langage commun par courtoisie pour les nains, même si tous ne le comprenaient pas à la perfection. Et tout le temps qu'il parlait, Sudri et Onar ne cessaient de faire chauffer du vin, à croire qu'ils en disposaient à profusion dans les nombreuses outres dont ils s'étaient chargés. C'était une soirée agréable, en dépit du froid intense qui leur glaçait le dos, hors du cercle des flammes, avec une nuit claire piquée d'étoiles et la lueur de la lune miroitant dans les eaux du lac. Malgré la distance, le vent ramenait parfois de la ville des odeurs d'homme, viande rôtie, sueur et excréments, mais c'était supportable, bien moins pire que s'ils avaient dû y suivre Léo de Grand.

Till le pisteur vint s'asseoir près de la reine, et son faucon se posa derrière lui, blanc comme un fantôme dans la pénombre de la nuit, tandis que Merlin poursuivait son histoire.

— Ça me rappelle un autre feu, dit-il tout bas, afin qu'elle seule l'entende. Il pleuvait, ce jour-là, et Uter était parmi nous…

Lliane se tourna vers lui et sourit. Le vin faisait briller ses yeux et lui donnait un air gourmand.

— C'est bien loin, n'est-ce pas ? dit-elle d'un ton insouciant.

Puis elle but à son gobelet et le renversa.

— Mon verre est vide, seigneur Bran !

— J'arrive !

— Tu vois comme les choses changent, cher Till, reprit-elle plus fort tandis que Bran la servait. Nous faisions confiance aux hommes alors, et nous haïssions les nains. Merci, seigneur Bran… Jamais aucun d'entre vous n'aurait songé un seul instant à boire du vin chaud préparé par l'un d'eux, de crainte d'être empoisonné, ou tout simplement de perdre la face. C'est loin, tout ça, à présent…

Bran posa le chaudron vide et fumant encore d'enivrantes vapeurs d'alcool et d'épices, puis sortit de l'une de ses nombreuses poches une pipe en terre ébréchée, qu'il bourra soigneusement et alluma du bout d'un tison, en la regardant joyeusement, comme si elle s'apprêtait à raconter une bonne histoire. Mais Lliane n'était pas d'humeur plaisante.

— Aujourd'hui, je ne fais plus confiance à personne, dit-elle tristement. Et je ne mérite la confiance de personne…

— Comment peux-tu dire ça ? s'écria Dorian. Tu es toujours notre reine, et nous au moins nous t'avons suivie !

Lliane le regarda intensément par-dessus les gerbes d'étincelles qui jaillissaient du feu.

— Tu oublies ton frère, dit-elle, usant de la langue elfique pour que les nains restent en dehors de cela. Si c'était toi qui t'étais éveillé, cette nuit-là, pour m'enlever Rhiannon, je t'aurais tué, mon pauvre Dorian, mon petit frère, comme j'ai tué Blorian…

— C'était un accident, murmura-t-il en détournant les yeux. Tu ne savais pas que c'était lui…

— Le prince Blorian a fait ce qu'il croyait juste, intervint Merlin. Il voulait sauver la reine de ce qu'il croyait être une malédiction. Mais les dieux en ont voulu autrement, voilà tout.

— Les dieux ? Ha ! Tu crois que les dieux ont voulu que les nains disparaissent à jamais ?

Bran se racla la gorge pour attirer l'attention et leva le doigt comme un élève qui sollicite la parole.

— Moi, je crois que les dieux nous ont punis parce que nous les avons oubliés, dit-il en usant lui aussi de la langue elfique.

Puis, sans paraître s'apercevoir de leur étonnement, et revenant au langage commun :

— Sous la Montagne, plus personne ne croyait aux dieux, ni même aux talismans. Caledfwch n'était plus à nos yeux qu'un trésor parmi d'autres. Si nous n'avions pas perdu la foi, mon oncle le roi Troïn l'aurait mieux fait garder, notre lignée n'aurait pas été déshonorée et toute cette histoire ne serait jamais arrivée.

Il poussa un long soupir, tira une bouffée de sa pipe, et ajouta :

— ... Et moi je serais encore chez moi, à Ghâzar-Run, bien au chaud, au lieu de me geler dans cette maudite plaine.

— Les nains ont toujours froid, ricana Till. Il me rappelle Tsimmi...

À ces mots, Sudri, l'initié à la magie des Pierres dont Bran avait fait son sorcier, sembla se réveiller de sa torpeur avinée.

— Tu as connu Tsimmi ? dit-il.

— Ouais...

Till jeta un regard en coin vers la reine. Le nain n'évoquait pas en lui que des bons souvenirs.

— Un jour, il a bien failli me tuer avec l'un de ses sortilèges, dit Lliane avec un sourire qui adoucissait ses propos. Il nous a tous ensevelis sous une levée de terre, et c'est ainsi que Till perdit son chien... Pourtant, il est devenu mon ami.

— C'était le plus grand sorcier sous la Montagne, murmura Sudri. On dit qu'il est mort en ensevelissant une armée de gobelins...

— C'est vrai, acquiesça Lliane. (Les gobelins n'étaient en fait que quelques-uns, mais à quoi bon rétablir une quelconque vérité ?) Ce jour-là il nous a sauvé la vie...

Les yeux des trois nains brillaient de contentement, comme s'ils venaient d'entendre la plus belle histoire de leur vie. Sans doute même devaient-ils sourire, mais c'était difficile à dire, vu l'épaisseur de leur barbe.

— N'est-ce pas le signe que les temps changent ? fit Merlin. La reine des hauts-elfes sauvée par un maître maçon nain. Bran avec nous ici, ce soir, tandis que son frère Rogor…

Le regard noir que lui lança le nain dissuada Merlin de finir sa phrase, ce qui était d'ailleurs inutile.

— Nous vivions alors dans un monde simple, poursuivit-il. Chaque tribu vivait contre les autres, bardée de haines et de certitudes, avec une confiance aveugle dans son droit et le même aveuglement pour tout ce qui y était étranger… S'il ne faut plus croire en quelque chose, c'est bien en ce monde-là. Les bons nains, les méchants elfes, c'est fini tout cela. Seuls les sots croient qu'un peuple est entièrement bon ou mauvais. Regardez-nous… Les dieux nous ont choisis pour changer le monde, et nous le changerons, parce que ensemble nous sommes plus forts, plus riches. Nous avons beaucoup à apprendre les uns des autres, et tout à perdre de nos guerres…

— Tu oublies les hommes, Myrddin ! lança Dorian. Eux ne veulent jamais rien partager, avec personne !

— Tu parles comme Llandon, remarqua Merlin. Mais tu te trompes, et lui aussi. Les hommes ont besoin de nous, à présent, même s'ils ne le savent pas encore.

— Va dire ça à Uter !

Merlin sourit.

— Ne t'en fais pas, Dorian. Je vais le lui dire…

Le jour tardait à se lever. Une brume froide montait du lac et des douves, noyant les remparts et la campagne enneigée sous le même halo de givre. Le long des berges, les eaux s'étaient figées. Ce n'était pas encore de la glace, ou alors une infime pellicule, mais l'hiver ne faisait que commencer. Bientôt, les barques et les roseaux seraient pris au piège du gel, puis un manteau blanc recouvrirait le tout jusqu'au printemps…

Il leur fallut de longues minutes à batailler dans la neige durcie pour rejoindre Merlin, tranquillement assis sur un ponton à demi délabré, balançant les jambes dans le vide. Ulfin ouvrait la marche pour son roi, levant haut la jambe à chaque pas, crevant la surface de neige gelée puis manquant de s'étaler lorsqu'elle cédait parfois trop brusquement. Il faisait trop sombre encore pour qu'ils ne voient de Merlin autre chose qu'une vague silhouette, mais sans doute devait-il avoir ce petit sourire crispant, comme à son habitude, et c'était assez pour qu'ils s'en exaspèrent à l'avance.

— J'espère que tu as une bonne raison pour nous avoir fait lever si tôt, par ce froid de gueux ! cria Ulfin dès qu'il fut à portée.

— Voyez le noble chevalier du roi ! ricana l'homme-enfant. Une coudée de neige et il gémit comme une vieille femme !

Merlin se leva prestement, resserra autour de lui son manteau d'ours et battit la semelle sur le ponton branlant.

— Qu'est-ce que je devrais dire, moi qui vous attends depuis des heures !

Ils le rejoignirent enfin, secouèrent leurs capes enneigées et le regardèrent en silence, avec la gêne et la distance de vieux amis séparés par une dispute idiote. Étrangement, Merlin eut l'impression qu'Uter avait vieilli, ces dernières semaines. Son visage était le même, avec ses longues nattes brunes et cette cicatrice courant de l'oreille au menton qui ne parvenait pas à l'enlaidir, mais il avait perdu sa jeunesse. Son regard était fatigué, buté, marqué par le poids d'un destin qui n'était peut-être pas le sien. Sans doute le retour de Léo de Grand et de son armée décimée y était pour quelque chose. À voir ses cernes et son teint grisâtre, il y avait fort à parier qu'ils avaient passé la nuit en palabres, sans prendre le moindre repos.

— Tu vois, dit-il alors que le roi détournait les yeux, tu t'es trompé. Par ton orgueil, tu as failli tout perdre, et tu peux tout perdre encore si tu t'entêtes… Mais tu sais tout cela, puisque tu es venu.

— Toujours ta grande gueule, hein ? grogna Ulfin, massif comme une montagne à côté de lui, et semblant bien sur le point de le jeter à l'eau du haut du ponton.

— Laisse, dit Uter. Il a raison.

Les deux hommes échangèrent un regard las, puis le chevalier s'éloigna de quelques pas, les laissant seuls.

— Lliane est là ? murmura le roi.

— Lliane, et Bran, et quelques autres, répondit Merlin. Ainsi, vous pourrez tenir conseil, mais seulement si tu viens avec moi. Ils n'iront pas dans la ville… Pas après ce qui s'est passé.

Uter hocha la tête.

— Ce n'est pas facile d'être roi, tu sais… J'ai fait ce que j'ai cru bon, et d'ailleurs je ne crois pas que les choses auraient été différentes si je t'avais écouté. J'aurais rendu l'Épée aux nains, et alors ? Est-ce que l'armée de Léo de Grand aurait pour autant remporté la victoire ? Les nains ont été vaincus, c'est comme ça. Peut-être redeviendront-ils un jour une grande nation, mais c'est maintenant que nous avons besoin de renforts, tout de suite… Et puis qu'importe les nains. Que dit Lliane ? Est-ce que les elfes nous aideront ?

— Les elfes ne veulent pas de ta guerre, dit Merlin. Ils pensent que tu les as trahis.

De nouveau, Uter hocha la tête, puis soupira et leva les sourcils avec un sourire sans joie.

— Alors, qu'est-ce que tu m'apportes ?

Merlin lui rendit son sourire. Un clair soleil d'hiver se levait, irisant la brume de reflets roses. Plus que jamais, l'homme-enfant semblait sans âge, avec ses cheveux blancs coupés court et la pâleur de sa peau. Malgré l'expression insouciante qu'il affichait en toutes circonstances, il émanait de ses yeux une tristesse infinie, une tristesse à vous faire pleurer.

— Mon aide, dit-il, si tu en veux encore… Vois-tu, moi aussi je me suis trompé. J'ai cru qu'il fallait à tout prix retrouver l'équilibre des temps anciens, mais c'est trop tard, ça n'a plus aucun sens aujourd'hui… Je t'aiderai, Uter, même si tu n'es pas celui que je croyais. Je t'aiderai parce que je crois qu'en fin de compte les moines ont raison : il ne peut y avoir qu'une seule terre, qu'un seul peuple et un seul Dieu.

— Un seul roi.

Comme Merlin ouvrait des yeux ronds, Uter précisa :

— « Une seule terre, un seul roi, un seul Dieu… » Si tu veux qu'on te croie, essaie de citer les formules correctement.

L'homme-enfant haussa les épaules et se détourna de lui, contemplant le lever de soleil sur le lac.

— Qu'est-ce que ça peut faire, puisque tu ne seras jamais ce roi-là ? dit-il sans se retourner. Tu le sais aussi bien que moi… En épousant Ygraine, tu as refusé ton destin, même si ce n'était pas facile, comme tu dis. Pourtant…

Et il lui fit face, avec soudain dans le regard une fièvre sans artifice qui ébranla le roi.

— … pourtant tu es le *Kariad daou rouaned*, l'Aimé des deux reines dont parlent les vieilles légendes. De cela, au moins, je suis sûr. Il est écrit que de ton sang naîtra la réconciliation du monde, et j'ai cru que Morgane était l'enfant des prophéties. Mais peut-être n'est-ce pas elle. Peut-être est-ce ton fils, après tout… Qu'est-ce qu'on en sait, hein ? D'ailleurs, vous les hommes, vous n'obéissez qu'aux mâles !

— M… mon fils ? bredouilla Uter. Arthur ? Qu'est-ce qu'il a à voir là-dedans ?

— Arthur, oui… Arthur l'ours… Pourquoi pas ?

Uter s'écarta, chercha instinctivement des yeux Ulfin et le vit, assis un peu plus loin sur une souche. Le chevalier se raidit dès que leurs regards se croisèrent, mais Uter le rassura d'un geste. Il n'avait besoin de personne pour se défendre de Merlin, même si son exaltation insane lui donnait parfois l'air d'un possédé.

— Je t'aiderai, Uter, mais il faut me faire confiance, cette fois. Jure-moi de m'obéir…

Uter le dévisagea, enfiévré, hors de lui, l'air parfaitement dément, à présent, et il recula de nouveau.

— Oui, dit-il. Bien sûr…

— Comment, « bien sûr » ? As-tu une idée de ce que je te demande ? Pour mon aide, je veux ton fils, Uter. Je veux Arthur !

— Mais par le sang, qu'est-ce qui te prend, pauvre fou ! cria Uter en le repoussant vigoureusement. Qu'est-ce que tu manigances, encore ?

— J'essaie de te sauver, imbécile !

Les deux hommes s'affrontèrent longuement du regard, puis d'un seul coup Merlin retrouva son petit sourire insouciant et se mit en marche, sans plus faire attention à lui.

— Suis-moi, dit-il par-dessus son épaule. Lliane nous attend !

Ils ne marchèrent pas longtemps. Merlin longea le lac jusqu'à ce qu'ils aperçoivent une colonne de fumée blanche, montant droit dans le ciel, près d'un boqueteau. Le petit groupe s'était installé à proximité de la berge, dans un creux abrité du vent par un bosquet de bouleaux argentés contre lesquels on avait dressé des tentes. Tout d'abord, Uter ne distingua que les nains, autour du feu de camp, et le groupe des chevaux à quelque distance. Mais, quand ils s'avancèrent encore, une flèche siffla à leurs oreilles et vint se planter dans la neige avec un bruit mat, juste devant eux. Ils levèrent les yeux et aperçurent Kevin, qui descendait déjà de son arbre en riant. Puis le gerfaut blanc de Till, qu'ils suivirent des yeux jusqu'à ce qu'il rejoigne son maître, accroupi à côté du prince Dorian. Les deux elfes n'étaient qu'à quelques pas, si parfaitement inertes sous leurs capes de moire qu'ils ressemblaient à des troncs d'arbres dans la neige, et qu'ils seraient sans doute passés devant eux sans les voir. Mais eux ne riaient pas.

Uter écarta son manteau pour que chacun le reconnaisse, puis s'avança devant les autres. Bran et ses nains s'étaient levés. Ils avaient mis quelque chose à cuire dans un chaudron. Quelque chose qui sentait bon… Autour du feu, la neige avait fondu, formant un cercle de terre boueuse mouchetée de touffes d'herbe.

C'était elle qu'il cherchait des yeux et c'est là qu'il la vit, lorsqu'elle s'écarta de l'arbre près duquel elle était assise. Une nouvelle fois, sa beauté irréelle lui noua la gorge. Il s'arrêta devant elle, incapable du moindre mot ou du moindre geste, submergé par une émotion qui l'étreignait tout entier et le laissait semblable à un enfant. Lliane était plus belle encore que dans ses souvenirs, plus belle que dans ses rêves, séparée de lui seulement par quelques toises de neige, immobile sous son long manteau de moire et posant sur lui le plus doux et le plus distant des regards. Sans doute n'aurait-il pas dû s'arrêter, continuer sur sa lancée et la prendre dans ses bras, mais à présent c'était trop tard et il restait là, comme enraciné dans le sol, trop loin d'elle pour la toucher, immobile et muet (et ce n'est que plus tard, en y repensant, qu'il se demanda si Lliane ne lui avait pas jeté un sort).

— Qu'est-ce qui cuit ? fit la voix de Merlin, derrière lui, avec un enjouement trop forcé pour ne pas sonner faux. Je meurs de faim et je meurs de froid. Si on mangeait, avant de parler ? Messire Ulfin ?

— Ma foi, je ne dis pas non, si Bran nous invite…

— Bien sûr que je t'invite, grommela le nain. Je vous ai déjà nourris si souvent, tous les deux, alors une fois de plus ou de moins…

Lliane se détacha du groupe de bouleaux et alla rejoindre les autres, passant si près d'Uter qu'il put sentir son parfum d'herbe verte, mais sans lui accorder un mot, ni un regard. Alors il la suivit, transi de froid depuis qu'il avait rejeté sa cape en arrière, et bientôt ils furent tous assis autour du feu, sur le sol boueux mais tiède, puisant avec les doigts à même le chaudron une fromentée épaisse, si brûlante qu'elle n'avait aucun goût.

Uter commençait à se détendre, et il ruminait dans sa tête quelque phrase plaisante pour, au moins, attirer le regard de Lliane, mais Merlin ne lui laissa aucun répit.

— Nous n'avons pas beaucoup de temps, dit-il, et nous en avons déjà beaucoup trop perdu, par la faute du roi et de son orgueil imbécile.

De saisissement, Uter faillit s'étouffer, et leva vers l'homme-enfant un regard stupéfait, ne récoltant en retour qu'un froncement de sourcils impérieux.

— Uter a reconnu son erreur, poursuivit-il, et s'il est ici, c'est pour réparer, avec nous, ce qui peut être encore sauvé. Ce qui importe, avant tout, c'est de repousser les monstres hors des terres de Logres.

— Avec quelle armée ? fit Dorian. Nous sept, plus les éclopés que nous avons ramenés de la forêt ?

— Le roi dispose encore de nombreuses forces, répondit Merlin.

De nouveau, il darda sur Uter un regard qui lui intimait le silence. Et le jeune souverain se tut, malgré le bouillonnement qu'il sentait monter en lui, désireux avant tout de savoir où Merlin voulait en venir.

— Il reste bien assez d'hommes à Loth, sans compter de nombreuses troupes dans les duchés alentour. Peut-être même assez pour vaincre l'Innommable et le rejeter au-delà des Marches.

— Alors ? grogna Bran. Pourquoi on est là ?

— Parce que ça ne servirait à rien. Les monstres ont déjà été écrasés dans le passé par une armée dix fois plus nombreuse que tout ce que le roi pourrait rassembler aujourd'hui. Et pourtant ils sont revenus... Il y a des menaces, cher Bran, que les armes ne peuvent pas vaincre.

— Si tu nous disais ce que tu as en tête ? intervint Lliane.

L'homme-enfant, coupé dans son élan, se tourna vers elle et papillota des yeux, égaré par la soudaineté de sa question. Il mit plusieurs secondes pour retrouver le fil de ses pensées, rougissant même sous les regards de l'assemblée.

— Je... je ne peux donner que mon avis, bredouilla-t-il. J'essaie juste de trouver une solution à cette guerre...

— Continue, fit Uter d'un air encourageant. Nous n'avons rien à perdre, de toute façon...

Merlin le remercia d'un sourire, puis se concentra en regardant le feu. De cet instant, il ne leva plus les yeux sur aucun d'entre eux.

— Pardonne-moi, Bran, dit-il d'une voix brisée, hésitante, si inhabituelle chez lui que tous en furent frappés. Mais j'ai beaucoup pensé à ce que tu m'as dit, le jour de l'amessement de la reine. Depuis que vous avez perdu Excalibur (le mot « perdu » souleva quelques murmures de protestation, mais il les ignora), il ne naît plus d'enfants dans vos villages. Ton peuple est en train de disparaître, non pas à cause de la défaite de votre armée, devant la Montagne rouge, mais parce que le talisman ne vous protège plus. Je crois que la nation naine, telle que nous la connaissions, a cessé d'exister.

Bran, livide, retint d'un geste les réactions de Sudri et d'Onar, déjà prêts à bondir sur leurs pieds pour laver l'insulte dans le sang. Merlin était tout près des nains, séparé d'eux uniquement par Till le pisteur, qui ne lèverait sans doute pas le petit doigt pour venir à son secours. Chacun put sentir sa peur, mais il poursuivit malgré tout.

— Pardonnez-moi, dit-il encore. Mais je crois que c'est là notre destin à tous. Vous n'aurez été que les premiers…

— Tu crois que les dieux veulent la fin du monde ? murmura le prince Dorian, d'un ton où perçait l'angoisse.

— Je crois que le monde change… Je crois que toutes les tribus de la Déesse vont se fondre en une seule, et que la race élue sera celle qui aura réuni les quatre talismans. Ce n'est pas une malédiction, ce n'est pas la fin du monde… Au contraire, je crois que les dieux veulent un monde nouveau, un monde enfin apaisé… Peut-être même était-ce le sens de la vie, après tout ?

Un long silence suivit les mots du jeune druide. Chacun d'eux, à présent, avait les yeux dans le vague, contemplant le crépitement des flammes sous la fine averse de neige fondue qui s'était mise à tomber. Leurs cheveux, leurs fourrures et les mailles de leurs armures brillaient de givre, mais ils restaient là, sans même un frémissement, perdus dans leurs pensées.

Une sorte de chuintement étouffé les tira de leur léthargie et leur fit lever les yeux avec un bel ensemble. C'était Bran qui pleurait. La tête enfouie sous ses bras croisés, les épaules agitées de soubresauts, indifférent à ce que les autres pourraient penser de lui, il pleurait sur Baldwin et les nains de la Montagne rouge, enfouis à jamais dans les ténèbres de leur cité écroulée, peut-être morts déjà et promis à l'oubli. Il pleurait sur sa vie gâchée et sur tous les bébés qui ne verraient jamais le jour, sur la gloire passée de la nation naine, sur la triste existence qu'il lui restait à vivre. Il pleurait de fatigue et de renoncement, parce que tant de mois d'efforts, tant de lieues parcourues, tant de batailles et de morts aboutissaient ici, dans ce vallon enneigé, à une oraison de Merlin et à la fin de l'espoir. Quelques mois ou quelques semaines plus tôt, sans doute aurait-il réagi comme Onar et Sudri, sans doute aurait-il hurlé et se serait-il jeté à la gorge de Merlin pour lui faire ravaler ses paroles. Mais il en avait tant vu qu'aujourd'hui il savait que le druide disait vrai. Les dieux avaient déserté les royaumes sous la Montagne. Retrouver Caledfwch n'y changerait rien...

Quand ses pleurs s'apaisèrent, il prit conscience du mutisme qui s'était abattu sur leur compagnie et s'essuya les yeux avant de relever la tête. Il croisa aussitôt le regard d'Uter, fatigué, défait. Ce n'était pas le regard d'un vainqueur. Uter avait vieilli, il tremblait de froid malgré le feu et sa cape de fourrure. Se pouvait-il que les hommes soient eux aussi condamnés à disparaître, qu'au bout du compte seuls les monstres règnent sur le monde ? Cette pensée lui parut insupportable, et il se sentit soudainement plein de colère devant l'abattement du roi. Après tout, si Merlin disait vrai, le sort des nains était lié à celui des hommes, à présent !

Bran se pencha sur le côté, vers l'homme-enfant.

— Si j'ai bien compris, tu penses que, si nous nous emparons de la Lance de Lug, la tribu des monstres disparaîtra, tout comme le peuple sous la Montagne depuis le vol de Caledfwch ?

— La Lance, oui, murmura Merlin sans le regarder. S'ils perdent leur talisman, ils seront condamnés, comme vous, non pas à disparaître mais à se fondre dans une autre race… Ce ne sera qu'une question de temps.

Chacun autour du feu s'était arraché à l'engourdissement des pensées chagrines, retenant son souffle pour ne rien perdre de leurs paroles. Bran releva la tête et soutint bravement leurs regards, souriant même, comme si la fin de son peuple était déjà de l'histoire consommée.

— Eh bien, je suis d'accord, dit-il (et il fallut un bon moment à chacun pour comprendre de quoi il parlait). Si vous voulez bien de moi, j'irai avec vous.

Il eut un soupir résigné.

— … Après tout, je n'ai pas grand-chose à perdre, pas vrai ?

— Tu peux perdre la vie, tout de même, murmura Merlin.

— Oui, bon…

— Attendez !

Merlin et Bran se tournèrent d'un même mouvement vers Ulfin.

— Par le sang, est-ce que je suis le seul ici qui n'y comprend rien ? grogna le preux. De quoi parlez-vous, foutre ? D'aller prendre le talisman des monstres, c'est ça ?

— En gros, oui…

— Eh bien, bonne chance ! Qu'est-ce que vous croyez ? Ils viennent d'écraser le plus clair de notre armée. Vous vous êtes regardés ? Vous pensez vraiment qu'ils vont vous laisser faire ?

Merlin perdait visiblement patience et, à l'instant où il allait répliquer au chevalier, Lliane prit la parole, sans élever la voix mais en les faisant taire immédiatement.

— Tu es dans tes rêves, cher Myrddin, grandioses et vains… Messire Ulfin a raison. Toutes les armées d'Uter et toute la magie du monde ne suffiront pas à vaincre les monstres, et encore moins à leur voler la Lance.

— Non, dit Uter, qui jusque-là s'était tu. Il y a un autre moyen…

Il garda le silence un instant, ordonnant le flot de pensées qui bouillonnait en lui depuis quelques minutes, et, tandis que les pièces se mettaient en place, une sorte d'exaltation ravivait son visage, dissipait la fatigue, l'abattement et le froid.

— Mahault, dit-il en se tournant vers Lliane. Mahault de Scâth… Elle s'est échappée de Kab-Bag, où l'armée des monstres a pris ses quartiers d'hiver.

Lliane et les autres le regardaient avec une telle expression d'incompréhension qu'il en bredouilla, peinant à exprimer clairement le plan qu'il commençait tout juste à entrevoir.

— Un groupe… un petit groupe peut entrer dans Kab-Bag par les souterrains de la Guilde, pendant que l'armée attirera les monstres dans la plaine. Le Seigneur Noir s'est installé dans l'ancien palais du shérif Tarot, et c'est là qu'il garde la Lance. C'est possible, après tout ! On peut y arriver !

Lliane secoua la tête.

— Ils auront la Lance avec eux. Ils l'emmènent toujours au combat…

— Pas si on les avertit de notre plan !

Cette fois, même Ulfin le regarda comme s'il avait définitivement perdu la raison.

— Grâce à Mahault, on pourra se servir de la Guilde pour transmettre de fausses informations, poursuivit le roi avec véhémence, cherchant du regard et du geste un soutien parmi leur assemblée. S'ils croient que nous voulons nous emparer de la Lance, il est certain qu'ils ne prendront pas le risque de l'exposer. Je mènerai l'armée jusqu'à Kab-Bag et je ferai retraite dès les premiers accrochages, de façon à attirer les monstres loin de la ville. Ainsi, vous aurez une chance de réussir.

— À condition de faire confiance à la Guilde, grommela Bran.

Lliane hocha la tête en silence, tandis qu'autour d'elle Dorian, Ulfin et les autres débattaient de cette folie. Uter semblait avoir retrouvé sa flamme, alors que l'attaque qu'il proposait de mener, même s'il ne s'agissait que d'une diversion, avait toutes les chances de tourner au désastre.

— Mais qu'adviendra-t-il si nous réussissons ?

Les conversations s'arrêtèrent et les regards se posèrent sur elle.

— Si nous nous emparons de la Lance, insista-t-elle, qu'adviendra-t-il ? Faudra-t-il que les elfes et les hommes se battent pour la possession du talisman ? Toi qui n'es ni un homme ni un elfe, Myrddin, quel sera ton parti ?

L'homme-enfant ne répondit pas, visiblement troublé par l'apostrophe de la reine. Puis elle se tourna vers Uter, qui sembla perdre un peu de son assurance tout juste retrouvée.

— Myrddin est un être étrange, dit-elle en souriant. Parfois je l'aime et parfois je le déteste. Je me suis toujours demandé comment il était entré dans nos vies, et parfois j'ai eu l'impression de n'être qu'un jouet entre ses mains… Je ne sais pas si nous réussirons, mais s'il existe une chance, si infime soit-elle, de ramener l'équilibre sur cette terre, alors j'accepte de la tenter, pour que ma fille, au moins, ait une chance de connaître la paix. J'irai à Kab-Bag…

Elle se leva brusquement, secoua la tête pour se débarrasser du givre qui constellait ses longs cheveux et s'écarta, pensive. Uter, dégrisé, eut l'impression qu'elle s'éloignait pour leur masquer ses larmes, tant ses derniers mots avaient été empreints de tristesse. Il songea lui aussi à Morgane, qu'il connaissait si peu, puis à son fils Arthur, et aux paroles de Merlin, près du ponton. Lliane leur tournait toujours le dos, et pendant un temps il n'y eut d'autre son que le crissement de ses bottes dans la neige et le crépitement du feu. Puis elle se retourna, les yeux brillants et la gorge nouée.

— … Mais que ce ne soit pas pour rien, cette fois ! dit-elle avec véhémence. Les talismans doivent être réunis là où nulle tribu n'en profitera. Je ne veux pas que les hommes dominent le monde, et je ne veux pas d'un monde où les nains et les elfes auront disparu. J'irai à Kab-Bag, Uter, avec qui voudra me suivre, mais si les dieux me permettent d'y trouver la Lance, je la ramènerai à Avalon, ainsi que l'Épée de Nudd, le Chaudron du Dagda et même la Pierre de Fal ! Que les talismans reviennent aux dieux !

Uter la dévisagea avec une expression d'égarement absolu puis, réalisant qu'elle attendait de lui une réponse, il se tourna vers Merlin pour qu'il lui vienne en aide. En vain. L'homme-enfant ne le regardait pas. Il souriait à la reine, non pas de cet air suffisant qu'il affichait d'habitude, mais avec extase. Les paroles de Lliane avaient été un éblouissement soudain, une révélation.

— L'île aux Fées, murmura-t-il pour lui-même. Comment n'y avais-je pas pensé…

Ensuite il se tourna vers Dorian (comme si Lliane elle-même n'était pas une elfe !), les yeux brillant de cette folie qui l'habitait parfois.

— Les elfes renonceraient-ils au Chaudron ?

Dorian n'hésita pas un instant, gagné peut-être par l'exaltation du druide sans âge.

— Tout ce que nous voulons, c'est la paix ! dit-il. Que tout le monde s'abreuve au Chaudron de la Connaissance, si cela peut mettre un terme à ces guerres incessantes !

Till se leva brusquement, provoquant l'envol subit de son faucon.

— Tu parles trop vite ! dit-il, d'un ton où perçait la rage. Nous nous sommes battus pour Uter, et l'Épée de Nudd est toujours dans ses coffres, comme au temps de Gorlois ! Qu'il la rende, et qu'il renonce à la Pierre de Fal. Alors seulement nous vous donnerons le Chaudron !

Le pisteur jeta un regard aigu au roi, puis s'assit, avec au passage un coup de pied hargneux à un brandon échappé du bûcher.

— Voilà, Uter, murmura Lliane. Le choix t'appartient…

— Quel choix ? ricana-t-il en levant les yeux vers elle. Si nous ne tentons rien, la guerre est perdue, de toute façon.

Il se tut quelques instants puis, comme la reine avant lui, il se leva et secoua sa cape.

— C'est d'accord, dit-il. Mais sans la Pierre, il n'y a plus de roi, et sans l'Épée, il n'y aura pas d'armée. Il faut me les laisser, le temps de redonner confiance à mon peuple et de mener mes hommes à la bataille. Si nous gagnons, je fais le serment de les emmener moi-même jusqu'à ton île, Lliane. Il faut me croire…

Il s'était rapproché d'elle et, pour la première fois depuis qu'il l'avait aperçue dans le bosquet de bouleaux, il fut assez près pour la prendre dans ses bras. Sa peau était aussi froide que les eaux du lac, mais ses yeux verts rayonnaient d'une chaleur qui l'embrasa des pieds à la tête. Un bref instant, il n'y eut plus qu'eux au monde, leurs souvenirs, leur désir.

— Ce n'est pas assez ! fit une voix sèche, rompant le charme.

Merlin s'était levé, avec dans le regard une fièvre qu'Uter prit pour de la jalousie.

— Que dis-tu ?

— Ta parole ne suffit pas, Uter ! insista le jeune druide, prenant à témoin le groupe des elfes et des nains.

Leurs yeux ne pouvaient pas mentir. Aucun d'eux ne lui accorderait plus une confiance qu'il avait autrefois trompée. Lliane elle-même s'écarta de lui, détournant le regard.

— Que veux-tu de plus ! gronda le roi, furieux, frustré et convaincu d'être soudain trahi par Merlin. Tu sais aussi bien que moi que sans l'Épée je n'aurai jamais assez d'hommes !

— Je t'ai dit ce que je voulais, dit l'homme-enfant. Je veux Arthur… Arthur en gage de ta parole. Arthur contre l'Épée et la Pierre. Tel est le pacte !

Ainsi, c'était cela… De nouveau, les paroles de Merlin sur le ponton lui revinrent en mémoire, son emportement, la fièvre de son regard lorsqu'il lui avait demandé de lui obéir aveuglément, quoi qu'il dise.

Mais que fallait-il croire, entre l'instant présent et ses promesses précédentes ?

— Eh bien, prends-le, maudit bâtard ! cracha-t-il, les dents serrées, avec une haine formidable. Mais s'il lui arrive quelque chose, prie les dieux que je meure à la bataille, car le monde ne sera pas assez grand pour que tu m'échappes !

XI

Veillée d'armes

À moins d'une lieue de là, un halo de lumière nimbait les remparts de Loth, et on apercevait même, au-delà des douves, les feux de camp de ceux qui n'avaient pu trouver place dans la ville et passaient la nuit sous la tente. Le vent portait jusqu'à Ulfin des odeurs de forge et de viande rôtie, des odeurs chaudes qui aiguillonnaient sa faim. Malgré sa chape fermée et ses grosses bottes doublées de fourrure, il claquait des dents dans son abri de fortune, sans même pouvoir allumer un feu pour se réchauffer. C'était la deuxième nuit qu'ils passaient au-dehors, Urien et lui, embusqués dans un petit bois bordant la route du nord. Mais au moins Urien parvenait-il à dormir, emmitouflé comme une chenille dans son cocon, tandis que lui ne pouvait fermer l'œil, si bien qu'il avait renoncé à réveiller son compagnon et prolongeait son tour de garde.

Comme eux, les autres preux étaient postés aux abords de chaque chemin menant à la cité, par groupe de deux, guettant nuit et jour le passage du fugitif qui les trahirait. Uter avait tout fait pour cela. Le moindre archer, le dernier des mendiants connaissait tout de son plan, ou du moins du plan qu'il avait laissé divulguer. Il en avait parlé à Mahault en présence de ses mignons, à Illtud et ses moines pour qu'ils récitent des messes en leur nom, à la reine Ygraine devant ses chambrières. Et si quiconque avait pu encore avoir des doutes sur l'imminence d'une sortie, les préparatifs incessants de l'armée, l'activité forcenée des fèvres, ou forgerons, les écuyers envoyés aux plus lointaines baronnies, convoquant la cour solennelle [1], et l'embauche, au su et au vu de tous, de soudoyers pour renforcer les chevaliers de mesnie [2], tout cela était suffisamment clair pour le plus aveugle des espions.

Mahault et ses hommes étaient arrivés par la route du nord, la voie la plus directe pour Kab-Bag, et si l'un d'eux se décidait à repartir pour l'allyan gnome et informer le Seigneur Noir de leurs intentions, il était presque certain qu'il passerait par là. Ulfin en était conscient, lui qui était le seul à connaître les visées réelles du roi. Il n'ignorait pas à quel point la réussite de leur plan dépendait de la tromperie qu'ils avaient manigancée, à quel point il était vital de s'assurer du passage de l'informateur, et sans doute le poids de cette responsabilité contribuait-il à le maintenir éveillé.

Les moines sonnèrent laudes [3]. La nuit se faisait plus noire et plus froide alors que les feux de la ville s'éteignaient, les uns après les autres. Ils s'étaient postés en

1. Assemblée des vassaux.

2. Chevaliers de la maison du roi, guerriers professionnels attachés à la cour et démunis de fief, par opposition aux chevaliers fieffés portant bannière ou aux soudoyers, chevaliers mercenaires entretenant parfois une petite armée à leurs frais.

3. Trois heures du matin.

hauteur, sur une butte buissonnante d'où ils pouvaient voir la chaussée jusqu'à des lieues sans être gênés par les arbres, mais Ulfin faillit bien le rater. Jusqu'au dernier moment, il ne vit rien. Seul le martèlement sourd d'un galop sur la piste enneigée le tira de son engourdissement. D'un bond fébrile et désordonné, le preux se débarrassa de sa couverture de fourrure et commença à dévaler la pente, manquant de s'étaler sur la neige durcie. Mais il fut à temps sur la route et surgit comme un diable, presque sous les sabots du cavalier. L'homme portait un ample mantel de pluie sombre dont le capuchon lui masquait en partie le visage, et néanmoins Ulfin le reconnut. Ce ne fut qu'un instant fugace, avant qu'il ne file dans la nuit, mais il le vit pourtant, et alors que le bruit de sa cavalcade décroissait au loin, le preux éclata de rire.

— Qu'est-ce qui se passe ?

Ulfin, riant encore, gravit la butte enneigée en s'agrippant de buisson en buisson. Son compagnon était debout, ébouriffé comme un diable, l'épée à la main.

— Je crois bien que nous avons tous perdu notre pari, dit le preux en le rejoignant. Ce n'était pas cette canaille de Guerri le Fol, c'était le page…

— Quel page ? fit Urien d'une voix pâteuse.

— Le mignon de Mahault, le gandin en robes qui s'était attaqué à Uter… Ça va lui plaire, d'ailleurs.

Ulfin ramassa sa couverture, et se mit à faire son sac.

— Ça ne veut pas dire que Guerri n'est pas parti, lui aussi, grommela Urien. Il a pu passer par un autre chemin…

— Ouais, c'est possible, mais prépare-toi quand même à dire adieu à ta bourse, mauvais perdant !… Allez, ramasse tes affaires, on s'en va.

Les deux chevaliers bouclèrent leur sac, puis quittèrent sans regret leur abri glacé. Une heure plus tard, ils franchissaient la poterne de la barbacane défendant la grand-porte, et s'arrêtèrent au poste de garde devant une flambée, un bol de soupe et une pinte de bière. La chaleur aidant, Urien ne tarda pas à piquer du nez, mais Ulfin poursuivit son chemin, par acquit de conscience, et monta jusqu'au château.

Il fit bien. Uter ne dormait pas.

Il le trouva dans sa chambre de parement, faisant et refaisant ses comptes avec ses trésoriers épuisés, à calculer combien d'hommes d'armes il pourrait équiper, combien de chevaux, combien de lances. Sitôt qu'il le vit, le roi congédia les scribes.

— Te voilà enfin ! dit-il. Alors ?

— Ça y est, je l'ai vu passer, filant comme un beau diable droit vers Kab-Bag.

— Tu as essayé de l'arrêter ?

— J'ai fait comme tu m'as dit.

— C'est bien… Un traître qui se sait démasqué n'a pas d'autre choix que d'aller jusqu'au bout.

— À propos, tu t'es trompé, comme nous tous… Ce n'était pas ton Fol, mais le mignon de Mahault, celui-là même que tu as jeté dans la neige.

Uter leva vers son ami un regard désabusé.

— Même lui, alors ?… Va dormir. Demain, je te montrerai quelque chose qui t'amusera.

— Je ne suis pas fatigué.

— Vraiment ? Alors viens…

Les deux hommes s'enfoncèrent dans les couloirs endormis, sans un mot. Ce ne fut pas long. Deux soldats en armes montaient la garde à quelques pas de là, devant une porte close, qu'ils ouvrirent d'un tour de clé sur un geste du roi. Celui-ci s'effaça avec une déférence de courtisan devant Ulfin, et le preux entra. Aussitôt, une odeur douceâtre, écœurante, lui sauta aux narines, mêlant des effluves d'un parfum capiteux à des relents de vinasse et à la lourde et insidieuse émanation du sang. Mahault était là, énorme masse couchée dans un lit clos, éclairée par la lueur dansante d'une lampe à huile, les draps en bataille et un bras pendant dans le vide, large comme la cuisse. Du sang coulait encore, luisant et sombre sur sa chair blanchâtre, depuis la base du cou jusqu'au bout des doigts, d'où il tombait, goutte à goutte, formant une large flaque sur les dalles.

Ulfin se pinça le nez et s'approcha assez pour se pencher sur elle. Égorgée d'une oreille à l'autre… Il se tourna vers Uter, qui était resté sur le pas de la porte, et sortit prestement, refermant derrière lui.

— On sait qui l'a tuée ?

— Le seul qui n'est pas parti, justement, dit le roi. Ton ami Guerri le Fol. Le reste de la bande a filé. Madoc et Adragai en ont vu passer trois ou quatre, par la route du lac. Les autres un ou deux, au plus, sauf Kanet qui en a trop fait, comme d'habitude, et qui a tué le sien, sur la route du sud. Urien et toi êtes les derniers… C'est drôle, on dirait qu'ils se sont tous acharnés à faire un détour plutôt que de passer là où je les attendais. À moins que vous ne vous soyez endormis, bien sûr…

Ulfin se cabra, l'air offusqué.

— Je plaisante, dit le roi.

— Ouais…

Uter entraîna son ami par l'épaule, revenant sur leurs pas vers la chambre de parement. Devant un verre de vin, bercé par la chaleur d'un feu mourant dans la cheminée sur un tapis de braises, Ulfin s'étira, puis étendit ses longues jambes jusque dans l'âtre.

— C'est drôle, elle était presque parvenue à me convaincre, dit-il à mi-voix. Pourquoi Guerri l'a-t-il tuée ? Tu crois qu'il avait peur de revenir à Kab-Bag ?

— Oh non… Sûrement pas. J'ai déjà connu ce genre d'homme, voleur ou assassin, avec au doigt l'anneau de la Guilde. Jamais il n'aurait tué la vieille Mahault s'il n'en avait pas reçu l'ordre.

— Mais je croyais que c'était elle qui commandait la Guilde ?

Uter vida son verre, puis se servit une nouvelle rasade de vin et en proposa à son compagnon.

— Alors il faut croire que la Guilde a changé de suzerain, dit-il en se laissant aller au fond de son fauteuil. On ne saura sûrement jamais la vérité, mais je crois qu'elle ne nous a pas menti. Ce n'était jamais qu'une receleuse, au fond… Tant que les gnomes contrôlaient Kab-Bag, elle n'avait pas grand-chose à craindre, mais depuis que les monstres s'y sont installés… À quoi aurait pu leur servir une vieille femme impotente comme elle ? Sans doute a-t-elle vraiment voulu fuir le Maître, comme elle l'appelait, sans savoir que ses hommes ne lui obéissaient déjà plus…

Il eut une bouffée ironique.

— … Jusqu'à son page, tu vois… Le Fol est resté en dernier, pour finir le travail avant de rejoindre leur nouveau chef.

Uter releva les yeux vers le preux, et désigna d'un mouvement de tête la chambre où gisait le corps de la receleuse.

— Tu as vu sa main ? Tu n'as rien remarqué ?

Ulfin revit en pensée le sang noir coulant sur sa main blanche et grasse. Il secoua la tête négativement.

— Il lui a coupé un doigt, dit Uter. L'annulaire… Et on a retrouvé sur lui la bague que portait Mahault. Si tu veux essayer de le faire parler, ne te gêne pas. Je te souhaite bien du plaisir…

— Et cette histoire de souterrain, alors ? Tu crois que c'était vrai ?

Uter se tourna vers lui, le regard grave, soudain.

— Il n'y a qu'un moyen de le savoir, Ulfin.

Le preux marqua un temps d'arrêt, puis il blêmit lorsqu'il réalisa ce que le roi attendait de lui.

— Tu iras avec Lliane, dit-il. Donne-lui l'anneau de la Guilde, elle saura s'en servir… Freïhr viendra avec toi, et tu peux lui faire confiance, il est de taille à s'occuper de ce Guerri. Il vaut mieux pour lui d'ailleurs que le souterrain existe bien, parce que sinon je ne donne pas cher de sa peau…

Ulfin sourit et finit posément son verre.

— Tu réalises bien sûr que, si ce souterrain n'existe pas, c'est tout ton plan qui ne vaudra pas cher. Vous vous ferez massacrer en pure perte…

— Je n'ai (et Uter insista sur ce mot) *aucune* intention de me faire massacrer.

Malgré le froid toujours aussi vif, malgré la neige qui recouvrait chaque toit, chaque tente, le gel qui avait saisi le lac et les douves, Loth avait un air de fête. En moins d'une semaine, près de dix mille hommes avaient été inscrits sur les rôles de l'armée, dont près de sept cents chevaliers. C'était un spectacle dont Uter ne se lassait pas, courant jusqu'aux remparts dès qu'il avait un instant libre, s'enivrant du claquement de ses étendards dans le vent, *d'argent à croix latine de gueules*[1], de l'odeur de forge et d'écurie qui montait de cette multitude massée dans et hors la ville. À chaque heure il en arrivait de nouveaux, parfois des troupes entières venues des baronnies sous une bannière, un pennon ou une simple enseigne, selon le rang de celui qui les commandait, souvent de simples paysans libres armés d'arcs et de piques, parfois encore de jeunes nobliaux menant tout juste cinq chevaux et deux écuyers, comme l'exigeait au minimum le service d'ost, dû quarante jours par an par tout vassal du roi. La plupart des seigneuries, épuisées par la guerre, avaient à peine les moyens d'équiper un seul chevalier[2], mais nul ne s'était défilé, et ce flot ininterrompu formait à la longue une foule immense, que le connétable Léo de Grand, aidé des douze preux, organisait inlassablement en conrois et en batailles[3]. Où que le regard se porte, on pouvait se repaître de l'agitation fiévreuse des préparatifs. Armuriers, forgerons, fèvres, maréchaux-ferrants et sochiers battaient fer et enclume depuis le petit jour jusque tard dans la nuit, recrutant autant de monde que

1. Croix rouge sur fond blanc.

2. L'entretien d'un chevalier et de sa suite correspondait au revenu annuel d'une exploitation de cent cinquante hectares.

3. Un « conroi » comptait vingt chevaliers, commandés par un banneret. Plusieurs conrois formaient une « bataille », et plusieurs batailles une armée.

possible dans la masse inactive des piétons pour emmancher des lances sur des hampes en bois de frêne, de pommier ou de hêtre longues de plusieurs toises, ou fabriquer des flèches. Des lignes entières de cavaliers s'exerçaient à la charge frontale, par rangs serrés, et faisaient trembler la terre sous les sabots de leurs destriers. Sous chaque tente, chaque tref, dans chaque écurie, des écuyers graissaient les cuirs et roulaient les hauberts de mailles [1]. L'air vibrait de cris et de rires, du cliquètement des épées et du sifflement des flèches, partout où des hommes s'entraînaient. C'étaient des jours de liesse pour la plupart d'entre eux. Par ordre du roi et selon son plan de bataille, tout ce qui savait tenir en selle, sergents, gardes ou écuyers, était fait chevalier sur l'heure et partait aussitôt s'exercer à la lance. De même, les chevaliers portant déjà écu et éperons se voyaient hissés au rang de bannerets, commandant des lignes ou des conrois entiers, quand bien même la plupart n'avaient pas seize ans. Partout dans la ville, les nouveaux promus arpentaient fièrement les ruelles, leurs cheveux rassemblés en chignon [2] au sommet de la tête et le bouclier dans le dos, encore humide parfois de la peinture blanche frappée d'une croix rouge qui en couvrait la panne, et rêvaient déjà d'y apposer un jour leurs propres armes.

Tout comme les tavernes et les bordeaux, presque autant, l'église ne désemplissait pas. On y consacrait les nouveaux promus par bataillons entiers, sans le dixième des rites habituellement nécessaires, tout juste une

1. Il fallait fréquemment rouler les cottes de mailles dans l'huile pour éviter qu'elles ne rouillent et conserver leur souplesse.

2. Les cheveux servaient ainsi de protection, sous le heaume.

bénédiction, mais il y avait tant à faire… C'était toujours la même phrase, récitée tout le jour durant : « *Seigneur Dieu, daigne bénir et sanctifier les hommes que voici, désireux de porter la bannière de la sainte Église pour la défendre contre la meute hostile, afin qu'en ton nom les fidèles et les défenseurs du peuple de Dieu qui la suivront se réjouissent d'obtenir la victoire sur ces ennemis et le triomphe par la vertu de la sainte Croix.* » Amen, et au suivant.

Ironiquement, les mensonges de Merlin étaient devenus une réalité, ce dont l'homme-enfant était le premier à s'émerveiller. Il avait laissé Lliane et les autres au bord du lac et ne cessait de sillonner la ville, reconnu de loin en loin par quelque vétéran de l'armée du Pendragon et qui, parfois, lui adressait un signe amical, ce qui pour lui était plutôt inhabituel. L'armée vaincue, démoralisée, s'était transformée en une multitude joyeuse et prête à en découdre. Il y avait forcément de la magie là-dessous ! Le pauvre aurait bien été étonné d'entendre ce qui se disait derrière son passage. Lui le banni, l'enfant sans père méprisé, rejeté, devenait le plus grand des magiciens, plus fort que tous les sorciers sous la Montagne, plus savant que tous les druides de Brocéliande, et la rumeur finissait par le précéder, si bien que tous souriaient à présent sur son passage, et qu'il s'en sentait transporté. Uter lui-même était métamorphosé. Il n'avait dormi que quelques heures ces jours derniers, et l'excitation le maintenait dans un état de fébrilité proche de la démence, courant partout, veillant à tout, s'arrêtant à chaque bivouac pour parler aux hommes, mordre dans une miche de pain ou boire à même une outre de vin, suivi comme une ombre par la masse imposante de Freïhr. Le barbare traînait encore la patte, mais il s'était dégotté une masse cloutée d'une taille tout à fait formidable et la portait sur l'épaule comme une cognée, ce qui faisait le bonheur de la troupe. Parfois, Merlin les rejoignait dans leurs incessantes pérégrinations, le temps de quelques mots, puis il disparaissait comme à son habitude, sans qu'on sache où il était passé.

Avec toute cette fièvre, Ygraine n'avait plus vu son époux depuis des jours, sinon de loin, en coup de vent, aussi sale et crotté qu'un gueux, et ce que les moines lui rapportaient de son comportement n'avait rien pour la rassurer. Elle priait dans la chapelle, seule avec Blaise et ses suivantes, lorsqu'une chambrière empourprée et haletante vint interrompre ses dévotions.

— Le roi est là, ma Dame ! Dans votre chambre !

La reine jaillit de son prie-Dieu, sourde aux protestations du moine, et sans même se signer quitta le lieu saint. Il ne convenait pas qu'une dame de qualité s'essouffle et gâte son teint en courant comme une fillette, mais Ygraine n'avait ni l'âge ni l'envie de suivre de tels conseils. Elle était hors d'haleine en atteignant leur chambre, laissa dehors ses suivantes et leur claqua la porte au nez.

Uter dormait déjà, affalé sur la couverture d'écureuil petit-gris étalée sur leur lit. Ses chausses boueuses avaient laissé des flaques sur les dalles jonchées de paille. Sa chape fourrée gisait à terre, encore constellée de neige glacée. Il avait défait son ceinturon dès l'entrée et jeté son épée en travers d'un fauteuil. Ygraine reprit son souffle, adossée à la porte. Elle se sentait d'un seul coup le cœur au bord des lèvres, saisie d'une suée froide, mais elle mit ça sur le compte de sa course précipitée.

Dès que la sensation de vertige se dissipa, elle s'avança jusqu'à la couche, s'assit précautionneusement pour ne pas l'éveiller et, après une hésitation, écarta du bout des doigts les nattes brunes qui lui masquaient le visage. Uter dormait la bouche ouverte, comme un enfant, les pommettes rougies par le froid, la peau luisante de givre fondu.

— Tu l'aimes, n'est-ce pas ?

Ygraine poussa un cri et se retourna d'un bond. Souriant près de la cheminée, tranquillement assis à réchauffer ses chausses contre les chenets, Merlin haussa les sourcils, comme s'il s'étonnait de sa frayeur.

Ygraine se reprit, jeta un coup d'œil vers Uter qui dormait toujours, puis en quelques pas rejoint le jeune druide.

— Sors d'ici !

— Je vais sortir, ma reine, et plus vite que tu ne le crois, sourit Merlin. Dans quelques heures, j'aurai quitté le château et tu ne m'y reverras plus.

— Grand bien nous fasse !

— Viens t'asseoir à côté de moi…

Elle le regarda avec haine, et Merlin poussa un soupir de lassitude.

— Comme tu veux, dit-il. Pourtant, il faut que je te parle…

La reine se tenait droite et fière devant lui, les bras croisés sous sa poitrine, avec une expression de morgue qui eût été offensante, si les lèvres qui la formaient avaient été moins jolies, et Ygraine moins jeune. En dépit des efforts qu'elle faisait pour tenir son rang, c'était une toute jeune fille, que même la colère ne parvenait pas à durcir. Ses cheveux blonds tressés et roulés en cadenettes sur les oreilles n'avaient pas tenu au rythme de sa course, et de longues mèches s'en étaient détachées, ce qu'il trouva parfaitement adorable. Uter n'était pas seulement « Aimé de deux reines », il l'était aussi des deux plus belles créatures qu'il lui ait été donné de voir. Lliane était plus belle, sans doute, avec cette grâce sensuelle, cette impudeur animale qui aurait fait se damner tous les saints des Évangiles, mais Ygraine semblait plus proche, plus fragile, et donnait envie de l'aimer en retour. Elle était rouge d'émotion, palpitante, et Merlin se sentit mortifié de la voir ainsi. Arthur n'était pas que le fils d'Uter. Il avait une mère, aussi, la plus jeune et la plus douce des mères, à laquelle il devait l'arracher… Et dire qu'elle semblait déjà le détester, avant même qu'il ne parle !

— Eh bien ! dit-elle sèchement. J'attends !

— Merlin est venu prendre soin d'Arthur, fit la voix d'Uter, derrière eux.

Ils se retournèrent d'un même mouvement vers le roi, qui se frottait le crâne, assis sur son lit, avec l'air d'avoir été ramassé par un chien.

— Qu'est-ce que tu dis ?

— Je n'ai pas eu le temps de te parler, murmura-t-il. Pardonne-moi…

Elle vint se réfugier dans ses bras et il la serra fort, les yeux fermés, humant la bonne odeur de ses cheveux.

— Je vais partir, dit-il tout bas. L'armée est prête, et il serait dangereux d'attendre plus longtemps. Mais il ne restera plus personne à Loth pour vous défendre, toi et Arthur. Je veux que tu ailles chez ton frère… Léo de Grand n'est pas en état de mener la bataille, c'est moi qui conduirai les troupes. Il t'emmènera en Carmelide, dans votre château de Carohaise.

— Et Arthur ? souffla-t-elle.

Uter ouvrit les yeux, croisa le regard de Merlin. Pouvait-elle sentir son cœur battre la chamade ? Voyait-elle la sueur perler sur son front ?

— Il serait trop risqué de vous faire voyager ensemble… Antor et Merlin veilleront sur lui. Ils vous rejoindront plus tard.

À nouveau, il croisa furtivement le regard de l'homme-enfant, et il lui sembla qu'il l'approuvait d'un hochement de tête. Mais presque aussitôt elle se détacha de lui et dévisagea Merlin avec un visible dégoût.

— Pourquoi lui ? siffla-t-elle. Est-ce à lui que tu veux confier ton fils ?

— Tu ne connais pas Merlin, dit-il en essayant de l'attirer à nouveau contre son épaule.

Elle s'écarta vivement, les yeux brillants de larmes.

— Écoute-moi, insista-t-il. Merlin est respecté et craint, tant par les elfes que par les nains. Avec lui, Arthur sera en sécurité, je t'en fais le serment !

— Jamais !

Ygraine les défia l'un et l'autre, puis elle courut jusqu'à l'unique fenêtre de leur chambre, et à voir les tressautements de ses épaules ils comprirent qu'elle s'effondrait en pleurs. Uter, d'un mouvement de tête, fit signe à Merlin de sortir, attendit que le jeune druide ait refermé derrière lui, puis vint la rejoindre.

— Il se peut que je ne revienne pas, tu sais…

— Tu crois que je ne le sais pas ? Tu crois que je n'ai pas vu ce qu'il restait de l'armée de Léo de Grand ? Tu crois que je n'ai pas subi leur siège, que je n'ai pas vu les flammes, ni entendu leurs hurlements ? Chaque nuit, j'étais auprès d'Arthur et d'Anna, à me demander si tu étais encore en vie… Je t'aime, Uter. Je t'aime plus que tu ne pourrais l'imaginer. Mais même dans les pires instants, quand je te voyais mort sur les remparts, brûlé ou dévoré par les loups, j'avais encore mes enfants, et au moins était-ce une raison de vivre… Si tu meurs, Arthur sera tout ce qu'il me restera de toi. Ne me l'enlève pas. Par pitié, ne me l'enlève pas.

— Ygraine, il est né pour être roi. C'est plus important que tout, il faut que tu le comprennes…

— Et qu'est-ce que ça peut me faire, qu'il soit roi ?

Elle criait à présent, le visage ravagé de larmes. Quand il tenta une autre fois de la prendre dans ses bras, elle le gifla à toute volée.

— Tu n'as pas le droit ! C'est moi, la reine ! C'est à moi que tu dois ton trône !

Les yeux écarquillés de rage, les nattes défaites, le visage baigné de pleurs, elle avait l'air d'une folle, à faire peur. Uter recula. Sa joue le cuisait, la gifle l'avait humilié plus encore que ses mots blessants, et le manque de sommeil lui mettait les nerfs à vif.

— Il te reste Anna, après tout…

— Sois maudit !

Alors il tourna les talons, ramassant au passage son épée sur le fauteuil, et claqua la porte derrière lui. Ygraine tomba à genoux, secouée de sanglots, puis s'effondra sur le sol.

— Sois maudit, Uter, toi et ton Merlin de malheur !

Uter ne pouvait plus l'entendre. Arpentant les couloirs comme un forcené, à une telle allure que Merlin devait courir pour rester derrière lui, il fit irruption dans la chambre d'Arthur, bousculant au passage Antor et la nourrice, semblant à peine remarquer qu'ils étaient enlacés.

— Faites vos bagages ! Soyez prêts à partir dans une heure, avec l'enfant !

Ses cris avaient réveillé le bébé, qui se mit à brailler dans son berceau. La femme se précipita, renouant fébrilement son corsage délacé, et le prit contre son sein pour le bercer, mais Uter leur jeta tout juste un regard. Quand il se retourna, il vit Merlin devant lui, tremblant comme une feuille.

— Veille sur lui, bâtard du diable, comme si c'était ton propre fils !

— Ce sera comme mon fils, murmura Merlin.

Uter le mesura du regard et le vit tel qu'en lui-même, chétif et bouleversé, avec l'envie de le briser en deux. Puis il avisa le chevalier Antor, avec sa tête de bon chien fidèle, et sa rage retomba.

— Brave Antor…

Il lui sourit et garda les yeux fixés sur lui tandis qu'une idée nouvelle faisait son chemin dans son esprit, si longuement cependant que le jeune chevalier se dandina d'un pied sur l'autre, rougissant comme une pucelle.

— Tu as des enfants, Antor ?

Le chevalier secoua négativement la tête.

— Une terre ?

Il haussa les épaules avec un sourire gêné.

— Et toi, la femme ? dit Uter en se tournant vers la nourrice. Tu es mariée ?

— Mon mari est mort. Mais il me reste un fils. Kaï… Il a presque deux ans.

— Un fils… C'est bien.

Uter semblait à nouveau tout guilleret et les regardait tour à tour, Merlin et eux, avec un air formidablement satisfait.

— Eh bien, Antor, je te donne ma terre, Cystennin. Ce n'est qu'une motte fortifiée à l'orée de la forêt, mais elle porte le titre de baronnie et compte quelques manses paysannes [1], qui te rapporteront assez de bien. Et je te donne cette femme, ajouta-t-il, avec un regard amusé vers la nourrice. Emmenez Arthur, élevez-le avec…

— … Kaï, souffla-t-elle, alors que le roi peinait à retrouver son nom.

— C'est cela. Nul ne doit savoir qu'Arthur est mon fils, mais je compte sur toi pour le défendre, sur ta vie, et en faire un homme. Merlin ira avec vous. Obéis-lui en tout, Antor… Lui seul pourra venir vous le reprendre, quand le moment sera venu.

Uter hésita quelques instants puis, du bout des doigts, il caressa la joue de son fils. Arthur lui attrapa le doigt, le mit en bouche et se mit à téter, ce qui lui chavira le cœur. Doucement, il se dégagea et toisa Merlin.

— Ça te va, comme ça ?

— À moi, oui… J'espère que Lliane…

— C'est ça ou rien.

Uter souriait toujours, mais ses yeux brillaient et son menton tremblait. Merlin le retint par le bras à l'instant où il quitta la pièce, mais le roi se défit de son emprise et sortit sans se retourner.

Ils ne devaient plus se revoir.

1. Domaine agricole, de cinq à dix hectares, concédé par le seigneur à des paysans libres, contre une redevance.

XII

Un matin d'hiver

Seuls les gardes qui étaient de faction à la grand-porte à la troisième heure de laudes auraient pu les voir partir. Antor montait un sommier aussi noir que la nuit, l'arc en sautoir et le bouclier fixé à la selle contre son épée, précédant un lourd chariot tiré par deux bœufs que Merlin, presque méconnaissable avec son manteau et son bonnet de fourrure, menait à la baguette. Il allait à pied, le roi n'ayant pu (ou n'ayant voulu) distraire un cheval de plus pour leur expédition. Ce serait un long voyage jusqu'à la baronnie de Cystennin, surtout par ces routes enneigées, et si Uter avait voulu lui infliger une pénitence, il n'aurait pas agi autrement.

L'aurore était magnifique, pour la première fois depuis bien des jours, formant une longue bande rose sur le bleu pâle de la neige et irisant le faîte de la forêt de tentes élevées aux abords des fortifications. Pas un nuage dans le ciel, tout juste les sombres volutes de la nuit qui se dissipaient lentement. On pouvait y voir un présage heureux. C'est du moins ce qu'Uter ressentit tandis que le chariot s'éloignait, abritant la nourrice, son fils Kaï et Arthur. Instinctivement, il se retourna, leva les yeux vers le donjon et chercha la fenêtre de leur chambre, avec l'espoir d'y apercevoir Ygraine. Elle ne lui parlait plus, elle lui refusait sa porte, mais Uter l'avait fait prévenir de l'heure du départ ainsi que de l'endroit où il se tiendrait sur les remparts, si jamais elle voulait se montrer ou embrasser une dernière fois leur fils. Bien sûr, il ne vit rien, à cette distance, mais comment aurait-elle pu ne pas être là, alors que son enfant la quittait, sommeillant dans les bras d'une autre ? Uter resta ainsi de longues minutes, tourné vers cette fenêtre muette, dans l'espoir que le regard d'Ygraine se poserait sur lui sans trop de rancœur.

Il était conscient que lui arracher ainsi leur fils pouvait sembler la pire des trahisons et qu'elle ne pourrait le pardonner si vite, mais ce départ en précédait un autre, le sien, celui de l'armée. Partir sans la revoir serait un déchirement de plus...

Au bout d'un moment, un frisson le saisit d'être resté ainsi sans bouger, et il reporta son attention sur le chariot bâché, sur Merlin, empêtré et maladroit, glissant à chaque pas, et sur la silhouette altière d'Antor, juché comme un prince sur son gros cheval. Dans deux ou trois semaines, un mois au plus, il serait à Caer Cystennin, loin de la guerre et de l'agitation de la cour, avec en poche un parchemin que le jeune chevalier aurait été bien en peine de lire, mais qui portait le sceau royal et faisait de lui le nouveau maître des lieux. C'était une bonne chose. Quoi qu'il arrive, Arthur grandirait là où Uter lui-même avait grandi, guère plus riche, en vérité, que ses paysans, mais libre et insouciant, à l'orée de la grande forêt. Le vieux Elad, le chapelain de son père, lui donnerait un peu de religion, lui apprendrait à lire et sans doute à se méfier des elfes.

Antor lui enseignerait à monter à cheval, à chasser, à tenir une épée. Et quant à Merlin… Eh bien, Merlin veillerait sur lui, et lui dirait peut-être un jour qui était son père.

Ils traversaient le campement, à présent, sans que personne ne fasse attention à eux, si ce n'est quelques soldats de faction auxquels le tout jeune baron de Cystennin adressait des gestes joyeux. Sans doute devait-il se repaître de ce soleil levant, de cet air vif, de la bonne odeur des bœufs et du crissement des roues sur la neige fraîche de la chaussée. Un homme simple et brave, qu'il venait de combler au-delà de ses rêves en lui offrant une épouse, une baronnie, assez de biens pour couler des jours heureux et deux enfants qui, certes, n'étaient pas de lui mais qu'il élèverait comme les siens… Et la vie, ne pas oublier la vie, sauve, loin des combats qui se préparaient… C'était bien plus qu'il n'avait lui-même, pauvre roi qui risquait de tout perdre, femme, enfant, trône et vie, ou bien de tout regagner, à jamais.

Uter prit une profonde inspiration et s'efforça de chasser ses appréhensions en contemplant l'immense campement qui s'éveillait sous les premiers rayons du soleil. Toute cette masse d'hommes, tous ces chevaux… Ils étaient sûrement moins nombreux que la multitude qui avait suivi le Pendragon lors de son irrépressible chevauchée, mais cette fois il était lui-même, rien qu'un homme mais rien de moins qu'un homme. Cette fois, ils vaincraient par le glaive et la lance, non par magie. Ce serait un nouveau départ, une deuxième chance. Lliane avait raison… Que les talismans rejoignent l'île sacrée, qu'ils y disparaissent et qu'on les y oublie jusqu'à la fin des temps !

Malgré lui, son regard se porta vers le lac, vers la petite sente qu'Ulfin et lui avaient suivie depuis la poterne jusqu'au ponton et, au-delà, jusqu'au campement des elfes et des nains. Étaient-ils partis, déjà ? Évidemment que non. Ils devaient attendre Freïhr, Ulfin et ce gibier de potence qui leur servirait de guide. Pourtant, on ne voyait aucune fumée…

Un bruit de glissade et un juron, sur le chemin de ronde, lui firent tourner la tête. C'était le duc Léo de Grand, drapé dans une cape fourrée qui masquait son bras en écharpe.

— Je sais ce que tu vas me dire, fit Uter en levant la main pour l'arrêter avant même qu'il s'exprime. Épargne-toi des efforts inutiles, c'est moi qui conduirai l'armée. Ce n'est pas une sanction… Tu es toujours le connétable du royaume, mais tu es blessé. Tu ne pourrais même pas tenir une lance.

Le duc accusa le coup. Son visage était en sueur, aussi rougi par le froid que par l'effort qu'avait représenté l'ascension de la tourelle menant aux remparts. Il se dandina d'un pied sur l'autre, peinant à ravaler tout le petit discours qu'il avait élaboré et que son beau-frère venait de rendre vain par sa simple mise en garde. Il se creusait si visiblement la cervelle pour trouver de nouveaux arguments qu'Uter eut pitié de lui et, sans penser à sa blessure, lui claqua chaleureusement l'épaule, ce qui eut pour effet d'arracher à Carmelide un cri de douleur.

— Pardonne-moi. Tu vois, j'avais oublié…

— Ça va, grommela Léo de Grand dans sa barbe.

Il recula pourtant, pivotant sur lui-même comme pour mettre sa blessure hors de portée d'une nouvelle manifestation d'amitié intempestive.

— Par ailleurs, dit Uter, j'ai besoin de toi.

Le duc leva un sourcil broussailleux.

— Je veux que tu emmènes Ygraine à Carohaise. Il ne restera plus assez d'hommes à Loth pour la défendre, si jamais… Enfin, tu m'as compris.

Uter tenta de sourire, mais ce ne fut qu'un rictus.

— Maintenant, apprends-moi tout ce que tu sais des monstres…

Ils s'étaient mis en route à la nuit noire, à la seule lueur des étoiles et de la lune, ce qui était bien suffisant pour des elfes, et même pour des nains. Les trois hommes de leur compagnie, Ulfin, Freïhr et Guerri l'assassin, auquel on n'avait donné qu'une mule afin qu'il ne risque pas de s'échapper, n'y voyaient rien, en revanche, et s'écarquillaient les yeux à tenter de les suivre. Loin devant, comme à son habitude, Till marchait à pied, précédé de son gerfaut. C'était un pisteur, capable de courir des heures durant sans éprouver de fatigue, aussi silencieusement qu'un renard. Tout à l'heure, quand le jour se lèverait, sans doute forceraient-ils l'allure, mais pour l'instant ils allaient au pas, si lentement en fait que Till, bien qu'il aille à pied, avait déjà une avance considérable.

Lliane chevauchait en silence à côté de son frère Dorian et de Kevin l'archer. La nuit était calme, ponctuée des ululements d'oiseaux de nuit et du pas tranquille de leurs chevaux dans la neige. Aucun d'eux ne somnolait, mais la surexcitation du départ avait laissé place au bout de quelques heures à un mutisme général. Freïhr lui-même avait fini par se taire. La reine avait laissé les rênes de sa jument Ilra glisser sur son encolure, et son corps relâché épousait le balancement régulier du pas de la jument tandis qu'elle se perdait dans ses pensées.

Tout le jour, juchés en haut d'une motte à l'abri de fourrés alourdis de neige, ils avaient assisté à l'interminable procession de l'armée des hommes quittant Loth en ordre de bataille, et ces images restaient gravées dans sa mémoire. Tout avait commencé au début du jour, quand un parti d'éclaireurs à cheval s'était élancé du campement au grand galop, dans un désordre barbare. Et puis de longues cohortes de gens d'armes, coutiliers, archers, piquiers et simple piétaille armée de bric et de broc s'étaient mises en marche à leur suite, en rangs serrés, protégeant des convois de chariots et des troupeaux entiers de bœufs ou de moutons. Parmi cette foule, on voyait parfois de hautes croix, tenues comme des étendards par des moines en bure sombre, comme s'ils n'en avaient pas assez peint sur leurs cottes d'armes et leurs boucliers… Enfin, venaient les chevaliers, acclamés du haut des remparts par tout ce qui restait en ville de femmes, d'enfants, de vieillards et de si peu d'hommes valides que même ceux qui avaient reçu l'ordre de demeurer à Loth, soldats ou serviteurs, en éprouvaient de la honte. L'aube avait tenu ses promesses et un soleil d'hiver brillait toujours, illuminant leurs heaumes et leurs hauberts de mailles. On aurait dit un fleuve d'argent coulant lentement, interminablement, sous une forêt de lances. Malgré la distance, les elfes sentaient la terre gronder sous les sabots des chevaux, vibrer comme un tambour. Chaque conroi portait des bannières de couleurs différentes, et tous ces fanions flottant gaiement donnaient à l'armée un air de fête. Se pouvait-il que les hommes aiment la guerre, qu'ils soient joyeux ou fiers de se battre ? Lliane aurait voulu en parler à Myrddin, mais le jeune druide était parti avec le fils d'Uter, et elle n'avait pas osé poser la question à Ulfin. Il était trop tard à présent, alors qu'au spectacle de cette foule en armes étincelant sous la lumière du soleil avait succédé leur sombre et discrète équipée.

Quelle importance, d'ailleurs... Qu'ils partent au combat en chantant ou avec la peur au ventre, le moment de vérité serait le même pour tous, au bout du compte, quand la fureur de la bataille s'abattrait sur eux avec la soudaineté d'une tempête sur l'océan. À les voir partir ainsi et sachant qu'Uter était parmi eux, Lliane s'était à nouveau sentie saisie par cette sensation humaine qui l'avait étreinte dans la clairière des elfes. Uter, Myrddin et elle empruntaient trois voies différentes, divergentes, et l'elfe se sentait seule, malgré son frère, malgré Till, Kevin et les autres, comme s'ils ne devaient pas se revoir. Ce serait un long chemin, jusqu'à Kab-Bag...

Un cri, tout à coup, perça le silence de la nuit, suivi d'un bruit de chute, d'un concert de jurons et d'une brusque cavalcade. Elle se retourna instinctivement, et n'eut que le temps de se protéger le visage. Une ombre passa devant elle, l'éclair d'une lame trancha sa cape. C'était Guerri.

— Arrêtez-le ! cria la grosse voix rocailleuse de Freïhr. Il a pris mon cheval !

Déjà, Kevin brandissait son arc, mais Lliane l'arrêta d'un geste. À la stupeur du barbare qui était parvenu jusqu'à eux, elle se redressa sur sa monture et poussa un hennissement strident. Il faisait trop sombre, même aux yeux des elfes, pour qu'ils voient quoi que ce soit, mais ils entendirent le cheval se cabrer, obéissant à son ordre, et juste après il y eut un nouveau bruit de chute.

Freïhr réagit aussitôt. Il était étonnant de voir courir si vite un homme de sa taille et de son poids, surtout dans une telle épaisseur de neige. Lliane mit sa jument au trot et les rejoignit en quelques instants, pas assez vite pourtant pour retenir le barbare. Désarçonné, le malheureux Guerri avait roulé sur le bas-côté, et s'il ne s'était rien cassé dans la chute, Freïhr se chargeait visiblement d'arranger cette injustice. Il tapait comme un sourd, se servant de son poing comme un marteau, avec une rage qui épouvanta les elfes et ravit les nains.

— Freïhr, arrête ! s'écria-t-elle.

Mais le barbare cognait toujours, furieux de s'être laissé surprendre par ce gibier de potence, qui avait eu en outre l'impudence de le jeter à bas de sa monture pour la lui voler. Il est vrai qu'avec une mule il ne risquait pas d'aller bien loin…

— Vas-y ! cria joyeusement Bran, qui s'était rapproché avec ses compagnons. Tue-le !

Lliane lui jeta un regard meurtrier, sauta à bas de son cheval et dévala le bas-côté pour empoigner le barbare. D'un coup de coude, il se débarrassa d'elle, mais au moins eut-il conscience de ce qu'il venait de faire. Abandonnant sa victime, il se précipita vers la reine et la ramassa dans ses grosses pognes, comme une enfant.

— Ça va, dit Lliane en reprenant ses esprits. Repose-moi, maintenant.

Le barbare obéit, tout penaud, et, comme les nains battaient des mains et l'acclamaient à grands cris, il se permit un vague sourire.

Lliane s'était agenouillée aux côtés de Guerri le Fol, ou de ce qu'il en restait. Sa mâchoire faisait un angle bizarre, ses lèvres et son nez avaient éclaté, c'est tout juste s'il était encore en vie. Elle se retourna vers le reste de la troupe, et c'est à cet instant qu'elle intercepta le sourire de Freïhr.

— Il n'y a pas de quoi rire, dit-elle. Si tu l'avais tué, stupide brute, on pouvait aussi bien rentrer à Loth, ou aller mourir avec Uter. Tu veux revoir ton fils, oui ou non ?

À l'évocation de Galaad, le visage du géant se referma. Il bredouilla une excuse, mais Lliane haussa les épaules et se détourna de lui.

Ils restèrent là jusqu'au petit matin, perdant sans doute de précieuses heures à soigner l'assassin de la Guilde. Que faire d'autre, pourtant ? Il était vraiment impensable de le remettre en selle dans cet état, et il fallut attendre que Guerri reprenne connaissance. Lliane et Sudri, mettant en commun leurs connaissances médicales, s'étaient relayés à son chevet sous un abri de fortune fait d'une simple cape tendue entre deux arbres. Dans la lueur du petit jour, l'homme semblait plus mal en point encore. Rien au monde, ni la magie des pierres ni la médecine des plantes, n'aurait pu soigner une telle quantité d'horions, et c'est peu dire qu'il n'avait plus figure humaine. On lui avait remis la mâchoire en place, mais Guerri avait perdu plusieurs dents et ne cessait de baver du sang. Les lèvres tuméfiées, les arcades gonflées et noires, il gémissait sans discontinuer, incapable de se tenir debout. En contrebas, on distinguait à présent dans la neige l'empreinte sanguinolente de l'empoignade.

Les nains avaient déjà fait du feu et mis quelque chose à bouillir. Tous les autres, y compris les elfes, leur jetaient des regards en coin, espérant manifestement qu'il y en aurait pour tout le monde. L'odeur du bois brûlant et du vin chaud se répandit rapidement jusqu'à eux, puis jusqu'à l'abri où Sudri dormait du sommeil du juste, pelotonné sans s'en rendre compte contre le corps meurtri de l'assassin. Aussi immobile qu'une pierre, Lliane l'observait et sans doute Guerri devait-il croire qu'elle s'était elle aussi assoupie. Un bref instant, il leva la tête, et la reine perçut l'éclat de son regard sous ses paupières enflées, fixé sur la bague qu'elle portait au doigt.

— C'est la bague de Mahault, murmura-t-elle. L'anneau de la Guilde… Évidemment, tu en deviendrais le maître si tu parvenais de nouveau à t'en emparer. Mais dans l'état où tu es… Toute la question est de savoir si tu peux continuer et nous mener jusqu'au souterrain. Conduis-nous et je te laisserai l'anneau, et la vie. Si tu refuses, nous n'aurons pas d'autre choix que de rebrousser chemin pour aller nous faire tuer avec l'armée d'Uter. Mais dans ce cas, bien sûr, Freïhr devra s'occuper de toi…

Il tourna la tête vers elle, aussi pitoyable qu'affreux avec ce visage martelé, et le bandage noirci de sang séché qui lui entourait la mâchoire. Ses lèvres s'entrouvrirent, mais il ne parvint qu'à chuinter quelques mots incompréhensibles. Son regard, en revanche, était suffisamment éloquent.

— Je vois que tu m'as comprise, dit-elle.

Elle fit mine de se lever pour quitter leur abri de fortune, mais le Fol la retint par la manche.

— L'armée… n'a… aucune… chance.

Lliane le dévisagea, se demandant s'il souriait ou si cette espèce de grimace était un rictus de souffrance. Elle l'espéra.

— Le Maître… a été… prévenu, murmura-t-il encore.

— J'espère bien, dit Ulfin, d'une voix forte qui fit sursauter la reine. On peut dire qu'on a tout fait pour ça !

Le preux lui souriait, mais Lliane perçut dans son regard une angoisse qui démentait le ton joyeux de ses rodomontades. À ce moment, ils pensaient tous deux à Uter, à cette armée inconsciente qui s'avançait vers la mort sans autre but que de leur dégager la voie.

— Si tu es capable de parler, tu es capable de monter à cheval, grogna Ulfin.

Il saisit Guerri par le col, le hissa sur son épaule et le jeta sans ménagement sur le dos de sa mule.

— Seigneur Freïhr, à vous ! cria-t-il, et l'assassin vit avec horreur le barbare s'approcher de lui, tenant en main un lacet de cuir.

Leurs regards se croisèrent un bref instant. Freïhr souriait. Il le prit lui aussi par le col de sa capuche, mais il arracha le manteau d'un geste brusque et lui passa le lacet autour du cou. Puis, en déroulant tout juste ce qu'il fallait pour monter en selle, il leva ostensiblement son poing énorme et noua ce qu'il restait autour de son poignet.

— Essaie de rester à ma hauteur, dit-il, appuyant sa menace d'une brusque traction qui tendit le lacet et étrangla à moitié son prisonnier.

— Allez, on repart ! cria la reine à l'intention des nains qui déjeunaient toujours, regardant tout cela comme au spectacle.

Tandis qu'ils s'activaient, les autres se mirent en route. D'un geste méprisant de sa main libre, Freïhr désigna à Guerri sa cape gisant à terre, formant une flaque sombre dans la neige.

— Prie pour qu'on arrive avant la nuit. Sinon, avec ce froid…

Au matin du deuxième jour, quelques loups vinrent rôder à bonne distance de l'armée. Uter, cependant, avait retenu la leçon de Léo de Grand. Ils n'avaient pas monté de campement, pas fait de feu. Ç'avait été une nuit terrible, mais au moins ne risquaient-ils pas de se faire surprendre, même si peu d'entre eux avaient réussi à fermer l'œil. Les hommes s'étaient installés en carrés serrés, emmitouflés dans leurs capes, protégés du vent par les chariots que le maréchal de camp avait alignés face au nord, comme un rempart. Et, dès que les loups s'étaient montrés, des milliers d'hommes s'étaient levés d'un même bond, l'arme au poing, dans un tel concert de cris et une telle débauche de gesticulations que les fauves avaient fui la queue basse.

Ce n'était pas une victoire, puisqu'il n'y avait pas eu de combat, pas même une flèche décochée. Pourtant, la fuite des loups déclencha des rires et des acclamations. Les hommes se congratulaient, parlaient fort et battaient du pied. Plus ou moins réveillés, plus ou moins transis, ils secouaient sous la lueur orangée du petit matin leurs capes de fourrure durcies par le froid, rassemblaient leurs armes et se passaient des outres d'eau-de-vie pour se réchauffer. Uter ne voyait autour de lui que des visages violacés de froid et des nez rougis, mais toutes ces trognes étaient réjouies, et lui-même se sentait gagné par cet enthousiasme puéril, par le simple bonheur du jour naissant, par la force émanant de leur nombre. Les preux qui formaient sa garde rapprochée souriaient, eux aussi, tandis qu'ils l'aidèrent à s'adouber. Uter arrêta un instant son regard sur une silhouette agenouillée à l'écart, puis hocha la tête en reconnaissant Illtud de Brennock. L'abbé, vêtu en guerre comme eux et portant l'épée au côté, ne ressemblait guère à un homme d'Église, bien plus au chevalier qu'il avait été autrefois. Il priait en lui-même, mains jointes et tête baissée, offrant sa nuque rasée et sa tonsure au vent d'hiver. Uter lui sut gré de ne pas leur imposer à tous quelque action de grâces. Pour l'heure, il avait faim et froid, et rien ne lui semblait plus urgent que de finir de s'équiper et de lever le camp. Se détournant du moine, il passa son haubert de mailles pardessus la tunique de cuir rembourrée qu'il avait conservée pour dormir, fit quelques mouvements pour l'assouplir, enfila sa cotte d'armes blanche par-dessus et laissa Adragai nouer autour de ses hanches le baudrier chargé d'Excalibur. Enfin, il se couvrit la tête et les épaules de son camail de fer puis ramassa son heaume qu'il alla fixer à sa selle. À leurs regards, à leurs sourires, il sentait que les preux attendaient qu'il leur parle, et il s'en voulut d'être incapable de leur mentir, ni de leur dire ce qui les attendait.

— Allez, mes amis, en selle !

Auraient-ils pu comprendre que malgré leur nombre, malgré leur force, toute cette armée n'était qu'un leurre, une diversion, que la plupart d'entre eux mourraient bientôt sans espoir de victoire ?

Uter fut parmi les premiers à mettre le pied à l'étrier et, du haut de son cheval, contempla la plaine noire de monde, agitée comme une fourmilière. Quelle différence, en fin de compte ? Une bataille était une bataille…

Il leur fallut moins d'une heure pour reformer les rangs et reprendre leur progression en ordre de marche. Entouré de ses preux, le roi chevauchait au pas parmi la piétaille, tête nue pour que chacun le reconnaisse. Sur son passage, les soldats levaient leur pique ou leur bouclier blanc frappé d'une croix rouge, les plus hardis l'apostrophaient sans manières et claquaient au passage la croupe caparaçonnée de son destrier, comme si tout cela n'était qu'une promenade, comme si des centaines, des milliers d'entre eux n'allaient pas périr avant le soir. Ils mangeaient tout en marchant et ne cessaient de lui tendre du jambon, du pain, qu'il acceptait volontiers, une outre de vin à laquelle il buvait à la régalade, et le bel appétit du roi les mettait en joie. Puis Uter piquait des deux et partait au petit trot vers un autre groupe, brandissant parfois Excalibur, étincelante dans le soleil levant. Il en fut ainsi une bonne partie de la matinée, puis la fatigue de la marche se fit sentir et la liesse des hommes se tarit peu à peu.

Ils n'étaient encore qu'à une dizaine de lieues de Loth, mais le paysage devenait plus vallonné, avec des amas de roches noires semblant jaillir de terre comme les côtes d'un squelette colossal. L'ost avançait en trois colonnes sur la voie ouverte par la cavalerie légère, avec au centre la masse compacte des piétons et des archers, protégés sur chaque flanc par une bataille entière de chevaliers. Urien le preux commandait l'arrière-garde, avec un simple conroi de quelques dizaines d'hommes pour garder les chariots chargés de vivres, de lances et de faisceaux de flèches. C'était bien assez. Derrière eux, il n'y avait que Loth. Les monstres étaient devant, quelque part au-delà de ces collines, et si la racaille de la Guilde avait agi ainsi qu'Uter l'espérait, sans doute devaient-ils déjà se porter à leur rencontre à marches forcées, dans leur frénésie barbare, prêts pour l'affrontement final.

Ce fut plus tôt encore qu'il ne le pensait. Peu avant sixte, la sixième heure du jour, une clameur soudaine résonna au loin. Uter se redressa sur ses étriers, juste à temps pour voir sa cavalerie légère faire retraite ventre à terre, soulevant derrière elle un nuage de neige. Un groupe d'éclaireurs galopa jusqu'à lui et vint l'avertir de ce que chacun put bientôt voir de ses yeux : l'armée des monstres était là, formant une ligne sombre sur la crête des collines. Ils étaient loin encore, à plus d'une lieue, mais il ne pouvait y avoir de doute, ce n'était ni une avant-garde ni un groupe isolé… Les monstres étaient des milliers, formant une masse grouillante et sombre qui luisait comme une purulence sous le soleil pâle. Uter sentit peser sur lui le regard de ses hommes, mêlé d'espoir et d'angoisse. Un jeune soldat, tout près de lui, disparaissait à moitié sous un bassinet démodé et bien trop grand, et devait basculer la tête en arrière pour y voir quelque chose. Sans doute le casque avait-il appartenu à son père…

— Toi ! Quel est ton nom ? cria Uter, assez fort pour que tous l'entendent.

Le jeune homme releva son bassinet avec stupeur, considéra le roi qui lui souriait, puis tous ses camarades qui le poussaient du coude.

— Ogier, murmura-t-il.

— Eh bien, Ogier, viens me voir, après la bataille. Je te ferai faire un heaume à ta mesure !

C'était une piètre plaisanterie, mais les hommes rirent de bon cœur. Uter dégaina Excalibur, la brandit au-dessus d'eux et cria : « Que Dieu vous garde ! », puis il galopa jusqu'à un petit mamelon, suivi de ses preux et de Nut qui portait son enseigne. Le spectacle de l'ost se rangeant en batailles le rassura : il y avait de l'agitation, des cris, de la nervosité, mais nulle confusion. Encadrée par des soldats aguerris, la foule des piétons se formait en carrés, de part et d'autre des archers. Une double ligne de lanciers se disposait devant eux, fichant en terre leurs longues piques pour former une haie d'acier oblique. Les moines, une dizaine tout au plus, plantèrent eux aussi en terre leurs hautes croix, comme un bosquet émacié derrière les batailles rangées. On voyait Illtud parmi eux, creusant le sol gelé avec acharnement, à coups de pic. Uter se demanda s'il mettrait le même acharnement à se battre, tout à l'heure, quand les croix seraient submergées par les hordes de Celui-qui-ne-peut-être-nommé… D'un peu partout, les chevaliers bannerets convergeaient au grand galop vers le mamelon où le roi s'était posté, venaient recevoir leurs ordres puis repartaient aussitôt, bannière au vent. Uter ne conserva que Nut et Kanet de Caerc auprès de lui. Adragai le Brun et Madoc le Noir, les deux inséparables, reçurent le commandement de la troupe. Do celui des archers. Un homme fut envoyé vers l'arrière, pour transmettre à Urien la consigne de pousser ses chariots devant la ligne de bataille. Toute la chevalerie eut l'ordre de faire retraite derrière la piétaille et de se dissimuler à l'abri d'un repli de terrain. Et c'est ainsi formés qu'ils attendirent le choc.

Les hommes reprenaient leur souffle, après la fièvre des préparatifs. La sueur se glaçait sur leurs visages, leurs membres étaient lourds, nul n'avait plus guère le cœur à rire. Ils s'étaient débarrassés de leurs sacs, de leurs manteaux, de tout ce qui pouvait les gêner, et tout ce fatras donnait aux arrières de leurs lignes des allures de décharge.

Il y eut encore un peu d'agitation quand Urien déboucha avec ses chariots, qu'il fallut dételer les bêtes et renverser les caissons devant la ligne des lanciers, que les valets d'armes en déchargèrent de gros faisceaux de flèches, aussi larges que des barriques, et les traînèrent tant bien que mal jusqu'aux rangs des archers. Puis le calme revint, ponctué par les ordres rauques des sergents d'armes s'évertuant à remettre de l'ordre dans leurs troupes.

Dans le silence pesant, les meuglements des bœufs abandonnés à eux-mêmes résonnaient, lugubres. Un peu partout, les piétons agglutinés dans les carrés se haussaient sur la pointe des pieds, parfois même se hissaient sur les épaules d'un camarade pour voir ce qui se passait. L'armée s'était disposée dans l'urgence, s'attendant à une charge brutale, mais les monstres avançaient lentement, au pas, sans un bruit, et à cette allure il leur faudrait près d'une heure pour arriver au contact. Leur masse informe et sombre recouvrait peu à peu les vallons enneigés sans qu'on puisse y deviner le moindre ordre de bataille. C'était comme un rideau qu'on tire pour masquer le jour, comme la marée montante qui recouvre la grève. Les hommes s'étaient crus nombreux, ils découvraient ce que pouvait être une multitude. Ce n'était pas une armée qui s'avançait vers eux, c'était une nation entière. Et ce silence… Le silence était pire que tout. De cette mer en marche ne provenait pas un son, pas même une rumeur. On voyait à présent leurs oriflammes rouge sang flotter dans le vent, on devinait les milliers de reflets de leurs sombres cuirasses, mais rien, ni grondement ni cliquetis d'armes.

Sur l'ordre de Do, un archer décocha une flèche, aussi loin que possible, et toute la ligne suivit son vol puis son déclin, jusqu'à ce qu'elle se fiche en terre, à plus de cent toises [1].

— Personne ne tire avant qu'ils aient atteint ce point ! cria-t-il.

Rares en fait étaient ceux qui pouvaient la distinguer à cette distance, surtout avec les chariots renversés devant eux, mais au moins cela leur occupa-t-il l'esprit. Les archers se mirent à piquer devant eux dans la neige leur volée de flèches, afin de tirer plus vite, tout à l'heure. Ils n'auraient qu'une vingtaine de secondes pour décocher leurs traits, sans même prendre le temps de viser, avant que l'ennemi ne parvienne au contact. Les plus expérimentés pourraient tirer quatre ou cinq flèches dans ce laps de temps, peut-être plus si les lanciers tenaient bon.

Les monstres avançaient toujours. Ils étaient à présent à un mille [2], peut-être moins, un quart de lieue, et ne forçaient pas l'allure. Quand ils ne furent plus qu'à trois, quatre cents toises, des hommes s'allongèrent à terre et baisèrent le sol, et le mouvement gagna bientôt toute la ligne de bataille.

— Que font-ils ? demanda Illtud, revenu près d'Uter.

1. Deux cents mètres, portée maximale du grand arc anglais avec une flèche de guerre à tête large.

2. Mille pas, soit un kilomètre et demi.

— C'est une vieille coutume, murmura le roi sans le regarder. Ça veut dire qu'ils sont prêts à retourner à la terre.

L'abbé hocha la tête et sourit.

— Peut-être est-il temps alors de rendre grâce à Dieu.

Si c'était une question, Uter ne s'en rendit pas compte et ne répondit pas.

— Que le Ciel te garde, mon fils…

Les deux hommes se regardèrent en silence, si semblables avec leurs cottes d'armes immaculées, l'éclat mat du soleil sur leurs manches de mailles.

— Vous aussi, mon père, dit le roi, et il ôta son gant pour lui serrer la main. Si nous ne nous revoyons pas…

Uter s'interrompit, chercha ses mots.

— Dites à Ygraine…

De nouveau, Illtud opina en souriant.

— Je le lui dirai.

Et, dégainant son épée, il partit au petit trot rejoindre le bosquet des croix. Uter le regarda s'en aller. Nul doute, il se battrait…

Uter le vit descendre de cheval près de ses moines, et peu de temps après leur chœur entonna le *Non Nobis*, puis un Te Deum, grave et modulé, dont la beauté guerrière le frappa et lui fit venir les larmes aux yeux.

Près de lui, Nut et Kanet de Caerc virent ses yeux rougis et gonflés, sans parvenir à comprendre l'émotion soudaine du roi. Le chant était beau, il était triste, mais c'était l'évocation d'Ygraine qui avait rompu en lui la digue de ses pleurs. Il était parti sans la revoir, sans un mot, sans un geste, et peut-être mourrait-il ce jour sans savoir si elle l'aimait encore.

D'un seul coup, il se ressaisit et prit sa décision.

— Nut, Kanet ! Mettez l'abbé sur un cheval, donnez-lui deux hommes robustes, et qu'ils aillent retrouver la reine, jusqu'en Carmelide, s'il le faut. Dites-lui… Qu'il lui transmette mon message, avant la tombée du jour !

Les preux acquiescèrent d'un signe de tête et s'élancèrent. Il leur fallut rameuter plusieurs hommes pour arracher le père abbé à ses ouailles et l'entraîner hors du champ de bataille. À voir son visage fulminant, sans doute devait-il le maudire, mais au moins Uter aurait-il la satisfaction d'avoir peut-être sauvé un saint homme.

Ils étaient à peine partis lorsqu'une vocifération assourdissante leur glaça le cœur à tous. D'une seule voix, les monstres s'étaient mis à hurler comme des déments. D'un seul bloc, ils s'étaient mis à courir. Leurs rangs, dans ce mouvement soudain, s'élargirent à la manière d'une main énorme s'ouvrant pour les saisir. Deux cents toises, encore, cent cinquante… Uter guetta la première volée de flèches, serrant nerveusement les rênes de son destrier. Do tardait à donner l'ordre. La flèche était-elle dépassée ? Impossible de la distinguer de si loin. Cent vingt toises… Qu'attendait-il ? Il y eut un cri rauque, et aussitôt le claquement de milliers d'arcs libérant leur corde en même temps, suivi du bourdonnement strident de milliers de flèches jaillissant dans l'air vif tel un essaim. Uter, comme eux tous, les suivit des yeux jusqu'à ce qu'elles s'abattent dans cette multitude, fauchant des rangs entiers que les autres piétinaient immédiatement, avec une parfaite indifférence. Déjà, une nouvelle pluie de flèches, moins compacte celle-là car les moins expérimentés ou les plus nerveux tardaient à encocher, s'abattait sur la ruée des monstres.

Les hommes hurlaient, à présent, libérant l'angoisse de ces dernières minutes avant le choc décisif. Uter brandit Excalibur, haut dans le ciel.

— Une seule terre, un seul roi, un seul Dieu !

La foule des monstres vint se briser sur la ligne d'acier des lances. La bataille avait commencé.

XIII

La charge du roi

— C'est là, dit Guerri le Fol.

Depuis la fin de la matinée, ils avaient quitté la plaine pour s'enfoncer dans un chemin creux, dont les pentes n'avaient cessé de s'accuser d'heure en heure. C'était maintenant dans un véritable ravin qu'ils chevauchaient, si étroit qu'ils n'y pouvaient aller qu'à deux de front. La lumière du soleil ne parvenait guère jusqu'à eux dans cette gorge sinueuse de roche et de glace, et si l'assassin de la Guilde avait eu les nerfs assez solides pour les attirer dans un piège, on n'aurait pu rêver décor plus adéquat. Il ne s'était rien produit pourtant, ni éboulement, ni avalanche, ni embuscade, jusqu'à ce que Guerri arrête sa mule.

Il leur désigna une anfractuosité droite comme une entaille, masquée à sa base par des broussailles chargées de neige, et comme ils ne bougeaient pas, il mit pied à terre et leva vers Lliane un regard interrogateur.

— Allez-y, dit-elle.

À son tour, Freïhr descendit de selle, dégaina son épée de sa main libre et fit signe à Guerri d'avancer, alors qu'il était toujours retenu au cou comme un chien attaché. L'homme marcha droit vers les fourrés, boitant bas et grelottant, sans cape ni manteau pour le protéger, l'air aussi mal en point que possible. Il empoigna pourtant un arbuste et l'arracha du sol sans effort, au grand étonnement du barbare.

— Aidez-le, dit Lliane.

Freïhr et Ulfin obéirent comme un seul homme et s'amusèrent à dégager le passage, découvrant que toute cette végétation était juste posée à terre, habilement disposée de façon à masquer le passage. La neige, en recouvrant tout, avait rendu ce camouflage parfaitement indécelable, si tant est que quiconque ait été assez fou pour suivre aussi longtemps qu'eux ce défilé inhospitalier. En l'espace de quelques minutes, la voie fut libre. À l'entrée du souterrain, Ulfin découvrit des traces de chariot, profondément imprimées dans la terre gelée, qui prouvaient que Guerri n'avait pas menti.

— J'ai tenu ma promesse, dit-il d'une voix hachée, soufflant à chaque expiration un nuage blanc qui masquait pour un temps son faciès ravagé, bleui par le froid. Laissez-moi partir, maintenant.

— Nous ne sommes pas encore à Scâth, répondit la reine.

Et elle se détourna de lui, indifférente à son air outragé.

— En selle ! Till, Kevin, partez devant !

Les deux elfes échangèrent un bref regard. Depuis leur départ, le visage de Lliane était fermé, sa voix dure. Parfois, elle semblait faire un effort pour ne pas crier. Ils n'osaient plus guère lui parler, mais le mutisme douloureux dans lequel elle s'était peu à peu emmurée leur broyait le cœur. Kevin dégagea son arc qu'il portait en sautoir, choisit soigneusement une flèche dans son carquois et se rapprocha d'elle.

— On garde les chevaux ?

— S'ils sont sortis de là avec la grosse Mahault, c'est qu'on peut passer ! lança Ulfin en remontant en selle.

Kevin hocha la tête avec un sourire et talonna sa monture. Bientôt, les deux elfes et le faucon blanc de Till disparurent dans les entrailles de la grotte.

Les autres se mirent en route après avoir taillé assez de bois et de broussailles pour se confectionner des torches. Le bois était gelé, il fusait et crachotait en brûlant, dégageait plus de fumée que de lumière, mais aucun homme n'aurait pu s'aventurer à l'intérieur sans un semblant d'éclairage. Les torches, cependant, révélèrent ce que même des yeux d'elfes n'auraient pu déceler. La galerie portait les cicatrices d'innombrables coups de pioche, et l'on imaginait des allyans entiers de gnomes peinant là-dedans jour et nuit, avec leur acharnement de brute, jusqu'à parvenir à l'air libre. C'était du beau travail, en vérité, digne d'une galerie naine. Le sol était dur et plat, claquait sous les sabots de leurs chevaux. De l'eau ruisselait sur les bas-côtés, mais dans une sorte de caniveau, qui préservait la chaussée de toute souillure. Il leur fallut parfois baisser la tête, parfois même mettre pied à terre pour passer, car, bien sûr, c'étaient des gnomes qui avaient creusé ce tunnel, et les plus grands d'entre eux ne dépassaient pas quatre pieds de haut. La hauteur était toutefois suffisante pour les chevaux et même pour des chariots bâchés. Les nains fronçaient le nez d'un air dédaigneux, mais il était manifeste que le tunnel des gnomes les étonnait.

Ils marchèrent ainsi longtemps, tous les sens aux aguets. Bientôt, l'air frais du dehors céda la place à une odeur de moisissure entêtante, puis à des remugles infâmes, si pestilentiels que les chevaux eux-mêmes renâclaient, et qu'il fallut leur couvrir les naseaux.

— Qu'est-ce qui pue comme ça, bon sang ? explosa tout à coup Ulfin.

— C'est du soufre, dit Sudri, avec un air si réjoui qu'ils se demandèrent s'il n'avait pas été élevé près d'une tannerie. Faites attention à vos torches, sinon…

— Sinon quoi ? grogna le chevalier.

— Je vais te montrer… Donne.

Il descendit de cheval, saisit le flambeau qu'Ulfin lui tendait, et éclaira une rocaille de pierres jaune citron, dont il détacha précautionneusement un fragment. Il le posa à terre loin du gisement, se retourna pour vérifier qu'il avait bien toute leur attention, et jeta la torche dessus. Le temps qu'il s'éloigne, le soufre entra en fusion, éclairant le souterrain d'une série d'éclairs aveuglants, avec une fumée épaisse et suffocante qui leur piqua les narines et leur fit monter les larmes aux yeux.

— Qu'est-ce que c'est que cette saleté ? hurla le preux, toussant et crachant comme un beau diable.

Sudri ne répondit pas. Il ramassa la torche, la rendit au chevalier puis trottina jusqu'au cheval de la reine.

— Partez en avant, dit-il. Je vais en ramasser autant que possible. Ça pourra nous être utile…

Il s'en retourna sans attendre la réponse de Lliane, et Bran lui fit un signe, pour faire comprendre qu'Onar et lui resteraient avec le maître des pierres le temps nécessaire. Ils repartirent, sans pour autant échapper à cette puanteur infecte, qui resta collée à eux jusqu'au bout.

Durant tout cet intermède, la reine n'avait rien dit, pas un mot. Elle se mit en route sans se départir de cet isolement, la gorge nouée par une sensation oppressante, pesante, insupportable. Elle avait commencé à la ressentir des heures plus tôt, alors qu'ils chevauchaient encore à l'air libre, et malgré tous ses efforts elle ne parvenait pas à s'en défaire. Ce souffle glacé qui lui étreignait le cœur, c'était la Mort. Elle était là, rôdant autour d'eux, attendant son heure pour frapper, sans que Lliane puisse entendre le nom qu'elle lui murmurait à l'oreille. Alors elle chevauchait seule, évitant le regard de ses compagnons pour ne pas attirer le malheur sur eux, s'enfonçant toujours plus avant dans le souterrain des gnomes et dans la prison de sa solitude. Un nom, pourtant, un nom enfin se dessinait à son esprit, malgré tous ses efforts pour ne pas l'entendre. Parmi les mugissements atroces des âmes quittant la Terre du Milieu dans l'horreur indicible du trépas, la Mort murmurait son choix. C'était loin, encore ; ce n'était peut-être qu'une impression fausse, mais les deux mêmes syllabes revenaient, lancinantes, au rythme de sa jument.

Uter…

Ce n'était pas une bataille, c'était un carnage. Les lanciers tenaient bon malgré leur nombre dérisoire et maintenaient à distance les vagues successives d'assaillants qui venaient s'empaler sur leurs longues piques, hurlant sous les averses de flèches que les archers de Do ne cessaient de décocher, au point qu'ils commençaient à manquer de traits. Uter n'avait pas encore engagé ses batailles de chevaliers et contemplait ce massacre sans reconnaître, dans les hordes de monstres qui venaient se briser en vain contre le front de ses troupes, la furie meurtrière à laquelle il s'était attendu. Sous le piétinement de tous ces êtres, la plaine immaculée était devenue un champ de boue noir et détrempé. La neige fondait sous la chaleur du sang. Les abords de la mêlée en étaient éclaboussés. Et, dans ce margouillis infâme les recouvrant pareillement, les hommes et les monstres se ressemblaient.

Uter se redressa sur ses étriers, parcourut la mêlée et comprit enfin : ce grouillement insane, cette masse innombrable et hurlante n'était qu'un avant-goût. Il n'y avait là aucun gobelin, tout juste des races mineures, orcs, kobolds ou trolls, ivres de rage, frénétiques et débordant de haine, trop stupides pour connaître la peur, mais sans commandement et sans valeur militaire face à une armée rangée. Le sang se vida de son visage lorsqu'il devina, loin au-delà de cette affreuse boucherie, le bloc sombre et compact de l'armée gobeline en marche. Toute cette foule, cette tuerie, cette fureur n'avait servi qu'à épuiser leurs réserves de flèches…

À l'instant même où cette révélation se formait dans son esprit, le long mugissement d'une corne résonna par-dessus la mêlée, et la horde rompit aussitôt le combat, refluant en désordre sous les hourras de la piétaille humaine. Parmi eux, nul n'avait encore vu le danger. Uter regarda ses hommes, ces milliers d'hommes de chair et de sang qui agitaient leurs armes vers le ciel et l'acclamaient. Il reconnut Adragai le Brun et Madoc le Noir, dont les cottes d'armes étaient rougies de sang. Les deux frères enlacés levèrent vers lui leurs épées, joyeusement, et lui crièrent quelque chose que, bien sûr, il ne pouvait entendre.

— Il faut battre en retraite, murmura-t-il.

— Que dis-tu ?

Kanet de Caerc le regardait comme s'il avait perdu la raison. Non, pas seulement... Il n'y avait pas que de l'interrogation dans son regard outragé. Uter y lut un soupçon infamant. Nut, à côté de lui, baissait les yeux. C'était bien cela. L'un et l'autre avaient vu, comme lui, les sombres bataillons de Celui-qui-ne-peut-être-nommé accourant au combat. Depuis le début de l'engagement, ils trépignaient sur leur selle, mortifiés, comme devait l'être chacun des chevaliers, à l'idée d'être tenus en réserve de ce carnage. Et maintenant que le danger véritable se manifestait, la phrase murmurée par le roi leur apparaissait comme la pire des indignités.

— Sire, on peut les vaincre, hasarda Nut.

— Tais-toi !

En bas, la piétaille et les archers célébraient toujours leur victoire illusoire. Leurs rangs se défaisaient, les moines traînaient en arrière les blessés incapables de se mouvoir seuls... Il n'y avait plus de front, plus de lignes d'archers, même plus de flèches. Seule la chevalerie était encore intacte. Peut-être pouvait-on vaincre, mais seulement au prix d'un engagement total, ce que justement Uter voulait éviter. Il ne servait à rien d'affronter les monstres sur leur terrain. La fureur et la cruauté se nourrissaient du courage et de la force, jusqu'à vider l'âme des combattants, vaincre leur volonté avant de briser leur corps. L'horreur ne perdait jamais une bataille. Attaquer maintenant, livrer toute l'armée des hommes, se battre jusqu'au dernier et même vaincre, exterminer ces monstres, égorger leurs blessés et brûler leurs cadavres, tout cela ne servirait à rien. Dans un an, dans dix ans, une nouvelle guerre ravagerait le royaume. Le vrai combat, le seul qui puisse mettre fin à ce cycle écœurant, se livrait ailleurs, en ce moment même peut-être…

En bas, les hommes s'activaient fébrilement. Ils avaient enfin vu la charge des gobelins et tournaient vers lui des regards affolés. Rompre le combat, à présent, condamnerait toute la piétaille à une mort honteuse. Engager la bataille ne servirait qu'à mourir avec eux. C'était ainsi… Uter leva les yeux, contempla le ciel sans nuages. Il sourit pour lui-même, puis se tourna vers son porte-enseigne et lui désigna la ligne des archers.

— Dis-leur de rompre les rangs et d'aller ramasser leurs flèches, jusque dans le ventre des morts, s'il le faut !

Et, tandis que Kanet de Caerc partait au galop, Uter et Nut dévalèrent le mamelon et se portèrent au-devant de la chevalerie. Leur nombre rassura le jeune roi. Mille lances, brandies vers le ciel, pennons, enseignes, fanions et bannières claquant au vent. Les hommes et les chevaux piaffaient d'avoir été tenus si longtemps à l'écart de la bataille, si bien qu'une ovation assourdissante s'éleva dès qu'ils le reconnurent. Uter coiffa son casque, coupant court par ce simple geste aux débordements d'enthousiasme, et saisit la lance que lui tendait un écuyer. Aux bannerets accourus aux ordres il n'en donna qu'un :

— On se forme en une seule bataille, en lignes serrées, à la lance.

Et ils partirent au petit trot pour se disposer sur une hauteur, avec le soleil dans le dos. Il n'était que temps.

En contrebas, la horde des fuyards se dispersait autour d'un bloc compact, avançant en une large colonne dans la plaine enneigée, à une vitesse effrayante. Les gobelins montaient au combat en courant. Au centre, menant un groupe de cavaliers en armure, émergeait un être sombre et mince, dont le visage d'une pâleur de cadavre attirait les regards, dans toute cette noirceur. Devant eux, comme un poignard, des meutes de loups et des centaines de cavaliers mercenaires fonçaient droit vers les lignes des archers, plongés dans le chaos le plus total, entre ceux qui étaient allés chercher des flèches, ceux qui avaient rompu leurs rangs, croyant à la victoire, la masse informe des piétons tardant à se reformer en carré et l'amoncellement des corps, devant eux, témoignant de la furie de leur premier combat. Jamais ils ne parviendraient à battre en retraite en bon ordre. Il ne restait pas d'autre choix que de tenir. Se battre pour sauver sa peau, ou mourir sans trop de souffrance. Il ferma les yeux un bref instant, s'isolant des cris et de la rumeur de la bataille. C'était le visage d'Ygraine qu'il voyait, c'était son corps nu lové dans le fouillis de leurs draps… L'abbé Illtud était-il arrivé jusqu'à elle ? Peut-être priaient-ils pour lui, en cet instant même. Il en aurait besoin…

— Il faut leur donner du temps ! hurla Uter, et sa propre voix résonna dans son heaume, à l'assourdir.

Il leva sa lance, et la première ligne de bataille se mit au pas, puis au trot, puis au galop, faisant trembler la terre comme un grondement d'orage. Les hommes serraient contre eux leur long bouclier ovale protégeant leur flanc gauche jusqu'au genou, puis ils baissèrent leur lance et l'ajustèrent solidement sous leur bras. Les cavaliers gobelins, surpris par l'assaut des chevaliers, tentèrent une volte-face, mais la charge les cueillit en désordre – aucune de leurs armes immondes ne pouvait rivaliser avec les longues lances de ces hommes. Uter vit les chevaliers enfoncer les quelques groupes qui avaient fait face, puis percuter de plein fouet la colonne gobeline. Les lances traversaient les corps avec une telle force que les fanions ressortaient souvent de l'autre côté, dans une giclée de sang, quand elles ne se brisaient pas sous le choc ou ne s'arrachaient pas du bras des chevaliers. Il vit des chevaux fous de terreur tenter de sauter au-dessus des lignes gobelines et s'écraser avec leur cavalier dans leur masse grouillante. Il vit des malheureux empêtrés dans leurs rangs, saisis à bout de bras et jetés à bas de leur selle, disparaissant aussitôt sous un attroupement affreux. Il en vit d'autres se faire décapiter d'un coup de hache et galoper encore, entraînés par leur monture, laissant derrière eux une brume sanguinolente. Les monstres fracassaient à coups de hache les jarrets des destriers lancés en pleine course, des hommes s'empalaient sur les tronçons de leur propre lance, des chevaliers coincés sous leur cheval mort hurlaient, les membres brisés, jusqu'à ce qu'un monstre vienne les clouer au sol. Uter serra le poing sur sa lance, leva les yeux vers le fanion inerte fixé sous la pointe. Le vent était tombé, le soleil se voilait peu à peu. Malgré le froid, il se sentait ruisseler de sueur sous son camail de fer doublé de cuir. Son heaume semblait lourd, son souffle était court, et lorsqu'il éperonna son cheval, tout le poids de sa cotte de mailles et de ses armes lui pesa lourdement sur les épaules. Il se mit au trot, aussitôt suivi par toute la deuxième bataille, tandis que les gobelins, en bas, se préparaient au heurt. Il n'y aurait plus d'effet de surprise, cette fois-ci…

Quand les chevaux s'emballèrent, Uter abaissa sa lance, cherchant des yeux une cible dans la masse informe des monstres. Il ne voyait presque plus rien dans le tumulte de la charge, juste un essaim de loups et de cavaliers virevoltant devant eux, puis, au-delà, une effroyable muraille de guerriers hurlant. Sans même s'en rendre compte, il se mit à hurler, lui aussi, les yeux fixés sur son pennon qui sifflait dans le vent de la galopade. Un cavalier lui fonçait droit dessus en faisant de larges moulinets de son cimeterre courbe. Uter ne vit plus que lui, plus que son visage difforme. Au dernier instant, il releva sa lance. Le fer ripa sur le bouclier du monstre, traversa sa gorge sans effort, arracha son casque et une partie du crâne. Le coup lui engourdit le bras, mais la hampe ne s'était pas brisée. Au bout, le fanion claquait toujours au vent, à présent rouge de sang. Uter n'eut pas le temps de voir ce qu'était devenu le cavalier au cimeterre. Emporté par sa charge, il fonçait droit sur les rangs gobelins. Pas le temps non plus de se choisir une cible. Il vit sa lance s'enfoncer dans le pullulement et, cette fois, ce fut comme s'il avait frappé un mur. La hampe se fracassa avec une telle violence qu'il dut détourner la tête pour en éviter les éclisses, et que son bras lui parut avoir été arraché sous le choc. Son dos heurta l'arçon arrière de sa selle, et il resta étourdi, des étincelles devant les yeux. Un bref instant, le pâle visage du cavalier en armure lui passa devant les yeux, au-dessus de la masse grouillante des monstres. C'était un homme, à n'en pas douter, le chef de cette armée hideuse, et il lui sembla qu'il riait… La vision ne dura qu'un instant. Déjà, son cheval l'entraînait hors de la mêlée. Le temps qu'il reprenne ses esprits, Uter avait traversé le champ enneigé, retrouvant à cent toises de là les survivants de la première charge.

Les hommes hurlaient, tendaient le poing derrière lui, et il se retourna juste à temps pour voir la charge de la troisième ligne frapper comme un poing la bataille gobeline, dans un vacarme effroyable de cris et de fer broyé. Il arracha son heaume, rabattit même son camail de fer, et se hissa sur ses étriers, le cœur battant. Les gobelins reculaient... Les trois charges avaient creusé dans leurs rangs de larges tranchées sanglantes, stoppé net leur irrésistible progression. Il se retourna vers la gauche et se sentit soulevé à la vue de la ligne impeccable formée à nouveau par ses archers.

Les chevaliers de la troisième ligne les rejoignaient, à présent. Beaucoup de chevaux sans cavalier. Presque plus de lances intactes... Et pourtant les hommes souriaient. Kanet et Nut poussèrent leurs montures jusqu'à lui, mais Uter ne leur donna pas le temps de respirer. Là-bas, les monstres tourbillonnaient, se formaient en rangs de leur côté pour se préparer à une nouvelle charge.

— Tu crois toujours qu'on peut les vaincre ? cria Uter à Nut.

Le preux ne répondit pas.

— Moi, je le crois ! dit Uter. Reste avec moi, tu verras comment on rompt une lance !

Ils partirent au grand galop, dans un grondement assourdissant, contournant à nouveau leurs lignes de piétons et d'archers jusqu'à rejoindre le vallon où ils s'étaient dissimulés lors de la première attaque. Là, ils prirent tout juste le temps d'arracher de nouvelles armes d'hast à un râtelier et talonnèrent leurs montures pour se reformer en haut de la butte.

Les monstres, un moment décontenancés par leur manœuvre, se lancèrent de nouveau à l'assaut, mais la charge des chevaliers avait permis aux soldats du roi de reformer leurs rangs. Dès qu'ils furent à portée, une averse de flèches s'abattit sur eux, creusant un peu plus leurs rangs, puis ils parvinrent au contact et ce fut la mêlée.

En quelques instants, leurs cœurs grisés se glacèrent. Au corps-à-corps, les monstres ne laissaient aucune chance aux piétons et aux archers. Toute l'armée royale reculait, les lanciers avaient disparu, les archers brisaient leurs arcs et dégainaient leurs pauvres glaives. Déjà, on voyait des hommes rompre le combat et fuir, abandonnant leurs armes et hurlant de terreur.

Uter jeta à Nut un regard silencieux, puis abaissa sa lance.

La charge des chevaliers se fracassa dans la bataille, avec la fureur inutile d'une mer déchaînée battant la falaise.

Malgré le lourd rideau de cuir et de velours, les parois tendues de fourrures et les couvertures, une humidité glaciale s'était immiscée dans le brancard. Blotties les unes contre les autres, Ygraine et ses suivantes n'avaient plus échangé un mot depuis des lieues. La reine serrait contre elle Anna, sa petite fille, tellement emmitouflée qu'on ne voyait poindre que le bout de son nez rougi. Sitôt qu'elle s'endormait, il fallait se taire, mais ce silence forcé était un soulagement pour elles toutes, quand on ne pouvait parler ni d'enfants, ni de la guerre, ni d'Uter, et qu'à chaque phrase il fallait se garder d'une maladresse qui lui aurait fait venir les larmes aux yeux. Frère Blaise, son confesseur, leur avait lu les Saintes Écritures jusqu'à ce que sa voix monotone l'endorme lui-même. Peu à peu, les femmes avaient cédé à l'engourdissement ou l'ennui et s'étaient elles aussi assoupies, mollement ballottées au rythme de la carriole.

Ygraine s'en était sentie soulagée, tant le moindre mot lui était un effort. Ce serait un long et morne voyage jusqu'à la lointaine Carmelide, dans ce brancard grinçant qui les rudoyait à chaque ornière. Le rideau soigneusement calfeutré ne laissait filtrer que d'infimes rais de lumière. La pénombre et le froid donnaient à leur voiture des allures de tombeau. Elle avait fait le même voyage en sens inverse bien des années auparavant, alors qu'elle n'était encore qu'une enfant, promise au vieux roi Pellehun. Mais c'était en été, dans une carriole ouverte, et elle s'était enivrée du paysage qu'elle ne pouvait pas même apercevoir à présent. Elle se souvint de leur première rencontre, de son saisissement lorsqu'elle avait vu son époux. Pellehun était plus vieux que son propre père, il n'avait rien de ce qu'une jeune fille pouvait attendre de son fiancé, et pourtant il émanait de lui une aura fascinante de force et d'assurance. Elle avait tenté de l'aimer. Elle avait même connu des jours heureux, tant que le roi avait espéré qu'elle pourrait lui donner un héritier. Et puis les mois étaient passés, Pellehun avait peu à peu déserté sa couche et elle avait découvert la solitude, le désespoir, puis la lumière de la religion.

Elle regarda Blaise, la tête rentrée dans les épaules, tenant encore sa bible ouverte sur ses genoux et ronflant doucement comme un bienheureux. Dieu lui-même l'avait trahie, en lui faisant croire à l'amour pour lui ôter ensuite tout ce qu'elle aimait. Uter était à peine plus âgé qu'elle lorsqu'ils s'étaient vus pour la première fois. Deux enfants dans le château d'un vieillard, également à son service. Malgré sa jeunesse, il était l'un des douze preux, qui s'efforçait à tout instant de durcir ses traits pour paraître plus mûr, aussi seul qu'elle, sans doute, loin de sa petite baronnie de Cystennin… Un soir, peu après le jour de ses quinze ans, ils s'étaient embrassés, et Ulfin avait bien failli les surprendre. Peut-être même les avait-il vus.

Puis Uter était devenu le Pendragon, habité par l'amour de Lliane, tandis qu'elle connaissait les jours les plus noirs de son existence entre les mains du duc Gorlois. Elle avait voulu se tuer alors, mais Gorlois lui avait donné une fille, et au moins sa vie avait-elle pris un sens. Et puis Uter était revenu. Pour elle, il s'était battu, pour elle il avait renoncé à Lliane et au pouvoir de ses charmes.

La naissance d'Arthur avait été un tel bonheur qu'elle en pleurait encore aujourd'hui. L'espace d'un été, ils avaient connu la plénitude. Le royaume était en paix, Uter était auprès d'elle… Pourquoi avait-il tout gâché ? Cette question la hantait, depuis le jour où il lui avait arraché son enfant. Il ne pouvait y avoir qu'une explication : l'elfe l'avait envoûté, elle, et ce maudit Merlin qui surgissait toujours quand on ne l'attendait pas. Elle le tenait en son pouvoir, comme lorsqu'il gisait inconscient et qu'elle hurlait ses maléfices par sa bouche. Les elfes ignorent ce qu'est l'amour, ils n'ont pas de famille. Le simple bonheur du roi devait être une insulte à ses yeux… Voilà pourquoi elle avait détruit sa vie. Si un jour Arthur lui était rendu, il faudrait lui apprendre la haine des elfes…

Des éclats de voix, au-dehors, l'arrachèrent à ses pensées amères. Elle souleva un coin du rideau de cuir, puis l'ouvrit en grand, d'un coup, quand elle reconnut le cavalier qui venait à leur rencontre.

Sans même attendre que la voiture s'arrête, elle confia Anna à une suivante éveillée en sursaut, sauta à bas du brancard et courut vers lui.

— Mon père !

Laissant son escorte en arrière, Illtud talonna son cheval fourbu, escalada la levée de terre enneigée qui formait la chaussée et mit pied à terre un instant seulement avant qu'elle se jette dans ses bras. Malgré son épée, son haubert de mailles et sa cotte d'armes maculée de boue, c'était un homme d'Église, et il n'avait plus serré une femme contre son cœur depuis si longtemps qu'il se sentit gauche et bouleversé à la fois.

— Ma fille…

Ygraine était si jeune qu'elle aurait pu être sa fille, en vérité, et c'est ainsi qu'il l'embrassa. Une fille éplorée, loin de son amant, malheureuse et désemparée.

— Uter est en vie ?

— Je l'ai quitté avant que la bataille commence, dit-il. C'est lui qui m'a envoyé vers toi. Il t'aime, Ygraine. Il ne pense qu'à toi… Il veut savoir si tu l'as pardonné et si tu l'aimes encore.

La reine éclata en sanglots et tomba à genoux dans la boue glacée de la chaussée.

— Je ne l'ai même pas revu… Mais ce n'est pas sa faute, mon père. C'est elle qui l'a ensorcelé. Je la déteste… Vous ne pouvez pas savoir à quel point je la déteste.

L'abbé releva les yeux et croisa le regard de Léo de Grand. Le duc descendit lentement de cheval, s'avança jusqu'à eux et saisit doucement sa sœur par les épaules.

— Laisse-moi ! hurla-t-elle en se débattant.

— Ça ne sert à rien, murmura Carmelide à son oreille. Prie pour son âme, à présent. Si tu l'aimes, c'est tout ce que tu peux faire pour lui…

Elle le regarda intensément, et malgré sa stature ce fut le guerrier qui baissa les yeux le premier.

Quand elle se retourna, Illtud était déjà remonté à cheval.

— Qu'est-ce que vous faites ?

— J'y retourne, dit l'abbé.

— C'est folie ! s'exclama Léo de Grand. La nuit va bientôt tomber, et vous n'êtes pas en état de chevaucher par ce froid !

Illtud sourit, fit une moue fataliste.

— J'étais venu chercher une réponse, dit-il en regardant Ygraine.

— Dites-lui que je l'aime… Bien sûr que je l'aime… Pour l'amour de moi, gardez-le en vie, mon père.

L'abbé sourit à nouveau, hocha la tête et tourna la bride. Sans un mot, il repartit vers la bataille.

XIV

L'Épée dans la Pierre

— Vous allez me tuer, n'est-ce pas ?

Lliane sursauta. Perdue dans ses songes éprouvants, elle n'avait pas vu Guerri pousser sa mule jusqu'à elle. Elle jeta un coup d'œil vers Freïhr, qui serrait dans son poing l'extrémité du lacet enserrant toujours le cou de l'assassin. Le barbare hocha la tête pour la rassurer, et le regard de Lliane glissa un bref instant sur le visage boursouflé de son interlocuteur.

— Je t'ai donné ma parole, dit-elle, avec une visible répugnance.

— Ouais… L'anneau et la vie, hein ?

Malgré elle, Lliane baissa les yeux vers la bague qu'elle portait au doigt. Guerri eut un ricanement méprisant et désigna d'un geste las un embranchement, à quelques toises de là.

— Alors tu peux me libérer, dit-il. C'est là, le chemin de gauche…

Le temps de cet échange, leurs montures les avaient amenés jusqu'à une fourche dans le passage. Kevin et Till les y attendaient, ignorant quelle route suivre. Les deux chemins étaient identiques, sans le moindre indice permettant de guider leur choix.

— De toute façon, tu marches devant, dit Ulfin, parvenu jusqu'à eux. Si tu nous as menti, tu seras le premier à en pâtir.

— Je sais, grogna l'assassin de cette voix chuintante, de ce murmure insupportable qu'il parvenait tout juste à émettre depuis le traitement que Freïhr lui avait fait subir.

Il eut à nouveau cet atroce ricanement.

— Mais quelle différence, hein ?

Ulfin le dévisagea.

— Qu'est-ce que tu essaies de dire ?

Guerri le Fol eut une espèce de sourire, ou du moins un retroussement de ses lèvres tuméfiées qui pouvait passer pour tel. Tous les yeux étaient rivés sur lui, à présent, et il les affronta avec une morgue dédaigneuse.

— Oui, quelle différence ? lâcha-t-il. D'un côté je vous attire dans un piège, et nous y passons tous, de l'autre je vous mène à bon port, et vous laissez cette brute s'occuper de moi... Dans les deux cas, j'y reste.

— La reine t'a donné sa parole, chien ! cria Dorian. Comment oses-tu douter d'elle ?

Les autres échangèrent des regards par en dessous. Le prince Dorian était bien le seul à croire qu'ils seraient assez fous pour lui laisser la vie.

— C'est bien, dit Lliane. Qu'est-ce que tu veux ?

Guerri désigna le lacet qui lui enserrait le cou.

— Tout d'abord qu'on me retire ça... Et qu'on éloigne de moi cet imbécile.

Il fallut retenir Freïhr lorsqu'il réalisa que c'était de lui qu'on parlait.

— Laissez-moi partir, poursuivit le Fol. Je ne rentre pas à Kab-Bag, vous ne risquez rien… Le temps que je sorte de ce souterrain et du ravin, vous aurez fait ce que vous avez à faire.

Lliane le regardait intensément, et chacun put voir l'assassin se troubler, fasciné par l'éclat de ses yeux verts. Tout doucement, les lèvres de la reine commencèrent à articuler quelques mots.

— *Seon rethe nith…*

Guerri fit littéralement un bond en arrière et se couvrit le visage.

— N'essaie pas tes tours avec moi, sorcière !

Cette fois, ce furent Kevin et Till qui réagirent. Seul un geste de la reine les empêcha de mettre fin une bonne fois pour toutes aux insultes et aux marchandages de l'assassin. Sa vie n'avait aucune importance aux yeux de Lliane. Il était tout ce qu'elle détestait chez les hommes, un mélange ignoble d'arrogance, de brutalité et de bassesse, mais la Mort rôdait toujours autour d'eux et elle ne voulait pas l'attirer.

— Tu partiras, dit-elle. Je resterai avec toi jusqu'à ce que Till nous envoie son faucon. Ainsi, je saurai s'il ne leur est rien arrivé.

Le Fol leva un œil, percevant la menace derrière les propos de la reine. Mais c'était un homme, et il se croyait assez fort pour ne rien avoir à craindre d'une femme, fût-elle une reine elfique.

— Alors, quelle est la route ? À gauche ou à droite ?

Durant un long moment ils se regardèrent, lui la face marquée de coups, affreux et luisant de sueur, elle hiératique et froide, le visage le plus pur qu'il lui ait été donné de voir, mais d'une dureté impitoyable. Guerri, en fin de compte, baissa les yeux.

— À gauche, dit-il. Le tunnel de gauche…

Lliane sourit et confirma la direction d'un mouvement de menton. Bientôt ils restèrent seuls, écoutant les pas du groupe décroître peu à peu.

— Tu savais que nous ne te ferions aucune confiance, n'est-ce pas ? dit-elle sans le regarder.

— C'est normal…

— En nous indiquant le tunnel de gauche, tu nous poussais à aller à droite… Qu'est-ce qu'il y a, à droite ?

Guerri émit à nouveau son ricanement méprisant.

— Vas-y voir, sorcière…

Lliane jeta un coup d'œil vers lui et se détourna aussitôt. Il était vraiment trop affreux à voir, éclairé par la lueur rougeoyante de sa torche qui accentuait les ombres et les bosses de son faciès martelé. Mais le plus affreux était la laideur intérieure qui suintait de son sourire et de son regard. Elle talonna doucement Ilra et s'avança de quelques pas vers le couloir de droite. Là, elle redressa le buste, et ses longues oreilles pointues s'orientèrent vers l'obscurité du passage. On y percevait une respiration, aussi lente et profonde qu'un soufflet de forge, ainsi que d'affreux gargouillis. Quelle que soit l'horreur qui les attendait là, elle n'eut aucune envie d'en connaître davantage.

Comme elle tournait bride, une ombre blanche, surgissant brusquement sous ses yeux, lui arracha un cri d'effroi. Un instant, elle crut voir la Mort se jeter sur elle ; ce n'était que le gerfaut de Till.

— Je t'ai fait peur, ramagea le faucon. Pardonne-moi…

— C'est moi qui te dois des excuses, siffla Lliane (et Guerri la regardait avec des yeux ronds). Vous avez trouvé le passage ?

— Oui, dit l'oiseau. C'est tout près, à quelques battements d'ailes. On est dans une sorte d'écurie. Il n'y a personne...

— Va, je vous rejoins.

Lliane leva le poing, et le faucon s'envola. Elle le regarda s'éloigner, différant d'autant une décision qui lui répugnait. Libérer Guerri, c'était prendre le risque d'une embuscade, au retour, si jamais ils parvenaient à sortir de là vivants. Ce serait facile, dans le ravin. Un homme seul pouvait provoquer un éboulement, sans risque de s'exposer lui-même. Tout à fait ce qu'un être comme lui choisirait... Ne pas libérer Guerri, l'emmener avec eux à Scâth, était tout simplement impensable. Et le tuer serait une félonie. Trahir sa parole serait perdre l'honneur, et il ne lui restait plus grand-chose d'autre, à présent...

Elle fit faire demi-tour à sa jument, puis fronça aussitôt les sourcils. Il n'y avait plus de cavalier sur la mule. La torche crachotait sur la terre humide. L'elfe tourna la tête à temps, leva sa botte à l'instant même où Guerri se jetait sur elle. L'homme reçut le coup en pleine face et s'effondra avec un hurlement de douleur. Déjà, elle avait dégainé Orcomhiela, sa longue dague d'argent, célèbre auprès de tous les clans elfiques. Guerri eut un mouvement de recul en voyant la lame pointée sur lui, mais il se reprit aussitôt et se releva crânement.

— Vas-y, sorcière, tue-moi !

— Ce n'est pas l'envie qui m'en manque, dit Lliane.

Elle remit sa dague au fourreau et, d'un claquement de rênes, écarta sa monture de l'assassin.

— ... Mais je t'ai donné ma parole, Guerri le Fol.

Elle ôta la bague de Mahault, l'insigne de la Guilde frappé de la rune de Beorn, et la jeta à terre, devant lui. L'homme eut un sourire infect, puis se décida tout à coup, tomba à genoux dans la boue et les roches. Durant quelques instants, il tâtonna frénétiquement dans l'obscurité, en vain. Alors il se décida brusquement et fila ramasser sa torche. Au moment où il se relevait, le souterrain retentit d'un cri terrible. Le temps que Lliane se retourne, elle vit le Fol rouler à terre.

Freïhr sortit de l'ombre, essuya sa lame sur les vêtements du mort et marcha tranquillement jusqu'à la mule, ramassant au passage la torche grésillante. Il revint près du corps, éclaira le sol, s'accroupit pour ramasser l'anneau puis, sans presser le pas, il s'avança jusqu'à Lliane et lui sourit.

— Tiens ! Ta bague…

Elle tendit la main sans réfléchir. Il lui donna l'anneau, flatta l'encolure de la jument et partit vers le couloir de gauche. Bientôt, il disparut dans l'obscurité.

— Je lui avais donné ma parole ! cria la reine.

La voix traînante du barbare lui parvint, déformée par l'écho.

— Pas moi !

Chaque pas de sa monture était un supplice. Le visage d'Uter était écorché par les mailles, enflé, marqué de coups. Du sang séché lui maculait toute la partie droite du visage, et son œil était à demi fermé. Il chevauchait courbé en deux, le bras serré contre ses côtes, et respirait douloureusement, à petites goulées. Le fer d'une hache l'avait frappé au poumon, tranchant chair et os, et sa cotte d'armes ruisselait de sang.

Ils n'étaient qu'une dizaine autour de lui, et le seul visage connu parmi eux était celui d'Adragai le Brun. Le preux était horrible à voir. Une lame avait tranché les mailles de sa coiffe, entaillant front et sourcils. Un morceau de chair pendouillait devant son œil, au rythme de sa monture. Son haubert était maculé de boue et de sang, démaillé en maints endroits, et l'écu qu'il arborait dans le dos, maintenu par sa guiche, portait tellement d'entailles et de traces de coups que la boucle [1] s'était brisée et qu'on ne pouvait plus y lire ses armes. Pourtant il se tenait droit, encore, et c'était lui qui menait le cheval d'Uter dans la nuit. Un jeune chevalier chevauchait à côté d'eux, mais ni l'un ni l'autre ne le connaissaient. Les autres étaient des sergents d'armes, des écuyers, et même un archer, qui savait tout juste se tenir en selle… Chacun d'eux se taisait, le regard vide et le corps meurtri, ressassant les atrocités que leurs yeux avaient contemplées depuis le matin, épuisés au-delà des mots, terrassés par la défaite, certains grimaçant de douleur, d'autres déjà divagants. Mais au moins étaient-ils encore en vie. Combien d'autres n'avaient pas eu la chance de tenir jusqu'à la nuit ?

Au couchant, la bataille avait tourné au massacre. La deuxième charge du roi avait heurté l'armée des monstres de corps et de cheval [2], les lances avaient volé en éclats, ne laissant que des tronçons dans leurs poings déchirés, et ils avaient poursuivi le combat à coups

1. La boucle est la partie centrale de l'écu, formant saillie. De là vient le mot bouclier.

2. Les chevaliers utilisaient souvent le poids du corps et du cheval comme projectile, pour renverser leur adversaire frappé de flanc.

d'épée ou de hache. Les chevaux mouraient sous eux, lacérés, martelés, mordus parfois même par les monstres aux crocs acérés. Au centre de la mêlée, il en était tellement tombé que les corps entassés formaient une colline sur laquelle les chevaliers se hissaient, ivres de haine et les yeux fous. Des heures durant, ils avaient marché sur les morts et les mourants, se dégageant parfois assez pour reprendre souffle, boire goulûment à une outre, puis les monstres revenaient, encore et encore, jusqu'à écœurement. Les hommes se battaient épaule contre épaule, si étroitement pressés que les monstres abandonnaient leurs armes et se jetaient sur eux à coups de griffes et de crocs. Uter, comme les autres, avait perdu son cheval et se battait à pied, maniant Excalibur comme une faux, frappant dans le tas, à travers chair et os, jusqu'à ce que ses bras engourdis tremblent de fatigue et que ses jambes se dérobent sous lui. Son haubert avait éclaté en maints endroits sous les coups de masse ou d'épée, et par endroits du sang suintait sous les mailles. Des hommes, autour de lui, gisaient dans leur tripaille fumante. Parmi tous ceux qui tenaient debout, il y en avait qui titubaient jusqu'à la dernière extrémité, le visage fendu ou un bras en moins, avant de s'effondrer brusquement. Ogier, le jeune soldat au bassinet trop grand pour lui, ne viendrait pas le soir, après la bataille. Il l'avait vu tomber, tranché vif par un coup de hache. Do avait été désheaumé, puis lacéré au visage par un loup. Urien pressait contre lui ses mains écorchées. Madoc le Noir gisait loin devant eux, parmi les cadavres des archers. Nul ne savait s'il était encore en vie.

Ils les repoussèrent dix fois, du crépuscule jusqu'à la tombée de la nuit, et durant tout ce temps ils voyaient se former au-delà de la mêlée une nouvelle troupe, épargnée jusque-là par la fureur des combats. L'homme en armure sombre et son escorte de cavaliers se tenaient là, immobiles, contemplant le charnier avec une évidente délectation. Autour d'eux, un groupe de guerriers ne semblait attendre qu'un ordre pour se jeter enfin dans la bataille. Leur taille, leur aspect ne pouvaient laisser de doute : c'étaient des nains de la Montagne noire. Guère plus d'une centaine, serrant leurs longues haches dans leurs poings noueux. Et à leur tête, Uter avait reconnu le prince Rogor.

Au soir, le prince Maheloas tendit le bras, et les nains se ruèrent dans la fournaise en hurlant. Ils couraient droit vers lui, droit vers Excalibur, leur talisman volé. Rogor, parmi eux, fracassait les vivants et les morts à grands coups de hache, avec une telle frénésie qu'il réussit à parvenir jusqu'à lui. Encore maintenant, après toutes les horreurs de la journée, Uter frémissait en revoyant son faciès grimaçant, épouvantable. Il était tombé à genoux, épuisé au-delà des mots, à demi aveuglé par le sang qui ruisselait sur son visage, le bras si douloureux qu'il ne parvenait plus à lever Excalibur. À l'instant où ils furent face à face, le prince Rogor sourit et hurla quelque chose qu'Uter n'entendit pas, dans le tumulte insane du corps-à-corps. Le nain frappa, sa lourde hache vrombit, mais un blessé tomba soudainement entre eux, déviant le coup. Uter hurla quand le fer démailla son haubert, brisa ses côtes, trancha ses chairs. Le coup le projeta à terre, mais étrangement il ne sentit aucune douleur. Alors, dans un dernier sursaut, il se jeta en avant, brandissant des deux mains Excalibur comme une lance, et toucha le prince de la Montagne noire d'un coup d'estoc qui fracassa son nasal et lui sépara le visage en deux…

Ce fut le dernier souvenir qu'il garda de la mêlée.

Comment il avait pu fuir, par quel miracle se retrouvait-il à présent sur un cheval, abruti de fatigue et de souffrance, pourquoi n'était-il pas mort là-bas parmi les siens ? Il n'en savait rien, et cela n'avait plus aucune importance…

Ils parvinrent au petit jour en vue de Loth. La ville, prévenue on ne sait comment de la débâcle de l'armée, se vidait par toutes ses portes. Il n'y avait plus guère de chevaux à atteler, alors la majorité des fuyards allaient à pied, portant sur leur dos tout ce qu'ils avaient pu sauver. Il s'en trouvait encore, dans cette cohue écœurante, pour se battre, s'entre-déchirer pour une bourse, une coupe en or ou un jambon… Quelques gardes, sur les remparts et à la poterne principale, leur dégagèrent un chemin. D'autres, dans les ruelles de la ville, se jetèrent sur eux pour leur voler leurs chevaux. Uter n'était plus en état de lutter, même plus en état de maîtriser sa monture. Lorsqu'elle se cabra, épouvantée par toutes ces mains avides qui se tendaient vers ses brides, le roi chuta lourdement à terre. Il se releva tant bien que mal, soutenu par Adragai, et ils se retrouvèrent seuls, dans la ruelle soudain déserte.

— La Pierre, murmura Uter. Emmène-moi jusqu'à la pierre…

Le preux le hissa sur son dos, remonta péniblement, pied à pied, jusqu'au palais. Les portes en étaient grandes ouvertes. Adragai avait dégainé son épée, mais c'était inutile. Leur aspect à tous deux était suffisamment effrayant, et nul n'aurait songé à les affronter. À quoi bon, d'ailleurs ? De la vaisselle d'or gisait par terre, abandonnée par quelque pillard, des serviteurs et des femmes couraient dans tous les sens, affolés comme des guêpes, s'enfuyant dès qu'ils les apercevaient. Quelque part, un chien entravé aboyait comme un furieux, des enfants pleuraient, oubliés par leurs parents. Le palais n'était plus qu'une carcasse vide, où leurs pas traînants résonnaient lugubrement. Les deux hommes grimpèrent jusqu'à la salle du Conseil, peinant à chaque marche et laissant derrière eux un sillage de neige fondue, de boue et de sang mêlés. Uter, parfois, perdait connaissance, puis un faux pas d'Adragai les faisait tous deux trébucher et lui cinglait le corps d'un éclair qui l'arrachait de sa torpeur. Enfin, perçant la rumeur morbide de la ville, retentit un long gémissement, de plus en plus net, de plus en plus fort. La Pierre de Fal avait reconnu l'approche du roi.

Uter se dégagea et fit seul les derniers pas qui le séparaient du talisman. La Pierre vibrait et sa plainte résonnait dans les couloirs désertés comme un funèbre chant d'adieu.

— Tu iras voir Merlin, murmura Uter sans quitter des yeux le cœur vibrant de la Table ronde. Dis-lui ce que tu as vu… Arthur… Qu'il veille sur Arthur, qu'il soit assez fort pour finir ce que nous avons commencé…

Le roi se redressa de son mieux, malgré les étincelles qui miroitaient devant ses yeux, malgré le vertige et la douleur. La table dansait devant lui, et la morne vibration du Fal Lia l'assourdissait.

— Il faut qu'Ygraine me pardonne… Pardonne-moi. Il ne faut pas qu'on sache où il est, ni qui il est… Sinon ils vont le tuer. Jure-moi…

— Je le jure ! répondit Adragai.

Mais le roi ne l'entendit pas, et d'ailleurs ce n'était plus à lui qu'il parlait. Ses blessures s'étaient rouvertes, du sang sourdait de son haubert démaillé, maculait sa cotte d'armes. Chaque pas était un miracle, à présent, mais il avançait toujours, traînant l'Épée de Nudd sur le dallage, métal contre pierre dans un raclement aigu insupportable.

— J'aurais voulu t'aimer, murmura-t-il.

Il s'appuya contre la table de bronze, saisit à deux mains le pommeau d'Excalibur et tenta de se redresser.

— J'aurais voulu que tu m'aimes...

Au cœur de la table, la Pierre semblait rougeoyer comme un cœur battant.

— Lliane...

Dans un ultime effort, brûlant en cet instant tout ce qui lui restait de forces, il frappa la Pierre d'un coup si puissant que l'Épée y demeura fichée.

Ce fut la dernière chose qu'il vit. Il s'était écroulé à terre, Adragai lui soutenait la tête. L'épée d'or, plantée dans la pierre...

— Nul... ne pourra jamais... les séparer, murmura-t-il.

Et ses yeux se fermèrent à jamais.

Plus tard, bien plus tard dans la journée, alors qu'une pluie glaciale s'abattait sur la ville, l'abbé Illtud les retrouva enfin.

Mais c'était trop tard.

Ulfin, Kevin et Onar montaient la garde, examinant les extérieurs par des interstices de la cloison, tandis que Till installait de la litière pour les chevaux et que

Sudri répandait du soufre un peu partout. S'ils repartaient par là tout à l'heure, une simple torche ferait de l'écurie un bien beau feu de joie. Lliane avait rattrapé Freïhr juste avant l'issue du souterrain, et ils franchirent ensemble la large porte qui en barrait l'accès. Ainsi que le gerfaut l'avait dit, c'était bien une écurie, un choix assez habile de la part de la Guilde. Nul ne devait s'étonner qu'on y entre ou qu'on en sorte à cheval, et il faisait assez sombre là-dedans pour dissimuler le panneau coulissant qui masquait le souterrain. Malgré la pénombre, Lliane perçut l'interrogation muette du preux à l'adresse de Freïhr, puis l'acquiescement du barbare, et elle s'en sentit à la fois ulcérée et humiliée. Les deux hommes avaient décidé ensemble du sort de Guerri… Ulfin se tenait dans un rai de lumière, les mailles de son haubert luisaient sombrement comme les écailles d'un lézard, et sa cotte d'armes encore claire, malgré la boue du voyage, dessinait les contours de sa haute stature. Ainsi, le visage dans l'ombre, il ressemblait à Uter.

Lliane poussa un cri aigu et s'effondra dans la paille qui jonchait le sol.

La Mort était là.

L'évocation d'Uter l'avait attirée et elle la vit, emportant le roi dans ses bras décharnés. Puis la Mort s'inclina, par trois fois, devant trois d'entre eux.

XV

Le visage du Maître

Une fois encore, Tarot dormait mal. Il s'était habitué depuis trop longtemps au luxe de son palais, aux velours et aux soies garnissant sa couche princière pour trouver le sommeil sur le grabat misérable d'une hutte troglodytique abandonnée par ses occupants. Les monstres hantaient ses rêves, la vision effroyable de Celui-qui-ne-peut-être-nommé ne le quittait pas, pesait sur lui au point qu'il n'osait plus croiser le regard du moindre gnome et qu'il se terrait, loin de tous, dans cet abri misérable. Soudain, du plus profond de ses cauchemars, la perception d'un danger l'éveilla en sursaut. Et une main énorme se plaqua aussitôt sur sa bouche, étouffant ses hurlements de terreur.

La grotte minuscule se remplit brusquement de toute une troupe, éclairée par des flambeaux. Et les yeux chafouins du shérif s'agrandirent un peu plus lorsqu'il reconnut celui qui le plaquait sur son grabat. L'homme hocha la tête, mit un doigt sur sa bouche et retira sa main.

— Seigneur Freïhr ! souffla le gnome à voix couverte.

Le barbare se tourna vers ses compagnons, pas peu fier d'avoir ainsi été reconnu. Les Marches n'étaient guère distantes, et, en temps de paix, les barbares venaient souvent à Kab-Bag vendre leurs fourrures et acheter du vin. Mais le gnome avait rapidement fait le tour de ses hôtes impromptus et, apercevant la reine, il se précipita au-devant d'elle et se prosterna à ses pieds.

— Ma reine, pitié ! Je n'ai rien pu faire ! Le Grand Conseil doit comprendre que…

— Il n'y a plus de Grand Conseil, dit-elle.

Et elle détourna les yeux, afin qu'il ne voie pas les larmes briller dans ses yeux. « Il n'y a plus de Grand Conseil, et Uter est mort », pensait-elle. Le gnome ne remarqua rien, tout occupé à se lamenter.

— Ils nous ont tout pris, ils ont tué des centaines d'entre nous, pour rien, juste pour s'amuser, ils m'ont même chassé de mon palais !

Tarot s'interrompit et se tourna vers Freïhr, le seul autre visage qu'il connaissait dans leur groupe.

— Comment m'avez-vous retrouvé ?

Le barbare s'était accroupi près de l'âtre, et touillait ce qu'il restait d'un vieux fond de ragoût attaché au fond d'un chaudron. Il désigna d'un geste négligent Onar et Sudri, qui tenaient fermement un gnome ramassé dans une ruelle, et auquel ils avaient su faire comprendre que son intérêt immédiat était de leur obéir sans discuter. Le malheureux tenta un vague sourire et se recroquevilla un peu plus sous le regard furieux du shérif.

— Misérable rat ! hurla-t-il, avec une démence soudaine qui les surprit tous. Tu seras écorché vif !

Il se releva d'un bond et courut vers le gnome, mais Tarot n'était plus aussi jeune qu'à sa grande époque, et même alors il n'avait jamais été vraiment redoutable. À l'instant où il allait atteindre la pitoyable victime, Onar le repoussa d'une claque qui l'envoya bouler à terre.

— Du calme, dit-il d'un ton rieur. Tu vas finir par te faire mal…

Le shérif se releva péniblement. Il s'était cogné la tête, un mince filet de sang coulait de sa lèvre ouverte. Mais sa rage subite semblait apaisée.

— Qu'est-ce que vous me voulez ? gémit-il.

— Emmène-nous jusqu'au palais, dit Lliane. Demande audience au Maître.

Le visage rougeaud et plissé du gnome se vida de son sang.

— Ce… ce n'est pas possible, murmura-t-il. Il ne faut pas…

Elle s'approcha de lui et s'accroupit pour se mettre à sa hauteur. Jamais encore il n'avait vu la reine de si près. Le nœud qui s'était formé dans son ventre à l'évocation du Maître se détendit un peu. Avec ses yeux verts, sa peau bleue, ses cheveux noirs et lisses, elle lui rappelait d'autres elfes, des putains ramassées à Scâth ou dans la ville basse, bien trop maigres pour lui de toute façon, aussi arrogantes que les humaines mais si froides qu'on aurait dit qu'elles ne prenaient aucun plaisir dans ses bras… Il tressaillit quand il sentit peser sur lui le regard de Lliane, comme si elle savait exactement ce à quoi il venait de penser.

— Conduis-nous, dit-elle, et elle approcha sa main portant l'anneau de Mahault dans la lueur des torches, presque sous son nez. Tu vois, nous ne sommes que des assassins de la Guilde, venant rendre compte au Maître du succès de notre mission.

— Ça ne marchera pas…

Elle le regarda pensivement, puis eut un sourire désarmant.

— Il faut bien mourir un jour, shérif Tarot. Si ça ne marche pas, au moins aurons-nous eu le choix du jour et de l'heure…

— Pitié, murmura-t-il. Si je vous aide, ils tueront mon fils.

— Ils ont mon fils aussi, intervint Freïhr.

Dans un tintamarre assourdissant, il jeta le chaudron dans un coin comme s'il s'était agi d'un simple gobelet, puis, bousculant tout le monde, saisit le gnome au collet et le souleva de terre.

— Conduis-nous !

Tarot ouvrit la bouche, mais le regard du géant le dissuada d'argumenter davantage. Résigné, il ramassa sa cape, noua autour de son cou énorme les agrafes d'or témoignant de son ancienne gloire et trottina vers la sortie.

— Un moment ! dit Onar, alors qu'ils sortaient tous sur ses talons. Qu'est-ce qu'on fait de celui-là ?

Et il désigna le gnome misérable et tremblant qui leur avait indiqué le refuge du shérif.

— Il ne nous sert plus à rien, à présent, grommela Ulfin… Viens par là, toi !

Le preux souriait et tendait vers le petit être une main amicale, mais Lliane le vit tirer sa dague et la cacher dans son dos.

— *Geswican nith hael hlystan !* hurla-t-elle.

Et aussitôt le chevalier fut projeté en arrière, se cogna la tête au plafond et s'effondra dans un bruit de ferraille. Il leva vers elle un regard furieux, mais l'aspect de la reine le terrifia. Il n'y avait plus aucune beauté chez

Lliane. Ses yeux verts paraissaient démesurément écarquillés, sa bouche s'était tordue en un affreux rictus et sa peau bleue luisait dans la pénombre de la pièce comme le halo d'un spectre. Il battit précipitamment en retraite lorsqu'elle s'avança vers lui, et se retrouva coincé dans un angle, mais Dorian saisit à temps le bras de sa sœur.

— Laisse-le.

Elle tourna son visage effroyable vers lui, le reconnut et s'apaisa. Le cœur battant, Ulfin croisa le regard du jeune prince, perçut le signe de tête qu'il lui adressait et alla se réfugier auprès des autres.

— Ça va, murmura Lliane. Lâche-moi, à présent…

Elle s'avança vers le gnome terrifié, s'accroupit devant lui et lui parla d'une voix douce. Presque aussitôt, le petit être se mit à tituber puis s'effondra dans ses bras. Elle le coucha dans le grabat de Tarot, remonta sur lui une couverture et sortit. Les autres la regardaient avec des expressions diverses, crainte, perplexité, étonnement, défiance…

— Il dort, dit-elle.

Et elle se tourna vers Ulfin, qui se tenait à l'écart.

— Le Mal est partout, ici… C'est de cela qu'ils se nourrissent : la peur, la haine, le crime. Tuer ne fait que les rendre plus forts. Ne l'oublie pas.

Ulfin hocha la tête et baissa les yeux, honteux comme un gamin pris en faute. Pourquoi avait-il voulu tuer cet inoffensif gnome ? Parce qu'il en avait eu envie. C'était si simple et si horrible que ça… La fureur meurtrière de la Lance de Lug avait contaminé chaque recoin de Kab-Bag et elle était contagieuse. Les gnomes, comme Tarot tout à l'heure, en étaient imprégnés. Lliane elle-même ressentait encore la rage insensée qui l'avait saisie. Si Dorian ne l'avait pas arrêtée, sans doute aurait-elle tué Ulfin... Il n'y avait aucun sort, aucune magie qui puisse lutter contre cela. Le talisman des monstres exaltait ce qu'il y avait de pire en chacun d'eux.

— Attendez, dit-elle, alors qu'ils quittaient déjà la tanière du shérif. Onar, Ulfin, venez près de moi... Venez tous.

Ils se regroupèrent, tous les dix, les elfes, les nains et les hommes, et même Tarot le gnome, empêtrés d'armes sous cette voûte étroite, et Lliane les fit se serrer encore autour d'elle, jusqu'à ne plus former qu'un groupe étroit. Alors, sous leurs yeux ébahis, elle ôta sa cotte de mailles en argent, abaissa sa tunique de moire et les serra contre elle, nue, désirable, fascinante. La haine, la peur se dissipait de leur âme. Ils ne voyaient plus que ses seins, ses cuisses, la douceur de sa peau effleurant leur cuir tanné. Et ainsi, offerte et vulnérable, elle récita un vieux poème de la forêt.

— *Mon amour est un chardon*
C'est un désir de force et de violence
Il est comme les quatre parties de la terre
Il est sans fin comme le ciel.
C'est la brisure du cou,
C'est une noyade dans l'eau,
C'est une bataille contre une ombre,
C'est une course vers le ciel,
C'est une course aventureuse sous la mer,
C'est un amour pour une ombre [1].

1. *Histoire d'Étaine*, poème du IXe siècle, rapporté par Jean Markale.

Elle était leur épouse, leur désir, elle était l'amour, la beauté et la fragilité, si mince et si pâle dans leur cercle de fer et de cuir. Elle était l'espoir, la lumière dans cette ville d'ombre, la flamme vacillante dans les ténèbres.

— J'irai sans armes et sans vêtements, chuchota-t-elle, et tu me protégeras. Je serai l'amour, la douceur de la brise d'été. Je serai ta fille, ta mère, ton enfant captif, tous ceux que tu aimes, je serai la vie, l'oiseau dans le ciel, le ruisseau qui murmure, je serai le lendemain… Si tu m'oublies, ils nous tueront, ou bien nous nous tuerons nous-mêmes. Protège-moi, et par amour pour moi ferme tes yeux à la laideur, à la haine et à la mort.

De brusques rafales de vent ramenaient jusqu'à eux le froid glacial de la plaine et des averses de neige fondue. Il faisait trop chaud à Kab-Bag, trop moite pour que la neige tienne au sol, et toute cette humidité dégoulinait des ruelles et des murs comme si la ville pleurait. Il ne restait rien de l'ancienne agitation de la cité marchande, de ce dédale grouillant de ruelles, d'impasses et de venelles ni de la profusion de biens qui l'encombrait autrefois, si ce n'est quelques pièces de drap détrempé accrochées à des fils entre deux maisons, des étals abandonnés, encore chargés de vivres en décomposition, et parfois la silhouette furtive d'un gnome s'enfuyant à leur vue. Ils avaient croisé des patrouilles gobelines, mais la bague de la Guilde faisait des merveilles. Les yeux torves des monstres louchaient au passage sur le corps nu de la reine, et s'ils tendaient vers elle leurs pattes griffues, Tarot intervenait, de toute sa hauteur. « Une putain pour le Maître ! Tu veux la lui prendre ? » C'est ainsi qu'ils parvinrent jusqu'au palais.

Tarot l'avait fait construire au beau milieu du trou, sur l'un de ces échafaudages compliqués et branlants dont son peuple avait le secret. Tout paraissait sur le point de s'effondrer, jusqu'au pont qui y menait, et pourtant les bâtisses gnomes ne craignaient rien, si ce n'est le feu. Le gnome avait tenu bon jusque-là, mais il s'arrêta au beau milieu de l'ouvrage et s'appuya au parapet, accablé de douleur et de tristesse devant ce qu'ils avaient fait de sa demeure. La façade elle-même était noircie, délabrée. Les vitraux des fenêtres étaient brisés, de longs pans de rideau flottaient dans les sautes du vent comme de sinistres étendards, les statues et les bas-reliefs avaient été martelés, saccagés.

Lliane s'avança vers lui, posa ses mains sur ses épaules, et il se retourna pour se serrer contre son ventre. Elle sentit bientôt les larmes du gnome mouiller sa peau.

— Tu le rebâtiras, plus beau encore, murmura-t-elle.

Tarot renifla bruyamment, leva vers elle ses yeux chafouins brillant de larmes. Il était toujours serré contre son ventre, ses mains calleuses enserraient la courbure de ses reins.

— Allons-y, dit-elle en lui souriant.

Les gardes de la grand-porte reconnurent le shérif, ainsi que l'anneau de la Guilde, et les laissèrent passer. Ce n'étaient ni des orcs ni des gobelins, mais de hideux géants d'une race qu'ils n'avaient encore jamais vue, aussi décharnés que des squelettes, drapés dans de longs manteaux noirs tombant sur de sombres cottes de mailles qui semblaient les couvrir entièrement.

À l'intérieur, il y en avait d'autres, tout le long de leur passage, et la plupart ne bougeaient pas, ne se tournaient même pas pour les regarder. C'étaient des êtres ignobles, écœurants à voir, voûtés comme des vieillards, la peau grise et les yeux profondément enfoncés dans leurs orbites. Leur maigreur était effrayante, mais ils portaient des armes qu'aucun d'eux n'aurait pu soulever, pas même Freïhr.

— Ce sont des Fir Bolgs, murmura la reine. La race ancienne vaincue par les Tuatha Dê Danann. Ils étaient là avant les tribus, avant même les monstres. Ce sont des esclaves guerriers. Ils n'agissent que sur ordre. Il n'y a rien à craindre…

« Sauf si Celui-qui-ne-peut-être-nommé leur ordonne de nous tuer », songea-t-elle. Il y en avait partout, des dizaines, semblables à d'horribles statues dans leurs longs manteaux noirs, dont même les gardes gobelins se tenaient à distance. Les dix avancèrent un moment ainsi, dans le silence cadavérique de ce palais fantôme, puis, au fond du vestibule dévasté, Tarot leur désigna une porte close.

— Le Maître est là, dit-il d'une voix nouée. Derrière la porte…

Lliane s'avança, mais buta aussitôt contre le gnome, qui semblait pétrifié.

— Il… il ne faut pas y aller, bredouilla-t-il. Le Maître ne doit pas être dérangé…

Le petit être tremblait convulsivement. Son visage boursouflé et terreux ruisselait de sueur et de larmes. Il ne pourrait aller plus loin. Lliane regarda ses compagnons et lut les ravages de la peur sur leurs visages crayeux. Leur cœur flanchait. La terreur insondable liquéfiait leur volonté, ravageait leur âme. Bientôt, le pouvoir de la Lance s'insinuerait en eux.

Elle écarta le gnome, se glissa entre lui et Ulfin, qui ouvrait la marche, puis s'avança jusqu'à la porte. Ils ne bougèrent pas. Les yeux écarquillés, ils contemplaient sa mince silhouette nue, le balancement de ses longs cheveux noirs, le jeu souple de son corps que la neige fondue avait rendu aussi luisant qu'une armure. Elle s'arrêta devant l'huis, saisit les battants et appuya son front contre les planches cloutées. Ses jambes tremblaient, sa gorge était nouée, son cœur battait si fort qu'elle en vacillait. La peur la gagnait elle aussi, à présent. En fermant les yeux très fort, elle parvint à se représenter le visage de Rhiannon, là-bas, dans l'île aux Fées.

La petite fille se tenait au milieu d'un cercle de lumière, dans la douce obscurité de la nuit. Elle avait tressé une couronne de feuilles et mis des fleurs à sa ceinture. Le petit peuple veillait sur elle…

D'un seul coup, Lliane s'arracha à la porte et en ouvrit les deux battants.

Aussitôt, une bouffée de chaleur étouffante lui sauta au visage. La pièce immense rougeoyait à la lueur dansante de deux gigantesques braseros. Des ombres minuscules se découpaient dans cette pénombre orangée, silhouettes furtives, indéfinissables, par dizaines assemblées autour d'un trône gardé par deux de ces hideux géants.

— Je t'attendais, siffla une voix sèche, insidieuse.

Elle avança, pleurant à présent, la gorge tellement serrée qu'elle hoquetait comme un poisson hors de l'eau.

— Viens jusqu'à moi, Lliane... Viens me rejoindre...

Les minces silhouettes s'écartaient devant elle. Ses yeux brouillés de larmes ne voyaient plus qu'un halo empourpré et le sombre recoin, entre les braseros, où le Maître l'attendait.

— Tu es nue, c'est bien... Le désir est une force que je saurai utiliser. Ta beauté sera utile. Viens me l'offrir...

Une lueur vive, tout à coup, l'arracha de son brouillard. Étincelant comme un rayon de soleil, le fer de la Lance tenue par Celui-qui-ne-peut-être-nommé venait de s'illuminer, et jetait sur elle son éclat aveuglant. Elle tomba à genoux, éblouie et vaincue. Quand enfin ses yeux s'habituèrent à la lumière, elle découvrit d'un coup l'étrange assemblée dispersée autour du trône. Des enfants... Des enfants de toutes races, nains, humains et elfes, des enfants gnomes également, parmi lesquels devait se trouver le fils de Tarot.

— Tu vois, j'ai réuni tout ce que tu étais venue chercher... La Lance, les enfants, moi-même... Qu'est-ce que tu attends, reine Lliane ? Tu es venue me tuer, n'est-ce pas ? Viens me prendre...

Chacune des paroles de l'Innommable bourdonnait dans sa tête. Ce n'était qu'un murmure, mais il s'infiltrait en elle comme une souillure. Sa voix caressait son corps nu, léchait sa peau et la faisait frissonner de dégoût. Elle se releva pourtant, de toute la force de son âme, et quand ses yeux se posèrent sur le Maître, un hurlement d'horreur brisa ce qu'il lui restait de volonté.

Sous le capuchon sombre qui masquait ses traits, c'était son propre visage qu'elle venait de voir.

Il se leva du trône, rabattit le capuchon en arrière et s'avança dans la lueur des braseros. C'était elle. Les mêmes yeux, les mêmes cheveux, la même peau. Le Maître avait son visage, mais un visage hideux, dont toute la beauté était pervertie. C'était tout ce qu'il y avait de mauvais en elle, d'enfoui, de rejeté qui s'affichait sous ses yeux. Le visage de ses pires cauchemars.

Il s'avança encore, et elle se voyait elle-même sourire, contempler son corps nu comme pour s'en repaître, comme pour l'apprendre, et elle hurla à nouveau, dans un effort désespéré pour s'arracher à ce viol insupportable.

Un autre cri lui répondit en écho, et l'Innommable détacha d'elle son regard. En entendant la reine hurler, Freïhr et Ulfin s'étaient élancés, suivis de tous les autres. Cela ne dura qu'un bref instant. Les gardes gigantesques n'avaient pas bougé, et le barbare frappa l'un d'eux du tranchant de son épée une seconde à peine avant que l'ordre de leur Maître ne les anime. Le Fir Bolg poussa un rugissement abominable, l'épée de Freïhr en travers du corps, et il s'abattit sur lui de toute sa masse.

Ulfin avait couru droit sur Celui-qui-ne-peut-être-nommé. Au moment où il allait l'atteindre, il se pétrifia, et Lliane vit ses yeux s'agrandir, sa mâchoire tomber d'horreur. Elle se tourna vers le Maître et comprit. Le monstre avait le visage d'Ulfin, maintenant, déformé, affreux, et le preux en chancelait d'effroi.

C'était la magie la plus horrible et la plus puissante qu'on puisse imaginer. Nul ne pouvait tuer sa propre image. Nul ne pouvait supporter de se voir dans toute sa laideur. C'était ce que Freïhr avait vu dans le chemin creux, ce que Mahault et Tarot avaient découvert, comme tant d'autres, ce à quoi ils avaient succombé. Ulfin recula, lâcha son épée et se cacha les yeux.

Dans un brouillard de larmes, Lliane vit le deuxième Fir Bolg écraser d'un coup de masse le crâne d'Onar, puis balayer Till et sa pauvre dague. Elle hurla de désespoir lorsque Dorian périt, la tête arrachée par le monstre. Puis une flèche de Kevin le traversa de part en part, comme un éclair d'argent, Bran et Sudri le frappèrent aux jambes de leurs haches aiguisées, et il tomba, pareil à un chêne, sous les coups de cognée des nains.

L'autre roula à terre, repoussé par Freïhr. Le barbare se relevait, couvert d'un sang visqueux et noir, et elle le vit sourire. Un enfant courait vers lui, criait son nom. Freïhr reconnut Galaad, ouvrit les bras, mais son sourire se figea en voyant son fils changer brusquement d'expression, hurler en désignant quelque chose derrière lui.

Freïhr n'eut que le temps de se retourner. La lame ébréchée d'un Fir Bolg le transperça de part en part.

L'ordre du Maître avait animé tous les géants de sa garde. Venant de tout le palais, ils s'avançaient lentement, le visage vide, si nombreux qu'ils emplissaient presque la salle.

— Toi, tu peux encore vivre, murmura le Maître à l'oreille de la reine. Les autres ne valent rien…

Lliane se tourna vers lui, découvrit à nouveau l'épouvantable masque de sa propre laideur, et, dans un sursaut de révolte, elle se jeta en avant et le percuta de toutes ses forces. L'Innommable la repoussa d'un coup d'une violence inouïe, mais il avait lâché la Lance, et le talisman tomba à terre, au bas de son trône.

Ce fut l'enfant qui le ramassa. Galaad.

La Lance d'or était bien trop lourde pour lui, mais la force du talisman le pénétra et il la brandit bientôt sans effort. Le Maître alors le regarda, et à cet instant tous virent son vrai visage, hideux et malingre, sans que le sortilège opère, cette fois. Galaad n'avait pas de laideur en lui. Pour la première fois de son existence, la monstrueuse magie de Celui-qui-ne-peut-être-nommé n'avait trouvé aucune prise. L'être ignoble poussa un gémissement sourd lorsque la Lance le transperça, agrippa la hampe d'or en écarquillant ses yeux éteints, mais Galaad continuait de pousser, pleurant de rage et de chagrin, jusqu'à ce que le fer en fusion vienne se ficher dans le dossier du trône, jusqu'à ce que les bras du Seigneur des Terres noires retombent sans vie, et qu'un dernier souffle s'échappe de ses lèvres.

Il y eut tout à coup un silence absolu dans la salle. Le vacarme du combat, les cris des enfants, les raclements des Fir Bolgs sur les dalles de pierre, tout cessa à la mort du Maître.

Les géants immobilisés regardaient autour d'eux comme s'ils venaient d'émerger d'un long sommeil. Leurs yeux glissèrent sur le groupe insignifiant qui se tenait devant eux, puis ils firent demi-tour et sortirent. On entendit les cris d'agonie des gobelins qui ne s'étaient pas écartés devant les Fir Bolgs libérés, le fracas de leurs armes massives broyant indifféremment les chairs, les armures et le bois des portes fermées. Puis ce ne fut plus qu'une rumeur lointaine.

Lliane se traîna jusqu'au corps sans vie de Dorian et le prit dans ses bras. Till pleurait, à côté d'elle, de chagrin ou de souffrance. Son bras tremblait convulsivement là où le monstre l'avait frappé. Tarot pleurait aussi, mais de joie, en serrant contre lui son enfant retrouvé.

À l'écart, Bran et Sudri veillaient le corps d'Onar, récitaient leurs longues litanies pour que son âme trouve le repos, sous la Montagne.

Lliane sentit une présence, derrière elle, et releva les yeux au passage de l'enfant à la Lance. Lentement, le visage dévasté, il s'avançait vers le cadavre de Freïhr.

— Tu étais son fils, n'est-ce pas…

L'enfant se tourna vers elle et hocha la tête. Puis il lui tendit la lance ensanglantée.

— Garde-la, dit-elle. Jamais personne ne devra te la prendre, désormais…

Elle se tourna vers Freïhr.

— C'est pour ça que ton père est mort.

Alors Galaad se laissa tomber à genoux, et Lliane le serra contre elle.

— Je veillerai sur toi, murmura-t-elle à son oreille. Tu ne l'oublieras pas, mais tu apprendras à revivre. Ce que tu étais est mort avec lui. Tu es un autre, à présent et pour toujours. Tu es l'enfant à la Lance. Le gardien du talisman… Tu es Lancelot.

ÉPILOGUE

La pluie avait fait fondre la neige, et la campagne, à perte de vue, ressemblait à une vieille couverture sale et boueuse. La ville s'était repeuplée, timidement, depuis que les monstres avaient repassé les Marches noires, après l'avoir incendiée. Ce n'étaient encore que quelques dizaines d'êtres hagards et affamés, fouillant dans les décombres noircis de quoi subsister, mais ils seraient bientôt des centaines, avant même que le blé mûrisse. Puis viendraient les hommes d'armes, et le premier baron à franchir cette porte pourrait s'emparer de Loth, et pourquoi pas se proclamer roi… Merlin sourit à cette pensée et secoua la tête. Roi de quoi ? Le pays tout entier était ravagé. Des bandes de gobelins et de monstres y erraient encore. Les cicatrices de la guerre seraient bien longues à se refermer.

— À quoi tu penses, vieux Myrddin ?

Il s'arracha du créneau auquel il s'était appuyé le temps de reprendre son souffle et se tourna vers Morgane. Malgré son sourire de défi, la petite fille avait peur, elle avait froid, et devait regretter de l'avoir accompagné jusque-là. Jamais elle n'avait vu de ville, pas même les cités végétales de la forêt d'Éliande, et les décombres de Loth n'avaient rien qui puisse la rassurer.

— Tu as raison, je suis vieux, dit-il. Laisse-moi me reposer un peu…

Elle pencha légèrement la tête en le regardant, lui sourit plus gentiment, puis extirpa un bras des fourrures dans lesquelles elle s'était emmitouflée pour ramasser un éclat de pierre sur le chemin de ronde.

— Je vais te faire un tour ! dit-elle. Tu vois ce caillou ?

Merlin hocha la tête, sachant ce qui allait suivre. Elle leva la main vers le ciel, frappa brusquement du talon contre les dalles, et Merlin se laissa prendre au piège, détournant les yeux malgré lui. Le temps qu'il reporte son attention vers la main tenant le caillou, celui-ci avait disparu (et il fit semblant de ne pas l'entendre rouler, derrière l'épaule de Morgane, sur les escaliers qu'ils venaient de gravir).

— Magie ! fit la petite fille.

— Magie, oui… Tu as tout compris.

— Alors tu dois m'apprendre le reste ! Tout ce que tu sais !

Merlin hocha de nouveau la tête, gravement cette fois.

— Viens, dit-il.

Et, se redressant, il repartit en direction du donjon, sans plus se préoccuper d'elle. L'intermède avait un peu desserré le nœud qui s'était formé dans sa gorge, mais, où qu'il posât le regard, la désolation de la cité l'oppressa de nouveau. Partout, sur le chemin de ronde, dans les ruelles, à travers les toits effondrés des masures dévastées, on voyait les vestiges des abominations qui s'étaient produites à la chute de la ville. Des squelettes pourrissants gisaient sans sépulture, des armes brisées, des vêtements, de la vaisselle jonchaient le sol, pauvres trésors abandonnés par les pillards. Jusqu'au bout, il s'était trouvé des hommes pour voler, entasser de l'or ou des bijoux, plutôt que de songer à sauver leur vie. La cupidité des nains était en eux, à présent, et gagnerait bientôt toute l'Humanité… De gros rats noirs se repaissaient de toutes ces ruines, sans même se déranger au passage des vivants, tels des vers rongeant un cadavre. L'un derrière l'autre, Morgane et Merlin gravirent un escalier encombré de meubles brisés, enjambèrent des dépouilles informes dans un couloir et enfin parvinrent jusqu'à la salle du Conseil.

Là, Merlin tomba à genoux, et les larmes qu'il retenait depuis son arrivée à Loth jaillirent enfin de son cœur déchiré.

Au centre de la pièce, la grande table de bronze gardait les traces des coups sauvages qui lui avaient été portés. Des cordes l'enserraient encore, montant jusqu'à une sorte de palan fixé dans les poutres du plafond. L'unique fenêtre était ouverte au vent et son embrasure portait elle aussi des traces de martèlement. Les monstres semblaient avoir tout tenté pour emporter les deux talismans, en vain.

L'Épée était toujours là, fichée dans la Pierre.

Morgane hésita, mais comme Myrddin restait là à sangloter, elle osa s'avancer et empoigna la garde d'Excalibur. Il y eut une vibration, une plainte sourde, lugubre, un mugissement d'outre-tombe, et elle battit aussitôt en retraite avec un cri d'effroi.

— Prends-la ! dit Merlin derrière elle, le cœur battant et les yeux écarquillés malgré ses larmes.

Alors elle tendit à nouveau la main, tout doucement comme si elle craignait de se brûler, et la lame d'or vibra encore lorsqu'elle la saisit. En elle coulait le sang d'Uter, et celui de Lliane. Le sang d'un roi et celui d'une reine, et l'Épée saluait cet héritage. Mais elle resta fichée dans la pierre, malgré tous les efforts qu'elle fit pour l'en retirer.

— Ce n'est rien, petite feuille, murmura Merlin. Bien d'autres que toi ont déjà essayé, et d'autres essaieront encore, en vain…

Il se releva, sécha ses larmes et la recouvrit de son manteau.

— Viens, Morgane, il faut partir avant la nuit…

Elle se laissa entraîner sans réagir et ils sortirent de la salle du Conseil. Sur le seuil de la porte défoncée, l'homme-enfant se retourna une dernière fois pour les contempler.

L'Épée de Nudd et la Pierre de Fal, attendant le roi véritable qui saurait les dissocier enfin.

Ce n'était pas Morgane.

Et, tandis qu'ils se frayaient en sens inverse un chemin parmi les décombres, Merlin songea à l'enfant qu'il avait laissé à Cystennin, sous la garde d'Antor.

Arthur.

SOURCES ET REMERCIEMENTS
« Le crépuscule des elfes »

Robert Delort, *La Vie au Moyen Âge*, Points Histoire.

Geneviève d'Haucourt, *La Vie au Moyen Âge*, Presses Universitaires de France.

Christian J. Guyonvarc'h, *Magie, médecine et divination chez les Celtes*, Bibliothèque scientifique, Payot.

La Légende arthurienne, Bouquins, Laffont.

Marijane Osborn et Stella Longland, *Rune Games*, Routledge and Kegan Paul.

Marie-Louise Sjoestedt, *Dieux et héros des Celtes*, Terre de Brume.

Dan Ar Braz, *L'Héritage des Celtes* (pour le chant funèbre de Rogor).

Jean Markale, *Petite Encyclopédie du Graal*, Pygmalion/Gérard Watelet.

Robert-Jacques Thibaud, *La Symbolique des Druides*, Dervy.

SOURCES ET REMERCIEMENTS
« La nuit des elfes »

La Légende arthurienne, Bouquins Laffont.

Jean Markale, *Petite Encyclopédie du Graal*, Pygmalion.

Jean Markale, *Paroles celtes*, Albin Michel.

Françoise Le Roux, Christian J. Guyonvarc'h, *Les Druides et le druidisme*, Ouest France.

Françoise Le Roux, Christian J. Guyonvarc'h, *Les Légendes de Brocéliande et du roi Arthur*, Ouest France.

Christian J. Guyonvarc'h, *Magie, médecine et divination chez les Celtes*, Bibliothèque scientifique, Payot.

Robert Delort, *La Vie au Moyen Âge*, Points Histoire.

Geneviève d'Haucourt, *La Vie au Moyen Âge*, Presses Universitaires de France.

Pierre Naudin, *Les Fleurs d'acier*, Trévise (pour les scènes de tournoi).

Philippe Jost, *La Gourmandise*, Le Pré aux Clercs.

Claude Lecouteux, *Les Nains et les elfes au Moyen Âge*, Imago.

Marijane Osborn et Stella Longland, *Rune Games*, Routledge and Kegan Paul.
Robert-Jacques Thibaud, *La Symbolique des druides*, Dervy.
Yann Goven, *Brocéliande, un pays né de la forêt*, Ouest France.
Nigel Pennick, *The Sacred World of the Celts*, Thorsons.
Grimoires et rituels magiques, Belfond.
Dominique Viseux, *L'Initiation chevaleresque dans la légende arthurienne*, Dervy.
Horik Svensson, *The Runes*, Carlton.
Greg Stafford, *Pendragon*, Oriflam.
Agnès Gerhards, *La Société médiévale*, MA éditions.
Marie-Louise Sjoestedt, *Dieux et héros des Celtes*, Terre de Brume.
Robert Hardy, *Le Grand Arc*, Edita/Denoël.
Viviane Crowley, *Celtic Wisdom*, Thorsons.
James Harpur et Elizabeth Hallam, *Le Moyen Âge*, Solar.
Krystyna Weinstein, *L'Art des manuscrits médiévaux*, Solar.

Merci à Anne Quesemand pour les traductions latines.

SOURCES ET REMERCIEMENTS
« L'heure des elfes »

La Légende arthurienne, Bouquins, Laffont.

Chrétien de Troyes, *Le Conte du Graal*, Le Livre de Poche.

Lancelot du Lac, trad. François Mosès, Lettres gothiques – Le Livre de Poche.

Françoise Le Roux, Christian J. Guyonvarc'h, *Les Druides et le druidisme*, Ouest France.

Françoise Le Roux, Christian J. Guyonvarc'h, *Les Légendes de Brocéliande et du roi Arthur*, Ouest France.

Christian J. Guyonvarc'h, *Magie, médecine et divination chez les Celtes*, Bibliothèque scientifique Payot.

Robert Delort, *La Vie au Moyen Âge*, Points Histoire.

Geneviève d'Haucourt, *La Vie au Moyen Âge*, Presses Universitaires de France.

Claude Lecouteux, *Les Nains et les elfes au Moyen Âge*, Imago.

Marijane Osborn et Stella Longland, *Rune Games*, Routledge and Kegan Paul.

Robert-Jacques Thibaud, *La Symbolique des druides*, Dervy.

Yann Goven, *Brocéliande, un pays né de la forêt*, Ouest France.

Nigel Pennick, *The Sacred World of the Celts*, Thorsons.

Grimoires et rituels magiques, Belfond.

Dominique Viseux, *L'Initiation chevaleresque dans la légende arthurienne*, Dervy.

Horik Svensson, *The Runes*, Carlton.

Greg Stafford, *Pendragon*, Oriflam.

Agnès Gerhards, *La Société médiévale*, MA éditions.

Marie-Louise Sjoestedt, *Dieux et héros des Celtes*, Terre de Brume.

Viviane Crowley, *Celtic Wisdom*, Thorsons.

Krystyna Weinstein, *L'Art des manuscrits médiévaux*, Solar.

Fernand Comte, *Dictionnaire de la civilisation chrétienne*, Larousse.

Miranda J. Green, *Exploring the World of the Druids*, Thames and Hudson.

Revue *Histoire médiévale*.

Jean Flori, *Chevaliers et chevalerie au Moyen Âge*, Hachette.

Édouard Brasey, *Nains et gnomes*, Pygmalion.

Jean Markale, *Merlin l'Enchanteur*, Espaces libres Albin Michel.

Jean Markale, *Les Dames du Graal*, Pygmalion.

Jean Markale, *Petite Encyclopédie du Graal*, Pygmalion.

Jean Markale, *Paroles celtes*, Albin Michel.

Roland Villeneuve, *Le Dictionnaire du diable*, Omnibus.

Caitlin Matthews, *The Celtic Book of Days*, Godsfield Press Ltd.

TABLE DES MATIÈRES

Imprimé en France par

CPI
BRODARD & TAUPIN

à La Flèche (Sarthe)
en avril 2010

POCKET – 12, avenue d'Italie - 75627 Paris cedex 13

N° d'impression : 57621
Dépôt légal : mai 2008
Suite du premier tirage : avril 2010
S18376/05